HEYNE <

Das Buch

Ein vermeintlicher Suizid, der sich als Mord entpuppt, führt Tempe Brennan in die Welt des illegalen Reliquienhandels. Sie verfolgt die Spur eines gestohlenen Schreins aus Israel. Zusammen mit Detective Andrew Ryan und einem ehemaligen Kollegen, dem Archäologen Jake Drum, begibt sie sich hier auf die Suche nach einem rätselhaften Skelett und der Gruft, aus der der Schrein angeblich entwendet wurde. In den Tälern abseits Jerusalems machen die drei eine Entdeckung, die brennende Fragen über den Tod Jesu Christi aufwirft und Tempe in den Strudel einer ungeheuerlichen Kontroverse zieht. Ist sie etwa auf die Grabstätte des Heilands gestoßen? Was geschah wirklich nach dessen Kreuzigung? Die katholische Kirche, israelische Behörden und einige dubiose Geschäftemacher haben allen Grund, nervös zu werden. Und unberechenbar. Tempe ermittelt, doch diesmal werden ihr Partner und Kollegen nicht beistehen können.

Die Autorin

Kathy Reichs, geboren in Chicago, lebt in Charlotte und Montreal. Sie ist Professorin für Soziologie und Anthropologie und unter anderem als forensische Anthropologin für gerichtsmedizinische Institute in Quebec und North Carolina tätig. Ihre Romane erreichen regelmäßig Spitzenplätze auf internationalen und deutschen Bestsellerlisten und wurden in 30 Sprachen übersetzt. Tempe Brennan ermittelt auch in der von Reichs mitkreierten und -produzierten Fernsehserie *Bones – Die Knochenjägerin.*

www.kathyreichs.com
www.facebook.com/kathyreichsbooks
www.twitter.com/KathyReichs

Kathy Reichs

Totgeglaubte leben länger

Thriller

Aus dem Amerikanischen
von Klaus Berr

WILHELM HEYNE VERLAG
MÜNCHEN

Die Originalausgabe CROSS BONES
erschien bei Scribner, New York

MIX
Papier aus verantwortungsvollen Quellen
FSC® C014496

Verlagsgruppe Random House FSC® N001967
Das für dieses Buch verwendete FSC®-zertifizierte Papier
Holmen Book Cream liefert Holmen Paper, Hallstavik, Schweden.

Vollständige deutsche Taschenbuchausgabe 08/2015

Printed in Germany 2015
Umschlaggestaltung: David Hauptmann,
Hauptmann & Kompanie Werbeagentur, Zürich
Satz: Uhl + Massopust, Aalen
Druck und Bindung: GGP Media GmbH, Pößneck
ISBN: 978-3-453-43660-2

www.heyne.de

Für Susanne Kirk,
Lektorin bei Scribner von 1975-2004
und
für Dr. James Woodward, Chancellor der University of North Carolina in Charlotte von 1989–2005.

Danke für die Jahre der Unterstützung
und der Ermutigung.

Genießt Euren Ruhestand!

Vorbemerkung des Übersetzers

Manchen Lesern, vor allem denjenigen, die eine eindeutschende Rechtschreibung jüdisch-hebräischer und arabischer Begriffe gewöhnt sind, mag die Schreibweise eben dieser Begriffe im vorliegenden Roman etwas merkwürdig vorkommen.

Der Übersetzer hat sich entschieden, konsequent die englische Schreibweise zu verwenden. Hierfür gibt es mehrere Gründe.

Zum einen ist in letzter Zeit in deutschsprachigen Publikationen, in den Printmedien und nicht zuletzt auch im Internet eine Aufweichung der eindeutschenden Rechtschreibung festzustellen. So findet man, manchmal sogar im selben Text, *yarmulke* neben *jarmulke, yeshiva* neben *jeschiwa, dschihad* neben *jihad* und sogar neben dem sehr zweifelhaften Kompromiss *djihad*. Um diesem orthografischen Chaos entgegenzuwirken, benutzt der Übersetzer konsequent die englische Schreibweise, nicht zuletzt auch deshalb, weil diese sich im internationalen Sprachgebrauch immer mehr gegenüber landessprachlichen Varianten durchsetzt.

Es gibt zum anderen auch einen textimmanenten Grund. Im Roman kommen einige historische Namen vor, Yigael Yadin etwa, der auch in Deutschland so geschrieben wird und nicht etwa Jigael Jadin. Es würde nun, was die orthografische Konsequenz angeht, nicht gut aussehen, wenn Yigael Yadin etwa eine Jeschiwa besucht. Deshalb die Entscheidung, sh statt sch und y statt j zu verwenden und sich generell an die englisch-internationale Schreibweise zu halten.

Klaus Berr

LIBANON
MITTELMEER
Golan-
Höhen
SYRIEN
West-
jordanland
Tel Aviv
Beit
Hanina
Judäische Wüste
Jerusalem
Qumran
Gaza-
Streifen
Ein Gedi
JORDANIEN
Masada
Totes Meer
ISRAEL
ÄGYPTEN
Route 1
N
0
50 km
Golf
von
Akaba
© Kartographie Fischer-Leitl, München 2005
JERUSALEM
0
1 km
Scopus Berg/Campus der
Hebräischen Universität
American
Colony
Hotel
Jerusalem Post
Rockefeller
Museum
Polizeidirektion/
Russisches Quartier
Tempel-
berg
Alt-
stadt
Ölberg
Kidron-Tal
Grabstätte
von Silwan
Abu-Tor
Hinnom-Tal

Meide das Böse und tue das Gute,
suche den Frieden und jage ihm nach.
Jüdische Heilige Schrift, Psalm 34,15

Die Frucht der Gerechtigkeit aber wird in Frieden gesät
von denen, die Frieden halten.
Neues Testament, Brief des Jakobus, 3,18

Benutzt Allahs Namen nicht ständig zur Bekräftigung eurer Eidschwüre, um als gerecht, fromm und friedfertig unter den Menschen zu gelten. Allah hört alles, er weiß alles.
Koran, 2,225

1

Nach einem Osteressen aus Schinken, Erbsen und Kartoffelbrei klaute Charles »Le Cowboy« Bellemare seiner Schwester einen Zwanziger, fuhr zu einem Crack-Haus in Verdun und verschwand.

In diesem Sommer wurde das Haus für teures Geld verkauft. Im Winter ärgerten sich die neuen Besitzer über den schlechten Abzug ihres Kamins. Am Montag, den siebten Februar, öffnete der Herr des Hauses den Rauchfang und stocherte mit einem Rechenstiel nach oben. Ein vertrocknetes Bein fiel in den Aschekasten.

Papa rief die Polizei. Die Polizei rief die Feuerwehr und das Bureau du coroner. Der Coroner, der Leichenbeschauer also, rief das forensische Institut an. Pelletier bekam den Fall.

Pelletier und zwei seiner Techniker standen binnen einer Stunde nach Entdeckung des Beins auf dem Rasen. Zu sagen, dass große Verwirrung herrschte, wäre ungefähr so, als würde man den D-Day als hektisch bezeichnen. Entrüsteter Vater. Hysterische Mutter. Überdrehte Kinder. Neugierige Nachbarn. Verärgerte Polizisten. Ratlose Feuerwehrmänner.

Dr. Jean Pelletier ist der älteste und ranghöchste der fünf Pathologen am Laboratoire de Sciences Judiciaires et de Médecine Légale, Quebecs zentrales forensisches und gerichtsmedizinisches Institut. Er hat schlechte Gelenke und schlechte Zähne und null Toleranz, was die Vergeudung seiner knappen Zeit angeht. Er warf nur einen Blick auf die Szene und bestellte eine Abrissbirne.

Die Außenwand des Kamins wurde pulverisiert. Eine gut durchgeräucherte Leiche wurde herausgezogen, auf eine Bahre geschnallt und in unser Institut gebracht.

Am nächsten Tag warf Pelletier auch auf die Überreste nur einen kurzen Blick und sagte: »*Ossements.*« Knochen.

Auftritt meiner Wenigkeit, Dr. Temperance Brennan, forensische Anthropologin für North Carolina und Quebec. La Belle Province und Dixie? Eine lange Geschichte, die anfängt mit einem Fakultätsaustausch zwischen meiner Heimatuniversität UNC-Charlotte und der McGill in Montreal. Als das Austauschjahr zu Ende war, ging ich wieder in den Süden, arbeitete aber weiter als externe Beraterin für das Institut in Montreal. Ein Jahrzehnt später pendle ich noch immer zwischen beiden Orten hin und her und dürfte inzwischen, was Bonusmeilen für Vielflieger angeht, auf der Rangliste ziemlich weit oben stehen.

Pelletiers *demande d'expertise en anthropologie* lag auf meinem Schreibtisch, als ich für meinen Februar-Turnus in Montreal eintraf.

Inzwischen war es Mittwoch, der sechzehnte Februar, und die Knochen aus dem Kamin bildeten auf meinem Arbeitstisch ein komplettes Skelett. Obwohl das Opfer kein Freund regelmäßiger Kontrolluntersuchungen gewesen war, was einen Vergleich des Gebisses mit zahnärztlichen Unterlagen ausschloss, deuteten alle skelettalen Indikatoren auf Bellemare hin. Alters-, Geschlechts-, Abstammungs- und Größenschätzungen sagten mir, neben zwei Stahlstiften im rechten Schien- und Wadenbein, dass ich den lange vermissten Cowboy vor mir hatte.

Abgesehen von einem Haarriss an der Schädelbasis, der wahrscheinlich von dem ungeplanten Sturz in den Kamin herrührte, fand ich keine Hinweise auf äußere Verletzungen.

Ich überlegte mir gerade, wie und warum ein Mann auf ein Dach klettert und dann in einen Kamin fällt, als das Telefon klingelte.

»Wie es aussieht, brauche ich Ihre Unterstützung, Temperance.« Nur Pierre LaManche nannte mich bei meinem vollen Namen, den er auf der letzten Silbe betonte, so dass er sich auf »La France« reimte. LaManche hatte sich selbst einen Kadaver zugewiesen, der, wie ich vermutete, Verwesungserscheinungen aufwies.

»Fortgeschrittene Fäulnis?«

»*Oui.*« Mein Chef hielt kurz inne. »Und andere komplizierende Faktoren.«

»Komplizierende Faktoren?«

»Katzen.«

O Mann.

»Ich bin gleich unten.«

Nachdem ich den Bellemare-Bericht auf einer Diskette abgespeichert hatte, verließ ich mein Labor, ging durch die Glastüren, die die rechtsmedizinische Abteilung vom Rest der Etage abtrennen, bog in einen Nebenkorridor ein und drückte auf den Knopf neben einem einzelnen Fahrstuhl. Zugänglich nur von den beiden gesicherten Etagen des LSJML und vom Büro des Leichenbeschauers, hat dieser Lift nur ein einziges Ziel: die Leichenhalle.

Während ich in den Keller hinunterfuhr, wiederholte ich im Geiste noch einmal, was ich bei der Personalbesprechung an diesem Morgen erfahren hatte.

Avram Ferris, ein sechsundfünfzigjähriger orthodoxer Jude, war eine Woche zuvor verschwunden. Gestern am späten Nachmittag war Ferris' Leiche in einer Abstellkammer im Obergeschoss seines Geschäftsgebäudes entdeckt worden. Keine Hinweise auf einen Einbruch. Keine Hinweise auf einen Kampf. Die Angestellte sagte, er habe sich in letzter Zeit merkwürdig verhalten. Tod durch einen selbst zugefügten Pistolenschuss lautete die Einschätzung vor Ort. Die Familie des Opfers beharrte jedoch stur darauf, dass ein Selbstmord ausgeschlossen sei.

Der Coroner hatte eine Autopsie angeordnet. Ferris' Verwandte und der Rabbi hatten dagegen Einspruch erhoben. Die Verhandlungen waren ziemlich hitzig verlaufen.

Ich sollte nun gleich den Kompromiss sehen, den man erreicht hatte.

Und das, was die Katzen angerichtet hatten.

Vom Aufzug aus ging ich nach links und dann nach rechts auf die Leichenhalle zu. Als ich mich der äußeren Tür des Autopsieflügels näherte, hörte ich Geräusche aus dem Familienzimmer, einer tristen, kleinen Kammer, die für diejenigen reserviert war, die man für eine Identifikation der Toten einbestellt hatte.

Leises Schluchzen. Eine Frauenstimme.

Ich stellte mir den trostlosen kleinen Raum mit seinen Plastikpflanzen und Plastikstühlen und dem diskret mit einem Vorhang verhängten Fenster vor und spürte den üblichen Schmerz. Wir im LSJML machen keine Krankenhausautopsien. Keine Leberzirrhose im Endstadium. Kein Pankreaskrebs. Wir treten in Aktion bei Mord, Selbstmord, Unfällen und plötzlichen und unerwarteten Todesfällen. Im Familienzimmer warten diejenigen, die eben vom Undenkbaren und Unvorhergesehenen überfallen wurden. Deren Kummer rührt mich immer.

Ich zog eine hellblaue Tür auf und lief einen schmalen Korridor entlang, vorbei an Computerterminals, Trockengestellen und Edelstahlrollbahren zu meiner Rechten und weiteren blauen Türen zu meiner Linken, alle mit der Aufschrift SALLE D'AUTOPSIE. Vor der vierten Tür atmete ich einmal tief durch und trat dann ein.

Neben den Skelettierten bekomme ich die Verbrannten, die Mumifizierten, die Verstümmelten und die Verfaulten. Meine Aufgabe ist es, die Identität zu rekonstruieren, die der Tod ausgelöscht hat. Saal vier benutze ich ziemlich häufig, weil er mit einem speziellen Belüftungssystem ausgestattet ist. An diesem Morgen hatte das System gegen den Fäulnisgestank kaum eine Chance.

Einige Autopsien finden vor leerem Haus statt. Andere ziehen Publikum förmlich an. Trotz des Gestanks gab es bei Avram Ferris' Autopsie nur Stehplätze.

LaManche. Lisa, seine Autopsietechnikerin. Zwei uniformierte Beamte. Ein Detective der Sûreté du Québec, den ich nicht kannte. Ein großer Kerl, sommersprossig und blasser als Tofu.

Ein SQ-Detective, *den* ich kannte. O Mann. Andrew Ryan. Eins sechsundachtzig. Sandblonde Haare. Wikingerblaue Augen.

Wir nickten einander zu. Ryan der Bulle. Tempe die Anthropologin.

Als wären die offiziellen Teilnehmer nicht schon zahlreich genug, bildeten auch noch vier Laien hinter der Leiche eine Mauer der Missbilligung.

Ich musterte sie schnell. Lauter Männer. Zwei Mittfünfziger, die beiden anderen vermutlich Ende sechzig. Dunkle Haare. Brillen. Bärte. Yarmulken.

Die Wand betrachtete mich abschätzend. Acht Hände blieben hinter vier steifen Rücken gefaltet.

LaManche zog seine Atemmaske herunter und stellte mich dem Beobachterquartett vor.

»In Anbetracht des Zustandes von Mr. Ferris' Leiche ist ein Anthropologe erforderlich.«

Vier verständnislose Blicke.

»Dr. Brennans Fachgebiet ist skelettale Anatomie.« LaManche sprach Englisch. »Sie ist, was Ihre speziellen Anforderungen angeht, vollständig im Bilde.«

Abgesehen von der sorgfältigen Aufbewahrung auch der geringsten Mengen von Blut und Gewebe, hatte ich keine Ahnung von den speziellen Anforderungen dieser Männer.

»Mein tief empfundenes Bedauern über Ihren Verlust«, sagte ich und drückte mir mein Klemmbrett an die Brust.

Vier Köpfe nickten melancholisch.

Ihr Verlust lag in der Bühnenmitte, mit einer Plastikplane zwischen Leiche und Edelstahl. Auf dem Boden unter und um den Tisch herum waren weitere Planen ausgebreitet. Leere Wannen, Gläser und Röhrchen standen auf einem Rollwagen bereit.

Die Leiche war ausgezogen und gewaschen, doch es war noch kein einziger Schnitt gesetzt worden. Zwei Papiertüten lagen platt gedrückt auf der Arbeitstheke. Ich nahm an, dass LaManche seine äußerliche Untersuchung bereits abgeschlossen hatte, darunter auch die Suche nach Schmauchspuren und anderen Indizien an Ferris' Händen.

Acht Augen verfolgten mich, als ich zu dem Verstorbenen ging. Beobachter Nummer vier faltete nun seine Hände vor den Genitalien.

Avram Ferris sah nicht aus, als wäre er erst letzte Woche gestorben. Er sah aus, als wäre er während der Clinton-Ära gestorben. Seine Augen waren schwarz, die Zunge purpurn, die Haut oliv- und auberginefarben gesprenkelt. Sein Bauch war aufgebläht, sein Hodensack drall wie ein Wasserball.

Ich schaute Ryan fragend an.

»Die Temperatur in der Abstellkammer lag bei zweiundneunzig Fahrenheit«, sagte er.

»Warum so heiß?«

»Wir gehen davon aus, dass die Katzen ans Thermostat gekommen sind«, sagte Ryan.

Ich rechnete schnell nach. Zweiundneunzig Fahrenheit. Knapp fünfunddreißig Celsius. Kein Wunder, dass Ferris einen Rekord in Verwesung aufstellte.

Aber die Hitze war nur eins der Probleme dieses Herrn gewesen.

Wenn wir Hunger haben, reagieren auch die Friedlichsten unter uns gereizt. Wenn wir am Verhungern sind, reagieren wir verzweifelt. Das Es setzt sich über die Moral hinweg. Wir essen. Wir überleben. Dieser gemeinsame Instinkt treibt Herdentiere, Raubtiere, Bataillone und Fußballmannschaften an.

Da werden sogar Bello und Muschi zu Aasfressern.

Avram Ferris hatte den Fehler gemacht, sich eine Kugel einzufangen, während er mit zwei Kurzhaarhauskatzen und einer Siamesin in einem Raum eingesperrt war.

Und mit einem zu geringen Vorrat an Brekkies.

Ich ging langsam um den Tisch herum.

Das Schläfen- und das Scheitelbein auf Ferris' linker Schädelseite waren merkwürdig nach außen gebogen. Obwohl ich das Hinterhauptsbein nicht sehen konnte, war es offensichtlich, dass er die Kugel in den Hinterkopf bekommen hatte.

Ich zog Gummihandschuhe über, schob zwei Finger unter den Schädel und tastete. Der Knochen gab nach wie Pudding. Nur die Schädelschwarte hielt den Hinterkopf noch zusammen.

Ich senkte den Kopf wieder ab und untersuchte das Gesicht.

Es war schwierig, sich vorzustellen, wie Ferris zu Lebzeiten ausgesehen hatte. Seine linke Wange war angenagt. Zahnspuren kerbten den darunter liegenden Knochen, Splitter schillerten in der grellroten Pampe.

Ferris' rechte Gesichtshälfte war zwar aufgequollen und fleckig, ansonsten aber größtenteils intakt.

Ich richtete mich auf und dachte über das Verstümmelungsmuster nach. Trotz der Hitze und des Fäulnisgestanks hatten die Katzen sich nicht an die rechte Gesichtshälfte oder weiter unten an den Rest des Körpers gewagt.

Ich begriff jetzt, warum LaManche mich brauchte.

»Gab es auf der linken Gesichtshälfte eine offene Wunde?«, fragte ich ihn.

»*Oui.* Und eine zweite am Hinterkopf. Verwesung und Fraßspuren machen es unmöglich, den Weg der Kugel zu bestimmen.«

»Ich brauche einen vollen Satz kranialer Röntgenaufnahmen«, sagte ich zu Lisa.

»Ausrichtung?«

»Alle Winkel. Und ich brauche den Schädel.«

»Unmöglich.« Beobachter Nummer vier erwachte plötzlich zum Leben. »Wir haben eine Vereinbarung.«

LaManche hob eine latexverhüllte Hand. »Ich habe die Pflicht, in dieser Sache die Wahrheit herauszufinden.«

»Sie haben uns Ihr Wort gegeben, dass keinerlei Proben einbehalten werden.« Obwohl der Mann eine Gesichtsfarbe wie Haferschleim hatte, zeigten sich auf seinen Wangen jetzt rosige Knospen.

»Außer wenn es absolut unvermeidbar ist.« LaManche war die Sachlichkeit in Person.

Beobachter Nummer vier wandte sich dem Mann auf seiner Linken zu. Beobachter Nummer drei hob das Kinn und schaute durch gesenkte Lider nach unten.

»Lassen Sie ihn sprechen.« Gelassen. Der Rabbi empfahl Geduld.

LaManche wandte sich mir zu.

»Dr. Brennan, fahren Sie mit Ihrer Untersuchung fort, wobei

Sie jedoch den Schädel und alle nicht betroffenen Knochenpartien an Ort und Stelle belassen.«

»Dr. LaManche...«

»Wenn sich das als undurchführbar erweist, kehren Sie zur normalen Verfahrensweise zurück.«

Ich mag es nicht, wenn man mir vorschreibt, wie ich meine Arbeit tun soll. Ich mag es nicht, mit weniger als den maximal zu erreichenden Informationen zu arbeiten oder weniger als das optimale Verfahren anzuwenden.

Doch ich mag und respektiere Pierre LaManche. Er ist der beste Pathologe, den ich kenne.

Ich schaute meinen Chef an. Der alte Mann nickte unmerklich. *Ziehen Sie das mit mir durch,* signalisierte er mir.

Ich hob den Blick zu den Gesichtern über Avram Ferris. In jedem erkannte ich den uralten Kampf zwischen Dogma und Pragmatismus. Der Körper als Tempel. Der Körper als Gänge und Ganglien und Pisse und Galle.

In jedem sah ich Verlustschmerz.

Denselben Schmerz, den ich erst Minuten zuvor mitgehört hatte.

»Natürlich«, sagte ich leise. »Rufen Sie mich, bevor Sie die Schädelschwarte abziehen.«

Ich schaute Ryan an. Er zwinkerte. Ryan der Bulle, hinter dem Ryan der Geliebte hervorlugte.

Die Frau weinte noch immer, als ich den Autopsieflügel verließ. Ihre Begleiterin, oder ihre Begleiterinnen, waren jetzt still.

Ich zögerte, weil ich mich nicht in persönliche Trauer eindrängen wollte.

War es das? Oder war es nur eine Ausrede, weil ich nichts damit zu tun haben wollte?

Ich werde oft Zeuge von Kummer. Immer und immer wieder bin ich an vorderster Front mit dabei, wenn Überlebende sich der plötzlichen Erkenntnis stellen müssen, dass ihr Leben sich radikal verändert hat. Mahlzeiten, die man nie mehr gemeinsam einnehmen wird. Gespräche, die nie geführt werden. Kinderbücher, die nie mehr laut vorgelesen werden.

Ich sehe den Schmerz, aber ich kann keine Hilfe anbieten. Ich bin ein Außenstehender, ein Voyeur, der nach dem Unfall, nach dem Feuer, nach der Schießerei gafft. Ich gehöre zum Heulen der Sirenen, zum Spannen der Absperrbänder, zum Zuziehen des Leichensacks.

Ich kann überwältigenden Kummer nicht lindern. Ich hasse meine Machtlosigkeit.

Ich kam mir vor wie ein Feigling. Dennoch betrat ich das Familienzimmer.

Zwei Frauen saßen nebeneinander, dicht zusammen, doch ohne sich zu berühren. Die jüngere hätte dreißig, aber auch fünfzig sein können. Sie hatte blasse Haut, dichte Augenbrauen und lockige, dunkle, im Nacken zusammengefasste Haare. Sie trug einen schwarzen Rock und einen langen, schwarzen Pullover mit hoch angesetzter Kapuze, die ihren Unterkiefer berührte.

Die ältere Frau war so runzlig, dass sie mich an die Puppen aus getrockneten Äpfeln erinnerte, die in den Bergen von Carolina gebastelt werden. Sie trug ein knöchellanges Kleid, dessen Farbe irgendwo zwischen Schwarz und Purpur lag. Lose Fäden baumelten, wo eigentlich die oberen drei Knöpfe hätten sein sollen.

Ich räusperte mich.

Apfel-Oma hob den Kopf, und ich sah Tränen auf dem Gesicht der zehntausend Falten glänzen.

»Mrs. Ferris?«

Die knotigen Finger knüllten ein Taschentuch.

»Ich bin Temperance Brennan. Ich assistiere bei Mr. Ferris' Autopsie.«

Der Kopf der alten Frau kippte nach rechts, und ihre Perücke verrutschte.

»Mein aufrichtiges Beileid. Ich weiß, wie schwierig das für Sie ist.«

Die Jüngere hob zwei atemberaubend fliederfarbene Augen.

»Wirklich?«

Gute Frage.

Ein Verlust ist schwer zu verstehen. Ich weiß das. Mein Verständnis von Verlust ist unvollständig. Auch das weiß ich.

Mein Bruder starb an Leukämie, als er gerade mal drei Jahre alt war. Meine Großmutter war bereits über neunzig, als ich sie verlor. Jedes Mal war die Trauer wie ein lebendiges Wesen, das in meinen Körper eindrang und sich tief im Mark und in den Nervenenden einnistete.

Kevin war kaum mehr als ein Baby gewesen. Oma lebte in Erinnerungen, in denen ich nicht vorkam. Ich liebte sie beide. Aber sie waren nicht das ausschließliche Zentrum meines Lebens, und beide Todesfälle kamen nicht unerwartet.

Wie geht man mit dem plötzlichen Tod eines Partners um? Eines Kindes?

Ich wollte es mir gar nicht vorstellen.

Die jüngere Frau machte weiter, wo sie aufgehört hätte. »Wie können Sie sich anmaßen, den Kummer zu verstehen, den wir empfinden?«

Unnötig aggressiv, dachte ich. Auch linkische Beileidsbezeugungen sind Beileidsbezeugungen.

»Natürlich kann ich das nicht«, sagte ich und schaute zwischen ihr und ihrer Begleiterin hin und her. »Das war wohl wirklich etwas anmaßend.«

Keine der beiden Frauen sagte etwas.

»Ich bedaure Ihren Verlust sehr.«

Die junge Frau wartete so lange, dass ich schon glaubte, sie würde gar nicht mehr antworten.

»Ich bin Miriam Ferris. Avram ist … war mein Ehemann.« Miriam hob die Hand und zögerte dann, als wüsste sie nicht mehr so recht, was sie damit machen wollte. »Dora ist Avrams Mutter.«

Die Hand flatterte kurz in Doras Richtung und sank dann wieder zu ihrem Gegenstück.

»Ich nehme an, unsere Anwesenheit bei der Autopsie ist gegen die Vorschriften. Wir können ja nichts tun.« Miriams Stimme klang heiser vor Trauer. »Das ist alles so …« Sie ließ den Satz unvollständig, nahm aber den Blick nicht von mir.

Ich suchte nach etwas Tröstendem oder Aufmunterndem oder wenigstens Beruhigendem, das ich den beiden hätte sagen können. Aber mir fiel nichts ein. Also griff ich wieder zu einem Klischee.

»Ich weiß wirklich, was für ein Schmerz es ist, eine geliebte Person zu verlieren.«

Doras rechte Wange zuckte. Sie ließ die Schultern hängen und senkte den Kopf.

Ich ging zu ihr, kauerte mich hin und legte meine Hand auf ihre.

»Warum Avram?« Tränenerstickt. »Warum mein einziger Sohn? Es sollte nicht sein, dass eine Mutter ihren Sohn begräbt.«

Miriam sagte etwas auf Hebräisch oder Jiddisch.

»Wer ist dieser Gott? Warum tut er uns das an?«

Miriam sagte noch etwas, diesmal mit leisem Tadel in der Stimme.

Dora schaute zu mir hoch. »Warum hat er mich nicht genommen? Ich bin alt. Ich bin bereit.« Die runzligen Lippen zitterten.

»Das kann ich Ihnen nicht sagen, Ma'am.« Jetzt klang auch meine Stimme heiser.

Eine Träne tropfte von Doras Kinn auf meinen Daumen.

Ich schaute diesen einzelnen Tropfen an.

Ich schluckte.

»Kann ich Ihnen einen Tee bringen, Mrs. Ferris?«

»Wir kommen schon zurecht«, sagte Miriam. »Vielen Dank.«

Ich drückte Dora die Hand. Die Haut fühlte sich trocken, der Knochen spröde an.

Da ich mir nutzlos vorkam, stand ich auf und gab Miriam meine Karte. »In den nächsten paar Stunden bin ich dort oben. Wenn ich irgendetwas für Sie tun kann, zögern Sie nicht, mich anzurufen.«

Beim Verlassen des Familienzimmers fiel mir einer der bärtigen Beobachter auf, der auf der anderen Seite des Gangs stand und zu mir herüberschaute.

Als ich an ihm vorbeigehen wollte, stellte sich mir der Mann in den Weg.

»Das war sehr freundlich.« Seine Stimme hatte etwas Krächzendes, er klang ein wenig wie Kenny Rogers, wenn er »Lucille« sang.

»Eine Frau hat ihren Sohn verloren. Eine zweite ihren Ehemann.«

»Ich habe sie da drinnen gesehen. Offensichtlich sind Sie ein Mensch des Mitgefühls. Ein Mensch der Ehre.«

Worauf wollte er hinaus?

Der Mann zögerte, als wäre er unschlüssig in Bezug auf seinen nächsten Schritt. Dann griff er in die Tasche, zog einen Umschlag heraus und gab ihn mir.

»Das ist der Grund, warum Avram Ferris tot ist.«

2

Der Umschlag enthielt ein einzelnes Schwarz-Weiß-Foto. Abgebildet war ein auf dem Rücken liegendes Skelett, den Schädel zur Seite gedreht, den Unterkiefer heruntergeklappt wie in einem stummen Schrei.

Ich drehte das Foto um. Auf der Rückseite stand ein Datum, Oktober 1963, und eine verschmierte Abkürzung. *H de 1 H.* Vielleicht.

Ich schaute den bärtigen Herrn, der mir den Weg versperrte, fragend an. Er machte keine Anstalten zu einer Erklärung.

»Mr. –?«

»Kessler.«

»Warum zeigen Sie mir das?«

»Ich glaube, das ist der Grund, warum Avram Ferris tot ist.«

»Das haben Sie bereits gesagt.«

Kessler verschränkte die Arme. Löste sie wieder voneinander. Rieb sich die Handflächen an der Hose.

Ich wartete.

»Er sagte, er wäre in Gefahr.« Kessler deutete mit vier Fingern auf das Foto. »Meinte, wenn ihm irgendwas zustoßen sollte, dann deswegen.«

»Hat Mr. Ferris Ihnen das gegeben?«

»Ja.« Kessler schaute sich um.

»Warum?«

Kessler antwortete mit einem Achselzucken.

Ich senkte den Blick wieder zu dem Foto. Das Skelett war ganz ausgestreckt, der rechte Arm und die Hüfte zum Teil von einem Felsbrocken oder einer -kante verdeckt. Neben seinem linken Knie lag ein Objekt im Sand. Ein vertrautes Objekt.

»Woher kommt das Foto?« Ich hob den Kopf. Kessler schaute sich schon wieder um.

»Aus Israel.«

»Mr. Ferris hatte Angst um sein Leben?«

»Eine Heidenangst. Er meinte, wenn das Fotos ans Licht käme, würde es ein Chaos geben.«

»Was für eine Art von Chaos?«

»Das weiß ich nicht.« Kessler hob die Handflächen. »Schauen Sie, ich habe keine Ahnung, was für ein Foto das ist. Ich weiß nicht, was es bedeutet. Ich habe mich nur einverstanden erklärt, es an mich zu nehmen. Das ist alles. Das ist meine Rolle.«

»Was für eine Verbindung hatten Sie zu Mr. Ferris?«

»Wir waren Geschäftspartner.«

Ich streckte ihm das Foto wieder hin. Kessler ließ die Hände sinken.

»Erzählen Sie Detective Ryan, was Sie mir eben erzählt haben«, sagte ich.

Kessler trat einen Schritt zurück. »Sie wissen, was ich weiß.«

In diesem Augenblick läutete mein Handy. Ich zog es vom Gürtel.

Pelletier.

»Habe noch einen Anruf wegen Bellemare bekommen.«

Kessler ging um mich herum und auf das Familienzimmer zu.

Ich wedelte mit dem Foto. Kessler schüttelte den Kopf und eilte den Gang hinunter.

»Sind Sie soweit, dass Sie den Cowboy freigeben können?«

»Ich bin auf dem Weg nach oben.«

»*Bon*. Die Schwester macht sich schon in die Hose wegen der Beerdigung.«

Als ich abgeschaltet und mich umgedreht hatte, war der Gang leer. Na gut. Ich würde Ryan das Foto geben. Wir hatten ja eine Liste mit den Namen der Beobachter. Wenn er die Sache weiterverfolgen wollte, konnte er sich dort die nötigen Informationen über Kessler beschaffen.

Ich drückte auf den Aufzugsknopf.

Bis Mittag hatte ich meinen Bericht über Charles Bellemare fertig. Ich kam zu dem Schluss, dass der letzte Ritt des Cowboys, wie merkwürdig die Umstände auch sein mochten, Resultat seiner eigenen Verrücktheit war. Antörnen. Aufdrehen. Aussteigen. Oder, in Bellemares Fall, raufsteigen und runterfallen. Was hatte er da oben nur gewollt?

Beim Mittagessen informierte mich LaManche, dass es schwierig werden dürfte, Ferris' Kopfverletzungen *in situ,* also ohne Abtrennen des Kopfes, zu untersuchen. Die Röntgenaufnahmen zeigten nur ein Kugelfragment und deuteten darauf hin, dass der hintere Teil des Schädels und die linke Gesichtshälfte zertrümmert waren. Außerdem sagte er mir, dass meine Analyse von grundlegender Bedeutung sein würde, da die Verstümmelung durch die Katzen das auf den Röntgenaufnahmen erkennbare Muster der metallischen Spuren verändert habe.

Darüber hinaus war Ferris so gefallen, dass seine Hände unter ihm zu liegen kamen. Die Verwesung hatte einen Nachweis von Schmauchspuren unmöglich gemacht.

Um 13 Uhr 30 fuhr ich wieder in die Leichenhalle hinunter.

Ferris' Torso war inzwischen von der Kehle bis zum Schambein geöffnet, und seine Organe schwammen in geschlossenen Behältern. Der Gestank im Raum war in den roten Bereich geklettert.

Anwesend waren Ryan und der Fotograf sowie zwei der vier Beobachter vom Vormittag. LaManche wartete fünf Minuten und nickte dann seiner Autopsietechnikerin zu.

Lisa setzte Schnitte hinter Ferris' Ohren und quer über das

Schädeldach. Dann löste sie mit Skalpell und Fingern die Schädelschwarte von oben her in Richtung Hinterkopf ab, wobei sie immer wieder innehielt, um das Kärtchen mit der Fallnummer für die Fotos neu zu platzieren. Während so langsam die Fragmente freigelegt wurden, traten LaManche und ich näher heran, betrachteten, skizzierten und legten sie in Behälter.

Nachdem wir mit dem oberen und hinteren Teil von Ferris' Kopf fertig waren, löste Lisa die Haut von seinem Gesicht, und LaManche und ich wiederholten die Prozedur, wir untersuchten, skizzierten und traten dann zurück, damit Fotos gemacht werden konnten. Langsam extrahierten wir schließlich die Trümmer, die Ferris' Oberkieferknochen, Wangen-, Nasen- und Schläfenbeine gewesen waren.

Um vier waren die Überreste von Ferris' Gesicht wieder an Ort und Stelle, und eine y-förmige Naht hielt Brust und Bauch wieder zusammen. Der Fotograf hatte fünf Filmrollen. LaManche hatte einen ganzen Stapel von Skizzen und Notizen. Ich hatte vier Behälter mit blutigen Knochentrümmern.

Ich säuberte eben Knochenfragmente, als Ryan im Gang vor meinem Labor auftauchte. Ich sah ihn durch das Fenster über dem Waschbecken.

Zerfurchtes Gesicht, Augen zu blau, als dass es ihm gut täte.

Oder mir.

Als Ryan mich sah, drückte er Handflächen und Nase ans Glas. Ich spritzte ihm Wasser entgegen.

Er wich zurück und deutete zu meiner Tür. Ich formte mit den Lippen »offen« und winkte ihn herein. Ein dümmliches Grinsen breitete sich auf meinem Gesicht aus.

Okay. Vielleicht war Ryan doch nicht so schlecht für mich.

Aber zu diesem Schluss war ich erst vor kurzem gekommen.

Fast ein Jahrzehnt lang hatten Ryan und ich uns in einer mal vorhandenen, mal nicht vorhandenen Beziehung aneinander gerieben. Aufwärts-abwärts. Ja-nein. Heiß-kalt.

Heiß-heiß.

Von Anfang an hatte ich mich von Ryan angezogen gefühlt, doch einem dementsprechenden Verhalten standen mehr Hindernisse im Weg, als die Unabhängigkeitserklärung Unterzeichner hatte.

Ich glaube an die Trennung von Beruf und Vergnügen. Keine Kaffeeautomaten-Romanze für diese Señorita. Auf gar keinen Fall.

Ryan arbeitet im Morddezernat. Ich arbeite in der Leichenhalle. Hier gilt die berufliche Fernhaltungsklausel. Hindernis eins.

Dann war da noch Ryan selbst. Jeder kannte seine Biografie. Geboren in Nova Scotia als Sohn irischer Eltern, landete der junge Andrew schließlich am falschen Ende der zerbrochenen Budweiser-Flasche eines Bikers. Darauf verließ der Bursche die dunkle Seite und ging zu den guten Jungs, wo er bis in den Rang eines Lieutenant-détective der Provinzpolizei aufstieg. Der erwachsene Andrew ist freundlich, intelligent und, was seine Arbeit betrifft, ein grundsolider Kerl.

Aber allgemein auch als der Schwerenöter des Bereitschaftssaals bekannt. Hier gilt die Sexprotz-Fernhaltungsklausel. Hindernis zwei.

Aber Ryan machte mir mit beharrlichen Schmeicheleien die Schlupflöcher schmackhaft, und schließlich schlüpfte ich hindurch. Und plötzlich stand, natürlich an Weihnachten, Hindernis drei vor mir.

Lily. Eine neunzehnjährige Tochter, samt iPod, Nabelpiercing und bahamischer Mutter, ein Souvenir aus Fleisch und Blut aus seiner wilden Zeit.

Obwohl verwirrt und etwas erschrocken, nahm Ryan das Produkt seiner Vergangenheit an und traf einige Entscheidungen in Bezug auf seine Zukunft. Nach den Weihnachtsfeiertagen beschloss er, die Pflichten einer Vaterschaft auf Distanz zu übernehmen. In derselben Woche fragte er mich, ob ich bei ihm einziehen wolle.

Mach mal halblang, Freundchen. Ich legte ein Veto ein.

Obwohl ich noch immer mit meinem Kater Birdie zusammenlebe, tanzen Ryan und ich um die vorläufige Fassung eines für uns beide praktikablen Arrangements herum.

Bis jetzt war der Tanz gut.

Aber nur in den eigenen vier Wänden. Wir behalten die Sache für uns.

»Wie geht's meiner Süßen?«, fragte Ryan, als er zur Tür hereinkam.

»Gut.« Ich legte ein weiteres Fragment zu denen, die auf der Korkplatte trockneten.

»Ist das die Leiche aus dem Kamin?« Ryan beäugte den Karton mit Charles Bellemare.

»Der letzte Ritt für den Cowboy.«

»Hat der Kerl was abbekommen?«

Ich schüttelte den Kopf. »Wie's aussieht, hat er sich zurückgelehnt, als er sich hätte vorbeugen müssen. Keine Ahnung, warum er auf einem Kaminsims saß.« Ich zog die Gummihandschuhe aus und drückte mir Seife auf die Hände. »Wer ist der Blonde da unten?«

»Birch. Er wird mit mir den Ferris-Fall bearbeiten.«

»Neuer Partner?«

Ryan schüttelte den Kopf. »Von einer anderen Abteilung ausgeliehen. Glaubst du, dass Ferris sich selber umgebracht hat?«

Ich drehte mich um und warf Ryan einen vernichtenden Blick zu.

Ryan schaute mich an wie ein unschuldiger Chorknabe. »Ich will dich nicht drängen.«

Ich riss ein Papiertaschentuch aus dem Spender und sagte: »Erzähl mir was über ihn.«

Ryan schob Bellemare auf die Seite und hockte sich mit einem Schenkel auf den Arbeitstisch.

»Die Familie ist orthodox.«

»Echt?« Gespielte Überraschung.

»Die Fabelhaften Vier waren anwesend, um eine koschere Autopsie zu gewährleisten.«

»Wer waren die eigentlich?« Ich zerknüllte das Papiertuch und warf es in den Mülleimer.

»Ein Rabbi, Mitglieder der Gemeinde, ein Bruder. Willst du die Namen?«

Ich schüttelte den Kopf.

»Ferris war ein bisschen weltlicher als seine Verwandtschaft. Betrieb ein Importgeschäft in einem Lagerhaus in der Nähe des Mirabel-Flughafens. Sagte der Frau, er sei am Donnerstag und Freitag nicht in der Stadt. Laut …« Ryan zog seinen Spiralblock heraus und warf einen kurzen Blick darauf.

»Miriam«, ergänzte ich.

»Genau.« Ryan schaute mich verwundert an. »Laut Miriams Angaben versuchte Ferris, das Geschäft zu expandieren. Er rief am Mittwoch um vier an, sagte, er fahre jetzt weg und komme am späten Freitagabend wieder zurück. Als er bei Sonnenuntergang noch nicht da war, vermutete Miriam, er habe sich verspätet und wolle am *shabbat* lieber nicht fahren.«

»Ist das schon öfters passiert?«

Ryan nickte. »Ferris war kein großer Freund von Telefonaten nach Hause. Als er am Samstagabend noch immer nicht da war, startete Miriam einen Rundruf. Keiner aus der Familie hatte ihn gesehen. Und seine Sekretärin auch nicht. Da Miriam nicht wusste, wen er alles treffen wollte, beschloss sie, erst einmal nichts zu tun. Am Sonntagmorgen fuhr sie zu dem Lagerhaus. Am Nachmittag meldete sie ihn bei der Polizei als vermisst. Die Beamten sagten, sie würden anfangen zu ermitteln, wenn er bis Montagmorgen noch nicht aufgetaucht sei.«

»Ein erwachsener Mann, der eine Geschäftsreise ein bisschen verlängert?«

Ryan zuckte die Achseln. »Kommt schon mal vor.«

»Ferris hat Montreal nie verlassen?«

»LaManche glaubt, dass er bereits kurz nach seinem Anruf bei Miriam starb.«

»Miriams Geschichte ist also stimmig?«

»Bis jetzt schon.«

»Die Leiche wurde in einer Kammer gefunden?«

Ryan nickte. »Blut und Hirn überall an den Wänden.«

»Was für eine Art Kammer?«

»Kleine Abstellkammer hinter einem Büro im ersten Stock.«

»Wie kamen die Katzen da zu ihm rein?«

»Die Tür hat so eine kleine, beidseitig schwenkbare Klappe. Ferris bewahrte dort drinnen Futter und Katzenstreu auf.«

»Er holte seine Katzen zu sich, um sich zu erschießen?«

»Vielleicht waren sie schon drinnen, als er die Kugel abbekam, vielleicht sind sie erst später hineingeschlüpft. Es kann sein, dass Ferris auf einem Hocker saß, als er starb, und dann herunterfiel. Irgendwie haben sich seine Füße in der Katzenklappe verklemmt.«

Ich dachte darüber nach.

»Miriam schaute nicht in dieser Abstellkammer nach, als sie am Sonntag dorthin fuhr?«

»Nein.«

»Sie hat auch kein Kratzen oder Miauen gehört?«

»Madam ist *keine* Katzenliebhaberin. Deshalb hatte Ferris sie ja in der Arbeit.«

»Geruch hat sie auch keinen bemerkt?«

»Offensichtlich war Ferris nicht gerade ein Pedant, was Katzenhygiene betraf. Miriam meinte, wenn sie etwas gerochen hätte, dann hätte sie sich wahrscheinlich gedacht, dass es dreckiges Katzenstreu ist.«

»Sie fand das Gebäude auch nicht übermäßig warm?«

»Nein. Aber wenn eine der Katzen erst nach ihrem Besuch an den Thermostat gekommen wäre, dann hätte Ferris immer noch von Sonntag bis Dienstag geschmort.«

»Hatte Ferris andere Angestellte außer seiner Sekretärin?«

»Nein.« Ryan schaute kurz in seine Notizen auf dem Spiralblock. »Courtney Purviance. Miriam nennt sie Sekretärin. Purviance zieht die Bezeichnung ›Geschäftspartnerin‹ vor.«

»Setzt die Ehefrau sie herab oder sie sich selber herauf?«

»Eher Ersteres. Wie's aussieht, spielte Purviance in dem Geschäft eine ziemlich wichtige Rolle.«

»Wo war Purviance am Mittwoch?«

»Ging früh nach Hause. Verstopfte Nebenhöhlen.«

»Warum hat Purviance Ferris am Montag nicht gefunden?«

»Montag war irgendein jüdischer Feiertag. Purviance hat sich den Tag freigenommen, um Bäume zu pflanzen.«

»Tu B'Shvat.«

»*Et tu, Brute.*«

»Das Fest der Bäume. Fehlte irgendwas?«

»Purviance meint, dass es in dem Laden nichts gibt, was das Stehlen lohnt. Der Computer ist alt. Das Radio noch älter. Das Inventar ist nicht wertvoll. Aber sie sieht noch mal genau nach.«

»Wie lange hat sie für Ferris gearbeitet?«

»Seit achtundneunzig.«

»Irgendwas Verdächtiges in Ferris' Geschichte? Bekannte Geschäftspartner? Feinde? Spielschulden? Sitzengelassene Freundin? Oder Freund?«

Ryan schüttelte den Kopf.

»Deutet irgendwas auf eine Selbstmordneigung hin?«

»Ich bin noch am Wühlen, aber bis jetzt ist da nichts. Stabile Ehe. Ist mit seiner Frau im Januar nach Boca Raton gefahren. Das Geschäft war nicht gerade ein Knüller, lieferte aber ein solides Einkommen. Vor allem, seit Purviance eingestiegen ist, eine Tatsache, mit der sie nicht hinterm Berg hält. Nach Angaben der Familie gab es keine Anzeichen für Depressionen, aber Purviance meinte, er sei in den letzten Wochen ungewöhnlich launisch gewesen.«

Ich erinnerte mich an Kessler und zog das Foto aus der Tasche meines Labormantels.

»Ein Geschenk von einem der Fabelhaften Vier.« Ich hielt es ihm hin. »Er glaubt, das ist der Grund für Ferris' Tod.«

»Soll heißen?«

»Er glaubt, das ist der Grund für Ferris' Tod.«

»Du kannst einem wirklich auf die Nerven gehen, Brennan.«

»Ich arbeite daran.«

Ryan betrachtete das Foto.

»Welcher von den Fabelhaften Vier?«

»Kessler?«

Ryan hob eine Augenbraue, legte das Foto weg und blätterte in seinem Spiralblock.

»Bist du sicher?«

»Den Namen hat er mir zumindest genannt.«

Als Ryan den Kopf hob, war die Braue wieder an ihrer gewohnten Stelle.

»Bei der Autopsie war keiner mit dem Namen Kessler zugelassen.«

3

»Ich bin mir sicher, dass Kessler der Name war, den er mir genannt hat.«

»Er war ein befugter Beobachter?«

»Im Gegensatz zu den Unmengen von *hasidim,* die in diesen Hallen umgehen?«

Ryan ignorierte meinen Sarkasmus.

»Hat Kessler gesagt, warum er hier war?«

»Nein.« Aus irgendeinem Grund ärgerte mich Ryans Frage.

»Hast du Kessler davor im Autopsiesaal gesehen?«

Ich war besorgt gewesen wegen Miriam und Dora und dann abgelenkt von Pelletiers Anruf. Kessler hatte eine Brille, einen Bart und einen schwarzen Anzug. Mein Verstand hatte sich mit einem kulturellen Klischee zufrieden gegeben.

»Das habe ich einfach angenommen.«

»Gehen wir es doch mal von Anfang an durch.«

Ich schilderte Ryan die Begegnung auf dem Gang unten im Keller.

»Kessler war also im Gang, als du aus dem Familienzimmer gekommen bist?«

»Ja.«

»Hast du gesehen, woher er kam?«

»Nein.«

»Wohin er ging?«

»Ich dachte, er würde zu Dora und Miriam gehen.«

»Hast du gesehen, dass er das Familienzimmer betreten hat?«

»Ich hatte eben Pelletier am Apparat.« Es klang schärfer, als ich beabsichtigt hatte.

»Sei doch nicht so abwehrend.«

»Das war nicht abwehrend«, sagte ich abwehrend und riss die Druckknöpfe meines Labormantels mit beiden Händen auf. »Nur Detailgenauigkeit.«

Ryan nahm Kesslers Foto zur Hand.

»Was sehe ich da?«

»Ein Skelett.«

Ryan verdrehte die Augen.

»Kessler –« Ich hielt inne. »Der mysteriöse bärtige Fremde hat mir gesagt, es komme aus Israel.«

»Kommt das Foto aus Israel, oder wurde es dort aufgenommen?«

Noch ein Versäumnis meinerseits.

»Das Foto ist über vierzig Jahre alt. Es ist wahrscheinlich bedeutungslos.«

»Wenn jemand sagt, dass es einen Tod verursacht hat, dann ist es nicht bedeutungslos.«

Ich wurde rot.

Ryan drehte das Foto um, wie ich es getan hatte. »Was heißt *M de 1 H?*«

»Du hältst das für ein *M*?«

Ryan ignorierte meine Frage.

»Was war im Oktober dreiundsechzig los?«, fragte er mehr sich selbst als mich.

»Oswalds Gedanken waren bei JFK.«

»Brennan, du kannst einem wirklich …«

»Das hatten wir bereits.«

Ich stellte mich neben Ryan, drehte das Foto wieder um und deutete auf das Objekt links der Beinknochen.

»Siehst du das?«

»Das ist ein Pinsel.«

»Es ist ein provisorischer Richtungspfeil.«

»Soll heißen?«

»Ein alter Archäologentrick. Wenn man keinen offiziellen Marker hat, um Größenverhältnisse und Ausrichtung zu kennzeichnen, legt man irgendwas hin und richtet es nach Norden aus.«

»Du glaubst also, das Foto wurde von einem Archäologen aufgenommen?«

»Ja.«

»Auf was für einer Ausgrabungsstätte?«

»Einer mit Gräbern.«

»Langsam machen wir Fortschritte.«

»Schau, dieser Kessler ist wahrscheinlich ein Spinner. Stöbere ihn auf und quetsch ihn aus. Oder rede mit Miriam.« Ich deutete auf das Foto. »Vielleicht weiß sie, warum dieses Ding ihren Mann so aus der Fassung brachte.« Ich zog den Labormantel aus. »*Falls* es ihn tatsächlich aus der Fassung brachte.«

Ryan betrachtete das Foto eine ganze Minute lang. Dann hob er den Kopf und sagte: »Hast du die Tap Pants gekauft?«

Meine Wangen brannten. »Nein.«

»Roter Satin. Verdammt sexy.«

Ich kniff die Augen zusammen, um ihm anzudeuten: Nicht hier. »Ich mache Schluss für heute.«

Ich ging zum Schrank, hängte den Labormantel hinein und leerte die Taschen. Leerte meine Libido.

Als ich mich wieder umdrehte, stand Ryan bereits, starrte aber immer noch Kesslers Foto an.

»Glaubst du, dass einer deiner Paläo-Kumpels das Ding identifizieren kann?«

»Ich kann ja mal ein paar anrufen.«

»Könnte nicht schaden.«

An der Tür drehte Ryan sich um und hob die Augenbrauen. »Bis später?«

»Mittwoch ist mein Tai-Chi-Abend.«

»Morgen?«

»Okay.«

Ryan deutete mit dem Finger auf mich und zwinkerte. »Tap Pants.«

Meine Eigentumswohnung in Montreal befindet sich im Erdgeschoss eines u-förmigen Flachbaus. Ein Schlafzimmer, Arbeitszimmer, zwei Bäder, Wohn- und Esszimmer und eine Durchgangsküche, die so schmal ist, dass man an der Spüle steht und sich nur umzudrehen braucht, um den Kühlschrank zu öffnen.

Durch eine der Bogentüren in der Küche erreicht man über einen kurzen Gang eine gläserne Doppeltür, die auf einen zentralen Innenhof hinausführt. Durch die andere Küchentür kommt man ins Wohnzimmer, von dem aus eine weitere Doppeltür in einen winzigen, umschlossenen Garten führt.

Gemauerter, offener Kamin. Hübsche Holzarbeiten. Genügend Wandschränke. Parkhaus im Keller.

Nichts Ausgefallenes. Das wichtigste Verkaufsargument des Gebäudes ist seine zentrale Lage. Mitten im Centre-ville. Alles, was ich brauche, befindet sich im Umkreis von zwei Blocks von meinem Bett aus.

Birdie ließ sich nicht blicken, als ich mit dem Schlüssel klimperte.

»Hey, Bird.«

Keine Katze.

»Tschirp.«

»Hey, Charlie.«

»Tschirp. Tschirp.«

»Birdie?«

»Tschirp. Tschirp. Tschirp. Tschirp. Tschirp.« Ein bewundernder Pfiff.

Ich hängte meinen Mantel in den Schrank, brachte den Laptop ins Arbeitszimmer, stellte meine mitgebrachte Lasagne in der Küche ab und ging weiter ins Wohnzimmer.

Bird saß in seiner Sphinx-Pose da, die Hinterläufe unter dem Körper, den Kopf erhoben, die Vorderpfoten nach innen gedreht. Als ich mich zu ihm auf den Zweisitzer setzte, schaute er kurz hoch und konzentrierte sich dann wieder auf den Käfig rechts von ihm.

Charlie legte den Kopf schief und beäugte mich durch die Gitterstangen.

»Wie geht's meinen Jungs?«, fragte ich.

Birdie ignorierte mich.

Charlie hoppelte zu seiner Futterschüssel, pfiff noch einmal bewundernd und ließ dann sein Tschirpen hören.

»Wie mein Tag war? Anstrengend, aber ohne größere Katastrophen.« Von Kessler sagte ich nichts.

Charlie drehte den Kopf und begutachtete mich mit seinem linken Auge.

Nichts von der Katze.

»Freut mich, dass ihr zwei euch so gut versteht.«

Und das taten sie auch.

Der Sittich war Ryans letztjähriges Weihnachtsgeschenk. In Anbetracht meines Pendlerlebens hielt sich meine Begeisterung zwar in Grenzen, doch Birdie war vom ersten Augenblick an hingerissen.

Nachdem ich Ryans Vorschlag der gemeinsamen Wohnung abgelehnt hatte, hatte er gemeinsames Sorgerecht angeregt. Wenn ich in Montreal war, behielt ich Charlie. Wenn ich in Charlotte war, nahm Ryan ihn auf. Birdie reiste normalerweise mit mir.

Dieses Arrangement funktionierte, und Katze und Vogel waren ein Herz und eine Seele.

Ich ging in die Küche.

»Ausflug«, krächzte Charlie. »Vergiss den Vogel nicht.«

Beim Tai-Chi an diesem Abend war ich eine ziemliche Niete, aber danach schlief ich wie ein Stein. Okay, Lasagne ist nicht gerade die beste Vorbereitung für »Packe den Spatzenflügel« oder »Weißer Kranich breitet die Flügel aus«, aber für »Innere Stille« ist sie nicht schlecht.

Am nächsten Morgen stand ich um sieben auf und war um acht im Labor.

Die erste Stunde brachte ich damit zu, die Knochenfragmente aus Avram Ferris' Schädel zu identifizieren, zu markieren und zu inventarisieren. Es war noch keine sehr eingehende Untersuchung, aber mir fielen bereits Details auf, und langsam entstand ein Bild. Ein verwirrendes Bild.

Die Morgenbesprechung präsentierte das übliche Repertoire des Hirnlosen, des Brutalen und des traurig Banalen.

Ein siebenundzwanzigjähriger Mann war an einem elektrischen Schlag gestorben, weil er in der Metrostation Lucien-L'Allier in den Gleisschacht uriniert hatte.

Ein Schreiner in Boisbriand prügelte seine Frau, mit der er dreißig Jahre lang verheiratet gewesen war, zu Tode, nachdem sie sich gestritten hatten, wer hinausgehen und Feuerholz holen sollte.

Ein neunundfünfzigjähriger Crack-Süchtiger starb in einer billigen Absteige am Tor zu Chinatown an einer Überdosis.

Nichts für die Anthropologin.

Um zwanzig nach neun kehrte ich in mein Büro zurück und rief Jacob Drum an, einen Kollegen am UNC-Charlotte. Sein Anrufbeantworter meldete sich. Ich hinterließ ihm die Nachricht, dass er mich zurückrufen sollte.

Ich hatte bereits wieder eine Stunde Fragmentsichtung hinter mir, als das Telefon klingelte.

»Hey, Tempe.«

Beim Grüßen sagen wir aus dem Süden »hey«, nicht »hi«. Um zu warnen, Aufmerksamkeit zu erregen oder Missfallen auszudrücken, sagen wie ebenfalls »hey«, dabei wird aber die Luft ausgestoßen und das Ende gekappt. Das war ein luftloses, sehr langes »hey.«

»Hey, Jake.«

»Hier in Charlotte haben wir heute über zehn Grad. Ist es bei euch da oben recht kalt?«

Im Winter machen sich die aus dem Süden immer einen Spaß daraus, nach dem Wetter in Kanada zu fragen. Im Sommer lässt das Interesse etwas nach.

»Es ist kalt.« Die vorausgesagte Höchsttemperatur lag im Minusbereich.

»Ich gehe jetzt dorthin, wo das Wetter zu meinen Klamotten passt.«

»Zu einer Ausgrabung?« Jake war biblischer Archäologe, der

im Mittleren Osten seit fast dreißig Jahren Ausgrabungen unternahm.

»Ja, Ma'am. Eine Synagoge aus dem ersten Jahrhundert. Ich plane das schon seit Monaten. Das Team habe ich bereits beisammen. In Israel habe ich meine Stammbesetzung, und am Samstag treffe ich mich noch mit einem Grabungskoordinator in Toronto. Schließe jetzt gerade noch meine eigenen Reisevorbereitungen ab. Kann einem ganz schön auf die Nüsse gehen. Hast du eine Ahnung, wie selten diese Dinger sind?«

Nüsse?

»Synagogen aus dem ersten Jahrhundert gibt es in Masada und Gamla. Und das war's dann so ziemlich.«

»Klingt nach einer klasse Chance. Hör mal, ich bin froh, dass ich dich erwischt habe. Muss dich um einen Gefallen bitten.«

»Schieß los.«

Ich beschrieb ihm Kesslers Foto, ohne darauf einzugehen, wie ich es bekommen hatte.

»Das Foto wurde in Israel aufgenommen?«

»Man hat mir gesagt, es komme aus Israel.«

»Aus den Sechzigern?«

»Auf der Rückseite steht Oktober 63. Und eine Abkürzung. Vielleicht eine Adresse.«

»Ziemlich vage.«

»Ja.«

»Ich schaue mir das gern mal an.«

»Ich scanne das Foto ein und schick's dir per E-Mail.«

»Sehr optimistisch bin ich allerdings nicht.«

»Ich bin dir sehr dankbar, dass du's dir wenigstens anschauen willst.«

Ich wusste, was jetzt kam. Jack wiederholte seinen altbekannten Spruch wie eine schlechte Bierwerbung.

»Du solltest mit uns kommen, Tempe. Zu deinen archäologischen Wurzeln zurückkehren.«

»Es gibt nichts, was ich lieber tun würde, aber im Augenblick bin ich hier unabkömmlich.«

»Irgendwann einmal.«

»Irgendwann einmal.«

Gleich nach dem Anruf eilte ich in die Bild-Abteilung, scannte das Foto ein und schickte die jpg-Datei an den Computer in meinem Büro. Dann eilte ich zurück, ging online und schickte das Bild an Jakes Mailbox im UNCC.

Und wieder zurück zu Ferris' zertrümmertem Schädel.

Frakturen des Schädels zeigen erstaunliche Varianz, was das Bruchmuster angeht. Die erfolgreiche Interpretation eines vorliegenden Musters basiert auf dem Verständnis der biomechanischen Eigenschaften des Knochens in Kombination mit dem Wissen über die an der Erzeugung des Bruchs beteiligten inneren und äußeren Faktoren.

Ganz einfach, nicht? Wie Quantenphysik.

Obwohl ein Knochen ziemlich starr erscheint, weist er doch eine gewisse Elastizität auf. Unter Belastung gibt ein Knochen nach und verändert die Form. Wenn die Grenzen der Deformationselastizität überschritten werden, geht der Knochen kaputt, er bricht.

Das ist der biomechanische Teil.

Am Schädel verfolgen Brüche die Pfade des geringsten Widerstands. Diese Pfade werden bestimmt von Dingen wie Gewölbekrümmung, Knochenvorsprüngen und Nähten, den gewundenen Verbindungsstellen zwischen den verschiedenen Knochen.

Das sind die inneren Faktoren.

Zu den äußeren Faktoren gehören Größe, Geschwindigkeit und Winkel des aufprallenden Objekts.

Stellen Sie es sich so vor. Der Schädel ist eine Kugel mit Höckern und Kurven und Lücken. Man kann die Art und Weise vorhersagen, wie diese Kugel bricht, wenn ein aufprallendes Objekt Ärger macht. Sowohl eine 22er-Kugel wie ein Zwei-Zoll-Rohr sind aufprallende Objekte. Nur bewegt die Kugel sich viel schneller und trifft eine kleinere Fläche.

Jetzt wissen Sie ungefähr, worum es geht.

Trotz der massiven Schäden wusste ich, dass ich an Ferris' Schädel ein atypisches Muster sah. Je genauer ich hinschaute, desto mulmiger wurde mir.

Ich legte eben ein Fragment des Hinterhauptsbeins unter das Mikroskop, als das Telefon klingelte. Es war Jake Drum. Diesmal gab es kein entspanntes »hey«.

»Wo, hast du gesagt, hast du das Foto her?«

»Das habe ich noch gar nicht gesagt. Ich ...«

»Wer hat es dir gegeben?«

»Ein Mann namens Kessler. Aber ...«

»Hast du es noch?«

»Ja.«

»Wie lange bist du noch in Montreal?«

»Ich fliege am Sonntag für ein paar Tage in die Staaten, aber ...«

»Wenn ich morgen einen Abstecher nach Toronto mache, kannst du mir dann das Original zeigen?«

»Ja. Jake ...«

»Ich muss die Fluggesellschaft anrufen.« Seine Stimme war so angespannt, als wäre die *Queen Mary* daran vertäut. »Bis dahin, versteck das Foto.«

Die Leitung war tot.

4

Ich starrte das Telefon an.

Was konnte so wichtig sein, dass Jake Pläne änderte, an denen er bereits seit Monaten arbeitete?

Ich legte Kesslers Foto in die Mitte meiner Schreibunterlage.

Wenn ich mit dem Pinsel Recht hatte, lag das Skelett in Nord-Süd-Richtung. Die Handgelenke waren auf dem Bauch überkreuzt. Die Beine waren voll gestreckt.

Bis auf eine leichte Verschiebung der Becken- und Fußknochen sah alles anatomisch korrekt aus.

Zu korrekt.

Die Patellas lagen perfekt platziert am Ende jedes Oberschenkelknochens. Es ist unmöglich, dass Kniescheiben so gut in Position bleiben.

Und noch etwas anderes stimmte nicht. Das rechte Wadenbein lag innerhalb des rechten Schienbeines. Es hätte auf der anderen Seite liegen müssen.

Schlussfolgerung: Die Szenerie war manipuliert worden.

Hatte ein Archäologe die Knochen für dieses Foto angeordnet, oder hatte die Manipulation eine tiefere Bedeutung?

Ich trug das Foto zum Mikroskop, drehte die Leistung herunter und brachte die Glasfaserlampe in Stellung.

Die Erde in der Umgebung der Knochen war übersät von Fußabdrücken. Unter Vergrößerung konnte ich mindestens zwei unterschiedliche Sohlenmuster ausmachen.

Schlussfolgerung: Es waren mehr als eine Person dort gewesen.

Ich versuchte eine Geschlechtsbestimmung.

Die Orbitalwülste des Schädels waren groß, das Kinn kantig. Nur die rechte Seite des Beckens war zu sehen, aber die Einbuchtung zwischen der hinteren Sitz- und Darmbeinkante sah schmal und tief aus.

Schlussfolgerung: Das Individuum war mit ziemlich hoher Wahrscheinlichkeit männlich.

Ich wandte mich dem Alter zu.

Die obere Zahnreihe sah relativ vollständig aus. Die untere zeigte Lücken und Fehlstellungen. Die rechte Schambeinfuge, eine Verbindung, an der sich die Beckenhälften vorne treffen, war nach vorne, zur Kamera gekippt. Obwohl das Foto grobkörnig war, wirkte die Fugenoberfläche glatt und flach.

Schlussfolgerung: Das Individuum war ein junger bis mittelaltriger Erwachsener. Möglicherweise.

Klasse, Brennan. Ein erwachsener Toter mit schlechten Zähnen und neu arrangierten Knochen. Möglicherweise.

»Langsam machen wir Fortschritte.« Ich ahmte Ryan nach.

Die Uhr zeigte 13:40. Ich war am Verhungern.

Ich zog meinen Labormantel aus, schaltete die Glasfaserlampe aus und wusch mich. An der Tür zögerte ich.

Ich ging noch einmal zum Mikroskop, holte das Foto heraus und steckte es unter einen Aktendeckel in meiner Schreibtischschublade.

Um drei war ich mit den Ferris-Fragmenten noch nicht weiter als mittags. Ich war höchstens noch frustrierter.

Der Arm eines Menschen hat eine begrenzte Reichweite. Leute schießen sich in die Stirn, in die Schläfe, in den Mund, in die Brust. Sie schießen sich nicht selbst ins Rückgrat oder in den Hinterkopf. Es ist zu schwierig, eine Mündung dort zu platzieren und gleichzeitig einen Finger oder einen Zeh am Abzug zu behalten. Deshalb kann der Weg der Kugel häufig zur Unterscheidung zwischen Selbstmord und Mord benutzt werden.

Wenn eine Kugel einen Knochen durchschlägt, reißt sie kleine Partikel aus dem Rand des Lochs, das sie erzeugt, wobei sie eine Eintrittswunde innen abschrägt und eine Austrittswunde außen.

Kugel rein. Kugel raus. Geschossbahn. Todesart.

Wo lag also das Problem? Hatte Avram Ferris sich die Waffe selbst an den Kopf gehalten, oder hatte das ein anderer für ihn übernommen?

Das Problem war, dass der betroffene Teil von Ferris' Schädel aussah wie Puzzlestücke, die man einfach aus der Schachtel gekippt hatte. Um Aussagen über Abschrägungen treffen zu können, musste ich zuerst bestimmen, welches Teil wohin gehörte.

Nach Stunden des Puzzelns hatte ich einen ovalen Defekt hinter Ferris' rechtem Ohr identifizieren können, in der Nähe der Kreuzung der Scheitel-, Hinterhaupts- und Schläfenbeinnähte.

In Ferris' Reichweite? Schwierig, aber möglich.

Ein weiteres Problem. Das Loch wies sowohl an der Schädelinnen- wie an der Schädelaußenseite Abschrägungen auf.

Vergiss die Abschrägungen. Ich würde mich auf die Bruchsequenzierung verlassen müssen.

Ein Schädel ist dazu da, das Gehirn und eine sehr kleine Menge an Flüssigkeit zu beherbergen. Das ist alles. Für Gäste ist kein Platz.

Eine Kugel im Schädel löst eine Reihe von Ereignissen aus, von denen jedes vorhanden sein, nicht vorhanden sein oder in Kombination mit jedem anderen auftreten kann.

Zuerst wird ein Loch erzeugt. Dabei breiten sich Brüche strahlenförmig über den Schädel aus. Die Kugel durchdringt das Gehirn, schiebt dabei die graue Substanz beiseite und schafft so Raum, wo kein Raum sein soll. Der Schädelinnendruck steigt an, konzentrische Hebebrüche entwickeln sich rechtwinklig zu den strahlenförmig vom Loch ausgehenden Brüchen, und Knochenplatten werden nach außen gedrückt. Wo Hebebrüche und die strahlenförmig abgehenden Brüche sich kreuzen, peng. Dieser Teil des Schädels zersplittert.

Ein anderes Szenario. Keine Splitterung, aber die Kugel verabschiedet sich auf der anderen Seite des Schädels. Brüche strahlen vom Austrittsloch nach hinten ab und treffen auf die, die vom Eintrittsloch abgehen. Die Energie wird über die bereits existierenden Eintrittsfrakturen abgeleitet, und die Austrittsbrüche entwickeln sich nicht weiter.

Stellen Sie sich das so vor: Eine Kugel im Hirn gibt Energie ab. Diese nun gefangene Energie muss irgendwohin. Wie wir alle, sucht sie sich den einfachsten Ausweg. In einem Schädel bedeutet das die Nähte oder bereits existierende Risse. Kurz gesagt: Brüche, die vom Austrittsloch einer Kugel ausgehen, überqueren keine Brüche, die vom Eintritt erzeugt wurden. Finde das heraus, und du hast die Bruchsequenz.

Aber um das herauszufinden, muss man rekonstruieren.

Und das bedeutete viel Zeit und Geduld.

Und jede Menge Klebstoff.

Also holte ich meine Edelstahlschüssel heraus, meinen Sand und meinen Elmer's Kleister. Paar um Paar fügte ich Fragmente zusammen und hielt sie, bis die Bindung einsetzte. Dann stellte ich die Mini-Rekonstruktionen aufrecht in den Sand und fixierte sie so, dass sie ohne Verrutschen oder Verwinden austrocknen konnten.

Der Ghettoblaster der Labortechnikerin verstummte.

Die Fenster wurden dunkel.

Eine Glocke erklang, was ankündigte, dass die Telefonanlage des Hauses auf Nachtdienst umgestellt wurde.

Ich arbeitete weiter, wählte aus, fügte zusammen, klebte, balancierte. Schweigen senkte sich herab und wurde in der feierabendlichen Leere des großen Hauses immer lauter.

Als ich den Kopf hob, zeigte die Uhr 18:20.

Was stimmte daran nicht?

Ryan wollte um sieben bei meiner Wohnung sein.

Ich raste zum Waschbecken, wusch mir die Hände, riss den Labormantel herunter, packte meine Siebensachen und stürzte davon.

Draußen fiel ein kalter Regen. Nein. Das wäre zu freundlich ausgedrückt. Was da herunterkam, war Graupel. Eisige Schlutze, die sich an meiner Jacke festsetzte und mir auf den Wangen brannte.

Ich brauchte zehn Minuten, um mich durch den Gletscher auf meiner Windschutzscheibe zu hacken, und dann dreißig für eine Strecke, die ich normalerweise in fünfzehn schaffte.

Als ich ankam, lehnte Ryan an der Wand neben der Haustür. Neben seinen Füßen stand eine Tüte mit Lebensmitteln.

Es gibt einige unveränderliche Naturgesetze. Immer wenn ich Andrew Ryan treffe, sehe ich so übel aus, dass es schlimmer nicht mehr geht.

Andrew Ryan sieht aus wie frisch von einem Plakat für einen Abenteuerfilm. Immer.

An diesem Abend trug er eine Bomberjacke, einen gestreiften Wollschal und ausgewaschene Jeans.

Ryan lächelte, als er mich so daherschleichen sah, die Handtasche rutschend auf der einen Schulter, den Laptop in der linken Hand, die Aktentasche in der rechten. Meine Wangen waren rissig vom Eisregen. Die Haare klebten mir klatschnass auf dem Gesicht. Die Feuchtigkeit hatte aus meiner Wimperntusche eine impressionistische Studie in Schwarzgrau gemacht.

»Haben sich die Huskies im Geschirr verheddert?«

»Es graupelt.«

»Ich glaube, man muss ›Mush‹ rufen, damit sie vernünftig laufen.«

Ryan stieß sich von der Wand ab, erlöste mich mit der einen Hand von meinem Computer und strich mir mit der anderen die Haare aus der Stirn. Einige behielten als fester Strang die Form.

»Ist dir der Haarlack ausgekommen?«

»Ich habe geklebt.« Ich holte die Schlüssel heraus.

Ryan schien etwas auf den Lippen zu haben, hielt sich aber zurück. Er bückte sich, hob seine Tüte auf und folgte mir in die Wohnung.

»Tschirp?«

»Charlie, mein Junge«, rief Ryan.

»Tschirp. Tschirp. Tschirp. Tschirp. Tschirp.«

»Mach du dir mit Charlie mal 'ne schöne Zeit«, sagte ich. »Ich werde mich erst mal entkleistern.«

»Tap Pants?«

»Ich hab sie noch nicht mal bestellt, Ryan.«

In zwanzig Minuten hatte ich geduscht, die Haare gewaschen und geföhnt und ein subtiles, aber kunstvolles Make-up aufgetragen. Ich trug eine pinkfarbene Cordhose, ein figurbetonendes Top und hinter den Ohren Issey Miyake.

Keine Tap Pants, aber einen männermordenden Tanga. In Rosé. Kein Höschen, das meine Mutter getragen hätte.

Ryan war in der Küche. Die Wohnung roch nach Tomaten, Anchovis, Knoblauch und Oregano.

»Machst du deine weltberühmten *puttanesca?*«, fragte ich und stellte mich auf die Zehenspitzen, um Ryan auf die Wange zu küssen.

»Wow.« Ryan schlang die Arme um mich und küsste mich auf den Mund. Dann steckte er einen Finger in meinen Hosenbund, zog daran und spähte meinen Rücken hinab.

»Keine Tap Pants. Aber nicht schlecht.«

Ich stieß mich mit beiden Händen von seiner Brust ab.

»Du hast sie wirklich noch nicht bestellt?«

»Ich hab sie wirklich noch nicht bestellt.«

Birdie tauchte auf, schaute missbilligend drein und schlich sich zu seiner Schüssel.

Beim Abendessen erzählte ich Ryan von meiner Frustration über den Ferris-Fall. Bei Kaffee und Dessert brachte er mich in Bezug auf seine Ermittlungen auf den neuesten Stand.

»Ferris importierte rituelle Kleidungsstücke. *Yarmulken, talliths.*«

Ryan missverstand meinen Gesichtsausdruck.

»Der *tallith* ist der Gebetsschal.«

»Ich bin beeindruckt, dass du das weißt.« Ryan war katholisch erzogen, wie ich.

»Ich hab's nachgeschlagen. Warum das Gesicht?«

»Scheint mir ein sehr kleiner Markt zu sein.«

»Ferris handelte auch mit rituellen Artikeln für den häuslichen Gebrauch. *Menoras, mezuzahs, shabbat*-Kerzen, *kiddush*-Becher, *challa*-Deckchen. Die will ich auch noch alle nachschlagen.«

Ryan reichte mir den Gebäckteller. Ein Millefeuille war noch übrig. Ich wollte es. Ich schüttelte den Kopf. Ryan nahm es.

»Ferris hat in ganz Quebec, Ontario und den Maritimes verkauft. Sein Laden war nicht gerade Wal-Mart, aber es hat ihm zum Leben gereicht.«

»Hast du noch mal mit der Sekretärin gesprochen?«

»Wie's aussieht, ist Purviance wirklich mehr als eine Sekretärin. Sie führt die Bücher, überwacht die Lagerhaltung, reist nach Israel und in die Staaten, um Produkte zu prüfen und den Lieferanten um den Bart zu gehen.«

»Israel ist heutzutage keine leichte Aufgabe.«

»Purviance hat in den Achtzigern eine Weile in einem Kibbuz gelebt. Und sie spricht Englisch, Französisch, Hebräisch und Arabisch.«

»Beeindruckend.«

»Der Vater war Franzose. Die Mutter Tunesierin. Wie auch immer, Purviance erzählt immer dieselbe Geschichte. Die Geschäfte laufen gut. Keinen Feind auf der Welt. Obwohl sie das Gefühl hatte, dass Ferris in den letzten Tagen vor seinem Tod launischer war als sonst. Ich gebe ihr noch einen Tag, damit sie ihre

Arbeit im Lagerhaus abschließen kann, dann nehme ich sie mir noch einmal vor.«

»Hast du Kessler gefunden?«

Ryan ging zur Couch und zog ein Blatt Papier aus seiner Tasche. Dann kehrte er zum Tisch zurück und gab es mir.

»Das sind die Leute, die zur Autopsie zugelassen waren.«

Ich las die Namen.

Mordecai Ferris
Theodore Moskowitz
Myron Neulander
David Rosenbaum

»Kein Kessler.« Ich stellte das Offensichtliche fest. »Hast du irgendjemanden gefunden, der diesen Kerl kennt?«

»Mit der Familie zu reden ist so, als würde man mit Beton reden. Sie vollziehen gerade *aninut.*«

»*Aninut?*«

»Das erste Stadium der Trauer.«

»Und wie lange dauert *aninut?*«

»Bis zur Beerdigung.«

Ich dachte an die Schädelfragmente, die in meinen Sandschüsseln langsam wieder Gestalt annahmen.

»Das könnte noch ziemlich lange dauern.«

»Ferris' Frau meinte, ich solle wiederkommen, wenn die Familie *shiva* hinter sich hat. Das dauert eine Woche. Ich habe angedeutet, dass ich vielleicht früher vorbeikomme.«

»Das muss ein Alptraum für sie sein.«

»Da gibt's noch einen interessanten Nebenaspekt. Ferris war für zwei Millionen Dollar versichert, mit einer Verdoppelungsklausel bei Unfalltod.«

»Miriam?«

Ryan nickte. »Sie hatten keine Kinder.«

Ich erzählte Ryan von meiner Unterhaltung mit Jake Drum. »Ich kann mir einfach nicht vorstellen, warum er hierher kommt.«

»Glaubst du, dass er wirklich aufkreuzt?«

Das hatte ich mich selbst auch schon gefragt.

»An deinem Zögern merke ich, dass du deine Zweifel hast«, sagte Ryan. »Ist der Kerl ein Spinner?«

»Kein Spinner. Nur ein bisschen anders.«

»Anders?«

»Jake ist ein brillanter Archäologe. Hat in Qumran gearbeitet.«

Ryan schaute mich fragend an.

»Die Schriftrollen vom Toten Meer. Er kann unzählige Sprachen übersetzen.«

»Auch welche, die heute noch gesprochen werden?«

Ich warf eine Serviette nach Ryan.

Nachdem wir den Tisch abgeräumt hatten, streckten Ryan und ich uns auf dem Sofa aus. Birdie döste vor dem Feuer.

Wir sprachen von persönlichen Dingen.

Ryans Tochter in Halifax. Lily ging mit einem Gitarristen und überlegte sich einen Umzug nach Vancouver. Ryan befürchtete, dass diese beiden Dinge miteinander zu tun hatten.

Katy. In ihrem zwölften und letzten Semester an der University of Columbia hatte meine Tochter Kurse in Töpferei und Fechten und ein Seminar über die weibliche Aura im modernen Film belegt. Zu ihren unabhängigen Studien gehörten Interviews mit Kneipenstammgästen.

Birdie schnurrte. Oder schnarchte.

Charlie krächzte immer wieder eine Zeile aus »Hard-Hearted Hannah«.

Das Feuer knisterte und knackte. Eis klimperte auf den Fenstern.

Nach einer Weile versanken wir alle in Schweigen.

Ryan griff hinter sich und zog an der Lampenschnur. Ein bernsteinfarbener Schein tanzte über die vertrauten Gegenstände in meiner Wohnung.

Ryan und ich lagen aneinander geschmiegt da wie Tangotänzer, mein Kopf ruhte an seinem Schlüsselbein. Er roch nach Seife und den Holzscheiten, die er für das Feuer geholt hatte. Seine Finger strichen mir durch die Haare. Streichelten meine Wange. Meinen Hals.

Ich fühlte mich zufrieden. Ruhig. Eine Million Meilen von Skeletten und zersplitterten Schädeln entfernt.

Ryan besteht aus sehnigen, drahtigen Strängen. Langen. Nach einer Weile spürte ich einen Strang noch länger werden.

Wir überließen es Birdie, auf das Feuer aufzupassen.

5

Am nächsten Morgen musste Ryan früh los. Irgendwas wegen Allwetter-Gürtelreifen und Auswuchten und einer verbogenen Felge. Um sieben Uhr morgens bin ich kein guter Zuhörer. Außerdem interessieren mich Reifen absolut nicht.

Was mich schon eher interessiert, sind die Flugverbindungen zwischen Charlotte und Montreal. Ich kann den gesamten Flugplan von USAirways auswendig hersagen. Da ich wusste, dass man den täglichen Direktflug gestrichen hatte, war ich mir sicher, dass Jake erst am Nachmittag ankommen würde. Ich drehte mich um und schlief noch einmal ein.

Ein Bagel und Kaffee gegen acht, und dann fuhr ich ins Labor. Ich musste für fünf Tage weg, und ich wusste, dass die Ferris-Familie auf Informationen wartete.

Und auf die Leiche.

Ich verbrachte einen Elmer's-Vormittag damit, die Segmente zusammenzusetzen, die ich am Tag zuvor rekonstruiert hatte. So wie man Atome zu Molekülen und die zu ganzen Zellen zusammensetzt, baute ich immer größere Abschnitte des Schädelgewölbes auf.

Die Gesichtsknochen waren eine andere Geschichte. Hier gab es umfangreiche Splitterungen, entweder wegen der Katzen oder einfach der fragilen Natur der dortigen Knochen. Die linke Seite von Ferris' Gesicht war nicht zu rekonstruieren.

Dennoch schälte sich ein Muster heraus.

Obwohl die Linien sehr komplex waren, zeigte sich, dass kein Riss die von dem Loch hinter Ferris' Ohr ausgehenden strahlenförmigen Brüche überquerte. Die Bruchsequenz deutete also auf diese Wunde als Eintrittsloch hin.

Aber warum waren die Lochränder auf der Außenseite des Schädels abgeschrägt? Ein Eintrittsloch hätte auf der Innenseite abgeschrägt sein müssen.

Mir fiel nur eine Erklärung ein, aber aus dem Bereich links oberhalb des Defekts fehlten Fragmente. Um sicherzugehen, brauchte ich diese Fragmente.

Um zwei schrieb ich LaManche einen Zettel, auf dem ich ihm erklärte, was mir fehlte. Ich erinnerte ihn daran, dass ich vorhatte, zum Jahrestreffen der American Academy of Forensic Sciences nach New Orleans zu fliegen und dass ich erst am Mittwochabend wieder in Montreal sein würde.

In den nächsten zwei Stunden erledigte ich Kleinkram. Bank. Reinigung. Katzenfutter. Vogelfutter. Ryan hatte zwar versprochen, Birdie und Charlie zu übernehmen, aber der Mann hatte interessante Ansichten über Haustierpflege. Ich wollte einfach die Chancen auf anständige Ernährung meiner Lieblinge erhöhen.

Jake rief an, als ich eben in meine Tiefgarage fuhr. Er stehe in der Vorhalle. Ich eilte nach oben, ließ ihn zur Haustür herein und führte ihn den Korridor entlang zu meiner Wohnung.

Unterwegs erinnerte ich mich an meine erste Begegnung mit Jake Drum. Ich war damals neu am UNCC und hatte erst wenige Fakultätsangehörige außerhalb meiner Disziplin kennen gelernt. Keinen von der Abteilung für Religiöse Studien. Spät eines Abends tauchte Jake in meinem Labor auf, zu einer Zeit, als Angriffe auf Studentinnen zu Sicherheitswarnungen auf dem gesamten Campus geführt hatten.

Ich war nervös wie eine Maus im Terrarium, die eine ausgehungerte Python anstarrt.

Meine Ängste waren unbegründet. Jake hatte nur eine Frage in Bezug auf Knochenkonservierung.

»Tee?«, fragte ich ihn jetzt.

»Aber sicher. Im Flugzeug habe ich nur Brezeln und Sprite bekommen.«

»Das Geschirr steht hinter dir.«

Ich sah zu, wie Jake Tassen aussuchte und dachte mir dabei, was für schlechte Karten er als Verdächtiger hätte. Seine Nase ist dünn und vorstehend, die Brauen verlaufen buschig und kerzengerade über Rasputin-schwarzen Augen. Er ist eins fünfundneunzig groß, wiegt knappe fünfundachtzig Kilo und rasiert sich den Schädel.

Zeugen würden Jake genau so beschreiben, wie er ist.

An diesem Tag vermutete ich, dass er die Leute auf dem Bürgersteig dazu gebracht hatte, einen weiten Bogen um ihn zu machen. Seine Aufregung war spürbar.

Wir plauderten ein bisschen, während wir auf den Kessel warteten.

Jake hatte ein Zimmer in einem kleinen Hotel am Westrand des Campus der McGill University. Er hatte sich ein Auto gemietet, um am nächsten Morgen nach Toronto zu fahren. Am Montag würde er nach Jerusalem aufbrechen, wo er mit seinem israelischen Team diese Synagoge aus dem ersten Jahrhundert ausgraben würde.

Jake lud mich wie üblich ein, doch mal wieder zum Graben mitzukommen. Ich dankte ihm wie üblich und drückte mein Bedauern aus.

Als der Tee fertig war, setzte Jake sich an den Esstisch. Ich holte eine Lupe und Kesslers Foto und legte beides auf das Glas.

Jake starrte das Foto an, als hätte er es noch nie zuvor gesehen.

Nach einer vollen Minute nahm er die Lupe zur Hand. Mit langsamen, zielgerichteten Bewegungen ließ er sie über die Aufnahme wandern.

In einer Hinsicht sind Jake und ich uns sehr ähnlich.

Wenn man mich ärgert, werde ich mürrisch, barsch und reagiere mit Sarkasmus. Wenn ich wirklich wütend bin, voller weiß glühendem Zorn, dann werde ich absolut ruhig.

Diese eisige Fassade ist außerdem meine Reaktion auf Angst. Ich nahm an, dass es bei Jake ebenso war. Die plötzliche Veränderung in seinem Verhalten jagte mir einen Schauer über den Rücken.

»Was ist los?«, fragte ich.

Jake hob den Kopf und starrte an mir vorbei, versunken, wie ich nur vermuten konnte, in einer Erinnerung an Sonden, Kellen und den Geruch aufgeworfener Erde.

Dann klopfte er mit einem langen, schlanken Finger auf das Foto.

Ein unzusammenhängender Gedanke. Wenn die Schwielen nicht gewesen wären, hätten Jakes Hände auch die eines Konzertpianisten sein können.

»Hast du mit dem Mann gesprochen, der dir das Foto gegeben hat?«

»Nur kurz. Wir versuchen gerade, ihn zu finden.«

»Was hat er genau gesagt?«

Ich zögerte, weil ich mir überlegte, was ich ihm moralisch vertretbar erzählen konnte. Über Ferris' Tod war in den Medien berichtet worden. Kessler hatte nicht um Vertraulichkeit gebeten.

Ich berichtete von dem Tod durch einen Schuss, der Autopsie und dem Mann, der sich Kessler genannt hatte.

»Angeblich soll es aus Israel kommen.«

»Tut es auch«, sagte Jake.

»Ist das eine Vermutung?«

»Es ist eine Tatsache.«

Ich runzelte die Stirn. »Bist du dir so sicher?«

Jake lehnte sich zurück. »Was weißt du über Masada?«

»Das ist ein Berggipfel in Israel, auf dem viele Menschen starben.«

Jakes Lippen taten etwas, das fast wie ein Lächeln aussah.

»Bitte erklären Sie das genauer, Ms. Brennan.«

Ich kramte in meinen Erinnerungen. Ziemlich weit hinten.

»Im ersten Jahrhundert vor Christus…«

»Politisch nicht korrekt. Der Begriff heißt jetzt vor unserer Zeitrechnung.«

»– kam das gesamte Gebiet zwischen Syrien und Ägypten, also das alte Land Israel, das die Römer Palästina nannten, unter römische Herrschaft. Die Israelis waren selbstverständlich ziemlich sauer. Im Lauf des folgenden Jahrhunderts kam es zu einer Reihe von Rebellionen mit dem Ziel, die Römer wieder hinauszuwerfen. Aber jede war eine Pleite.«

»Originelle Formulierung. Aber bitte fahren Sie fort.«

»Ungefähr sechsundsechzig nach Christus, sorry, unserer Zeit, walzte wieder eine jüdische Revolte über die Region. Diesmal machten sich die Römer vor Schiss fast in ihre Röckchen, und der Kaiser schickte Truppen, um den Aufstand niederzuschlagen.«

Ich grub tief nach Daten.

»Ungefähr fünf Jahre nach Beginn der Revolte eroberte der römische General Vespasian Jerusalem, schleifte den Tempel und verjagte die Überlebenden.«

»Und Masada?«

»Masada ist ein riesiger Felsen in der judäischen Wüste. Am Anfang des Kriegs stieg eine Gruppe jüdischer Zeloten dort hinauf und verschanzte sich. Der römische General – der Name fällt mir jetzt nicht ein ...«

»Flavius Silva.«

»Genau der. Silva fand das nicht sehr spaßig. Masada war ein Widerstandsnest, das er nicht einfach so hinnehmen wollte. Silva richtete einen Belagerungsring ein, ließ eine Einkesselungsmauer bauen und dann eine riesige Rampe die Flanke von Masada hoch. Als seine Truppen schließlich einen Rammbock dort hinaufrollten und in die Festung einbrachen, fanden sie alle tot.«

Ich sagte nichts über meine Quelle, aber diese ganze Geschichte war mir aus einer TV-Miniserie über Masada aus den frühen Achtzigern in Erinnerung. Peter O'Toole als Silva?

»Ausgezeichnet. Obwohl dein Bericht ein gewisses Gefühl für Maßstäbe vermissen lässt. Silva ist nicht einfach nur mit ein paar Pelotons da hinaufmarschiert. Diese Operation war gigantisch, sie umfasste die komplette Zehnte Legion sowie sämtliche Hilfstruppen und tausende von israelischen Kriegsgefangenen. Silva war fest entschlossen, so lange zu bleiben, bis alle Rebellen unterworfen waren.«

»Wer hatte eigentlich oben das Sagen?«

»Eleazar ben Ya'ir. Die Juden waren seit sieben Jahren dort, und sie waren ebenso entschlossen zu bleiben, wie Silva entschlossen war, sie zu vertreiben.«

Weitere Erinnerungsbruchstücke der Miniserie. Jahrzehnte zuvor hatte Herodes Masada mächtig ausbauen lassen, er hatte eine Kasemattenmauer um die Spitze herum in Auftrag gegeben, Verteidigungstürme, Lagerhäuser, Baracken und Arsenale und ein Zisternensystem für das Auffangen und Speichern von Regenwasser. Siebzig Jahre nach dem Tod des alten Königs waren die Lagerhäuser noch immer gefüllt, und die Zeloten hatten alles, was sie brauchten.

»Die Hauptquelle in Bezug auf Masada ist Flavius Josephus«, fuhr Jake fort. »Joseph Ben Matatyahu auf Hebräisch. Am Anfang der Sechsundsechziger-Revolte diente Josephus als jüdischer Kommandant in Galiläa. Später lief er zu den Römern über. Ungeachtet seiner mangelnden Loyalität war der Kerl ein brillanter Historiker.«

»Und zu der Zeit der einzige Reporter vor Ort.«

»Das ist das eine. Aber Josephus' Beschreibungen waren auch erstaunlich detailliert. Laut seinem Bericht rief Eleazar ben Ya'ir in der Nacht, als die Festung gestürmt wurde, seine Gefolgsleute zusammen.«

Jake beugte sich vor und beschrieb die Szenerie.

»Stell dir das mal vor. Die Mauer brannte. Bei Sonnenaufgang würden die Römer hereinstürmen. Eine Fluchtmöglichkeit gab es nicht mehr. Ben Ya'ir argumentierte, dass ein ehrenvoller Tod einem Leben in Sklaverei vorzuziehen sei. Durch Losentscheid wurden zehn Männer bestimmt, die die Aufgabe hatten, alle anderen zu töten. Und die zehn losten unter sich aus, wer von ihnen seine Kollegen und anschließend sich selbst umbringen sollte.«

»Es gab keine Dissidenten?«

»Falls es welche gab, wurden sie einfach überstimmt. Zwei Frauen und ein paar Kinder konnten sich verstecken und überlebten. Der Großteil von Josephus' Informationen kam von ihnen.«

»Wie viele starben?«

»Neunhundertsechzig Männer, Frauen und Kinder«, sagte Jake mit leiser Stimme. »Die Juden betrachten Masada als eine der dramatischsten Episoden in ihrer Geschichte. Vor allem die israelischen Juden.«

»Was hat Masada mit Kesslers Foto zu tun?«

»Das Schicksal der Überreste der jüdischen Zeloten war schon immer ein Geheimnis. Laut Josephus' Angaben errichtete Silva unmittelbar nach der Eroberung Masadas auf dem Gipfel eine Garnison.«

»Aber Masada wurde doch sicher ausgegraben.«

»Jahrelang war jeder Ausgräber auf dem Planeten ganz heiß auf eine Genehmigung. Ein israelischer Archäologe namens Yigael Yadin bekam schließlich den Zuschlag. Yadin arbeitete mit einem Team von Freiwilligen zwei Saisons lang vor Ort. Die erste dauerte von Oktober dreiundsechzig bis Mai vierundsechzig, die zweite von November vierundsechzig bis April fünfundsechzig.«

So langsam dämmerte mir, worauf Jake hinaus wollte.

»Yadins Team entdeckte menschliche Überreste?«

»Drei Skelette. Auf der unteren Terrasse der Palastvilla des Herodes.«

»Palastvilla?«

»Wegen der periodischen Aufstände war der alte Knabe ziemlich nervös, also baute er Masada zu einer Art Bunker aus, sollten er und seine Familie je fliehen müssen. Und Herodes hatte es nicht so mit dem spartanischen Leben. Zusätzlich zu der Mauer und den Verteidigungstürmen gab er Paläste samt Säulengängen, Mosaiken, Fresken, Terrassen, Gärten und allem in Auftrag.«

Ich deutete auf das Foto. »Ist das eins der drei?«

Jake schüttelte den Kopf. »Laut Yadin war ein Skelett das eines Mannes Mitte zwanzig. Nicht weit entfernt lagen die Knochen einer jungen Frau mit perfekt erhaltenen Haaren und Sandalen. Das ist kein Witz. Ich habe die Fotos gesehen. Die Haare der Frau sahen aus, als hätte sie sie an dem Morgen, an dem sie ausgegraben wurde, frisch geflochten.«

»Trockenheit ist ein guter Konservator.«

»Ja. Obwohl die Überreste nicht unbedingt dem entsprachen, was Yadin in sie hineininterpretierte.«

»Was meinst du damit?«

»Ist nicht wichtig. Nach Yadin war das dritte Skelett das eines Kindes.«

»Was ist mit diesem Kerl?« Wieder deutete ich auf Kesslers Foto.

»Dieser Kerl.« Jake spannte die Kiefermuskeln an und entspannte sie wieder. »Dieser Kerl hätte eigentlich überhaupt nicht da oben sein dürfen.«

6

»Hätte nicht da oben sein dürfen?«

»Das ist meine Theorie.«

»Gibt's Leute, die diese Ansicht teilen?«

»Einige.«

»Wer ist er?«

»Das ist die große Frage.«

Ich lehnte mich zurück und nahm eine Zuhörerhaltung ein.

»Nach dem Sieg von Silvas Truppen sollte man annehmen, dass sie die Leichen der Zeloten über die Klippen geworfen oder irgendwo auf dem Gipfel verscharrt hätten. Yadin führte einige Probegrabungen durch, fand aber nirgendwo Hinweise auf ein Massengrab. Moment mal.«

Jake zog zwei Gegenstände aus einer abgenutzten ledernen Aktentasche und legte sie auf den Tisch. Einer davon war eine Karte.

Ich zog meinen Stuhl an den Tisch, und wir beugten uns beide darüber.

»Masada hat die Form eines Stealth-Bombers, wobei der eine Flügel nach Norden zeigt, der andere nach Süden und das Cockpit nach Westen.«

Ich sah eher so etwas wie eine Amöbe vor mir, sagte aber nichts.

Jake zeigte auf den oberen Rand des Plateaus, in die Nähe der Spitze seines südlichen Stealth-Flügels.

»Hier liegt ein ganzes Netz von Höhlen, ein paar Meter unter der Kasemattenmauer.«

Jake holte den zweiten Gegenstand unter der Karte hervor.

Ein altes Schwarz-Weiß-Foto. Menschliche Knochen. Stiefelabdrücke im Sand.

Déjà-vu Kessler.

Aber nicht ganz.

Auf diesem Foto lagen die Knochen vieler Individuen verteilt und durcheinander geworfen. Außerdem zeigte diese Aufnahme einen offiziellen Nordpfeil samt Maßstabsmarkierung, und in der oberen rechten Ecke waren Arm und Knie eines Ausgräbers zu sehen, der etwas abbürstete, das im Sand lag.

»Yadins Team fand skelettierte Überreste in einer der südlichen Gipfelhöhlen«, vermutete ich, ohne den Blick von dem Foto zu nehmen. »Diese Aufnahme wurde während der Ausgrabung gemacht.«

»Ja.« Jake deutete auf einen Punkt auf der Masada-Karte. »Dieser Locus erhielt die Bezeichnung Höhle 2001. Yadin erwähnt ihn in seinem vorläufigen Bericht über das Masada-Projekt und fügt auch eine kurze Beschreibung von Yoram Tsafrir, dem Ausgrabungsleiter bei diesem Locus, hinzu.«

»Minimale Anzahl von Individuen in dieser Höhle?«, fragte ich, während ich mindestens fünf Schädel zählte.

»Kommt darauf an, wie man Yadin interpretiert.«

Ich schaute ihn überrascht an. »MAI sollte doch nicht so schwer zu bestimmen sein. Hat ein biologischer Anthropologe die Knochen untersucht?«

»Dr. Nicu Haas von der Hebräischen Universität. Ausgehend von Haas' Einschätzungen in seinem Bericht über die erste Ausgrabung, gab Yadin eine Gesamtzahl von fünfundzwanzig Individuen an: vierzehn Männer, sechs Frauen, vier Kinder und ein Fötus. Aber wenn man seine Formulierungen aufmerksam liest, behandelte er einen sehr alten Mann als von den anderen Männern getrennt.«

»Was seine tatsächliche Gesamtzahl auf sechsundzwanzig bringt.«

»Genau. In seinem populärwissenschaftlichen Buch …«

»Du meinst das, das sechsundsechzig herauskam?«

»Genau. *Masada. Der letzte Kampf um die Festung des Herodes.* In dieser Publikation macht Yadin im Wesentlichen dasselbe, indem er angibt, dass Haas vierzehn Männer im Alter zwischen zweiundzwanzig und sechzig, einen Mann über siebzig, sechs Frauen, vier Kinder und einen Fötus fand.«

»Es ist also unklar, ob es insgesamt fünfundzwanzig oder sechsundzwanzig waren?«

»Du kapierst schnell.«

»Wahnsinnig schnell. Könnte ein simpler Rechenfehler sein.«

»Könnte sein.« An Jakes Stimme hörte ich, dass er es nicht glaubte.

»Das Alter der Frauen und Kinder?«

»Die Kinder waren zwischen acht und zwölf Jahren. Die Frauen waren alle jung, fünfzehn bis zweiundzwanzig.«

Plötzliche Erkenntnis. »Du glaubst, dass unser Knabe hier der Siebzigjährige sein könnte?« Ich tippte mit dem Finger auf Kesslers Foto.

»Zu ihm komme ich gleich. Im Augenblick möchte ich aber noch bei der Höhle bleiben. In ihren Berichten erwähnten weder Tsafrir noch Yadin, wann Höhle 2001 entdeckt oder wann sie ausgeräumt wurde.«

»Könnte einfach nur Schlamperei …«

Er fiel mir ins Wort.

»Der Fund wurde nie den Medien bekannt gegeben.«

»Vielleicht aus Respekt vor den Toten.«

»Yadin berief eine Pressekonferenz ein, als die drei Palast-Skelette gefunden wurden.« Jake wedelte mit den Händen, die Finger ausgestreckt wie E.T. »Riesensensation. Wir haben Überreste der jüdischen Verteidiger von Masada gefunden. Das war Ende November dreiundsechzig. Höhle 2001 wurde im Oktober dreiundsechzig entdeckt und ausgeräumt, einen Monat *vor* dieser Pressekonferenz.«

Jakes Finger stieß bedeutungsschwanger auf das Foto herab.

»Yadin wusste über die Knochen aus der Höhle Bescheid, erwähnte sie aber mit keinem einzigen Wort.«

»Wenn die Daten nicht veröffentlicht wurden, woher weißt du dann, wann das Grab entdeckt und ausgeräumt wurde?«

»Ich habe mit einem Freiwilligen gesprochen, der an dieser Stätte mitgearbeitet hatte. Der Kerl ist vertrauenswürdig, und er hätte auch keinen Grund gehabt zu lügen. Und glaube mir, ich habe die Berichterstattung in den Medien wirklich gründlich recherchiert. Es war ja nicht nur diese eine Pressekonferenz. Während beider Grabungssaisons berichteten die Medien regelmäßig darüber, was in Masada gefunden wurde. Die *Jerusalem Post* hat ein nach Themen geordnetes Archiv, und ich habe einige Stunden mit deren Masada-Dossier zugebracht. Die Artikel erwähnen Mosaiken, die Synagoge, die *mikvehs,* die drei Skelette aus dem nördlichen Palast. Aber kein einziges Wort über die Überreste aus Höhle 2001.«

Jake war jetzt richtig in Fahrt.

»Und ich rede nicht nur von der *Post.* Im Oktober fünfundsechzig brachte die *Illustrated London News* ein umfangreiches Feature über Masada mit Fotos und allen Schikanen. Die Palast-Skelette werden erwähnt, ohne jeglichen Respekt vor den Toten, aber kein einziges Wort über die Knochen aus der Höhle.«

In diesem Augenblick fing Charlie an zu jodeln.

»Was zum Teufel ist denn das?«

»Mein Sittich. Normalerweise macht er das nur, wenn man ihm Bier gibt.«

»Du machst Witze.« Jake klang schockiert.

»Natürlich.« Ich stand auf und sammelte unsere Tassen ein. »Charlie wird ziemlich weinerlich, wenn er trinkt. Noch Tee?«

Jake lächelte und hielt mir seine Tasse hin. »Bitte.«

Als ich zurückkam, massierte Jake sich eben den Nacken. Ich dachte an eine Gans.

»Nur damit ich dich richtig verstehe«, sagte ich. »Yadin hatte ausführlich über die Palast-Skelette gesprochen, die Knochen aus der Höhle aber nie öffentlich erwähnt?«

»Die einzige Erwähnung von Höhle 2001, die ich gefunden habe, findet sich in der Berichterstattung über Yadins Pressekonferenz nach der zweiten Ausgrabungssaison. In der *Jerusalem Post* vom 28. März 1965 wird Yadin dahingehend zitiert, dass er sich beklagte, es seien in Masada nur achtundzwanzig Skelette gefunden worden.«

»Fünfundzwanzig in der Höhle und drei beim nördlichen Palast.«

»Wenn es fünfundzwanzig waren.«

Ich ließ mir das durch den Kopf gehen.

»Was glaubte Yadin, wer diese Individuen in der Höhle waren?«

»Jüdische Zeloten.«

»Ausgehend wovon?«

»Von zwei Dingen. In der Nähe gefundene Artefakte und Ähnlichkeit der Schädel zu einem Typus, der in den Höhlen von Bar Kochba in Nahal Hever ausgegraben worden war. Damals dachte man, diese Knochen stammten von Juden, die in der zweiten jüdischen Revolte gegen Rom ums Leben gekommen waren.«

»Und, war das so?«

»Wie sich zeigte, stammten die Knochen aus der Kupferzeit.«

Ich kramte in meinen Erinnerungen. Kupferzeit. Stein- und Kupferwerkzeuge. Viertes Jahrtausend vor unserer Zeitrechnung, nach der Jungsteinzeit, vor der Bronzezeit. Viel zu früh für Masada.

»Biologische Anthropologen halten sehr wenig von der Schädeltypologie«, sagte ich.

»Ich weiß. Aber das war Haas' Schlussfolgerung, und Yadin akzeptierte sie.«

Ein langes, nachdenkliches Schweigen entstand, das ich schließlich beendete.

»Wo sind die Knochen jetzt?«

»Angeblich sind alle wieder zurück unter der Erde bei Masada.«

»Angeblich?«

Jake stellte die Tasse geräuschvoll auf die Tischplatte.

»Lass mich ein Stückchen im Schnelldurchlauf weitermachen. In seinem populärwissenschaftlichen Werk ging Yadin kurz auf die in Höhle 2001 entdeckten Überreste ein. Shlomo Lorinez, ein ultraorthodoxes Mitglied der Knesset, las das Buch und drehte völlig durch. Er hatte den einzigen Pressebericht von fünfundsechzig, in dem die Skelette erwähnt wurden, damals nicht gelesen. Lorinez brachte in der Knesset eine offizielle Protestnote ein mit dem Vorwurf, zynische Archäologen und medizinische Wissenschaftler würden gegen jüdisches Gesetz verstoßen. Er wollte wissen, wo sich die Überreste befänden, und beharrte auf einem ordnungsgemäßen Begräbnis für die Verteidiger von Masada.

Es kam zu einer größeren öffentlichen Kontroverse. Der Minister für Religiöse Angelegenheiten und die obersten Rabbis schlugen vor, die Masada-Knochen auf einem jüdischen Friedhof am Ölberg zu begraben. Yadin widersprach und regte stattdessen die Beerdigung der drei Palast-Skelette in Masada, aber eine Wiederbestattung der Leute aus Höhle 2001 an der Stelle, wo man sie gefunden hatte, an. Yadin zog den Kürzeren, und im Juli neunundsechzig kamen alle Überreste an der Spitze der römischen Rampe wieder unter die Erde.«

Ich fand das sehr verwirrend. Warum hätte Yadin sich der Beerdigung der Knochen aus der Höhle am Ölberg widersetzen sollen? Warum der Vorschlag der Wiederbestattung der Palast-Knochen in Masada, aber der Rückführung der anderen Knochen in die Höhle? Ging es darum, die Leute aus der Höhle von heiliger Erde fern zu halten? Oder war ihm der Gedanke unbehaglich, dass die Leute aus der Höhle und die Leute aus dem Palast im selben Grab liegen könnten?

Charlie unterbrach meinen Gedankengang mit einer Zeile aus »Hey, Big Spender«.

»Sind in der Höhle neben den Knochen noch andere Dinge gefunden worden?«, fragte ich.

»Jede Menge häusliche Gerätschaften. Kochtöpfe, Lampen, Korbwaren.«

»Was darauf hindeutet, dass die Höhlen bewohnt waren.«

Jake nickte.

»Von wem?«

»Damals herrschte Krieg. Jerusalem war niedergebrannt. Auf diese Anhöhe hätten sich alle möglichen Flüchtlinge retten können. Einige hätten auch getrennt von der Zelotengemeinschaft leben können.«

Aha. »Die Leute in der Höhle hätten also Nichtjuden sein können?«

Ein ernstes Nicken.

»Und das hätte Israel nicht unbedingt publik machen wollen.«

»Absolut nicht. Masada war ein geheiligtes Symbol. Die, die ihr letztes Gefecht schlugen und lieber Selbstmord begingen als sich zu unterwerfen. Bis vor kurzem hielt das israelische Militär spezielle Aufnahmezeremonien für Neulinge in ihren Eliteeinheiten auf dem Gipfel von Masada ab.«

»O Mann.«

»Laut Tsafrir waren die Knochen in der Höhle durcheinander geworfen und vermischt mit Kleidungsfragmenten, als hätte man die Leichen einfach in einem großen Loch verscharrt«, sagte Jake, »Das entspricht nicht gerade einem typisch jüdischen Begräbnis.«

In diesem Augenblick sprang Birdie auf meinen Schoß.

Ich stellte die beiden einander vor. Jake kraulte den Kater hinter den Ohren und nahm dann seinen Faden wieder auf.

»Bis zum gegenwärtigen Zeitpunkt hat die Israel Exploration Society fünf Bände über die Masada-Ausgrabung veröffentlicht. In Band drei wird berichtet, dass die Höhlen vermessen und ausgegraben wurden, aber abgesehen davon und einer Karte mit einer Umrisszeichnung von Höhle 2001 wird nirgendwo erwähnt, dass in diesem Locus irgendetwas gefunden wurde, ob nun menschliche oder andere Überreste.«

Jake lehnte sich zurück und nahm seine Tasse in die Hand. Stellte sie wieder zurück.

»Moment. Ich muss mich korrigieren. Am Ende von Band vier gibt es einen Nachtrag. Ein Bericht über eine Radiokarbon-Untersuchung von Textilien, die in der Höhle gefunden wurden. Diese Untersuchung wurde erst Jahre später durchgeführt. Aber das war's dann.«

Ich stellte Birdie wieder auf den Boden und zog Kesslers Foto unter Jakes Masada-Karte hervor.

»Und wie passt dieser Kerl nun dazu?«

»Das ist der Punkt, wo die Sache wirklich merkwürdig wird. Höhle 2001 enthielt die Überreste eines völlig intakten Skeletts, das isoliert von den vermischten Knochen lag. Das Individuum lag auf dem Rücken, mit verschränkten Händen und zur Seite gedrehtem Kopf.« Jake durchbohrte mich mit einem Blick. »Kein einziger Bericht erwähnte dieses vollständige, anatomisch korrekt angeordnete Skelett.«

»Ich nehme an, du hast von diesem Skelett ebenfalls von diesem Freiwilligen erfahren, der damals in den Sechzigern in der Höhle mitgearbeitet hatte.«

Jake nickte.

»Jetzt wirst du mir gleich sagen, dass dieses vollständige Skelett nicht wieder mit den anderen begraben wurde«, vermutete ich.

»Genau.« Jake trank seine Tasse aus. »In den Berichten über die Wiederbestattung wird immer nur von siebenundzwanzig Individuen gesprochen, drei aus dem nördlichen Palast und vierundzwanzig aus der Höhle.«

»Nicht fünfundzwanzig oder sechsundzwanzig. Vielleicht haben sie den Fötus weggelassen.«

»Ich bin überzeugt, dass sie den Fötus und das komplette Skelett ausgelassen haben.«

»Nur damit ich dich richtig verstehe. Du willst mir sagen, ein freiwilliger Ausgräber, ein Augenzeuge, habe dir persönlich berichtet, dass er und Tsafrir ein komplettes, anatomisch korrekt angeordnetes Skelett aus der Höhle 2001 geborgen hätten. Aber ein solches Skelett sei weder in den Presseberichten noch in Yadins offiziellem Bericht oder seinem populärwissenschaftlichen Werk je erwähnt worden.«

Jake nickte.

»Und du glaubst, dass dieses Skelett nicht mit dem Rest der Höhlen- und Palast-Knochen wiederbestattet wurde?«

Jake nickte noch einmal.

Ich tippte auf Kesslers Foto. »Konnte sich dieser Freiwillige auch erinnern, ob Fotos geschossen wurden?«

»Er hat sie selber geschossen.«

»In wessen Besitz waren die Überreste während der fünf Jahre über der Erde?«

»Haas hatte sie.«

»Hat er veröffentlicht?«

»Keine Zeile. Und normalerweise schrieb Haas ausführliche Berichte mit Zeichnungen, Tabellen, Maßangaben, sogar Gesichtsrekonstruktionen. Seine Analyse der Begräbnisstätten in Giv'at ha-Mivtar ist unglaublich detailliert.«

»Ist er noch am Leben?«

»Haas stürzte fünfundsiebzig schwer. Er fiel ins Koma. Und starb siebenundachtzig, ohne das Bewusstsein wiedererlangt zu haben. Oder einen Bericht geschrieben zu haben.«

»Haas kann also zur Frage nach der Gesamtzahl der Leichen oder zu dem Rätsel um das intakte Skelett nichts Klärendes mehr beitragen.«

»Ohne Séance nicht.«

»Hey, big spender...« Charlie hielt sich an den Gassenhauer.

Jake schlug jetzt eine andere Richtung ein. »Folgendes. Stell dir vor, du bist Yadin. Du hast diese komischen Knochen aus der Höhle. Was würdest du als Erstes tun?«

»Heute?«

»In den Sechzigern.«

»Da war ich gerade dabei, meine Milchzähne zu verlieren.«

»Spiel doch einfach mal mit.«

»Radiokarbon-Untersuchung. Altersbestimmung.«

»Man hat mir gesagt, dass zu der Zeit in Israel Radiokarbon-Untersuchungen noch nicht vorgenommen wurden. Aber jetzt beziehe mal das Folgende mit ein. In seinen Schmähreden vor der Knesset beharrte Lorinez darauf, dass einige Masada-Skelette außer Landes gebracht worden seien.«

»Lorinez war das ultraorthodoxe MK, das für die Wiederbestattung stritt?«

»Ja. Und was Lorinez sagte, ergibt einen Sinn. Warum hätte Yadin keine Radiokarbon-Untersuchung an diesen Knochen aus der Höhle anfordern sollen?«

»Du glaubst also, dass Lorinez Recht hatte?«

»Ja. Aber laut Yadin haben keine Masada-Knochen das Land verlassen.«

»Warum nicht?«

»In einem *Post*-Interview, das ich gelesen habe, behauptete Yadin, es sei nicht seine Aufgabe, solche Untersuchungen zu initiieren. Im selben Artikel machte ein Anthropologe die Kosten dafür verantwortlich.«

»Eine Radiokarbon-Datierung ist doch nicht so teuer.« Schon Anfang der Achtziger kosteten solche Tests nur noch etwa hundertfünfzig Dollar. »Schon überraschend, dass Yadin keine angefordert hat, in Anbetracht der Bedeutung der Fundstättc.«

»Nicht so überraschend wie Haas' Versäumnis, die Höhlenknochen schriftlich zu dokumentieren«, sagte Jake.

Ich ließ mir all das eine Weile durch den Kopf gehen. Dann: »Du vermutest also, dass die Leute aus der Höhle gar nicht zu der Hauptzelotengruppe gehörten?«

»Ja.«

Ich nahm Kesslers Foto zur Hand.

»Und dass dies hier das nicht gemeldete intakte Skelett ist.«

»Ja.«

»Du glaubst, dass dieses Skelett möglicherweise aus Israel herausgebracht und nicht wieder mit den anderen beerdigt wurde?«

»Ja.«

»Warum nicht?«

»Das ist die Eine-Million-Dollar-Frage.«

Ich starrte das Foto an.

»Wo ist dieser Kerl jetzt?«

»Die Antwort darauf, Dr. Brennan, bringt Ihnen noch eine Million ein.«

7

Jedes Jahr hat eine glücklose Stadt die zweifelhafte Ehre, Austragungsort der Hauptversammlung der American Academy of Forensic Sciences zu sein. Eine Woche lang strömen Techniker, Psychiater, Zahnärzte, Anwälte, Pathologen, Anthropologen und unzählige Labor-Freaks dort zusammen wie Motten auf einem zusammengerollten Wollteppich. Dieses Jahr zog New Orleans das kürzere Streichholz.

Von Montag bis Mittwoch herrschen Vorstands-, Ausschuss- und Geschäftsbesprechungen vor. Am Donnerstag und am Freitag bieten wissenschaftliche Sitzungen Insidertipps zu den allerneuesten Tendenzen in Theorie und Praxis an. Als Doktorandin und dann als frisch gebackene Beraterin besuchte ich diese Veranstaltung mit dem glühenden Eifer einer religiösen Fanatikerin. Inzwischen ist mir das informelle Netzwerk alter Freundschaften lieber.

Egal, wie man an diese Konferenz herangeht, anstrengend ist sie allemal.

Das ist auch mein Fehler. Ich melde mich für zu viel. Soll heißen, dass ich mich Drängen nicht energisch genug widersetze.

Am Sonntag arbeitete ich mit einem Kollegen an einem gemeinsamen Artikel für das *Journal of Forensic Sciences*. Die nächsten Tage vergingen in einem Nebel aus *Robert's Rules* zu Verfahrensfragen, Remoulade und Runden von Getränken. Cocktails für meine kontrolliert trinkenden Kollegen. Perrier für mich.

Die Unterhaltungen drehten sich vor allem um zwei Themen: frühere Eskapaden und verrückte Fälle. Ganz oben auf der diesjährigen Hitliste des Bizarren und Verblüffenden standen Gallensteine so groß wie Rice Crispies, ein Selbstmord in einem Gefängnis mit einer Telefonschnur und ein schlafwandelnder Polizist mit einer Kugel aus seiner eigenen Waffe im Hirn.

Ich ging mit meinem Ferris-Fall hausieren. Es gab unterschiedliche Meinungen in Bezug auf die merkwürdigen Abschrägungen. Die meisten jedoch waren mit dem Szenario einverstanden, das ich mir zurechtgelegt hatte.

Mein Terminplan ließ es nicht zu, dass ich auch noch die wissenschaftlichen Vorträge hörte. Als ich am Mittwoch im Taxi zum Flughafen von New Orleans saß, war ich fix und fertig.

Mechanische Probleme. Vierzig Minuten Verspätung. Willkommen im amerikanischen Flugverkehr. Checke eine Minute zu spät ein, und deine Maschine ist bereits weg. Checke eine Stunde vorher ein, und deine Maschine hat Verspätung. Mechanische Probleme, Probleme mit der Crew, Wetterprobleme, Problemprobleme. Ich kannte das alles.

Eine Stunde später hatte ich alle Sitzungsprotokolle in meinen Laptop eingegeben, und mein 17-Uhr-40-Flug wurde jetzt für 20 Uhr angekündigt.

So viel zur Chicago-Verbindung.

Frustriert schleppte ich mich zum Service-Schalter, stellte mich in die Schlange und buchte eine neue Route. Die gute Nachricht: Ich würde noch in dieser Nacht in Montreal ankommen. Die schlechte Nachricht: Ich würde erst kurz vor Mitternacht landen. Und die zusätzliche schlechte Nachricht: Ich würde unterwegs Detroit besuchen.

Ein Wutausbruch bringt in einer solchen Situation wenig, außer dass er den Blutdruck erhöht.

In der Flughafenbuchhandlung versperrten mir eine Million Exemplare des diesjährigen Megasellers den Weg. Ich zupfte mir eins aus der Pyramide. Der Klappentext pries ein Geheimnis an, das eine »uralte explosive Wahrheit« zertrümmern würde.

Wie Masada?

Warum nicht? Der Rest des Universums las das Ding ja auch.

Bis zur Landung hatte ich vierzig Kapitel gelesen. Okay, sie waren kurz. Aber die Geschichte war faszinierend.

Ich fragte mich, ob Jake und seine Kollegen das Buch ebenfalls lasen und, falls sie es taten, was sie von der Prämisse hielten.

Der Wecker am Donnerstagmorgen war so willkommen wie eine Bindehautentzündung. Und fast so schmerzhaft.

Nach meiner Ankunft im zwölften Stock des L'Édifice Wilfrid Derome, dem Gebäude, das als Mutterschiff für die Provinzpolizei und die forensischen Institute fungiert, eilte ich direkt zur Morgenbesprechung.

Nur zwei Autopsien. Eine ging an Pelletier, die andere an Emily Santangelo.

LaManche sagte mir, dass er, auf meine schriftliche Anfrage hin, Lisa gebeten habe, sich Avram Ferris' Kopf noch einmal vorzunehmen. Sie habe zusätzliche Fragmente entdeckt und sie aus der Leichenhalle nach oben geschickt. Er fragte mich, wann er mit einem Ergebnis meiner Untersuchung rechnen könne. Ich schätzte, am frühen Nachmittag.

Tatsächlich lagen in meinem Labor sieben Splitter neben dem Waschbecken. Ihre LSJML-Nummer entsprach der Nummer der Ferris-Leiche.

Nachdem ich meinen Labormantel angezogen hatte, hörte ich den Anrufbeantworter ab und erwiderte zwei Anrufe. Dann setzte ich mich vor meine Sandschüssel und fing an, die neuen Fragmente in meine rekonstruierten Segmente einzupassen.

Zwei waren im Scheitelbein zu Hause. Eins passte genau ins rechte Hinterhauptsbein. Eins war heimatlos.

Drei füllten den Rand des ovalen Defekts aus.

Das reichte. Ich hatte meine Antwort.

Ich wusch mir eben die Hände, als mein Handy bimmelte. Es war Jake Drum mit einer miserablen Verbindung.

»Klingt, als würdest du vom Pluto anrufen.«

»Kein Netz …«, knisterte und knackte es aus dem Gerät, »… eit Pluto herabgestuft wurde vom Planeten zum …«

Herabgestuft zu was? Zum Mond?

»Bist du in Israel?«

»Paris… Pläne geänder… im Musée de l'Homme.«

Eine Zeit lang lauschte ich transatlantischem Knacken und Rauschen.

»Rufst du mit einem Handy an?«

»…eine Archivierungsnummer entdeckt… seit den… iebzigern verscholle…«

»Jake. Ruf mich über Festnetz an. Ich kann dich kaum verstehen.«

Anscheinend konnte Jake mich auch nicht verstehen.

»…uche weiter… uf dich über Festnetz an.«

Mein Handy piepste, und die Verbindung war weg.

Ich schaltete ab.

Jake war nach Paris geflogen. Warum?

Dann fiel es mir wie Schuppen von den Augen.

Ich ging mit Kesslers Foto zum Mikroskop, drehte es um und betrachtete die Beschriftung unter Vergrößerung.

Oktober 1963. M d l'H.

Was ich als Eins gelesen hatte, war tatsächlich ein kleines L. Und Ryan hatte Recht gehabt. Das erste H war tatsächlich ein verschmiertes M. *Musée de l'Homme.* Offensichtlich hatte Jake die Abkürzung erkannt, war sofort nach Paris geflogen und hatte dort eine Archivierungsnummer für das Masada-Skelett entdeckt.

LaManche trägt Schuhe mit weichen Sohlen und hat weder Schlüssel noch Münzen in seinen Hosentaschen. Kein Knarzen. Kein Klimpern. Für einen Mann seiner Größe bewegt er sich außerordentlich leise.

Ich formulierte eben das nächste »Warum«, als mir der Geruch von Flying Dutchman in die Nase stieg.

Ich wirbelte herum. LaManche war durchs Histologie-Labor hereingekommen und stand jetzt hinter mir.

»Fertig?«

»Fertig.«

Wir setzten uns, und ich stellte meine Rekonstruktionen auf den Tisch.

»Ich überspringe das Grundsätzliche.«

LaManche lächelte nachsichtig. Ich biss mir auf die Zunge.

Ich nahm das Segment zur Hand, das früher einmal die rechte hintere Hälfte von Ferris' Schädel gewesen war, und deutete mit meinem Kugelschreiber.

»Ovaler Defekt mit strahlenförmig abgehenden Frakturen.«

Ich deutete auf das Spinnennetz von sich kreuzenden Rissen auf diesem Segment und zwei anderen.

»Konzentrische Hebebrüche.«

»Die Eintrittswunde befindet sich also hinter dem rechten Ohr?« LaManche nahm den Blick nicht von dem Segment.

»Ja. Aber es ist kompliziert.«

»Die Abschrägungen.« LaManche kam sofort auf den Punkt.

Ich wandte mich nun wieder dem ersten Segment zu und deutete auf die äußerlichen Abschrägungen am Rand des ovalen Defekts.

»Wenn die Mündung der Waffe direkt auf dem Schädel aufsitzt, können die Rückstoßgase eine ektokraniale Abschrägung verursachen«, sagte LaManche.

»Ich glaube nicht, dass das hier der Fall ist. Beachten Sie die Form des Defekts.«

LaManche beugte sich tiefer darüber.

»Eine Kugel, die rechtwinklig in den Schädel eindringt, produziert für gewöhnlich einen kreisrunden Defekt«, sagte ich. »Eine Kugel, die schräg in den Schädel eindringt, produziert ein unregelmäßigeres Loch, meistens von eher ovalem Umriss.«

»*Mai, oui.* Ein Schlüsselloch-Defekt.«

»Genau. Tatsächlich splitterte ein Fragment von der Kugel ab und prallte dann von der Schädelaußenseite ab. Daher die externe Abschrägung am Eintrittsloch.«

LaManche schaute mich an. »Die Kugel trat also hinter dem rechten Ohr ein und an der linken Wange wieder aus.«

»Ja.«

»Eine solche Geschossbahn ist bei einem Selbstmord zwar ungewöhnlich, aber möglich.«

»Da ist noch mehr. Sehen Sie mal genauer hin.«

Ich gab LaManche eine Lupe. Er hob und senkte sie über dem ovalen Defekt.

»Das gerundete Ende sieht wellig aus.« LaManche betrachtete den Defekt volle dreißig Sekunden lang. »Als wäre der Kreis auf das Oval aufgesetzt.«

»Oder genau andersherum. Der Rand des runden Defekts ist auf der Schädelaußenseite glatt. Aber schauen Sie mal innen nach.«

Er drehte das Segment um.

»Endokraniale Abschrägung.« La Manche begriff sofort. »Ein doppelter Eintritt.«

Ich nickte. »Die erste Kugel traf Ferris' Schädel genau im rechten Winkel. Wie aus dem Lehrbuch. Äußerer Rand glatt, innerer Rand abgeschrägt. Die zweite traf dieselbe Stelle, aber in einem schrägen Winkel.«

»Wodurch ein Schlüsselloch-Defekt entsteht.«

Ich nickte. »Ferris' Kopf bewegte sich, oder die Hand des Schützen zuckte.«

Erschöpfung? Traurigkeit? Resignation? LaManche sackte zusammen, als ich meine hässliche Schlussfolgerung äußerte.

»Avram Ferris wurde zweimal in den Hinterkopf geschossen. Wie bei einer Hinrichtung.«

An diesem Abend kochte Ryan bei mir. Arktische Rotforelle, Spargel und was wir in Dixie Stampfkartoffeln nennen. Die Kartoffeln buk er im Ofen, schälte sie, zerdrückte sie mit einer Gabel und arbeitete dann Frühlingszwiebeln und Olivenöl unter.

Ich sah ihm voller Ehrfurcht zu. Ich wurde schon scharfsinnig genannt. Sogar brillant. Aber wenn es ums Kochen geht, habe ich die Phantasie eines Karpfens. Auch wenn ich eine Ewigkeit zum Nachdenken hätte, würde mir bei Kartoffelbrei keine Agenda einfallen, die ohne kochendes Wasser auskam.

Birdie war ausgesprochen interessiert an Ryans *fruits de mer,* und während des ganzen Essens lauerte er auf spendierte Häppchen. Später legte er sich vor den Kamin. Sein Schnurren sagte, dass ein Katzenleben nicht viel besser sein konnte.

Während des Essens teilte ich Ryan meine Schlussfolgerungen bezüglich der Todesart im Ferris-Fall mit. Er wusste bereits Bescheid. Die Ermittlungsrichtung lautete nun offiziell auf Mord.

»Die Waffe ist eine Jericho neun Millimeter«, sagte er.

»Wo war sie?«

»Ganz hinten in einer Ecke der Abstellkammer, unter einem Rollkarren.«

»Gehörte Ferris die Waffe?«

»Falls ja, wusste niemand etwas davon.«

Ich griff noch einmal nach der Salatschüssel.

»Die SIJ hat in der Kammer eine Neun-Millimeter-Kugel gefunden«, fuhr Ryan fort.

»Nur eine?« Das passte nicht zu meiner Zwei-Schuss-Theorie.

»In der Deckenverkleidung.«

Und das ebenfalls nicht.

»Wie kam die Kugel da hinauf?«, fragte ich.

»Vielleicht ist Ferris auf den Schützen losgegangen, es kam zu einem Kampf, und der Schuss löste sich.«

»Vielleicht hat der Schütze Ferris die Waffe in die Hand gedrückt und den Abzug betätigt.«

»Simulierter Selbstmord?«

»Jeder Fernsehzuschauer weiß, dass es dann Schmauchspuren geben musste.«

»LaManche hat keine gefunden.«

»Das muss aber nicht heißen, dass es keine gab.«

Ich kaute und dachte nach.

LaManche hatte ein Kugelfragment aus dem Kopf des Opfers entfernt. Die SIJ hatte eine Kugel aus der Decke gepult. Wo war der Rest der ballistischen Indizien?

»Hast du nicht gesagt, dass Ferris auf einem Hocker saß, als er die Kugeln abbekam?«

Ryan nickte.
»Mit dem Gesicht zur Tür?«
»Die wahrscheinlich offen war. Die SIJ untersucht gerade das Büro und die Gänge. Du kannst dir gar nicht vorstellen, mit wie viel Schrott das alles voll gestellt ist.«
»Was ist mit Patronenhülsen?«
Ryan schüttelte den Kopf. »Der Schütze hat sie offensichtlich eingesammelt.«
Auch das ergab keinen Sinn.
»Warum die Waffe am Tatort lassen, aber die Patronenhülsen einsammeln?«
»Eine sehr scharfsinnige Frage, Dr. Brennan.«
Ich hatte aber keine scharfsinnige Antwort.
Ich hielt Ryan die Salatschüssel hin. Er lehnte ab.
Ryan wechselte das Thema. »Habe heute noch mal bei der Witwe vorbeigeschaut.«
»Und?«
»Die Dame ist nicht gerade ein Ausbund an aufgeschlossener Freundlichkeit.«
»Sie trauert.«
»Das behauptet sie zumindest.«
»Du kaufst es ihr nicht ab?«
»Mein Bauch sagt mir, dass ich an der noch was zu knabbern habe.«
»Schlechte Metapher.« Ich dachte an die Katzen.
»Gutes Argument.«
»Irgendwelche Verdächtige?«
»Ein ganzes Füllhorn.«
»Großes Wort«, sagte ich. »Sexy.«
»Tap Pants?«, sagte Ryan.
»Kleine Wörter.«
Beim Dessert erzählte ich Ryan, was ich über Kesslers Foto erfahren hatte.
»Drum ist tatsächlich nach Paris geflogen?«
»Anscheinend.«

»Er ist überzeugt, dass das Foto dieses Masada-Skelett zeigt?«

»Und Jake ist keiner, der leicht in Aufregung gerät.«

Ryan warf mir einen merkwürdigen Blick zu.

»Wie gut kennst du diesen Jake?«

»Über zwanzig Jahre.«

»Die Frage bezog sich auf die Tiefe, nicht die Dauer der Beziehung.«

»Wir sind Kollegen.«

»Nur Kollegen?«

Ich verdrehte die Augen. »Wirst du jetzt ein bisschen persönlich?«

»Hmm.«

»Hmm.«

»Ich denke, wir sollten vielleicht unsere Trinkgelder zusammenwerfen.«

Ich hatte keine Ahnung, was er meinte.

»Ich hatte außerdem noch einmal eine Unterhaltung mit Courtney Purviance«, sagte Ryan. »Interessante Dame.«

»Aufgeschlossen und freundlich?«

»Bis das Gespräch auf Ferris oder Geschäftsdetails kommt. Dann macht sie zu wie ein Banktresor.«

»Um den Chef zu schützen?«

»Oder aus Angst, auf die Straße gesetzt zu werden. Ich habe das Gefühl, dass sie mit Miriam nicht allzu gut kann.«

»Was hat sie gesagt?«

»Es ist weniger, was sie gesagt hat.« Ryan überlegte einen Augenblick. »Es ist mehr ihr Verhalten. Auf jeden Fall habe ich aus ihr herausgebracht, dass Ferris hin und wieder auch mit Artefakten handelte.«

»Objekte aus dem Heiligen Land?«, vermutete ich.

»Natürlich legal erworben und transportiert.«

»Es gibt einen riesigen Schwarzmarkt für illegale Antiquitäten.«

»Einen kolossalen.«

Synapse.

»Glaubst du, dass Ferris etwas mit den Masada-Knochen zu tun hatte?«

Ryan zuckte die Achseln.

»Und dass das ihn das Leben gekostet hat?«

»Kessler glaubt das.«

»Hast du Kessler schon gefunden?«

»Werde ich.«

»Könnte alles Zufall sein.«

»Möglich.«

Ich glaubte es nicht.

8

Ryan weckte mich kurz nach sechs für ein tête-à-tête vor Sonnenaufgang. Birdie flüchtete aus dem Schlafzimmer. Im Wohnzimmer krächzte Charlie eine Zeile aus Clarence Carters »Strokin'«.

Während ich duschte, toastete Ryan Bagels und machte Kaffee. Beim Frühstück sprachen wir über eine Umerziehung des Sittichs.

An Weihnachten hatte Ryan zwar nichts gesagt, mir war aber ziemlich schnell Charlies unorthodoxes *répertoire noir* aufgefallen. Als ich danach fragte, gab Ryan zu, dass unser gefiederter Liebling nach einer Razzia der Sittenpolizei in den Gewerberäumen einer Dame in seinen Besitz gelangt sei. Die Dame hatte einen eher derben Geschmack gehabt, und der Vogel hatte ihn übernommen.

Seit Monaten versuchte ich, Charlies musikalischen und rhetorischen Talenten eine neue Richtung zu geben. Mit eher gemischten Ergebnissen.

Um acht legte ich eine Papagei-pädagogische CD in den Player, und dann fuhren Ryan und ich gemeinsam ins L'Édifice Wilfrid Derome. Er ging in den Bereitschaftssaal der Abteilung *crimes contre le personne,* und ich fuhr mit dem LSJML-Aufzug in den zwölften Stock.

Nachdem ich Großaufnahmen meiner Rekonstruktionen gemacht und den Abschlussbericht geschrieben hatte, sagte ich La Manche, dass die Überreste in meiner Verwahrung jetzt an die Ferris-Familie weitergegeben werden könnten. Die Beerdigung hatte zwar bereits stattgefunden, doch man hatte mit der Friedhofsverwaltung vereinbart, dass die Schädelfragmente neben dem Sarg bestattet werden konnten.

Um halb elf rief ich Ryan an. Er sagte, er wolle mich in fünf Minuten in der Eingangshalle treffen. Um die Zeit totzuschlagen, ging ich in die Cafeteria und kaufte mir eine Diet Coke für unterwegs. An der Kasse legte ich dann kurz entschlossen noch eine Packung schottischer Butterkekse dazu. Man konnte ja nie wissen.

Ryan wartete bereits, als ich in die Eingangshalle kam. Ich riss die Cola auf und steckte die Plätzchen in meine Schultertasche.

Siebenundzwanzig Jahre lang hatte Avram Ferris sein Importgeschäft in einem Gewerbegebiet neben der *autoroute de Laurentides,* auf halbem Weg zwischen der Montrealer Insel und dem alten Mirabel-Flughafen, betrieben.

Als Mirabel in den Siebzigern gebaut wurde, stellte man ihn sich als das künftige Luftfahrtjuwel Montreals vor. Das Areal liegt zwar dreißig Meilen außerhalb der Stadt, doch es war ein Hochgeschwindigkeitszug geplant, der den Flughafen mit dem Stadtzentrum verbinden sollte. Schwupp, und schon ist man am Flugsteig!

Die Eisenbahnlinie wurde nie gebaut.

Anfang der Neunziger waren Zu- und Abfahrt mit dem Privatwagen unerträglich und wurden immer schlimmer. Und ein Taxi in die Innenstadt kostete sechsundneunzig Dollar.

Die Behörden warfen schließlich frustriert das Handtuch und motteten Mirabel zugunsten seines geografisch günstiger liegenden Rivalen ein. Mirabel wickelt jetzt nur noch die Fracht- und Charterflüge ab. Alle anderen Inlandsflüge, die von und nach Nordamerika und die internationalen starten und landen in Dorval, der erst vor kurzem in Pierre Elliott Trudeau International umgetauft wurde.

Avram Ferris war das alles egal. Er hatte *Les Imports Ashkenazim* in der Nähe des Mirabel gegründet, und dort blieb er mit seinem Laden.

Und dort starb er auch.

Gewohnt hatte er in Côte-des-Neiges, einem Mittelklasse-Wohnviertel hinter dem Jewish General Hospital, knapp nordwestlich des Centre-ville.

Ryan nahm die Décarie-Schnellstraße, bog in die Van Horne nach Osten ein und dann nach Norden auf der Plamondon zur Vézina. Er parkte am Bordstein und deutete auf ein zweistöckiges Backsteinhaus in einer Reihe aus zweistöckigen Backsteinhäusern.

Ich musterte den Block.

Die Häuser waren identisch, der jeweils linke Nachbar ein Spiegelbild des rechten. Alle hatten leicht vorspringende, holzgerahmte Haustüren und Balkone vor den Fenstern im Obergeschoss. Alle Zuwege waren geräumt. Alle Sträucher waren eingewickelt. In den Auffahrten standen Chevy- und Ford-Kombis unter Carports aus Stahlrohr und Wellplastik.

»Nicht gerade die Jaguar- und Geländewagenclique«, sagte ich. »Sieht aus, als hätten die Hausbesitzer eine Versammlung abgehalten und jede Schmuckfarbe verboten, die nicht weiß ist.«

Ryan deutete mit dem Kinn auf das Haus direkt gegenüber. »Ferris' Wohnung ist oben links. Ein Bruder wohnt unten, Mama und ein zweiter Bruder in der anderen Doppelhaushälfte.«

»Die Fahrt zur Arbeit muss für Ferris die reinste Hölle gewesen sein.«

»Ist wahrscheinlich nur geblieben wegen seiner Liebe zur architektonischen Selbstverwirklichung.«

»Du hast gesagt, dass Avram und Miriam keine Kinder hatten?«

Ryan nickte. »Sie haben erst spät geheiratet. Seine erste Frau hatte gesundheitliche Probleme. Starb neunundachtzig. Siebenundneunzig heiratete Ferris wieder. Bis jetzt kein Nachwuchs.«

»Ist das nicht gegen die Vorschriften?«

Ryan warf mir einen fragenden Blick zu.

»Das *mitzvot.*«

Der Blick blieb.

»Jüdisches Gesetz. Man muss Kinder haben. Darf seinen Samen nicht vergeuden.«

»Klingt eher wie aus dem Handbuch für den Farmer.«

Ryan und ich gingen zu der kleinen Vordertreppe.

Ryan stieg hinauf und drückte auf die oberste Klingel.

Wir warteten.

Ryan klingelte noch einmal.

Eine alte Frau trottete hinter uns den Bürgersteig entlang, und ihr Einkaufswagen ratterte im Rhythmus mit dem Klappern ihrer Stiefel.

»Muss die Witwe denn nicht zu Hause bleiben?«, fragte Ryan und drückte zum dritten Mal auf die Klingel.

»*Shiva* dauert nur eine Woche.«

»Und dann?«

»Und dann betet man täglich *kaddish,* feiert keine Feste und darf sich eine Weile weder rasieren noch die Haare schneiden. Aber im Wesentlichen macht man einfach mit seinem Leben weiter.«

»Woher weißt du das eigentlich alles?«

»Mein erster Jugendfreund war ein Jude.«

»Standen die Sterne gegen die Liebe?«

»Er zog nach Atlanta.«

Ryan öffnete die Sturmtür und hämmerte gegen das Holz.

Die Frau mit dem Einkaufswagen blieb stehen, drehte den Kopf und starrte uns über ihren dreimal gewickelten Schal hinweg unverfroren an.

Rechts bewegte sich ein Vorhang. Ich berührte Ryan am Arm und deutete mit dem Kopf. »Dora ist zu Hause.«

Ryan grinste breit.

»Avram war ein netter jüdischer Junge, der zwischen erster und zweiter Ehe acht Jahre vergehen ließ. Vielleicht standen er und Mama sich ja sehr nahe.«

»Vielleicht hat er ihr ein paar Sachen erzählt.«

»Oder Mama hat ein paar Sachen von sich aus bemerkt.«

Mir fiel etwas ein.

»Alte Damen mögen doch Plätzchen.«

»Sie sind berühmt dafür.«

Ich griff in meine Tasche und zog die Butterkekse heraus.

»Mama schließt uns vielleicht ins Herz und wird gesprächig.«

»O Mann.« Ryan drehte sich um. »Wir sind vielleicht gut.«

Nur war es nicht Dora, die uns die Tür öffnete. Es war Miriam. Sie trug eine schwarze Hose, eine schwarze Seidenbluse, eine schwarze Strickjacke und eine Perlenkette.

Wie schon bei unserer ersten Begegnung verblüfften mich Miriams Augen. Jetzt lagen sie tief in schwarzen Höhlen, aber das machte nichts. Diese lavendelfarbenen Iriden waren einfach ein Hingucker.

Miriam war sich der Wirkung ihrer Augen auf Männer durchaus bewusst. Nachdem sie mir nur einen kurzen Blick zugeworfen hatte, wandte sie sich Ryan zu und beugte sich leicht vor, den einen Arm vor dem Bauch, mit der anderen Hand die Strickjacke an der Kehle zusammenfassend.

»Detective.« Leise. Gehaucht.

»Guten Morgen, Mrs. Ferris«, sagte Ryan. »Ich hoffe, es geht Ihnen inzwischen besser.«

»Vielen Dank.«

Miriams Haut war gespenstisch bleich. Sie wirkte noch dünner, als ich sie in Erinnerung hatte.

»Es gibt da noch ein paar Punkte, die ich gerne klären würde«, sagte Ryan.

Miriams Blick wanderte zu einem Punkt zwischen und hinter uns. Der Einkaufskarren der alten Frau setzte sich wieder in Bewegung.

Miriam wandte den Blick nun erneut Ryan zu und legte den Kopf leicht schief.

»Kann das denn nicht warten?«

Ryan ließ die Frage in dem Dreieck zwischen uns hängen.

»Wer ist da?« Eine zitterige Stimme wehte aus der Tiefe der Wohnung.

Miriam drehte sich um und sagte etwas auf Jiddisch oder Hebräisch, und wandte sich dann wieder uns zu.

»Meiner Schwiegermutter geht es nicht gut.«

»Ihr Ehemann ist tot«, sagte Ryan nicht allzu sanft. »Ich kann eine Mordermittlung nicht hinauszögern, nur um die Hinterbliebenen zu schonen.«

»Ich lebe jeden Augenblick des Tages mit diesem Gedanken. Dann glauben Sie also, dass es Mord war?«

»Ich glaube, Sie ebenfalls. Versuchen Sie mir auszuweichen, Mrs. Ferris?«

»Nein.«

Lavendel und Blau trafen sich. Kein Augenpaar gab nach.

»Ich möchte Sie noch einmal nach einem Mann namens Kessler fragen.«

»Und ich sage es Ihnen noch einmal: Ich kenne ihn nicht.«

»Ihre Schwiegermutter vielleicht?«

»Nein.«

»Woher wissen Sie das, Mrs. Ferris? Kessler behauptete, ihren Gatten zu kennen. Haben Sie mit Ihrer Schwiegermutter über Kessler gesprochen?«

»Nein, aber sie hat diesen Namen nie erwähnt. Die Geschäfte meines Mannes brachten ihn in Kontakt mit vielen Leuten.«

»Jemand aus diesem Kreis könnte ihm zwei Kugeln in den Kopf gejagt haben.«

»Wollen Sie mich schockieren, Detective?«

»Wussten Sie, dass Ihr Mann mit Antiquitäten handelte?«

Miriam zog fast unmerklich die Brauen zusammen. Dann: »Wer hat Ihnen das erzählt?«

»Courtney Purviance.«

»Verstehe.«

»Entspricht diese Behauptung nicht der Wahrheit?«

»Ms. Purviance neigt dazu, ihre Rolle bei den Geschäften meines Mannes übertrieben darzustellen.« Miriams Stimme war scharf wie eine Sichel.

»Wollen Sie damit andeuten, dass sie lügt?«

»Ich will damit andeuten, dass diese Frau außer der Arbeit in ihrem Leben kaum etwas hat.«

»Ms. Purviance meinte, das Verhalten Ihres Mannes habe sich kurz vor seinem Tod verändert.«

»Das ist lächerlich. Wenn Avram Sorgen gehabt hätte, hätte ich das mit Sicherheit bemerkt.«

Ryan kehrte zu seiner Ausgangsfrage zurück.

»Stimmt es nun nicht, dass Ihr Gatte mit Antiquitäten handelte?«

»Antiquitäten machten nur einen sehr kleinen Teil seines Geschäfts aus.«

»Das wissen Sie?«

»Das weiß ich.«

»Sie haben mir gesagt, er hätte Ihnen über Geschäftliches kaum etwas erzählt.«

»Aber soviel weiß ich.«

Es war ein klarer Tag, die Temperatur knapp über dem Gefrierpunkt.

»Könnten zu diesen Antiquitäten auch menschliche Überreste gehört haben?«

Die Lavendel-Augen wurden groß. »O Gott, nein.«

Die meisten Menschen kommen mit Lücken in einem Gespräch nur schlecht zurecht. Wenn Schweigen entsteht, fühlen sie sich gezwungen, es zu füllen. Ryan nutzt diesen Impuls häufig aus. Das tat er auch jetzt. Er wartete. Und es funktionierte.

»Das wäre *chet*«, führte Miriam aus.

Ryan wartete immer noch.

Miriam öffnete den Mund, um weiterzureden, doch die Stimme aus der Wohnung meldete sich wieder. Sie drehte den Kopf und sprach über die Schulter.

»Ich muss meiner Schwiegermutter bei den Vorbereitungen für den *shabbat* helfen.«

Ryan gab Miriam seine Karte.

»Wenn mir noch irgendetwas einfällt, rufe ich Sie an.« Wieder die aufgerissenen Augen. »Ich will wirklich, dass Avrams Mörder zur Rechenschaft gezogen wird.«

»Einen schönen Tag noch«, sagte Ryan.

»*Shabbat shalom*«, sagte ich.

Als wir uns zum Gehen wandten, legte Miriam die rechte Hand auf Ryans Arm.

»Egal, was Sie denken, Detective, ich habe meinen Mann wirklich geliebt.« Eine bedrückende Kälte lag in ihrer Stimme.

Ryan und ich schwiegen, bis wir wieder im Auto saßen.

»Und?«, fragte Ryan.

»Ich weiß auch nicht«, sagte ich.

Wir dachten beide darüber nach.

»*Chet?*«, fragte Ryan.

»So was wie 'ne Sünde.«

»Mit ihren Geschlechtsgenossinnen kann die Dame wohl nicht so.«

»Sie hat sich verhalten, als wäre ich nicht da«, stimmte ich ihm zu.

»Warst du aber«, sagte Ryan.

»Das dachte ich auch«, sagte ich.

»Ein Fan von Purviance ist sie auf jeden Fall nicht.«

»Nein.«

Ryan ließ den Motor an und fuhr los.

»Ich würde sagen, ich habe eine ziemlich gute Menschenkenntnis«, sagte er.

»Ich würde sagen, das ist eine korrekte Einschätzung«, entgegnete ich.

»Aber aus Miriam werde ich nicht schlau. Erst ist sie die trauernde Hinterbliebene. Und im nächsten Augenblick legt sie diese Leck-mich-Haltung an den Tag. Hat sie was zu verbergen?«

»Sie hat geschwitzt«, bemerkte ich.

»An einem kalten Tag.«

An der Kreuzung hielten wir an.

»Und jetzt?«, fragte Ryan.

»Du bist der Detective«, sagte ich.

»Die Waffe war eine Waise. Nirgendwo registriert. Meine Überprüfung von Ferris' Nachbarn im Gewerbegebiet hat rein gar nichts ergeben. Dasselbe gilt für die Aussagen von Familienangehörigen und Geschäftspartnern. Ich warte noch auf die Steuerunterlagen und die Telefondaten für das Lagerhaus. Und ich habe mich in jeder Synagoge der Stadt nach Kessler umgehört.«

»Klingt, als hättest du richtig ernsthaft ermittelt.«

»Ich habe ermittelt wie der Teufel, aber es geht irgendwie nicht vorwärts«, sagte Ryan.

»Was jetzt?«

»Die SIJ bearbeitet noch immer den Tatort. Purviance prüft immer noch nach, ob etwas gestohlen wurde. Bleibt nur Mittagessen.«

Ich hatte mich kaum mit meinem Whopper an den Tisch gesetzt, als mein Handy bimmelte. Es war Jake Drum. Diesmal war die Verbindung gut.

»Bist du wirklich nach Paris geflogen?«, fragte ich und formte dann, zu Ryan gewandt, mit den Lippen den Namen Jake Drum.

»Keine große Sache. Anstatt nach Toronto zu fahren und dort eine Maschine nach Tel Aviv zu nehmen, fliege ich jetzt direkt vom Charles de Gaulle da runter.«

»Ist das Skelett so wichtig?«

»Es könnte eine Riesensensation sein.«

»Was hast du herausgefunden?«

Ryan wickelte meinen Burger halb aus und gab ihn mir. Ich nahm ihn in eine Hand und biss einmal ab.

»Meine Vermutung war korrekt«, sagte Jake. »Im November dreiundsechzig traf wirklich ein Skelett aus Masada im Musée de l'Homme ein. Ich konnte eine Exponatakte und eine Archivierungsnummer finden.«

»Erzähl weiter.«

»Was isst du gerade?«

»Whopper.«

»In einer Stadt wie Montreal ist Fast Food ein Sakrileg.«

»Aber schnell.«

»Der kulinarische Weg ins Verderben.«

Ich vermischte meine Todsünde mit einem Schluck Diet Coke.

»Sind die Knochen noch dort?«

»Nein.« Jake klang frustriert.

Ich biss noch einmal ab. Ketchup tropfte mir aufs Kinn. Ryan tupfte es mit einer Serviette weg.

»Ich habe eine Frau namens Marie-Nicole Varin aufgestöbert, die in den Siebzigern bei der Inventarisierung des Museumsbestands mitarbeitete. Varin erinnert sich, dabei auf ein Masada-Skelett gestoßen zu sein. Aber jetzt ist es nicht mehr im Museum. Wir haben überall gesucht.«

»Seit den Siebzigern hat es niemand mehr gesehen?«

»Nein.«

»Wird denn nicht der Verbleib jedes Exponats registriert?«

»Eigentlich schon. Aber dieser Teil der Akte fehlte.«

»Und wie lautet die Erklärung des Museums?«

»*C'est la vie.* Nur wenige der heutigen Angestellten waren damals schon dort. Varin hat die Inventur mit einem Doktoranden namens Yossi Lerner gemacht. Sie glaubt, dass Lerner noch immer in Paris ist. Und jetzt kommt das Interessante. Varin glaubt, dass Lerner entweder Amerikaner oder Kanadier ist.«

Der Burger in meiner Hand stoppte auf halbem Weg zum Mund.

»Ich versuche, ihn aufzuspüren.«

»*Bonne chance*«, sagte ich.

»Da dürfte ich mehr als Glück brauchen.«

Ich erzählte Ryan, was Jake gesagt hatte.

Er hörte kommentarlos zu.

Wir aßen unsere Pommes auf.

Zurück auf der Van Horne, sahen wir einen Mann in langem schwarzem Rock, schwarzem Hut, schwarzer Bundhose und hellen Strümpfen an einem Jungen in Jeans und Blue-Jays-Jacke vorbeigehen.

»Der *shabbat* steht kurz bevor«, sagte ich.

»Dürfte die Herzlichkeit unseres Empfangs in diesen Kreisen nicht gerade erhöhen.«

»Wahrscheinlich nicht.«

»Schon mal Überwachung gemacht?«

Ich schüttelte den Kopf.

»Treibt den Puls ganz schön in die Höhe«, sagte Ryan.

»Das habe ich gehört«, sagte ich.

»Könnte ja sein, dass Miriam ausgeht.«

»Und Dora allein lässt.«

»Ich habe mit Dora allein noch nicht gesprochen.«

Wir hielten kurz an einem Blumenladen und waren dann knapp vierzig Minuten nach dem Verlassen des Ferris-Doppelhauses wieder dort.

Eine Stunde später kam Miriam aus Doras Tür.

9

Dora öffnete uns nach dem zweiten Läuten. Im hellen Sonnenlicht wirkte ihre runzlige Haut fast durchscheinend.

Ryan stellte uns noch einmal vor.

Die alte Frau schaute uns verständnislos an. Ich fragte mich, ob sie unter irgendwelchen Medikamenten stand.

Ryan hielt ihr seine Marke hin.

Dora schaute sie mit passivem Gesichtsausdruck an. Es war offensichtlich, dass sie nicht wusste, wer wir waren.

Ich hielt ihr die Blumen und die Plätzchen hin.

»*Shabbat shalom*«, sagte ich.

»*Shabbat shalom*«, erwiderte sie, eher ein Reflex als eine Begrüßung.

»Es tut uns sehr Leid wegen Ihrem Sohn, Mrs. Ferris. Ich war verreist, sonst hätte ich sie schon früher besucht.«

Dora nahm meine Geschenke an und bückte sich leicht, um an den Blumen zu riechen. Dann richtete sie sich wieder auf, inspizierte die Plätzchen und gab sie mir zurück.

»Es tut mir Leid, Miss. Die sind nicht koscher.«

Ich kam mir vor wie ein Idiot, als ich die Plätzchen in meine Tasche zurücksteckte.

Doras Blick wanderte zu Ryan, dann wieder zurück zu mir. Ihre Augen waren klein und feucht und altersstumpf.

»Sie waren bei der Autopsie meines Sohnes.« Ein leichter Akzent. Vielleicht osteuropäisch.

»Ja, Ma'am. Das war ich.«

»Es ist niemand da.«

»Wir würden gerne mit Ihnen reden, Mrs. Ferris.«

»Mit mir?« Überraschung. Und ein wenig Angst.

»Ja, Ma'am.«

»Miriam ist auf den Markt gegangen.«

»Es dauert nur einen Augenblick.«

Sie zögerte kurz, drehte sich dann um und führte uns durch eine mit Rauchglasspiegeln verkleidete Diele zu einer mit Plastik überzogenen Sitzgarnitur in einem kleinen, sonnigen Wohnzimmer.

»Ich hole eine Vase. Bitte setzen Sie sich.«

Sie verschwand in einem Gang, der rechts von der Diele abging. Ich schaute mich um.

Das Wohnzimmer war ein Musterbeispiel für den schlechten Geschmack der Sechzigerjahre. Weiße Satin-Polsterbezüge. Tische aus Eichenlaminat. Strukturtapete. Goldfarbener Teppichboden.

Ein Dutzend Gerüche lagen im Wettstreit miteinander. Desinfektionsmittel. Knoblauch. Raumspray. Von irgendwoher meldete sich ein Schrank oder eine Kommode mit einem Hauch Zederrnduft.

Dora kam zurückgeschlurft, und wir beide arrangierten ein paar Augenblicke lang Blumen.

Dann ließ sie sich in einen Schaukelstuhl mit angebundenen Kissen auf Sitz und Rückenlehne sinken, spreizte die Füße und strich sich das Kleid glatt. Blaue Turnschuhe lugten unter dem Saum hervor.

»Die Kinder sind mit Roslyn und Ruthie in der Synagoge.«

Ich nahm an, dass es sich um die beiden anderen Schwiegertöchter handelte.

Dora faltete ihre Hände im Schoß und schaute auf sie herab.

»Miriam musste noch einmal zum Fleischer, weil sie etwas liegen gelassen hat.«

Ryan und ich wechselten einen Blick. Er nickte mir zu, ich sollte den Anfang machen.

»Mrs. Ferris, ich weiß, dass Sie bereits mit Detective Ryan gesprochen haben.«

Die alterstrüben Augen schauten mich teilnahmslos an.

»Wir stören Sie nur sehr ungern noch einmal, aber wir haben uns gefragt, ob Ihnen seit diesen Gesprächen noch etwas eingefallen ist.«

Dora schüttelte langsam den Kopf.

»Hatte Ihr Sohn in den Wochen vor seinem Tod irgendwelche ungewöhnlichen Besucher?«

»Nein.«

»Hatte sich Ihr Sohn mit irgendjemandem gestritten? Sich über irgendjemanden beschwert?«

»Nein.«

»Engagierte er sich für irgendwelche politische Bewegungen?«

»Avrams Leben war seine Familie. Sein Geschäft und seine Familie.«

Ich wusste, dass ich nur die Fragen wiederholte, die Ryan schon gestellt hatte. Befragungsstrategie 101. Manchmal funktioniert der Trick und fördert zuvor vergessene Erinnerungen zutage oder Details, die anfangs als irrelevant betrachtet wurden.

Und es war ja auch das erste Mal, dass Dora allein befragt wurde.

»Hatte Ihr Sohn Feinde? Irgendjemand, der ihm hätte schaden wollen?«

»Wir sind Juden, Miss.«

»Ich dachte jetzt an eine spezielle Person.«

»Nein.«

»Kennen Sie die Männer, die bei der Autopsie anwesend waren?«

»Ja.« Dora zupfte sich am Ohrläppchen und machte in ihrer Kehle ein gurgelndes Geräusch.

»Wer hat diese Männer ausgesucht?«

»Der Rabbi.«

»Warum kamen am Nachmittag nur noch zwei Männer wieder?«

»Das war sicher die Entscheidung des Rabbis.«

»Kennen Sie einen Mann mit dem Namen Kessler?«

»Ich kannte einmal einen Moshe Kessler.«

»War er bei der Autopsie Ihres Sohnes anwesend?«

»Moshe fiel im Krieg.«

Gerade in diesem Augenblick musste mein Handy klingeln.

Ich schaute auf das Display. Privatnummer.

Ich ignorierte den Anruf.

»Wussten Sie, dass Ihr Sohn auch Antiquitäten verkaufte?«

»Avram hat viele Sachen verkauft.«

Mein Handy klingelte schon wieder.

Ich entschuldigte mich und schaltete es aus.

Instinkt. Frustration. Inspiration. Ein Name in meinem Kopf wie eine unwillkommene Melodie.

»Kennen Sie einen Mann mit dem Namen Yossi Lerner?«

Die Furchen an Doras Augenwinkeln wurden tiefer, die runzligen Lippen spitz.

»Sagt Ihnen dieser Name etwas, Mrs. Ferris?«

»Mein Sohn hatte einen Freund mit dem Namen Yossi Lerner.«

»Wirklich?« Ich gab mir Mühe, Miene und Stimme möglichst neutral zu halten.

»Avram und Yossi haben sich als Studenten an der McGill kennen gelernt.«

»Wann war das?« Ich schaute Ryan nicht an.

»Vor Jahren.«

»Blieben sie in Kontakt?«

»Ich habe keine Ahnung. O Gott.« Dora atmete tief durch. »Ist Yossi in diese Geschichte verwickelt?«

»Natürlich nicht. Ich nenne nur einige Namen. Wissen Sie, wo Mr. Lerner jetzt lebt?«

»Ich habe Yossi seit Jahren nicht mehr gesehen.«

Die Haustür ging auf und schloss sich wieder. Sekunden später stand Miriam im Wohnzimmer.

Dora lächelte.

Miriam starrte uns an, so ausdruckslos, als würde sie Moos betrachten. Als sie dann etwas sagte, war es an Ryan gerichtet.

»Ich habe Ihnen doch gesagt, dass es meiner Schwiegermutter nicht gut geht. Warum belästigen Sie sie?«

»Mir geht's gu …«, setzte Dora an.

Miriam unterbrach sie.

»Sie ist vierundachtzig und hat eben erst ihren Sohn verloren.«

Dora ließ ein »Pst« hören.

Wie zuvor schon, reagierte Ryan mit Schweigen und wartete darauf, dass sie weiterredete. Diesmal tat sie es nicht.

Dora übernahm.

»Ist schon gut. Wir führen eine recht nette Unterhaltung.« Dora wedelte mit einer blau geäderten Hand.

»Worüber unterhalten Sie sich?« Miriams Blick blieb auf Ryan gerichtet, als hätte Dora überhaupt nichts gesagt.

»Euripides«, sagte Ryan.

»Soll das vielleicht witzig sein, Detective?«

»Yossi Lerner.«

»Wer ist Yossi Lerner?«

»Ein Freund Ihres Gatten.«

»Ich kenne ihn nicht.«

»Ein Freund aus Studienzeiten.«

»Das war vor meiner Zeit.«

Ich schaute Dora an. Der Blick der alten Frau war verschwommen geworden, als würde sie in Erinnerungen weit außerhalb dieses Wohnzimmers schwelgen.

»Warum fragen Sie nach diesem Mann? Diesem Yossi Lerner?« Miriam zog ihre Handschuhe aus.

»Sein Name tauchte auf.«

»Bei Ihren Ermittlungen?« Die lavendelfarbenen Augen zeigten einen winzigen Funken Überraschung.

»Ja.«

»In welchem Zusammenhang?«

Von draußen kam das *Piep-piep* einer Auto-Alarmanlage. Dora zuckte mit keiner Wimper.

Ryan erzählte Miriam von Kessler und seinem Foto.

Miriams Gesicht blieb ausdruckslos, während sie zuhörte. Es war nicht festzustellen, welches Interesse oder welche Gefühle sie hatte.

»Gibt es eine Verbindung zwischen diesem Skelett und dem Tod meines Mannes?«

»Mit oder ohne Weichspüler?«

»Ohne.«

Ryan zählte die einzelnen Punkte an seinen Fingern ab.

»Ein Mann wird ermordet. Ein Kerl zieht ein Foto aus der Tasche und behauptet, das Foto sei der Grund für den Tod dieses Mannes. Und jetzt ist der Kerl verschwunden.«

Ryan streckte den kleinen Finger hoch.

»Es gibt Hinweise, dass das Foto aus Masada kam.«

Daumen.

»Das Opfer handelte mit israelischen Antiquitäten.«

Ryan fing mit seinem Zeigefinger wieder an.

»Das Skelett war früher einmal in den Händen eines gewissen Yossi Lerner. Das Opfer war der Freund eines gewissen Yossi Lerner.«

»Der andere war ein Priester.«

Wir alle wandten uns Dora zu.

Sie sprach zu niemand im Besonderen.

»Der andere Junge war ein Priester«, wiederholte sie. »Aber der kam erst später? Oder nicht?«

»Was für ein anderer Junge?«, fragte ich behutsam.

»Avram hatte zwei Freunde. Yossi, und dann später diesen anderen Jungen.« Dora klopfte sich mit der Faust ans Kinn. »Er war ein Priester. Ganz sicher.«

Miriam ging zu ihrer Schwiegermutter, berührte sie aber nicht.

Das erinnerte mich an die Szene im Familienzimmer der Leichenhalle. Die Frauen hatten dicht nebeneinander gesessen, aber ohne Körperkontakt. Sie hatten sich nicht berührt. Sie hatten sich nicht umarmt. Die Jüngere hatte ihre Kraft nicht mit der Älteren geteilt. Die Ältere hatte nicht bei der Jüngeren Trost gesucht.

»Sie standen sich sehr nahe«, fuhr Dora fort.

»Ihr Sohn und seine Freunde?«

Dora lächelte nun das erste aufrichtige Lächeln, das ich je auf ihrem Gesicht gesehen hatte. »Sie waren ja so wissbegierig, die drei. Immer am Lesen. Immer am Hinterfragen. Und ihre Diskussionen. Nächtelang manchmal.«

»Wie hieß der Priester?«, fragte ich.

Dora schüttelte knapp den Kopf.

»Er war aus der Beauce-Gegend. Das weiß ich noch. Er nannte uns *zayde* und *bubbe.*«

»Wo lernte Ihr Sohn diesen Priester kennen?«

»Yeshiva University.«

»In New York?«

Dora nickte. »Avram und Yossi hatten gerade ihren Abschluss an der McGill gemacht. Damals war Avram noch viel spiritueller. Er wollte eigentlich Rabbi werden. Dieser Priester hatte Kurse über die Religionen des Nahen Ostens belegt oder so was in der Richtung. Ich schätze, sie fühlten sich zueinander hingezogen, weil sie die beiden einzigen Kanadier waren.«

Doras Blick ging wieder ins Leere.

»War er damals schon Priester?«, fragte sie, eher sich selbst als uns. »Oder wurde er erst später Priester?« Dora verkrampfte die Finger. Ihre Hand zitterte. »O Gott. Oje.«

Miriam trat einen Schritt auf Ryan zu.

»Detective, ich muss protestieren.«

Ryan schaute mich kurz an. Wir standen beide auf.

Miriam entließ Ryan mit einer Kopie ihrer vorherigen Abschiedsfloskel.

»Finden Sie den Schuldigen, Detective, aber bitte regen Sie meine Schwiegermutter nicht auf, wenn sie alleine ist.«

»Erstens erschien sie mir weniger aufgeregt als in Erinnerungen versunken. Zweitens kann ich mir in meinen Ermittlungen keine derartigen Beschränkungen auferlegen lassen. Aber wir werden uns um Freundlichkeit bemühen.«

An mich kein einziges Wort.

Im Auto wollte Ryan wissen, warum ich nach Lerner gefragt hatte.

»Keine Ahnung«, sagte ich.

»Guter Instinkt«, sagte er.

»Guter Instinkt«, wiederholte ich.

Wir waren beide der Meinung, dass wir uns eingehender mit Lerner beschäftigen sollten.

Während Ryan fuhr, hörte ich meine Handy-Nachrichten ab.

Drei.

Alle von Jake Drum.

Ich weiß jetzt, wie ich Yossi Lerner erreichen kann. Ruf mich an.

Ich habe mit Yossi Lerner gesprochen. Ruf mich an.

Erstaunliche Neuigkeiten. Ruf mich an.

Jedes »Ruf mich an« klang noch aufgeregter als das vorherige.

Ich erzählte es Ryan.

»Ruf den Mann an«, sagte er.

»Meinst du wirklich?«

»Ja. Ich will mehr über Lerner wissen.«

»Ich bin zwar neugierig auf das, was Jake herausgefunden hat, aber ich bin ja gleich zu Hause. Ich würde lieber warten und dann über Festnetz anrufen. Die Verbindung von Handy zu Handy ist schlimmer, als wenn man nach Sambia telefoniert.«

»Hast du schon mal nach Sambia telefoniert?«

»Ich komme nie durch.«

Zehn Minuten später setzte Ryan mich vor meiner Wohnung ab.

»Ich habe dieses Wochenende eine Beschattung und bin schon jetzt spät dran.« Er nahm mein Gesicht in beide Hände und strich mir mit den Daumen über die Wangen. »Bleib an dieser Lerner-Geschichte dran. Lass mich wissen, was Jake herausgefunden hat.«

»Pulsbeschleunigende Überwachung«, erinnerte ich.

»Ich weiß, was ich lieber überwachen würde«, sagte er.

»Ich weiß nicht, ob das das richtige Wort ist.«

Ryan küsste mich.

»Ich bin dir was schuldig«, sagte er.

»Das fordere ich schon ein«, sagte ich.

Ryan fuhr ins Wilfrid Derome zurück. Ich ging in meine Wohnung.

Nachdem ich Birdie und Charlie begrüßt hatte, zog ich Jeans an und machte mir eine Tasse Earl Grey. Dann setzte ich mich mit dem Telefon aufs Sofa und wählte Jakes Nummer.

Er antwortete schon nach dem ersten Tuten.

»Bist du immer noch in Frankreich?«, fragte ich.

»Ja.«

»Du kommst ja noch zu spät zu deiner eigenen Ausgrabung.«

»Ohne mich fangen sie nicht an. Ich bin der Chef.«

»Das habe ich ganz vergessen.«

»Was ich hier finde, ist viel wichtiger.«

Birdie hüpfte mir auf den Schoß. Ich strich ihm über den Kopf. Er streckte ein Bein aus und leckte sich die Pfote.

»Ich habe mit Yossi Lerner gesprochen.«

»Das habe ich deinen Nachrichten entnommen.«

»Lerner lebt immer noch in Paris. Er ist aus Quebec.«

Es musste der Yossi Lerner sein, an den Dora sich erinnerte.

»Als das Masada-Skelett noch im Museum war, arbeitete Lerner dort als Teilzeitkraft und recherchierte gleichzeitig für seine Doktorarbeit. Sitzt du gut?«

»Komm zur Sache, Jake.«

»Das haut dich nämlich um.«

Und das tat es auch.

10

»Lass mich kurz ein wenig ausholen. Dieser Lerner ist irgendwie ein schräger Vogel. Keine Familie. Lebt mit einem Frettchen. Schlägt sich als Archäologe so durch. Projekte in Israel, Ägypten,

Jordanien. Besorgt sich eine Förderung, macht eine Ausgrabung, schreibt einen Bericht und zieht weiter. Macht auch viele Bergungsarbeiten«, sagte Jake.

»Retten, was man kann, bevor die Bulldozer für die neue Umgehungsstraße kommen.«

»Genau.«

»Ist Lerner bei irgendeiner Institution angestellt?«

»Er hatte einige Zeitverträge, aber er sagt, eine Dauerstellung habe ihn nie interessiert. Findet das zu beengend.«

»Ein regelmäßiges Einkommen kann schon eine Last sein.«

»Auf Geld hat's der Kerl auf jeden Fall nicht abgesehen. Wohnt in einem Haus ohne Fahrstuhl aus dem siebzehnten Jahrhundert, das damals als Kaserne für Musketiere gebaut worden war. Die ganze Wohnung ist ungefähr so groß wie ein Buick. Hinauf kommt man über eine steinerne Wendeltreppe. Allerdings hat sie einen schönen Blick auf Notre Dame.«

»Du hast ihn also besucht?«

»Als ich ihn anrief, meinte er, er arbeite nachts, und lud mich ein. Wir haben dann zwei Stunden lang den Sonnenkönig gefeiert.«

»Das heißt?«

»Wir haben einer Flasche Martell VSOP Medaillon ernsthaften Schaden zugefügt.«

»Wie alt ist dieser Kerl?«

»Ende fünfzig vielleicht.«

Avram Ferris war sechsundfünfzig.

»Jüdisch?«

»Nicht mehr so eifrig wie in seiner Jugend.«

»Wie lautet seine Geschichte?«

»Lerners?«

»Nein, Jake. Die von Ludwig dem Vierzehnten.«

Ich lehnte mich zurück. Birdie schmiegte sich an meine Brust.

»Anfangs war Lerner ziemlich kühl, aber nach dem vierten Glas redete er wie ein Bekehrter aus der Betty-Ford-Klinik. Die Geschichte mit dem Pianisten willst du nicht hören, oder?«

»Nein.«

»Lerner arbeitete von einundsiebzig bis vierundsiebzig im Musée de l'Homme und recherchierte dort für seine Dissertation.«

»Thema?«

»Die Schriftrollen vom Toten Meer.«

»Wahrscheinlich haben die Essener nicht so lange gebraucht, um sie zu schreiben.«

»Lerner geht alles langsam an. Und ernsthaft. Und damals nahm er sein Judentum noch sehr ernst.«

»Madame Pianistin hat das geändert?«

»Wer hat was von einer Madame gesagt?«

»Komm jetzt zu den Masada-Knochen.«

»Zweiundsiebzig wurde Lerner gebeten, bei der Inventarisierung einer Reihe von Museumsexponaten zu helfen. Dabei stieß er auf eine Akte, die eine Transportrechnung und das Foto eines Skeletts enthielt.«

»Die Rechnung deutete darauf hin, dass die Knochen aus Masada kamen?«

»Ja.«

»War sie datiert?«

»November 1963.«

Locus 2001, die Höhle unter der Kasemattenwand auf dem südlichen Gipfel von Masada. Die durcheinander geworfenen Knochen. Das isolierte Skelett. Laut Jakes Freiwilligen-Informanten wurde Höhle 2001 im Oktober 63 entdeckt und ausgegraben, also einen Monat vor dem Datum der Museumsrechnung. In mir stieg die Spannung.

»War sie unterschrieben?«

»Ja, aber Lerner erinnert sich nicht mehr, von wem. Er durchsuchte die Sammlungen des Museums, fand das Skelett, vermerkte in der Akte den Zustand des Exponats und seinen Aufbewahrungsort, wie es Vorschrift war, und wandte sich etwas anderem zu. Aber etwas machte ihm Kopfzerbrechen. Warum war dieses einzelne Skelett ans Museum geschickt worden? Warum hatte man die Knochen in der Kiste gelassen und nicht ausgestellt? Schnurrst du?«

»Das ist der Kater.«

»Im Jahr darauf las Lerner das Buch eines australischen Journalisten, Donovan Joyce. Joyces Ausgangshypothese war, dass Jesus das Kreuz überlebt hatte.«

»Und sich anschließend in ein hübsches kleines Häuschen auf den Inseln zurückzog?«

»Dass er achtzig Jahre alt wurde und im Kampf gegen die Römer in Masada starb.«

»Ganz was Neues.«

»Das ist noch nicht alles. In seiner Zeit in Masada verfasste Jesus eine Schriftrolle mit seinem letzten Willen und Testament.«

»Und woher wusste Joyce von diesen kleinen Schätzen?«

»Im Dezember vierundsechzig war Joyce in Israel und recherchierte für ein Buch. Dort wurde er von einem Mann angesprochen, der sich Professor Max Grosset nannte, ein freiwilliger Ausgräber in Yigael Yadins Team. Grosset behauptete, er habe aus Masada eine antike Schriftrolle gestohlen, und bat Joyce nun, ihm dabei zu helfen, seine Beute außer Landes zu schmuggeln. Grosset schwor, die Schriftrolle hätte eine fantastische Bedeutung, und allein ihr Verfasser mache sie unbezahlbar. Joyce wollte sich in diese Geschichte nicht verwickeln lassen, aber er schwört, er habe Grossets Schriftrolle gesehen und in Händen gehalten.«

»Und später hat er ein Buch darüber geschrieben.«

»Joyce war ins Heilige Land gereist, um Masada zu besuchen, aber die Israelis lehnten seinen Antrag auf eine Besuchserlaubnis für diesen Gipfel ab. Da er nun gezwungen war, seine ursprüngliche Buchidee aufzugeben, orientierte er sich neu und fing an, die Plausibilität von Grossets Schriftrollen-Geschichte zu recherchieren. Erstaunt von dem, was er fand, widmete Joyce diesem Projekt letztendlich acht Jahre. Grosset sah er zwar nie wieder, aber Joyce behauptet, überraschende, neue Informationen über Jesu Vaterschaft, seinen Familienstand, seine Kreuzigung und Auferstehung entdeckt zu haben.«

»Aha.«

»In seinem Buch erwähnt Joyce die in Höhle 2001 gefundenen Skelette.«

»Im Ernst?«

»Laut Joyce stellen die fünfundzwanzig Individuen in der Höhle eine sehr spezielle Gruppe dar, die mit den jüdischen Zeloten nichts zu tun hatte. Er kommt zu dem Schluss, dass General Silva nach der Eroberung Masadas aus Respekt vor diesen Individuen den Befehl erteilte, die Höhlengräber unversehrt zu lassen.«

»Weil sie die Überreste von Jesus und seinen Anhängern enthielten.«

»Das ist die Implikation.«

»Lerner glaubte diese hirnrissige Theorie?«

»Das Buch ist inzwischen vergriffen, aber ich habe noch ein Exemplar auftreiben können. Ich muss zugeben, wenn man für so was offen ist, klingen Joyces Argumente ziemlich überzeugend.«

»Jesus Christus!«

»Genau. Zurück zu Lerner. Nachdem er Joyces Buch gelesen hatte, kam unser frommer, junger Gelehrter zu dem Schluss, es sei durchaus möglich, dass die Knochen, die er im Museum entdeckt hatte, die von Jesus waren.«

»Christus und seine Anhänger an der heiligsten Stätte des Judentums.«

»Genau darum geht's. Diese Möglichkeit erschütterte Lerners Welt.«

»Hätte auch Israel erschüttert, von der Christenheit ganz zu schweigen. Was hat Lerner getan?«

»Erst einmal bekam er eine Heidenangst. Was, wenn es wirklich Jesus war? Was, wenn es nicht Jesus war, aber eine andere wichtige Gestalt der aufstrebenden christlichen Bewegung? Was, wenn die Knochen in die falschen Hände gerieten? Was, wenn die Presse Wind von der Geschichte bekam? Die Heiligkeit Masadas wäre gestört. Die Christenheit würde sich über etwas entrüsten, dem man mit Sicherheit das Etikett jüdischer Schwindel anhängen würde. Er zerbrach sich nächtelang den Kopf.

Nach Wochen geistiger Qual beschloss Lerner, dass das Skelett verschwinden musste. Tagelang legte er sich Pläne zurecht, wie er es an sich bringen und zerstören könnte. Er dachte daran, die Knochen zu verbrennen. Sie mit einem Hammer zu zertrümmern. Sie mit Gewichten zu beschweren und im Meer zu versenken.

Dann meldete sich sein Gewissen. Diebstahl bleibt Diebstahl. Falls das Skelett Jesus war, dann war er noch immer ein Jude und ein heiliger Mann. Lerner schlief kaum mehr. Letztendlich konnte er sich nicht dazu überwinden, das Skelett zu zerstören, aber er konnte auch nicht mit dem Gedanken leben, dass ein anderer es finden könnte. Um die religiöse Kultur und Tradition zu wahren, fasste er den Entschluss, es verschwinden zu lassen.«

»Lerner hat die Akte vernichtet und die Knochen gestohlen.«

»Hat sie in einer Sporttasche aus dem Museum geschmuggelt.«

»Und?« Ich setzte mich auf.

Birdie sprang auf den Boden, drehte sich um und fixierte mich mit runden, gelben Augen.

»Jetzt kommt die Sache, die dich umhauen wird. Wie hieß dein Schussopfer gleich wieder?«

»Avram Ferris.«

»Habe ich's mir doch gedacht.« Was Jake nun sagte, elektrisierte mich tatsächlich. »Lerner gab Avram Ferris die Knochen und das Foto.«

»Seinem Jugendfreund«, hauchte ich.

»Ferris hatte zwei Jahre in einem Kibbuz in Israel zugebracht und machte auf dem Rückweg nach Montreal in Paris Station.«

»O Mann.«

»Genau.«

Nachdem ich aufgelegt hatte, rief ich Ryan an. Keine Antwort. Anscheinend hatte die pulsbeschleunigende Überwachung bereits begonnen.

Da ich zu aufgewühlt war, um etwas zu essen, ging ich ins Fitness-Studio. Fragen gingen mir durch den Kopf, während ich auf dem Stair-Master Etage um Etage hinter mich brachte. Ich versuchte, sie als logische Entwicklung zu betrachten.

Zeigte Kesslers Foto wirklich das verschwundene Masada-Skelett?

Falls ja, hatte Ferris das Masada-Skelett, als er umgebracht wurde?

Wer wusste sonst noch, dass er es hatte?

Hatte Ferris vorgehabt, das Skelett auf dem Schwarzmarkt zu verkaufen? An wen? Warum jetzt?

Oder bot er vielleicht an, es für einen gewissen Preis zu zerstören? Der dann von wem gezahlt werden sollte? Juden? Christen?

Wenn nicht, warum wurde Ferris erschossen?

Wo war Kessler?

Wer war Kessler?

Warum hätte Ferris ein gestohlenes Skelett an sich nehmen sollen?

Auf diese Frage fielen mir auf Anhieb einige mögliche Antworten ein. Aus Loyalität zu einem Freund? Aus gemeinsamer Besorgnis wegen der Störung der Heiligkeit der Masada-Legende oder aus Angst vor einer gigantischen, jüdisch-christlichen, theologischen Konfrontation in einer Zeit, da die Unterstützung des Westens von grundlegender Bedeutung für den Erhalt Israels war? Dora hatte gesagt, ihr Sohn wäre zu der Zeit ziemlich religiös gewesen. Dass Jesus nach der Kreuzigung weiterlebte und während der Belagerung Masadas starb? Das wäre für Juden wie für Christen ein Albtraum gewesen.

Oder vielleicht doch nicht? Jesus war Jude. Er und seine Anhänger hätten also durchaus in Masada sein können.

Nein. Jesus war ein häretischer Jude. Er hatte die Hohenpriester vor den Kopf gestoßen.

Zurück zu den Fragen.

Was hatte Ferris wohl mit den Knochen getan?

Der logische Aufbewahrungsort wäre sein Lagerhaus gewesen.

Die SIJ hatte keine Knochen gefunden.

Hatte er sie vielleicht so versteckt, dass eine Durchsuchung sie nie zutage fördern würde?

Ich prägte mir zwei Sachen ein. Ryan fragen. Purviance fragen.

Ich wischte mir den Schweiß von der Stirn und stapfte weiter.

Irgendwas stimmte mit der Lagerhaus-Theorie nicht.

Die *torah* verbietet es, eine Leiche über Nacht unbeerdigt zu lassen. Deuteronomium oder sonst was. Wäre Ferris sich nicht besudelt vorgekommen, wenn er menschliche Überreste an seinem Arbeitsplatz aufbewahrt hätte? Oder wäre es ihm dabei nicht zumindest mulmig gewesen? Ich ging vom Stair-Master zu einer Gewichtebank.

Vielleicht war Ferris nur der Transporteur gewesen. Vielleicht hatte er die Knochen jemand anderem übergeben.

An wem?

Äh, wen?

An jemanden, der seine und Lerners Besorgnis teilte?

Aber jeder Jude wäre dem *torah*-Verbot unterworfen gewesen.

An jemanden, der andere Gründe hatte, das Skelett verschwinden zu lassen.

Christliche Gründe?

Wenn Jesus nicht am Kreuz gestorben wäre, wenn Jesus weitergelebt hätte und seine Knochen im Musée de l'Homme gelandet wären, dann würde eine solche Entdeckung den Vatikan und auch die protestantische Christenheit erschüttern. Man würde diese Hypothese absolut zurückweisen müssen, denn ansonsten wäre das grundlegende Dogma des christlichen Glaubens zum Einsturz gebracht. Kein leeres Grab. Keine Engel. Keine Auferstehung. Kein Ostern. Die Untersuchungen und die Kontroverse würden monatelang weltweit Schlagzeilen machen. Jahrelang. Eine solche Debatte hätte die Welt noch nicht erlebt. Leidenschaftlichkeit und Schärfe wären überwältigend.

Ich hielt mitten im Stemmen inne.

Der dritte Freund. Der Priester aus der Beauce!

Dora hatte gesagt, die beiden Männer hätten sich sehr nahe gestanden.

Priester haben keine Skrupel in Bezug auf menschliche Knochen. Sie tragen sie als Reliquien. Betten sie in Altäre ein. Stellen sie in Kirchen in ganz Europa zur Schau.

Plötzlich war es mir sehr wichtig, diesen Priester aufzuspüren.

Ich schaute auf die Uhr. 18:30. Ich packte mein Handtuch und lief in die Umkleidekabine.

Mein Handy hatte so gut wie kein Netz. Ich zog Trainingsanzug und Jacke an und ging nach draußen.

Nach dem vierten Tuten antwortete Jake mit schlaftrunkener Stimme.

Während ich die Ste. Catherine entlangging, erzählte ich ihm von Ferris, Lerner und dem Priester.

»Ich brauche einen Namen, Jake.«

»Es ist hier nach Mitternacht.«

»Ich dachte, Lerner arbeitet nachts.«

»Okay.«

Ich hörte ein Gähnen.

»Und schau, was du sonst noch über diesen Priester herausfinden kannst. War er in den Diebstahl des Skeletts verwickelt? Wo lebte er dreiundsiebzig? Wo lebt er jetzt?«

»Boxershorts oder Slips?«

»So in der Richtung.«

»Wenn ich so spät noch anrufe, wird Lerner vielleicht eher misstrauisch.«

»Ich habe volles Vertrauen in deine Überredungskünste.«

»Und meinen jungenhaften Charme.«

»Und in den.«

Ich kam eben aus der Dusche, als das Telefon klingelte.

Ich wickelte mich in ein Badetuch, rutschte auf nassen Sohlen über die Fliesen, stürzte ins Schlafzimmer und griff nach dem Apparat.

»Sylvain Morissonneau.«

»Du bist ein Rockstar«, sagte ich und notierte mir den Namen auf der Rückseite eines Kontoauszugs.

»Jetzt verwechselst du mich mit Sting.«

»War Morissonneau in den Knochenklau verwickelt?«

»Nein.«

»Wo ist er jetzt?«

»Lerner kannte Morissonneau nicht so besonders gut. Er sagt, er sei nach Paris gegangen, kurz nachdem sich die beiden anderen an der Yeshiva kennen gelernt hatten. Seit einundsiebzig hat er von Morissonneau nichts mehr gehört oder gesehen.«

»Oh.«

»Aber eins habe ich noch erfahren.«

Ich wartete.

»Morissonneau ist ein Zisterzienser.«

»Ein Trappistenmönch?«

»Wenn du das sagst.«

Nachdem ich mir ein Tiefkühl-Abendessen aus Thai-Huhn und Reis aufgewärmt hatte, fuhr ich meinen Computer hoch und startete eine Web-Suche.

Charlie krächzte beharrlich »Get Off of My Cloud«. Birdie schnurrte rechts von mir auf dem Schreibtisch.

Im Verlauf meiner Suche erfuhr ich mehrere Dinge.

Im Jahr 1098 unserer Zeitrechnung entstand innerhalb des Benediktinerordens eine Erneuerungsbewegung, und zwar im Kloster von Cîteaux in Zentralfrankreich. Ihr Ziel war die weitest mögliche Wiedereinführung der buchstabengetreuen Beachtung der Regel des Heiligen Benedikt. Was das bedeutete, erfuhr ich allerdings nicht.

Das lateinische Wort für Cîteaux ist *cistercium,* und diejenigen, die sich dieser Reformbewegung anschlossen, wurden unter dem Namen Zisterzienser bekannt.

Heute gibt es mehrere Orden innerhalb der Zisterzienser, wovon einer der OCSO ist, der Orden der Zisterzienser von der strengeren Observanz. Die Trappisten, so der Spitzname der Mönche des OCSO, entstammen einer anderen Reformbewegung in einem anderen französischen Kloster, La Trappe, im siebzehnten Jahrhundert.

Eine Menge Reformbewegungen. Warum auch nicht, dachte ich mir. Mönche haben viel Zeit, um über Verbesserungen nachzudenken.

In Quebec fand ich drei Zisterzienserklöster. Eins in Oka, in der Nähe des Lac des Deux-Montagnes, eins in Mistassini, in der Nähe des Lac Saint-Jean. Eins in der Region Montérégie, in der Nähe von Saint-Hyacinthe. Jedes hatte eine Website.

Zwei Stunden brauchte ich, bis ich mich durch eine endlose Schleife von Sites gearbeitet hatte, die alle den klösterlichen Tagesablauf, die spirituelle Reise, die Bedeutung des Begriffes Berufung und die Geschichte des Ordens erläuterten. Doch sosehr ich auch suchte, Mitgliederlisten der Klöster fand ich nicht.

Ich wollte schon aufgeben, als ich auf eine kurze Ankündigung stieß.

Am 17. Juli 2004 wählten die Mönche von l'Abbaye Sainte-Marie-des-Neiges unter dem Vorsitz von Fr. Charles Turgeon, OCSO, ihren achten Abt, Fr. Sylvain Morissonneau, 59. Fr. Morissonneau wurde im Beauce County, Quebec, geboren und studierte an der Laval. Er wurde 1968 zum Priester geweiht und setzte dann seine Studien in den Vereinigten Staaten fort. 1971 trat Fr. Morissonneau in die Abtei ein. Vor seiner Wahl fungierte er acht Jahre lang als Geschäftsführer der Abtei. Er bringt für dieses Amt sowohl praktische wie akademische Erfahrungen mit.

Morissonneau ist also beim kontemplativen Leben geblieben, dachte ich mir, während ich von der Website des Klosters zu MapQuest Canada klickte.

Sorry, Pater. Mit deiner Abgeschiedenheit ist es jetzt erst einmal vorbei.

11

Die Region Montérégie ist ein Agrargürtel, der zwischen Montreal und der amerikanischen Grenze liegt. Gegliedert in sanfte Hügel und Täler, durchflossen von *la rivière* Richelieu und begrenzt von den Ufern von *le fleuve* Saint-Laurent, ist diese Region eine Aneinanderreihung von Naturparks und Grünflächen. Parc National des Îles-de-Boucherville. Parc National du Mont-Saint-Bruno. Le Centre de la Nature du Mont Saint-Hilaire. Touristen besuchen den Montérégie wegen der Natur, den landwirtschaftlichen Produkten und um dort Rad oder Ski zu fahren oder zu golfen.

L'Abbaye Sainte-Marie-des-Neiges lag am Ufer von *la rivière* Yamaska, nördlich der Stadt Saint-Hyacinthe, genau in der Mitte eines Trapezes, das von Saint-Simon, Saint-Hugues, Saint-Jude und Saint-Barnabe-Sud gebildet wurde.

Im Montérégie wimmelt es von Heiligen.

Um neun Uhr zwanzig am nächsten Vormittag bog ich von der zweispurigen Straße auf eine kleinere Teerstraße ein, die sich für etwa eine halbe Meile durch Obstgärten schlängelte, dann scharf nach links abknickte und in der Toreinfahrt einer hohen Steinmauer verschwand. Eine unauffällige Tafel sagte mir, dass ich die Mönche gefunden hatte.

Die Klostergebäude selbst erhoben sich am Rand einer weiten Rasenfläche im Schatten riesiger Ulmen. Die Anlage war erbaut aus Quebecer Graustein und sah aus wie eine Kirche mit Metastasen. Von drei Seiten gingen Flügel ab und von diesen Flügeln noch einmal untergeordnete Flügelchen. Ein vierstöckiger Rundturm erhob sich an der Verbindung des östlichen Flügels mit der Kirche, und am westlichen Gegenstück ragte ein reich verzierter Spitzturm in die Höhe. Einige Fenster hatten Bogenabschlüsse. Andere waren rechteckig und mit Fensterläden verschlossen. Mehrere Nebengebäude lagen zwischen der zentralen Anlage und den Getreidefeldern und dem Fluss dahinter.

Ich brauchte eine Weile, um das alles aufzunehmen.

Von meiner Cybertour wusste ich, dass viele Mönche Zugeständnisse an ökonomische Notwendigkeiten machen; sie produzieren und verkaufen Backwaren, Käse, Schokolade, Wein, Gemüse oder Devotionalien. Einige bieten auch Zimmer für Gäste an, die spirituelle Erneuerung suchen.

Diese Jungs schienen Derartiges nicht im Sinn zu haben. Ich

sah keine Holztafel mit einem Willkommensgruß. Keinen Souvenirladen. Kein einziges Auto.

Ich hielt vor der Vorderfront des Gebäudes. Kein Mensch erschien, um mich zu begrüßen oder zu fragen, was ich denn hier wolle.

Dank meiner Zeit im Web wusste ich auch, dass die Mönche von Sainte-Marie-des-Neiges um vier Uhr morgens aufstehen, mehrere Gebetszyklen absolvieren und dann von acht Uhr bis Mittag arbeiten. Ich hatte meinen Besuch so gelegt, dass er in die vormittägliche Arbeitszeit fiel.

Im Februar hatte die Arbeit nichts mit Äpfeln oder Getreide zu tun. Von ein paar Spatzen und Eichhörnchen abgesehen, war nirgendwo ein Lebenszeichen zu entdecken.

Ich stieg aus und drückte die Tür leise zu. Etwas an dieser Anlage verlangte Stille. Eine orangefarbene Tür rechts des Rundturms sah aus, als würde ich dort am ehesten Einlass finden. Ich ging eben darauf zu, als ein Mönch um die hintere Ecke des Spitzturmflügels herumkam. Er trug eine braune Kutte mit Kapuze, Socken und Sandalen.

Der Mönch blieb nicht stehen, als er mich sah, sondern kam nur langsamer auf mich zu, so als würde er sich Zeit nehmen für die Vorbereitung auf diese Begegnung.

Drei Meter vor mir blieb er stehen. Irgendwann in der Vergangenheit hatte er eine Verletzung erlitten. Seine linke Gesichtshälfte wirkte schlaff, das Augenlid hing herunter, und eine weiße Linie lief diagonal über die Wange.

Der Mönch schaute mich an, sagte aber nichts. Seine Haare waren kurz geschoren, das Kinn war scharf und das Gesicht so hager wie eine muskuloskelettale Skizze.

»Mein Name ist Dr. Temperance Brennan«, sagte ich. »Ich bin hier, weil ich mit Sylvain Morissonneau sprechen möchte.«

Nichts.

»Es ist ziemlich dringend.«

Wieder nichts.

Ich zeigte ihm meinen LSJML-Ausweis.

Der Mönch warf einen kurzen Blick darauf, zeigte aber sonst keine Reaktion.

Einen kühlen Empfang hatte ich erwartet. Ich griff in meine Schultertasche, zog einen verschlossenen Umschlag, in dem sich Kesslers Foto befand, heraus, trat einen Schritt vor und hielt ihn dem Mönch hin.

»Bitte geben Sie das Vater Morissonneau. Ich bin mir sicher, dass er mich dann empfangen wird.«

Eine knochendürre Hand kam aus der Kutte, nahm den Umschlag und bedeutete mir dann mit einem knappen Winken, dass ich folgen sollte.

Der Mönch führte mich durch die orangefarbene Tür, durch eine kleine Vorhalle und dann einen aufwändig getäfelten Gang entlang. Die Luft roch wie die Montagvormittage in den katholischen Schulen meiner Kindheit. Eine Mischung aus feuchter Wolle, Desinfektionsmittel und Holzpolitur.

Wir betraten eine Bibliothek, und mein Gastgeber bedeutete mir, dass ich Platz nehmen sollte. Eine leicht nach unten gedrückte ausgestreckte Hand bedeutete, dass ich hier bleiben sollte.

Als der Mönch verschwunden war, betrachtete ich meine Umgebung.

Die Bibliothek sah aus wie aus einem Harry-Potter-Film. Dunkle Holztäfelung, Bücherschränke mit bleiverglasten Türen, Rollleitern, die bis zu den obersten Regalen im dritten Stock hinaufreichten. Hier war genug Holz verwendet worden, um ganz British Columbia zu entwalden.

Ich zählte acht lange Tische und zwölf Karteikästen mit winzigen Messinggriffen an den Schubern. Nirgendwo war ein Computer zu sehen.

Ich hörte den zweiten Mönch nicht eintreten.

»Dr. Brennan?«

Ich stand auf.

Dieser Mönch trug einen weißen Chorrock und darüber einen braunen Überwurf aus rechteckigen Front- und Rückenpartien. Keine Kutte.

»Ich bin Vater Sylvain Morissonneau, der Abt dieser Gemeinschaft.«

»Es tut mir Leid, dass ich so unangekündigt hereinplatze.« Ich streckte die Hand aus.

Morissonneau lächelte, behielt aber seine Hände unter dem Überwurf. Er wirkte älter, aber besser genährt als der erste Mönch.

»Sie sind von der Polizei?«

»Vom gerichtsmedizinischen Institut in Montreal.«

»Bitte.« Morissonneau machte mit der Hand eine Geste, die mit der seines Kollegen identisch war. »Folgen Sie mir.« Englisch, mit einem starken *québecois* Akzent.

Morissonneau führte mich den Hauptkorridor wieder hinunter, dann über einen weiten, offenen Platz und schließlich einen langen, schmalen Gang entlang. Nachdem wir an ungefähr einem Dutzend geschlossener Türen vorbeigegangen waren, betraten wir einen Raum, der aussah wie ein Büro.

Morissonneau schloss die Tür und deutete noch einmal.

Ich setzte mich.

Verglichen mit der Bibliothek, war dieser Raum spartanisch. Weiße Wände. Grauer Fliesenboden. Schlichter Eichenschreibtisch. Standard-Aktenschränke aus Metall. Der einzige Schmuck waren ein Kruzifix hinter dem Schreibtisch und ein Gemälde über einem der Aktenschränke. Jesus im Gespräch mit Engeln. Wobei dieser deutlich fitter aussah als die geschnitzte Holzversion hinter dem Schreibtisch.

Ich schaute von der Leinwand zum Kreuz. Eine Redensart schoss mir durch den Kopf. Vorher und Nachher. Doch bei dem Gedanken hatte ich sofort das Gefühl, mich versündigt zu haben.

Morissonneau setzte sich auf den Schreibtischstuhl mit gerader Lehne, legte meine Fotokopie auf die Schreibunterlage, verschränkte die Finger und schaute mich an.

Ich wartete.

Er wartete.

Ich wartete noch etwas länger.

Ich behielt die Oberhand.

»Ich nehme an, Sie haben Avram Ferris gesehen.« Leise und gefasst.

»Ja.«

»Hat Avram Sie zu mir geschickt?«

Morissonneau wusste also noch nicht Bescheid.

»Nein.«

»Was will Avram denn?«

Ich atmete tief durch. Ich hasste, was ich jetzt tun musste.

»Es tut mir sehr Leid, dass ich Ihnen eine schlechte Nachricht überbringen muss, Vater. Avram Ferris wurde vor zwei Wochen ermordet.«

Morissonneau bewegte die Lippen in einem stummen Gebet und senkte den Blick auf die Hände. Als er den Kopf wieder hob, war sein Gesicht von einem Ausdruck verdüstert, den ich schon zu oft gesehen hatte.

»Wer war es?«

»Die Polizei ermittelt noch.«

Morissonneau beugte sich ein wenig vor.

»Gibt es Spuren?«

Ich deutete auf die Fotokopie.

»Dieses Foto wurde mir von einem Mann namens Kessler übergeben«, sagte ich.

Keine Reaktion.

»Kennen Sie Mr. Kessler?«

»Können Sie mir diesen Herrn beschreiben?«

Ich tat es.

»Tut mir Leid.« Morissonneaus Augen hinter seiner goldgerahmten Brille hatten einen neutralen Ausdruck angenommen. »Diese Beschreibung passt auf viele.«

»Auf viele, die Zugang zu diesem Foto haben könnten?«

Morissonneau ging nicht darauf ein. »Warum kommen Sie zu mir?«

»Ich habe Ihren Namen von Yossi Lerner.« Dicht genug an der Wahrheit.

»Wie geht es Yossi?«

»Gut.«

Ich berichtete Morissonneau, was Kessler mir über das Foto gesagt hatte.

»Verstehe.« Er drückte die Finger auf der Schreibunterlage durch und trommelte dann darauf. Sein Blick senkte sich kurz zu der Fotokopie und wanderte dann zu dem Gemälde rechts von mir.

»Avram Ferris wurde in den Hinterkopf geschossen, wie bei einer Hinrichtung.«

»Genug.« Morissonneau stand auf. »Bitten warten Sie.« Wieder dieses leichte Niederdrücken der flachen Hand. Allmählich kam ich mir vor wie Lassie.

Morissonneau eilte aus dem Zimmer.

Fünf Minuten vergingen.

Irgendwo schlug eine Uhr. Ansonsten war das Gebäude völlig still.

Zehn Minuten vergingen.

Gelangweilt stand ich auf, um mir das Gemälde genauer anzusehen. Ich hatte Recht, aber auch Unrecht gehabt. Die Leinwand und das Kruzifix stellten tatsächlich eine Vorher-Nachher-Sequenz dar, nur hatte ich die Reihenfolge falsch interpretiert.

Das Gemälde stellte den Ostermorgen dar. Vier Gestalten waren eingerahmt von einer Grabkammer. Zwei Engel saßen auf einem offenen Steinsarg, und eine Frau, wahrscheinlich Maria Magdalena, stand zwischen ihnen. Rechts der Gruppe war der auferstandene Jesus zu sehen.

Wie schon in der Bibliothek, hörte ich auch diesmal Morissonneau nicht eintreten. Ich bemerkte ihn erst, als er mit einer 60-mal-90 Zentimeter großen Kiste in den Händen um mich herumging. Er blieb vor mir stehen, und sein Ausdruck wurde sanft.

»Wunderschön, nicht? Viel zarter als die meisten Darstellungen der Auferstehung.« Morissonneaus Stimme war völlig anders als vorher. Er klang wie Opa, der Fotos der Enkel zeigt.

»Ja, das ist es.« Das Gemälde hatte etwas Ätherisches, das es wirklich wunderschön machte.

»Edward Burne-Jones. Kennen Sie ihn?«, fragte Morissonneau.

Ich schüttelte den Kopf.

»Er war ein englischer, viktorianischer Künstler, ein Schüler von Rossetti. Viele Bilder von Burne-Jones haben etwas fast Traumhaftes an sich. Das da trägt den Titel *Der Morgen der Auferstehung*. Entstanden ist es 1882.«

Morissonneaus Blick blieb noch einen Augenblick an dem Bild hängen, dann strafften sich seine Kiefermuskeln, und die Lippen wurden schmal. Er ging um den Schreibtisch herum, stellte die Kiste auf die Schreibunterlage und setzte sich wieder.

Morissonneau schwieg einen Augenblick und schien seine Gedanken zu sammeln. Als er dann wieder sprach, klang seine Stimme angespannt.

»Das monastische Leben ist der Einsamkeit, dem Gebet und dem Studium gewidmet. Ich habe mich dafür entschieden.« Morissonneau sprach langsam und machte Pausen, wo sie eigentlich nicht hingehörten. »Mit meinem Gelübde habe ich der Politik und den Sorgen dieser Welt den Rücken gekehrt.«

Morissonneau legte eine altersfleckige Hand auf die Kiste.

»Aber gewisse irdische Ereignisse konnte ich nicht ignorieren. Ich konnte meinen Freunden nicht den Rücken kehren.«

Morissonneau starrte seine Hand an, offensichtlich kämpfte er innerlich noch immer mit sich. Wahrheit oder Ausflucht.

Wahrheit.

»Diese Knochen stammen aus dem Musée de l'Homme.«

In meiner Brust loderte ein Streichholz auf.

»Das Skelett, das von Yossi Lerner gestohlen wurde.«

»Ja.«

»Wie lange haben Sie es schon?«

»Zu lange.«

»Sie haben versprochen, es für Avram Ferris aufzubewahren?«

Knappes Nicken.

»Warum?«

»So viele ›Warums‹. Warum wollte Avram unbedingt, dass ich es nehme? Warum habe ich mich einverstanden erklärt? Warum habe ich mit dieser gemeinsamen Unredlichkeit weitergemacht?«

»Fangen Sie mit Ferris an.«

»Avram nahm Yossi das Skelett aus Loyalität ab und weil Yossi ihn davon überzeugte, dass seine Wiederentdeckung katastrophale Ereignisse auslösen würde. Nachdem Avram die Knochen nach Kanada gebracht hatte, versteckte er sie einige Jahre in seinem Lagerhaus. Mit der Zeit wurde ihm die Sache jedoch mulmig. Mehr als das. Er entwickelte deswegen eine richtige Besessenheit.«

»Warum?«

»Avram ist Jude. Das sind die Überreste eines menschlichen Wesens.« Morissonneau strich über die Kiste. »Und ...«

Morissonneau riss den Kopf hoch. Licht spiegelte sich in einem Brillenglas.

»Wer da?«

Ich hörte leises Stoffrascheln.

»Frère Marc?« Morissonneaus Stimme klang scharf.

Ich drehte mich um. In der offenen Tür stand eine Gestalt. Der Mönch mit dem Narbengesicht legte den Zeigefinger an die Lippen und hob seine gesunde Braue.

Morissonneau schüttelte den Kopf. »*Laissez-nous.*« Lassen Sie uns in Ruhe.

Der Mönch verbeugte sich und ging wieder.

Morissonneau erhob sich, durchquerte das Büro und schloss die Tür ab.

»Avram wurde die Sache mulmig«, wiederholte ich seine Aussage, als er sich wieder gesetzt hatte.

»Er glaubte, was Yossi glaubte.« Mit gedämpfter Stimme.

»Dass es das Skelett von Jesus Christus ist.«

Morissonneaus Blick huschte kurz zu dem Gemälde und senkte sich dann wieder. Er nickte.

»Haben Sie das auch geglaubt?«

»Es geglaubt? Nein, geglaubt habe ich es nicht, aber ich wusste es auch nicht sicher. Weiß es noch immer nicht. Aber ich konnte das Risiko nicht eingehen. Was, wenn Yossi und Avram Recht hatten? Und Jesus nicht am Kreuz gestorben war? Das wäre das Totengeläut für das Christentum.«

»Es würde das fundamentalste Dogma des Glaubens untergraben.«

»Genau dieses. Der christliche Glaube gründet sich auf der Prämisse vom Tod und der Auferstehung unseres Retters. Der Glaube an die Leidensgeschichte ist Dreh- und Angelpunkt eines Glaubens, nach dem eine Milliarde Menschen ihr Leben ausrichten. Eine Milliarde Menschen, Dr. Brennan. Die Konsequenzen einer Zersetzung dieses Glaubens wären unvorstellbar.«

Morissonneau schloss die Augen und stellte sich, wie ich vermutete, genau diese unvorstellbaren Konsequenzen vor. Als er sie wieder öffnete, klang seine Stimme kräftiger.

»Avram und Yossi hatten sich wahrscheinlich geirrt. Ich glaube nicht, dass dies die Knochen Jesu Christi sind. Aber was, wenn die Presse Wind von der Geschichte bekommen hätte? Was, wenn der Sündenpfuhl, den die heutigen Massenmedien darstellen, eins seiner Ekel erregenden Spektakel inszeniert hätte und diese Leute ihre Seele für höhere Einschaltquoten verkauft hätten? Die darauf folgende Kontroverse wäre allein schon eine Katastrophe.«

Er wartete nicht auf eine Erwiderung.

»Ich sage Ihnen, was passieren würde. Eine Milliarde Menschen würden ihre Orientierung und ihren Lebensmittelpunkt verlieren. Der Glaube würde zerrüttet werden. Spirituelle Verwüstungen wären allgegenwärtig. Die christliche Welt würde in eine Krise stürzen. Aber damit wäre es noch nicht zu Ende, Dr. Brennan. Ob es Ihnen gefällt oder nicht, das Christentum ist auch eine mächtige politische und ökonomische Macht. Ein Zusammenbruch der christlichen Kirche würde zu globalen Umwälzungen führen. Zu Instabilität. Und weltweitem Chaos.«

Morissonneau stieß mit dem Zeigefinger in die Luft.

»Die westliche Zivilisation würde entwurzelt werden. Damals glaubte ich das. Und ich glaube es jetzt, da islamische Extremisten ihre neue Variante des religiösen Fanatismus in die politische Arena werfen, noch leidenschaftlicher.«

Er beugte sich vor.

»Ich bin Katholik, aber ich habe den muslimischen Glauben studiert. Und ich habe die Entwicklungen im Nahen Osten sehr intensiv verfolgt. Sogar damals schon sah ich die Unruhen und wusste, dass uns eine Krise bevorsteht. Erinnern Sie sich noch an die Olympischen Spiele in München?«

»Palästinensische Terroristen kidnappten einen Teil des israelischen Teams. Alle elf Sportler wurden umgebracht.«

»Die Kidnapper waren Mitglieder einer PLO-Fraktion mit dem Namen Schwarzer September. Drei wurden gefangen genommen. Gut einen Monat später wurde eine Lufthansa-Maschine von anderen Terroristen entführt, die die Freilassung der Mörder von München forderten. Die Deutschen erfüllten ihre Forderungen. Das war 1972, Dr. Brennan. Ich sah mir damals die Berichterstattung an und wusste, das ist erst der Anfang. Das alles passierte ein Jahr, bevor Yossi das Skelett stahl und es Avram gab.

Ich bin ein toleranter Mensch. Ich habe die höchste Wertschätzung für meine islamischen Brüder. Moslems sind im Allgemeinen hart arbeitende, familienorientierte, friedliebende Menschen, die nach denselben Werten leben, die auch Sie und ich hochhalten. Aber unter diesen Guten gibt es eine böswillige Minderheit, die angetrieben wird von Hass und nichts als Zerstörung im Sinn hat.«

»Die Jihadisten.«

»Kennen Sie sich mit dem Wahhabismus aus, Dr. Brennan?«

Das tat ich nicht.

»Der Wahhabismus ist eine strenge Form des Islam, der vor allem auf der arabischen Halbinsel blühte. Seit über zwei Jahrhunderten ist er in Saudi-Arabien die bestimmende Glaubensrichtung.«

»Was unterscheidet den Wahhabismus von der Hauptrichtung des Islam?«

»Das Beharren auf einer wörtlichen Interpretation des Koran.«

»Klingt wie der gute, alte christliche Fundamentalismus.«

»In vielerlei Hinsicht sind sich die beiden auch ähnlich. Aber der

Wahhabismus geht viel weiter, denn er propagiert die völlige Ablehnung und Vernichtung von allem, was nicht auf den ursprünglichen Lehren Mohammeds basiert. Das explosive Wachstum der Sekte begann in den Siebzigern, als saudische Wohltätigkeitsorganisationen anfingen, wahhabitische Moscheen und Schulen, so genannte Madrassen, zu finanzieren, und zwar weltweit von Islamabad bis Culver City.«

»Ist die Bewegung wirklich so schlimm?«

»War Afghanistan unter den Taliban wirklich so schlimm?«

Morissonneau ließ mich nicht zu Wort kommen.

»Wahhabiten sind nicht einfach nur am Geist und der Seele eines Menschen interessiert. Die Sekte hat sehr ehrgeizige politische Ziele, bei denen es vor allem um die Ersetzung säkularer Führungen durch eine fundamentalistisch religiöse Regierungsgruppe oder -person in jedem muslimischen Land auf diesem Planeten geht.«

Chauvinistische Paranoia? Ich behielt meine Zweifel für mich.

»Wahhabiten infiltrieren Regierungen und Armeen in der gesamten muslimischen Welt und positionieren sich dabei so, dass sie die säkularen Führer irgendwann entweder vertreiben oder umbringen können.«

»Glauben Sie das wirklich?«

»Schauen Sie sich die Zerstörung des modernen Libanon an, die zur Besetzung durch die Syrer führte. Schauen Sie sich Ägypten und den Mord an Anwar Sadat an. Schauen Sie sich die Mordversuche an Mubarak in Ägypten, Hussein in Jordanien, Musharraf in Pakistan an.«

Wieder hob Morissonneau die Hand und deutet mit dem Zeigefinger auf mich. Jetzt zitterte seine Hand.

»Osama bin Laden ist ein Wahhabit, wie auch die Mitglieder seines Teams vom elften September. Diese Fanatiker betreiben, was sie den Dritten Großen Jihad, den Heiligen Krieg, nennen, und alles, wirklich alles ist erlaubt, was ihrer Sache nützt.«

Morissonneau ließ die Hand auf die Kiste sinken. Ich merkte, worauf er hinaus wollte.

»Auch die Knochen Jesu Christi«, sagte ich.

»Sogar die *angeblichen* Knochen Jesu Christi. Diese Verrückten würden ihre Macht benutzen, um die Presse zu manipulieren und die Angelegenheit so weit verdrehen und verzerren, bis sie ihren Zwecken nützt. Ein Medienzirkus über die Authentifizierung der Knochen Jesu würde den Glauben von Millionen beschädigen und diesen Jihadisten Mittel und Wege eröffnen, um die Grundfesten der Kirche zu untergraben, die mein Leben ist. Wenn ich eine solche Perversion verhindern kann, fühle ich mich verpflichtet, es auch zu tun.

Der Hauptgrund, warum ich diese Knochen an mich nahm, war mein Bestreben, meine geliebte Kirche zu schützen. Die Angst vor dem islamischen Extremismus war damals noch zweitrangig. Aber im Lauf der Jahre wuchs diese Angst.«

Morissonneau zog Luft durch die Nase ein und lehnte sich zurück.

»Sie wurde der Grund, warum ich sie behielt.«

»Wo?«

»Das Kloster hat eine Krypta. Das Christentum verbietet eine Bestattung unter den Lebenden nicht.«

»Fühlten Sie sich nicht verpflichtet, das Museum davon in Kenntnis zu setzen?«

»Missverstehen Sie mich nicht, Dr. Brennan. Ich bin ein Mann Gottes. Moral bedeutet mir sehr viel. Das war nicht einfach für mich. Ich habe um die Entscheidung gerungen. Ich ringe jeden Tag damit.«

»Aber Sie erklärten sich bereit, das Skelett zu verstecken.«

»Ich war noch jung, als dies alles anfing. Gott möge mir verzeihen. Ich betrachtete es als eine der notwendigen Täuschungen unserer Zeit. Doch als dann die Zeit verging und niemand, auch das Museum nicht, Interesse an den Knochen zu haben schien, hielt ich es für das Beste, sie dort zu lassen, wo sie waren.«

Morissonneau stand auf.

»Aber jetzt ist es genug. Ein Mann ist tot. Ein anständiger Mann. Ein Freund. Vielleicht aus keinem anderen Grund als wegen einer

Kiste mit alten Knochen und einer irrsinnigen Theorie in einem verrückten Buch.«

Auch ich stand auf.

»Ich hoffe, Sie werden alles in Ihrer Macht Stehende tun, um diese Angelegenheit vertraulich zu behandeln«, sagte Morissonneau.

»Ich bin nicht gerade bekannt für mein freundschaftliches Verhältnis zur Presse.«

»Das habe ich gehört.«

Anscheinend machte ich ein überraschtes Gesicht.

»Ich habe einen Anruf getätigt.«

Morissonneaus Leben war also doch nicht so weltabgewandt.

»Ich werde mich mit den israelischen Behörden in Verbindung setzen«, sagte ich. »Es ist wahrscheinlich, dass sie die Knochen zurückerhalten werden, und ich bezweifle stark, dass sie eine Pressekonferenz abhalten werden.«

»Was jetzt passiert, liegt in Gottes Händen.«

Ich nahm die Kiste vom Tisch. Der Inhalt klapperte leise.

»Bitte halten Sie mich auf dem Laufenden«, sagte Morissonneau.

»Das werde ich.«

»Vielen Dank.«

»Ich werde versuchen, Ihren Namen aus der Geschichte herauszuhalten, Vater. Aber ich kann nicht garantieren, dass das möglich sein wird.«

Morissonneau setzte zum Sprechen an. Doch dann schloss sich sein Mund wieder, und er ließ weitere Erklärungen oder Rechtfertigungen sein.

12

Zehn Prozent über der Höchstgeschwindigkeit ist die Toleranzgrenze, lautet die Faustregel. Ich hatte es so eilig, dass ich die Marge deutlich überschritt, allerdings auch das Glück, dass das Auge des Gesetzes gerade auf eine andere Straße gerichtet war.

Als ich am Wilfrid Derome ankam, parkte ich auf dem für Polizisten reservierten Platz. Es war Samstag, und es konnte ja immerhin sein, dass ich Gott in meinem Mazda hatte.

Die Temperatur war knapp über den Gefrierpunkt gestiegen, und der vorhergesagte Schneefall hatte als Nieselregen begonnen. Schmutzige Schneehaufen schmolzen, verliefen sich in Rissen und Spalten und bildeten auf dem Bürgersteig und am Bordstein Pfützen.

Ich öffnete den Kofferraum, holte Morissonneaus Kiste heraus und eilte nach drinnen. Bis auf die Wachmänner war die Eingangshalle verlassen.

Der zwölfte Stock ebenfalls.

Ich stellte die Kiste auf meinen Arbeitstisch, zog meine Jacke aus und rief Ryan an.

Keine Antwort.

Jake anrufen?

Zuerst die Knochen.

Mein Herz klopfte, als ich einen Labormantel überzog.

Warum? Glaubte ich wirklich, dass ich das Skelett Jesu vor mir hatte?

Natürlich nicht.

Aber wer war das dann in dieser Kiste?

Jemand hatte gewollt, dass diese Knochen Israel verließen. Lerner hatte sie gestohlen. Ferris hatte sie transportiert und versteckt. Morissonneau hatte ihretwegen gelogen, gegen sein Gewissen.

War Ferris ihretwegen gestorben?

Religiöser Eifer bringt obsessive Handlungen hervor. Ob diese Handlungen rational oder irrational sind, hängt vom Blickwinkel ab. Das wusste ich. Aber warum all diese Intrigen? Warum die Obsession, sie zu verstecken? Warum sie nicht einfach zerstören?

Hatte Morissonneau Recht? Würden Jihadisten wirklich töten, um diese Knochen in die Hände zu bekommen? Oder wütete der gute Vater einfach nur gegen religiöse oder politische Philosophien, die er als Bedrohungen für die eigene betrachtete?

Keine Ahnung. Aber ich hatte vor, Antworten auf diese Fragen so intensiv zu suchen, wie ich nur konnte.

Ich holte mir aus der Abstellkammer einen Hammer.

Das Holz war trocken. Die Nägel waren alt. Splitter flogen, als ich sie herauszog.

Schließlich lagen sechzehn Nägel neben der Kiste. Ich legte den Hammer weg und hob den Deckel an.

Staub. Trockene Knochen. Gerüche, die so alt waren wie das erste Wirbeltierfossil.

Die langen Knochen lagen unten auf dem Boden, parallel zueinander, die Kniescheiben und Hände und Füße zwischen ihnen verstreut. Der Rest bildete eine mittlere Schicht. Obendrauf lag, mit abgetrenntem Unterkiefer, der Schädel, und leere Augenhöhlen starrten himmelwärts. Das Skelett sah aus wie hunderte andere, die ich schon gesehen hatte, ob sie nun aus einem Acker, einem flachen Grab oder einer Baustelle stammten.

Ich stellte den Schädel auf einen Stabilisator-Ring aus Kork, fügte den Unterkiefer hinzu und starrte das fleischlose Gesicht an.

Wie hatte es im Leben ausgesehen? Wem hatte es gehört?

Nichts. Nicht einmal Spekulationen.

Vierzig Minuten später lag das Skelett anatomisch korrekt angeordnet auf meinem Tisch. Nichts fehlte außer einem winzigen Knochen, dem so genannten Zungenbein, und ein paar Finger- und Zehengliedern.

Ich steckte eben ein Fallformular auf ein Klemmbrett, als mein Telefon klingelte. Es war Ryan.

Ich erzählte ihm von meinem Vormittag.

»Heiliger Bimbam.«

»Vielleicht«, sagte ich.

»Ferris und Lerner glaubten daran.«

»Morissonneau war sich nicht so sicher.«

»Und was glaubst du?«

»Ich fange eben mit meiner Untersuchung an.«

»Und?«

»Ich fange eben mit meiner Untersuchung an.«

»Mein Arsch gehört nicht mir, bis diese Überwachung abgeschlossen ist. Aber ich habe heute Vormittag einen Anruf erhalten. Kann sein, dass ich bei dem Ferris-Mord auf eine heiße Spur gestoßen bin.«

»Im Ernst?«, fragte ich.

»Sobald ich das hier hinter mir habe, gehe ich der Sache nach.«

»Was ist das für eine Spur?«

»Sobald ich das hier hinter mir habe, gehe ich der Sache nach.«

»*Touché*.«

»Verdammt, sind wir professionell.«

»Bei uns gibt's keine unbekümmerten Spekulationen«, stimmte ich ihm zu.

»Nirgendwo überhastete Schlussfolgerungen in Sicht.«

Nach dem Anruf fuhr ich schnell in die Cafeteria im ersten Stock, verschlang ein Thunfisch-Sandwich und eine Diet Coke und kehrte dann sofort ins Labor zurück.

Am liebsten hätte ich mich unverzüglich auf die Schlüsselfrage gestürzt. Aber ich zwang mich, die vorgeschriebene Verfahrensweise einzuhalten.

Gummihandschuhe.

Licht.

Fallformular.

Tief durchatmen.

Ich fing mit dem Geschlecht an.

Becken: schmale Einbuchtung zwischen der hinteren Sitz- und Darmbeinkante, schmaler Beckeneingang, kräftige Schambeine, die sich vorne zu umgedreht v-förmigen Wülsten verdickten.

Schädel: vorstehende Brauenwülste, stumpfe Orbitalränder, große Knochenleisten, Muskelansätze und Warzenfortsätze.

Kein Zweifel. Das Skelett war durch und durch Knabe.

Ich wandte mich dem Alter zu.

Ich stellte meine Lampe schräg und betrachtete die linke Beckenhälfte an der Stelle, wo sie sich im Leben mit der rechten Hälfte getroffen hatte. Die Oberfläche war mit winzigen Vertiefungen übersät und im Verhältnis zur Höhe eines ovalen Wulstes am äußeren Rand leicht vertieft. Stachelförmige Auswüchse standen vom oberen und unteren Rand des Wulstes ab.

Die rechte Schambeinfuge sah genauso aus.

Ich stand auf und ging zum Wasserspender.

Ich trank einen Schluck.

Ich atmete einmal durch.

Etwas ruhiger kehrte ich zu dem Skelett zurück und suchte mir die Rippen drei bis fünf von beiden Seiten des Brustkorbs aus. Nur zwei hatten noch unbeschädigte Brustbeinenden. Ich legte die anderen beiseite und betrachte diese beiden eingehender.

Beide Rippen endeten in ausgeprägten u-förmigen Vertiefungen, umgeben von dünnen Wänden, die in scharfkantige Wülste ausliefen. Winzige Knochenstacheln standen von den oberen und unteren Rändern der Wülste ab.

Ich lehnte mich zurück und legte den Bleistift weg.

Was empfand ich? Erleichterung? Enttäuschung? Ich war mir nicht sicher.

Die Schambeinfugen entsprachen der Phase sechs des Suchey-Brooks-Altersbestimmungssystems, einem Set von Standards, das anhand der Untersuchung der Becken von hunderten von Erwachsenen mit dokumentiertem Alter beim Todeszeitpunkt ermittelt wurde. Für Männer deutet Phase sechs auf ein Alter von etwa einundsechzig hin.

Die Rippen entsprachen der Phase sechs des Iscan-Loth-Altersbestimmungssystems, einem Set von Standards, das auf der Quantifikation morphologischer Veränderungen von Rippen beruht, die bei Autopsien von Erwachsenen gesammelt wurden. Für Männer deutet diese Phase auf ein Alter zwischen dreiundvierzig und fünfundfünfzig hin.

Zugegeben, die Wesen mit Y-Chromosomen zeigen einen enormen Variantenreichtum. Zugegeben, die Röhrenknochen und die Wurzeln der Backenzähne musste ich erst noch radiologisch untersuchen. Dennoch war ich mir sicher, dass meine vorläufige Schlussfolgerung Bestand haben würde. Ich schrieb sie in mein Fallformular.

Alter zum Todeszeitpunkt: vierzig bis sechzig Jahre.

Auf gar keinen Fall war dieser Kerl in seinen Dreißigern gestorben.

Wie Jesus von Nazareth.

Falls Jesus von Nazareth in seinen Dreißigern gestorben war. Nach Joyces Theorie war er über achtzig geworden.

Dieser Kerl passte zu keinem der beiden Profile.

Es war darüber hinaus auch völlig ausgeschlossen, dass dieser Mann über siebzig geworden war.

Deshalb passte er auch nicht zu dem Profil des alten Mannes aus Höhle 2001. Aber war das isolierte Skelett, das Jakes Freiwilligen-Informant beschrieben hatte, tatsächlich das des alten Mannes gewesen? Vielleicht nicht. Vielleicht hatte Yadins Siebzigjähriger zwischen den vermischten Knochen gelegen, und das isolierte Skelett war ein ganz anderes Individuum. Ein Individuum zwischen vierzig und sechzig.

Wie dieser Kerl.

Ich blätterte zur nächsten Seite.

Abstammung.

Tja.

Die meisten Systeme der rassischen Klassifizierung stützen sich auf Schädelform, Gesichtsarchitektur, Zahngestalt und Schädelmaße. Obwohl ich mich oft auf Letzteres stütze, gab es da ein Problem.

Wenn ich den Schädel vermaß und die Daten durch Fordisc 2.0 laufen ließ, dann würde das Computerprogramm meinen Unbekannten mit Weißen, Schwarzen, Indianern, Hispanos, Japanern, Chinesen und Vietnamesen vergleichen.

Eine große Hilfe, wenn der Mann aus der Kiste vor zweitausend Jahren in Israel gelebt hatte.

Ich ging die Merkmalsliste auf meinem Formular durch. Vorstehende Nasenknochen. Schmale Nasenöffnung. Von der Seite betrachtet flaches Gesichtsprofil. Eng anliegende Wangenknochen. Und so weiter und so fort.

Alles deutete auf kaukasoide oder zumindest der europäischen nahe stehende Abstammung hin. Nicht negroid. Nicht mongoloid.

Ich vermaß den Schädel und gab die Daten in das Programm ein. Jeder Vergleichswert platzierte den Schädel deutlich bei den Weißen.

Okay. Der Computer und mein Augenschein stimmten überein.

Und weiter? Stammte der Mann aus dem Nahen Osten? Aus Südeuropa? War er Jude? Oder ein Goi? Ich kannte kein Verfahren, mit dem ich das hätte herausfinden können. Auch ein DNS-Test half mir da nicht weiter.

Ich wandte mich der Statur zu.

Ich nahm mir die Beinknochen vor, sortierte diejenigen mit erodierten oder beschädigten Enden aus und vermaß den Rest mit einer osteometrischen Schablone. Dann gab ich die Daten in Fordisc 2.0 ein und verlangte eine Berechnung unter Berücksichtigung aller Männer in der Datenbank mit unbekannter Rasse.

Größe: Einhundertzweiundsechzig bis einhundertzweiundsiebzig Zentimeter.

In den nächsten Stunden untersuchte ich jeden Knubbel und jeden Grat, jedes Loch und jede Furche, jedes Gelenk und jede Gelenkfläche, jeden Millimeter Knochenrinde unter dem Mikroskop. Ich fand nichts. Keine genetischen Variationen. Keine Schädigungen oder Krankheitssymptome. Keine Verletzungen, ob nun verheilt oder nicht.

Schließlich schaltete ich die Glasfaserlampe aus, drückte den Rücken durch und streckte mich, da meine Schultern und mein Nacken sich anfühlten, als hätte sie jemand in Brand gesteckt.

Konnte es sein, dass ich langsam alt wurde?

Unmöglich.

Ich ging zu meinem Schreibtisch, ließ mich in den Sessel fallen und schaute auf die Uhr. 17:55. Mitternacht in Paris.

Zu spät für einen Anruf.

Jake antwortete mit schlaftrunkener Stimme und bat mich, kurz zu warten.

»Was ist denn los?« Jake war zurückgekehrt, ich hörte eine Getränkedose gluckern.

»Es ist nicht Jesus.«

»Was?«

»Das Skelett aus dem Musée de l'Homme.«

»Was ist damit?«

»Ich habe es gerade vor mir.«

»Was?«

»Es ist ein weißer Mann mittleren Alters mit durchschnittlicher Statur.«

»Was?«

»Du bist ja nicht gerade sehr gesprächig, Jake.«

»Du hast Lerners Knochen?«

»Das Skelett, das er befreit hat, ist hier in meinem Labor.«

»Jesus Christus.«

»Nein, der ist es nicht.«

»Bist du sicher?«

»Der Typ hat seinen vierzigsten Geburtstag deutlich überlebt. Meiner Schätzung nach war er bei seinem Tod mindestens fünfzig.«

»Nicht achtzig.«

»Auf gar keinen Fall.«

»Hätte er siebzig sein können?«

»Ich bezweifle es.«

»Dann ist er also nicht der ältere Mann aus Masada, den Yadin und Tsafrir erwähnten.«

»Wissen wir eigentlich mit hundertprozentiger Sicherheit, dass Yadins alter Mann das isolierte Skelett war?«

»Eigentlich nicht. Die alten Knochen hätten auch in dem Haufen mit den anderen liegen können. Das würde bedeuten, dass das isolierte Skelett einer der vierzehn Männer zwischen zweiundzwanzig und sechzig ist.«

»Oder völlig undokumentiert ist.«

»Ja.« Eine lange Pause. »Erzähl mir, wie du zu dem Skelett gekommen bist.«

Ich berichtete ihm von Morissonneau und meinem Besuch im Kloster.

»Heiliger Bimbam.«

»Genau das hat Ryan auch gesagt.«

Als Jake weitersprach, war seine Stimme fast nur noch ein Flüstern.

»Was hast du jetzt vor?«

»Zuallererst werde ich es meinem Chef sagen. Hier geht es schließlich um menschliche Überreste. Sie wurden in Quebec gefunden. Das heißt, der Coroner ist für sie zuständig. Außerdem kann es sein, dass die Knochen Beweismittel in einem Mordfall sind.«

»Ferris?«

»Ja.«

»Und dann?«

»Mit ziemlicher Sicherheit wird mein Chef mir den Auftrag geben, mich mit den zuständigen Behörden in Israel in Verbindung zu setzen.«

Wieder folgte eine Pause. Graupel klatschte gegen das Fenster über meinem Schreibtisch und lief in Rinnsalen das Glas hinab. Zwölf Stockwerke unter mir verstopfte der Verkehr die Straßen und kroch über die Jacques-Cartier-Brücke. Hecklichter zogen funkelnde Bänder über den Asphalt.

»Bist du sicher, dass das Skelett das auf dem Kessler-Foto ist?«

Gute Frage. Über die ich noch gar nicht nachgedacht hatte.

»Ich habe nichts entdeckt, was dagegen spricht.«

»Hast du irgendwas gefunden, das dafür spricht?«

»Nein.« Lahm.

»Wäre es den Aufwand wert, dieser Frage noch einmal genauer nachzugehen?«

»Ich mache es jetzt sofort.«

»Würdest du mich anrufen, bevor du dich mit Israel in Verbindung setzt?«

»Warum?«

»Versprichst du mir, dass du mich zuerst anrufst?«

Warum nicht? Schließlich hatte Jake die ganze Sache überhaupt erst ins Rollen gebracht.

»Sicher, Jake.«

Nachdem ich aufgelegt hatte, saß ich, die Hand auf dem Hörer, einen Augenblick nur da. Jake schien es nicht recht zu sein, dass ich zuerst die israelischen Behörden informierte. Warum?

War er scharf auf das Erstveröffentlichungsrecht in Bezug auf die Entdeckung und Untersuchung des Skeletts? Hatte er Angst, die Kontrolle über das Skelett zu verlieren? Misstraute er seinen israelischen Kollegen?

Ich hatte keine Ahnung. Warum hatte ich ihn nicht gefragt?

Ich hatte Hunger. Der Rücken tat mir weh. Ich wollte nach Hause gehen, mit Birdie und Charlie zu Abend essen und es mir dann mit einem Buch gemütlich machen.

Stattdessen holte ich Kesslers Foto wieder heraus und legte es unter das Mikroskop. Langsam bewegte ich mich vom Schädeldach über das Gesicht nach unten.

Die Stirn zeigte keine eindeutigen Identifikationsmerkmale.

Augen. Nichts.

Nase. Nichts.

Wangenknochen. Nichts.

Ich drehte meinen Kopf nach rechts und nach links, um die Verspannungen im Nacken etwas zu lockern.

Zurück zum Mikroskop.

Als die Mundöffnung ins Blickfeld kam, starrte ich verdutzt durch das Okular. Dann hob ich den Kopf und schaute zu dem Schädel auf meinem Arbeitstisch hinüber.

Irgendetwas stimmte nicht.

Ich wandte mich wieder dem Mikroskop zu und verstärkte die Vergrößerung. Die Zähne wuchsen riesig an.

Ich fokussierte auf den mittleren Schneidezahn und bewegte mich langsam von der Mittellinie des Oberkiefers nach hinten.

Mein Magen knotete sich zusammen.

Ich stand auf, holte meine Lupe und nahm den Schädel zur Hand.

Ich drehte den Gaumen nach oben und untersuchte die Zahnreihe.

Der Knoten wurde fester.

Ich schloss die Augen.

Was konnte das nur bedeuten?

13

Ich trug das Foto vom Mikroskop zum Schädel. Mit der Lupe zählte ich von der Mitte des Gaumens bis zu einer Lücke auf der rechten Seite.

Zwei Schneidezähne, ein Eckzahn. Zwei Vorbackenzähne. Lücke. Zwei Backenzähne.

Dem Skelett auf Kesslers Foto fehlte der erste obere Backenzahn auf der rechten Seite.

Dem Schädel auf meinem Arbeitstisch fehlte er nicht.

War das also nicht das auf dem Foto abgebildete Skelett?

Ich ging mit dem Schädel zum Mikroskop, hob den Okularteil an und legte den Schädel darunter. Dann richtete ich die Glasfaserlampe auf die rechten Backenzähne des Oberkiefers.

Unter Vergrößerung sah ich, dass die Wurzeln der Backenzähne mehr als üblich frei lagen. Die Ränder der Zahnhöhlen waren löchrig und porös.

Wurzelhautentzündung. Keine große Sache.

Was allerdings eine große Sache war, war der Zustand der Kaufläche des ersten oberen Backenzahns. Die Zahnhöcker waren hoch und gerundet, während die Höcker der Nachbarzähne völlig abgenutzt waren.

Was zum Teufel hatte das zu bedeuten?

Ich fügte den Unterkiefer an und betrachtete die Bissstellung. Der erste Backenzahn kam mit der unteren Zahnreihe vor allen anderen in Kontakt. Normalerweise müsste der erste Backenzahn mehr Abnutzung als die anderen aufweisen, nicht weniger.

Ich lehnte mich zurück und überlegte.

Es gab zwei Möglichkeiten. A: Das war ein anderes Skelett als das auf dem Kessler-Foto. B: Das war dasselbe Skelett, allerdings mit einem in die Lücke eingefügten Backenzahn.

Falls der Backenzahn eingefügt worden war, gab es wiederum zwei Möglichkeiten. A: Es war der eigene Zahn, der aus dem Oberkiefer herausgefallen war. Wenn das Bindegewebe verwest, fallen häufig Zähne aus. B: Der Zahn gehörte zu einem anderen Individuum und war irrtümlich in den Kiefer eingesetzt worden. Dies würde die unterschiedliche Kauflächenabnutzung erklären.

Wann war dieser Zahn eingesetzt worden? Drei Möglichkeiten erschienen wahrscheinlich. A: zur Zeit der Bestattung. B: während Yadins Ausgrabung. C: im Musée de l'Homme.

Mein Instinkt sagte mir B.

Okay. Wenn der Zahn während der Masada-Ausgrabung eingesetzt worden war, wer hatte es getan? A: Yadin. B: Tsafrir. C: Haas. D: einer der Ausgräber.

Was sagte mir mein Bauch?

Ein Ausgräber hatte den Zahn neben dem Skelett gefunden und ihn probeweise in die Lücke eingefügt. Da er zu passen schien, hatte er ihn eingesetzt. Die Knochen aus Höhle 2001 waren durcheinander geworfen. Die Arbeitsschritte wurden nicht sorgfältig dokumentiert. Wenn man mit Studenten und unerfahrenen Freiwilligen arbeitet, passieren dauernd Fehler.

Also. Eine Bestattungshandlung? Ein simpler Fehler? Keins von beiden, ein anderes Skelett als das auf dem Kessler-Foto?

Das war etwas zu hoch für mich. Ich brauchte einen Odontologen.

Es war jetzt nach sieben an einem Samstagabend. Ich wusste, was Marc Bergeron, der Zahnexperte unseres Instituts, sagen würde.

Machen Sie Röntgenaufnahmen der Wurzelspitzen.

Das konnte ich erst am Montag tun.

Frustriert brachte ich die nächste Stunde damit zu, das Kessler-Foto unter Vergrößerung zu untersuchen.

Ich entdeckte keine anatomischen Eigenarten oder Details, die das Skelett auf dem Foto eindeutig mit den Knochen auf meinem Tisch in Verbindung brachten.

Den Rest des Abends saß ich aufgeregt und blockiert herum. Birdie und ich schauten uns ein NCAA-Basketballspiel an. Ich war für Duke. Birdie feuerte die Clemson Tigers an. Wahrscheinlich Katzensolidarität.

Am Sonntagmorgen brauchte ich weniger als dreißig Minuten, um Donovan Joyces Buch im Internet zu finden und zu bestellen. *The Jesus Scroll*. Die Werbung pries es als das verstörendste Buch der Christenheit an. Gute Rezensionen. Nur schade, dass es nicht mehr lieferbar war.

Alle paar Stunden rief ich Jake an. Sein Handy war abgeschaltet. Irgendwann gab ich es auf, ihm Nachrichten zu hinterlassen, und rief sein Hotel an. Er war abgereist.

Ryans Überwachung endete mit drei Verhaftungen und der Konfiszierung einer Lastwagenladung Zigaretten. Um sechs tauchte er auf, mit dunklen Ringen unter den Augen, die Haare noch feucht von der Dusche. Ich trank ein Perrier, Ryan ein Moosehead, dann gingen wir zu Katsura an der Rue de la Montagne.

Meine Ecke des Centre-ville war ruhig. Ein paar Studenten hingen vor der Concordia University herum. Ein paar Amüsierfanatiker feierten auf der Rue Crescent.

Ein Sonntag hat schon was.

Vielleicht war es aber auch die Temperatur. Über Nacht hatte der Schneeregen vom Samstag einem klaren Himmel und eisiger Kälte Platz gemacht.

Bei Sushi berichtete ich Ryan von Morissonneaus Skelett und endete mit meiner Schlussfolgerung, dass die Knochen einem weißen Mann gehörten, der zum Zeitpunkt seines Todes zwischen vierzig und sechzig gewesen war.

»Meine Altersschätzung schließt also den Siebzigjährigen aus der Höhle 2001, den dreiunddreißigjährigen Jesus der Bibel und Donovan Joyces achtzigjährigen Jesus aus.«

»Aber du bist sicher, dass Kesslers Foto das isolierte Skelett aus

Höhle 2001 zeigt und dass dieses Skelett dasjenige ist, das Lerner aus dem Musée de l'Homme stahl und Ferris gab, der es wiederum an Morissonneau weitergab?«

»Jake ist sicher. Er hat mit jemandem gesprochen, der als Freiwilliger bei der Ausgrabung in Höhle 2001 mitgearbeitet hat. Aber ich kann kein einziges eindeutiges Identifikationsmerkmal finden, das Morissonneaus Skelett mit dem auf dem Foto in Verbindung bringt. Und irgendwas stimmt mit einem der Zähne nicht.«

Ich erzählte Ryan von dem Backenzahn.

»Du hast also den Verdacht, dass es nicht dasselbe Skelett ist?«

»Oder dass es dasselbe Skelett ist, der Backenzahn aber erst eingesetzt wurde, nachdem das Foto geschossen wurde.«

»Irgendjemand hat den fehlenden Zahn dieses Kerls bei der Bergung gefunden und ihn wieder in die Höhle gesteckt?«

»Möglicherweise.«

»Du klingst nicht sehr überzeugt.«

»Die Zahnhöcker sehen für mich weniger abgenutzt aus.«

»Was bedeutet, dass der Zahn von einer anderen, wahrscheinlich jüngeren Person stammen könnte.«

»Ja.«

»Und das bedeutet?«

»Ich weiß es nicht. Vielleicht ist es einfach eine Verwechslung. Yadin arbeitete mit Freiwilligen. Vielleicht hat einer von denen den Backenzahn eingesetzt, weil er dachte, er gehört dorthin.«

»Du hast vor, Bergeron zu fragen?«

»Am Montag.«

Ryan berichtete mir von seiner Spur im Ferris-Fall.

»Als ich den Namen Kessler durch unsere Datenbank laufen ließ, kam nicht sonderlich viel dabei heraus.«

»Es gibt eben keine jüdischen Verbrecher.«

»Meyer Lansky«, sagte Ryan.

»Man verzeihe mir nur dieses eine Mal«, sagte ich.

»Busty Siegel«, ergänzte Ryan.

»Zum Zweiten.«

»David Berkowitz.«

»Zum Dritten.«

»Versteigerst du was?«

»Sieht ganz so aus.«

»Ich habe ein bisschen herumgespielt, und dabei ist dann tatsächlich noch ein Name aufgetaucht. Hershel Kaplan.«

Mir fehlten die Worte. Gibt's überhaupt ein »zum Vierten«?

»Kaplan ist ein Gelegenheitsgauner. Hat ein paar Mal wegen Wirtschaftssachen gesessen. Kreditkartenbetrug. Scheckfälschung. Benutzt auch die Namen Hershel Cantor und Harry Kester.«

»Lass mich raten: Kessler war ebenfalls einer von Kaplans Decknamen.«

»Hirsch Kessler.« Ryan zog eine Fotokopie aus seiner hinteren Hosentasche. »Ist das dein Knabe?«

Ich betrachtete das Foto. Brille. Dunkle Haare. Dieser Kerl war glatt rasiert.

»Vielleicht.« Sehen die alle gleich aus? Ich kam mir vor wie ein Trottel.

Ich schloss die Augen und stellte mir Kessler vor.

Ich öffnete die Augen und starrte das Verbrecherfoto an.

Mein Unterbewusstsein meldete sich. Was?

Der lange Hals. Die hängenden Augenlider. Ein Wort, das mir in den Sinn kam, als Kessler mich vor dem Familienzimmer überfiel. Schildkröte. Ich hatte es ganz vergessen. Jetzt kam mir dasselbe Wort wieder in den Sinn.

»Kessler hatte einen Bart. Aber ich glaube, es ist derselbe Mann.« Ich gab ihm die Fotokopie zurück. »Tut mir Leid. Aber besser geht's nicht.«

»Immerhin ein Anfang.«

»Wo ist Kessler jetzt? Kaplan?«

»Da bin ich gerade dran.«

Als wir wieder bei mir zu Hause waren, redete Ryan mit Charlie, während ich duschte. Ich stand nackt neben dem Toilettentisch, als er in mein Schlafzimmer kam.

»Keine Bewegung.«

Ich drehte mich um, ein Baby-Doll-Nachthemd in der einen Hand, ein weißes Satin-Höschen in der anderen.

»Ich muss Sie fragen, was Sie hier tun, Ma'am.«

»Sind Sie Polizist?«

»Deswegen stelle ich ja die unangenehmen Fragen.«

Ich hob die Dessous und eine fragende Augenbraue.

»Lassen Sie die Wäsche fallen und treten Sie vom Toilettentisch vor.«

Das tat ich auch.

Wie an jedem Montagmorgen war unser Institut auch an diesem ein Tollhaus. Vier Tote bei einem Wohnhausbrand. Ein Schussopfer. Ein Erhängter. Ein Kindstod.

Nur ein Fall für mich.

In einem Spülbecken im Keller eines Hochhauses in Côte Saint-Luc waren Objekte gefunden worden. Die Polizei hatte den Verdacht, dass es sich um Schädelfragmente eines Babys oder Kleinkinds handelte.

Nach der Morgenbesprechung bat ich LaManche, mit mir in mein Labor zu kommen. Ich zeigte ihm Morissonneaus Skelett, berichtete ihm von seiner Geschichte und seiner möglichen Herkunft, und erklärte ihm, wie es in meinen Besitz gelangt war.

Wie erwartet, gab LaManche den Überresten eine LSJML-Nummer und wies mich an, es als Coroner-Fall zu behandeln. Die endgültige Aufklärung sei meine Aufgabe. Sollte ich die Knochen für alt erklären, stehe es mir frei, sie den zuständigen Archäologen zu übergeben.

Als LaManche wieder gegangen war, bat ich Denis, meinen Labortechniker, die Zähne des Skeletts zu röntgen. Dann widmete ich mich dem Baby.

Ich musste zugeben, dass die Fragmente wie sehr junge und unvollständige Scheitelbeine aussahen. Die konkaven Oberflächen zeigten ein Gefäßmuster, wie es durch engen Kontakt mit der Außenhaut eines Gehirns entsteht.

Eine gründliche Reinigung löste das Problem.

Die »Knochen« waren Stücke einer Kokosnussschale. Das Adernmuster war das Resultat von Wasser auf zusammengebackenem Schlamm.

Als ich meinen Bericht im Sekretariat abgeliefert hatte, gab Denis mir einen kleinen, braunen Umschlag. Ich legte den Inhalt auf meinen Lichtkasten.

Schon der erste Blick bestätigte meinen Verdacht, dass der erste Backenzahn im Oberkiefer in den Schädel eingesetzt worden war. Und zwar nicht besonders kunstgerecht. Auf der Röntgenaufnahme konnte ich erkennen, dass der Winkel des Zahns zum Kiefer nicht ganz stimmte und dass die Wurzeln nicht präzise in die Höhlen passten.

Und noch etwas.

Wenn ein Zahn altert, nutzen sich die Höcker ab. Okay. Die unterschiedliche Abnutzung war mir bereits aufgefallen. Aber mit der Zeit verändern sich auch andere Merkmale. Je älter ein Zahn ist, desto mehr sekundäres Dentin findet sich in Pulpahöhle und -kanal.

Ich bin kein Zahnspezialist, aber der erste Backenzahn im Oberkiefer wirkte strahlenundurchlässiger als die anderen.

Ich rief Marc Bergeron an. Seine Empfangsdame bat mich, einen Augenblick in der Leitung zu bleiben. Ich hörte eine Thousand-String-Aufnahme eines Songs, der wie »Sweet Caroline« klang. Ich stellte mir einen Patienten vor, der mit offenem Mund und heraushängenden Schläuchen auf einem Behandlungsstuhl lag.

Marc kam während einer hirnmarternden Version von »Uptown Girl« an den Apparat. Er würde mich noch diesen Nachmittag dazwischen quetschen.

Jake rief an, als ich den Schädel einpackte.

»Hast du meine Nachrichten erhalten?«, fragte ich.

»Ich habe am Samstag ausgecheckt und die Mitternachtsmaschine nach Tel Aviv genommen.«

»Du bist in Israel?«

»Jerusalem. Was gibt's denn?«

Ich erzählte ihm von den Unvereinbarkeiten zwischen dem

Skelett auf dem Foto und dem Skelett in meinem Labor und beschrieb ihm den offenbar nicht zum Rest passenden Backenzahn.

»Und was heißt das?«

»Ich treffe mich heute Nachmittag mit unserem Odontologen.«

Eine lange Pause, dann: »Ich will, dass du den Backenzahn und noch zwei andere Zähne ziehst.«

»Warum?«

»Für eine DNS-Untersuchung. Außerdem will ich, dass du Segmente aus dem Oberschenkelknochen schneidest. Ist das ein Problem?«

»Wenn Ferris und Lerner Recht haben, sind diese Knochen fast zweitausend Jahre alt.«

»Es ist doch möglich, mitochondriale DNS aus alten Knochen zu entnehmen, oder?«

»Möglich ist es. Aber was dann? Die forensische Analyse basiert auf Vergleichen, entweder mit der eigenen DNS des Opfers oder mit der eines Familienangehörigen. Auch wenn mtDNS extrahiert und vermehrt werden könnte, womit willst du sie dann vergleichen?«

Eine lange Jake-Pause. Dann: »Es werden jeden Tag neue Funde ausgegraben. Man weiß nie, was da noch auftaucht oder was irgendwann relevant werden wird. Und ich habe Fördergelder speziell für diese Art der Untersuchung. Was ist mit Rasse?«

»Was ist damit?«

»Gab es da nicht in jüngster Zeit einen Fall, bei dem die Profiler sagten, der Täter sei weiß, und irgendein Institut vorhersagte, und zwar korrekt, dass der Täter schwarz sei?«

»Du meinst den Derrick-Todd-Lee-Fall in Baton Rouge. Dieser Test erfordert Kern-DNS.«

»Kann man Kern-DNS nicht aus alten Knochen extrahieren?«

»Einige behaupten, es geschafft zu haben. Zur Zeit wird intensiv im Bereich aDNS geforscht.«

»aDNS?«

»Alte DNS. Leute in Cambridge und Oxford arbeiten daran, Kern-DNS aus archäologischem Material zu extrahieren. Hier in

Kanada gibt es ein Institut mit dem Namen Paleo-DNA Laboratory in Thunder Bay.«

Ich erinnerte mich an einen Artikel, der kürzlich in *The American Journal of Human Genetics* erschienen war.

»Eine französische Gruppe berichtete über Kern- und mitochondriale DNS von Skeletten, die man in einer zweitausend Jahre alten Nekropole in der Mongolei ausgegraben hatte. Aber Jake, auch wenn du Kern-DNS erhalten könntest, wäre eine Voraussage über die Rasse doch sehr eingeschränkt.«

»Wie eingeschränkt?«

»Eine Firma in Florida bietet einen Test an, der genetische Marker in die Voraussage einer wahrscheinlichen rassischen Mischung übersetzt. Sie behaupten, den Prozentsatz indo-europäischer, indianischer, ostasiatischer und sub-sahara-afrikanischer Vorfahren voraussagen zu können.«

»Das ist alles?«

»Im Augenblick schon.«

»Das hilft uns bei den Knochen uralter Palästinenser nicht sehr viel weiter.«

»Nein«, stimmte ich ihm zu.

Wieder lauschte ich einer von Jakes Pausen.

»Aber entweder die Analyse von mito- oder von Kern-DNS könnte uns zeigen, ob der Backenzahn zu einem anderen Individuum gehörte.«

»Ist aber ein ziemlicher Schuss ins Blaue.«

»Aber es könnte möglich sein.«

»Schon«, gab ich zu.

»Wer macht diese Tests?«

Ich gab ihm die Adressen.

»Besuch deinen Zahnarzt und hör dir an, was er über diesen komischen Zahn zu sagen hat. Dann nimm die Proben. Und schneide auch genug Knochensegmente für eine Radiokarbon-Analyse heraus.«

»Der Coroner wird diese Rechnung aber nicht bezahlen«, sagte ich.

»Ich zapfe meine Fördergelder an.«

Ich zog eben den Reißverschluss meines Parkas zu, als Ryan durch die Tür kam.

Was er mir sagte, warf meine Gedanken völlig aus der Bahn.

14

»Miriam Ferris ist mit Hershel Kaplan verwandt?«

»Schwägerschaftliche Verbindung.«

»Schwägerschaftlich.« Ich musste mir erst einmal klar machen, was Ryan meinte.

»Ist auch eine Verwandtschaftsbezeichnung. Bedeutet durch Heirat verwandt.« Ryan zeigte sein jungenhaftestes Grinsen. »Ich verwende den Begriff als Tribut an deine anthropologische Vergangenheit.«

Ich zeichnete in Gedanken ein Diagramm von dem, was er eben gesagt hatte. »Miriam Ferris war verheiratet mit dem Bruder von Hershel Kaplans Frau?«

»Ex-Frau.«

»Aber Miriam hat doch geleugnet, Kaplan zu kennen«, sagte ich.

»Wir haben sie nach Kessler gefragt.«

»Einer von Kesslers bekannten Decknamen.«

»Verwirrend, nicht?«

»Wenn Kaplan zur Familie gehört, müsste Miriam ihn doch kennen.«

»Vermutlich«, sagte Ryan.

»Sie hätte ihn bei der Autopsie erkennen müssen.«

»Falls sie ihn gesehen hat.«

»Glaubst du wirklich, dass Kaplan Kessler ist?«, fragte ich.

»Nach dem Verbrecherfoto warst du doch ziemlich überzeugt.« Ryan schaute den Karton auf meinem Tisch an.

»Lebt der Bruder von Kaplans Frau noch?«

»Ex-Frau. Vor der Scheidung war Miriams Mann Kaplans

Schwager. Aber wie auch immer, der Kerl starb fünfundneunzig an diabetischen Komplikationen.«

»Das heißt, Kaplan und seine Frau trennten sich, und er war von da an allein stehend. Und Miriams Mann starb, und sie blieb als Alleinstehende zurück.«

»Ja. Durch den Mord an Ferris wurde Miriam quasi wieder zum Familienmitglied. Ob das so ein großer Karrieresprung ist? Was ist in dem Karton?«

»Ich bringe Morissonneaus Schädel zu Bergeron für ein Gutachten über die Zähne.«

»Seinen Patienten dürfte das gefallen.«

Ryan bleckte die Zähne zu einer makabren Grimasse.

Ich verdrehte die Augen.

»Wann heiratete Miriam Avram Ferris?«, fragte ich.

»Siebenundneunzig.«

»Ziemlich bald nach dem Tod ihres ersten Gatten.«

»Es gibt Witwen, die springen gleich in den Markt zurück.«

Miriam war mir nicht als große Springerin vorgekommen, aber ich behielt den Gedanken für mich.

»Wie lange ist Kaplan schon geschieden?«

»Madame machte die Fliege, als er zum zweiten Mal im Bordeaux saß.«

»Autsch.«

»Ich habe mir Kaplans Gefängnisakte angesehen. Er machte keine Probleme, schien sich wirklich bessern zu wollen und wurde nach der Hälfte der Strafe entlassen.«

»Dann hat er also einen Bewährungshelfer?«

»Michael Hinson.«

»Wann wurde er entlassen?«

»Zweitausendeins. Laut Hinson ist Kaplan seitdem ein legitimer Geschäftsmann.«

»Was für ein Geschäft?«

»Guppys und Meerschweinchen.«

Ich hob fragend die Augenbrauen.

»*Centre d'animaux Kaplan.*«

»Er hat eine Tierhandlung?«

Ryan nickte. »Ihm gehört sogar das Haus. Guppys unten, Kaplan oben.«

»Meldet er sich noch bei seinem Bewährungshelfer?«

»Einmal im Monat. Er bewährt sich als Bewährter.«

»Bewundernswert.«

»Hat bis vor zwei Wochen keinen einzigen Termin verpasst. Aber am vierzehnten Februar hat er sich weder gezeigt noch angerufen.«

»Der Montag nach dem Wochenende, an dem Ferris erschossen wurde.«

»Willste mal 'nen Spitz streicheln?«

»Bergeron erwartet mich um eins.«

Ryan schaute auf die Uhr.

»Treffen wir uns um halb drei unten?«

»Ich bringe Frolic mit.«

Bergerons Praxis befindet sich an der Place Ville-Marie, in einem Hochhaus an der Ecke René-Lévesque und University. Er teilt sie sich mit einem Partner namens Bougainvillier. Ich habe Bougainvillier noch nie gesehen, aber ich stelle mir immer eine blühende Rankenpflanze mit Brille vor.

Nach der Fahrt ins Centre-ville parkte ich in der Tiefgarage und fuhr mit dem Aufzug in den siebzehnten Stock.

Bergeron war noch mit einem Patienten beschäftigt, also setzte ich mich ins Wartezimmer und stellte den Karton neben meine Füße. Mir gegenüber saß eine kräftige Frau, die in einer *Châteleine* blätterte. Als ich ebenfalls nach einer Zeitschrift griff, schaute sie hoch und lächelte. Sie brauchte dringend einen Zahnarzt.

Fünf Minuten nach meiner Ankunft wurde die *Châteleine*-Frau ins innere Heiligtum gerufen. Ich befürchtete, dass sie eine Weile dort drinnen sein würde.

Augenblicke später verließ ein Mann das innere Heiligtum. Er hatte das Sakko über dem Arm und die Krawatte gelockert. Er bewegte sich ziemlich schnell.

Bergeron erschien und führte mich in sein Büro. Von etwas weiter hinten war ein schrilles Jaulen zu hören. Ich dachte an die *Châteleine*-Frau. Ich dachte an die Pflanze aus dem Film *Der kleine Horrorladen.*

Während ich meinen Karton auspackte, erzählte ich Bergeron das Wichtigste über den Fall. Er hörte zu, die knochigen Arme vor der knochigen Brust verschränkt, die weißen Kraushaare leuchtend im Licht vom Fenster.

Als ich geendet hatte, nahm Bergeron den Schädel und betrachtete die oberen Zähne. Er untersuchte den Unterkiefer. Dann fügte er den Unterkiefer an den Schädel und untersuchte den Biss.

Bergeron streckte die Hand aus. Ich legte ihm den kleinen braunen Umschlag hinein.

Er schaltete seinen Lichtkasten an, legte die Zahn-Röntgenaufnahmen darauf und beugte sich darüber. Im hellen Widerschein sah seine Krause aus wie ein Löwenzahn.

Sekunden vergingen. Eine ganze Minute.

»*Mon Dieu,* keine Frage.« Ein knochendürrer Finger klopfte auf den zweiten und den dritten oberen Backenzahn. »Sehen Sie sich diese Pulpakammern und -kanäle an. Dieser Mann war mindestens fünfzig. Wahrscheinlich älter.«

Der Finger rutschte zum ersten Backenzahn.

»Hier ist viel weniger Dentin-Ablagerung festzustellen. Dieser Zahn stammt zweifellos von einer jüngeren Person.«

»Wie viel jünger?«

Bergeron richtete sich auf und zog geräuschvoll Luft durch die Lippen. »Fünfunddreißig. Vierzig vielleicht. Auf keinen Fall älter.«

Bergeron gab mir den Schädel zurück.

»Minimale Höckerabnutzung. Eher das untere Ende dieses Altersbereichs.«

»Können Sie mir sagen, wann dieser Backenzahn eingesetzt wurde?«

Bergeron schaute mich an, als hätte ich ihn gebeten, eine quadratische Gleichung im Kopf auszurechnen.

»Nur eine grobe Schätzung?«, konkretisierte ich.

»Der Kleber ist vergilbt und bröckelig.«

»Moment.« Ich hob die Hand. »Heißt das, dass der Zahn eingeklebt ist?«

»Ja.«

»Dann wurde er also nicht vor zweitausend Jahren eingesetzt?«

»Auf keinen Fall. Vielleicht vor ein paar Jahrzehnten.«

»In den Sechzigern?«

»Sehr wahrscheinlich.«

Option B oder C, Einsetzung während Yadins Ausgrabung oder im Musée de l'Homme. Mein Bauch sagte mir noch immer B.

»Könnten Sie diese drei oberen Backenzähne für mich ziehen?«

»Selbstverständlich.«

Bergeron legte den Schädel wieder in den Karton und verließ damit das Büro. Ein Meter neunzig mit der Anmut eines Bügelbretts.

Ich steckte die Röntgenaufnahmen in den Umschlag und fragte mich, ob ich da vielleicht nur viel Lärm um nichts machte. Der Zahn stammte von einer jüngeren Person. Irgendjemand hatte ihn in den falschen Kiefer gesteckt. Vielleicht ein freiwilliger Ausgräber. Vielleicht Haas. Vielleicht ein unwissender Museumsangestellter.

Aus den Tiefen der Praxis kam noch immer das Jaulen.

Es gibt unzählige Momente, in denen Fehler bei der Individuation passieren können. Bei der Bergung. Beim Transport. Bei der Sortierung. Beim Reinigen. Vielleicht hatte diese Einfügung noch in der Höhle stattgefunden. Vielleicht in Haas' Labor. Vielleicht später im Museum in Paris.

Bergeron kam zurück und gab mir den Karton und einen Ziplock-Beutel.

»Können Sie mir sonst noch etwas sagen?«, fragte ich.

»Wer diesen Zahn eingesetzt hat, war ein totaler Stümper.«

Das *centre d'animaux Kaplan* war ein einstöckiger Laden mit Glasfront in einer Reihe von ein- oder zweistöckigen Läden mit Glasfront an der Rue Jean-Talon. Schilder im Fenster boten Hunde-

und Katzennahrung, tropische Fische und ein Sonderangebot für Sittiche samt Käfig an.

Zwei Türen gingen direkt vom Bürgersteig ab, eine aus Holz, die andere aus Glas. Glöckchen bimmelten, als Ryan Letztere öffnete.

Der Laden war voller Gerüche und Geräusche. An einer Wand blubberten Aquarien, eine andere säumten Vogelkäfige, deren Bewohner vom Langweiler bis zum Exoten reichten. Hinter den Fischen entdeckte ich andere Vertreter der Linnéschen Hierarchie. Frösche. Eine sich windende Schlange. Ein kleines, pelziges Ding, das sich zu einem Ball zusammengerollt hatte.

Vorne gab es Hasen, Kätzchen und eine Eidechse mit einem Kehllappen, bei dem meine Großtante Minnie vor Neid erblasst wäre. Junge Hunde dösten in Käfigen. Andere standen aufrecht, wedelten mit dem Schwanz und drückten die Vorderpfoten an den Maschendraht. Einer knabberte an einer Gummiente.

Die Mitte des Ladens nahmen parallele Regale ein. Ein Junge von ungefähr siebzehn Jahren hängte gegenüber den Vögeln Hundehalsbänder an Haken.

Als er das Bimmeln hörte, drehte er sich um, sagte aber nichts.

»*Bonjour*«, sagte Ryan.

»Yo«, sagte der Junge.

»Können Sie uns vielleicht weiterhelfen?«

Der Junge stellte seinen Karton ab und schlich auf uns zu.

Ryan zeigte ihm seine Marke.

»Bullen?«

Ryan nickte.

»Cool.«

»Und wie. Darf man fragen, wer Sie sind?«

»Bernie.«

Bernie hielt sich strikt an seine Interpretation des Gangsta-Chic. Tief hängende Jeans mit dem Schritt auf Kniehöhe, ein offenes Hemd über einem schmuddeligen T-Shirt. Er war viel zu dünn, als dass das Outfit gut an ihm ausgesehen hätte. So war es eigentlich bei allen.

»Ich bin Detective Ryan. Das ist Dr. Brennan.«

Bernies Blick wanderte zu mir. Er hatte kleine, dunkle Augen unter Brauen, die in der Mitte zusammenwuchsen. Wie es aussah, war Bernie ein Clearasil-Großabnehmer.

»Wir suchen nach Hershel Kaplan.«

»Er ist nicht da.«

»Ist Mr. Kaplan oft weg?«

Bernie hob eine Schulter und legte den Kopf schief.

»Wissen Sie, wo der Herr sich heute aufhält?«

Bernie zuckte jetzt beide Achseln.

»Sind Ihnen die Fragen zu schwierig, Bernie?«

Bernie wischte sich eine Haarsträhne aus der Stirn.

»Soll ich noch einmal von vorne anfangen?« Ryans Stimme hätte Margaritas vereisen können.

»Was nehmen Sie mich denn so ran, Mann? Ich arbeite doch nur für den Kerl.«

Ein Hündchen fing an zu kläffen. Ich wollte raus aus diesem Laden.

»Jetzt hören Sie mal genau zu. War Mr. Kaplan heute schon hier?«

»Ich habe aufgemacht.«

»Hat er angerufen?«

»Nein.«

»Ist Mr. Kaplan oben?«

»Er ist in Urlaub, okay?« Bernie verlagerte das Gewicht von einem Fuß auf den anderen. Viel zu verlagern gab es da allerdings nicht.

»Es wäre hilfreich gewesen, wenn Sie das gleich gesagt hätten.«

Bernie starrte auf den Boden.

»Wissen Sie, wo sich Mr. Kaplan jetzt aufhält?«

Bernie schüttelte den Kopf.

»Wann kommt er zurück?«

Noch ein Kopfschütteln.

»Irgendwas stimmt hier nicht, Bernie. Ich kriege so langsam das Gefühl, Sie wollen nicht mit mir reden.«

Bernie starrte weiterhin den Dreck auf seinen Turnschuhen an.

»Haben Sie Angst, den Bonus zu verlieren, den Mr. Kaplan Ihnen versprochen hat?«

»Hören Sie, ich habe keine Ahnung.« Bernie hob den Kopf. »Kaplan hat mir gesagt, ich soll den Laden am Laufen halten und niemandem sagen, dass er sich verdrückt hat.«

»Wann war das?«

»Vor einer Woche ungefähr.«

»Haben Sie einen Schlüssel für Mr. Kaplans Wohnung?«

Darauf reagierte Bernie nicht.

»Sie wohnen noch immer zu Hause, Bernie?«

»Ja.« Argwöhnisch.

»Wir könnten bei Ihrer Mutter vorbeischauen und sie bitten, uns bei der Klärung dieses Sachverhalts zu helfen.«

»O Mann.« Weinerlich.

»Bernie.«

»Sein Schlüssel könnte am Anhänger sein.«

Ryan wandte sich mir zu.

»Riechen Sie Gas?«

»Vielleicht.« Ich schnupperte. »Ja, Sie könnten Recht haben.«

»Was ist mit Ihnen, Bernie? Riechen Sie Gas?«

»Das ist das Frettchen.«

»Für mich riecht es wie Gas.« Ryan ging ein paar Schritte nach links, dann nach rechts und schnupperte. »Ja. Gas. Das kann gefährlich werden.«

Ryan wandte sich Bernie zu.

»Wollen Sie, dass wir es nachprüfen?«

Bernie schaute skeptisch drein.

»Bei all diesen Tierchen, für die Sie verantwortlich sind, würde ich lieber kein Risiko eingehen«, sagte Ryan, ein Ausbund an Vernünftigkeit.

Bernie ging zum Tresen und zog einen Schlüsselring unter der Kasse hervor.

Ryan nahm die Schlüssel und wandte sich mir zu.

»Ein Bürger hat uns gebeten, ein mögliches Gasleck zu überprüfen.«

Ich zuckte auf eine Art mit den Achseln, die Bernie stolz gemacht hätte.

Ryan und ich gingen durch die Glastür hinaus und ein paar Schritte nach links, dann betraten wir das Haus wieder durch die Holztür. Eine schmale, steile Treppe führte in den ersten Stock.

Wir stiegen hinauf.

Ryan klopfte. Keine Antwort. Ryan klopfte noch einmal, fester.

»Polizei, Mr. Kaplan.«

Keine Antwort.

»Wir kommen jetzt rein.«

Ryan probierte die Schlüssel. Der vierte passte.

Kaplans Wohnung hatte eine kleine Küche, ein Wohnzimmer, ein Schlafzimmer und ein Bad mit schwarz-weißen Fliesen und einer frei stehenden Wanne. Vor den Fenstern hingen Jalousien, und die Wände waren mit wahrhaft grässlichen Landschaften dekoriert.

Es gab allerdings auch einige Zugeständnisse an die moderne Technik. Die Badewannenarmatur war behelfsmäßig mit einem Duschkopf aufgerüstet worden. Auf der Arbeitsfläche in der Küche stand eine Mikrowelle. Ein Anrufbeantworter war mit dem Telefon im Schlafzimmer verbunden. Ansonsten sah die Wohnung aus wie die Kulisse eines B-Movies aus den Dreißigern.

»Elegant«, sagte Ryan.

»Sachlich«, stimmte ich ihm zu.

»Ich hasse es, wenn Innenarchitekten sich nicht beherrschen können.«

»Und Linoleum nicht mehr zu schätzen wissen.«

Wir gingen ins Schlafzimmer.

Auf einem Klapptisch lagen Telefonbücher, Aktenordner und Papierstapel. Ich ging zu dem Tisch und blätterte in den Unterlagen. Hinter mir öffnete und schloss Ryan Kommodenschubladen. Ein paar Minuten vergingen.

»Was gefunden?«, fragte ich.

»Jede Menge grässliche Hemden.«

Ryan wandte sich dem Nachtkästchen zu.

Er machte seine Entdeckung, als ich die meine machte.

15

Ich nahm den Brief zur Hand, als Ryan den Anrufbeantworter einschaltete.

Ich las und hörte dabei eine zuckersüße Stimme: *Diese Nachricht ist für Hershel Kaplan. Hiermit bestätigen wir Ihre Reservierung für den Flug Air Canada neun-fünf-acht-null, durchgeführt von El-Al, Abflug vom Toronto Pearson International Airport am Samstag, den sechsundzwanzigsten Februar um dreiundzwanzig Uhr fünfzig. Bitte beachten Sie, dass El-Al aufgrund verstärkter Sicherheitsmaßnahmen auf einem Check-in mindestens drei Stunden vor dem Abflug besteht. Wir wünschen Ihnen einen angenehmen Flug.*

»Kaplan ist nach Israel geflogen«, sagte Ryan.

»Kaplan scheint Miriam Ferris viel besser gekannt zu haben, als wir dachten«, sagte ich. »Schau dir das an.«

Ryan kam zu mir.

Hersh:

Du betrachtest Glück als unmöglichen Traum. Ich habe es in deinen Augen gesehen. Vergnügen und Freude sind für dich so weit entfernt, dass du sie dir nicht mehr vorstellen kannst.

Bist du wütend? Schämst du dich? Hast du Angst? Für das alles besteht kein Grund. Wir bewegen uns vorwärts, langsam, wie ein Schwimmer in einem aufgewühlten Meer. Die Brandung wird sich legen. Wir werden triumphieren.

In Liebe
M

Ich deutete auf die der Karte aufgeprägten Initialen. »*M.F.*«

»Die Abkürzung hat auch andere Bedeutungen.«

»Aber kaum auf Briefpapier. Und M.F. ist nicht gerade eine häufige Initialen-Kombination.«

Ryan überlegte einen Augenblick.

»Morgan Freeman. Marshall Field. Millard Fillmore. Morgan Fairchild.«

«Ich bin beeindruckt.« Und ich konterte. »Masahisa Fukase.«

Verständnisloser Blick.

»Fukase ist ein japanischer Fotograf. Macht ganz erstaunliche Bilder von Krähen.«

»Ein paar von Fairchilds Bildern waren auch ziemlich erstaunlich.«

Ich verdrehte die Augen. »Mein Bauch sagt mir, dass Miriam das geschrieben hat. Aber wann? Da steht kein Datum. Und warum?«

»Um Kaplan im Gefängnis aufzumuntern?«

Ich deutete auf die letzte Zeile des Briefs. »*Wir* werden triumphieren?«

»Um Kaplan zu ermutigen, dem Gatten zwei Kugeln in den Kopf zu jagen?«

Plötzlich wurde das Zimmer kalt und dunkel.

»Es wird Zeit, in Israel anzurufen«, sagte Ryan.

Als wir dann wieder im Wilfrid Derome waren, ging Ryan in den Bereitschaftssaal der Abteilung *crimes contre la personne,* und ich kehrte in mein Labor zurück. Ich holte mir den rechten Oberschenkelknochen von Morissonneaus Skelett, fuhr hinunter in den Autopsiesaal vier und legte den Knochen auf den Tisch.

Nachdem ich die Stryker-Säge eingesteckt hatte, setzte ich mir einen Mundschutz auf und schnitt zwei etwa zweieinhalb Zentimeter dicke Scheiben aus der Mitte des Knochens. Dann kehrte ich in mein Labor zurück und rief Jake an. Wieder einmal weckte ich ihn zu mitternächtlicher Stunde.

Ich berichtete Jake, was Bergeron über den einzelnen Backenzahn gesagt hatte.

»Wie kam der Backenzahn eines anderen in den Kiefer dieses Skeletts?«

»So was kommt vor. Ich vermute, dass der Backenzahn bei der Bergung der Knochen in der Höhle irgendwie mit dem vollständigen Skelett in Verbindung gebracht wurde. Die Wurzel passt einigermaßen in die Höhle, und so hat ihn irgendjemand, vielleicht ein freiwilliger Helfer, in den Kiefer gesteckt.«

»Und Haas hat ihn später festgeklebt.«

»Vielleicht. Vielleicht aber auch jemand im Musée de l'Homme. Wahrscheinlich war es einfach nur ein Versehen.«

»Hast du die Proben für den DNS-Test entnommen?«

Ich wiederholte meine Skepsis in Bezug auf DNS-Analysen in einem Fall, bei dem es keine Vergleichsproben gab.

»Ich will, dass die Tests gemacht werden.«

»Okay. Sind ja deine Fördergelder.«

»Und C-14.«

»Priorität oder normale Bearbeitung bei Radiokarbon?«

»Wo ist der Unterschied?«

»Tage statt Wochen. Und ein paar hundert Dollar.«

»Priorität.«

Ich nannte Jake die Namen der Institute, die ich beauftragen wollte. Er war einverstanden und gab mir eine Kontonummer.

»Jake, wenn die C-14-Untersuchung darauf hindeutet, dass das Skelett wirklich so alt ist, wie du sagst, dann weißt du, dass ich die israelischen Behörden benachrichtigen muss.«

»Ruf zuerst mich an.«

»Mache ich. Aber ich würde schon gern wiss ...«

»Danke, Tempe.« Ein schnelles Atemholen. Ich spürte, dass Jake kurz davor war, mir etwas zu sagen. Dann: »Das könnte explosiv sein.«

Ich wollte schon nachbohren, hielt meine Fragen aber dann zurück. Ich wollte die Proben bis zur Abholung am nächsten Morgen fertig haben.

Nachdem ich aufgelegt hatte, loggte ich mich ins Internet ein, rief die entsprechenden Sites auf und lud mir zwei Fallübermittlungs-Formulare für die DNS-Untersuchung und eins für den radiometrischen Test herunter.

Der einzelne Backenzahn stammte von einem anderen Individuum als die Knochen und Zähne des restlichen Skeletts. Ich wollte, dass er bei der DNS-Untersuchung als eigener Fall betrachtet wurde, und wies ihm deshalb eine gesonderte Fallnummer zu.

Eine zweite, separate Fallnummer wies ich einer der Scheiben zu, die ich aus dem Oberschenkelknochen geschnitten hatte, und eine dritte einem der Backenzähne, die Bergeron dem Kiefer des Skeletts entnommen hatte.

Den zweiten Backenzahn des Skeletts und die zweite Knochenscheibe aus dem Oberschenkel registrierte ich für die Radiokarbon-Datierung.

Nachdem ich den Papierkram erledigt hatte, bat ich Denis, die Knochen- und Zahnproben per FedEx an die jeweiligen Institute zu schicken.

Und das war's dann auch schon. Mehr konnte ich nicht mehr tun.

Tage vergingen.

Frost kroch über meine Fenster. Schnee bildete kleine Häubchen auf den Latten meines Gartenzauns.

Im Labor herrschte eine Flaute, die typisch war für den späten Winter. Keine Wanderer und Camper. Schnee auf dem Land, Eis auf dem Fluss. Aasfresser verkrochen sich und warteten das Winterende ab.

Mit Beginn des Frühlings würden die Leichen dann wieder so zahlreich auftreten wie die Monarch-Falter, die in Schwärmen in den Norden kamen. Im Augenblick war es ruhig.

Am Dienstagvormittag kaufte ich mir Yadins populärwissenschaftliches Buch über Masada. Wunderschöne Fotos, Kapitel um Kapitel über Paläste, Badehäuser, Synagogen und Schriftrollen. Aber Jake hatte Recht. Für die Skelette aus der Höhle hatte Yadin kaum eine Seite übrig, und es gab auch nur ein einziges Foto. Kaum zu glauben, dass das Buch bei seiner Veröffentlichung sechsundsechzig eine solche Kontroverse ausgelöst hatte.

Ryan rief mich am Mittwochnachmittag an und fragte mich,

ob ich ihn zu einem weiteren Besuch bei Courtney Purviance begleiten und danach mit ihm zum Essen gehen wolle.

»Warum noch einmal zu der tüchtigen Sekretärin?«

»Keine große Sache, nur noch ein Detail in Bezug auf einen von Ferris' Geschäftspartnern. Ein Kerl namens Klingman behauptet, er hätte Ferris am Freitag besuchen wollen, hätte jedoch niemanden angetroffen. Alles nur i-Punkte und t-Striche.«

Warum nicht? Ich hatte ja nichts Besseres zu tun.

Ryan holte mich gegen vier ab. Purviance wohnte in einem typischen Montrealer Haus ohne Fahrstuhl in Saint-Léonard. Grauer Stein. Blaue Holzverzierungen. Eiserne Treppe, die an der Front steil in die Höhe stieg.

Die Eingangshalle war klein, die Bodenfliesen waren mit einem salzigen Film aus geschmolzenem Schnee überzogen. Neben der Innentür gab es vier Briefkästen, jeder mit einem handgeschriebenen Namensschildchen und einer Klingel. Purviance wohnte in 2-B.

Ryan drückte auf den Knopf. Eine weibliche Stimme antwortete. Ryan nannte seinen Namen. Die Frau erwiderte mit einer Frage.

Während Ryan sich identifizierte, überflog ich die Namen der anderen Bewohner.

Purviance bat Ryan zu warten.

Er drehte sich zu mir um. Offensichtlich hatte ich ein Lächeln auf dem Gesicht.

»Was ist so lustig?«

»Schau dir diese Namen an.« Ich deutete auf 1-A. »Das ist Französisch. Was heißt das übersetzt?«

»Die Kiefer.«

Ich tippte auf 1-B. »Das heißt ›Olivenbaum‹ auf Italienisch.« 2-A. »Das heißt ›Eiche‹ auf Lettisch. Eine internationale Baumkundlerversammlung hier in Saint-Léonard.«

Ryan lächelte und schüttelte den Kopf.

»Ich weiß nicht, wie dein Hirn funktioniert, Brennan.«

»Verblüffend, nicht?«

Der Türöffner summte. Wir stiegen hinauf in den ersten Stock.

Als Ryan klopfte, verlangte Purviance noch einmal seinen Ausweis. Er zeigte ihn ihr. Unzählige Schlösser und Riegel klirrten. Die Tür ging einen Spalt auf. Eine Nase lugte heraus. Die Tür wurde wieder geschlossen. Eine Kette wurde abgenommen. Die Tür ging wieder auf.

Ryan stellte mich als Kollegin vor. Purviance nickte und führte uns in ein winziges, mit viel zu vielen Möbeln voll gestelltes Wohnzimmer. Voll gestellt mit viel zu viel, Punkt. Jedes Regalbrett, jede Tischplatte und jede horizontale Oberfläche war mit Erinnerungsstücken überfüllt.

Purviance schaute sich eine Wiederholung von *Law & Order* an. Briscoe sagte eben einem Verdächtigen, er wisse einen Dreck.

Purviance schaltete den Fernseher aus und setzte sich Ryan gegenüber. Sie war klein und blond und hatte circa zehn Kilo Übergewicht. Ich schätzte sie auf knapp über vierzig.

Während die beiden redeten, schaute ich mir die Wohnung an.

Vom Wohnzimmer gelangte man in ein Esszimmer und von dort in eine ziemlich lieblos eingerichtete Küche. Ich vermutete, dass man Schlafzimmer und Bad über den kurzen Gang erreichte, der rechts wegging. Mit Ausnahme des Zimmers, in dem wir saßen, bekam die Wohnung schätzungsweise ungefähr eine Stunde Sonnenlicht pro Tag ab.

Ich konzentrierte mich wieder auf Ryan und Purviance. Die Frau wirkte abgespannt und erschöpft, aber hin und wieder fiel ein Sonnenstrahl auf ihr Gesicht. Wenn das passierte, war Courtney Purviance erstaunlich schön.

Ryan fragte sie eben nach Harold Klingman. Purviance antwortete, dass Klingman in Halifax ein Geschäft besitze. Immer wieder strich sie mit dem Finger über die Fransen eines Sofakissens.

»Wäre ein Besuch Klingmans bei Ferris ungewöhnlich gewesen?«

»Mr. Klingman schaute oft in unserem Lagerhaus vorbei, wenn er in Montreal war.«

»Sie hatten sich an diesem Freitag krank gemeldet.«

»Ich habe Probleme mit den Nebenhöhlen.«

Ich glaubte es ihr. Beim Reden schniefte sie immer wieder und räusperte sich. Alle paar Sekunden nahm sie die Hand vom Kissen, um sich über die Nase zu wischen. Ich musste mich beherrschen, ihr nicht ein Taschentuch zu geben.

»Sie haben unlängst gesagt, Ferris sei kurz vor seinem Tod launisch gewesen. Können Sie das näher erklären?«

Purviance zuckte eine Achsel. »Ich weiß auch nicht. Er wirkte irgendwie stiller.«

»Stiller?«

»Er witzelte nicht so viel herum wie sonst.« Das Fransenstreicheln wurde hektischer. »Blieb eher für sich.«

»Haben Sie irgendwelche Theorien, warum das so war?«

Purviance schnaubte, ließ dann das Kissen sein und fuhr sich mit der Hand an die Nase. »Hat vielleicht zu viel mit Miriam geredet?«

»Glauben Sie, dass es zu Hause Probleme gab?«

Purviance hob Hände und Augenbrauen in einer Geste, die »keine Ahnung« bedeuten sollte.

»Hat Ferris je Eheprobleme erwähnt?«

»Nicht direkt.«

Ryan stellte noch ein paar Fragen über Purviances Beziehung zu Miriam und wandte sich dann anderen Themen zu. Nach fünfzehn Minuten war er fertig.

Danach bestellten wir uns auf der Saint-Laurent ein frühes Abendessen. Ryan fragte mich nach meinem Eindruck von Purviance. Ich sagte ihm, dass die Dame für Miriam ganz offensichtlich nicht viel übrig habe. Und dass sie ein gutes Nasenspray brauche.

Am Donnerstag kam das Buch von Donovan Joyce an. *The Jesus Scroll.* Ich schlug es gegen Mittag auf und wollte eigentlich nur kurz darin blättern.

Irgendwann fing es an zu schneien. Als ich vom Buch hochschaute, hatte der Himmel sich eingetrübt, und die Häubchen auf meinen Zaunlatten waren zu hohen Pelzhüten gewachsen.

Joyces Theorie war noch bizarrer als die Prämissen in dem Roman, den ich am Flughafen gekauft hatte. Sie lautete ungefähr so:

Jesus war Marias unehelicher Sohn. Er überlebte das Kreuz. Er heiratete Maria Magdalena. Er lebte bis ins hohe Alter, schrieb sein Testament und wurde während der letzten Belagerung Masadas getötet.

Was Jake über die Kontakte zwischen Joyce und Max Grosset erzählt hatte, war korrekt gewesen. Nach Joyce war Grosset ein amerikanischer Professor mit britischem Akzent. Der als freiwilliger Archäologe in Masada gearbeitet hatte. Grosset erzählte Joyce, bei einem zufälligen Zusammentreffen auf dem Ben-Gurion-Flughafen im Dezember vierundsechzig, dass er in der eben abgeschlossenen Grabungssaison die Jesus-Schriftrolle entdeckt und sie versteckt habe und dann nach Masada zurückgekehrt sei, um sie zu holen.

Joyce durfte in der Herrentoilette des Flughafens einen Blick auf die Schriftrolle werfen. Für Joyce sah die Schrift Hebräisch aus. Grosset sagte, es sei Aramäisch, und übersetzte die erste Zeile. *Yeshua ben Ya'akob Gennesareth.* »Jesus von Genezareth, Sohn des Jakob.« Der Verfasser hatte die erstaunliche Information hinzugefügt, dass er der Letzte in der Linie der makkabäischen Könige Israels sei.

Obwohl Grosset Joyce fünftausend Dollar anbot, weigerte der sich, ihm dabei zu helfen, die Schriftrolle aus Israel herauszuschmuggeln. Grosset schaffte es alleine, und die Schriftrolle landete schließlich in Russland.

Da Joyce anschließend wegen der verweigerten Besuchserlaubnis für Masada nicht in der Lage war, sein ursprüngliches Buchprojekt weiter zu verfolgen, und da er fasziniert war von dem, was er in der Toilette im Ben-Gurion gesehen hatte, hatte Joyce den Namen auf der Schriftrolle recherchiert. Die Bezeichnung »Sohn des Jakob« war benutzt worden, so Joyces Schlussfolgerung, weil Joseph kinderlos gestorben war und, so verlangte es das jüdische Gesetz, sein Bruder Jakob Marias uneheliches Kind aufgezogen hatte. »Gennesareth« meinte, wie zu vermuten war, den See Genezareth.

Joyce war so überzeugt von der Authentizität der Schriftrolle, dass er die nächsten acht Jahre damit zubrachte, das Leben Jesu zu erforschen.

Ich las noch immer, als Ryan mit genug Essen ankam, um Guadalajara zu ernähren.

Ich öffnete mir eine Dose Diet Coke. Ryan nahm sich eine Flasche Moosehead. Während wir Enchiladas aßen, erzählte ich ihm das Wichtigste.

»Jesus betrachtete sich als Abkömmling der hasmonäischen Linie.«

Ryan schaute mich an.

»Der makkabäischen Könige. Seine Bewegung war nicht nur eine religiöse. Es war ein Griff nach der politischen Macht.«

»Na toll. Noch eine Verschwörungstheorie.« Ryan tauchte einen Finger in die Guacamole. Ich gab ihm eine Tortilla.

»Laut Joyce wollte Jesus König von Israel werden. Das verärgerte Rom, und die Strafe war der Tod. Aber Jesus wurde nicht verraten, er ergab sich den Behörden nach Verhandlungen durch einen Vermittler.«

»Lass mich raten. Judas?«

»Ja. Die Abmachung lautete, dass Pilatus Barabbas freilassen und Jesus sich anschließend stellen würde.«

»Und warum sollte er das tun?«

»Barabbas war sein Sohn.«

»Verstehe.« Ryan glaubte von alldem kein Wort.

»Zu dem Gefangenenaustausch gehörte auch ein Fluchtmechanismus, und der ganze Plan hing von sehr präzisem Timing ab.«

»Das ganze Leben ist Timing.«

»Willst du die Geschichte zu Ende hören?«

»Besteht vielleicht die Möglichkeit, jetzt gleich ins Bett zu gehen?«

Ich kniff die Augen zusammen.

»Dann will ich sie hören.«

»Es gab zwei Arten der Kreuzigung – eine langsame und eine schnelle. Bei der langsamen konnte es sein, dass ein Gefangener bis zu sieben Tage am Kreuz hing. Bei der schnellen war man binnen vierundzwanzig Stunden tot. Nach Joyce mussten Jesus und seine Anhänger seine Exekution so timen, dass die schnelle Variante die einzige Möglichkeit war.«

»Ich würde mich auch für schnell entscheiden.«

»Der *shabbat* stand bevor. Und das Passah-Fest. Nach jüdischem Gesetz durfte kein Leichnam an einem Kreuz bleiben.«

»Aber die Kreuzigung war doch eine römische Show.« Ryan nahm sich noch eine Enchilada. »Historiker sind übereinstimmend der Meinung, dass Pilatus ein Tyrann und ein brutaler Kerl war. Warum hätte er sich einen Dreck um jüdisches Gesetz kümmern sollen?«

»Es lag in Pilatus' Interesse, die Einheimischen bei Laune zu halten. Wie auch immer, der Plan erforderte eine Droge, die den Tod simulierte. *Papaver somniferum* oder *Claviceps purpurea*.«

»Ich liebe es, wenn du schweinische Wörter sagst.«

»Schlafmohn und Mutterkorn, ein Lysergsäure produzierender Pilz. Modern ausgedrückt, Heroin und LSD. Beides war in Judäa bekannt. Die Droge wurde wahrscheinlich über den Schwamm auf dem Rohr verabreicht. Nach den Evangelien lehnte Jesus den Schwamm zunächst ab, akzeptierte ihn aber später, trank und starb sofort darauf.«

»Aber du sagst jetzt, er hätte überlebt.«

»Ich sage das nicht. Joyce tut es.«

»Wie bekommt man einen lebendigen Körper vor Zeugen und Wachen von einem Kreuz herunter?«

»Halte die Zeugen auf Distanz. Bestich die Wachen. Es war ja nicht so, als hätte ein Leichenbeschauer daneben gestanden.«

»Nur damit ich dich richtig verstehe: Jesus ist bewusstlos. Er wird eilig in das Grab geschafft, später lässt man ihn dann verschwinden und pflegt ihn, bis er wieder gesund ist, und irgendwie landet er schließlich in Masada.«

»Das sagt Joyce.«

»Was wollte dieser Spinner eigentlich in Israel?«

»Freut mich, dass du so unvoreingenommen bist. Joyce wollte ursprünglich für ein Buch über Masada recherchieren. Aber die Israelis verweigerten ihm den Zugang.«

»Vielleicht ist diese ganze Grosset-Geschichte ja nur Joyces Fantasie entsprungen. Oder vielleicht hat er sie aus Rache erfunden.«

»Vielleicht.« Ich nahm mir den letzten Rest der Sauce. »Vielleicht ist sie aber auch wahr.«

In den nächsten Tagen passierte kaum etwas. Ich las Joyces Buch zu Ende. Ich las Yadins Buch zu Ende.

Auch in der Hinsicht hatte Jake Recht. Yadin beschrieb die Überreste aus herodischer Zeit. Er ging auf die Römer ein, die Masada kurz nach 73 unserer Zeitrechnung besetzten, und auch auf die byzantinischen Mönche, die im fünften und sechsten Jahrhundert dort siedelten. Er nannte detaillierte Informationen über die Zeit der jüdischen Revolte und beschäftigte sich ausführlich mit den drei Skeletten, die man im nördlichen Palast gefunden hatte. Weitwinkel- und Nahaufnahmen, Skizzen, Karten. Aber nur ein einziges Foto und wenige Absätze über die Skelette aus der Höhle.

Merkwürdig.

Am Sonntag gingen Ryan und ich auf dem Beaver Lake Eislaufen und schlemmten dann Muscheln bei L'Actuel an der Rue Peel. Ich hatte eine *casserole marinière au vin blanc.* Ryan hatte eine *casserole à l'ail.* Eins muss ich dem Jungen lassen. Er kann Knoblauch in einer Menge vertragen, die einen Ledernacken umbringen würde.

Am Montag kontrollierte ich meine E-Mails und fand einen Bericht vom Radiometrie-Institut.

Ich zögerte. Was, wenn das Skelett nur ein Jahrhundert alt war? Oder aus dem Mittelalter stammte, wie das Turiner Leichentuch?

Was, wenn es aus der Zeit Christi stammte?

Wenn es so war, dann war es eben so. Und? Nach meiner Schätzung des Alters zum Todeszeitpunkt war das Individuum zu alt gewesen, um Jesus sein zu können. Oder zu jung, wenn man Joyce glaubte.

Ich doppelklickte auf das Symbol, um die Datei zu öffnen.

Das Institut hatte genügend organisches Material gefunden, um jede Knochen- und Zahnprobe dreifach zu testen. Die Ergebnisse wurden zuerst als Rohdaten präsentiert, die man zunächst in Jahre vor der Gegenwart umgerechnet hatte und schließlich in einen kalendarischen Abschnitt, der mit »unserer Zeitrechnung« (u.Z.) oder »vor unserer Zeitrechnung« (v.u.Z.) angegeben wurde. Politisch korrekt sind sie, die Archäologen.

Ich schaute mir die Daten für den Zahn an.

Probe 1: Mittelwertsdatierung (VG – Jahre vor der Gegenwart)
1970+/–41 Jahre Kalenderbereich 6 v.u.Z – 76 u.Z.
Probe 2: Mittelwertsdatierung (VG – Jahre vor der Gegenwart)
1937+/–54 Jahre Kalenderbereich 14 u.Z – 122 u.Z
Probe 3: Mittelwertsdatierung (VG – Jahre vor der Gegenwart)
2007+/–45 Jahre Kalenderbereich 47 v.u.Z – 43 u.Z.

Ich schaute mir die Daten der Oberschenkelprobe an. Zwei überschnitten sich mit den Zahndaten.

Zwei Jahrtausende.

Das Skelett stammte aus der Zeit Christi.

Ich durchlebte einen Augenblick völliger Leere. In meinem Hirn fuhren die Argumente und Fragen Autoscooter.

Was hatte das zu bedeuten?

Wen sollte ich anrufen?

Ich wählte Ryans Nummer, bekam nur seine Mailbox dran und hinterließ ihm die Nachricht, dass die Knochen zweitausend Jahre alt waren.

Ich wählte Jakes Nummer. Mailbox. Dieselbe Nachricht.

Und jetzt?

Sylvain Morissonneau.

Der Tatendrang vertrieb meine anfängliche Unsicherheit. Ich

schnappte mir Jacke und Handtasche und machte mich auf den Weg in die Montérégie.

In knapp einer Stunde stand ich vor l'Abbaye Sainte-Marie-des-Neiges. Diesmal ging ich direkt durch die orangefarbene Tür in die Vorhalle, die die Bibliothek von dem Korridor mit Morissonneaus Büro trennte. Kein Mensch erschien.

Irgendwo rechts von mir erklang gedämpftes Singen. Ich ging darauf zu.

Schon nach zehn Metern stoppte mich eine Stimme.

»*Arrêtez!*« Mehr ein Zischen als ein Rufen. Halt!

Ich drehte mich um.

»Sie haben nicht das Recht, hier zu sein.« Im trüben Licht wirkten die Augen des Mönchs, als hätte er keine Pupillen.

»Ich bin hier, um mit Vater Morissonneau zu sprechen.«

Das Gesicht unter der Kapuze verhärtete sich.

»Wer sind Sie?«

»Dr. Temperance Brennan.«

»Warum stören Sie uns in unserer Trauer?« Die toten schwarzen Augen bohrten sich direkt in meine.

»Das tut mir Leid. Aber ich muss mit Vater Morissonneau sprechen.«

Etwas flackerte im Blick des Mönchs wie ein Streichholz, das hinter einer dunkel getönten Scheibe auflodert. Der Mönch bekreuzigte sich.

Was er nun sagte, jagte mir Eis durchs Rückgrat.

16

»Tot?«

Keine Regung in dem maskenhaften Gesicht.

»Wann?«, stammelte ich. »Wie?«

»Warum sind Sie hier?« Die Stimme des Mönchs war weder kalt noch warm. Sie war neutral, ohne jedes Gefühl.

»Vater Morissonneau und ich haben uns erst vor kurzem kennen gelernt. Zu dem Zeitpunkt schien er mir noch ganz in Ordnung zu sein.« Ich versuchte erst gar nicht, meinen Schock zu verbergen. »Wann ist er denn gestorben?«

»Vor fast einer Woche.« Trocken, nichts, was über die nüchternen Worte hinausging.

»Wie?«

»Gehören Sie zur Familie?«

»Nein.«

»Sind Sie Journalistin?«

»Nein.«

Ich holte eine Visitenkarte aus meiner Handtasche und gab sie ihm. Der Mönch senkte kurz den Blick darauf und hob dann wieder den Kopf.

»Am Mittwoch, den zweiten März, kehrte der Abt nicht von seinem Morgenspaziergang zurück. Seine Leiche wurde auf einem der Klosterwege gefunden.«

Ich atmete tief ein.

»Sein Herz hatte versagt.«

Ich dachte an unsere Begegnung. Morissonneau hatte vollkommen gesund ausgesehen. Man könnte sogar sagen, robust.

»War der Abt in medizinischer Behandlung?«

»Ich habe nicht die Befugnis, Ihnen das mitzuteilen.«

»Hatte er eine Vorgeschichte in Bezug auf Herzkrankheiten?«

Auch darauf antwortete der Mönch nicht.

»Wurde der Leichenbeschauer benachrichtigt?«

»Der Herr herrscht über das Leben und den Tod. Wir akzeptieren seine Weisheit.«

»Der Leichenbeschauer nicht«, blaffte ich.

Stroboskopisch aufblitzende Bilder. Ferris' zerschmetterter Schädel. Morissonneau, der über einen Karton mit alten Knochen streicht. Ein Gemälde von Burne-Jones mit dem Titel *Auferstehung.* Sätze über einen Jihad. Mordanschläge.

So langsam bekam ich es mit der Angst. Und Wut stieg in mir hoch.

»Wo ist Vater Morissonneau jetzt?«

»Beim Herrn.«

Ich warf dem Mönch einen Leck-mich-Blick zu.

»Wo ist seine Leiche?«

Der Mönch runzelte die Stirn.

Ich runzelte die Stirn.

Ein Arm tauchte aus der Kutte auf und deutete in Richtung Tür. Ich wurde hinausgeworfen.

Ich hätte einwenden können, dass der Tod des Priesters eigentlich hätte gemeldet werden müssen, dass die Mönche durch Unterlassung dieser Meldung gegen das Gesetz verstoßen hatten. Doch es schien mir nicht der richtige Zeitpunkt zu sein.

Ich murmelte Beileidswünsche und verließ eilig das Kloster.

Auf der Rückfahrt nach Montreal wurde meine Angst immer stärker. Was hatte Jake über das Skelett gesagt, das Morissonneau mir gegeben hatte? Seine Entdeckung könnte explosiv sein.

Inwiefern explosiv?

Avram Ferris hatte das Skelett in seinem Besitz gehabt und war erschossen worden. Morissonneau hatte das Skelett in seinem Besitz gehabt und war jetzt tot.

Jetzt war das Skelett in meinem Besitz. War ich in Gefahr?

Alle paar Minuten huschte mein Blick zum Rückspiegel.

War Morissonneau wirklich eines natürlichen Todes gestorben? Der Mann war Mitte fünfzig gewesen. Er hatte völlig fit gewirkt.

War er ermordet worden?

Die Brust wurde mir eng. Im Auto war es heiß und stickig. Trotz der Kälte draußen kurbelte ich das Fenster ein Stück herunter.

Ferris war irgendwann im Verlauf des Wochenendes um den zwölften Februar gestorben. Kessler/Kaplan war am siebenundzwanzigsten nach Israel gereist. Morissonneau war am zweiten März tot aufgefunden worden.

Wenn Morissonneaus Tod auf ein Verbrechen zurückzuführen war, konnte Kaplan damit nichts zu tun haben.

Außer Kaplan war bereits wieder nach Kanada zurückgekehrt.

Noch einmal schaute ich in den Rückspiegel. Nichts als leere Straße.

Ich hatte Morissonneau am Samstag, den sechsundzwanzigsten besucht. Vier Tage später war er tot.

Zufall? Vielleicht.

Ein Zufall von der Größe des Titicaca-Sees.

Zeit, die israelischen Behörden anzurufen.

Für einen Montag war es im Institut relativ ruhig. Unten waren nur vier Autopsien im Gange.

Oben brach LaManche eben zu einer Vorlesung im Canadian Police College in Ottawa auf. Ich passte ihn im Gang ab und berichtete ihm von meinen Befürchtungen bezüglich Morissonneaus Tod. LaManche sagte, er werde der Sache nachgehen.

Dann erläuterte ich ihm die C-14-Befunde des Skeletts.

»Wenn wir von einem geschätzten Alter von ungefähr zweitausend Jahren ausgehen, dann haben Sie die Befugnis, die Knochen den zuständigen Behörden zu übergeben.«

»Ich erledige das«, sagte ich.

»Unverzüglich, bitte. Wir haben sowieso schon viel zu wenig Platz.«

LaManche hielt kurz inne, anscheinend schien er sich an die Ferris-Autopsie und ihre Beobachter zu erinnern.

»Und es wäre wohl das beste, wenn Sie es vermeiden könnten, irgendwelche religiösen Gemeinden vor den Kopf zu stoßen.« Noch eine Pause. »Und, so unwahrscheinlich dies auch sein mag, internationale Konflikte können aus den harmlosesten Umständen entstehen. Wir wollen doch nicht, dass so etwas passiert. Bitte erledigen Sie das so schnell wie möglich.«

Ich dachte an mein Versprechen und rief Jake an. Er war noch immer nicht zu erreichen. Ich hinterließ ihm die Nachricht, dass ich eben dabei sei, die israelischen Behörden wegen der Übergabe von Morissonneaus Skelett zu kontaktieren.

Dann saß ich einen Augenblick da und überlegte mir, an welche Behörde ich mich eigentlich wenden sollte. Ich hatte Jake nicht danach gefragt, weil ich ihm versprochen hatte, zuerst mit ihm zu reden, bevor ich mich mit den offiziellen Stellen in Verbindung setzte. Doch jetzt war er nicht erreichbar, und LaManche wollte, dass ich die Sache abschloss.

Meine Gedanken schweiften etwas ab. Warum passte es Jake nicht, dass ich mit den Israelis redete? Wovor hatte er Angst? Gab es irgendjemand Besonderen, den er außen vor lassen wollte?

Zurück zur drängenderen Frage. Ich war mir sicher, dass die israelische Polizei kein Interesse an einem zweitausend Jahre zurückliegenden Todesfall haben würde. Obwohl die israelische Archäologie nicht gerade mein Spezialgebiet war, wusste ich doch, dass die meisten Länder Behörden haben, die sich um die Bewahrung des kulturellen Erbes kümmern, und dazu gehört natürlich auch der Erhalt historischer Fundstücke.

Ich loggte mich ins Internet ein und gab bei Google die Begriffe »Israel« und »Altertum« ein. Fast jeder Eintrag hatte einen Verweis zur Israel Antiquities Authority, der israelischen Altertümer- und Archäologie-Behörde. Fünf Minuten später hatte ich eine Telefonnummer.

Ich schaute auf die Uhr. Elf Uhr zwanzig. Achtzehn Uhr zwanzig in Israel. Ich hatte meine Zweifel, ob dort so spät noch irgendjemand arbeitete.

Ich tippte die Nummer ein.

Eine Frau meldete sich nach dem zweiten Läuten.

»*Shalom.*«

»*Shalom.* Hier spricht Dr. Temperance Brennan. Es tut mir sehr Leid, aber ich spreche kein Hebräisch.«

»Sie haben die Nummer der Israel Antiquities Authority gewählt.« Englisch mit starkem Akzent.

»Ich rufe vom Laboratoire de Sciences Judiciaires et de Médecine Légale in Montreal, Kanada, an.«

»Wie bitte?«

»Ich bin die forensische Anthropologin des Gerichtsmedizinischen Instituts in Montreal.«

»Ja.« Langeweile vermischt mit Ungeduld.

»Hier sind unter etwas ungewöhnlichen Umständen Überreste aufgetaucht.«

»Überreste?«

»Ein menschliches Skelett.«

»Ja?« Etwas weniger gelangweilt.

»Einige Indizien deuten darauf hin, dass dieses Skelett möglicherweise in Masada bei Yigael Yadins Ausgrabung in den Sechzigern entdeckt wurde.«

»Noch einmal Ihren Namen, bitte.«

»Temperance Brennan.«

»Einen Augenblick, bitte.«

Ich wartete. Ganze fünf Minuten lang. Dann meldete sich die Frau wieder. Jetzt klang sie überhaupt nicht mehr gelangweilt.

»Darf ich Sie fragen, wie das Skelett in Ihren Besitz gelangt ist?«

»Nein.«

»Wie bitte?«

»Ich werde die Situation der zuständigen Stelle erklären.«

»Die IAA ist die zuständige Stelle.«

»Wer ist der Direktor, bitte?«

»Tovya Blotnik.«

»Dann sollte ich vielleicht mit Mr. Blotnik sprechen.«

»Er ist schon im Feierabend.«

»Ist es möglich, ihn zu …«

»Dr. Blotnik lässt sich zu Hause nicht gern stören.«

Aus irgendeinem Grund wollte ich dieser Frau nicht die ganze Geschichte erzählen. War es Jakes Ermahnung, zuerst ihn und dann Israel zu informieren? LaManches Hinweis auf mögliche internationale Komplikationen? Ein irrationales Bauchgefühl? Ich wusste es nicht, aber irgendetwas hielt mich davon ab.

»Ich will nicht respektlos sein. Aber ich würde es wirklich vorziehen, mit dem Direktor zu sprechen.«

»Ich bin biologische Anthropologin bei der IAA. Sollten die Knochen zu uns kommen, wird Dr. Blotnik mich mit der Abwicklung der Transaktion beauftragen.«

»Und Sie sind?«

»Ruth Anne Bloom.«

»Es tut mir Leid, Dr. Bloom, aber ich brauche eine Bestätigung des Direktors.«

»Das ist ein höchst ungewöhnliches Anliegen.«

»Ich bringe es trotzdem vor. Das ist ein höchst ungewöhnliches Skelett.«

Schweigen.

»Können Sie mir bitte sagen, wie ich Sie erreichen kann?« Eisig.

Ich gab Bloom meine Handy- und Institutsnummer.

»Ich gebe die Nachricht weiter.«

Ich dankte ihr und legte auf.

Dann loggte ich mich wieder ins Internet ein und ließ Google nach Tovya Blotnik suchen. Der Name tauchte in mehreren Artikeln auf, in denen es um eine Kontroverse bezüglich eines uralten Steinsargs mit der Bezeichnung Jakobus-Ossuar ging. In jedem wurde Blotnik als Direktor der IAA erwähnt.

Okay. Blotnik war also koscher. Warum riet mir dann mein Gefühl, bei Bloom vorsichtig zu sein?

Die Tatsache, dass Lerner und Ferris glaubten, das Skelett in meinem Labor sei das von Jesus Christus? Die Tatsache, dass Jake mich gebeten hatte, genau das nicht zu tun, was ich jetzt tat?

Ich war mir nicht sicher. Aber das Gefühl blieb.

Ich schoss eben letzte Aufnahmen von Morissonneaus Skelett, als Ryan wieder auftauchte und dabei aussah wie die Katze, die den ganz großen Vogel verschluckt hat. Ich winkte ihn in mein Labor.

»Sie haben ihn«, sagte er.

»Ich geb auf«, sagte ich.

»Hershel Kaplan.«

»Wie haben sie ihn geschnappt?«

»Das Genie hat es versäumt, für Kleinkram zu bezahlen.«

»Er hat was gestohlen?«

»Hat sich eine Halskette in die Tasche gesteckt. Alles ein furchtbares Versehen. Er hatte vorgehabt zu zahlen.«

»Natürlich. Und jetzt?«

»Ich würde ihn gern nach Kanada zurückholen.«

»Kannst du das machen?«

»Nur, wenn wir ihn anklagen. Dann können wir über das Außenamt offiziell die Auslieferung beantragen.«

»Habt ihr genug, um ihn anzuklagen?«

»Nein.«

»Er würde sowieso dagegen ankämpfen.«

»Ja.«

Ryan deutete mit dem Kinn zum Skelett. »Wie steht's jetzt mit Masada Max?«

»C-14 legt seinen Geburtstag in die Zeit des Sterns von Bethlehem.«

»Im Ernst?«

»Ich versuche gerade, ihn nach Israel zurückzuschicken.«

Ich erzählte Ryan von meiner Unterhaltung mit der IAA.

»Und was hat dein Sonar zum Piepsen gebracht?«

Ich dachte darüber nach.

»Jake hat mir eingeschärft, ich soll mit niemandem in Israel sprechen, bevor ich nicht mit ihm gesprochen habe.«

»Und warum hast du angerufen?«

»LaManche will das Skelett loswerden.«

»Warum hast du dieser Bloom keinen reinen Wein eingeschenkt?«

»Jakes Warnung wahrscheinlich. Ich bin mir nicht sicher. Eine kleine Stimme hat mir geflüstert, ich soll warten und nur mit Blotnik reden.«

»War vermutlich ein vernünftiger Rat.«

»Da ist noch was.«

Ich berichtete ihm von Morissonneau.

Ryan runzelte die Stirn. Er wollte eben etwas sagen, als mein Handy und zugleich sein Piepser sich meldeten.

Ryan nahm das Gerät vom Gürtel, warf einen kurzen Blick auf die Anrufernummer und zeigte auf den Apparat auf meinem Schreibtisch. Ich nickte und ging ins angrenzende Labor.

»Temperance Brennan.«

»Tovya Blotnik aus Jerusalem.« Eine Stimme wie der Weihnachtsmann. Wohltönend und furchtbar fröhlich.

»Freut mich sehr, von Ihnen zu hören, Sir. Ich habe Ihren Anruf nicht vor morgen Vormittag erwartet.«

»Ruth Anne Bloom hat mich zu Hause angerufen.«

So viel zum Verbot häuslicher Störungen.

»Vielen Dank, dass Sie sich die Zeit genommen haben«, sagte ich.

»Aber ich bitte Sie. Das sind doch keine Umstände. Es ist immer eine Freude, einem ausländischen Kollegen behilflich sein zu können.« Blotnik kicherte. »Sie arbeiten für einen Leichenbeschauer?«

Ich erläuterte meine Arbeit.

»Okay. Was ist jetzt mit diesem angeblichen Skelett aus Masada?«

Ich beschrieb das Foto, mit dem alles angefangen hatte. Dann erzählte ich Blotnik, ohne Namen zu nennen, dass das Skelett von Yossi Lerner aus dem Musée de L'Homme gestohlen und dann von Avram Ferris und Sylvain Morissonneau versteckt worden war.

Ich skizzierte auch kurz die Radiokarbon-Resultate.

Hershel Kaplan erwähnte ich nicht. Auch Joyces Buch erwähnte ich nicht, ebenso wenig wie das Motiv für den Diebstahl und das Verstecken der Knochen. Ich erwähnte auch nicht, dass ich Proben für einen DNS-Test eingeschickt hatte.

Und ich erwähnte nicht, dass Ferris und Morissonneau tot waren.

»Wie sind Sie zu diesem Foto gekommen?«, fragte Blotnik.

»Ein Mitglied der örtlichen jüdischen Gemeinde hat es mir gegeben.« Das stimmte ja auch einigermaßen.

»Ist wahrscheinlich alles Unsinn.« Das joviale Kichern klang jetzt gezwungen. »Aber ignorieren können wir die Sache auch nicht, oder?«

»Ich glaube nicht.«

»Und ich bin mir sicher, Sie wollen diese ganze Geschichte möglichst schnell vom Hals haben.«

»Ich bin ermächtigt, die Knochen freizugeben. Wenn Sie mir eine Lieferadresse nennen, kann ich FedEx …«

»Nein!«

Jetzt war kein Kichern mehr zu hören.

Ich wartete.

»Nein, nein. Ich kann Ihnen das nicht aufbürden. Ich werde jemanden schicken.«

»Von Israel nach Quebec?«

»Das ist kein Problem.«

Kein Problem?

»Dr. Blotnik, archäologisches Material wird die ganze Zeit international transportiert. Ich bin sehr gerne bereit, die Knochen zu verpacken und den Transportdienst zu beauftragen, den Sie bevorzu …«

»Ich muss darauf bestehen.«

Ich sagte nichts.

»In letzter Zeit hat es unerfreuliche Vorkommnisse gegeben. Sie haben vielleicht schon vom Jakobus-Ossuar gehört?«

Das Jakobus-Ossuar war der uralte Steinsarg, über den ich im Internet gelesen hatte. Ich erinnerte mich vage an eine Nachrichtenmeldung vor ein paar Jahren über die Beschädigung eines Ossuars, das an das Royal Ontario Museum ausgeliehen worden war.

»Das Jakobus-Ossuar war das Stück, das beim Transport nach Toronto kaputtging?«

»Zertrümmert wurde, sollte es wohl besser heißen. Auf dem Weg von Israel nach Kanada.«

»Es ist Ihre Entscheidung, Sir.«

»Bitte. Das wird das Beste sein. Ich werde mich in Kürze wieder mit dem Namen das Abholers bei Ihnen melden.«

Ich wollte etwas erwidern, doch Blotnik fiel mir ins Wort.

»Das Skelett befindet sich doch an einem sicheren Ort?«

»Natürlich.«

»Sicherheit ist äußerst wichtig. Bitte sorgen Sie dafür, dass niemand Zugang zu diesen Knochen hat.«

Als ich in mein Labor zurückkehrte, legte Ryan eben den Hörer auf.

»Kaplan redet nicht.«

»Und?«

»Der Typ von der Abteilung Kapitalverbrechen dort drüben meint, er will ihm mal ein bisschen Feuer unterm Hinter machen.«

Ryan bemerkte, dass ich abgelenkt war.

»Was ist denn los, Sonnenschein?«

»Ich weiß es nicht.«

Ryans Ausdruck veränderte sich fast unmerklich.

»Zu viel Mantel und Degen wegen dieses Skeletts«, sagte ich. »Auch wenn es wirklich das verschwundene Masada-Skelett sein sollte. Falls es dieses Skelett überhaupt gibt.«

Ich erzählte ihm von meinem Gespräch mit Blotnik.

»Eine Fünftausend-Meilen-Reise scheint mir schon ein bisschen übertrieben«, meinte Ryan.

»Ein bisschen. Jeden Tag werden historische Fundstücke über den ganzen Globus transportiert. Es gibt Firmen, die sind genau auf so was spezialisiert.«

»Wie wär's damit?« Ryan legte mir die Hände auf die Schultern. »Wir genehmigen uns ein hübsches Abendessen, gehen dann zu dir und schlüpfen vielleicht in etwas, das der Kunst des Tanzes entlehnt wurde.«

»Ich habe die Tap Pants noch nicht bestellt.«

Mein Blick wanderte zum Fenster. Ich war beunruhigt und nervös, und ich wusste nicht, warum.

Ryan streichelte mir die Wange. »Über Nacht wird sich kaum was ändern, Tempe.«

Da irrte sich Ryan, und zwar sehr.

17

In dieser Nacht träumte ich von dem Mann namens Tovya Blotnik. Er trug eine dunkle Sonnenbrille und einen schwarzen Hut, wie Belushi und Aykroyd in ihren Blues-Brothers-Filmen. Blotnik kauerte auf der Erde und grub mit einer Kelle. Es war dunkel, und wenn er den Kopf bewegte, funkelte Mondlicht auf seinen Gläsern.

In meinem Traum holte Blotnik etwas aus dem Boden, stand auf und gab das Objekt einer zweiten Gestalt, die mir den Rücken zugewandt hatte. Diese zweite Gestalt drehte sich um. Es war Sylvain Morissonneau. Er hielt eine kleine, schwarze Leinwand in der Hand.

Licht troff von Morissonneaus Fingerspitzen, als er Erde von der Leinwand kratzte. Langsam tauchte ein Gemälde auf. Vier Gestalten in einer Grabhöhle: zwei Engel, eine Frau und der auferstandene Jesus.

Jesu Gesicht löste sich auf, es blieb nur ein Schädel übrig, glänzend weiße Knochen. Ein neues Gesicht bildete sich auf Stirn und Wangen wie Nebel, der sich in einem Gebirgstal verdichtet, Es war das Gesicht des Jesus, der über dem Bett meiner Großmutter hing. Der Jesus mit den Augen, die einen überallhin zu verfolgen schienen. Der Jesus, der mir in meiner ganzen Kindheit Angst eingejagt hatte.

Ich versuchte, davonzulaufen. Aber ich konnte mich nicht rühren.

Jesus öffnete den Mund. Ein Zahn schwebte heraus. Der Zahn wuchs und trudelte auf mich zu.

Ich versuchte, ihn abzuwehren.

Meine Augen sprangen auf.

Das Zimmer war dunkel bis auf die Leuchtziffern meines Radioweckers. Ryan neben mir schnarchte leise.

Meine Träume sind normalerweise keine Freudschen Rätsel. Mein Unterbewusstsein nimmt die Ereignisse des Tages und verwebt sie zu psychodelischen Teppichen. Morissonneaus Bemerkung über das Traumhafte von Burne-Jones' Gemälde? Was der Auslöser auch gewesen sein mochte, dieser Traum war ein richtiger Knaller.

Ich schaute auf die Uhr. Fünf Uhr zweiundvierzig.

Ich versuchte, wieder einzuschlafen.

Um sechs Uhr fünfzehn stand ich auf.

Birdie trabte hinter mir her in die Küche. Ich machte Kaffee. Charlie setzte zu einem seiner Macho-Pfiffe an, brach ab und stocherte in seinem Futterschälchen.

Ich ging mit meiner Tasse zum Sofa. Birdie machte es sich auf meinem Schoß gemütlich.

Draußen im Garten stocherten zwei Spatzen vergeblich im Schnee. Ich wusste, wie sie sich fühlten.

Mehr Fragen als Antworten zu dem Skelett. Keine Erkenntnisse in Bezug auf Sylvain Morissonneaus Todesursache. Keine Fortschritte in Sachen Avram Ferris.

Keine Ahnung, warum Jake nicht zurückgerufen hatte.

Oder hatte er?

Auf Zehenspitzen schlich ich ins Schlafzimmer, holte meine Handtasche, kehrte zum Sofa zurück und zog mein Handy heraus.

Jake hatte angerufen. Zweimal.

Verdammt! Warum hatte ich es nicht gehört?

Ich war mit Ryan beschäftigt gewesen.

Jake hatte mir eine schlichte Nachricht hinterlassen. Zwei Mal. Ruf mich an.

Ich tippte seine Nummer ein. Er meldete sich sofort.

»Nur gut, dass dein Handytarif auch im Ausland gilt«, sagte ich. »Ansonsten müsste ich wegen der ganzen Anrufe nach Jerusalem mein Haus auf St. Bart's verpfänden.«

»Du hast ein Haus auf St. Bart's?«

»Nein. Aber ich hätte gern eins.« Birdie kam wieder auf meinen Schoß. »Die Radiokarbon-Resultate sind da. Das Skelett ist zweitausend Jahre alt.«

»Hast du schon irgendjemand angerufen?«

»Die IAA. Ich musste es tun, Jake.«

»Mit wem hast du gesprochen?« Dünnlippig.

»Tovya Blotnik. Er will jemanden nach Montreal schicken, der die Knochen abholt.«

»Weiß Blotnik, dass du Proben für einen DNS-Test entnommen hast?«

»Nein. Du weißt, dass diese Tests länger dauern werden?«

Jake ignorierte meine Frage.

»Weiß er was von dem fremden Zahn?«

»Nein. Ich dachte, du willst vielleicht zuerst darüber reden. Jake, da ist noch was.« Ich erzählte ihm von Morissonneau.

»O Scheiße. Glaubst du wirklich, dass die Pumpe des Typen einfach versagt hat?«

»Ich weiß es nicht.«

Schweigen. Und dann: »Hat Blotnik irgendwas von einem Grab oder einem Ossuar gesagt?«

»Er erwähnte ein Jakobus-Ossuar.«

Wieder Schweigen. Charlie füllte es auf meiner Seite mit einer Zeile aus »Strokin'«. Ich fragte mich kurz, was der Sittich in der vergangenen Nacht so alles mitbekommen hatte. Jakes Stimme holte mich zurück.

»Bist du sicher, dass er vom Jakobus-Ossuar gesprochen hat?«

»Ja. Was hat es denn mit diesem Jakobus-Ossuar auf sich?«

»Das ist für dich im Augenblick nicht wichtig. Tempe, hör mir zu. Hör mir gut zu. Das ist wirklich wichtig. Sag nichts von den DNS-Proben. Okay? Kannst du das noch eine Weile für dich behalten?«

»Warum?«

»Kannst du mir bitte vertrauen und mir versprechen, dass du im Augenblick nichts von der DNS-Untersuchung sagst?«

»Im Augenblick gibt's da auch noch nichts zu sagen.«

»Und ich will nicht, dass du Blotnik das Skelett gibst.«

»Jake, ich …«

»Bitte. Kannst du das für mich tun?«

»Nicht, wenn du mir nicht sagst, was los ist. Warum sollte ich nicht mit der IAA kooperieren?«

»Ich kann das nicht am Telefon besprechen.«

»Wenn Masada wirklich der Herkunftsort ist, bin ich verpflichtet, Israel das Skelett zurückzugeben. Ich habe keine andere Wahl.«

»Bring es selber. Ich zahle deine Auslagen.«

»Ich kann doch jetzt nicht einfach nach Israel verduften.«

»Warum nicht? Ich kümmere mich um Blotnik.«

»Ich soll es selber bringen?«

Was sollte ich LaManche sagen? Und Ryan? Wer würde sich um Birdie kümmern? Um Charlie?

Mein Gott, ich dachte schon wie meine Mutter.

»Darüber muss ich erst nachdenken, Jake.«

»Lass das Denken sein. Komm einfach nach Israel und bring das Skelett mit.«

»Du glaubst doch nicht ernsthaft, dass ich die Knochen Jesu habe?«

Lange Pause. Als Jake sich dann wieder meldete, klang seine Stimme verändert, leiser und vorsichtiger.

»Im Augenblick kann ich nur sagen, dass ich an etwas Großem dran bin.«

»Etwas Großem.«

»Wenn ich Recht habe, ist es gigantisch. Bitte, Tempe. Buch dir einen Flug. Oder ich kann das für dich übernehmen. Ich hole dich am Ben-Gurion ab. Sag niemandem, dass du kommst.«

»Ich will dir ja deine George-Smiley-Nummer nicht vermasseln, aber …«

»Sag einfach, dass du kommst.«

»Ich denke darüber nach.«

Ich tat genau das, als Ryan erschien. Er hatte sich eine Jeans angezogen. Nur eine Jeans. Eine Jeans, die weit unter der Hüfte saß.

Meine Libido regte sich.

Ryan bemerkte es.

»Ich könnte die Levi's runterlassen, damit du die pikanteren Teile begutachten kannst.«

Ich verdrehte die Augen.

»Ich habe Kaffee gekocht.«

Ryan küsste mich auf den Kopf, gähnte und verschwand. Birdie sprang auf den Boden und folgte ihm.

Ich hörte Klappern, dann den Kühlschrank. Ryan tauchte mit meiner AAFS-Tasse wieder auf, ließ sich in einen Sessel fallen und streckte die Beine aus.

Charlie pfiff eine Zeile aus »Dixie« und krächzte dann »Strokin'«.

»Habe ich eine Unterhaltung gehört?«, fragte Ryan.

Ich schwenkte das Handy. »Jake will, dass ich Morissonneaus Skelett nach Israel bringe. Er hat mich ziemlich nachdrücklich darum gebeten.«

»Land der Sonne und des Spaßes.«

»Und der Selbstmordattentäter.«

»Das auch.« Ryan blies über seinen Kaffee. »Willst du nach Israel?«

»Ich will, und ich will nicht.«

»Ich liebe Frauen, die wissen, was sie wollen.«

»Ich wollte das Heilige Land schon immer mal besuchen.«

»Im Augenblick herrscht doch eine ziemliche Flaute. Dein Institut wird schon nicht gleich implodieren, wenn du für eine Woche verschwindest.«

»Was ist mit den Jungs?« Ich deutete auf Birdie und Charlie. »Was ist, wenn Katy mich braucht?«

Ich kam mir sofort blöd vor. Meine Tochter war vierundzwanzig Jahre alt und tausend Meilen entfernt. Und mit dem Auto in Minuten bei ihrem Vater.

»Macht Gewalt dich nervös?«

»Ich war schon in gefährlicheren Ländern.«

»Warum fliegst du dann nicht?«

Darauf hatte ich keine Antwort.

Im Institut wurde ich allerdings doch gebraucht.

Zwei Jungs hatten in einem Koffer auf dem Dachboden ihres

Onkels Knochen gefunden. Die beiden dachten gleich an *Cold Case* und riefen die Polizei.

Die Knochen waren menschlich. Weiblich, dreißig bis vierzig zum Zeitpunkt ihres Todes.

Wichtiges Detail: Jeder Knochen zeigte an den Enden winzige Bohrlöcher. In einigen Löchern steckten noch Drahtreste.

So ließen sich die Knie mit den Schien- und Wadenbeinen verbinden. Und die wiederum mit den Fußknochen.

Sie verstehen, was ich meine. Der Onkel war ein pensionierter Arzt. Was die Jungs gefunden hatten, war ein Lehrskelett.

Mein Bericht war um fünf nach neun fertig.

Nach dem Mittagessen kehrten meine Gedanken zu Jake und seinen vorsichtigen Andeutungen in Bezug auf eine sensationelle Entdeckung zurück. Was für eine Entdeckung? Und warum diese Besorgnis wegen Masada Max, wie Ryan das Skelett getauft hatte. Jesus konnte Max auf keinen Fall sein. Max war zum Zeitpunkt seines Todes zu alt gewesen.

Oder zu jung. Zumindest, wenn man Joyces Theorie folgte.

Sowohl Jake wie Blotnik hatten das Jakobus-Ossuar erwähnt. Auch einige Internet-Artikel brachten es zur Sprache.

Da ich neugierig war, surfte ich ein wenig im Netz.

Die Suche ergab Folgendes.

Ein Ossuar ist ein kleiner Steinsarg, auch Gebeinkasten genannt.

Ossuare hatten bei jüdischen Begräbnissen im ersten Jahrhundert eine wichtige Funktion. Die Verstorbenen wurden bestattet, und man ließ sie verrotten. Ein Jahr später wurden die Knochen geborgen und dann endgültig in einem Ossuar bestattet.

Im gesamten israelischen und palästinensischen Raum wurden tausende von Ossuaren entdeckt. Auf dem Antiquitätenmarkt sind diese Gebeinkästen für ein paar hundert Dollar zu haben.

Das Jakobus-Ossuar ist eine Kalksteinkiste aus dem ersten Jahrhundert mit einer Länge von ungefähr fünfzig Zentimetern. Sie trägt die aramäische Inschrift: »Jakobus, Sohn des Joseph, Bruder des Jesus.«

Als 2002 zum ersten Mal über das Jakobus-Ossuar berichtet wurde, schlug das ein wie eine Bombe. Man ging allgemein davon aus, dass es vor dieser Entdeckung, von den Erwähnungen in der Bibel und anderen Texten abgesehen, kein Indiz für die tatsächliche Existenz Jesu gab. Der Kasten wurde als erster materieller Hinweis auf den historischen Jesus angepriesen.

Okay. Das ist eine große Sache.

2003 wurde von der IAA ein Authentifizierungsausschuss gebildet. Der Ausschuss erklärte den Kasten für echt, die Inschrift jedoch für eine Fälschung, ein Befund, der sich vorwiegend auf die Sauerstoffisotopen-Analyse der Patina stützte, einer durch Oberflächenoxydation verursachten Verkrustung.

Dieses Ergebnis sorgte für eine Kontroverse. Viele Experten widersprachen und nannten die Arbeit des Ausschusses schlampig, seine Schlussfolgerungen voreilig.

Was bleibt? Niemand bezweifelt das Alter des Kastens. Einige stellen die Inschrift in Frage, zur Gänze oder in Teilen. Andere halten das ganze Ding für authentisch.

Um zwei kam Ryan vorbei. Er hockte sich mit einem Schenkel auf meinen Schreibtisch und hob die Augenbrauen. Ich meine ebenfalls.

»Nur so zum Spaß habe ich mal das Kloster überprüft. Bei der Adresse hat sich was Interessantes ergeben.«

Ich lehnte mich in meinem Stuhl zurück.

»Ein Vater André Gervais hatte heute vor einer Woche im SQ-Revier in Saint-Hyazinthe angerufen.«

»Gervais ist Mönch im Sainte-Marie-des-Neiges?«

Ryan nickte. »Anscheinend waren die Jungs nervös wegen eines Autos mit zwei männlichen Insassen, das innerhalb ihrer Mauern parkte. Saint-Hyacinthe hat einen Streifenwagen hingeschickt, um der Sache nachzugehen.« Ryan hielt kurz inne, um die Spannung zu erhöhen. »Sowohl der Fahrer wie der Beifahrer waren palästinensische Staatsangehörige.«

»Jesus Christus.«

»Nein. Das andere Team.« Ryan warf einen kurzen Blick auf

seinen Spiralblock. »Jamal Hasan Abu-Jarur. Muhammed Hazman Shalaideh. Das Auto war ein Mietwagen.«

»Was wollten die beiden dort draußen?«

»Behaupteten, sie wären nur auf einer Besichtigungstour und hätten sich verfahren. Beide Männer hatten gültige Pässe. Die Namen waren sauber. Die Beamten forderten sie auf weiterzufahren.«

»Wann war das?«

»Am ersten März.«

Meine Kopfhaut fing an zu jucken.

»Also drei Tage nach meinem Besuch. Einen Tag vor Morissonneaus Tod.«

»Könnte Zufall sein.«

»Davon haben wir zurzeit aber mehr als genug.«

»Jetzt zu den guten Nachrichten.«

»Lass hören.«

»Hershel Kaplan war in den zwei Jahren vor seinem letzten Knastaufenthalt in Bordeaux vierzehn Mal in Israel. Außerdem hat sich herausgestellt, dass er ein Cousin von einem von Israels weniger pingeligen Antiquitätenhändlern ist.«

»Nein!«

»Ira Friedman ist der Beamte der Schwerverbrechensabteilung der israelischen Polizei, mit dem ich in Kontakt stehe. Friedman hat Kaplan ziemlich heftig rangenommen und durchblicken lassen, sie würden gegen ihn ermitteln wegen Verstößen gegen das Gesetz zum Schutz der Altertümer, gegen das Gesetz zum Schutz der Heiligen Stätten, wegen Grabschändung und der Zerstörung von Kulturgütern, wegen Steuerhinterziehung, Schmuggel, unbefugtem Eindringen, dem Raub der Locke, der Meuterei auf der *Bounty,* dem Mord an Lesnitsky, der Entführung von Rapunzel, dem Raub des Goldenen Vlieses und der Versenkung der *Edmund Fitzgerald*.«

»Das hat er tatsächlich gesagt?«

»Meine Umschreibung. Friedman hat Kaplan dazu gebracht, dass er sich ernsthaft Gedanken um seine Zukunft macht. Außerdem hat er meinen Namen erwähnt und angedeutet, dass Kanada sich einige seiner Schecks genauer ansehen will.«

»Raffiniert.«

»Der Plan hat funktioniert. Kaplan hat ein enormes Interesse daran entwickelt, mit seinen Landsleuten zu sprechen.«

»Soll heißen.«

»Mit mir, und zwar nur mit mir.«

»Der Mann hat gute Instinkte.«

Ryan grinste breit. »Friedman will, dass ich nach Jerusalem komme. Die Führung hat es genehmigt.«

»Die SQ bezahlt tatsächlich die Rechnung?«

»Erstaunlich, nicht? Das Außenamt hat die Sache an die Royal Canadian Mounted Police abgeschoben. Und die Mounties haben sie an uns abgeschoben. Ich bin der Ermittlungsleiter im Ferris-Mord und habe deshalb das große Reise-Los gezogen.«

»Anscheinend sind wir in Israel sehr gefragt.«

»Sollen wir ihnen den Gefallen tun?«

»Ja, warum eigentlich nicht?«

18

Einen Vorteil hat es, wenn man in ein Kriegsgebiet fliegt. An Sitzplätzen herrscht kein Mangel.

Während ich bei Air Canada buchte, wickelte Denis Masada Max ein und verstaute ihn in einer Sporttasche. Dann raste ich nach Hause, um die Vogel- und Katerpflege zu organisieren. Winston, der Hausmeister unseres Gebäudes, war so freundlich. Jetzt bin ich ihm einen großen Gefallen schuldig.

Ich packte eben einen Koffer, als Ryan klingelte. Ich zog den Reißverschluss zu, schüttete ein paar Brekkies aus dem Karton, warf sie Birdie zu und schloss die Tür hinter mir.

Ich kenne Ryan seit Jahren und war schon des Öfteren mit ihm auf Reisen. Der Mann hat viele Qualitäten. Geduld am Flughafen gehört nicht dazu.

Wir flogen mit der 19-Uhr-Maschine nach Toronto, und Ryan grummelte die ganze Zeit über zu frühe Abflüge und zu lange Wartezeiten.

Ryan hätte sich keine Sorgen zu machen brauchen. Unser AC-Flug nach Tel Aviv wurde von El-Al durchgeführt, und die Sicherheitsvorkehrungen waren strenger als in Los Alamos in den Vierzigern. Bis wir den Inhalt meiner Sporttasche samt der Begleitpapiere erklärt und noch mal erklärt, die Gepäckkontrolle bis zum letzten Höschen bewältigt und bei einem persönlichen Gespräch unsere Lebensgeschichten und künftigen Ziele ausgebreitet hatten, war es nach zehn.

Ryan nutzte die wenigen Minuten, um mit der Dame am Check-in-Schalter zu flirten. Zwischen zwei Kicheranfällen stufte sie uns in die Business Class hoch.

Wir gingen rechtzeitig an Bord. Wir starteten rechtzeitig. Ein Wunder der Luftfahrt.

Als wir die Reiseflughöhe erreicht hatten, ließ sich Ryan sein zweites Glas Champagner geben, und zwei Zahnreihen blitzten sich an.

Bei Langstreckenflügen habe ich eine Routine.

Phase eins: Ich trinke den Orangensaft und lese bis zum Essen.

Phase zwei. Ich esse wenig. Ich habe *Die unglaubliche Reise in einem verrückten Flugzeug* gesehen. Der schlechte Fisch ist mir noch gut in Erinnerung.

Phase drei: Ich schalte meine Platzbeleuchtung aus, lehne mich zurück und ziehe mir so viele Filme rein, wie ich brauche, um einzuschlafen.

Ich folgte auch diesmal meiner Routine und fing an mit einem Bericht über das Heilige Land, den Winston verfasst hatte. Fragen Sie mich nicht, warum. Soweit ich weiß, hat der Mann Quebec nie verlassen.

Ryan las die *Dubliners* von James Joyce und aß alles, was serviert wurde. Beim Vorspann seines ersten Films schnarchte er bereits.

Ich schaffte es durch *Fluch der Karibik, Shrek* und bis zur Fensterszene von *Arsen und Spitzenhäubchen.* Irgendwann in den frühen Morgenstunden dämmerte ich ein, aber mein Hirn schaltete nie richtig ab.

Dachte ich zumindest.

Als ich die Augen wieder öffnete, räumte die Stewardess eben Ryans Frühstückstablett weg.

Ich stellte meinen Sitz gerade.

»Gut geschlafen, Honigpferdchen?«

Ryan versuchte, mir Haare von der Wange zu streichen. Sie klebten fest. Ich löste die Spuckebindung und schob mir die Haare mit beiden Händen hinter die Ohren.

»Kaffee?« Ryan drückte mir den Pony platt, der zur Deckenbeleuchtung zeigte.

Ich nickte.

Ryan wedelte mit seiner Tasse in die Richtung der Stewardess und deutete auf mich. Ich klappte meinen Tisch herunter. Eine Tasse erschien darauf.

»Danke, Audrey.«

Audrey?

»Aber gern doch, Detective.«

Die Sicherheit in Ben-Gurion war nicht so streng wie in Pearson. Vielleicht war es Ryans Marke. Vielleicht die detaillierten Dokumente des Coroners. Vielleicht die Zuversicht, dass man, falls wir Nitroglycerin in unseren Föns hatten, das schon längst gefunden hätte.

Als wir aus dem Zoll kamen, bemerkte ich links von uns einen Mann, der an der Wand lehnte. Er hatte zottige Haare und trug einen Wollpullover, Jeans und Turnschuhe. Bis auf die buschigen Brauen und ein paar zusätzliche Jahre, war der Mann ein Doppelgänger Gilligans.

Gilligan verfolgte uns mit den Augen.

Ich stieß Ryan an.

»Ich habe ihn gesehen«, sagte Ryan, ohne innezuhalten.

»Der Kerl sieht aus wie Gilligan.«

Ryan schaute mich fragend an.

»Aus *Gilligans Insel.*«

»Ich habe diese Serie schon immer gehasst.«

»Aber du kennst die Hauptpersonen.«

»Bis auf Ginger«, korrigierte sich Ryan. »Ginger hatte Talent.«

Gilligan stieß sich von der Wand ab, ließ die Hände sinken und spreizte die Füße. Er versuchte erst gar nicht, sein Interesse an uns zu verhehlen.

Als wir wenige Meter vor ihm waren, trat er in Aktion.

»*Shalom.*« Die Stimme war tiefer, als man bei einem Kerl von Gilligans Statur erwarten würde.

»*Shalom*«, sagte Ryan.

»Detective Ryan?«

»Wer fragt das?«

»Ira Friedman.«

Friedman streckte die Hand aus. Ryan schüttelte sie.

»Willkommen in Israel.«

Ryan stellte mich vor. Ich gab Friedman ebenfalls die Hand. Der Griff war kräftiger, als man bei einem Kerl von Gilligans Statur erwarten würde.

Friedman führte uns nach draußen und zu einem weißen Ford Escort, der illegal in einer Taxi-Zone parkte. Ryan lud das Gepäck ein, öffnete die Beifahrertür und bot mir den Vordersitz an.

Ryan ist eins fünfundachtzig groß. Ich eins dreiundsechzig. Ich entschied mich für den Fond.

Ich schob Unterlagen, irgendeine Gebrauchsanleitung, zusammengeknüllte Einwickelpapiere, Stiefel, einen Motorradhelm, eine Baseball-Kappe und eine Nylonjacke beiseite. Zwischen den Sitzen steckten Pommes. Ich ließ sie dort.

»Entschuldigung wegen dem Auto«, sagte Friedman.

»Kein Problem.« Ich wischte noch ein paar Brösel vom Polster, stieg ein und fragte mich, ob es ein Fehler gewesen war, Jakes Angebot, mich vom Flughafen abzuholen, abzulehnen.

Unterwegs brachte Friedman Ryan auf den neuesten Stand.

»Jemand ziemlich weit oben in Ihrer Nahrungskette hat jemanden aus dem Außenamt angerufen, der dann wieder einen unserer ranghohen Polizeirepräsentanten für die USA und Kanada angerufen hat.«

»Die persönliche Note kann manchmal so viel bewirken.«

Friedman warf Ryan einen schnellen Seitenblick zu, er kannte eben Ryans Humor noch nicht. »Unser Mann in New York schickte Unterlagen an die Abteilung für Internationale Beziehungen in unserer Zentrale in Jerusalem. Die Abteilung gab die Anfrage an das Dezernat für Schwerverbrechen weiter. Und ich bekam sie ab.«

Friedman bog auf den Highway 1 ein.

»Normalerweise verläuft so eine Anfrage im Sande. Wir haben ja meistens nichts, was wir den Verdächtigen fragen könnten, kein Detailwissen über das Verbrechen. Und ist ein Tourist erst einmal im Land, ist er so gut wie unsichtbar. Und auch falls wir ihn aufspüren, hat er das Recht, ein Gespräch mit uns zu verweigern.«

»Aber Kaplan war so freundlich, eine Halskette zu klauen«, sagte Ryan.

»Einen herodischen Schekel an einer Goldkette.« Friedman schnaubte. »So ein Trottel. Das Ding war nicht mal echt.«

»Wie lange können Sie ihn festhalten?«

»Vierundzwanzig Stunden, und die sind rum. Mit ein paar fantasievollen Argumenten kann ich es auf achtundvierzig Stunden ausdehnen. Und dann heißt es, Anklage erheben oder ihn laufen lassen.«

»Wird der Ladenbesitzer Anzeige erstatten?«

Friedman zuckte die Achseln. »Wer weiß? Der Kerl hat seine Münze ja zurückbekommen. Aber wenn Kaplan freikommt, halte ich ihn an einer sehr kurzen Leine.«

Hin und wieder schaute Friedman kurz in den Rückspiegel. Unsere Blicke kreuzten sich. Und dann lächelten wir beide.

Zwischen diesen Kollegialitätsbezeugungen versuchte ich, die Landschaft zu betrachten. Aus Winstons Buch wusste ich, dass die Route von Tel Aviv nach Jerusalem von der Küstenebene durch die Shephelah, das Tiefland, dann durch das judäische Hügelland und hoch in die Berge führt.

Die Nacht war bereits hereingebrochen. Ich konnte nicht mehr viel sehen.

Nach unzähligen Kurven funkelte plötzlich Jerusalem vor uns. Ein Vanillewaffel-Mond streifte die Spitze des Tempelbergs und tauchte die Altstadt in einen bernsteinfarbenen Schein.

Ich habe nur wenige Anblicke erlebt, die bei mir eine körperliche Reaktion auslösten. Der Vulkan Haleakala bei Sonnenaufgang. Das Tadsch Mahal bei Sonnenuntergang. Die Masai Mara während der Wanderung der Weißschwanzgnus.

Jerusalem im Mondlicht raubte mir den Atem. Friedman merkte es, und wieder trafen sich unsere Blicke.

»Beeindruckend, nicht?«

Ich nickte in der Dunkelheit.

»Ich lebe seit fünfzehn Jahren hier. Bei dem Anblick bekomm ich immer noch Gänsehaut.«

Ich hörte nicht mehr zu. In meinem Kopf tummelten sich Bilder. Selbstmordattentäter. Weihnachtsumzüge. Siedlungen im Westjordanland. Katechismusstunden in meiner alten Pfarreikirche. Nachrichten-Clips von zornigen jungen Männern.

Israel ist ein Ort, wo die Wunder der Vergangenheit täglich mit der bitteren Realität der Gegenwart kollidieren. Während wir durch die Nacht fuhren, konnte ich den Blick nicht abwenden von der uralten Stadt, die für immer und ewig im Zentrum des Ganzen stehen wird.

Eine Viertelstunde nach dem ersten Blick auf Jerusalem waren wir mitten in der Stadt. Autos säumten die Bordsteine, Stoßstange schnupperte an Stoßstange wie Hunde in einer Polonäse. Fahrzeuge verstopften die Straßen. Fußgänger drängten sich auf den Bürgersteigen, Frauen in *hijab* oder kompletter Burka, Männer mit schwarzen Hüten, Teenager in Levi's 501.

Genau wie in Quebec, dachte ich, mit seinem permanenten Gerangel von Religionen, Sprachen und Kulturen. Französisch und Englisch. Die beiden Einsamkeiten. In Jerusalem gab es drei Konfliktparteien. Muslime neben Christen neben Juden, alle voneinander getrennt.

Ich ließ das Fenster herunter.

Die Luft war schwer von Gerüchen. Beton. Auspuffgase. Ahnungen von Blumen, Gewürzen, Müll, Bratfett.

Ich lauschte den vertrauten Geräuschen einer nächtlichen Großstadt. Autohupen. Verkehrsrauschen auf einer Überführung. Die Klänge eines Klaviers aus einer offenen Tür. Es war die Melodie tausender urbaner Zentren.

Ryan hatte uns Zimmer im American Colony gebucht, ein ehemaliges herrschaftliches Haus im türkischen Stil, das man zu einem Hotel umgebaut hatte. Es lag in Ost-Jerusalem. Er hatte sich gedacht: arabischer Sektor, keine Bomben.

Friedman bog von der Nablus Road auf eine von Blumen und Palmen gesäumte, kreisförmige Auffahrt ein. Er fuhr an einem kleinen Antiquitätenladen vorbei und hielt dann vor einem mit wildem Wein bewachsenen Säulenvorbau.

Friedman stieg aus und holte unser Gepäck.

»Hunger?«

Wir nickten beide.

»Ich bin in der Bar.« Friedman knallte den Kofferraum zu. »Im Untergeschoss.«

Ryan hatte gut gewählt. Das American Colony bedeutete Antiquitäten, Lüster, Wandteppiche und gehämmerte Bronze. Die Böden bestanden aus poliertem Stein. Fenster und Türen waren überwölbt, und der Grundriss des Gebäudes war auf einen mit prächtigem Blumenschmuck versehenen Innenhof in der Mitte ausgerichtet.

Nichts fehlte bis auf den Pascha persönlich.

Wir wurden erwartet. Der Check-in ging schnell.

Während Ryan ein paar Fragen stellte, überflog ich die Namen, die in kleine marmorne Wandplatten eingraviert waren. Saul Bellow. John Steinbeck. Jimmy Carter. Winston Churchill. Jane Fonda. Giorgio Armani.

Mein Zimmer hielt alles, was die Lobby versprach. Verspiegelter Kleiderschrank. Perserteppich. Im Bad glänzten goldgerahmte Spiegel und schwarz-weiße Fliesen.

Am liebsten hätte ich geduscht und mich in das Himmelbett gelegt. Stattdessen bürstete ich mir Zähne und Haare und eilte nach unten.

Ryan und Friedman saßen bereits an einem niedrigen Tisch in einer Nische. Jeder hatte eine Flasche Taybeh-Bier vor sich stehen.

Ich bestellte Perrier und einen arabischen Salat. Ryan entschied sich für Spaghetti.

»Das Hotel ist wunderschön«, sagte ich.

»Das Gebäude wurde um 1860 herum von einem einflussreichen Araber erbaut. Seinen Namen habe ich vergessen. Zimmer eins war das seine. Die anderen Zimmer im Erdgeschoss waren die Sommerunterkünfte seiner Frauen, und im Winter zogen die Damen einen Stock höher. Der Kerl wollte unbedingt einen Sohn, aber keine tat ihm den Gefallen, also heiratete er ein viertes Mal und baute noch zwei Zimmer an. Auch die neue Frau enttäuschte ihn, und er starb.«

Friedman trank einen Schluck von seinem Bier.

»1873 schickte ein dollarschwerer Anwalt aus Chicago namens Horatio Spafford seine Frau und seine vier Töchter auf eine Europareise. Das Schiff sank, und nur Mama überlebte.« Noch ein Schluck.

»Noch ein paar Jahre, und noch ein paar Töchter. Dann verloren die Spaffords einen Sohn. Sie waren tief religiös und Mitglieder irgendeiner kirchlichen Organisation, und deshalb beschlossen sie, im Heiligen Land Trost zu suchen. Sie kamen 1881 und zogen bei Freunden in der Altstadt ein. Die Gruppe wurde als American Colony bekannt und machte sich einen ziemlichen Namen mit wohltätiger Arbeit.

Lange Rede, kurzer Sinn, es kamen immer mehr dazu, und bald wurde der Gruppe ihr Haus zu klein. Die Spaffords mieteten erst diesen Laden an und kauften ihn dann. Schon mal was von Peter Ustinov gehört?«

Ryan und ich nickten.

»1920 fing Peters Opa an, Gäste aus einem Hotel, das er in Jaffa besaß, hierher zu schicken. So wurde es zuerst das American Colony Hostel und später dann Hotel. Das Haus hat vier Kriege und vier Regimes überstanden.«

»Das der Türken, der Briten, der Jordanier und der Israelis«, vermutete ich.

»Genau. Aber Sie sind ja nicht wegen einer Geschichtsstunde hier. Warum ist diese Kröte Kaplan für Kanada so wichtig?«

Ryan berichtete ihm von der Ferris-Ermittlung.

»Ein ziemlicher Sprung von falschen Papieren zu einem Mord«, sagte Friedman.

»Ein gigantischer«, entgegnete Ryan. »Aber die Witwe hat eine Vorgeschichte mit Kaplan.«

»Die sie allerdings zu erwähnen versäumte.«

»Korrekt.«

»Und Kaplan floh aus dem Land.«

»Korrekt.«

»Und die Witwe hat vier Millionen zu erwarten.«

»Ebenfalls korrekt.«

»Vier Millionen sind ein starkes Motiv.«

»Ihnen entgeht aber auch nichts.«

»Wollen Sie sich mit Mr. Kaplan unterhalten?«

»Sobald es ihm möglich ist.«

»Gleich als erstes morgen früh.«

»Nee. Er soll sich zuerst die Zähne putzen.«

Friedman wandte sich mir zu. »Ich bin mir sicher, das war mein Fehler, aber Ihre Verbindung zu dem Fall habe ich irgendwie nicht mitbekommen.«

Ich berichtete, wie ich von Kaplan das Foto und von Morissonneau das Skelett erhalten hatte, und erwähnte auch meinen Anruf bei der IAA.

»Wer hat mit Ihnen gesprochen?«

»Tovya Blotnik und Ruth Anne Bloom.«

»Bloom ist die Knochenlady?«

Ich unterdrückte ein Lächeln. Diesen Spitznamen hatte man mir auch schon gegeben.

»Ja.«

»Und sie haben diesen Gebeinkasten erwähnt?«, fragte Friedman.

»Das Jakobus-Ossuar?«

Friedman nickte.

»Blotnik hat es erwähnt. Wieso?«

Friedman ignorierte meine Frage. »Und dieser Drum meinte, Sie sollten sich bedeckt halten, wenn Sie hierher kommen?«

»Jake riet mir, ich sollte mit niemandem in Israel Kontakt aufnehmen, bevor ich mich nicht mit ihm getroffen hätte.«

Friedman trank sein Bier aus. Als er dann wieder sprach, klang seine Stimme flach, als wollte er nicht sagen, was er wirklich dachte.

»Der Rat ihres Freundes ist vernünftig.«

Vernünftig. Aber, wie sich zeigen sollte, auch vergeblich.

19

Fünf Uhr zwanzig morgens. Die Baumwipfel vor meinem Fenster waren schwarz, das Minarett der Moschee auf der anderen Straßenseite nur ein harter Schatten. Geweckt hatte mich ihr Lautsprecher, der den Ruf zum *fajr,* dem Morgengebet, verkündete.

Gott ist groß, rief der Muezzin auf Arabisch. Gebet ist besser als Schlaf.

Ich war mir da nicht so sicher. Ich fühlte mich schlapp und desorientiert wie ein Patient, der aus einer Narkose aufwacht.

Das mechanische Jaulen verstummte, Vogelgezwitscher füllte die Leere. Das Bellen eines Hundes. Das Knallen einer Autotür.

Ich lag im Bett und wurde plötzlich von dem unbestimmten Gefühl gepackt, dass in nicht allzu langer Zeit etwas Schlimmes passieren würde. Was? Wann?

Ich beobachtete, wie das silbrige Licht im Zimmer langsam rosa wurde, und lauschte den Geräuschen des dichter werdenden Verkehrs. Ich sondierte mein Unterbewusstsein. Warum dieses unbehagliche Gefühl?

Jetlag? Angst um meine eigene Sicherheit? Ein schlechtes Gewissen wegen Morissonneau?

O Mann. Das war eine Furche, die ich noch nicht beackert hatte. Ich hatte das Kloster besucht, und vier Tage später war Morissonneau eine Leiche auf einem Gartenweg. War mein Besuch der Auslöser für den Tod des Priesters gewesen? Hätte ich wissen müssen, dass ich ihn in Gefahr brachte?

Hatte ich Morissonneau in Gefahr gebracht?

Wer zum Teufel war dieses Skelett?

Zum Teil rührte meine Ängstlichkeit daher, dass andere etwas zu wissen schienen, was ich nicht wusste.

Blotnik. Friedman. Sogar Jake schien etwas zurückzuhalten.

Vor allem Jake. Verfolgte mein Freund ein Ziel, von dem er mir nichts sagte? Ich glaubte es eigentlich nicht.

Aber was hielt er zurück?

Zum einen Näheres zu diesem Jakobus-Ossuar. Bei diesem Thema schien jeder um den heißen Brei herumzureden. Ich schwor mir, dieses Rätsel noch heute zu lösen.

Gleich fühlte ich mich besser. Ich wurde aktiv. Oder zumindest nahm ich mir vor, aktiv zu werden.

Um sechs stand ich auf, duschte und ging hinunter ins Restaurant, weil ich hoffte, dass Ryan ebenfalls schon so früh auf war. Außerdem hoffte ich, er hatte sich inzwischen mit der Tatsache abgefunden, dass ich in 304 untergebracht war und er am anderen Ende des Gangs in 307.

Wir hatten die Schlaf-Arrangements besprochen, bevor wir Montreal verließen. Ich hatte auf getrennten Zimmern bestanden mit der Begründung, dass wir in offizieller Mission nach Israel reisten. Ryan war anderer Meinung gewesen und hatte entgegnet, kein Mensch würde es erfahren. Ich hatte gemeint, es wäre doch ein Spaß, hin und her zu schleichen. Ryan hatte widersprochen. Ich hatte mich durchgesetzt.

Ryan saß an einem Tisch und starrte missmutig auf seinen Teller.

»Wie kann jemand auf die Idee kommen, zum Frühstück Oliven zu servieren?« Ryans Ton deutete darauf hin, dass er noch mehr unter Jetlag litt als ich.

»Magst du keine Oliven?«

»Erst nach fünf am Nachmittag.« Ryan ließ die anstößigen Früchte links liegen und machte sich über einen Berg Eier her, der so groß war wie der Mount Rushmore. »In Gin.«

Da ich annahm, dass es für eine intelligente Unterhaltung noch zu früh war, konzentrierte ich mich auf Hummus und Käse.

»Fährst du gleich mit Friedman los, um Kaplan zu verhören?«, fragte ich, als der Mount Rushmore nur noch ein Buckel war.

Ryan nickte und schaute auf die Uhr.

»Und Masada Max geht an Blotnik?«, fragte er.

»Ja. Aber ich habe Jake versprochen, mich zuerst mit ihm zu treffen, bevor ich mit sonst irgendjemandem in Kontakt trete. Er wird jeden Augenblick hier sein, und dann fahren wir gemeinsam zur IAA.«

Ryan stürzte den Rest seines Kaffees hinunter, stand auf und deutete mit dem Zeigefinger auf mich. »Seien Sie da draußen vorsichtig, Soldat.«

Ich legte zackig zwei Finger an die Stirn. »Verstanden, Sir.«

Ryan erwiderte den Gruß und verließ das Restaurant.

Um sieben kam Jake. Er trug Jeans, eine Tarnweste und ein offenes blaues Hawaii-Hemd über einem weißen T-Shirt. Ein ziemliches Mode-Statement für einen Glatzkopf von eins fünfundneunzig mit mega-buschigen Brauen.

»Hast du Stiefel dabei?«, fragte Jake und ließ sich auf den Stuhl fallen, den Ryan eben geräumt hatte.

»Für den Besuch bei Blotnik?«

»Ich will dir etwas zeigen.«

»Ich bin hier, um ein Skelett abzuliefern, Jake.«

»Ich will, dass du dir das zuerst ansiehst.«

»Und ich will, dass du mir zuerst sagst, was eigentlich los ist.«

Jake nickte.

»Heute noch.« Es kam lauter heraus, als ich beabsichtigt hatte. Oder war es doch beabsichtigt?

»Ich erkläre dir alles unterwegs.«

»Angefangen mit diesem Ossuar?«

Zwei Arabisch sprechende Männer gingen vorbei. Jake sah ihnen nach, bis sie durch den niedrigen Steinbogen, der aus dem Restaurant führte, verschwunden waren.

»Kannst du die Knochen in deinem Zimmer-Safe einschließen?« Jakes Stimme war kaum lauter als ein Flüstern.

Ich schüttelte den Kopf. »Zu klein.«

»Dann nimm sie mit.«

»Wehe, das ist nicht wichtig.«

Jake deutete auf meine Füße.

»Stiefel.«

Auf der Fahrt durch die Stadt erzählte Jake mir die merkwürdige Geschichte des Jakobus-Ossuars.

»Keiner bestreitet die Authentizität des Kastens. Das Problematische ist die Inschrift. Die IAA hat sie zur Fälschung erklärt. Andere sagen, der ›Bruder von Jesus‹-Teil sei echt, der ›Jakobus, Sohn des Joseph‹-Teil sei später hinzugefügt worden. Andere glauben genau das Gegenteil, dass der Jesus-Teil später hinzugefügt wurde. Und wieder andere glauben, der Jesus-Teil sei gefälscht worden.«

»Warum?«

»Um den Wert des Ossuars auf dem Antiquitätenmarkt in die Höhe zu treiben.«

»Hat denn nicht ein Ausschuss der IAA jeden Aspekt dieses Dings aufs Genaueste untersucht?«

»Ja. Schon. Zunächst gab es zwei Unterausschüsse. Der eine schaute sich Beschriftung und Inhalt an. Der andere untersuchte die Materialien. Zu dem Ausschuss für Beschriftung und Inhalt gehörte eine Expertin für alte hebräische Schrift, aber andere ähnlich qualifizierte Epigrafiker ziehen ihre Schlussfolgerungen in Zweifel.«

»Ein Epigrafiker ist ein Spezialist für die Analyse und die Datierung von Schriften?«

»Genau. Hör dir das mal an. Ein Genie aus dem Ausschuss führte Variationen in der Handschrift und in der Dicke und Tiefe der Buchstaben als Beweis für eine Fälschung an. Ich will dich nicht mit Details langweilen, aber Variationen sind genau das, was man bei einer nicht mechanisch angebrachten Inschrift erwarten würde. Völlig gleichförmige Buchstaben wären ein schlagender Beweis für eine Fälschung. Und die Mischung von Block- und Schreibschrift ist bei alten Gravierungen ein bekanntes Phänomen.

Ein anderer Streitpunkt waren Schreibfehler. Joseph wurde YWSP geschrieben und Jakobus Y'OB. Ein Ausschussmitglied behauptete, Joseph hätte YHWSP geschrieben sein sollen, und die Y'OB-Schreibung von Jakobus sei noch nie auf einem Ossuar aus der Zeit des Zweiten Tempels entdeckt worden.«

»Die Zeit des Zweiten Tempels ist die Zeit Jesu.«

Jake nickte. »Ich hab auch eigene Recherchen angestellt. Die Schreibweise des Jakobus-Ossuars tauchte in mehr als zehn Prozent der Joseph-Inschriften auf, die ich gefunden habe. Außerdem habe ich fünf Inschriften mit dem Namen Jakobus gefunden. Drei davon, also die Mehrzahl, zeigten dieselbe Schreibung wie die auf dem Jakobus-Ossuar.«

»Wusste der Ausschuss denn nichts von der Existenz dieser anderen Inschriften?«

»Sag du es mir.«

Jakes Blick wanderte immer wieder zum Verkehr um uns herum.

»Und zufälligerweise gehörte dem Ausschuss kein einziger neutestamentarischer Experte oder Historiker des frühen Christentums an.«

»Was ist mit der Sauerstoffisotopen-Analyse?«

Jake schaute kurz zu mir herüber. »Du hast deine Hausaufgaben gemacht.«

»Nur ein wenig im Web gesurft.«

»Die Sauerstoffisotopen-Analyse wurde vom Material-Unterausschuss in Auftrag gegeben. Sie wies keine Patina in den Tiefen der Buchstaben nach, förderte jedoch eine graue Kalk- und Wasserpaste zu Tage, die dort nicht hätte sein sollen. Der Ausschuss kam zu dem Schluss, dass dieses Gemisch mit Absicht aufgebracht worden sei, um einen Verwitterungsprozess zu imitieren. Aber so einfach ist das nicht.«

Jake stellte Rück- und Seitenspiegel neu ein.

»Es zeigte sich, dass die Patina im ›Jesus‹-Teil der Inschrift dieselbe ist wie die Patina auf dem gesamten Kasten. Im alten Aramäisch wäre ›Jesus‹ das letzte Wort gewesen, das eingemeißelt wurde. Und wenn dieses Wort authentisch ist, und inzwischen gestehen sogar einige Mitglieder der IAA ein, dass es das ist, dann muss meiner Meinung nach die ganze Inschrift echt sein. Überleg mal. Warum sollte man ein Ossuar nur mit dem Worten ›Bruder von irgendjemand‹ beschriften? Das ergibt doch keinen Sinn.«

»Wie erklärst du diese Paste?«

»Schrubben hätte die Patina tief drinnen in den Buchstaben entfernen können. Und es hätte die chemische Zusammensetzung der Patina verändern können, indem es Karbonatpartikel erzeugte. Der Besitzer des Ossuars behauptete, es sei im Verlauf der Jahre wiederholt gereinigt worden.«

»Wer ist der Besitzer?«

»Ein israelischer Antiquitätensammler namens Oded Golan. Golan behauptet, man habe ihm beim Kauf gesagt, das Ossuar stamme aus einem Grab in Silwan.« Jake deutete mit dem Daumen zu meinem Fenster. »Wir sind jetzt in den Außenbezirken von Silwan.«

Wieder musterte Jake die Autos vor und hinter uns. Seine Nervosität machte auch mich unruhig.

»Da gibt's nur ein Problem. Das Ossuar ist nicht dokumentiert als archäologisch geborgenes Artefakt aus Silwan oder von sonst wo in Israel.«

»Du glaubst, es stammt aus einer Raubgrabung?«

»Nicht doch. Was du schon wieder denkst.« Jakes Stimme triefte vor Sarkasmus. »Golan behauptet, das Ossuar sei seit mehr als dreißig Jahren in seinem Besitz, wodurch es völlig legal wird, da Altertümer, die vor 1978 erworben wurden, so was wie Freiwild sind.«

»Du glaubst ihm nicht?«

»Angeblich hat Golan einen Preis von zwei Millionen Dollar für das Ding angesetzt.« Jake schnaubte. »Was denkst denn du?«

Ich dachte, das ist eine Menge Geld.

Jake deutete durch die Windschutzscheibe auf einen Hügel, der steil vom Straßenrand in die Höhe ragte.

»Der Ölberg. Wir sind um die Ostseite herumgekommen und fahren jetzt an der Südflanke entlang.«

Jake bog nach links in eine schmale Straße mit niedrigen, sandfarbenen Gebäuden ein, von denen viele mit grob gezeichneten Flugzeugen oder Autos verziert waren, ein Hinweis darauf, dass die Bewohner den *hajj* nach Mekka absolviert hatten. Jungs liefen hinter Bällen her. Frauen schüttelten Teppiche aus, trugen Einkäufe nach Hause, fegten Türschwellen. Männer unterhielten sich auf verrosteten Gartenstühlen.

Mir fielen die Palästinenser wieder ein, die vor l'Abbaye Sainte-Marie-des-Neiges geparkt hatten. Ich erzählte Jake von ihnen und berichtete ihm auch einiges von dem, was Morissonneau gesagt hatte.

Jake öffnete den Mund, überlegte und schloss ihn wieder.

»Was ist?«, fragte ich.

»Nicht möglich.«

»Was ist nicht möglich?«

»Nichts.«

»Was willst du mir eigentlich nicht verraten?«

Als Antwort bekam ich nur ein Kopfschütteln.

Die frühmorgendliche düstere Vorahnung überkam mich wieder.

Jake bog noch einmal ab und fuhr auf eine Lichtung hinter dem Dorf. Vor uns und links von uns führten Steintreppen zu etwas hinunter, das eine Schule zu sein schien. Jungs saßen oder standen oder rangelten und schubsten sich auf den Stufen.

»Hat Morissonneaus Tod irgendwas zu tun mit …« Womit? Ich hatte keine Ahnung, was wir eigentlich taten. »Mit diesen Männern.« Ich umfasste mit einer Handbewegung die Sporttasche, das Dorf und das Tal unter uns. »Mit dem hier?«

»Vergiss die Moslems. Den Moslems ist Masada oder Jesus ziemlich egal. Der Islam betrachtet Jesus nicht als Gottheit, sondern als heiligen Mann.«

»Als Propheten wie Abraham und Moses?«

»Sogar als Messias. Dem Islam zufolge starb Jesus nicht am Kreuz, sonder fuhr lebendig in den Himmel auf, von wo er auch zurückkehren wird.«

Das klang vertraut.

»Was ist mit Allahs heiligen Kriegern? Dem radikalen Rand?«

»Was ist damit?«

»Würden die Jihadisten die Knochen Jesu nicht liebend gerne in die Finger bekommen?«

»Wozu?«

»Um die Christenheit zu erschüttern.«

Eine Krähe landete, als wir parkten. Sie hüpfte durch den Müll, die Flügel halb ausgebreitet, als wisse sie nicht so recht, ob sie bleiben oder flüchten sollte.

Jake sagte nichts.

»Ich habe ein komisches Gefühl, was Morissonneaus Tod angeht«, sagte ich.

»Du solltest dein Augenmerk nicht auf die Moslems richten.«

»Auf wen würdest du es denn richten?«

»Ernsthaft?« Jake drehte sich mir zu.

Ich nickte.

»Auf den Vatikan.«

Ich konnte nicht anders, ich musste lachen. »Du klingst wie eine Figur aus *Sakrileg.*«

Jake sagte nichts.

Vor meinem Fenster pickte der Vogel an einem überfahrenen Tier. Ich dachte an Poe. Der Gedanke war nicht gerade aufmunternd.

»Ich höre«, sagte ich und lehnte mich zurück.

»Du hast eine katholische Erziehung genossen?«

»Habe ich, ja.«

»Die Nonnen haben dir das Neue Testament beigebracht?«

»Sie waren Weltmeister, was Schuld und Sünden angeht, aber Amateure in Bezug auf die Heilige Schrift.«

»Haben die guten Schwestern dich gelehrt, dass Jesus Geschwister hatte?«

»Nein.«

»Natürlich nicht. Das ist der Grund, warum dem Papst das Jakobus-Ossuar so in die Hose fährt.«

Die Metapher war etwas schief.

»Die römisch-katholische Kirche kriegt einen Steifen, wenn's um die jungfräuliche Geburt geht.«

Über die dachte ich lieber gar nicht nach.

»Und das ist blöd. Das Neue Testament ist voller Hinweise auf Geschwister Jesu. Matthäus 13,55: ›Heißt nicht seine Mutter Maria und seine Brüder Jakobus und Joseph, und Simon und Judas?‹ Markus 6,3 wiederholt dasselbe. Im Galaterbrief erwähnt Paulus sein Treffen mit ›Jakobus, dem Bruder des Herrn‹. Matthäus 13,56 und Markus 6,3 weisen beide darauf hin, dass Jesus auch Schwestern hatte.«

»Interpretieren einige Bibelexperten diese Stellen nicht als Hinweise auf Halbgeschwister, vielleicht aus einer früheren Ehe Josephs vor seiner Heirat mit Maria?«

»Sowohl Matthäus 1,25 als auch Lukas 2,7 geben an, dass Jesus Marias erstgeborener Sohn war, wobei das allerdings frühere Kinder Josephs nicht ausschließt. Aber es ist ja nicht nur die Bibel, die von Geschwistern Jesu spricht. Der Historiker Josephus spricht von ›dem Bruder Jesu – der Christus genannt wurde –, dessen Name Jakobus war‹.«

Jake hatte sich in Fahrt geredet.

»In der Zeit Jesu wäre Jungfräulichkeit nach der Ehe undenkbar gewesen, eine Verletzung des jüdischen Gesetzes. So etwas gab es einfach nicht.«

»Jakobus und die anderen hätten also durchaus spätere Kinder Marias sein können.«

»Im Matthäusevangelium heißt es ganz eindeutig, dass Joseph nach Jesu Geburt Maria *erkannte.* Und Matthäus redete da nicht von Händeschütteln und Plätzchen. Er benutzte das Wort im biblischen Sinn. Wobei Joseph nicht der einzige Kandidat für die Vaterschaft von Jesu Geschwistern ist. Sobald Jesus erwachsen ist, verschwindet Joseph völlig. Man hört nie wieder was von dem Kerl.«

»Es kann also sein, dass Maria noch einmal heiratete?«

»Falls Joseph gestorben wäre oder sie verlassen hätte, hätte man das von ihr erwartet.«

Jetzt verstand ich das Dilemma für die katholische Kirche.

»Ob nun von Joseph oder von einem anderen Mann, vieles deutet darauf hin, dass Maria noch andere Kinder gebar. Und eins davon war Jakobus. Wenn also das Jakobus-Ossuar echt ist, dann stellt das das gesamte Konstrukt der ewigen Jungfräulichkeit in Frage und in Verbindung damit vielleicht sogar das Konzept der jungfräulichen Geburt.«

Wieder einmal schnaubte Jake.

»Der Heilige Hieronymus und seine Kumpel haben sich das im vierten Jahrhundert ausgedacht. Jesu Gefährtin Maria Magdalena wurde zu einer Prostituierten. Jesu Mutter wurde zu einer Jungfrau. Gute Frauen haben keinen Sex. Schlechte Frauen schon. Der Gedanke gefiel dem Frauen hassenden männlichen Ego. Die Idee wurde zum Dogma, und der Vatikan propagiert sie bis zum heutigen Tag.«

»Wenn also das Jakobus-Ossuar echt ist und in dem Kasten tatsächlich der Bruder Jesu lag, dann ist der Vatikan in Erklärungsnöten.«

»Darauf kannst du Gift nehmen. Die Vorstellung von Maria als Mama ist für den Vatikan ein Riesenproblem. O Mann, auch wenn der Kasten nur bedeutet, dass Joseph andere Kinder hatte, ist das immer noch ein Problem. Denn das heißt, dass Joseph seine Frauen befruchtet hat. Und wieder ist die Glaubwürdigkeit des Vatikans beim Teufel.«

Die Krähe hatte Gesellschaft bekommen. Einige Augenblicke schaute ich zu, wie die Vögel sich um das Aas stritten.

Okay. Das Jakobus-Ossuar stellte die Jungfräulichkeit Mariä in Frage. Ich begriff jetzt, dass das dem Vatikan nicht passte. Ich sah aber auch durchaus die Möglichkeit, dass christliche oder moslemische Radikale das Jakobus-Ossuar in ihren Besitz bringen wollten. Ich dachte an Morissonneaus Argumentation. Den Glauben retten. Den Glauben zerstören. Aber in welcher Verbindung stand das Ossuar mit dem Masada-Skelett? Gab es überhaupt eine? Waren die beiden Fundstücke nur zufällig zur selben Zeit aufgetaucht?

»Was hat das Jakobus-Ossuar mit Morissonneaus Skelett zu tun?«

Jake zögerte. »Ich bin mir nicht ganz sicher. Noch nicht. Aber es gibt einen interessanten Nebenaspekt. Oded Golan arbeitete als Freiwilliger in Masada.«

»Für Yigael Yadin?«, fragte ich.

Jake nickte und musterte noch einmal die Umgebung. Ich wollte näher auf die Beziehung zwischen Max und dem Jakobus-Ossuar eingehen, aber Jake ließ mir keine Chance dazu.

»Gehen wir.«

»Wohin?«, fragte ich.

»Zum Familiengrab Jesu.«

20

Bevor ich reagieren konnte, stieg Jake aus dem Transporter. Die Krähen schrien verärgert und flatterten auf.

Jake griff hinter seinen Sitz und steckte diverse Dinge aus seinem Rucksack ins Außenfach meiner Sporttasche. Dann hob er sich die Tasche auf die Schulter, schaute sich noch einmal um, sperrte die Fahrertür zu und ging los.

Ich folgte ihm, und eine Kaskade von Fragen rauschte mir durchs Hirn.

Das Familiengrab Jesu? Im Fall einer Authentifizierung wäre ein solcher Fund eine Riesensensation. CNN, BBC, ein Welterereignis.

Was für einen Beweis hatte Jake?

Warum hatte er es mir erst jetzt erzählt?

Was für eine Verbindung gab es zwischen diesem Grab und den Knochen, die ich aus l'Abbaye Sainte-Marie-des-Neiges mitgenommen hatte? Und dem Jakobus-Ossuar?

Ich spürte Angst.

Ich spürte Ehrfurcht.

Ich spürte heftige Aufregung.

Nach zehn Metern den Hügel hinunter blieb Jake auf einer Felskante stehen.

»Wir stehen jetzt am Rand des Kidron-Tals.« Jake deutete in die Schlucht zu unseren Füßen. »Das Kidron stößt ein Stück südlich von hier auf das Hinnom und biegt dann nach Westen ab.«

Anscheinend schaute ich völlig verständnislos drein.

»Das Hinnom-Tal erstreckt sich vom Jaffa-Tor an der Westseite der Altstadt nach Süden und dann in östlicher Richtung an der Südseite des Bergs Zion entlang, bis es auf das Kidron stößt. Das Kidron trennt den Tempelberg vom Ölberg auf der Ostseite der Stadt.« Jake deutete in die entsprechende Richtung. »Dort drüben. Was weißt du über das Hinnom?«

»Eigentlich nichts.«

»Die Gegend hat eine ziemlich lebhafte Geschichte: In vorchristlicher Zeit wurden im Hinnom den Göttern Moloch und Baal angeblich Babys geopfert. Die Juden machten aus dem Tal eine städtische Müllkippe – Abfall, alles, was als unrein betrachtet wurde, auch die Leichen hingerichteter Verbrecher, all das wurde hier verbrannt. In der späteren jüdischen Literatur wurde das Tal Ge-Hinnom genannt, und im Griechischen des Neuen Testaments hieß es Gehenna. Wegen der Müllfeuer lieferte das Hinnom den bildlichen Hintergrund für die Vorstellung einer lodernden Hölle im Buch Jesaja und im Neuen Testament. ›Gehenna‹ ist die Wurzel des Wortes ›Hölle‹.«

Jake deutete mit dem Daumen auf einen uralten Baum hinter mir. »Angeblich hatte sich Judas dort aufgehängt. Nach der Überlieferung fiel seine Leiche von diesem Baum und wurde ausgeweidet.«

»Und du glaubst nicht, dass das der tatsächliche Baum ist …«

Ein kleiner Vogel sauste zwischen uns hindurch, so schnell, dass ich seine Farbe nicht erkennen konnte. Jake riss einen Arm in die Höhe und rutschte dabei mit einem Fuß aus. Kiesel rieselten nach unten.

Mir schoss das Adrenalin durch die Adern.

Als Jake wieder festen Boden unter den Füßen hatte, fuhr er mit einer Frage fort.

»Wohin kam Jesus nach der Kreuzigung, glaubt man der Bibel?«

»In ein Grabmal.«

»Er stieg hinab in die Hölle und stand am dritten Tage wieder auf. Richtig?«

Ich nickte.

»Zu der Zeit, als das geschrieben wurde, brannte das Hinnom ständig, und dadurch war es im allgemeinen Glauben zu dem Ort ›dort unten‹ geworden, wo die Bösen in die Flammen der Vernichtung gestoßen wurden. Die Hölle. Das Höllental. Die Bibel verweist auf eine Bestattung in oder in der Nähe des Hinnom.«

Jake ließ mir keine Zeit für eine Bemerkung.

»In diesen Tälern befanden sich die Grabstätten der Wohlhabenden.«

»Wie Joseph von Arimathäa.«

»Genau.« Jake deutete mit flacher Hand nach links und nach hinten und bewegte dann den Arm im Uhrzeigersinn. »Das Dorf hinter uns ist Silwan. Abu Tor liegt gegenüber.« Jake schloss den Kreis bei dem Hügel zu unserer Linken. »Der Ölberg liegt im Norden.«

Ich schaute an seinen Fingern entlang. Jerusalem kroch den Hügel westlich des Ölbergs hoch, und seine Kuppeln standen, mit dem Kidron in ihrer Mitte, den Minaretten von Silwan gegenüber.

»Diese Hügel sind wie Waben von uralten Grabstätten durchlöchert.« Jake zog ein Tuch aus der Hosentasche und wischte sich Schweiß vom Kopf. »Ich bringe dich jetzt zu einem, das vor ein paar Jahren bei palästinensischen Straßenbauarbeiten entdeckt wurde.«

»Wie weit unten im Tal?«

»Ziemlich weit unten.«

Jake steckte sich das Tuch wieder in die Tasche seiner Jeans, packte einen Busch und schwang sich von der Felskante. Ich sah ihm nach, wie er nach unten krabbelte, und sein kahler Schädel glänzte im Sonnenlicht wie ein Kupferkessel.

Ich hockte mich hin, packte denselben Busch, streckte die Beine aus und schwang mich dann bäuchlings über den Rand. Als ich Erdreich unter meinen Füßen spürte, ließ ich den Busch los, drehte mich um und trippelte behutsam den Abhang hinunter, wobei ich immer wieder auf losem Gestein ausrutschte und mich an Pflanzen festhalten musste.

Die Sonne stieg in einen strahlend blauen Himmel. Ich fing in meiner Windjacke an zu schwitzen.

Die beiden Männer im Auto vor l'Abbaye Sainte-Marie-des-Neiges gingen mir nicht aus dem Kopf. Immer wieder wanderte mein Blick vom Boden unter meinen Füßen zum Dorf in meinem Rücken. Der Abhang war an der Stelle, die Jake für unseren Abstieg ausgewählt hatte, mindestens sechzig Grad steil. Falls es jemand auf uns abgesehen hätte, wären wir hier eine leichte Beute.

Bei einem Blick nach oben entdeckte ich einen Mann, der auf einem Pfad am Klippenrand ging.

Mein Herz fing an zu rasen.

Ein Attentäter? Ein Mann, der auf einem Pfad am Klippenrand ging?

Ich schaute nach unten. Jakes Vorsprung wurde immer größer.

Ich legte ein wenig Tempo zu.

Nach fünf Metern stolperte ich und schlug mir das Schienbein an. Tränen schossen mir in die Augen. Ich zwinkerte sie weg.

Was soll's? Falls uns wirklich jemand umbringen wollte, wären wir schon längst tot.

Ich kehrte zurück zu den vorsichtigen, kleinen Schritten.

Jake hatte Recht gehabt. Das Grab lag zwar nicht in der Talsohle, aber ziemlich weit unten am Abhang, auf einem grasbewachsenen, mit großen und kleinen Felsbrocken übersäten Teilstück.

Als ich ankam, kauerte er vor einem Felsauswuchs und spähte in eine rechteckige Öffnung etwa von der Größe einer Mikrowelle. Ich sah, wie er ein Blatt Papier zusammenrollte, ein Ende anzündete und die Behelfsfackel in die Öffnung steckte.

O Gott.

Ich schloss die Augen und versuchte, mich zu beruhigen.

Fühle.

Wind auf dem Gesicht.

Rieche.

Sonnenheißes Gras. Müll. Kohlenrauch.

Schmecke.

Staub auf Zähnen und Zunge.

Horche.

Das Summen von Insekten. Irgendwo weit oben das Knirschen eines Getriebes.

Ich nahm einen tiefen Atemzug. Einen zweiten. Einen dritten.

Vor meinen Füßen blühten kleine Blumen.

Ich atmete noch einmal tief durch. Zählte.

Sechs Blumen. Sieben. Zehn.

Als ich den Kopf wieder hob, schaute Jake mich merkwürdig an.

»Ich bin ein klein bisschen klaustrophobisch.« Die Untertreibung des Jahrzehnts.

»Wir müssen nicht reingehen«, sagte Jake.

»Wenn wir schon mal da sind.«

Jake machte ein skeptisches Gesicht.

»Ich bin ganz in Ordnung.« Die Übertreibung des Jahrzehnts.

»Die Luft ist okay«, sagte Jake.

»Was kann man denn mehr verlangen?«, fragte ich.

»Ich gehe zuerst rein«, sagte Jake.

Er rutschte den Abhang hinunter und verschwand mit den Füßen zuerst.

»Gib mir die Knochen.« Seine Stimme drang gedämpft und hohl aus dem Loch.

Mein Herzschlag beschleunigte sich erneut, als ich mit der Tasche hantierte. Ich atmete regelmäßig, bis er sich wieder beruhigte.

»Kommen Sie runter zu uns!« Fehlte noch die Quizshow-Musik.

Noch ein tiefer Atemzug.

Ich drehte mich auf den Bauch und schob die Füße in die Dunkelheit. Jake fasste mich an den Knöcheln. Ich schob mich nach unten, bis ich seine Hände an meiner Taille spürte.

»Alles okay mit dir?«, fragte Jake.

»Bestens.«

Jake schaltete seine Taschenlampe an.

Die Höhle maß ungefähr drei Meter im Quadrat, und die Decke war so niedrig, dass wir uns ducken mussten. Einwickelpapier, Dosen und Glasscherben lagen auf dem Boden verstreut, Graffiti verunstalteten die Wände. Die Luft roch wie eine Mischung aus Schlamm und Ammoniak.

»Schlechte Nachrichten, Jake. Das ist kein jungfräuliches Grab.« Ich deutete auf ein benutztes Kondom.

»Diese Gräber sind bei Streunern und Jugendlichen sehr beliebt.«

Jakes Strahl zuckte hierhin und dorthin. Er wirkte gelblich und unstet und nicht sehr ermutigend.

Als meine Augen sich an das Dämmerlicht gewöhnt hatten, konnte ich Details ausmachen.

Der Grabeingang lag im Osten, der Altstadt gegenüber. In den nördlichen, westlichen und südlichen Wänden waren einige längliche Nischen zu erkennen, jede etwa sechzig Zentimeter breit. Einige der Nischen waren mit Steinplatten verschlossen, die meisten jedoch standen weit offen. Im bernsteinfarbenen Schein war zu sehen, dass die meisten voll gestopft waren.

»Diese kleinen Kammern nennt man Loculi«, sagte Jake. »*Kochin* auf Hebräisch. Im ersten Jahrhundert wurden die Toten in Leichentücher gewickelt und in Loculi abgelegt, bis sie verwest waren. Dann wurden die Knochen eingesammelt und endgültig in Ossuaren bestattet.«

Auf einer Hand spürte ich ein Kribbeln. Ich schaute nach unten. Jake bemerkte es und richtete den Strahl auf mich. Ein Weberknecht stakste eben meinen Ärmel hoch. Ich packte ihn sanft an einem Bein und entfernte ihn. In engen Räumen drehe ich zwar durch, aber bei Spinnengetier bleibe ich ziemlich cool.

»Dieses Grab hat noch ein Untergeschoss.«

Jake watschelte tief geduckt zur südwestlichen Ecke. Ich folgte ihm.

Jake richtete seine Lampe auf eine Öffnung, die ich ursprünglich für einen Loculus gehalten hatte. Der Strahl verschwand in völliger Dunkelheit.

»Traust du dich in den Keller, wenn ich dich unten fange?«

»Mach schon«, sagte ich schnell, weil ich meiner Amygdala keine Zeit zum Reagieren geben wollte.

Jake drehte sich auf den Bauch, schob die Beine in den Tunnel und wand sich hindurch. Ich schloss die Augen und machte dasselbe.

Ich spürte Hände.

Ich spürte festen Boden.

Ich schaffte eine saubere Landung.

Es herrschte völlige Schwärze. Jake war so dicht bei mir, dass unsere Schultern sich berührten.

Plötzlich hatte ich ein starkes Interesse an der Taschenlampe.

»Licht?«

Ein gelber Kegel durchschnitt die Schwärze.

»Sind das eigentlich neue Batterien?«, fragte ich.

»Relativ.«

Hier unten war der Ammoniakgeruch stärker. Ich erkannte, was es war. Urin. Ich prägte mir ein, mit den Händen möglichst nicht den Boden zu berühren.

Jake ließ den Strahl über die uns gegenüberliegende Wand gleiten, dann über die zu unserer Linken.

Die untere Kammer war kleiner, schien aber ansonsten genauso angelegt zu sein wie die obere. Das würde bedeuten, zwei Loculi im Norden, zwei im Süden und drei hinter uns.

»Du sagst, dass es tausende solcher Gräber gibt?« Meine Stimme klang in diesem unterirdischen Hohlraum tot.

»Die meisten wurden schon vor langer Zeit ausgeraubt. Über das da bin ich gestolpert, als ich im Herbst 2002 eine Exkursion mit Studenten machte. Ein Junge entdeckte die Öffnung und sah, dass davor Artefakte verstreut lagen. Es war offensichtlich, dass erst kurz zuvor Plünderer zugeschlagen hatten, also informierten wir die IAA.«

»Du hast eine vollständige Ausgrabung durchgeführt?«

»Kaum. Der Archäologe der IAA hätte nicht weniger beeindruckt sein können. Er meinte, da gebe es nichts mehr, was schützenswert sei, und hat uns dann uns selber überlassen. Wir retteten, was wir konnten.«

»Warum das Desinteresse?«

»Seiner Meinung nach war diese Stätte nichts Besonderes. Ich weiß nicht, ob der Typ an diesem Abend vielleicht ein heißes Rendezvous hatte oder sonst was. Er konnte nicht schnell genug von hier wegkommen.«

»Du bist mit seiner Einschätzung nicht einverstanden?«

»Weniger als zwei Jahre, nachdem wir dieses Grab gefunden hatten, erzählte Oded Golan, der bereits erwähnte Antiquitätensammler, einem französischen Epigraphiker namens André Lemaire von der Existenz des Jakobus-Ossuars.«

»Du glaubst, dass das Ossuar von hier gestohlen wurde?«

»Das ergibt zumindest einen Sinn. Angeblich kam das Ossuar von irgendwo in der Nähe von Silwan. Binnen zwei Jahren nach der Plünderung dieses Grabs wird das Ossuar öffentlich präsentiert.«

»Falls das Jakobus-Ossuar aus diesem Grab kam, würde das darauf hindeuten, dass dies der Ort ist, an dem der Bruder Jesu begraben wurde.«

»Ja.«
»Wodurch das hier zum Familiengrab Jesu wird.«
»Beeindruckend, was?«
Ich wusste nicht, was ich sagen sollte, also sagte ich nichts.
»Wir haben zwölf Gebeinkästen gefunden, alle zertrümmert, die Überreste verstreut.«
»Überreste?«
»Knochen.«
Jake stützte sich auf ein Knie und hob das andere. Seine Bewegung ließ Schatten über die Wände tanzen.
»Aber das Beste kommt erst noch. Golans Jakobus-Ossuar zeigt sehr kunstvolle Detailarbeiten, und die Motive gleichen denen der Kästen, die wir hier gefunden haben, aufs Haar. Und dazu kommt noch …«
Jake riss den Kopf in die Höhe.
»Was ist?«
Seine Finger umklammerten meinen Arm.
»Was ist denn?«, zischte ich.
Jake schaltete die Lampe aus und hielt mir seinen Zeigefinger an die Lippen.
Eis strömte durch meine Adern.
Ich dachte an den Mann auf dem Klippenrand. Hatte man uns verfolgt?
Wie einfach wäre es, den Eingang zu blockieren! Wie einfach wäre es, in den Tunnel zu schießen!
Ich spürte, wie Jake neben mir völlig still und bewegungslos wurde. Ich tat dasselbe.
Mit pochendem Herzen horchte ich nach dem leisesten Geräusch.
Nichts.
»Falscher Alarm«, flüsterte Jake nach einer Ewigkeit. »Aber wir haben die Knochen in der oberen Kammer gelassen. Ich werde sie holen.«
»Können wir jetzt nicht einfach zur IAA fahren?«
»Wenn ich dir erzähle, was wir hier sonst noch gefunden haben,

wirst du alles sehen wollen. Und du wirst dir anschauen wollen, was ich in meinem Labor habe. Es ist erstaunlich.« Jake gab mir die Taschenlampe. »Bin gleich zurück.«

»Schau dich mal um, wenn du da oben bist«, flüsterte ich. »Ob da nicht irgendwelche päpstlichen Vigilanten am Eingang lauern.« Der Witz klang ziemlich lahm.

»Mach ich.«

Ich schaute zu, wie Jake sich in dem Tunnel hochstemmte, und hoffte, ich hatte genug Muskelkraft, um es ihm nachzutun. Als seine Stiefel verschwunden waren, kroch ich an der Wand, vor der ich kauerte, entlang und richtete den Strahl in den ersten Loculus.

Leer, aber der staubbedeckte Boden war furchig und zerkratzt. Jakes Studenten? Die Plünderer?

Ich bewegte mich an der Wand entlang, bog ab und nahm mir die nächste vor.

Dasselbe in jedem Loculus.

Tief geduckt kehrte ich zur Öffnung zurück, schaute nach oben und lauschte. Von dort kam nicht das leiseste Geräusch.

Die Luft war feucht und kalt. Das schweißnasse T-Shirt unter meiner Windjacke klebte mir am Rücken. Ich fing an zu zittern.

Wo zum Teufel war Jake?

»Jake?«, rief ich nach oben.

Keine Antwort.

»Kontrolliert wahrscheinlich die Umgebung«, murmelte ich gegen die Stille an.

Ich bewegte mich an der Südwand entlang, als der Strahl erst schwächer, dann stärker, dann noch einmal schwächer wurde und ganz ausging.

Tintige Schwärze.

Ich schüttelte die Taschenlampe. Nicht einmal ein Flackern. Ich schüttelte sie noch einmal. Nichts.

Dann hörte ich etwas hinter mir.

Hatte ich es mir nur eingebildet?

Ich hielt den Atem an. Eins. Zwei. Dr …

Dann hörte ich es wieder. Ein Geräusch, als würde etwas Weiches über Stein reiben.

O Gott! Ich war nicht allein.

Ich erstarrte.

Augenblicke später spürte ich mehr als ich hörte noch einmal das Flüstern einer Bewegung.

Die Haare im Nacken und auf den Armen stellten sich mir auf.

Ich blieb völlig bewegungslos. Eine Sekunde lang. Ein Jahr.

Noch ein Geräusch. Ein anderes. Noch beängstigenderes.

Meine Haut spannte sich vom Schädeldach bis zum Brustbein.

21

Knurren? Schnurren? Ächzen?

Bevor ich es einordnen konnte, verschwand das Geräusch wieder.

Mein Hirn suchte nach Vergleichbarem, um identifizieren zu können, was ich gehört hatte.

Aber es fand nichts.

Ich schob den Schalter der Taschenlampe nach oben. Nichts. Ich schob ihn nach unten. Wieder nichts.

Mit weit aufgerissenen Augen suchte ich meine Umgebung ab. Schwärze.

Ich war unter der Erde gefangen, umgeben von Stein und einigen hundert Metern Hügel. Es war dunkel. Es war feucht.

Und ich war nicht allein!

Hier drinnen ist was!, gellte eine Stimme in meinem Kopf.

Die Brust wurde mir eng. Ich zog Luft durch die Nase ein.

Der Uringestank wirkte plötzlich stärker. Und da war noch etwas? Kot? Verfaulendes Fleisch?

Ich versuchte, durch den Mund zu atmen.

Mein Hirn raste.

Umdrehen? Schreien? Zum Tunnel rennen?

Ich war wie erstarrt. Hatte Angst, mich zu bewegen. Angst, zu bleiben, wo ich war.

Dann hörte ich es wieder.

Halb Knurren, halb Grollen.

Meine Finger umklammerten die Taschenlampe. Immerhin ein Knüppel.

Irgendetwas scharrte auf Stein.

Klauen?

Kalte Angst schoss mir durch die Nervenbahnen.

Ich schüttelte die Taschenlampe. Die Batterien klapperten, aber die Lampe blieb dunkel.

Ich schüttelte fester.

Ein schwacher gelber Kegel fraß sich in die Dunkelheit. Noch immer kauernd, drehte ich mich langsam um und beleuchtete die Ecke hinter mir.

Und erfasste den Schatten einer Bewegung im letzten Loculus!

Raus!, kreischte die Stimme in meinem Kopf.

Ich kroch rückwärts auf den Tunnel zu, als das Knurren wieder anfing. Tief und raubtierhaft.

Wieder erstarrte ich. Mit zitternder Hand richtete ich den Strahl wieder auf den Loculus.

Augen glühten tief in der Nische, die Pupillen rund und rot wie Neon-Preiselbeeren. Darunter der Umriss einer narbigen Schnauze.

Wilder Hund? Fuchs? Hyäne?

Schakal!

Der Schakal stand mit gesenktem Kopf da. Die Schulterblätter waren zwei knochige Spitzen hinter den Ohren. Das Fell war räudig und struppig.

Ich trat vorsichtig einen Schritt zurück.

Der Schakal bleckte braun funkelnde Zähne. Er spannte die Vorderläufe an und hob den Kopf.

Jeder Muskel in meinem Körper erstarrte.

Der Schakal bewegte die Schnauze hin und her und schnupperte mit weit geöffneten Nasenlöchern. Die Bewegung ließ Schatten über die Hügel und Täler seines Brustkorbs tanzen. Das Tier war ausgezehrt, aber der Bauch hing durch.

O Gott. Ich war im Untergrund gefangen mit einem hungrigen Schakal! Wahrscheinlich einem schwangeren Weibchen!

Wo war Jake? Was sollte ich tun?

Mein Hirn spuckte Fakten aus, die es in irgendeiner Naturdokumentation aufgeschnappt hatte.

In von Menschen bewohnten Gegenden sind Schakale nachtaktiv.

Der Schakal hatte geschlafen. Jake und ich hatten das Tier aufgeweckt. Nicht gut.

Schakale beanspruchen ein festes Territorium und markieren es mit Duftmarken.

Der Uringeruch. Das Schakalweibchen betrachtete das Grab als ihr Territorium und mich als Eindringling. Nicht gut.

Schakale leben und jagen als monogame Paare.

Das Schakalweibchen hatte einen männlichen Gefährten.

Herr im Himmel! Das Männchen konnte jeden Augenblick zurückkehren. Es konnte sogar mit dem Weibchen in diesem Loculus sein.

Ich konnte nicht auf Jake warten. Ich musste etwas tun.

Jetzt!

Ich steckte mir die Taschenlampe in den Hosenbund, drehte mich um und kroch auf den Tunnel zu.

Hinter mir hörte ich ein Knurren, dann Scharren. Ich spürte eine Bewegung in der Luft. Ich spannte die Muskeln an und nahm die Taschenlampe wieder in die Hand. Vielleicht konnte ich sie dem Schakal in den Rachen rammen und so verhindern, dass er seine Zähne in mein Fleisch grub. Vielleicht konnte ich ihm damit auf den Kopf schlagen.

Der Schakal griff nicht an.

Schau, dass du rauskommst, bevor es zwei gegen eine heißt.

Ich steckte die Taschenlampe wieder in den Hosenbund und packte zwei Steine, die an entgegengesetzten Enden des Tunnels vorstanden. Mich mit den Füßen abstoßend und mit den Händen ziehend, stemmte ich mich mit aller Kraft nach oben.

Nachdem meine Füße neuen Halt gefunden hatten, griff ich nach einem anderen Vorsprung und stemmte und zog aufs Neue.

Meine rechte Fußstütze hielt. Die linke brach ab.

Ich rutschte den Tunnel wieder hinunter und knallte auf den Boden. Schmerz schoss mir in Schulter und Rücken.

Das Grab wurde schwarz.

Mein Herz raste.

Ich lag bewegungslos da und hörte noch immer Geräusche.

Das Rauschen des Bluts in meinen Ohren.

Das Klackern von Steinen, die den Tunnel herunterrieselten.

Das *Klick-Klick-Klick* der rollenden Taschenlampe.

Das *Ping* von Metall, das auf Fels traf.

Und darunter ein leises, grollendes Knurren.

Sekunden später rieselten keine Steine mehr, und die Taschenlampe rollte aus.

Nur mein Herz und der Schakal machten weiter.

Das Knurren kam nun nicht mehr aus dem südöstlichen Loculus. Oder doch? Das Grab war die reinste Echokammer, Geräusche hallten von den Wänden wider. Ich konnte nicht mehr feststellen, wo sich der Schakal befand.

Die Dunkelheit wurde immer erdrückender.

Was konnte ich noch tun? Der Schakal war jetzt eindeutig im Vorteil. Das Weibchen konnte mich in der Dunkelheit sehen, hören und riechen. Ich hatte keine Ahnung, wo das Tier war.

So schwach der Strahl auch gewesen war, hatte er den Schakal doch verwirrt, ihn erstarren lassen wie ein Reh im Scheinwerferlicht. Vielleicht funktionierte es noch einmal.

Würden meine Bewegungen den Schakal provozieren? Würden die Batterien noch funktionieren? Ich ging das doppelte Risiko ein.

Ich streckte den linken Arm aus und schob die Hand langsam über den Boden.

Und fand nichts.

Meine Jacke raschelte, und in dem beengten Raum klang es wie Donner.

Der Schakal knurrte lauter und verstummte plötzlich. Ich hörte schnelles Atmen. Das Keuchen war noch schrecklicher als das Knurren. Bereitete sich das Tier auf einen Sprung vor?

Ich stellte mir Augen vor, die mich in der Dunkelheit beobachteten. Mein Tasten wurde immer verzweifelter. Die Hand zuckte nach rechts, nach vorne, nach links.

Schließlich schlossen sich meine Finger um eine Metallröhre.

Ich zog die Taschenlampe an mich und drückte schnell auf den Knopf.

Ein schwächlich gelber Schein erhellte meinen Körper. Ich hätte am liebsten geweint vor Erleichterung.

Das Knurren wurde aggressiver.

Mit pochendem Herzen stützte ich mich auf die Ellbogen und ließ den Strahl über die nördliche und die östliche Wand gleiten.

Kein Schakal.

Die südliche Wand.

Kein Schakal.

Ich drehte mich ein Stück und leuchtete die westliche Seite des Grabs ab. Jede Nische war mit Erde und Steinen gefüllt, keine Öffnung war zu sehen, in der ein Schakal sich hätte verstecken können.

Ich untersuchte eben den Loculus, der mir am nächsten war, als Erdreich die Wand herunterrieselte.

Genau in diesem Augenblick gaben die Batterien ihren Geist auf.

Über meinem Kopf hörte ich eine Bewegung.

Mit Tränen kämpfend, schüttelte ich die Taschenlampe. Sie sprang wieder an.

Ich schwenkte den Strahl nach oben.

In der westlichen Wand befanden sich die Loculi einer über dem anderen. Der Schakal kauerte in einer der oberen Nischen.

Als mein Strahl das Weibchen traf, bleckte es die Zähne und knurrte. Der Körper versteifte sich. Die Glieder spannten sich an.

Unsere Blicke trafen sich. Die Augen des Schakalweibchens waren rund und glänzend.

Eine plötzliche Erkenntnis. Auch der Schakal fühlte sich gefangen. Auch er wollte hinaus. Ich versperrte den Ausgang.

Wir starrten einander ein. Ich starrte einen Sekundenbruchteil länger.

Fauchend sprang der Schakal mich an.

Ich reagierte, ohne nachzudenken, ließ mich auf den Boden fallen, legte die Arme um den Kopf und rollte mich zusammen. Das Gewicht des Tiers traf mich an der linken Hüfte und am Oberschenkel. Ich hörte ein Knurren, und das Gewicht bewegte sich.

Ich stützte mich auf einen Ellbogen und versuchte, mich vom Tunneleingang wegzuschieben. Pfoten tappten über meine Brust und bewegten sich auf die Kehle zu. Weil ich einen Biss erwartete, drückte ich das Kinn an die Brust und verschränkte die Arme. Dann plötzlich ein schweres Gewicht auf meinem Torso, Fell, das meinen Kopf streifte, und auf einmal nichts mehr. Der Schakal war über mich hinweg und nach oben gesprungen.

Erstaunlicherweise funktionierte die Taschenlampe immer noch, wenn auch nur schwach. Ich ließ dem Schakal Zeit, sich aus dem Staub zu machen, und kroch dann auf den Tunnel zu. Ein paar Steine waren herausgebrochen und versperrten jetzt den Eingang, aber keiner davon war so groß, dass ich ihn nicht hätte bewegen können.

Nach zwei Minuten Steine schleppen und rollen stellte ich meine Füße wieder so hin wie zuvor und zog mich nach oben.

Und spürte plötzlich, dass meine Hüfte etwas abbekommen hatte. Klasse. Noch ein Sturz, und ich würde sehr lange hier unten liegen.

Ich ließ mich zurücksinken und testete meine Beine.

Als ich von einem Fuß auf den anderen trat, schwenkte meine Taschenlampe nach oben und erfasste einen Hohlraum, aus dem Steine herausgebrochen waren.

Ich ließ den Strahl langsam über den Riss wandern.

Er sah tief aus. Zu tief.

Ich stand auf und zwängte mich in den Tunnel, um mir den Riss genauer anzusehen.

Der Riss war nicht nur ein Riss. Er war eine richtige Höhlung.

Ich richtete den Strahl hinein und starrte in den Hohlraum.

Es dauerte einen Augenblick, bis meine Augen es registrierten.

Und einen zweiten, bis ich begriff.

O mein Gott! Das musste ich Jake zeigen.

Plötzlich waren alle Verletzungen vergessen, und ich zog mich nach oben.

Kurz unterhalb der oberen Tunnelöffnung hielt ich inne und spähte hinaus wie ein Präriehund aus seinem Loch.

Die obere Kammer wirkte leer. Kein Jake. Kein Schakal.

»Jake!«, zischte ich.

Keine Antwort.

»Jake!«, wiederholte ich, so laut es ging, ohne die Stimmbänder zu benutzen.

Dasselbe.

Ich stemmte mich mit den Füßen ab, streckte die Arme aus dem Loch und zog und stemmte mich in die obere Kammer.

Jake war nirgends zu sehen.

Ohne auf die Proteste von Schulter und Hüfte zu achten, kauerte ich mich auf den Boden und ließ den Lampenstrahl durch die Kammer wandern.

Ich war allein.

Ich horchte.

Nicht das leiseste Geräusch drang herein.

Mit einer schnellen Drehung bewegte ich den Strahl durch die samtige Schwärze.

In der Dunkelheit eines nördlichen Loculus blitzte Blau auf.

Was zum Teufel?

Dann fiel es mir wieder ein.

Ich hielt das Licht darauf. Ich hatte Recht. Die Sporttasche.

Aber warum? Wo war Jake?

»Jake?« Jetzt in voller Lautstärke.

Ich ließ mich auf alle viere sinken und kroch auf den Loculus zu, hielt dann aber inne. Jake hatte die Tasche aus einem bestimmten Grund versteckt. Ich drehte mich um und kroch zum Eingang des Grabs.

In diesem Augenblick hörte ich das erste Geräusch seit dem Verlassen des Tunnels. Ich erstarrte und hielt den Kopf schief.

Eine gedämpfte Stimme.

Noch eine.

Rufen.

Jakes Stimme. Wörter, die ich nicht verstand. Hebräisch?

Noch mehr Wörter, die mir nichts sagten. Wütende Wörter.

Ein dumpfer Schlag. Noch einer.

Schnell näher kommende Schritte.

Die Schwärze wurde noch schwärzer. Ich schaute zum Eingang.

Beine verdunkelten das kleine, eben noch sonnenhelle Quadrat.

22

Einen Herzschlag später schnellten Stiefel in das Grab. Ein Körper folgte. Ein großer Körper.

Ich kroch rückwärts und drückte mich an die Wand. Zerdrückte Dosen stachen mir in die Knie, Ringpull-Verschlüsse ritzten mir die Handflächen.

Wieder fiel mir der Mann auf dem Klippenrand ein. Mein Herz raste. Heilige Mutter Gottes! Würde ich diesen Tag überleben?

Ich umklammerte die Taschenlampe und hob sie zum Schlag.

Die Gestalt kauerte mit dem Rücken zu mir. Mein Strahl beleuchtete Kokospalmen auf Waikiki-Blau.

Zum ersten Mal, seit ich die Beine gesehen hatte, atmete ich wieder. Draußen waren Schüsse zu hören.

»Was zum Teufel ist denn da los?«

»Hevrat Kadisha.« Jake schleuderte die Wörter über die Schulter, ohne den Blick vom Eingang zu nehmen.

»Ich spreche kein Hebräisch.«

»Die gottverdammte Knochenpolizei.« Jake keuchte vor Anstrengung.

Ich wartete auf eine Erklärung.

»*Da'ataim*.«

»Jetzt ist mir alles klar.«

»Die Ultra-Orthodoxen.«

»Die sind hier?« Ich stellte mir Männer in *shtreimel* und *peyos* vor, die den Abhang des Kidron-Tals herunterstürmten.

»In Truppenstärke.«

»Warum?«

»Sie glauben, wir haben hier drinnen menschliche Knochen.«

»Wir haben ja wirklich menschliche Knochen hier drinnen.«

»Sie wollen sie.«

»Was sollen wir tun?«

»Abwarten.«

»Meinst du, sie gehen wieder?«

»Irgendwann schon.«

Das war nicht sehr ermutigend.

»Das ist doch Wahnsinn«, sagte ich, nachdem ich ein paar Augenblicke dem Geschrei draußen zugehört hatte.

»Diese Trottel tauchen die ganze Zeit bei Ausgrabungen auf.«

»Warum?«

»Um Ärger zu machen. Scheiße, oft brauchen wir die Polizei, nur damit wir unsere Arbeit machen können.«

»Ich dachte, man kommt nur mit einer Genehmigung auf eine archäologische Grabungsstätte.«

»Das ist diesen Spinnern egal. Sie haben was gegen das Ausgraben von Toten, egal, aus welchem Grund, und sie machen Krawall, um eine Ausgrabung zu stoppen.«

»Vertreten die eine Mehrheitsmeinung?« Ich stellte mir die bärtigen Männer mit hochgereckten Postern und Plakaten vor.

»Gott sei Dank nicht.«

Draußen verstummten die Stimmen allmählich. Irgendwie fand ich die Stille noch beunruhigender als das Geschrei.

Ich erzählte Jake von dem Schakal.

»Bist du sicher, dass es ein Schakal war?«

»Ich bin sicher«, sagte ich.

»Ich habe kein Tier aus dem Grab laufen sehen.«

»Das Weibchen hat sich sehr schnell bewegt.«

»Und ich war auf diese Trottel da draußen konzentriert. Alles in Ordnung mit dir?«

»Mir geht's gut.«

»Tut mir Leid«, sagte Jake. »Ich hätte nachsehen sollen, bevor ich runterkam.«

Ich stimmte ihm von ganzem Herzen zu.

Die Stille vor dem Grab dauerte an.

Ich richtete die Taschenlampe auf meine Uhr. Neun Uhr siebzehn.

»Wie ist in Israel die Gesetzeslage in Bezug auf menschliche Überreste?«, fragte ich, noch immer mit Flüsterstimme.

»Knochen können ausgegraben werden, wenn sie ansonsten durch Erschließungsarbeiten oder Plünderungen zerstört würden. Nachdem sie untersucht wurden, müssen sie dem Ministerium für Religiöse Angelegenheiten für eine Wiederbestattung übergeben werden.«

Während wir sprachen, hielt Jake ein wachsames Auge auf die Öffnung, durch die er hereingekommen war.

»Klingt vernünftig. Indianische Überreste in Nordamerika werden durch ähnliche Vorschriften geschützt.«

»Diese Fanatiker sind der Vernunft nicht zugänglich. Sie glauben, dass *halakha*, das jüdische Gesetz, bei einem Juden jede Störung der Totenruhe verbietet. Punkt.«

»Aber was ist, wenn die Stätte gleich danach von Bulldozern platt gemacht wird?«

»Das ist ihnen egal.« Jake deutete mit der Hand zum Eingang. »Sie sagen, baut eine Brücke, grabt einen Tunnel, verlegt die Straßenführung, versiegelt das ganze verdammte Grab mit Zement.«

»Und die sind immer noch da draußen?«

»Wahrscheinlich.«

»Wer entscheidet eigentlich, ob menschliche Überreste jüdisch sind?« Noch immer steckte mir die Begegnung mit dem Schakal in den Knochen. Ich redete vorwiegend, um mich zu beruhigen.

»Die Wächter der Orthodoxie persönlich. Praktisch, was?«

»Was ist, wenn die Herkunft unklar ist?« Ich dachte an die Knochen in der Tasche hinter mir.

Jake schnaubte. »Das Ministerium für Religiöse Angelegenheiten lässt für jede Wiederbestattung tausend Schekel springen. Was meinst du, wie viele da zu Nichtjuden erklärt werden?«

»Aber ...«

»Die Hevrat Kadisha sprechen Gebete über die Knochen, und voilà, schon sind die Toten zum Judentum konvertiert.«

Ich verstand das zwar nicht, fragte aber nicht weiter nach.

Von draußen sickerte eine bedrohliche Stille herein. Ich schaute noch einmal auf die Uhr. Neun Uhr zweiundzwanzig.

»Wie lange sollen wir noch warten?«, fragte ich.

»Bis die Luft rein ist«, sagte Jake.

Dann verstummten wir beide. Hin und wieder bewegte sich einer, um eine etwas bequemere Stellung einzunehmen. Jake mit seinen eins fünfundneunzig bewegte sich häufiger.

Mir tat die Hüfte weh. Und die Schulter. Ich spürte die feuchte Kühle. Ich hockte inmitten von Müll in einer Krypta und wartete darauf, dass Leute sich verzogen, die die Inquisition beschämt hätten.

Und es war noch nicht einmal zehn Uhr vormittags.

Eine Ewigkeit später hielt ich die Lampe wieder an meine Uhr. Zwanzig Minuten waren vergangen. Ich wollte eben vorschlagen, mal nachzusehen, ob die Luft rein sei, als draußen ein Mann rief.

»*Asur!*«

Ein anderer nahm den Ruf auf. »*Asur!*«

Mir wurde flau im Magen. Die Männer waren jetzt sehr nahe, auf der Hügelflanke vor dem Grab.

Ich schaute Jake an.

»Verboten«, übersetzte er.

»*Chilul!*«

»Schändung.«

Irgendetwas prallte von dem Felsauswuchs über dem Grabeingang ab.

»Was zum Teufel war denn das?«

»Wahrscheinlich ein Stein.«

»Sie bewerfen uns mit Steinen?« Wenn ein Flüstern schrill sein kann, dann war meins genau das.

Wieder hörte ich, wie etwas den Fels traf.

»*B'nei Belial!*«

»Sie sagen, wir sind Kinder des Teufels«, erklärte Jake.

»Wie viele sind da draußen?«

»Mehrere Autos voll.«

Ein faustgroßer Stein traf den Rand des Eingangs.

»*Asur! Asur la'asot et zeh!*« Es war inzwischen ein Sprechgesang geworden. »*Asur! Asur!*«

Jake schaute zu mir und hob die Augenbrauen. In der Dunkelheit sahen sie aus wie eine solide schwarze Hecke, die himmelwärts schwebte. Ich hob meine ebenfalls.

»Ich schau mal nach«, sagte er.

»Sei vorsichtig«, erwiderte ich, weil mir nichts Besseres einfiel.

Jake watschelte zum Eingang, stützte sich auf ein Knie, legte die Hand darauf und streckte den Kopf aus dem Loch.

Was nun geschah, geschah sehr schnell.

Der Sprechgesang zersplitterte in einzelne Schreie.

»*Shalom aleichem.*« Jake wünschte den Männern Frieden.

Wütende Stimmen schrien zurück.

»*Lo!*«, rief Jake. Ich verstand genug Hebräisch, um zu wissen, dass das nein bedeutete.

Weitere Schreie.

»*Reik...*«

Mit einem grässlichen Krachen traf Stein auf Knochen.

Jakes Rücken krümmte sich, ein Bein schnellte nach hinten, und dann sackte er zu Boden.

»Jake!«

Ich kroch auf allen vieren zu ihm.

Jakes Kopf lag draußen, Schultern und der Rest des Körpers waren im Grab.

»Jake!«

Keine Reaktion.

Ich streckte den Arm nach draußen und tastete mit zitternden Fingern Jakes Kehle ab.

Ich spürte einen Puls, schwach zwar, aber regelmäßig.

Ich kauerte mich hin und schob mich ein Stückchen in die Öffnung, um Jakes Kopf besser sehen zu können.

Das Gesicht lag auf der Erde, aber ich konnte seinen Hinterkopf und die Schädelseite sehen. Blut sprenkelte sein Ohr und funkelte auf dem sonnenhellen Gras. Schon jetzt schwirrten neugierige Fliegen heran.

Wieder schoss kalte Angst durch meine Adern.

Zuerst ein Schakal und jetzt das! Was sollte ich tun? Jake bewegen und dabei riskieren, dass ich seine Verletzungen noch verschlimmerte? Ihn so lassen, wie er war, und Hilfe holen?

Das war unmöglich, wenn ich nicht selbst auch einen Schädelbruch riskieren wollte.

Draußen fing der Sprechgesang wieder an.

Oder sollte ich den Mistkerlen geben, was sie wollten?

Sie würden das Skelett begraben. Dann wäre die Wahrheit über Max für immer verloren.

Wieder prallte ein Stein von der Außenseite des Grabs ab. Und noch einer.

Dreckskerle!

Kein uraltes Geheimnis war den Verlust eines Lebens wert. Jake brauchte medizinische Hilfe.

Ich stellte die Taschenlampe auf den Boden, kroch rückwärts, packte Jakes Stiefel und zog.

Er rührte sich nicht. Ich zog noch einmal. Fester.

Zentimeter um Zentimeter zerrte ich Jake in den Schutz des Grabs. Dann kroch ich um seinen Körper herum und drehte ihn zur Seite. Ich wollte nicht, dass er an seinem Erbrochenen erstickte, sollte ihm übel werden.

Dann fiel es mir ein.

Jakes Handy. Hatte er es bei sich? Kam ich dran?

Ich tastete Jakes Hemdtasche ab, dann die vorderen und hinteren Taschen seiner Jeans und jede zugängliche Öffnung in seiner Tarnweste.

Kein Handy.

Verdammt.

Die Sporttasche.

Ich drehte mich zum nördlichen Loculus. Meine Hände sahen kränklich weiß aus, als ich auf die Tasche zukroch. Es war fast, als würde ich die Hände eines anderen betrachten. Ich sah, wie sie mit Reißverschlüssen kämpften und immer wieder in Fächern verschwanden.

Dann ertastete ich eine vertraute Form.

Ich riss das Handy heraus und klappte es auf. Das kleine Display ließ eine neonblaue Begrüßung aufblinken.

Was sollte ich wählen? 911?

Ich hatte keine Ahnung, wie die Notrufnummer in Israel lautete.

Schließlich klickte ich mir Jakes Nummernverzeichnis heran, wählte einen lokalen Eintrag und drückte auf »Senden«.

Der Monitor zeigte die Nummer und das Wort »Verbinden«. Ich hörte einige Piepstöne, dann einen langen Piepser, und wieder blinkte das Begrüßungssignal auf.

Ich versuchte es noch einmal. Mit demselben Ergebnis.

Verdammt! Zu tief im Fels für ein Netz.

Ich wollte es eben ein drittes Mal probieren, als Jake aufstöhnte. Ich steckte das Handy in die Tasche und kroch zu ihm.

Bis ich bei ihm war, hatte Jake sich auf den Bauch gedreht und die Hände unter die Brust gezogen.

»Mach langsam«, sagte ich und nahm die Taschenlampe zur Hand.

Mit behutsamen Bewegungen setzte Jake sich auf. Eine dünne Blutspur lief ihm von einem Riss in der Stirn über die rechte Gesichtshälfte. Er wischte daran, verschmierte das Blut aber nur auf Wange und Nase.

»Was ist passiert?« Benommen.

»Sie haben dich mit einem Stein am Kopf getroffen.«

»Wo sind wir?«

»In dem Grab im Kidron.«

Kurz schien Jake noch um Klarheit zu kämpfen, dann sagte er: »Die Hevrat Kadisha.«

»Wenigstens einer von ihnen hat eine Zukunft als Profi-Baseballer.«

»Wir müssen hier raus.«

»Und wenn es das Letzte ist, was wir tun.«

»Ist die Tasche noch im Loculus?«

»Ja.«

Jake kauerte sich hin, schwankte, senkte den Kopf und stützte sich mit gestreckten Armen am Boden ab.

Ich streckte die Hand aus, um ihn zu stabilisieren.

»Kannst du den Abhang hochklettern?«

»Wird schon gehen.« Ganze Muskelbündel strafften sich, dann sank Jake auf alle viere. »Beam mich hoch, Scotty.«

Während ich die Lampe hielt, kroch Jake nicht zum Eingang, sondern zur nördlichen Wand, rollte einen großen Stein zu dem Loculus mit Masada Max und klemmte ihn in die Öffnung.

»Dann mal los«, sagte er und kam wieder zu mir.

»Meinst du, sie kommen hier rein?«

»Vielleicht. Aber mit dem Ding würden wir nie an ihnen vorbei zum Auto kommen.«

»Werden sie die Sporttasche entdecken?«

»Ich könnte sie ins Untergeschoss bringen.«

Zum ersten Mal, seit ich in die obere Höhle zurückgeklettert war, dachte ich wieder an das, was ich unten entdeckt hatte. Ich wollte nicht, dass die Hevrat Kadisha da runtergingen und es fanden. Max zu verlieren, wäre schon schlimm genug. Das zu verlieren, was dort unten im Fels steckte, wäre eine noch viel größere Katastrophe.

»Lassen wir die Tasche lieber im Loculus und hoffen, dass sie ihn nicht entdecken. Falls sie hier reinkommen, will ich nicht, dass sie auch noch da unten herumschnüffeln. Ich erkläre es dir, wenn wir im Auto sind. Aber wie schaffen wir das?«

»Wir klettern einfach raus.«

»Einfach so.«

»Wenn sie sehen, dass ich verletzt bin, lassen sie uns wahrscheinlich in Ruhe.«

»Sie werden außerdem sehen, dass wir mit leeren Händen kommen.«

»Das außerdem.«

»Meinst du, sie haben die Sporttasche gesehen?«

»Keine Ahnung. Bist du so weit?«

Ich nickte und schaltete die Taschenlampe aus. Jake streckte den Kopf durch die Öffnung und rief.

Überrascht? Argwöhnisch? Sich zu einem neuen Angriff sammelnd? Auf jeden Fall verstummten die Hevrat Kadisha.

Jake streckte beide Arme in die Höhe, spannte die Beinmuskeln an und stemmte und wand sich hinaus.

Als Jakes Stiefel die Öffnung passiert hatten, folgte ich ihm. Ich war halb draußen, als ich eine Hand an meinem Hosenbund spürte, und dann kniete ich auf der Hügelflanke.

Das plötzliche Sonnenlicht war blendend grell. Meine Pupillen wurden zu Stecknadelköpfen. Ich kniff die Augen zusammen.

Als ich sie wieder öffnete, hatte ich eine der merkwürdigsten Szenen vor mir, die ich je gesehen hatte.

23

Unsere Angreifer trugen breitkrempige Hüte und schwarze Anzüge mit langen Röcken. Fast alle hatten sie Bärte und Schläfenlocken, und einer wirkte erregter und wütender als der andere.

Okay. Meine Vorstellung war korrekt gewesen. Nur bei der Anzahl hatte ich ziemlich daneben gelegen.

Während Jake den Männern Frieden wünschte und das Gespräch eröffnete, zählte ich schnell durch.

Zweiundvierzig, darunter auch einige Kinder unter zwölf und ein halbes Dutzend Teenager. Offensichtlich war die Ultra-Orthodoxie eine Wachstumsindustrie.

Hebräisch flog mir um die Ohren. Dank meines neu erlernten Vokabulars bekam ich mit, dass man Jake und mir vorwarf, etwas Verbotenes getan oder genommen zu haben, und dass einige uns für Kinder Satans hielten. Ich nahm an, dass Jake beide Vorwürfe zurückwies.

Männer und Jungs mit Staub auf Brillen und Kleidern schrien. Einige bewegten den Kopf auf und ab, und ihre Schläfenlocken wippten.

Nach einigen Minuten erhitzten Dialogs konzentrierte Jake sich auf einen Grauhaarigen, der der Anführer zu sein schien, wahrscheinlich ein Rabbi. Während die beiden sprachen, blieben die anderen stumm.

Der Rabbi keifte, das Gesicht puterrot, den Zeigefinger drohend ausgestreckt. Ich verstand das Wort »*ashem*«. Schande.

Jake hörte zu, antwortete gelassen, die Stimme der Vernunft.

Schließlich wurden die Fußsoldaten der Orthodoxie unruhig. Einige fingen wieder an zu schreien. Andere schüttelten die Fäuste. Ein paar der jüngeren Männer, wahrscheinlich Yeshiva-Studenten, hoben Steine auf.

Ich behielt Letztere im Auge.

Nach ergebnislosen zehn Minuten hob Jack die Hände zu einer Geste, die »Ich gebe auf« bedeutete. Dann drehte er sich zu mir um und sagte: »Das ist sinnlos. Wir verschwinden von hier.«

Wir setzten uns in Bewegung und gingen in einem Bogen nach links.

Der Rabbi brüllte einen Befehl, und das Bataillon spaltete sich auf. Die rechte Flanke blieb am Grab. Die linke folgte Jake und mir.

Mit langen Schritten stieg Jake aus dem Kidron-Tal hinaus. Ich folgte ihm, allerdings mit zwei Schritten, wenn er einen machte.

Meter um Meter kletterte ich, keuchend, schwitzend, mich immer wieder an Felsen, Ranken, Büschen festhaltend. Meine Hüfte kreischte. Die Beine wurden mir schwer.

Hin und wieder warf ich einen Blick nach unten. Ein Dutzend schwarzer Hüte folgte uns. Mein Nacken und mein Rücken blieben steif, ich wartete auf den Aufprall eines Steins auf meinem Schädel.

Zum Glück verbrachten unsere Verfolger ihre Tage in Tempeln und Yeshivas, nicht in Fitness-Studios. Als Jake und ich den Klippenrand erreichten, hatten wir einen guten Vorsprung.

Ein halbes Dutzend Autos parkte jetzt auf der Lichtung hinter Silwan. Jakes Transporter stand noch dort, wo wir ihn verlassen hatten, allerdings existierte das Fenster auf der Fahrerseite nicht mehr. Winzige Glassplitter auf der Erde reflektierten das Sonnenlicht. Beide Türen waren offen, und Papiere, Bücher und Kleidungsstücke lagen auf dem Boden verstreut.

»Scheiße!« Jake rannte die letzten Meter und fing sofort an, seine Habseligkeiten einzusammeln und in den Fond zu werfen.

Ich half ihm. Innerhalb weniger Sekunden hatten wir alles zusammengerafft, waren ins Auto gesprungen und hatten die Türen verriegelt.

Die ersten schwarzen Hüte tauchten auf, als Jake den Schlüssel umdrehte, den Gang einlegte und aufs Gas trat. Die Räder drehten durch, und wir machten, zwei Staubfahnen aufwirbelnd, einen Satz nach vorne.

Ich drehte mich um.

Die Männer wischten sich die Stirn, setzten den Hut wieder auf, schüttelten die Faust. Sie sahen aus wie eine zappelnde Truppe schwarzer Marionetten, im Augenblick etwas derangiert, aber fest in ihrem Glauben, dass Gott ihre Fäden in der Hand halte.

Jake bog einmal links und einmal rechts ab und raste aus dem Dorf hinaus. Ich hielt den Blick auf die Heckscheibe gerichtet.

Als wir die Asphaltstraße erreicht hatten, fuhr Jake langsamer und legte mir beruhigend die Hand auf den Arm.

»Glaubst du, dass sie uns verfolgen?«, fragte ich.

Jakes Finger schlossen sich um meinen Arm wie ein Schraubstock.

Ich drehte mich ihm zu.

Und wieder durchzuckte mich Angst.

Jakes Linke umklammerte das Lenkrad fest. Viel zu fest. Seine Knöchel standen vor wie weiße Knubbel. Sein Gesicht war fahl und sein Atem kam in kurzen, flachen Stößen.

»Alles okay?«

Das Auto wurde immer langsamer, als könnte Jake sich nicht gleichzeitig aufs Beschleunigen und aufs Lenken konzentrieren.

Jake drehte sich mir zu. Eine Pupille war ein winziger Punkt, die andere ein leeres, schwarzes Loch.

Ich packte das Lenkrad in dem Augenblick, als Jake kopfüber darauf sackte und gleichzeitig sein Stiefel das Gas durchdrückte.

Der Transporter machte einen Satz. Die Tachonadel hob sich. Zwanzig Meilen. Zweiundzwanzig. Fünfundzwanzig.

Meine erste Reaktion war Panik. Natürlich machte das den Pick-up nicht langsamer.

Dann schaltete sich mein Hirn ein.

Ich hielt das Lenkrad mit der einen Hand fest umklammert, und mit dem anderen Arm drückte ich Jake gegen die Rückenlehne.

Der Transporter beschleunigte noch immer.

Mit der linken Hand steuernd, versuchte ich, mit der rechten Jakes Bein vom Gas zu ziehen. Doch es war zu schwer. Ich konnte es weder anheben noch seitlich wegziehen.

Der Transporter fuhr auf einer Gefällestrecke und beschleunigte schnell. Siebenundzwanzig. Dreißig.

Ich versuchte, Jakes Bein mit meinem wegzuschieben. Trat sogar mit dem Absatz dagegen.

Doch dadurch verriss ich das Lenkrad. Der Transporter brach aus, ein Reifen ratterte über das Bankett. Ich korrigierte. Kies spritzte auf, und der Transporter fuhr wieder auf Asphalt.

Immer und immer schneller rasten die Bäume vorbei. Wir waren bei fünfunddreißig. Ich musste etwas tun.

Auf der linken Straßenseite erhob sich der Ölberg als steile Felsflanke. Zwanzig Meter weiter vorne entdeckte ich den Einschnitt einer kleinen, mit Gestrüpp überwachsenen Lichtung.

Ich musste mich anstrengen, um das Lenkrad nicht sofort herumzureißen. Noch nicht. Warte.

Bitte, Gott! Halte den Verkehr an!

Jetzt!

Ich riss das Lenkrad nach links. Der Transporter schoss, auf zwei Reifen schlitternd, über die Mittellinie. Ich versuchte erst gar nicht mehr zu steuern, sondern zwängte beide Hände unter Jakes Oberschenkel und zog. Sein Stiefel hob sich ein paar Millimeter. Der Motor stockte, die Drehzahl fiel.

Der Transporter durchbrach eine hölzerne Leitplanke, neigte sich zur Seite und schlitterte, spritzte Erde und Kies auf. Gestrüpp und kaltes kambrisches Gestein kamen immer näher.

Ich zog Jake zu mir und nach unten. Dann warf ich mich über ihn und bedeckte unsere Köpfe mit den Armen.

Äste kratzten über die Seitenbleche. Etwas knallte gegen die Windschutzscheibe.

Ich hörte ein lautes, metallisches Knirschen, spürte einen Stoß, und Jake und ich krachten ins Lenkrad.

Der Motor starb ab.

Keine Stimme rief. Keine Biene summte. Kein Auto rauschte vorbei. Nur die Stille des Ölbergs und mein eigener, hektischer Atem.

Einige Herzschläge lang blieb ich bewegungslos und spürte nur, wie das Adrenalin in meinem Kreislauf die Runde machte.

Schließlich ließ ein Vogel ein zögerliches Krächzen hören.

Ich setzte mich auf und schaute nach Jake. Auf der Stirn hatte er eine Beule von der Größe einer Blue-Point-Auster. Seine Lider waren lila, die Haut fühlte sich feucht und kalt an. Er brauchte einen Arzt. Und zwar schnell.

Konnte ich ihn bewegen?

Würde der Motor wieder anspringen?

Mich gegen den Widerstand des Gestrüpps stemmend, öffnete ich die Tür, stieg aus und stapfte um den Transporter herum.

Sollte ich Jake herausziehen? Oder ihn seitlich hinausschieben?

Jake war eins fündundneunzig groß und wog fünfundachtzig Kilo. Ich war eins dreiundsechzig und wog, na ja, weniger.

Gegen die Vegetation ankämpfend, öffnete ich die Fahrertür und stellte mich auf das Trittbrett. Ich schob eben einen Arm unter Jakes Rücken, als ein Fahrzeug bremste und hinter mir den Asphalt verließ. Knies knirschte, als es ausrollte.

Ein Samariter? Ein Zelot?

Ich zog den Arm zurück und drehte mich um.

Weißer Corolla. Auf den Vordersitzen zwei Männer.

Die Männer schauten mich durch die Windschutzscheibe an. Ich schaute zurück.

Die Männer unterhielten sich.

Ich senkte den Blick zum Nummernschild. Weiße Ziffern, roter Untergrund.

Erleichterung durchströmte mich.

Die beiden Männer stiegen aus. Der eine trug eine Sportjacke und eine Khaki-Hose. Der andere trug ein hellblaues Hemd mit schwarzen Epauletten, einem schwarzen Oberarmabzeichen und einer schwarzen Kordel, die von der Achsel in die linke Brusttasche hing. Auf einem silbernen Schildchen über der rechten Brusttasche sah ich hebräische Schriftzeichen, der Name des Polizeibeamten, wie ich annahm.

»*Shalom.*« Der Polizist hatte eine hohe Stirn unter einem schütteren, blonden Bürstenschnitt. Ich schätzte ihn um die dreißig. Ich gab ihm noch zwei Jahre, bis er anfing, Preisvergleiche für Haartransplantationen anzustellen.

»*Shalom*«, erwiderte ich.

»*Geveret, HaKol beseder?*« Madam, ist alles in Ordnung?

»Mein Freund braucht medizinische Hilfe«, sagte ich auf Englisch.

Bürstenschnitt kam auf mich zu. Sein Partner blieb hinter der offenen Tür ihres Fahrzeugs stehen, die rechte Hand an der Hüfte.

Durchs Gestrüpp stapfend, ging ich ein paar Schritte vom Transporter weg und bemühte mich dabei, sehr unbedrohlich zu wirken.

»Und wer sind Sie?«

»Temperance Brennan. Ich bin forensische Anthropologin. Amerikanerin.«

»Aha.«

»Der Fahrer ist Dr. Jacob Drum. Er ist ein amerikanischer Archäologe, der hier in Israel arbeitet.«

Jake machte in seiner Kehle ein komisches, gurgelndes Geräusch. Bürstenschnitt schaute zu ihm, und dann zu den Überresten des Fensters auf der Fahrerseite.

Genau in diesem Augenblick beschloss Jake, wieder aufzuwachen. Vielleicht war er aber schon länger wach gewesen und hatte dem Wortwechsel zugehört. Er bückte sich, zog seine Sonnenbrille zwischen den Pedalen hervor, setzte sie auf und richtete sich dann wieder auf.

Nach einem Blick vom Polizisten zu mir und wieder zurück, rutschte Jake auf den Beifahrersitz, um die Unterhaltung einfacher zu machen.

Der Polizist ging zu ihm.

Auch die beiden wünschten sich Frieden.

»Sind Sie verletzt, Sir?«

»Nur eine kleine Beule.« Jakes Lachen war überzeugend. Der blaue Höcker auf seiner Stirn war es nicht.

»Sollen wir einen Krankenwagen rufen?«

»Das ist nicht nötig.«

Bürstenschnitt machte ein zweifelndes Gesicht. Vielleicht war es die Diskrepanz zwischen Jakes Verletzung und der seines Fensters. Vielleicht hatte er aber auch keinen anderen Gesichtsausdruck.

»Wirklich«, sagte Jake. »Ich bin okay.«

Ich hätte widersprechen sollen. Ich tat es nicht.

»Anscheinend bin ich über ein Schlagloch gefahren oder habe das Lenkrad verrissen oder sonst was.« Jake lachte selbstironisch auf. »Irgendwas Blödes eben.«

Bürstenschnitt schaute kurz zur Straße, dann wieder zu Jake.

»Ich leite eine Ausgrabung in der Nähe von Talpiot. Arbeite mit einem Team vom Rockefeller Museum.«

Jake hatte mich also gehört.

»Zeige der kleinen Dame nur ein wenig die Gegend.«

Kleine Dame?

Bürstenschnitt öffnete den Mund, als wollte er etwas sagen, überlegte es sich dann aber anders und verlangte nur die üblichen Papiere.

Jake gab ihm einen amerikanischen Pass, einen israelischen Führerschein und die Fahrzeugpapiere. Ich präsentierte meinen Ausweis.

Bürstenschnitt schaute kurz in jedes Dokument. Dann: »Einen Augenblick bitte.« Und zu Jack: »Bitte bleiben Sie in Ihrem Fahrzeug.«

»Was dagegen, wenn ich mal ausprobiere, ob dieser Schrotthaufen noch anspringt?«

»Bewegen Sie das Fahrzeug nicht.«

Während Bürstenschnitt unsere Namen überprüfte, drehte Jake den Zündschlüssel, immer und immer wieder, aber ohne Erfolg. Dieser verletzte Schrotthaufen war so weit gekommen, wie er an diesem Tag fahren würde.

Ein Sattelschlepper rumpelte vorbei. Ein Bus. Ein Armee-Jeep. Ich schaute jedem Fahrzeug nach, sah, wie die Heckleuchten kleiner wurden und enger zusammenwuchsen.

Jake ließ sich in den Sitz sinken und schluckte ein paar Mal. Ich befürchtete, dass ihm schwindlig war.

Bürstenschnitt kam zurück und händigte uns unsere Dokumente wieder aus. Ich schaute kurz an ihm vorbei. Der Zivilbeamte lümmelte jetzt hinter dem Lenkrad.

»Kann ich Sie irgendwohin mitnehmen, Dr. Drum?«

»Ja«. Jakes gespielte Tapferkeit hatte sich verflüchtigt. »Danke.«

Jake stieg aus und schloss den Transporter ab, obwohl das kaum nötig gewesen wäre. Dann kam er zu mir, und wir folgten Bürstenschnitt und stiegen in den Fond des Corolla.

Der Zivilbeamte drehte sich kurz zu uns um und nickte. Er trug eine Stahlrahmenbrille auf einem müden Gesicht. Bürstenschnitt stellte ihn als Sergeant Schenck vor.

»Wohin?«, fragte Schenck.

Jake wollte ihm eben die Adresse seiner Wohnung in Beit Hanina geben. Ich schnitt ihm das Wort ab.

»In ein Krankenhaus.«

»Mir geht's doch gut«, protestierte Jake. Aber nur schwach.

»Bringen Sie uns in eine Notaufnahme.« Mein Ton erstickte jeden Widerspruch im Keim.

»Sie wohnen im American Colony, Dr. Brennan?« Schenck.

Die Jungs waren gründlich gewesen.

»Ja.«

Schenck wendete auf der Asphaltstraße.

Während der Fahrt blieb Jake zwar wach, wurde aber immer teilnahmsloser. Auf meine Bitte hin rief Schenck in der nächsten Notaufnahme an.

Als Schenck dort in der Auffahrt hielt, zogen zwei Sanitäter Jake aus dem Wagen, schnallten ihn auf eine Rolltrage und karrten ihn davon zum CT oder zum Kernspin oder zu anderen technischen Wunderwaffen, die bei Schädelverletzungen zum Einsatz kommen.

Schenck und Bürstenschnitt gaben mir ein Formular. Ich unterzeichnete es. Sie fuhren davon.

Eine Schwester fragte mich nach Jake aus. Ich gab ihr an Informationen, was ich konnte. Ich unterschrieb noch weitere Formulare. Ich erfuhr, dass ich im Hadassah Hospital war, auf dem Campus der Hebräischen Universität auf dem Berg Scopus, nur wenige Minuten nördlich des Polizeipräsidiums.

Nachdem der Schreibkram erledigt war, setzte ich mich in den Warteraum und richtete mich auf einen längeren Aufenthalt ein. Doch ich war erst zehn Minuten dort, als ein großer Mann mit Fliegersonnenbrille durch die Doppeltür kam.

Ich fühlte, was? Erleichterung? Dankbarkeit? Verlegenheit?

Im Näherkommen schob Ryan sich die Sonnenbrille auf den Kopf.

»Alles in Ordnung, Soldat?«

»Bestens!«

»Und das Gesicht? Wo bist denn du da hineingeraten?«

»Bin in einem Grab ausgerutscht.«

»Ich hasse es, wenn mir so was passiert.« Ryans Mund zuckte ein wenig, so wie er es immer tut, wenn ich grässlich aussehe.

»Sag keinen Ton«, warnte ich ihn.

Meine Haare waren schweißverklebt nach den Klettertouren im Kidron-Tal. Mein Gesicht war zerkratzt und geschwollen nach meiner Rutschpartie im Tunnel. Meine Jacke war mit Pfotenabdrücken befleckt. Ich war mit Erde beschmiert und von Ästen zerkratzt, und meine Jeans und die Fingernägel waren mit genug Krypta-Schlamm verkrustet, um eine Hütte damit zu verputzen.

Ryan setzte sich auf den Stuhl neben mir.

»Was ist da draußen passiert?«

Ich erzählte ihm von dem Grab und dem Schakal und von dem Angriff der Hevrat Kadisha.

»Jake hat das Bewusstsein verloren?«

»Kurz.« Die Geschichte mit dem durchgehenden Transporter ließ ich aus.

»Wahrscheinlich eine leichte Gehirnerschütterung.«

»Wahrscheinlich.«

»Wo ist Max?«

Ich sagte es ihm.

»Dann sollten wir hoffen, dass diese Kerle sich an ihre eigenen Regeln halten und die Toten liegen lassen.«

Ich berichtete ihm von Jakes Theorie, nach der das Jakobus-Ossuar aus diesem Grab gestohlen worden sei, was die Krypta zum Familiengrab Jesu machte.

»Diese Hypothese fußt auf Gravierungen auf alten Kästen?«

»James behauptet, er habe noch einen weiteren Beweis in seinem Labor. Sagt, das sei Dynamit.«

Eine Frau mit einem Kleinkind kam in den Warteraum. Das Kind schrie. Die Frau musterte mich kurz, ging weiter und setzte sich ans andere Ende der Stuhlreihe.

»Ich habe etwas entdeckt, Ryan.« Mit einem Daumennagel pulte ich Dreck aus dem anderen. »Als ich in der unteren Kammer war.«

»Etwas?«

Ich beschrieb ihm, was ich in dem Loch gesehen hatte, das der herausfallende Stein geöffnet hatte.

»Bist du sicher?«

Ich nickte.

Das Baby auf der anderen Seite schrie immer kräftiger. Die Mutter stand auf und ging mit ihm auf und ab.

Ich dachte an Katy. Ich erinnerte mich noch gut an die Nacht, als sie plötzlich über vierzig Grad Fieber bekam, und an die überstürzte Fahrt mit Pete ins Krankenhaus. Plötzlich fehlte mir meine Tochter sehr.

»Woher hast du eigentlich gewusst, dass wir hier sind?«, fragte ich, um mich wieder in die Gegenwart zurückzuholen.

»Schenck gehört zur Abteilung Schwerverbrechen. Er wusste, dass Friedman Kaplan bearbeitet und dass ich mit einer amerikanischen Anthropologin nach Israel gekommen bin. Schenck hat einfach nur eins und eins zusammengezählt und Friedman angerufen.«

»Irgendwas Neues von dieser Front?«

»Kaplan bestreitet, die Halskette gestohlen zu haben.«

»Das ist alles?«

»Nicht ganz.«

24

»Wie's aussieht, kennen sich der Beschuldigte, Kaplan also, und der Geschädigte, sprich Litvak, schon eine ziemlich lange Zeit.«

»Kaplan ist ein Freund des Ladenbesitzers, den er ausgeraubt hat?«

»Ein entfernter Cousin und gelegentlicher Lieferant. Litvak versorgt Kaplan hin und wieder mit – wie nannte Litvak es? – Kuriositäten.«

»Litvak handelt mit Antiquitäten?«

Ryan nickte.

»Illegal?«

»Natürlich nicht.«

»Natürlich nicht.«

»Litvak und Kaplan hatten vor dem Verschwinden der Halskette einen Streit.«

»Einen Streit worüber?«

»Kaplan hat etwas versprochen, es dann aber nicht geliefert. Litvak war sauer. Man redete sich in Rage. Kaplan stürmte hinaus.«

»Und steckte unterwegs die Halskette ein.«

Ryan nickte. »Litvak war so sauer, dass er die Polizei rief.«

»Im Ernst?«

»Litvak ist nicht gerade der Allerhellste. Und ein kleiner Hitzkopf.«

Das Kleinkind brüllte sich inzwischen die Seele aus dem Leib. Die Frau strich ihm über den Rücken und ging zur Tür.

Wir lächelten sie an, bis sie an uns vorbei war.

»Was hätte Kaplan Litvak denn liefern sollen?«, fragte ich, als Mutter und Kind außer Hörweite waren.

»Eine Kuriosität.«

Ich verdrehte die Augen. Es tat weh.

Ryan klappte seine Brille zusammen und steckte sie in die Brusttasche. Dann lehnte er sich zurück, streckte die Beine aus und faltete die Hände vor dem Bauch.

»Eine ää-chte Masada-Reliquie.«

Ich wollte eben etwas Intelligentes wie »Ach wirklich!« sagen, als die Aufnahmeschwester den Warteraum betrat und auf uns zukam.

Ryan und ich standen auf.

»Mr. Drum hat eine leichte Gehirnerschütterung erlitten. Dr. Epstein hat beschlossen, ihn über Nacht hier zu behalten.«

»Sie nehmen ihn stationär auf?«

»Nur zur Beobachtung. Das ist so üblich. Abgesehen von Kopfschmerzen und einer leichten Gereiztheit, sollte Mr. Drum in ein oder zwei Tagen wieder ganz in Ordnung sein.«

»Wann können wir ihn sehen?«

»Es wird noch eine Stunde oder zwei dauern, bis wir ihn auf die Station verlegt haben.«

Als die Schwester gegangen war, drehte Ryan sich zu mir um.

»Wie wär's mit Mittagessen?«

»Gute Idee.«

»Wie wär's mit Mittagessen mit viel Alkohol und dann Sex?«

»Du bist ein gerissener Verführer.«

Ryans Gesicht hellte sich auf.

»Aber: nein.«

Jetzt wurde sein Gesicht lang.

»Ich muss Jake erzählen, was ich in diesem Grab entdeckt habe.«

Zwei Stunden später saßen wir in Jakes Zimmer. Der Patient trug einen dieser am Hals zu bindenden Kittel, der schon viel zu viel Bleiche gesehen hatte. In seinem rechten Arm steckte ein Infusionsschlauch. Sein linker Handrücken lag auf seiner Stirn.

»Es ging nicht um das Grab«, blaffte Jake, dessen Gesicht noch bleicher war als der Kittel.

»Warum dann diese Demonstration?«

»Die Hevrat Kadisha hatten es auf dich abgesehen!«

Die Schwester hatte mehr als Recht gehabt mit der Gereiztheit.

»Auf mich?«

»Sie wissen, dass du in Israel bist.«

»Woher denn?«

»Du hast die IAA angerufen.«

»Nicht mehr, seitdem ich hier bin.«

»Du hast dich von Montreal aus mit Tovya Blotnik in Verbindung gesetzt.« Jake bellte wie einer, dem man es zutrauen würde, den eigenen Nachwuchs zu fressen.

»Ja, aber ...«

»Die Telefone der IAA sind verwanzt.«

»Von wem?« Ich glaubte das alles einfach nicht.

»Den Ultra-Orthodoxen.«

»Die glauben, dass du ein Kind des Teufels bist«, warf Ryan dazwischen.

Ich warf ihm einen Blick zu, der besagte, dass ich das nicht witzig fand.

Jake ignorierte das Intermezzo.

»Diese Leute sind wahnsinnig«, fuhr er fort. »Sie werfen Steine, damit die Leute am Samstag nicht Auto fahren können. Sie kleben Plakate, auf denen Archäologen namentlich verflucht werden. Ich kriege immer wieder mitten in der Nacht Anrufe, aufgezeichnete Botschaften, in denen man mir Krebs an den Hals und meiner Familie alles erdenklich Schlechte wünscht.«

Jake schloss die Augen, weil die Neonbeleuchtung an der Decke ihn blendete.

»Es ging nicht um das Grab«, wiederholte er. »Sie wissen, dass das Grab leer ist. Und sie haben keine Ahnung von seiner wahren Bedeutung.«

»Was wollten sie dann?«, fragte ich verwirrt.

Jake öffnete die Augen wieder.

»Ich kann dir sagen, was sie wollten. Der Rabbi verlangte immer wieder die Knochen des Helden von Masada.«

Masada Max.

Den wir in einem Loculus kaum zwanzig Meter von ihnen entfernt versteckt hatten.

»Werden sie das Grab durchsuchen?«

»Was glaubst denn du?« Ein missmutiger Zehnjähriger.

Ich hatte keine Lust, mich von Jakes schlechter Laune anstecken zu lassen.

»Ich glaube, es hängt davon ab, ob sie uns mit der Sporttasche gesehen haben.«

»Eine Eins mit Stern für die Dame.«

Die kleine Dame.

Jake senkte den Arm und starrte seine geballte Faust an. Eine Sekunde lang herrschte Schweigen.

Ich brach es.

»Da ist noch mehr, Jake.«

Jake schaute mich an. Ich bemerkte, dass seine Pupillen sich wieder angeglichen hatten.

»Beim Aufstieg aus der unteren Kammer habe ich einen Stein aus der Tunnelwand gelöst. Dahinter habe ich einen Hohlraum entdeckt, der bis dahin völlig geschlossen war.«

»Genau.« Spöttisch. »Ein versteckter Loculus.«

»Als ich mit der Taschenlampe hineinleuchtete, habe ich etwas gesehen, das aussah wie altes Tuch.«

»Im Ernst?« Jake versuchte, sich aufzurichten.

Ich nickte.

»Es steht außer Zweifel, dass das Grab aus dem ersten Jahrhundert stammt. Das beweisen die Ossuare. Textilien aus dieser Zeit wurden zwar in der Wüste gefunden, aber noch nie in Jerusalem.«

»Wenn du mir versprichst, dass du mir nicht den Kopf abreißt, erzähle ich dir auch den Rest.«

Jake ließ sich wieder aufs Kissen sinken.

»Ich glaube, der Stoff könnte ein Leichentuch sein.«

»Unmöglich.«

»Ich habe auch Knochen gesehen.«

»Menschliche?«

Ich nickte.

In diesem Augenblick kam eine Schwester durch die Tür, und ihre Gummisohlen quietschten auf den glänzenden, grauen Fliesen.

»Sie müssen jetzt gehen. Der Patient braucht Ruhe.«

Jake stützte sich auf die Ellbogen. »Wir müssen da noch einmal raus«, sagte er zu mir.

»Legen Sie sich hin, Mr. Drum.« Die Schwester legte Jake die Hände auf die Schultern und drückte ihn nach unten.

Jake wehrte sich.

Die Schwester warf ihm einen Blick zu, der andeutete, dass sie ihn als Nächstes mit Riemen festschnallen werde.

Jake gab nach.

Die Schwester schaute mich an.

»Jetzt.« Ihr Ton deutete Riemen auch für die Besucher an.

Ich klopfte Jake auf den Arm.

»Ich fahre gleich morgen früh noch mal raus.«

»Das kann nicht warten.«

Schwester Reibeisen funkelte mich böse an.

Ich trat vom Bett zurück.

Jake hob den Kopf und blaffte ein einziges Wort.

»Sofort.« Und klang dabei fast wie Schwester Reibeisen.

In der Eingangshalle des Krankenhauses rief Ryan die Polizeizentrale an. Ich war zu sehr in Gedanken versunken, um zuzuhören.

Wie sollte ich den Weg ins Kidron wieder finden? Wer würde mir am Grab helfen? Ryan konnte ich nicht fragen. Er war als Polizist in Israel. Friedman hatte sich extra Zeit freigeschaufelt, um ihm zu helfen. Ryan musste sich auf Kaplan konzentrieren.

»Friedman kommt«, sagte Ryan und klappte sein gemietetes Handy zu.

»Ist er fertig mit Kaplan?«

»Er gibt dem Herrn ein wenig Zeit zum Nachdenken.«

»Kaplan glaubt, dass er wegen Litvaks Halskette verhaftet wurde?«

»Und wegen ein paar geplatzter Schecks in Kanada.«

»Wegen Ferris hast du ihn noch nicht verhört?«

Ryan schüttelte den Kopf. »Friedman hat da eine interessante Herangehensweise. Sagt wenig, lässt den Verdächtigen reden und achtet dabei die ganze Zeit auf Details und Unstimmigkeiten, die er dann später auseinander nehmen kann.«

»Gib einem Lügner genug Leine …«

»Kaplan bekommt so viel Leine, dass er sich am K2 aufhängen könnte.«

»Wann kommt Ferris auf den Tisch?«

»Morgen.«

»Zeigst du Kaplan das Foto, das er mir bei der Autopsie gegeben hat?«

»Sollte ihm einen ziemlichen Ruck geben.«

Plötzlich gab es mir selbst auch einen Ruck.

»O mein Gott, Ryan. Glaubst du, Max könnte Kaplans ää-chte Masada-Reliquie sein? Glaubst du, dass Kaplan bei Ferris von diesem Skelett Wind bekommen hat?«

Ryan grinste breit. »Willst du mitkommen und ihn fragen?«

»Könnte Friedman beim Auseinandernehmen helfen.«

»Da wäre er sicher einverstanden.«

»Ich bin eine hervorragende Auseinandernehmerin.«

»Ich habe dich erlebt. Es ist Furcht erregend.«

»Es ist eine Gabe.«

Während wir warteten, fragte Ryan, wie ich mir die Rückkehr ins Kidron-Tal vorstellte.

Ich gab zu, dass ich die Logistik noch nicht ganz ausgearbeitet hatte.

Wir standen gerade einmal zehn Minuten in der Lobby, als Friedman ankam. Auf der Fahrt zum American Colony brachte er Ryan in Bezug auf das Kaplan-Verhör auf den neuesten Stand.

Es gab wenig Neues zu berichten. Kaplan behauptete immer noch, er habe vorgehabt, für die Halskette zu bezahlen. Litvak räumte jetzt ein, dass er vielleicht ein wenig übereilt reagiert habe.

Ryan berichtete Friedman von meinen morgendlichen Aktivitäten.

»Sie glauben, dass diese Textilie wirklich aus dem ersten Jahrhundert stammt?«, fragte Friedman in den Rückspiegel.

»Alt ist sie auf jeden Fall«, sagte ich. »Und der Loculus sieht unberührt aus.«

»Und in Kürze fallen Plünderer über dieses Grab her wie Fliegen über eine Leiche.«

Friedman überlegte einen Augenblick. Dann: »Huu-huh!«

Hebräisch?

»Wir spielen die Grabräuber!«

Friedman hatte wohl zu viele Filme gesehen.

»Wohin?«, fragte er.

»Sind Sie sicher, dass Sie das tun wollen?«, entgegnete ich.

»Hundertprozentig«, sagte Friedman. »Ich nehme das kulturelle Erbe dieses Landes sehr ernst.«

»Brauchen wir denn keine Genehmigung? Oder wenigstens eine Ermächtigung?«

»Ist alles abgedeckt.«

Okay.

»Ins Hotel bitte. Ich möchte meine Kamera holen.«

»Sonst noch was?«

»Einen Spaten und etwas, mit dem man Steine aus der Wand lösen kann.« Ich dachte an den Lichtausfall in der unteren Kammer. »Und starke Taschenlampen mit brandneuen Batterien.«

Friedman setzte mich am American Colony ab und fuhr dann mit Ryan davon, um die Ausrüstung zu beschaffen. Ich rannte in den dritten Stock hoch.

Jake würde wieder gesund werden!

Ich würde mir Max wiederholen und, vielleicht, ein Leichentuch aus dem ersten Jahrhundert bergen können.

Das wessen Überreste verhüllte?

In wessen Grab?

Ich war so aufgeregt, dass ich zwei Stufen auf einmal nahm.

In meiner Zukunft sah ich Seife, eine Haarbürste und ein trockenes T-Shirt!

Ryan und Friedman halfen mir!

Das Leben war gut! Ein Abenteuer!

Dann öffnete ich meine Zimmertür.

Und starrte ungläubig

25

Mein Zimmer war verwüstet.

Das Bett war abgezogen, die Laken auf einen Haufen geworfen, die Matratze umgedreht. Wand- und Kleiderschrank standen offen, Kleiderbügel, Schuhe und Pullover lagen überall verstreut.

Meine Euphorie verflüchtigte sich.

»Ist da wer?«

Blöd. Natürlich waren sie bereits wieder verschwunden und würden sich wohl kaum namentlich vorstellen, wenn sie es nicht wären.

Ich suchte an der Tür nach Spuren gewaltsamen Eindringens. Das Schloss war intakt. Das Holz war nicht beschädigt.

Mit pochendem Herzen lief ich ins Zimmer.

Jede Schublade war herausgezogen. Mein Koffer war umgekippt, der Inhalt durchwühlt.

Mein Laptop lag unberührt auf dem Schreibtisch.

Ich überlegte mir, was das bedeuten konnte.

Diebe? Natürlich nicht.

Die hätten nie den Computer zurückgelassen.

Eine Warnung?

Von wem? Weswegen?

Mit zitternden Händen packte ich Unterwäsche, T-Shirts und Jeans wieder ein.

Wie Jake, der die vor seinem Auto verstreuten Habseligkeiten zusammensuchte.

Meine Gedanken kamen zur Ruhe.

Ich wusste Bescheid.

Die Gedanken schlugen eine Kerbe. Wut quoll daraus hervor.

»Ihr hinterhältigen kleinen Mistkerle!«

Ich knallte Schubladen zu. Legte Pullover zusammen, hängte Hosen wieder auf Bügel.

Die Empörung machte mich hart und verdrängte die Tränen.

Nachdem ich im Schlafzimmer fertig war, ging ich ins Bad. Stellte meine Toilettenartikel wieder an ihren Platz. Wusch mir das Gesicht. Bürstete die Haare.

Ich hatte mir eben ein frisches T-Shirt angezogen, als das Telefon klingelte. Ryan war in der Lobby.

»Mein Zimmer wurde verwüstet«, sagte ich ohne Umschweife.

»Scheiße.«

»Wahrscheinlich die Hevrat Kadisha auf der Suche nach Max.«

»Ist aber nicht gerade ein 1A-Vormittag für dich.«

»Nein.«

»Ich knöpfe mir den Geschäftsführer vor.«

»Ich komme runter.«

Als ich in die Lobby kam, war Friedman bei Ryan, und sie hatten bereits zwei Dinge herausgefunden. Kein Besucher hatte nach mir gefragt. Keiner an der Rezeption hatte meinen Zimmerschlüssel herausgegeben.

Beziehungsweise keiner hatte es zugegeben.

Ich glaubte es. Das American Colony gehörte Arabern und wurde ausschließlich von Arabern betrieben. Ich konnte mir nicht vorstellen, dass es unter den Angestellten Sympathisanten der Hevrat Kadisha gab.

Die Geschäftsführerin, Mrs. Hanani, fragte mich, ob ich bei der Polizei offiziell Anzeige erstatten wolle. Ihre Stimme verriet, dass sie davon alles andere als begeistert wäre.

Ich lehnte ab.

Deutlich erleichtert versprach Mrs. Hanani eine umfassende interne Untersuchung, verschärfte Sicherheitsvorkehrungen und eine Entschädigung für alles, was beschädigt oder gestohlen wurde.

Friedman versicherte ihr, dass das ein hervorragender Plan sei.

Ich hatte eine Bitte an sie. Mrs. Hanani eilte in die Küche, um sie mir zu erfüllen.

Als sie zurückkehrte, steckte ich die Sachen in meinen Rucksack, dankte und versicherte ihr, dass mir nichts Wertvolles abhanden gekommen sei.

Als ich in Friedmans Auto stieg, schoss mir der Gedanke durch den Kopf, ob ich mein Beharren auf getrennten Zimmern nicht noch bedauern würde. Verflucht sei der Professionalismus. Wenn ich allein im Dunkeln im Bett liegen würde, würde ich sicher Ryan neben mir haben wollen.

Es dauerte fast eine Stunde, bis wir wieder im Kidron waren. Die Polizei von Jerusalem hatte den Tipp erhalten, ein Selbstmordattentäter sei unterwegs von Bethlehem hierher. Man hatte zusätzliche Kontrollpunkte errichtet, und der Verkehr stockte.

Unterwegs fragte ich Friedman nach der Genehmigung. Er klopfte auf eine Tasche und beteuerte, er hätte das Dokument besorgt. Ich glaubte ihm.

In Silwan dirigierte ich Friedman zu der Lichtung, wo Jack und ich geparkt hatten. Während er und Ryan das Werkzeug aus dem Kofferraum holten, schaute ich in das Tal hinunter.

Kein schwarzer Hut zu sehen.

Ich führte unsere kleine Expedition an. Ryan und Friedman folgten.

Vor dem Grab blieb ich einen Augenblick stehen und betrachtete den Eingang. Das kleine, schwarze Portal starrte unergründlich zurück.

Ich spürte, wie mein Herz einen Schlag aussetzte. Doch ich achtete nicht darauf und drehte mich um. Meine beiden Begleiter schwitzten und atmeten schwer.

»Was ist mit dem Schakal?«, fragte ich.

»Ich kündige unseren Besuch an.« Friedman zog seinen Revolver, kauerte sich vor den Eingang und feuerte in das Grab. »Wenn das Weibchen da drin ist, macht es sich jetzt aus dem Staub.«

Wir warteten. Aber kein Schakal tauchte auf.

»Das Tier ist wahrscheinlich meilenweit weg«, sagte Friedman.

»Ich schaue mal im Untergeschoss nach«, sagte Ryan und streckte die Hand aus.

Friedman gab ihm die Waffe.

Ryan ließ einen Spaten und ein Brecheisen durch die Öffnung fallen und wand sich dann selbst hindurch. Ich hörte einen zweiten Schuss, dann Stiefelscharren. Stille. Dann wieder Scharren, und Ryans Gesicht tauchte in der Öffnung auf.

»Schakalfrei«, sagte er und gab Friedman die Waffe zurück.

»Ich übernehme die erste Wache«, verkündete Friedman mit schmalem Mund. Ich fragte mich, ob er die gleiche Abneigung gegen enge Räume hatte wie ich.

Ich ging zum Eingang, schob zuerst meinen Rucksack und dann meine Füße in die Dunkelheit und ließ mich schnell fallen, weil ich hoffte, so die Neuronen zu täuschen, die die Bewegungsfreiheit überwachten. Sie fielen darauf herein. Ich war im Grab, bevor mein Hirn etwas davon merkte.

Neben mir leuchtete Ryan mit einem Mag-Lite die Höhle aus. Unsere Gesichter waren Kürbislaternen, unsere Schatten dunkle Scherenschnitte in dem grellen, weißen Schein hinter uns.

»Leuchte mal da rüber.« Ich deutete zu dem nördlichen Loculus.

Ryan richtete den Strahl aus. Der Felsbrocken war bewegt worden. Nichts Blaues blitzte in der Dunkelheit auf.

Ich kroch zu dem Loculus. Ryan folgte.

Die kleine Nische war leer.

»Verdammt!«

»Haben sie ihn?«, fragte Ryan.

Ich nickte.

Es überraschte mich nicht.

Trotzdem machte es mich traurig.

Max war gestohlen worden.

»Tut mir Leid«, sagte Ryan.

Südstaatenmanieren. Reflexe. Ich wollte schon sagen: »Ist schon okay«, verkniff es mir dann aber. Es war überhaupt nicht okay.

Das Skelett war verschwunden.

Ich kauerte mich auf die Hacken und spürte plötzlich das bedrückende Gewicht des Grabs. Der kalte Fels. Die schale Luft. Die samtige Stille.

Hatte ich wirklich einen von Masadas Toten in meinem Besitz gehabt?

Hatte ich ihn nun endgültig verloren?

Kauerte ich in einer Begräbnisstätte für die Heiligen?

Wurde ich beobachtet?

Von den Hevrat Kadisha?

Von den Seelen derjenigen, die den Katechismus meiner Jugend bevölkert hatten?

Wer war Max gewesen?

Wer hatte in diesem Grab gelegen?

Wer lag noch immer da?

Ich spürte eine Hand auf der Schulter. Mein Hirn kehrte in die Gegenwart zurück.

»Lass uns nach unten gehen«, flüsterte ich.

Ich kroch zum Tunnel und benutzte dieselbe Technik, die mich schon ins obere Grab gebracht hatte.

Rein und runter.

Sekunden später war Ryan wieder neben mir.

Hatte ich nicht alle heruntergestürzten Steine auf der rechten Seite zusammengeschoben? Jetzt lagen einige auf der linken. Erinnerte ich mich nur falsch? Oder waren auch diese Steine bewegt worden?

Lieber Gott, lass es noch hier sein.

Ryan richtete das Mag-Lite auf die Öffnung, die bei meinem Ausrutscher entstanden war. Helles Weiß stach in tintige Schwärze.

Und fiel auf grobes, handgewebtes Tuch.

Wie schon einmal, strengte ich die Augen an, um alles aufzunehmen. Und das Hirn, um zu klassifizieren, was ich sah.

Grobe Beschaffenheit. Buckeliger Umriss.

Und an einem Ende ragte kaum sichtbar ein kleiner, brauner Zylinder mit einem knubbeligen Ende heraus.

Ein menschliches Zehenglied.

Ich packte Ryan am Arm.

»Es ist noch da!«

Keine Zeit für korrekte archäologische Vorgehensweise. Wir mussten unseren Fund hier rausbringen, bevor die Hevrat Kadisha Wind davon bekamen.

Während ich die Taschenlampe hielt, rammte Ryan das Brecheisen in eine Ritze über einem Stein direkt oberhalb der Öffnung. Ryan stemmte, und Kiesel rieselten herunter.

Der Stein wackelte und kippte dann in seine Ursprungsposition zurück.

Ryan stemmte fester.

Der Stein bewegte sich, kippte aber noch einmal zurück.

Während ich zusah, wie Ryan immer und immer wieder in die

Ritze stieß, war ich froh, dass Friedman uns oben den Rücken deckte. Ich hoffte nur, wir brauchten ihn hier unten nicht.

Ryan legte das Brecheisen weg und griff zum Spaten. Er schob das Blatt in die Ritze und drückte den Stiel mit aller Kraft nach hinten.

Der Stein rutschte heraus und fiel polternd nach unten.

Ich kroch zu der vergrößerten Öffnung. Sie war groß genug.

Mein Herzschlag beschleunigte sich.

Ruhig. Ryan ist hier. Friedman steht oben am Eingang Wache.

Kopf und Schultern voran, zog ich mich in den Loculus und robbte, mit behutsamen Bewegungen und dicht an einer Wand, zum hinteren Ende. Ryan leuchtete mir.

Was ich entdeckt hatte, war tatsächlich Tuch. Zwei Fragmente waren noch vorhanden. Das größere lag näher an der Loculus-Öffnung und war offensichtlich das Fußende. Das kleinere lag tiefer drinnen, wie vermutlich auch der Schädel.

Ich beugte mich über die Stoffteile und konnte ein grob gewebtes Karomuster erkennen. Die Fragmente waren klein und die Kanten ausgefranst, was darauf hindeutete, dass ein Großteil des ursprünglichen Tuchs zerstört worden war.

Einige Knochen lagen unter dem Leichentuch. Andere darum herum. Zusätzlich zu dem Zehenglied konnte ich Teile einer Elle und eines Femurs, von Becken und Schädel erkennen.

Wie sollte ich diese Überreste bergen, ohne das Leichentuch zu zerreißen? Ich ging die Möglichkeiten durch. Keine war optimal.

Ich schob die Fingerspitzen unter das größere Stück und hob es vorsichtig an einem Ende an.

Das Gewebe hob sich mit leisem Knistern, wie trockenes Laub unter einer Stiefelsohle.

Ich versuchte es an anderer Stelle.

Einige Teile lösten sich leicht. Andere blieben haften.

Ich holte die Digitalkamera aus meinem Rucksack. Während Ryan den Loculus ausleuchtete wie eine winzige Filmszene, legte ich mein Schweizer Armeemesser als Maßstab neben den Fund und fotografierte aus unterschiedlichen Winkeln.

Danach holte ich die Tupperware und den Spatel, die Mrs. Hanani mir gegeben hatte, aus dem Rucksack.

Mit Spatel und Fingerspitzen löste ich behutsam das Tuch von Knochen und Fels. Als ich beide Stücke komplett anheben konnte, rollte ich sie behutsam zusammen und legte jedes in einen separaten Behälter.

Nicht optimal, aber unter den Umständen das Beste, was ich tun konnte.

Da die Tuchfragmente nun entfernt waren, lagen die menschlichen Knochen unverhüllt vor mir. Das Zehenglied und ein Fersenbein waren die einzigen intakten Knochen. Der Rest des Skeletts war zersplittert und in einem sehr schlechten Zustand.

Schattenpuppen an den Wänden um mich herum ahmten meine Bewegungen nach, während ich die nächste Stunde damit zubrachte, Knochen, Zähne und darunter liegendes Sediment einzusammeln.

Bald schmerzten mir Rücken und Gelenke von der verkrampften Haltung in dem engen Hohlraum. Meine Füße wurden taub.

Irgendwann rief Friedman von oben herunter: »Alles in Ordnung?«

»Alles bestens.«

Und später: »Wie lange noch?«

»Bald.«

»Sollte ich vielleicht ein Lager aufschlagen?«

»Bald«, wiederholte Ryan.

Der späte Nachmittag ging schon in die Abenddämmerung über, als wir schließlich wieder an die Oberfläche kamen.

Ryan stieg als Erster heraus. Ich gab ihm die Schaufel, das Brecheisen und den Rucksack mit den Überresten des Leichentuchs und der Person, die darin eingewickelt gewesen war.

Die Reste des Tuchs lagen zusammengerollt in zwei flachen Behältern. Die Knochen füllten zwei kleine Dosen. Gerade einmal. Eine dritte enthielt Sediment vom Boden des Loculus.

Friedman saß auf der Erde, die Beine überkreuzt, den Rücken

an die Hügelflanke gelehnt. Er sah nicht verärgert aus. Er sah auch nicht gelangweilt aus.

Er sah aus wie Gilligan, der auf den Captain wartete.

Als er uns bemerkte, trank Friedman seine Wasserflasche aus und rappelte sich hoch.

»Haben Sie Ihren Mann?«

Gute Frage. Ich hatte bereits einen Blick riskiert. Die Beckenfragmente wollten sich, was das Geschlecht anging, nicht festlegen.

Ich zeigte ihm den hochgereckten Daumen und wischte mir dann Erde von den Händen, indem ich sie gegeneinander rieb.

»Nach oben?«, fragte Ryan Friedman mit Aufzugsstimme.

Friedman nickte, nahm die Schaufel und fing an zu klettern. Wir folgten ihm.

Zwanzig Meter vom Klippenrand entfernt, machten wir eine Pause, um wieder zu Atem zu kommen. Friedmans Gesicht war dunkelrot. Ryans Haaransatz war schweißnass. Auch ich war in keinem Zustand für eine Großaufnahme.

Minuten später standen wir vor Friedmans Auto.

»Haben Sie Lust, mit uns zu Abend zu essen?«, fragte Ryan, als Friedman aus Silwan hinausfuhr.

Friedman schüttelte den Kopf. »Muss nach Hause.«

Zu wem oder was?, fragte ich mich. Zu einer Frau? Einem Wellensittich? Einem gefrorenen Kotelett, das im Spülbecken auftaute?

Ich ließ Ryan und Friedman vor dem Hotel zurück und ging direkt zur Rezeption. Der Empfangschef schaffte es, meine Erscheinung zu mustern, ohne mir dabei in die Augen zu sehen. Ich war beeindruckt. Aber nicht genug, um ihm zu erklären, warum ich aussah wie ein Wrack.

Mit den Schlüsseln in der Hand ging ich zurück zur Auffahrt. Ryan hatte Friedman stehen lassen und kam durch den Säulenvorbau auf mich zu. Hinter ihm sah ich, dass Friedman sich mit Mrs. Hanani unterhielt.

Die Geschäftsführerin stand steif da, den Blick gesenkt, die Arme um die Taille geschlungen.

Friedman sagte etwas. Mrs. Hanani riss den Kopf hoch und schüttelte ihn verneinend.

Während Friedman wieder etwas sagte, zog Mrs. Hanani Zigaretten aus einer Tasche und versuchte, sich eine anzuzünden. Der Streichholzkopf zitterte ein bisschen und traf schließlich sein Ziel. Mrs. Hanani zog sich Rauch in die Lunge, blies ihn wieder aus und schüttelte noch einmal den Kopf.

Friedman ging weg. Mrs. Hanani nahm einen Zug, atmete langsam aus und starrte durch den Rauch hindurch seinen Rücken an. Ich konnte ihren Gesichtsausdruck nicht erkennen.

»Was ist los?«, fragte Ryan.

»Nichts.«

Ich hielt ihm seinen Schlüssel hin.

Ryans Hand schloss sich um meine. »Was für ein Futter würden Madame denn bevorzugen?«

Ich wusste, dass ich eine Dusche wollte. Ich wusste, dass ich frische Kleidung wollte. Ich wusste, dass ich etwas zu essen wollte, gefolgt von zwölf Stunden Schlaf.

Ich hatte keine Ahnung, was für eine Küche ich bevorzugte.

»Hast du dir schon was überlegt?«

»Fink's.«

»Fink.«

»An der Histadrut. Gibt es schon länger, als es den Staat Israel gibt. Friedman meint, dass Mouli Azrieli eine Institution ist.«

»Mouli dürfte dann wohl der Besitzer sein.«

Ryan nickte. »Angeblich hat Mouli mal lieber Kissinger auflaufen lassen, als seine Stammgäste auszusperren. Aber was viel wichtiger ist, angeblich rührt Mouli ein teuflisch gutes Rindsgulasch zusammen.«

Zusammenrühren? Ryan war mal wieder auf der Wild-West-Schiene.

»Dreißig Minuten.« Ich hob einen schlammigen Finger. »Unter einer Bedingung.«

Ryan breitete die Arme aus. Was?

»Lass den Cowboy hier.«

Ich drehte mich zur Treppe um.

»Schließ die Beute in deinen Zimmersafe ein«, sagte Ryan zu meinem Rücken. »Die Diebe sind hier in der Gegend ziemlich rührig.«

Ich blieb stehen. Ryan hatte Recht. Aber in mein Zimmer war eingebrochen worden. Es war nicht sicher. Einen Satz Knochen hatte ich schon verloren, den zweiten wollte ich nicht auch noch riskieren.

Ich drehte mich um.

»Meinst du, Friedman könnte die Knochen über Nacht in der Polizeizentrale deponieren?«

»Mit Sicherheit.«

Ich hielt ihm meinen Rucksack hin. Ryan nahm ihn.

Seife und Shampoo. Rouge und Maskara. Eine halbe Stunde später sah ich, bei weichem Licht und aus dem richtigen Blickwinkel betrachtet, einigermaßen gut aus.

Fink's hatte insgesamt sechs Tische zu bieten. Und unzähligen Nippes. Das Dekor war zwar alt, aber das Gulasch hervorragend.

Und Mouli setzte sich tatsächlich mit seinem Stapel Sammelalben an unseren Tisch. Golda Meir. Kirk Douglas. John Steinbeck. Shirley McLaine. Seine Berühmtheiten-Sammlung lief sogar der des American Colony den Rang ab.

Im Taxi fragte Ryan dann: »Und was geht meinem Mädel im Augenblick so durchs Köpfchen?«

Keine *Rauchenden Colts* mehr, sondern Galway.

»Mouli braucht neue Vorhänge. Und was geht dir so durchs Köpfchen?«

Ryan zeigte ein Lächeln, so breit wie die Galway Bay.

»Ach, das nun wieder«, sagte ich.

»Genau das.«

Meine Befürchtungen wegen einer unruhigen Nacht allein im Dunkeln erwiesen sich als unbegründet.

26

Ich verschlief den Gebetsruf des Muezzins. Ich verschlief die morgendliche Stoßzeit, die unter meinem Fenster vorbeirauschte. Ich verschlief auch, dass Ryan in sein Zimmer ging.

Ich wachte auf, als meine Jeans »A Hard Day's Night« spielten.

Da stimmte irgendwas nicht.

»*I should be sleeping like a log...*«

Die Musik brach ab.

Komischer Traum. Ich lag da und dachte an das postprandiale Techtelmechtel des letzten Abends. Mir fiel eine weitere Zeile des Songs ein.

»*You know I feel alright...*«

Wieder fing die blecherne Musik zu plärren an.

Jakes Handy!

Ich sprang aus dem Bett, zog das Handy aus der Tasche und ließ die Jeans zu Boden fallen.

»Jake?«

»*Du* hast mein Handy.«

»Wie geht's dir?«

Ich schaute auf die Uhr. Zwanzig vor acht.

»Klasse. Ich liebe es, wenn man mir Blut abzapft und mir Finger in den Hintern schiebt.«

»Schön gesagt.«

»Ich musste raus, bevor die noch mal über mich herfallen.«

»Man hat dich entlassen?«

»Ja«, blaffte Jake.

»Jake, du solltest...«

»Ja ja. Hast du es wieder gefunden?«

»Die Tasche war verschwunden.«

»Gottverdammte Scheiße.«

Ich wartete, bis der Ausbruch vorüber war.

»Was ist mit dem anderen?«

»Ich habe das Leichent...«

»Sag's nicht übers Handy. Kannst du zu mir kommen?«

»Wann?«

»Ich muss mich zuerst um den Transporter kümmern und mir irgendwie ein Ersatzfahrzeug beschaffen.« Pause. »Um elf?«

»Wie komme ich zu dir?« Ich lief zum Schreibtisch.

Jake gab mir eine Wegbeschreibung. Die Orientierungspunkte und Straßennamen sagten mir rein gar nichts.

»Ich muss die IAA anrufen, Jake.« Um ihnen zu sagen, dass ich das Skelett verloren hatte. Mir graute schon davor.

»Aber zuerst will ich dir zeigen, was ich sonst noch in diesem Grab gefunden habe.«

»Ich bin seit zwei Tagen in Israel. Ich muss Blotnik anrufen.«

»Wenn du gesehen hast, was ich habe.«

»Heute noch«, sagte ich.

»Ja, ja«, blaffte er. »Und bring mein verdammtes Handy mit.«

Ich lauschte einer toten Leitung.

Offensichtlich hatte Jake immer noch mit erhöhter Reizbarkeit zu kämpfen. Und mit Paranoia? Glaubte er wirklich, dass seine Anrufe überwacht wurden?

Ich stand nackt da, das Handy in einer Hand, den Stift in der anderen, als jemand gegen die Tür trat.

Scheiße? Was jetzt?

Ich schaute durch den Türspion.

Ryan war mit Bagels und Kaffee wiedergekommen. Er hatte sich rasiert, seine Haare waren noch feucht von der Dusche.

Während meiner Morgentoilette berichtete ich ihm von Jakes Anruf.

»Mit Kaplan sind wir auf jeden Fall vor elf Uhr fertig. Wo wohnt Jake?«

»Beit Hanna.«

»Ich bring dich hin.«

»Jake hat mir gesagt, wie man hinkommt.«

»Wie geht's ihm?«

»Ausfallend gut.«

Kaplan wurde in einer Polizeistation im Russischen Quartier festgehalten, einem der ersten Viertel, die außerhalb der Altstadt entstanden waren. Ursprünglich gedacht als Zufluchtsort für russische Pilger, war es jetzt ein ziemlich heruntergekommenes Stück Innenstadt, das völlig zu Recht zur Renovierung vorgesehen war.

Das Bezirksrevier und der dazugehörige Zellenkomplex waren eine Ansammlung von Gebäuden zwischen der Jaffa Street und der russischen Kirche. Steinmauern, Eisengitter vor den Fenstern. So schäbig und heruntergekommen wie er war, fügte sich der Komplex sehr gut in die Nachbarschaft ein.

Einsatzfahrzeuge standen kreuz und quer auf dem Hof. Friedman stellte sein Auto mitten zwischen den anderen ab, an einer Beton-Barrikade, die das Grundstück begrenzte. Ganz in der Nähe lag eine mächtige Steinsäule halb vergraben in der Erde.

Die Säule war mit einem Eisengeländer umgeben, und auf der abgegrenzten Fläche türmten sich tausende von Zigarettenkippen. Ich stellte mir vor, wie Polizisten und nervöse Gefangene hier ihre letzten Züge an der frischen Luft machten, bevor sie hineingingen oder gebracht wurden.

Friedman bemerkte, dass ich die Säule betrachtete.

»Erstes Jahrhundert«, sagte er.

»Hat Herodes schon wieder zugeschlagen?«

Friedman nickte. »Angeblich war sie für die königliche Säulenhalle auf Herodes' Tempelberg gedacht.«

»Der alte Knabe war ein ziemlicher Baumeister.«

»Die Steinmetze hatten einen Riss bemerkt und ließen das Ding deshalb einfach liegen. Zweitausend Jahre später ist es immer noch da.«

Wir gingen durch ein kleines Wachhaus, wo wir zuerst elektronisch durchsucht und dann befragt wurden. Im Gebäude selbst wurden wir noch einmal von einem Wachmann verhört, der die High School schon mindestens ein Jahr hinter sich hatte, und erst dann zu einem erst kürzlich verlassenen Büro geführt.

Rauch verpestete die Luft. Papiere lagen auf dem Schreibtisch verstreut, und obendrauf stand ein halb leerer Becher Kaffee. Stapel von Berichten. Ein Rolodex, das bei T aufgeklappt war.

Ich bemerkte einen Namen auf dem Becher. Solomon.

Ich fragte mich, wie es der alte Sol wohl aufnahm, dass er aus seiner Bude verscheucht wurde.

Die Luft roch wie in Polizeirevieren auf der ganzen Welt. Ein Deckenventilator gab sich größte Mühe, aber das reichte nicht.

Friedman verschwand und tauchte wieder auf. Minuten später führte ein Uniformierter den Gefangenen in das Büro. Kaplan trug eine schwarze Hose und ein weißes Hemd. Keinen Gürtel. Keine Schnürsenkel.

Der Uniformierte stellte sich als Wache vor die Tür. Ryan lehnte an einer Wand. Ich an einer anderen.

Kaplan schenkte Friedman ein geschäftsmäßiges Lächeln. Er war glatt rasiert, und seine Augen wirkten verquollener, als ich sie in Erinnerung hatte.

»Ich hoffe, Mr. Litvak ist inzwischen zur Besinnung gekommen.«

You picked a fine time to leave me, Lucille.

Die heisere Stimme gab den Ausschlag. Kessler und Kaplan waren ein und derselbe.

Friedman deutete auf einen Stuhl. Kaplan setzte sich.

»Das ist so ein albernes Missverständnis.« Kaplan lachte ein albernes, missverstehendes Lachen.

Friedman setzte sich auf Sols Schreibtischstuhl und inspizierte seine Fingernägel.

Kaplan drehte sich um und sah mich nun zum ersten Mal richtig an. Etwas flackerte in seinen Augen, schnell wie ein Kameraverschluss.

Wiedererkennen? Die erste Ahnung, warum er tatsächlich hier war?

Ryan löste sich von der Wand. Wortlos hielt er Kaplan das Foto von Max entgegen.

Kaplans Lächeln wurde dünner, verschwand aber nicht völlig.

»Erinnern Sie sich an Dr. Brennan?« Ryan nickte in meine Richtung.

Kaplan antwortete nicht.

»Avram Ferris?«, fuhr Ryan fort. »Diese unerfreuliche Autopsie-Geschichte?«

Kaplan schluckte.

»Erzählen Sie mir davon«, sagte Ryan.

»Was gibt's da zu erzählen?«

»Ich bin nicht nach Israel geflogen, um mit Ihnen über Schecks zu reden, Mr. Kaplan.« Ryans Stimme hätte Polareis durchschneiden können. »Oder soll ich Sie Kessler nennen?«

Kaplan verschränkte die Arme. »Ja, Detective. Ich kannte Avram Ferris. Sind Sie hier, um mich das zu fragen?«

»Woher haben Sie das?« Ryan klopfte auf das Foto.

»Von Ferris.«

»Verstehe.«

»Das stimmt.«

Ryan reagierte mit Schweigen. Kaplan brach es.

»Wirklich.«

Kaplan warf nun Friedman einen schnellen Blick zu. Friedman bewunderte noch immer seine Fingernägel.

»Ferris und ich hatten geschäftlich miteinander zu tun.«

»Geschäftlich?«

»Es ist ziemlich stickig hier drinnen.« Kaplans Jovialität verflüchtigte sich. »Ich brauche einen Schluck Wasser.«

»Mr. Kaplan.« Tiefe Enttäuschung in Friedmans Stimme. »Ist das die Art, wie man hier bei uns um etwas bittet?«

»Bitte.« Aufgesetzter Seufzer.

Friedman ging zur Tür und sprach mit jemandem im Gang. Dann kehrte er zu seinem Platz zurück und lächelte Kaplan an. Das Lächeln war so herzlich wie das einer Proto-Amphibie.

»Geschäftlich?«, wiederholte Ryan.

»Ich habe für ihn Sachen eingekauft und verkauft.«

»Was für Sachen?«

Ein kleiner Mann mit einer großen Nase kam herein und gab Kaplan ein schmuddeliges Glas. Der Kerl machte ein finsteres Gesicht. Sol?

Kaplan schluckte, schaute auf, sagte aber nichts.

»Was für Sachen?«

Kaplan zuckte die Achseln. Das Wasser zitterte.

»Sachen eben.«

»Sie achten wohl sehr auf Kundenvertraulichkeit, Mr. Kaplan.«

Kaplan zuckte noch einmal die Achseln.

»Skelettierte Sachen?« Ryan wedelte Kaplan mit dem Foto vor der Nase herum.

Kaplans Gesicht wurde starr. Er trank das Wasser aus, stellte das Glas behutsam auf Sols Schreibunterlage, lehnte sich zurück und verschränkte die Finger.

»Ich will einen Anwalt.«

»Brauchen Sie einen Anwalt?«

»Sie schüchtern mich nicht ein.«

»Verschweigen Sie uns etwas, Mr. Kaplan?«

Ryan wandte sich an Friedman.

»Was meinen Sie, Ira? Glauben Sie, dass Mr. Kaplan in ein paar Schwarzmarktgeschäfte verwickelt war?«

»Ich halte das durchaus für möglich, Andy.«

Kaplans Gesicht blieb ausdruckslos.

»Oder vielleicht dachte er, dass illegale Antiquitäten Kinderkram sind, und beschloss deshalb, einen etwas ambitionierteren Karrierepfad einzuschlagen.«

Kaplan hatte sehr dünne Finger. Er drückte sie jetzt so fest zusammen, dass die Knöchel weiß wurden.

»Könnte sein, Andy. Jetzt, da Sie es erwähnen, muss ich sagen, dass er auf mich wie ein typischer Renaissance-Mensch wirkt.«

Ryan wandte sich nun wieder an Kaplan.

»Ist es das? Haben Sie beschlossen, den Einsatz zu erhöhen?«

»Ich weiß nicht, was sie meinen.«

»Ich meine Mord, Hersh. Man nennt Sie doch Hersh, oder?«

»Mein Gott.« Röte kroch von Kaplans Kragen nach Norden. »Sind Sie wahnsinnig?«

»Was meinen Sie, Ira. Meinen Sie, dass Hersh Avram Ferris um die Ecke gebracht hat?«

»Nein!« Kaplan schoss mit dem Oberkörper nach vorne und drehte den Kopf von Ryan zu Friedman. »Nein!«

Ryan und Friedman schauten sich achselzuckend an.

»Das ist ja Wahnsinn.« Jetzt bedeckte die Röte sein gesamtes Gesicht. »Ich habe niemanden getötet. Das könnte ich gar nicht.«

Ryan und Friedman warteten.

»Okay.« Kaplan hob beide Hände. »Hören Sie.« Kaplan wählte seine Worte jetzt vorsichtig. »Gelegentlich beschaffe ich Objekte von zweifelhafter Herkunft.«

»Sie haben das auch für Ferris getan?«

Kaplan nickte. »Ferris rief an und fragte mich, ob ich einen Käufer für etwas Spezielles finden könne.«

»Etwas Spezielles?«

»Etwas Außergewöhnliches. Etwas, was man nur einmal im Leben angeboten bekommt.«

Wieder warteten die beiden.

»Etwas, was die christliche Welt in Aufruhr bringen würde. Genau das waren seine Worte.«

Ryan hob das Foto.

Kaplan nickte. »Ferris gab mir das Foto und schärfte mir ein, keinem Menschen zu sagen, woher ich es habe.«

»Wann war das?«

»Ich weiß nicht mehr. Diesen Winter.«

»Das ist ein bisschen ungenau, Hersh.«

»Anfang Januar.«

Ryan und ich wechselten einen Blick. Ferris wurde Mitte Februar erschossen.

»Was ist passiert?«

»Ich brachte ein paar Andeutungen in Umlauf, merkte, dass Interesse bestand, sagte Ferris, dass ich mit ihm ins Geschäft kommen wolle, dass ich aber mehr Echtheitsbeweise brauchte als nur dieses Foto und sein Wort. Er sagte, er werde mir die Beweise für die Authentizität des Skeletts beschaffen. Aber bevor wir uns treffen konnten, war Ferris tot.«

»Was hat Ferris Ihnen über das Skelett erzählt?«, fragte ich.

Kaplan wandte sich mir zu. Sein Blick verriet kurz etwas und konzentrierte sich dann wieder.

»Dass es aus Masada stammte.«

»Woher hatte es Ferris?«

»Das hat er nicht gesagt.«

»Sonst noch was?«

»Er meinte, es sei eine Person von historischer Bedeutung, und behauptete, auch einen Beweis dafür zu haben.«

»Sonst nichts?«

»Sonst nichts.«

Wir alle dachten darüber nach. Was für einen Beweis mochte Ferris gehabt haben? Bestätigungen von Lerner? Aus dem Musée de l'Homme? Die Museumsakte, die Lerner gestohlen hatte? Vielleicht die Originaldokumente aus Israel?

Im Korridor hörte ich jemanden mit dem Uniformierten reden. Der arme, vertriebene Sol?

»Was ist mit Miriam Ferris?« Ryan wechselte das Thema.

»Was soll mit ihr sein?«

»Kennen Sie Mrs. Ferris persönlich?«

Kaplan zuckte die Schultern.

»Ist das ein Ja?«

»Ich kenne sie.«

»Im biblischen Sinne?«

»Das ist widerlich.«

»Lassen Sie es mich anders formulieren, Hersh. Ich habe Sie doch gefragt, ob man Sie Hersh nennt, nicht? Hatten Sie eine Affäre mit Miriam Ferris?«

»Was?«

»Zuerst habe ich Sie um eine Bestätigung ihres Vornamens gebeten. Dann habe ich Sie gefragt, ob Sie Miriam Ferris bumsen. Sind zweiteilige Fragen zu kompliziert für Sie?«

»Miriam war mit dem Bruder meiner Ex-Frau verheiratet.«

»Nach dem Tod ihres Schwagers, blieben Sie da in Verbindung?«

Kaplan antwortete nicht. Ryan wartete. Kaplan gab nach.

»Ja.«

»Sind Sie so mit Ferris in Kontakt gekommen?«

Wieder Schweigen. Wieder Warten. Und wieder knickte Kaplan ein.

»Miriam ist ein guter Mensch.«

»Beantworten Sie meine Frage, Hersh.«

»Ja.« Bitter.

»Warum haben Sie das Foto bei Ferris' Autopsie aus dem Hut gezaubert?«

Kaplan zuckte nur eine Achsel. »Wollte einfach nur helfen.«

Ryan ging es immer und immer wieder durch. Kaplan wurde zwar nervös, blieb aber bei seiner Geschichte. Er habe Miriam über seinen Schwager und Ferris über Miriam kennen gelernt. Hin und wieder handle er in geringem Umfang mit illegalen Gütern. Er habe Ferris versprochen, das Skelett für ihn auf den Markt zu bringen. Bevor Ferris die Hintergrundinformationen über die Knochen habe beibringen können, sei er getötet worden. Er habe es aber nicht getan. Sein Gewissen habe ihn dazu gebracht, das Foto zu übergeben.

Kaplans Version änderte sich nie.

Dieses Mal nicht.

27

Um halb elf holten Ryan und ich das Leichentuch und die Knochen wieder ab und stiegen dann in Friedmans Privatauto, einen 84er Tempo mit einem K aus Isolierband am rechten hinteren Fenster. Friedman blieb bei Kaplan.

»Was hat er vor?«, fragte ich.

»Er will dem Herrn Zeit geben, seine Geschichte zu überdenken.«

»Und dann?«

»Ihn bitten, sie zu wiederholen.«

»Wiederholung ist gut«, sagte ich.

»Bringt die Unstimmigkeiten ans Tageslicht.«

»Und die vergessenen Details.«

»Diesbezüglich vor allem Mama Ferris«, sagte Ryan.

»Die uns auf Yossi Lerner und Sylvain Morissonneau gebracht hat«, stimmte ich ihm zu.

Beit Hanina ist ein arabisches Dorf, das das Glück hatte, rechtzeitig von Jerusalem eingemeindet worden zu sein. Es liegt jetzt innerhalb der Stadtgrenze und heißt Beit Hanina Hadasha oder Neu Beit Hanina. Seit ich Jake kenne, hat er dort eine Wohnung.

Jakes Richtungsangaben schickten uns in eine Gegend, die von 1948 bis 1967 zu Jordanien gehörte. Zehn Minuten nach Verlassen des Russischen Quartiers kamen wir auf der Ramallah Road, früher Nablus Road, zum Checkpoint Neve Yakov. Gutes Timing. Die Schlange war nur eineinhalb Blocks lang.

Ryan reihte sich in die Schlange ein, und wir krochen Autolänge um Autolänge vorwärts. Auf der Fahrt ins Kidron hatte Jake mir erzählt, dass die Mauer, die Israel vom Rest der Welt abschotten sollte, mitten durch diese Straße führen würde. Ich schaute mir die Läden auf jeder Seite an.

Pizzabuden. Reinigungen. Süßwarengeschäfte. Blumenläden. Wir hätten in St. Lambert sein können. Oder in Scarsdale. Pontiac. Elmhurst.

Aber wir waren in Israel. Zu meiner Linken lagen die Geschäfte, die innerhalb der Mauer sein und deshalb florieren würden. Rechts lagen die Außenseiter, deren Geschäfte eingehen würden. Traurig, dachte ich. Diese Leute, die sich abmühten, um ihre Familien durchzubringen, waren die eigentlichen Gewinner und Verlierer in diesem umkämpften Land.

Ryan und ich hatten erwartet, dass wir ohne Friedman aufs Gründlichste durchsucht werden würden. Im Gegenteil. Der Posten warf nur einen flüchtigen Blick auf unsere Pässe und Ryans Marke, bückte sich kurz, um ins Auto zu schauen, und winkte uns durch. Wir fuhren ins Westjordanland hinein, bogen sehr schnell nach links ab und dann noch einmal in Jakes Straße.

Jake hatte den obersten Stock eines kleinen Stuckhauses gemietet, das einer italienischen Archäologin namens Antonia Fiorelli gehörte. Jake wohnte oben. Fiorelli wohnte unten, mit sieben Katzen.

Ryan kündigte unsere Ankunft über eine gesprungene Gegensprechanlage in der Grundstücksmauer an. Sekunden später öffnete Jake das Tor, führte uns vorbei an einem Maschendrahtverschlag mit Ziegen und Hasen, einen gewundenen Kiesweg entlang und eine Außentreppe hoch. Als wir das Obergeschoss erreichten, hatten wir eine Eskorte von drei Katzen.

Es gibt unterschiedliche Katzentypen. Die gescheckten Kuscheltiere der Kategorie »Streichle mich, ich himmle dich an, lass mich in deinem Schoß schlafen.« Die Siamesen der Kategorie »Füttere mich, nerv mich nicht, *ich* rufe *dich* an.« Und die Räuber aus der Abteilung »Wenn du die Augen schließt, beobachte ich, ob du nur schläfst.«

Das Trio passte präzise in Letztere.

Jakes Wohnung wurde dominiert von einem großen Zimmer mit braunem Fliesenboden, weißen Verputzwänden und Einfassungen aus Backstein um Fenster und Türen. Hölzerne Bücherschränke säumten eine Wand und ragten als Raumteiler in das Zimmer hinein, um die Küche vom Wohn- und Essbereich abzutrennen.

Jakes Schlafzimmer war etwa so groß wie ein Backofen. Es enthielt ein ungemachtes Bett, eine Kommode und einen Pappkarton für die schmutzige Wäsche.

Alles andere war »Büro«. Eine Diele war zu einem Computer- und Kartenzimmer umfunktioniert worden. Ein verglaster Wintergarten wurde für die Säuberung von Artefakten benutzt. Ein Schlafzimmer im hinteren Teil wurde für Katalogisierung, Dokumentierung und Analyse benutzt.

Jakes Verfassung hatte sich seit unserem Telefongespräch gebessert. Er begrüßte uns und erkundigte sich nach unserem Vormittag, bevor er das Leichentuch verlangte. Er sagte sogar bitte. Und lächelte.

»Besser ging's unter den Umständen ni …«

»Ja, ja.« Er streckte beide Hände aus, was »Gib schon her« heißen sollte.

Okay, die Stimmungsverbesserung war nicht ganz vollständig.

Ich stellte Mrs. Hananis Tupperware auf den Tisch. Jake öffnete und inspizierte den ersten Behälter.

»O mein Gott.«

Er zog den Deckel vom zweiten Behälter.

»O mein Gott.«

Ryan schaute mich an.

Jake wandte sich den Behältern mit den Stoffresten zu.

O mein Gott, formte Ryan tonlos hinter Jakes gebeugtem Rücken. Ich kniff die Augen zusammen, was »Lass das« bedeuten sollte.

Wortlos starrte Jake das größere Stoffstück an.

»O. Mein. Gott.«

Jake eilte ins hintere Schlafzimmer, kehrte mit einer Lupe zurück und untersuchte das Fragment.

»Ich bringe das noch heute Nachmittag zu Esther Getz«, sagte er.

Eine ganze Minute lang betrachtete Jake das Stoffstück und richtete sich dann auf.

»Getz ist Textilexpertin im Rockefeller Museum. Hast du die Knochen untersucht?«

Ich schüttelte den Kopf. »Da ist nicht viel zu untersuchen.«

Jake legte die Lupe weg, trat zurück und deutete mit weit ausholender Geste durchs Zimmer. Ryan spitzte stumm trompetend die Lippen.

Ich ging zur Anrichte und schüttete behutsam den Inhalt jedes Behälters auf die Ablage.

»Hast du Handschuhe?«

Jake ging wieder ins hintere Schlafzimmer.

»Und eine Pinzette«, rief ich ihm nach. »Und eine Sonde oder einen Zahnstocher.«

Er brachte alle drei. Ryan und er schauten zu, wie ich die Fragmente sichtete und benannte.

»Zehenglied. Fersenbein.« Das waren die Einfachen. Kein anderes Knochenstück war größer als mein Ohrläppchen. »Elle. Femur, Becken, Schädel.«

»Und, was denkst du?«, fragte Jake, als ich fertig war.

»Ich denke, dass es nicht viel zu untersuchen gibt.«

»Männlich oder weiblich?«

»Ja«, sagte ich.

»Verdammt, Tempe. Das ist ernst.«

Ich untersuchte ein Stück Hinterhauptsbein. Der Nackenwulst war zwar ausgeprägt, aber nicht gerade rekordverdächtig. Dasselbe galt für die hintere Knochenleiste an den Splittern des Femurschafts. Das Einzige, was vom Becken noch übrig war, war der dicke, kräftige Teil, der mit dem Kreuzbein ein Gelenk bildet. Geschlechtsmarker waren nicht mehr vorhanden.

»Die Muskelansätze sind kräftig. Ich würde mit Einschränkungen auf ›männlich‹ tippen, aber präzisere Aussagen lässt das Material einfach nicht zu. Nichts ist vollständig genug für eine Vermessung.«

Ich nahm das Fersenbein zur Hand und drehte es. Ein kleiner, kreisrunder Defekt stach mir ins Auge. Jake bemerkte mein Interesse.

»Was ist?«

Ich deutete auf den winzigen Tunnel am äußeren Ende des Knochens. »Das ist nicht natürlich.«

»Was meinst du damit, nicht natürlich?«, fragte Jake.

»Das sollte eigentlich nicht da sein.«

Jake wiederholte seine »Mach schon«-Geste, nun noch ungeduldiger als zuvor.

»Es ist kein Loch für ein Gefäß oder einen Nerv. Der Knochen ist abgerieben, aber soweit ich erkennen kann, sind die Kanten des Lochs scharf, nicht glatt.«

Ich legte das Fersenbein weg und gab Jake die Lupe. Er bückte sich und betrachtete den Mittelteil des Knochens.

»Was meinst du, was das ist?«, fragte Ryan.

Bevor ich etwas erwidern konnte, rannte Jake ins Kartenzimmer. Schubladen wurden geöffnet und wieder zugeknallt, dann kehrte er, in einem Stapel zusammengehefteter Papiere blätternd, zurück.

Jake knallte den Stapel auf die Anrichte und deutete mit dem Finger auf eine Seite.

Ich schaute hinunter.

Jake zeigte auf einen Artikel mit dem Titel »Anthropologische Beobachtungen bei den skelettalen Überresten von Giv'at ha-Mivtar.« Sein Finger lag auf einer Seite mit Fotos. Viele Details waren beim Kopieren verloren gegangen, doch das Motiv war offensichtlich.

Vier Aufnahmen zeigten Fragmente eines Fersenbeins und anderer Knochen, einige vor und einige nach Trennung und Rekonstruktion. Obwohl das Fersenbein mit einer dicken, kalkartigen Schicht überzogen war, erkannte ich einen Eisennagel, der quer im Knochen steckte. Ein Holzstück hing an der Innenseite des Knochens auf dem Nagel.

Ein fünftes Foto zeigte zum Vergleich ein modernes Fersenbein. Darauf war ein kreisrunder Defekt genau an der Stelle wie bei unserem Fersenbein aus dem Leichentuch zu erkennen.

Ich schaute Jake fragend an.

»Achtundsechzig wurden in drei Grabhöhlen fünfzehn Kalkstein-Ossuare gefunden. Dreizehn waren randvoll mit skelettalen Überresten, und der Erhaltungszustand war erstklassig. Wildblumensträuße. Weizengarben. Solche Sachen. Verletzungen an den Knochen deuteten darauf hin, dass eine Reihe von Individuen eines gewaltsamen Todes gestorben war. Eine Speerwunde. Verletzungen durch stumpfe Gegenstände.«

Jake tippte auf die Fotos.

»Dieser arme Kerl wurde gekreuzigt.«

Jake legte einen zweiten Artikel neben den ersten und deutete auf eine Zeichnung, die einen Menschen an einem Kreuz zeigte. Die Arme des Opfers hingen ausgestreckt am Querbalken, aber im Gegensatz zu modernen Darstellungen waren die Hände daran festgebunden, nicht genagelt. Die Beine waren gespreizt, die Füße an die Flanken des Längsbalkens genagelt, nicht an die Front.

»Von Josephus wissen wir, dass Holz in Jerusalem rar war, deshalb haben die Römer den Längsbalken mit Sicherheit stehen lassen, was bedeutete, dass nur der Querbalken getragen wurde. Beide Teile wurden mehrfach verwendet.«

»Die Arme wurden also angebunden, nicht genagelt«, sagte Ryan.

»Ja. Die Kreuzigung kam ursprünglich aus Ägypten. In Ägypten band man. Vergesst nicht, der Tod wurde nicht durch die Nägel verursacht. Das Hängen an einem Kreuz schwächt die Atemmuskulatur, das Zwerchfell und die Zwischenrippenmuskeln, was zum Tod durch Ersticken führt.

Das Opfer wurde so aufgehängt, dass die Beine seitlich am Längsbalken anlagen. Das Fersenbein ist der größte Knochen im Fuß. Deshalb wurde der Nagel durchs Fersenbein getrieben, von außen nach innen.«

Das Familiengrab Jesu. Ein Gekreuzigter in einem Leichentuch.

Als mir bewusst wurde, worauf Jake hinaus wollte, deutete ich auf das Fersenbein, das auf seiner Anrichte lag.

»Es ist nicht mehr festzustellen, ob das hier durch eine Verletzung verursacht wurde. Der Defekt könnte auch die Folge eines krankhaften Prozesses sein. Es könnte eine postmortale Beschädigung sein. Ein Wurm- oder ein Schneckenloch.«

»Aber er könnte von einem Nagel verursacht worden sein?«

Jakes Augen loderten vor Aufregung.

»Möglich ist es.« Meine Stimme klang nicht sehr überzeugend.

Kreuzigung? Wessen? Einen Kandidaten hatten wir bereits ausgeschlossen. Max war zum Zeitpunkt seines Todes zu alt, wenn man der Heiligen Schrift folgte. Oder zu jung, wenn man Joyces Theorie glaubte, die auf Grossets Schriftrolle basierte. Wollte Jake nun suggerieren, dass das die Knochen des Jesus von Nazareth waren?

Wie schon bei Max wollte ein winziger Teil meines Hirns daran glauben. Ein größerer Teil wollte es nicht.

»Du hast gesagt, du hast im Kidron-Grab noch andere Knochen gefunden?«, fragte ich.

»Ja. Plünderern sind skelettale Überreste scheißegal. Sie haben die Knochen einfach auf den Boden gekippt, bevor sie die intakten Ossuare wegschleppten. Die haben wir geborgen. Aber wir haben auch Knochen geborgen, die an den Innenseiten der Kästen hafteten, die sie zertrümmert und zurückgelassen haben.«

»Ich hoffe, diese Überreste sind in einem besseren Zustand als die da.« Ich deutete auf den Inhalt der Tupperware.

Jake schüttelte den Kopf. »Es waren nur Fragmente, und der Erhaltungszustand war nicht besonders. Aber die ausgekippten Knochen lagen noch auf getrennten Haufen, vermischt mit Ossuar-Fragmenten. Das half uns, die Knochen auf dem Boden bestimmten Individuen zuzuordnen.«

»Hat irgendjemand das Material untersucht?«

»Ein biologischer Anthropologe der Gruppe für Wissenschaft und Altertum der Hebräischen Universität. Er konnte drei weibliche Erwachsene und vier männliche Erwachsene identifizieren. Und meinte, das sei alles, was er an Informationen aus der Ansammlung herausholen könne. Es war nichts Vermessbares vorhanden, also konnte er keine Größenberechnungen oder irgendwelche Populationsvergleiche anstellen. Er fand auch keine Altersindikatoren, keine unverwechselbaren individuellen Merkmale.«

»Hat er Verletzungen wie diese da entdeckt?«

»Er erwähnte Osteoporose und Arthritis. Aber das war schon alles, was Verletzungen oder Krankheiten anging.«

»Wurden irgendwelche von diesen anderen Knochen in Loculi gefunden wie dieser Kerl hier?«, fragte ich.

Jake schüttelte den Kopf. »Die Plünderer wollten Kästen, keine Knochen. Zum Glück haben die Mistkerle keine Wände aufgeschlagen. Ich kann immer noch nicht glauben, dass du einen versteckten Loculus gefunden hast. Und ein Leichentuch. O mein Gott! Zweitausend Jahre. Weißt du, wie viele Leute schon in dem Grab waren? Und du hast eine unberührte Begräbnisstätte gefunden. O mein Gott!«

Hinter Jake äffte Ryan das *O mein Gott* lautlos nach.

»Wo sind diese Knochen jetzt?«, fragte ich.

»Wieder in« – Jake machte den E.T.-Wackler mit seinen langen Fingern – »heiliger Erde. Und die Hevrat Kadisha verraten nicht, wo. Aber ich habe den Anthropologie-Bericht.«

Ryan äffte das Fingerwackeln nach.

Ein Grinsen kroch über Jakes Gesicht. »Zumindest die meisten.«

»Oh?« Ich hob eine Augenbraue.

»Kann sein, dass ein paar kleine Splitter verlegt wurden.«

»Verlegt?«

»Erinnerst du dich noch an unser Telefongespräch über die DNS-Untersuchung des Masada-Skeletts?«

Ich nickte.

»Netter Laden, dieses Labor.«

»Die IAA war einverstanden, die Proben einzuschicken?«

»Nicht unbedingt.«

»Du hast die Proben selber eingeschickt?«

Jake zuckte die Achseln. »Blotnik weigerte sich. Was hätte ich tun sollen?«

»Mutig, mutig«, sagte Ryan.

»Ich frage dich jetzt, was ich dich damals schon gefragt habe«, sagte ich. »Was bringt eine genetische Analyse, wenn man keine Vergleichsdaten hat?«

»Man sollte es trotzdem machen. Und jetzt folgt mir.«

Jake führte uns ins hintere Zimmer, wo er auf einem Tisch Fotos ausgebreitet hatte. Ein paar zeigten intakte Ossuare. Die meisten zeigten Bruchstücke.

»Die Räuber haben viele Kästen mitgenommen und andere zertrümmert«, sagte Jake. »Aber sie haben genug Material für Rekonstruktionen zurückgelassen.«

Jake zog eine Aufnahme aus dem Stapel und gab sie mir. Sie zeigte acht Ossuare. Alle hatten Risse. Viele hatten Lücken.

»Ossuare unterscheiden sich in Stil, Größe, Form, Dicke des Steins und Passgenauigkeit des Deckels. Die meisten sind ziemlich schlicht, aber einige haben recht kunstvolle Verzierungen. Der von Josephus Kajaphas zum Beispiel.«

»Das Mitglied des Hohen Rates, der Jesus dem Pontius Pilatus auslieferte«, sagte Ryan.

»Ja. Sein hebräischer Name lautete allerdings Yehosef bar Qayafa. Kajaphas war Hoher Priester Jerusalems von achtzehn bis siebenunddreißig unserer Zeitrechnung. Sein Ossuar wurde 1990 entdeckt. Es ist erstaunlich, geschmückt mit unglaublich schönen Gravuren. Um diese Zeit wurde auch ein Ossuar mit der Inschrift ›Alexander, Sohn des Simon von Cyrene‹ entdeckt. Auch dieser Kasten war üppig geschmückt.«

»Simon war der Herr, der Jesus auf der Straße nach Golgatha das Kreuz tragen half.«

Ryan, der Bibelgelehrte.

»Sie kennen sich im Neuen Testament aber gut aus«, sagte Jake. »Simon und sein Sohn Alexander werden in Markus 15,21 erwähnt.«

Ryan lächelte bescheiden und tippte dann auf das Foto von Jakes Rekonstruktionen. »Mir gefällt das mit dem Blütenblättermuster.«

»Rosetten.« Jake zog nun weitere Fotos hervor. »Jetzt schauen Sie sich die an.«

Er gab Ryan die Fotos. Ich beugte mich ebenfalls darüber.

Das abgebildete Ossuar war fast rechteckig und hatte einen eingepassten Deckel und eine narbige Oberfläche. In einer Aufnahme waren die Umrisse eingravierter Rosetten zu erkennen. Die Kreis-auf-Kreis-Figuren erinnerten mich an die Muster, die wir als Kinder mit unseren Zirkeln zeichneten.

In der zweiten Aufnahme zog sich ein Riss über eine Ecke, bog scharf nach rechts ab und lief dann in nordwestlicher Richtung auf die Seite des Kastens zu, die zur Kamera zeigte.

Der kleine Knochenkasten sah genauso aus wie der, den Jake wieder zusammengeklebt hatte.

»Das Jakobus-Ossuar?«, fragte ich.

»Schaut euch die Inschrift an«, sagte Jake und gab jedem von uns eine Lupe. »Können Sie Aramäisch lesen?«, fragte er Ryan.

Ryan schüttelte den Kopf. Ich sah ihn mit gespielter Überraschung an.

Jake bekam unseren Austausch nicht mit oder ignorierte ihn ganz einfach. »Das Erstaunliche am Jakobus-Ossuar ist die ungewöhnlich präzise gearbeitete Inschrift. Sie entspricht viel eher Inschriften auf üppiger verzierten Ossuaren.«

Ich hätte das nicht bemerkt. Sogar unter Vergrößerung wirkte die Inschrift auf mich wie Kindergekritzel.

Jakes Finger fing bei einer Symbolgruppe am rechten Ende an.

»Das sind die Zeichen für den jüdischen Namen Jakobus oder Ya'akov, den man im Englischen James nennt.«

»Daher der Name Jakobiter für die Anhänger von König James II. von England.«

Ryan ging mir allmählich auf die Nerven.

»Genau.« Jakes Finger wanderte auf den berühmten kleinen Symbolen nach links. »Jakobus, Sohn des Joseph, Bruder des Jesus.« Er tippte auf eine Symbolgruppe am linken Ende. »Yeshua, oder Joshua, was bei uns ›Jesus‹ bedeutet.«

Jake nahm die Fotos wieder an sich und legte sie weg.

»Und jetzt kommt mit.«

Er führte uns in den hinteren Teil des Wintergartens, schloss einen großen Schrank auf und öffnete die Flügeltüren. Kalksteinscherben füllten die obersten Fächer. Die rekonstruierten Ossuare standen in den unteren sechs.

»Wie's aussieht, waren dort nicht die schlauesten Räuber der Welt zugange. Sie haben eine ganze Reihe von beschrifteten Fragmenten übersehen.«

Jake gab mir ein dreieckiges Fragment aus dem obersten Fach. Die Zeichen waren flach eingeritzt und kaum zu erkennen. Ich hielt meine Lupe darüber. Ryan brachte sein Gesicht dicht an meins.

»Marya«, übersetzte Jake. »›Maria‹ also.«

Jake deutet auf eine Inschrift auf einem der rekonstruierten Kästen. Die Symbole sahen ähnlich aus.

»Matya. ›Matthäus‹.«

Jake strich mit dem Finger über die Zeichen auf einem größeren Kasten im Fach darunter.

»Yehuda, Sohn des Yeshua. ›Judas, Sohn des Jesus‹.«

Jake wandte sich dem dritten Fach zu.

»Yose. ›Joseph‹.«

Er ging zu dem Kasten daneben.

»Yeshua, Sohn des Yehosef. ›Jesus, Sohn des Joseph‹.«

Fach vier.

»Mariameme. ›Die Mara genannt wurde‹.«

»Die Schriften sehen unterschiedlich aus«, sagte Ryan.

»Gutes Auge. Das ist Griechisch. Hebräisch. Lateinisch. Aramäisch. Griechisch. Der Nahe Osten war damals ein sprachlicher Flickenteppich. Marya, Miriam und Mara sind alle Varianten desselben Namens, ›Miriam‹ oder ›Maria‹. Und wie heute wurden auch Spitznamen verwendet. Mariameme ist eine Verkleinerungsform von ›Miriam‹.« Jake deutete auf Fach drei. »Und Yehosef und Yose sind derselbe Name, Joseph.«

Jake wandte sich nun wieder dem ersten Fach zu, suchte ein Fragment aus und tauschte es mit dem in meiner Hand aus. Diese Inschrift ließ die Maryas beinahe neu aussehen. Die Zeichen waren so schwach, dass sie so gut wie nicht zu erkennen waren.

»Der Name ist wahrscheinlich Salome«, sagte Jake. »Aber ganz sicher bin ich mir nicht.«

Ich ließ mir all die Namen durch den Kopf gehen.

Maria. Maria. Salome. Joseph. Matthäus. Judas.

Jesus.

Die Familie Jesu? Das Familiengrab Jesu? Alle passten, bis auf Matthäus.

Ich dachte, sagte aber nicht: O. Mein. Gott.

28

»Wie interpretieren Bibelkundler oder Historiker die Jesus-Familie?«, fragte ich und bemühte mich dabei um eine sachliche Stimme.

»Die historische Sicht ist die, dass Jesus, seine vier Brüder Jakobus, Josephus, Simon und Judas und seine zwei Schwestern Maria und Salome die biologischen Kinder von Joseph und Maria waren. Die Protestanten gehen davon aus, dass Jesus keinen menschlichen Vater hatte, Maria aber von Joseph andere Kinder hatte.«

»Was Jesus zum Ältesten der Geschwister macht«, warf Ryan ein.

»Ja«, sagte Jake.

»Der Vatikan betrachtet Maria als ewige Jungfrau«, sagte ich.

»Keine Geschwister erlaubt«, fügte Ryan hinzu.

Jake nickte. »Die westliche katholische Kirche vertritt die Ansicht, dass die anderen Cousins ersten Grades waren, Kinder von Josephs Bruder Clopas, der ebenfalls mit einer Frau mit dem Namen Maria verheiratet war. Die östlich-orthodoxe Ansicht ist die, dass Gott der Vater Jesu ist, Maria eine Jungfrau blieb und die Brüder und Schwestern Kinder Josephs, eines Witwers, aus einer früheren Ehe sind.«

»Was Jesus zum Jüngsten macht.« Ryan hatte es mit der Geburtsreihenfolge.

»Ja«, sagte Jake.

Mein Hirn katalogisierte.

Zwei Marias. Salome. Judas. Joseph. Und jemand mit dem Namen Matthäus.

Irgendwas kribbelte in meinem Bauch.

»Diese Namen waren doch ziemlich häufig, oder? Wie Joe und Tom heute?«

»Sehr«, entgegnete Jake. »Hat jemand Hunger?«

»Nein«, sagte ich.

»Ja«, sagte Ryan.

Wir gingen in die Küche zurück. Jake stellte kalten Braten auf den Tisch, Fladenbrot, Orangen, eingelegtes Gemüse und Oliven. Die Katzen sahen zu, wie wir uns bedienten. Ryan ließ die Oliven aus.

Mit unseren fertigen Sandwiches gingen wir zu einem Klapptisch im Essbereich. Beim Essen unterhielten wir uns weiter.

»Maria war der häufigste Frauenname im römischen Palästina des ersten Jahrhunderts«, sagte Jake. »Bei den Männern war es Simon, gefolgt von Joseph. Ossuare mit diesen Namen zu entdecken, ist also keine große Sensation. Eine Sensation ist allerdings die Kombination, die Entdeckung all dieser Namen in einem einzelnen Grab. Das ist wirklich ein Knaller.«

»Aber Jake ...«

»Ich habe mir publizierte Kataloge von jüdischen Ossuaren angesehen. Von den tausenden von Kästen, die in Sammlungen in Israel verwahrt sind, tragen nur sechs den Namen Jesus. Und von diesen sechs trägt nur einer die Inschrift ›Jesus, Sohn des Joseph‹. Und jetzt der unsere.«

Jake scheuchte eine Katze weg.

»Schon mal was von Onomastik und Prosopografie gehört?«

Ryan und ich schüttelten den Kopf.

»Die statistische Analyse von Namen.« Jake schob sich eine Olive in den Mund und redete weiter, während er das Fruchtfleisch vom Kern knabberte. »Zum Beispiel hat ein israelischer Archäologe namens Rahmani in seinem Katalog publizierter Ossuare neunzehn Josephs und fünf Jakobs gefunden.«

Jake spuckte den Kern auf die Handfläche und schob sich eine zweite Olive in den Mund.

»Ein anderer Experte untersuchte registrierte Namen im Palästina des ersten Jahrhunderts und errechnete Häufigkeiten von vierzehn Prozent für Joseph, neun Prozent für Jesus und zwei Prozent für Jakob. Durch Kombination dieser Zahlen errechnete ein französischer Paläoepigraf namens André Lemaire, dass nur 0,14 Prozent der Jerusalemer Bevölkerung den Namen ›Jakob, Sohn des Joseph‹ tragen konnten.«

Kern raus. Olive rein.

»Ausgehend von der Annahme, dass jeder Mann ungefähr zwei Brüder hat, berechnete Lemaire, dass ungefähr achtzehn Prozent der Männer mit dem Namen ›Jakob, Sohn des Joseph‹ einen Bruder namens Jesus haben konnten. So liegt die Wahrscheinlichkeit, dass im Verlauf von zwei Generationen jemand die Bezeichnung ›Jakob, Sohn des Joseph, Bruder des Jesus‹ trägt, bei 0,05 Prozent.«

»Wie viele Menschen lebten im ersten Jahrhundert in Jerusalem?«, fragte ich.

»Lemaire ging von einer Zahl von achtzigtausend aus.«

»Von denen etwa vierzigtausend Männer gewesen sein dürften«, sagte Ryan.

Ein Nicken. »Lemaire schloss, dass in Jerusalem während der zwei Generationen vor dem Jahr siebzig unserer Zeitrechnung nicht mehr als zwanzig Männer der Inschrift auf dem Jakobus-Ossuar entsprochen haben konnten.«

»Aber nicht jeder landete in einem Ossuar«, sagte ich.

»Nein.«

»Und nicht jedes Ossuar trug eine Inschrift.«

»Wichtige Punkte, Dr. Brennan. Aber die Erwähnung eines Bruders ist selten. Wie viele Jakobusse, Söhne von Joseph, hatten einen Bruder namens Jesus, der berühmt genug war, damit dieses Verwandtschaftsverhältnis auf ihren Ossuaren erwähnt wird?«

Da ich keine Antwort hatte, erwiderte ich mit einer Frage.

»Stimmen andere Namensexperten mit Lemaires Schätzung überein?«

Jake schnaubte. »Natürlich nicht. Einige sagen, sie ist zu hoch, andere sagen, sie ist zu niedrig. Aber wie hoch stehen die Chancen, dass man diese ganze Gruppe von Namen in einem Grab findet? Die beiden Marias, Joseph, Jesus, Judas, Salome. Die Wahrscheinlichkeit dürfte infinitesimal klein sein.«

»Ist das derselbe Lemaire, dem Oded Golan zuerst von dem Jakobus-Ossuar erzählte?«

»Ja.«

Mein Blick wanderte zu dem Fersenbein mit dem merkwürdigen Defekt. Ich dachte an Donovan Joyce und seine bizarre Theorie, dass Jesus das Kreuz überlebt hatte, um in Masada zu kämpfen und zu sterben. Ich dachte an Yossi Lerner und seine bizarre Theorie, dass die Knochen Jesu im Musée de l'Homme in Paris gelandet waren.

Da Lerner davon überzeugt war, dass es sich um Jesus handelte, hatte er das Skelett gestohlen, das wir inzwischen Max nannten. Aber Max' Alter zum Zeitpunkt seines Todes hatte Lerners Theorie widerlegt. Meine Skeletteinschätzung hatte ein Alter zwischen vierzig und sechzig ergeben. Aber diese Schätzung machte Max auch zu jung für den Achtzigjährigen, der Grossets Jesus-Schriftrolle verfasst hatte.

Jetzt stellte Jake eine andere bizarre Theorie in den Raum und brachte einen anderen Kandidaten ins Spiel. Jesus war am Kreuz gestorben, aber sein Leib war nicht auferstanden, sondern in seinem Grab geblieben. Das Grab war zur letzten Ruhestätte für die gesamte Jesus-Familie geworden. Dieses Grab lag im Kidron-Tal. Plünderer hatten dieses Grab entdeckt und daraus das Jakobus-Ossuar gestohlen. Jake hatte dieses Grab wieder entdeckt und die Überreste von Ossuaren und Individuen geborgen, die die Plünderer zurückgelassen hatten. Ich war in diesem Grab über einen versteckten Loculus gestolpert und hatte dort menschliche Überreste gefunden, die sonst noch niemand entdeckt hatte. Die in ein Leichentuch gewickelten Knochen Jesu.

Das Kribbeln in meinem Bauch wurde zu einem Knoten.

Ich legte mein Sandwich weg. Einer der Kater schlich langsam darauf zu.

»War Jakob zu seiner Zeit eine bekannte Gestalt?«, fragte Ryan.

»Das können Sie glauben. Also, eine kurze Rückschau. Historische Indizien deuten darauf hin, dass Jesus der Linie der Davidids entstammte, also direkten Nachkommen von David, König Israels, im zehnten Jahrhundert vor unserer Zeitrechnung. Laut den hebräischen Propheten sollte der Messias, der letzte König der wiedererstanden Nation Israel, dieser königlichen Linie entstammen. Die Davidids mit ihrem radikal revolutionären Potenzial waren der Familie des Herodes, die damals über Palästina herrschte, und auch den Römern, bis hinauf zum Kaiser, wohl bekannt. Diese ›Königsfamilie‹ wurde sehr genau beobachtet und zu Zeiten auch verfolgt und getötet.

Als man Jesus dreißig unserer Zeitrechnung wegen seines Anspruchs auf das messianische Königtum kreuzigte, wurde sein Bruder Jakob, der nächste in der Davidslinie, zum Anführer der christlichen Bewegung in Jerusalem.«

»Nicht Petrus?«, fragte Ryan.

»Petrus nicht und auch Paulus nicht. Jakobus der Gerechte. Diese Tatsache ist nicht allgemein bekannt und wird nur selten entsprechend gewürdigt. Als Jakobus zweiundsechzig unserer Zeitrechnung gesteinigt wurde, im Grunde genommen wegen derselben messianischen Ansprüche wie Jesus, wurde Bruder Simon sein Nachfolger. Fünfundvierzig Jahre später wurde Simon unter Kaiser Trajan gekreuzigt, und zwar eben wegen seiner königlichen Abstammung. Jetzt ratet mal, wer als Nächstes kam.«

Ryan und ich schüttelten den Kopf.

»Ein *dritter* Verwandter, Judas, übernahm die Bewegung in Jerusalem.«

Ich dachte darüber nach. Jesus und sein Bruder hatten Anspruch auf den messianischen Titel des Königs der Juden erhoben? Okay, eine abweichende politische Perspektive konnte ich akzeptieren. Aber worauf wollte Jake sonst noch hinaus? Jesus noch in seinem Grab?

»Wie kannst du sicher sein, dass das Kidron-Grab wirklich aus der richtigen Epoche stammt?« Meine Stimme klang angespannt. Irgendwie war ich plötzlich nervös.

»Ossuare wurden nur von etwa dreißig vor unserer Zeitrechnung bis siebzig nach unserer Zeitrechnung benutzt.«

»Eine der Inschriften ist Griechisch.« Ich deutete auf die Tupperware auf der Anrichte. »Vielleicht waren diese Leute nicht einmal Juden.«

»Die Mischung aus Griechisch und Hebräisch kommt in Gräbern des ersten Jahrhunderts sehr häufig vor. Und Ossuare wurden nur für jüdische Begräbnisse verwendet.« Jake nahm meine nächste Frage vorweg. »Und fast ausschließlich in und um Jerusalem.«

»Ich dachte, das Grab Jesu liegt unter der Grabeskirche vor den Toren der Altstadt«, sagte Ryan und rollte eine Käsescheibe um ein Stück eingelegtes Gemüse.

»Da sind Sie nicht der Einzige, der das glaubt.«

»Sie nicht?«

»Ich nicht.«

»Jesus stammte aus Nazareth«, sagte ich. »Warum sollte das Familiengrab dann hier sein?«

»Im Neuen Testament klingt an, dass Maria und ihre Kinder sich nach der Kreuzigung in Jerusalem niederließen. Und nach mündlicher Überlieferung starb Maria hier und wurde auch hier begraben, nicht oben im Norden in Galiläa.«

Ein längeres Schweigen entstand, währenddessen sich der Kater bis auf Zentimeter an meine Füße heranschlich.

»Nur damit ich dich richtig verstehe.« Beim Klang meiner Stimme wich der Kater wieder zurück. »Du bist überzeugt, dass die Inschrift auf dem Jakobus-Ossuar echt ist.«

»Das bin ich«, sagte Jake.

»Und dass das Ding aus dem Grab gestohlen wurde, das wir besucht haben.«

»Gerüchte haben diese Stelle schon immer als Herkunftsort des Ossuars genannt.«

»Und dass das Grab die letzte Ruhestätte der Familie Jesu ist.«

»Ja.«

»Und dass der Defekt im Fersenbein, das ich in diesem Leichentuch gefunden habe, darauf hindeutet, dass der Betreffende gekreuzigt wurde.«

Jake nickte schweigend.

Ich schaute zu Ryan hinüber. Auf seinem Gesicht war nicht einmal die Andeutung eines Lächelns zu erkennen.

»Hast du Blotnik deine Theorie über dieses Grab mitgeteilt?«

»Habe ich. Von dem gekreuzigten Fersenbein habe ich natürlich nichts gesagt. Das hast du ja eben erst gefunden. Ich kann's immer noch nicht glauben.«

»Und?«

»Er hat mir eine Abfuhr erteilt. Der Kerl ist ein Kretin.«

»Jake?«

»Du wirst schon sehen, wenn du ihn persönlich kennen lernst.«

Ich beließ es dabei und wechselte das Thema.

»Du hast Proben aus den Knochen stibitzt, die an den zertrümmerten Ossuaren hafteten, und aus den Knochen, die auf dem Grabboden lagen, und sie für eine DNS-Untersuchung eingeschickt. Wann?«

»Ich behielt ein paar Proben zurück, als ich die Sammlung für Untersuchung und Wiederbestattung übergab. Eingeschickt habe ich die Fragmente dann gleich nach unserem Telefongespräch. Deine Bemerkungen bestätigten mir, was ich gehofft hatte. MtDNS könnte eine Verwandtschaft mütterlicherseits zwischen Individuen aus dem Grab beweisen, und aDNS könnte uns zumindest etwas über das Geschlecht sagen.«

Wieder wanderte mein Blick zu den Knochen auf der Anrichte. In meinem Kopf entstand eine Frage. Doch ich war noch nicht bereit, sie zu stellen.

»Normalerweise wurden doch die Leichen für ein Jahr in Loculi liegen gelassen, damit sie verwesten, dann wurden die Knochen eingesammelt und in Ossuare gelegt, richtig?«, fragte Ryan. »Warum wurde dann dieses Individuum im Leichentuch im Loculus liegen gelassen?«

»Nach rabbinischem Gesetz mussten die Knochen eines Toten von seinem Sohn eingesammelt werden. Vielleicht hatte dieser Mann keinen. Vielleicht hatte es mit der Art seines Todes zu tun. Vielleicht hielt irgendeine Krise die Familie davon ab, zum Grab zurückzukehren.«

Krise? Wie etwa die Hinrichtung eines Dissidenten und die Unterdrückung seiner Bewegung, was seine Familie und Anhänger dazu zwang, in den Untergrund zu gehen? Es war ziemlich klar, was Jake meinte.

Ryan sah aus, als hätte er noch etwas zu sagen, doch er behielt es für sich.

Ich stand auf und holte den Artikel mit den Fotos der Fußknochen. Als ich zum Tisch zurückkehrte, fiel mir die Kopfzeile jeder Seite ins Auge.

N. Haas. Anatomische Fakultät, Hebräische Universität.

Mein Verstand stürzte sich sofort darauf. Denk an Max. An Masada. An alles, nur nicht an das Fersenbein und seinen merkwürdigen Defekt.

»Ist das derselbe Haas, der in Masada arbeitete?«

»Jawohl, Ma'am.«

Ich überflog den Artikel. Alter. Geschlecht. Schädelmaße. Verletzungen und Pathologie.

»Das ist ziemlich detailliert.«

»Unvollständig, aber detailliert«, stimmte Jake mir zu.

»Und doch hat Haas nie eine Zeile über die Skelette aus Höhle 2001 geschrieben.«

»Kein einziges Wort.«

Das Masada-Skelett war nie offiziell erwähnt worden, doch dann wurde es aus Israel herausgeschafft, aus einem Museum gestohlen und nach Kanada geschmuggelt. Laut Kaplan hatte Ferris behauptet, es sei eine Person von historischer Bedeutung und in Masada entdeckt worden. Jake hatte zugegeben, Gerüchte über ein solches Skelett gehört zu haben. Ein freiwilliger Ausgräber hatte die Entdeckung eines solchen Skeletts bestätigt. Kaplans Foto hatte Jake dazu gebracht, zuerst nach Montreal und dann nach Paris zu fliegen. Und wegen Max hatte er mich überredet, nach Israel zu kommen.

Lerner dachte, das Skelett sei das von Jesus. Er irrte sich. Das Alter zum Todeszeitpunkt passte nicht. Jake stellte nun die Hypothese auf, das echte Skelett liege auf der Anrichte hinter mir.

Warum dann Jahrzehnte der Intrigen wegen des Masada-Skeletts? Wer war der Mann, den wir Max nannten?

Ich dachte daran, dass der uns gestohlene Max nun wahrscheinlich auf ewig verschwunden blieb.

Ich dachte an die wilde Fahrt in Jakes Transporter.

Ich dachte an mein durchwühltes Zimmer.

Wut stieg in mir hoch.

Gut. Nutze sie. Konzentrier dich auf Max. Blende das Unmögliche aus, das du zufällig in einem Grab im Kidron gefunden hast. Das Unmögliche, das in Tupperware auf einer Anrichte liegt.

»Das Masada-Skelett ist endgültig verschwunden, oder?«, fragte ich.

»Nicht, wenn ich was dagegen tun kann.« Irgendetwas huschte über Jakes Gesicht. Ich konnte nicht sagen, was. »Ich rede noch heute mit Blotnik.«

»Blotnik hat einen Draht zu den Hevrat Kadisha?«, fragte Ryan.

Jake antwortete nicht. Draußen blökte eine Ziege.

»Was denkst du?«, fragte ich.

Jake runzelte die Stirn.

»Was?«, wiederholte ich eindringlicher.

»Da steht was Größeres auf dem Spiel.« Jake rieb sich die Augen mit seinen Handballen.

Ich öffnete den Mund. Ryan schaute kurz zu mir herüber und schüttelte fast unmerklich den Kopf. Ich schloss ihn wieder.

Jake ließ die Hände sinken, seine Unterarme klatschten auf die Tischplatte.

»Da steckt mehr dahinter als der übliche Wiederbestattungs-Blödsinn. Die Hevrat Kadisha haben von irgendwoher eine Warnung bekommen. Sie sind uns wegen der Masada-Knochen ins Kidron gefolgt.« Ein langer Finger spielte mit Krümeln. »Ich glaube, dass Yadin etwas wusste, was ihm eine Heidenangst eingejagt hat.«

»Was könnte das gewesen sein?«

»Bin mir nicht sicher. Aber einen Emissär von Israel bis nach Kanada schicken? Ein Hotelzimmer verwüsten? Vielleicht sogar jemanden töten? Das ist größer als die Hevrat Kadisha.«

Ich sah zu, wie Jake aus einem Krümelhäufchen eine lange, dünne Linie machte. Ich dachte an Yossi Lerner, Avram Ferris, Sylvain Morissonneau.

Ich dachte an Jamal Hasan Abu-Jarur und Muhammed Hazman

Shalaideh, die Palästinenser, die vor l'Abbaye Sainte-Marie-des-Neiges geparkt hatten.

Ich kannte die Spieler nicht. Ich kannte das Spielfeld nicht. Aber mein Bauch sagte mir, dass Jake Recht hatte. Das Spiel war tödlich, die Trophäe war Max, und die Gegenseite war fest entschlossen zu gewinnen.

Immer dieselbe Frage. Wer war Max?

»Jake, hör zu.«

Jake streckte die Beine aus, lehnte sich zurück, verschränkte die Arme und schaute zuerst Ryan, dann mich an.

»Du kriegst deine DNS-Ergebnisse. Du kriegst deine Textil-Analyse. So viel zum Grab. Das ist wichtig. Aber im Augenblick sollten wir uns auf Masada konzentrieren.«

In diesem Augenblick bimmelte Ryans Handy. Er schaute kurz auf das Display und verließ das Zimmer.

Ich wandte mich wieder Jake zu.

»Haas hat nie öffentlich über die Höhlen-Skelette gesprochen, richtig?«

»Richtig.«

»Was ist mit Aufzeichnungen vor Ort?«

Jake schüttelte den Kopf. »Einige Ausgräber haben Tagebuch geführt. Aber Aufzeichnungen, wie wir beide sie uns vorstellen, waren in Masada nicht üblich.«

Anscheinend zeigte ich eine schockierte Miene.

»Yadin setzte sich jeden Abend mit seinen Gruppenleitern zusammen, um die Entwicklungen des Tages zu besprechen. Diese Sitzungen wurden aufgenommen und später transkribiert.«

»Wo sind diese Transkripte?«

»Im Archäologischen Institut der Hebräischen Universität.«

»Kann man sie einsehen?«

»Ich kann ein paar Anrufe machen.«

»Wie fühlst du dich eigentlich?«, fragte ich.

»Tipptopp.«

»Wie wär's, wenn wir zur Uni fahren und in alten Akten blättern?«

»Wie wär's, wenn wir erst die Leichentuchfragmente zu Esther Getz bringen und dann zur Uni fahren?«

»Wo hat Getz ihr Labor?«

»Im Rockefeller Museum.«

»Ist dort nicht auch die IAA?«

»Ja.« Ein dramatisches Seufzen.

»Perfekt«, sagte ich. »Es wird Zeit, dass ich Tovya Blotnik meine Aufwartung mache.«

»Du wirst ihn nicht mögen.«

Während ich den Tisch abräumte, erledigte Jake seine Anrufe. Ich schraubte eben den Deckel auf das Glas mit dem eingemachten Gemüse, als Ryan wieder auftauchte. Ich sah seinem Gesicht an, dass er nicht die beste aller Nachrichten erhalten hatte.

»Kaplan hat seine Geschichte geändert«, sagte er.

Ich wartete.

»Jetzt behauptet er, jemand hätte ihn angeheuert, um Ferris auszuknipsen.«

29

Ich riss die Augen auf, stellte das Glas ab und war dann endlich so weit, eine Frage zu stellen.

»Kaplan hat Geld bekommen, damit er Ferris umbringt?«

Ein knappes Nicken.

»Von wem?«

»Dieses kleine Detail muss er uns erst noch mitteilen.«

»Er hat doch die ganze Zeit das Unschuldslamm gespielt. Warum redet er jetzt plötzlich?«

»Wer weiß?«

»Glaubt Friedman ihm?«

»Er hört zu.«

»Klingt wie eine Folge von *Die Sopranos.*«

»Könnte man sagen.« Ryan schaute auf die Uhr. »Ich muss da jetzt wieder hin.«

Ryan war fünf Minuten weg, als Jake wieder auftauchte. Gute Nachrichten. Wir bekamen Zugang zu den Masada-Transkripten. Und Getz hatte Zeit für uns. Er hatte ihr von dem Leichentuch erzählt, aber nicht von den Knochen. Ich hatte zwar meine Zweifel, ob dieses Versteckspiel so sinnvoll war, aber wir waren in Israel, seinem Revier, nicht dem meinen. Und Jake versicherte mir, er wolle sich nur ein paar Tage Vorsprung verschaffen.

Und ein paar geklaute Knochen, befürchtete ich.

Während Jake zwei Aspirin einwarf und ich die Tuchfragmente wieder einpackte, besprachen wir, was wir mit den Knochen machen sollten. Die Hevrat Kadisha wussten offenbar nichts von ihrer Existenz, sonst hätten sie schon schrill ihre Herausgabe gefordert. Und da sie Max bereits hatten, hatten sie keinen Grund mehr, mich zu überwachen oder zu verfolgen. Wir kamen deshalb zu der Entscheidung, dass Jakes Wohnung ein sicherer Ort war.

Wir schlossen die Knochen im Ossuar-Schrank ein, verriegelten die Wohnungstür und das äußere Tor und fuhren los. Obwohl Jakes angespannte Kiefermuskeln verrieten, dass Kopfschmerzen im Anflug waren, beharrte er darauf, sich hinters Steuer seines gemieteten Hondas zu setzen.

Nachdem wir den Kontrollpunkt an der Nablus Road in Gegenrichtung passiert hatten, schlängelte Jake sich durch den Verkehr zur Sultan Suleiman Road in Ost-Jerusalem. Knapp außerhalb der nordöstlichen Ecke der Altstadtmauer, direkt gegenüber dem Blumentor, bog er auf eine Auffahrt ein, die hügelaufwärts zu einem Metalltor führte. Auf einem abgenutzten Schild stand »Rockefeller Center« auf Englisch und Hebräisch.

Jake stieg aus und sprach in eine verrostete Gegensprechanlage. Minuten später ging das Tor auf, und wir fuhren an wunderbar gepflegten Rasenflächen vorbei zum Hauptgebäude.

Als wir dann zu Fuß zu einem Seiteneingang gingen, fiel mir an der Außenwand des Gebäudes eine Inschrift auf: GOVERNMENT OF PALESTINE. DEPARTMENT OF ANTIQUTITIES. Regierung Palästinas. Altertumsbehörde.

Die Zeiten ändern sich.

»Wann wurde dieses Gebäude errichtet?«, fragte ich.

»Eröffnet wurde es 1938. Es beherbergt vorwiegend Exponate, die in der Zeit des Britischen Mandats ausgegraben wurden.«

»Neunzehn bis achtunddreißig.« Ich wusste das noch aus Winstons Buch. »Es ist sehr schön.«

Das war es wirklich. Weißer Kalkstein, Türmchen und Bögen, ein Park.

»Da drinnen gibt's auch prähistorisches Material. Und ein paar hammermäßige Ossuare.«

Ob nun hammermäßig oder nicht, das Museum war menschenleer.

Jake führte mich durch einige Ausstellungsräume zu einer Treppe. Unsere Schritte hallten hohl von den Steinwänden wider. Die Luft roch stark nach Desinfektionsmittel.

Oben gingen wir durch einige Bogengänge hindurch und standen schließlich vor einer etwas zurückgesetzten Nische in der rechten Wand. Ein Schild an der Tür verkündete das Büro von Esther Getz.

Jake klopfte leise und öffnete dann die Tür einen Spalt.

Am Arbeitstisch saß eine Frau etwa in meinem Alter, von kräftiger Statur und mit einem Kinn, mit dem man im Frühling das Eis auf dem St. Lawrence hätte aufhacken können. Als sie uns sah, stand sie von ihrem Mikroskop auf und kam zu uns.

Jake stellte uns vor.

Ich lächelte und streckte die Hand aus. Getz nahm sie, als hätte ich eine ansteckende Krankheit.

»Sie haben das Leichentuch dabei?«

Jake nickte.

Getz räumte auf einem Tisch Platz frei. Jake stellte die beiden Tupperware-Behälter darauf.

»Sie werden mir nicht glaub ...«

Getz schnitt ihm das Wort ab. »Wie war das mit der Herkunft?«

Jake beschrieb das Grab, ohne etwas über die genaue Lage zu verraten.

»Alles, was ich heute sage, ist nur vorläufig.«

»Natürlich«, sagte Jake.

Getz zog den Deckel vom ersten Behälter, schaute sich den Inhalt kurz an und wandte sich dann dem zweiten zu. Dann streifte sie Handschuhe über und holte die Überreste behutsam heraus. Fünfzehn Minuten später hatte sie es geschafft, das kleinere Stück zu entrollen.

Wir entdeckten es alle gleichzeitig. Wie Kinder in der Chemiestunde beugten wir uns über den Tisch.

»Haare.« Getz redete nicht mit uns, sondern dachte einfach laut.

Nach weiteren fünfzehn Minuten hatte sie den Großteil der Haare in ein Glasröhrchen gesteckt und etwa ein halbes Dutzend andere unter das Mikroskop gelegt.

»Frisch geschnitten. Relativ glänzend. Keine Spuren von Läusen oder Läuseeiern.«

Getz tauschte nun die Haare gegen das größere Stoffstück aus.

»Einfache Eins-auf-eins-Glattwebung.«

»Typisch erstes Jahrhundert.« Jake ballte triumphierend die Faust.

Getz rückte das Stück auf dem Mikroskop zurecht und beugte sich wieder übers Okular. »Die Fasern sind zersetzt, aber ich kann nichts von der Flachheit und Unregelmäßigkeit erkennen, die man bei Flachs erwarten würde.«

»Wolle?«, fragte Jake.

»Ausgehend von dem, was ich bis jetzt gesehen habe, würde ich sagen: Ja.«

Getz bewegte das Fragment hin und her. »Keine Webfehler. Keine Löcher. Keine Ausbesserungen.« Pause. »Merkwürdig.«

»Was?« Jakes Faust löste sich.

»Dieses Garn ist genau entgegengesetzt gesponnen wie eins, das für Israel im ersten Jahrhundert typisch wäre.«

»Das heißt?«

»Dass es importiert wurde.«

»Woher?«

»Ich würde vermuten, Italien oder Griechenland.«

Nach einer weiteren halben Stunde legte Getz das kleinere Fragment unter das Mikroskop.

»Leinen.« Getz richtete sich auf. »Warum wurden die beiden Fragmente separat verpackt?«

Jake wandte sich mir zu.

Ich übernahm die Frage.

»Das kleinere Teilstück lag zusammen mit Schädelfragmenten im hinteren Teil des Loculus. Das größere lag zusammen mit postkranialen Fragmenten näher an der Öffnung.«

»Eine Umhüllung für den Kopf, eine zweite für den Körper«, sagte Jake. »Genau so, wie Simon Petrus es in Johannes 20,6-7 beschrieb: ›Und er sieht die Binden daliegen und das Schweißtuch, das auf seinem Haupte gewesen war, nicht bei den Binden liegen, sondern an einem Ort für sich zusammengewickelt.‹«

Getz schaute auf die Uhr.

»Ihnen ist natürlich bewusst, dass die IAA das Material in Verwahrung nehmen muss. Sie können die Proben gleich bei mir lassen.« Nicht sehr feinfühlig.

»Natürlich. Unser Fund ist vollständig dokumentiert.« Betonung auf »unser«. Auch Jake bemühte sich nicht um Feinfühligkeit. »Ich habe vor, eine C-14-Untersuchung zu beantragen.« Jake strahlte Getz nun mit seinem gewinnendsten Lächeln an. »Unterdessen werde ich wie auf Kohlen sitzen und Ihren Bericht erwarten.«

Auch wenn das höchst unwahrscheinlich war, schaffte Getz es doch, Jakes Charme zu widerstehen.

»Tun das nicht alle«, erwiderte sie und deutete zur Tür. Wir waren entlassen.

Als ich Jake auf den Korridor folgte, war ich mir einer Sache ganz sicher: Esther Getz war nie zum Spaß Getzi genannt worden. Diese Dame gestattete keine Spitznamen.

Nächster Halt, Tovya Blotnik.

Das Büro des IAA-Direktors lag vier Nischen weiter hinten. Blotnik stand auf, als wir eintraten, kam aber nicht hinter seinem Schreibtisch hervor.

Es ist schon komisch. Stimmen am Telefon beschwören Bilder herauf. Manchmal entsprechen diese Bilder genau der Wirklichkeit, manchmal liegen sie völlig daneben.

Der IAA-Direktor war ein kleiner, drahtiger Mann mit grauem Kinnbart und Haaren, die in schütteren Büscheln unter einer blauen Seiden-Yarmulke hervorlugten. Ich hatte mir den Weihnachtsmann vorgestellt. Er sah eher aus wie ein jüdischer Kobold.

Jake stellte mich vor.

Blotnik schaute überrascht, fasste sich dann wieder und beugte sich vor, um uns die Hand zu geben.

»*Shabbat shalom*«. Fahriges Lächeln. Weihnachtsmannstimme. »Bitte setzen Sie sich.«

Die Auswahl war beschränkt, da alle Sitzgelegenheiten bis auf zwei Stühle mit Papieren belegt waren. Jake und ich hielten uns an die beiden.

Blotnik setzte sich hinter seinen Schreibtisch. Er machte den Eindruck, als würde er nun zum ersten Mal mein Gesicht bemerken.

»Hatten Sie einen Unfall?« Amerikanischer Akzent. Vielleicht New York.

»Nichts Schlimmes«, sagte ich.

Blotnik öffnete den Mund und schloss ihn wieder, als wüsste er nicht so recht, was er sagen sollte. Dann: »Aber Ihren Jetlag haben Sie überwunden?«

»Ja«, sagte ich. »Danke der Nachfrage.«

Blotnik nickte und legte beide Hände flach auf den Schreibtisch. Alle seine Bewegungen waren präzise und schnell wie die eines Kolibris.

»Das ist außerordentlich freundlich von Ihnen, dass Sie mir das Skelett persönlich bringen. Wirklich ganz außerordentlich.« Ein ausgewachsenes Koboldsgrinsen. »Haben Sie es dabei?«

»Eigentlich nicht«, sagte Jake.

Blotnik schaute ihn an.

Jake berichtete von dem Vorfall mit den Hevrat Kadisha, ohne auf die genaue Lage des Grabs einzugehen.

Blotnik macht ein langes Gesicht. »Das ist absurd.«
»Allerdings.« Eisig. »Aber Sie kennen die Hevrat Kadisha ja.«
»Nicht wirklich.«
Jake kniff kurz die Augen zusammen, sagte aber nichts.
»Wo ist dieses Grab?« Blotnik hob die Hände und legte die Fingerspitzen aneinander. Auf der Schreibunterlage bleiben zwei perfekte Handflächenabdrücke zurück.
»Im Kidron-Tal.«
»Und von dort stammen die Textilien, die Esther erwähnte?«
»Ja.«
Blotnik stellte noch mehrere Fragen nach dem Grab. Jake antwortete ausweichend und mit eisiger Stimme.
Blotnik stand auf.
»Es tut mir Leid, aber ich war bereits schon auf dem Sprung.« Er schenkte uns ein Grinsen, mit dem er anscheinend Verlegenheit ausdrücken wollte. »*Shabbat*. Da macht man früher Feierabend.«
»*Shabbat shalom*«, sagte ich.
»*Shabbat shalom*«, sagte Blotnik. »Und vielen Dank für Ihre Bemühungen, Dr. Brennan. Die IAA steht tief in Ihrer Schuld. So eine weite Reise. Das ist eine wirklich bemerkenswerte Geste.«
Dann standen wir wieder im Gang.
Auf der Fahrt zur Hebräischen Universität unterhielten wir uns über die Begegnung mit Blotnik.
»Du magst diesen Kerl wirklich nicht«, sagte ich.
»Er ist ein egoistischer karrieregeiler Hochstapler.«
»Nur keine falsche Zurückhaltung, Jake.«
»Und ich traue ihm nicht.«
»Warum nicht?«
»Er ist professionell unredlich.«
»Inwiefern?«
»Er benutzt die Arbeit von anderen, veröffentlicht, nennt aber keine Quellen. Soll ich weitermachen?«
Jake verabscheute Wissenschaftler, die jüngere Kollegen oder Studenten ausbeuteten. Ich hatte seine Tiraden schon öfters gehört. Ich ließ ihn reden.

»Getz hat Blotnik von dem Leichentuch erzählt.«

»Das dachte ich mir schon, aber dieses Risiko gehe ich gerne ein. Esther ist die Beste, was alte Textilien angeht, und ich brauche ihre Authentifikation dieses Dings. Und außerdem hat Blotnik die Information von Getz bekommen, also kann er sich den Fund nicht mehr auf die eigene Fahne schreiben.«

»Aber die Knochen willst du keinem von beiden anvertrauen?«

»Keiner bekommt diese Knochen zu sehen, bevor ich sie vollständig dokumentiert habe.«

»Blotnik schien wegen des Masada-Skeletts nicht allzu bestürzt zu sein«, sagte ich. »Und er wirkte auch nicht so überrascht, mich zu sehen, wie ich erwartet hatte.«

Jake schaute mich an.

»Als ich von Montreal aus anrief, habe ich ihm nicht gesagt, dass ich kommen würde.«

»Nein?«

Jake bog nach links ab.

»Und dann seine Bemerkung über meinen Jetlag.«

»Was war damit?«

»Es war, als hätte er genau gewusst, wie lange ich schon hier bin.«

Jake wollte etwas sagen. Ich fiel ihm ins Wort.

»Und weiß denn nicht jeder, der in Israel mit Archäologie zu tun hat, über die Hevrat Kadisha Bescheid?«

»Pah!«, schnaubte Jack. »Das ist dir auch aufgefallen, nicht?«

»Könnte es sein, dass Blotnik nicht bestürzt war, weil *er* das Skelett hat?«

»Eher unwahrscheinlich. Der Kerl ist eine Niete.« Jake warf mir einen Blick zu. »Aber falls er es hat, trete ich ihm in den Arsch, dass er bis Tel Aviv fliegt.«

Anschließend redeten wir über Getz' Anmerkungen.

»Nicht gerade die Redseligste, was?«

»Esther ist diskret.«

Nicht gerade ein Etikett, das ich ihr angehängt hätte.

»Aber dir hat gefallen, was sie gesehen hat«, sagte ich.

»Und wie. Saubere Haare. Kein Ungeziefer. Importierte Stoffe. Und Wolle war zu der Zeit ein Luxus. Die meisten Leichentücher bestanden ausschließlich aus Leinen. Wer dieser Junge auch war, er hatte einen hohen sozialen Rang.« Jake warf mir noch einen Blick zu. »Und ein Loch im Fersenbein. Und Verwandte mit Namen direkt aus den Evangelien.«

»Jake, ich muss zugeben, ich bin skeptisch. Zuerst das Masada-Skelett, dann diese Knochen im Leichentuch. Kann es sein, dass du dir nur selbst etwas einredest, weil du unbedingt willst, dass es wahr ist?«

»Ich habe nie geglaubt, dass das Masada-Skelett das von Jesus ist. Das war Lerners Interpretation, die auf dem verqueren Denken von Donovan Joyce basierte. Was ich allerdings glaube, ist, dass die Knochen jemandem gehören, der nicht dort oben auf diesem Felsen hätte sein dürfen. Jemand, dessen Anwesenheit dort oben die Israelis und vielleicht auch den Vatikan dazu bringt, sich in die Hosen zu machen.«

»Ein Nichtzelot.«

Jake nickte.

»Wer?«

»Genau das wollen wir herausfinden.«

Eine Weile fuhren wir schweigend. Dann wandte ich mich noch einmal dem Leichentuch zu.

»Ist das Leichentuch aus dem Grab ähnlich wie das Turiner Leichentuch?«, fragte ich.

»Das Turiner Tuch ist aus Leinen und zeigt eine kompliziertere Drei-auf-eins-Köperwebung. Und das ist auch einleuchtend. Dieses Leichentuch stammt aus dem Mittelalter, irgendwann zwischen 1268 und 1390 unserer Zeitrechnung.«

»C-14-datiert?«

Jake nickte. »Bestätigt von Instituten in Tuscon, Oxford und Zürich. Und das Turiner Leichentuch war ein einziges Stück für den ganzen Körper. Das unsere ist ein Zweiteiler.«

»Was ist der augenblickliche Forschungsstand in Bezug auf die Turiner Abbildung?«

»Wahrscheinlich eine Folge der Oxydation und Dehydrierung der Zellulosefasern des Stoffes selbst.«

Noch eine Ohrfeige für den Vatikan.

Die Fahrt zur Universität ging schneller als die Parkplatzsuche dort. Schließlich zwängte Jake seinen gemieteten Honda in eine Winzlücke, die eigentlich nur für einen Motorroller gedacht war, und wir machten uns auf zum östlichen Ende des Campus.

Die Sonne strahlte aus einem makellos blauen Himmel. Die Luft roch nach frisch gemähtem Gras.

Wir gingen durch Flecken von Licht und Schatten, vorbei an Seminarräumen, Büros, Wohnheimen und Laboren. Studenten tranken an Tischen im Freien Kaffee oder schlenderten mit Stirnbändern, Rucksäcken und Birkenstocks umher. Ein Junge warf seinem Hund ein Frisbee zu.

Wir hätten auf jedem Campus irgendwo auf der Welt sein können. Hoch oben auf der Kuppe des Bergs Scopus war die Universität eine Insel der Stille in einem großstädtischen Meer aus Wachposten und Barrikaden, Smog und Beton.

Aber in diesem Land ist nichts immun. Während wir gingen, legte mein Gedächtnis Bilder über diese friedvolle Szenerie. Bilder aus einer Nachrichtenmeldung vom 31. Juli 2001: ein Tag wie dieser, Studenten, die Prüfungen ablegen oder sich für Sommerkurse einschreiben. Ein Paket, das jemand auf einem Kaffeetisch abgestellt hatte. Sieben Tote, achtzig Verletzte. Hamas übernahm die Verantwortung, bezeichnete den Anschlag als Vergeltung für die Ermordung von Salah Shehadeh in Gaza City durch die Israelis. Dort waren vierzehn Palästinenser gestorben.

Und der Wahnsinn geht weiter.

Als Pförtner am Institut für Archäologie fungierte eine Frau mit dem Namen Irena Porat. Mit ihren zusätzlichen zehn Jahren und einem Modestil, der eher zum Flauschigen und Floralen tendierte, wirkte Porat deutlich weniger bedrohlich als Esther Getz.

Shaloms wurden ausgetauscht.

Porat sprach Hebräisch mit Jake.

Jake antwortete und erinnerte Porat, wie ich vermutete, an seinen Anruf.

Während Jake erklärte, was wir wollten, inspizierte Porat etwas Bröseliges, das sie in ihrem Ohr gefunden hatte. Ich verstand das Wort »Masada« und Yadins Namen.

Als Jake geendet hatte, stellte Porat eine Frage.

Jake antwortete.

Porat sagte etwas und deutete dann mit dem Kopf auf mich.

Jake erwiderte etwas.

Porat beugte sich zu ihm und sagte etwas mit gesenkter Stimme.

Jake nickte mit ernstem Gesicht.

Porat schenkte mir ihr breitestes Begrüßungslächeln.

Ich erwiderte das Lächeln, eine vertrauenswürdige Mitverschwörerin.

Porat führte uns zwei Treppen hinunter in einen schmuddeligen, fensterlosen Raum. Wände und Boden waren grau, die Einrichtung bestand aus abgenutzten Tischen, Klappstühlen und Reihen von Regalen, die vom Boden bis zur Decke reichten. In zwei Ecken standen große Kisten.

»Bitte.« Porat deutete mit dem Finger, mit dem sie im Ohr gebohrt hatte, zuerst auf mich, dann auf einen Tisch.

Porat und Jake verschwanden zwischen den Regalreihen. Als sie wieder auftauchten, trug Jake drei große, braune Dokumentenkartons aus Wellpappe. Porat schleppte einen weiteren.

Nachdem sie ihren Karton auf den Tisch gestellt hatte, gab sie eine letzte Anweisung, schenkte uns ein Lächeln und verschwand.

»Nette Dame«, sagte ich.

»Nur ein bisschen zu angoralastig«, sagte Jake.

Jeder Karton war mit schwarzem Magic Marker auf Hebräisch beschriftet. Jake stellte sie der Reihe nach auf, zog den ersten zu sich und nahm die Notizbücher heraus, die er enthielt.

Jake nahm sich eins vor, ich ein anderes.

Unliniertes Papier im europäischen Format. Einseitig Hebräisch beschriftet.

Ich blätterte ein wenig.

Aber ich konnte absolut gar nichts lesen.

Crash-Kurs. Jake schrieb mir eine Liste mit Begriffen auf, die mir als Wegweiser dienen sollten. Yoram Tsafrir. Nicu Haas. Höhle 2001. Skelett. Knochen. Außerdem brachte er mir bei, wie man Hebräische Datumsangaben liest.

Jake fing mit dem frühesten Notizbuch an. Ich nahm das nächste in der Reihe. Mit Hilfe meiner Liste machte ich eine Art Vorsondierung. Es war ein wenig wie in der *Sesamstraße*: Was sieht gleich aus? Was sieht anders aus?

Natürlich förderte ich jede Menge falscher Spuren zutage. Wir arbeiteten bereits eine Stunde, als ich meinen ersten richtigen Treffer landete.

»Was ist das?«, fragte ich und schob Jake das Notizbuch zu.

Jake überflog den Text und beugte sich dann vor.

»Es geht um die Besprechung vom 21. Oktober 1963. Sie reden über Höhle 2001.«

»Was genau sagen sie?«

»Yoram Tsafrir berichtet von seinen Fortschritten in einer anderen Höhle. 2004. Hör dir das an.«

Ich hatte die Ohren bereits ganz weit offen.

»Tsafrir sagte, die Funde sind ›viel schöner als die Stücke, die in den Höhlen 2001 und 2002 gefunden wurden.‹«

»Dann wurde Höhle 2001 also schon vor dem zwanzigsten Oktober untersucht«, sagte ich.

»Ja.«

»Begann die Ausgrabung denn nicht Anfang Oktober?«

Jake nickte.

»Die Höhle muss also in den ersten beiden Wochen der Ausgrabung entdeckt worden sein.«

»Ich habe aber bis zu diesem Eintrag keine Erwähnung gefunden.« Jake runzelte die Stirn. »Mach weiter. Ich gehe noch einmal die Seiten durch, die ich bereits überflogen habe.«

Der nächste Hinweis auf Höhle 2001 war am 26. Oktober 1963, über einen Monat später. Man hatte Haas zur Teilnahme an dem Projekt eingeladen.

»Haas berichtet von drei Skeletten, die in Locus 8 gefunden wurden, das ist der nördliche Palastbereich, und in Locus 2001, da sind die Höhlenknochen.« Jake ließ den Finger über den Text wandern. »Er sagt, es handle sich um vierundzwanzig bis sechsundzwanzig Personen und einen sechs Monate alten Fötus. Vierzehn Männer, sechs Frauen, vier Kinder und einige Unbekannte.«

»Wir wissen, dass die Zahlen nicht stimmen«, sagte ich.

»Richtig.« Jake hob den Kopf. »Aber was noch wichtiger ist: Wo sind, falls es sie gibt, die früheren Diskussionsmitschriften über die Höhle und ihren Inhalt?«

»Vielleicht haben wir sie übersehen«, sagte ich.

»Vielleicht.«

»Lass uns alles noch einmal lesen, was vor dem zwanzigsten Oktober ist«, schlug ich vor.

Das taten wir auch.

Keine einzige Erwähnung der Untersuchung oder Ausgrabung der Höhle.

Aber etwas erfuhren wir doch.

Die Seiten waren nummeriert. Mit arabischen Ziffern.

Arabische Ziffern konnte ich lesen.

Ich ging die fragliche Zeitspanne noch einmal durch.

Von den ersten Oktoberwochen fehlten Seiten.

Mit einem immer stärker werdenden Unbehagen ging ich jedes Notizbuch in jedem Karton durch.

Die Seiten waren nicht falsch eingeordnet worden.

Sie waren verschwunden.

30

»Kann man Unterlagen ausleihen?«, fragte ich.

»Nein. Und Porat hat mir versichert, dass wir alles vollständig in der Sammlung haben.«

»Wenn die Seiten entfernt wurden, dann musste das intern geschehen sein.«

Wir dachten beide schweigend nach.

»Yadin verkündete die Entdeckung der Palast-Skelette bei einer Pressekonferenz im November dreiundsechzig«, sagte ich. »Er hatte ganz offensichtlich großes Interesse an menschlichen Überresten.«

»Aber natürlich. Das beste Mittel, um die Selbstmorde in Masada zu beweisen.«

»Also redete Yadin über drei Personen, die man oben auf dem Gipfel gefunden hatte, in dem Bereich, den die Hauptgruppe besetzte. Seine tapfere kleine Zeloten-›Familie‹.« Ich zeichnete die Anführungszeichen mit den Fingern in die Luft. »Aber er ignorierte die Überreste aus Locus 2001, die zwanzig plus x Personen, die in der Höhle unter der Kasemattenmauer gefunden wurden, an der Südflanke des Plateaus. Für diese Leute gab es keine Presse.«

»Nada.«

»Was *hat* Yadin der Presse eigentlich genau gesagt?«

Jake bearbeitete seine Schläfen mit den Fingerspitzen. Die Adern schienen blau durch kalkig weiße Haut.

»Ich bin mir nicht sicher.«

»Kann es sein, dass er Zweifel in Bezug auf das Alter der Knochen gehabt hatte?«

»In seinem Bericht über die erste Grabungssaison gab Yadin an, dass nichts aus der Höhle auf eine Zeit nach der Periode der ersten Revolte hindeutete. Und er hatte Recht. C-14-Datierungen, die Anfang der Neunziger bei Textilresten angestellt wurden, die mit den Knochen vermischt waren, fallen in die Zeitspanne zwischen vierzig und hundertfünfzehn unserer Zeitrechung.«

Fehlende Seiten. Gestohlene Skelette. Ein ermordeter Händler. Ein toter Priester. Es war wie in einem Zerrspiegelkabinett. Was war echt? Was war ein Trugbild? Was führte wohin?

Eins allerdings spürte ich.

Ein unsichtbarer Faden verband alles mit diesen Höhlenknochen.

Und mit Max.

Ich bemerkte, dass Jake verstohlen auf seine Uhr schaute.

»Du gehst jetzt ins Bett«, sagte ich und steckte Notizbücher in Kartons.

»Mir geht's gut.«

Seine Körpersprache signalisierte etwas anderes.

»Ich kann ja richtig zusehen, wie du zusammenbrichst.«

»Na ja, verdammte Kopfschmerzen habe ich schon. Hättest du was dagegen, mich heimzufahren und dann mein Auto zu nehmen?«

Ich stand auf.

»Kein Problem.«

Jake gab mir einen Stadtplan, Richtungsanweisungen und die Schlüssel für seinen Honda. Er war eingeschlafen, bevor ich seine Wohnung verlassen hatte.

Eigentlich habe ich einen guten Orientierungssinn. Und ich kann auch ziemlich gut mit Karten umgehen. Womit ich absolut nicht zurechtkomme, sind Straßenschilder mit unbekannten Zeichen in einer fremden Sprache.

Die Fahrt von Beit Hanina zum American Colony hätte nur zwanzig Minuten dauern sollen. Eine Stunde später hatte ich mich hoffnungslos verfahren. Irgendwie war ich auf die Sderot Yigael Yadin gekommen. Dann war ich auf der Sha'arei Yerushalaim, ohne irgendwo abgebogen zu sein.

Ich prägte mir den Namen einer Querstraße ein, hielt am Straßenrand und breitete Jakes Karte auf dem Lenkrad aus, um herauszufinden, wo ich eigentlich war.

Im Rückspiegel bemerkte ich, dass zehn Meter hinter mir ein Auto hielt. Mein mentaler Speicher registrierte die wichtigsten Daten. Dunkelblaue Limousine. Zwei Insassen.

Ein Schild sagte mir, dass ich mich kurz vor der Ausfahrt zur Tel Aviv Road befand. Aber welcher Tel Aviv Road? Die Karte zeigte zwei.

Ich schaute mich nach weiteren Orientierungspunkten um.

Noch ein Eintrag in den mentalen Speicher. Aus der Limousine stieg niemand aus.

Ich sah Hinweisschilder für den zentralen Busbahnhof und ein Holiday Inn. Bei beiden konnte ich nach dem Weg fragen.

Ich hatte eine ziemliche Wut im Bauch. Und ich hatte einen Plan.

Ich fuhr wieder los, mit der festen Absicht, bei der ersten der beiden Einrichtungen anzuhalten, die meinen Weg kreuzte.

Mentaler Speicher. Die Limousine hinter mir fuhr ebenfalls los.

Mich beschlich ein ungutes Gefühl. Es war Freitag, und es dämmerte bereits. Die Straßen waren leer, *shabbat* stand bevor.

Ich bog nach rechts ab.

Die Limousine bog nach rechts ab.

Ich war zweimal in meinem Leben verfolgt worden. In beiden Fällen hatten die Verfolger nicht die Absicht gehabt, meine Gesundheit zu fördern.

Ich bog noch einmal rechts ab, einen Block später dann links.

Die Limousine machte dasselbe.

Das gefiel mir ganz und gar nicht.

Ich packte das Lenkrad mit beiden Händen und stieg aufs Gas.

Die Limousine blieb bei mir.

Ich riss das Auto nach links in eine Querstraße.

Die Limousine kam ebenfalls um die Kurve.

Ich bog noch einmal ab. Jetzt irrte ich durch ein Gewirr kleinerer Straßen. Nur ein Transporter war zu sehen. Die Limousine kam näher.

Eine Gedanke wie ein Blitz: Mach, dass du wegkommst!

Ich beschleunigte wieder, scherte aus, überholte den Transporter und suchte die Straße vor mir nach irgendetwas ab, das mir Zuflucht bieten konnte.

Ein vertrautes Zeichen. Ein rotes Kreuz. Erste Hilfe. Ein Ärztezentrum? Ein Krankenhaus? Egal, mir war beides recht.

Mein Blick huschte zum Rückspiegel.

Die Limousine kam immer näher.

Mitten in einer Ladenzeile entdeckte ich ein Ärztehaus. Ich raste auf den Parkplatz, schob den Ganghebel auf Parken und stürzte auf die Tür zu.

Die Limousine schoss vorbei. In einem Sekundenbruchteil nahm ich durch die geschlossenen Fenster ein Gesicht wahr.

Wütender Mund. Stechender Blick. Der ungestutzte Bart eines islamischen Fundamentalisten.

Um sieben traf ich mich mit Ryan in der Hotellobby. Zu dem Zeitpunkt war ich mir schon gar nicht mehr sicher, ob ich wirklich verfolgt worden war oder nicht. Mein Zimmer war verwüstet worden. Ein Schakal hatte mich bedroht. Jake und ich waren mit Steinen beworfen worden. Max war geklaut worden. Wir hatten den Pick-up zu Schrott gefahren. Während eines langen, heißen Bads drängte sich mir die Einsicht auf, dass meine angespannten Nerven mir womöglich einen Streich gespielt hatten.

Vielleicht hatte die Limousine einfach nur denselben Weg gehabt wie ich. Vielleicht hatte der Fahrer ebenso die Orientierung verloren wie ich. Vielleicht waren die Insassen einfach nur die israelische Version der testosterongeblähten Rowdys, die auch bei uns an Freitagen die Straßen unsicher machen.

»Sei nicht so naiv«, sagte ich zu mir und atmete tief durch. Dieses Auto hatte besonderes Interesse an meinem Auto gehabt.

Weder Ryan noch ich hatten Lust auf ein üppiges Mahl. Die Rezeptionsdame beschrieb uns den Weg zu einem arabischen Restaurant in der Nachbarschaft.

Während die Frau sprach, huschte ihr Blick immer wieder zu mir. Wenn ich den ihren kreuzte, wandte sie die Augen wieder ab. Ich hatte das Gefühl, sie wollte mir etwas sagen.

Ich versuchte, ihr freundliche, aufmunternde Blicke zuzuwerfen, aber sie rückte nicht mit dem heraus, was sie auf dem Herzen hatte.

Das Namensschild des Restaurants hatte etwa die Größe meiner Gesichtsseife. Wir fanden es erst, nachdem wir uns dreimal bei Passanten erkundigt hatten. Ein bewaffneter Türsteher klopfte uns ab.

Drinnen war es dämmrig und gesteckt voll. Sitznischen säumten zwei Wände, in der Mitte standen Tische. Die Gäste waren vorwiegend männlich. Die wenigen anwesenden Frauen trugen *hijabs.* Der Besitzer war kein Verfechter der Nichtraucher-Zone.

Wir wurden in eine Sitznische geführt, wo es so dunkel war, dass Gedrucktes nicht zu entziffern war. Ich warf nur einen schnellen Blick auf die Speisekarte und schob sie dann Ryan zu.

Der Kellner trug ein weißes Hemd und eine schwarze Hose. Seine Zähne waren gelb, die Haut runzelig von jahrelangem Zigarettengenuss.

Ryan sagte etwas auf Arabisch. Ich verstand das Wort »Coke«. Der Kellner stellte eine Frage. Ryan zeigt ihm den hochgereckten Daumen. Der Kellner schrieb etwas auf einen Block und ging davon.

»Was hast du bestellt?«, fragte ich.

»Pizza.«

»Vokabular à la Friedman?«

»Ich kann auch nach dem Weg zur Toilette fragen.«

»Was für eine?«

»Ideal Standard?«

»Die Pizza?«

»Ich bin mir nicht sicher.«

Ich erzählte Ryan von meinem Besuch im Rockefeller.

»Getz meinte, das Leichentuch stamme aus dem ersten Jahrhundert, sowohl das Leinen wie die Wolle, und sei wahrscheinlich Importware.«

»Was teuer heißt.«

»Ja. Und die Haare waren sauber, geschnitten und ungezieferfrei.«

Ryan verstand sofort. »Gute Stoffe. Gepflegte Haare. Der Kerl im Leichentuch war Hautevolee und hatte ein durchlöchertes Fersenbein. Jake glaubt, es ist J.C.«

Ich berichtete ihm, was Jake mir über das Kidron- und das Hinnom-Tal erzählt hatte. Das Höllental. Dann zählte ich die Punkte an meinen Fingern ab.

»Ein Individuum von hohem Rang in einem Grab, von dem Jake sicher ist, dass es das Familiengrab Jesu ist. Das Grab enthielt

Ossuare, die mit Namen aus der Heiligen Schrift versehen waren. Jake glaubt, dass das Grab auch der Herkunftsort des Jakobus-Ossuars ist, dem potenziellen Gebeinkasten von Jesu Bruder.«

Ich ließ die Hand sinken. »Jake ist überzeugt, dass der Mann im Leichentuch Jesus von Nazareth ist.«

»Was glaubst du?«

»Also komm, Ryan. Wie hoch stehen die Chancen? Und denk an die Folgen.«

Das taten wir beide für einen Augenblick. Ryan sprach als Erster wieder.

»Was für eine Verbindung besteht zwischen Max und diesem Kidron-Grab?«

»Ich glaube, gar keine. Und da ist noch etwas. Wie hoch ist die Wahrscheinlichkeit, dass zwei Skelette, die beide in dem Ruf stehen, das von Jesus Christus zu sein, ganz genau zur selben Zeit auftauchen?«

»Das stimmt nicht ganz. Max wurde in den Sechzigern ausgebuddelt. Er ist nur erst kürzlich wieder aufgetaucht.«

»Ferris wird ermordet. Kaplan zeigt mir das Foto. Ich finde Max und kann ihn als Kandidaten ausschließen. Drei Wochen später finde ich den Kerl im Leichentuch, und jetzt soll *der* plötzlich Jesus Christus sein. Das ist doch absurd.«

»Jake war so heiß darauf, Max zu bekommen, dass er dir die Reise nach Israel bezahlt hat. Was glaubt denn er, wer Max war?«

»Irgendeine wichtige Gestalt, die nicht in Masada hätte sein dürfen.«

Ich berichtete von meinem Abstecher in die Universität und erzählte Ryan von den fehlenden Seiten in den Masada-Transkripten.

»Kurios«, sagte er.

Ich erzählte ihm auch von meiner Begegnung mit Tovya Blotnik und erwähnte Jakes Vorbehalte gegen diesen Mann.

»Kurios.«

Ich überlegte, ob ich Ryan von der Limousine erzählen sollte. Was, wenn die ganze Geschichte nur ein Produkt meiner Einbildung war?

Was, wenn nicht?

Lieber einmal daneben liegen als einen Stein an den Kopf bekommen. Oder Schlimmeres.

Ich erzählte es ihm.

Ryan hörte zu. Lächelte er? Es war zu dunkel, um das zu erkennen.

»Ist wahrscheinlich nichts«, sagte ich.

Ryan griff über den Tisch und legte die Hand auf meine. »Alles okay mit dir?«

»Mehr oder weniger«, sagte ich.

Ryan strich mit dem Daumen über meinen Handrücken. »Du weißt, dass es mir lieber wäre, wenn du nicht alleine losziehen würdest.«

»Ich weiß«, sagte ich.

Der Kellner legte zwei Untersetzer auf den Tisch und stellte zwei Dosen mit Zucker-Coke darauf. Offensichtlich umfasste Ryans hebräischer Wortschatz noch nicht den Begriff »Light«.

»Kein Bier?«, fragte ich.

»Gibt's hier nicht.«

»Woher weißt du das?«

»Keine Bierreklame.«

»Ganz der Detektiv«, sagte ich lächelnd.

»Das Verbrechen schläft nie.«

»Ich glaube, ich gehe morgen zur *Jerusalem Post* und stöbere in den Archiven, um rauszufinden, was Yadin damals über die Skelette aus der Höhle von Masada gesagt hat«, erklärte ich.

»Warum benutzt du nicht die Universitätsbibliothek?«

»Jake sagt, dass die *Post* alte Artikel nach Themen geordnet archiviert hat. Das dürfte um einiges schneller sein, als wenn ich mich durch zahllose Mikrofiche-Spulen arbeite.«

»Die *Post* hat aber am Samstag zu«, sagte Ryan.

Natürlich hatte sie das. Ich wechselte das Thema.

»Wie war dein Verhör?«, fragte ich.

»Kaplan beharrte darauf, dass er angeheuert wurde, um Ferris kaltzustellen.«

»Von wem?«

»Ferris behauptet, ihren Namen nie erfahren zu haben.«

»Ihren?«

Ich glaubte, Ryan nicken zu sehen.

»Was hat diese geheimnisvolle Frau zu ihm gesagt?«

»Dass sie einen Schützen braucht.«

»Warum wollte sie, dass Kaplan Ferris umbringt?«

»Sie wollte, dass er stirbt.«

Ich verdrehte die Augen. Was in der Dunkelheit vergebliche Mühe war.

»Wann ist sie an ihn herangetreten?«

»Er glaubt, in der zweiten Januarwoche.«

»Ungefähr zu der Zeit, als Ferris Kaplan fragte, ob er das Skelett verkaufen könne.«

»Ja.«

»Ferris wurde Mitte Februar erschossen.«

»Ja.«

Der Kellner legte Servietten, Teller und Besteck auf den Tisch und stellte dann eine Pizza zwischen uns. Sie war belegt mit Oliven, Tomaten und kleinen, grünen Dingern, die ich für Kapern hielt.

»Wie hat die Frau mit ihm Kontakt aufgenommen?«

»Hat in der Tierhandlung angerufen.«

Ryan verteilte Pizzastücke.

»Nur damit ich das richtig verstehe: Eine fremde Frau rief an, erkundigte sich zuerst nach Meerschweinchen und sagte dann: ›Ach übrigens, ich will, dass Sie jemanden erschießen‹?«

»So lautet seine Geschichte.«

»Das ist aber jetzt wirklich kurios.«

»So lautet seine Geschichte.«

»Hat diese Frau einen Namen genannt?«

»Nee.«

»Konnte Kaplan dir irgendwas über sie erzählen?«

»Er meinte, sie klang, als würde sie koksen.«

Die Pizza war hervorragend. Ich nahm mir Zeit, die diversen

Aromen zu erkunden. Tomaten, Zwiebeln, grüne Paprika, Oliven, Feta und ein Gewürz, das ich nicht kannte.

»Was hat sie ihm geboten?«

»Drei Riesen.«

»Was hat Kaplan gesagt?«

»Zehn Riesen.«

»Er hat zehntausend Dollar bekommen?«

»Das Gegenangebot der Frau lautete dreitausend im Voraus, dreitausend nach Erledigung.«

»Und was hat Kaplan getan?«

»Er behauptet, er hätte den Vorschuss genommen, den Auftrag aber nicht ausgeführt.«

»Er hat sie übers Ohr gehauen?«

»Was hätte sie denn tun können? Zur Polizei gehen?«

»Mit den zweiten Dreitausend hätte sie *ihm* jemanden auf den Hals hetzen können.«

»Gutes Argument.« Ryan verteilte zweite Portionen.

»Hat Kaplan diese Frau jemals persönlich getroffen?«

»Nein. Das Geld wurde unter einem Abfallkorb im Jarry Park deponiert.«

»Kling sehr nach James Bond.«

»Er beharrt darauf, dass es genau so war.«

Wir aßen und beobachteten die Leute um uns herum. Mir gegenüber saß eine Frau, deren Gesicht in der Dunkelheit nur ein bleiches Ei war. Mehr konnte ich von ihr nicht sehen. Der *hijab* verdeckte die Haare und war unter dem Kinn geknotet. Die Bluse war dunkel, die Ärmel lang und an den Handgelenken zugeknöpft.

Unsere Blicke trafen sich. Die Frau schaute nicht weg. Ich schon.

»Ich dachte, Kaplan wäre ein reiner Wirtschaftskrimineller.«

»Vielleicht wurde es ihm langweilig, und er wollte sich eine andere Karriere suchen.«

»Kaplan könnte sich diese ganze Geschichte nur ausgedacht haben, um dich hinters Licht zu führen.«

»Ich wurde schon von kleineren Leuchten hinters Licht geführt«, sagte Ryan und verteilte die letzten beiden Pizzastücke.

Wieder aßen wir schweigend. Als ich fertig war, lehnte ich mich an die Wand.

»Könnte die geheimnisvolle Frau Miriam Kessler sein?«

»Diese Frage habe ich Kaplan ebenfalls gestellt. Der Herr verneinte dies und meinte, die gute Frau sei über jeden Tadel erhaben.«

Ryan knüllte seine Serviette zusammen und warf sie auf den Teller.

»Irgendwelche Ideen?«, fragte ich.

»Madonna. Martha Stewart. Mary Poppins. Viele Frauen machen sich an Kleinkriminelle ohne mörderische Reputation heran und bieten ihnen Geld, damit sie jemanden umbringen.«

»Kuriöser und kuriöser«, sagte ich.

31

»Allahuu-uuu-akbaaaar…«

Vor meinem Fenster explodierte der Gebetsruf aus der Tonkonserve.

Ich öffnete ein Auge.

Graues Morgenlicht umspielte die Sachen in meinem Zimmer. Eine davon war Ryan.

»Bist du wach?«

»*Hamdulillah.*« Ryans Stimme klang schwer und belegt.

»Aha«, sagte ich.

»Lobet den Herrn.« Gemurmelte Übersetzung.

»Wessen?«, fragte ich.

»Zu tiefgründig für fünf Uhr morgens.«

Es war wirklich eine tiefgründige Frage. Eine, über die ich nachgedacht hatte, lange nachdem Ryan eingeschlafen war.

»Ich bin überzeugt, dass es Max ist.«

»Der Muezzin?«

Ich schlug Ryan mit einem Kissen. Er drehte sich weg.

»Jemand wollte Max so unbedingt in die Finger bekommen, dass derjenige sogar bereit war, dafür zu töten.«

»Ferris.«

»Zum einen.«

»Ich bin ganz Ohr.« Ryans Augen waren blau und leer.

»Jake hat Recht. Diese Geschichte geht über die Hevrat Kadisha hinaus.«

»Ich dachte, die HK-Jungs sind hinter jedem her.«

Ich schüttelte den Kopf. »Es geht nicht um tote Juden im Allgemeinen, Ryan. Es geht um Max.«

»Also, wer ist er?«

»Wer *war* er.« Meine Stimme war angespannt vor Selbsttadel.

»Es ist nicht deine Schuld.«

»Ich habe ihn verloren.«

»Was hättest du denn tun können?«

»Ihn direkt bei der IAA abliefern. Ihn nicht mitschleppen ins Kidron. Oder zumindest dafür sorgen, dass er sicher versteckt ist.«

»Hättest die Uzi nicht auf der Toilette liegen lassen dürfen.«

Ich schlug noch einmal mit dem Kissen nach Ryan. Er konfiszierte das Kissen, setzte sich kurz auf und schob es sich hinter den Kopf. Ich kuschelte mich an ihn.

»Die Tatsachen, Ma'am.« Das war ein Spiel, das wir immer spielten, wenn wir nicht mehr weiter wussten. Ich fing mit der chronologischen Auflistung an.

»Im ersten Jahrhundert unserer Zeitrechnung starben Menschen in Masada und wurden in einer dortigen Höhle beerdigt, wahrscheinlich während der siebenjährigen Besetzung des Gipfels durch jüdischen Zeloten. 1963 unternahmen Yigael Yadin und sein Team Ausgrabungen in dieser Höhle, versäumten es aber, über die dort gefundenen Knochen zu berichten. Nicu Haas, der biologische Anthropologe, der mit der Untersuchung dieser Knochen beauftragt war, berichtete Yadin und seinen Leuten mündlich, dass die Überreste vierundzwanzig bis sechsundzwanzig vermischte Individuen darstellten. Haas sagte nichts von einem isolierten, kompletten und anatomisch korrekt angeordneten Skelett, das später Jake Drum von einem freiwilligen Ausgräber, der bei der Bearbeitung der Höhle mitgeholfen hatte, beschrieben wurde.«

Ryan nahm den Faden auf.

»Dieses isolierte, komplette und anatomisch richtig angeordnete Skelett, im Folgenden Max genannt, landete schließlich im Musée de l'Homme in Paris. Absender unbekannt.«

»1973 stahl Yossi Lerner Max aus dem Museum und gab ihn an Avram Ferris weiter«, sagte ich.

»Ferris schmuggelte das Skelett nach Kanada und vertraute es später Vater Sylvain Morissonneau von L'Abbaye Sainte-Marie-des-Neiges an«, sagte Ryan.

»Am sechsundzwanzigsten Februar gab Morissonneau Max an Brennan weiter. Ein paar Tage später war Morissonneau tot.«

»Du springst«, sagte Ryan.

»Stimmt.« Ich dachte noch einmal über die Chronologie nach. »Am fünfzehnten Februar wurde Avram Ferris in Montreal erschossen aufgefunden.«

»Am sechzehnten Februar gab ein Mann, der sich Kessler nannte, Brennan das Foto eines Skeletts, das sich als Max erwies.« Ryan.

»Hirsch Kessler war in Wahrheit Hershel Kaplan, ein Kleinkrimineller, der unter anderem mit gestohlenen Antiquitäten handelte.«

»Kaplan flüchtete aus Kanada und wurde in Israel festgenommen«, sagte Ryan. »Besagte Flucht fand nur wenige Tage vor Vater Morissonneaus Tod am zweiten März statt.«

»Am neunten März trafen Ryan und Brennan in Israel ein. Tags darauf brachte Drum Brennan zu einem Grab, und Max wurde von den Hevrat Kadisha gestohlen. Vermutlich. Am selben Tag wurde auch Brennans Hotelzimmer verwüstet«, fügte ich hinzu.

»Am nächsten Tag, dem elften März, gab Kaplan dank geschickter Verhörmethoden« – Ryan gestattete sich ein bescheidenes Grinsen – »zu, dass Ferris ihn beauftragt hatte, Max zu verkaufen. Kaplan behauptete, er habe Anfang bis Mitte Februar Gerüchte über die Verfügbarkeit des Skeletts in Umlauf gebracht.

Am selben Tag wurde Brennan von zwei Männern verfolgt, die Moslems zu sein schienen. Ach, und wir haben Jamal Hasan Abu-Jarur und Muhammed Hazman Shalaideh vergessen.« Ryan.

»Die Männer, die vor l'Abbaye Sainte-Marie-des-Neiges geparkt hatten«, sagte ich.

»›Touristen‹«. Ryan zeichnete die Anführungszeichen mit den Fingern in die Luft.

»Auf der Zeitskala passierte das ungefähr zwei Wochen nach dem Mord an Ferris.«

»Zur Kenntnis genommen«, sagte Ryan. »Am selben Tag gab Kaplan dank noch geschickterer Verhörmethoden zu, dass eine Frau ihn angeheuert habe, Ferris zu töten, leugnete aber, die Frau zu kennen, und leugnete des Weiteren, der Schütze gewesen zu sein.«

»Diese Abmachung kam Anfang Januar zustande, Wochen bevor Ferris erschossen wurde.« Ich überlegte kurz. »Sonst noch was?«

»Das sind die Fakten, Ma'am. Außer Sie wollen auch noch auf die Knochen im Leichentuch eingehen. Aber die haben allem Anschein nach mit Max oder Ferris nichts zu tun.«

»Stimmt.« Ich startete Phase zwei. »Hauptakteure?«

Ryan fing an. »Yossi Lerner, orthodoxer Jude und Befreier von Masada Max.«

»Avram Ferris, Mordopfer und einstiger Besitzer von Max«, fuhr ich fort.

»Hershel Kaplan, alias Hirsch Kessler, Mordverdächtiger und Möchtegern-Verkäufer von Max.« Ryan.

»Miriam Ferris, trauernde Witwe mit Verbindung zu Hershel Kaplan«, sagte ich.

»Und Empfängerin von vier Millionen von der Versicherung.«

»Ja.«

»Sylvain Morissonneau, möglicherweise Mordopfer und einstiger Besitzer von Max.«

»Kaplans geheimnisvolle Frau.«

»Guter Einwurf«, sagte Ryan.

»Nebenrollen?«

Ryan überlegte.

»Mr. Litvak, israelischer Gesprächspartner von Kaplan und derjenige, der ihn anzeigte.«

»Wie passt Litvak ins Bild?«

»Ebenfalls jemand mit einem Interesse an Max«, sagte Ryan.

»Okay, dann Tovya Blotnik«, fuhr ich fort.

»Der IAA-Direktor?«

»Aus demselben Grund«, sagte ich.

»Jake Drum«, sagte Ryan.

»Auf keinen Fall«, sagte ich.

Ryan zuckte die Achseln.

»Randfiguren?«, fragte ich.

»Dora Ferris, die Mutter des Opfers.«

»Courtney Purviance, die Angestellte des Opfers.«

»Langsam werden wir albern.«

»Stimmt«, gab ich zu. »Aber eins ist klar: Irgendwie hängt alles mit Max zusammen.«

»Hypothesen?« Ryan eröffnete Phase drei.

Ich fing an.

»These eins. Eine Gruppe ultra-orthodoxer Juden hat Max' Identität entdeckt und fürchtet, dass seine Anwesenheit in Masada das Bild einer heiligen Stätte des Judentums beflecken könnte.«

»Aber wir wissen, dass Max nicht J.C. ist. Also, wer ist er?«

»Ein Nazarener. Angenommen, diese ultra-orthodoxe Gruppe hat herausgefunden, dass diejenigen, die in der Höhle lebten, nicht zur Hauptgruppe der jüdischen Zeloten gehörten. Sie waren ganz im Gegenteil jüdische Anhänger von Jesus, vielleicht sogar Mitglieder seiner erweiterten Familie.«

»Wusste Yadin das? Die IAA?«

»Das würde erklären, warum Yadin nicht über die Überreste aus der Höhle reden wollte, und es würde auch erklären, warum die Regierung keine weiteren Untersuchungen zulässt.«

»Erklär mir das noch einmal. Warum sind Anhänger Jesu in Masada so was Schlimmes?«

»Die Israelis haben Masada zu einem Symbol für die jüdische Freiheit und den jüdischen Widerstand gegen fremde Mächte gemacht. Und jetzt zeigt sich, dass da oben Christen lebten, waren sie Juden oder nicht. Sie glauben, sie haben die Knochen der letzten Verteidiger Masadas wiederbestattet, aber plötzlich haben sie vielleicht frühe Christen unter ihrem Denkmal liegen? Das wäre sehr, sehr verstörend, vor allem für die israelischen Juden.«

»These eins legt also den Schluss nahe, dass irgendeine Randgruppe von Schwarzhüten alles Notwendige tun würde, um das geheim zu halten?«

»Ich stelle das nur mal in den Raum.«

Ich dachte an Donovan Joyces merkwürdige Theorie und Lerners Reaktion darauf.

»Kannst du dich noch an das Buch erinnern, das ich gelesen habe, mit dem Titel *The Jesus Scroll?*«

»In dem es darum geht, dass Jesus ein alter Mann wird.«

»Ja.« Ich hielt zwei Finger in die Höhe. »These zwei. Eine Gruppe militanter, rechter Christen hat von Max' Existenz erfahren und glaubt, dass es Jesus ist. Sie fürchten, dass das Skelett dazu benutzt wird, die Evangelien für hinfällig zu erklären.«

»Yossi Lerner glaubte das«, sagte Ryan.

»Ja«, sagte ich. »Und vielleicht Ferris. Und eine Zeit lang auch Morissonneau.«

»Aber Max ist nicht J.C.«

»*Wir* wissen, dass Max nicht Jesus sein kann. Aber Lerner war sicher, dass es Jesus ist, und schau, wie er reagierte. Vielleicht glauben das auch andere und spielen jetzt mit harten Bandagen, um die Knochen verschwinden zu lassen.«

»These drei.« Ryan gab den Spekulationen nun eine andere Richtung. »Eine Gruppe islamistischer Fundamentalisten hat von Max' Existenz erfahren und glaubt, dass er Jesus ist. Sie möchte die Knochen benutzen, um die christliche Theologie zu unterminieren.«

»Wie?«

»Jesus in Masada würde den Glaubenssatz der Wiederauferstehung erschüttern. Und wie könnte man dem Christentum besser den Boden unter den Füßen wegziehen?«

»Und diese Muslime schrecken vor nichts zurück, um Max in die Finger zu bekommen. Das funktioniert.«

Ich dachte an Sylvain Morissonneau in seinem Büro in l'Abbaye Sainte-Marie-des-Neiges. Ich prägte mir ein, LaManche anzurufen, um herauszufinden, ob eine Exhumierung und Autopsie angeordnet worden war.

»These vier.« Ich präsentierte eine Mischung aus meiner These zwei und Ryans These drei. »Eine Gruppe islamistischer Fundamentalisten hat von Max' Existenz erfahren und glaubt, dass er ein Nazarener, vielleicht sogar ein Mitglied von Jesu Familie ist. Sie befürchtet, dass sowohl die Christen wie die Juden sich diesen Fund zu Eigen machen und damit Masada uminterpretieren als Ort, wo Zeloten und frühe Nazarener Seite an Seite gegen Unterdrückung kämpften. Sie fürchtet, dass das Skelett ausgenutzt werden könnte zur Wiederbelebung eines gemeinsamen religiösen Eifers in der jüdisch-christlichen Welt.«

»Und diese Leute haben sich geschworen, das zu verhindern«, ergänzte Ryan. »Das funktioniert.«

Eine Weile dachten wir über unsere Thesen nach. Fanatische Christen, Juden oder Muslime, die glaubten, dass die Knochen entweder die Jesu waren oder eines Familienmitglieds oder Anhängers? Die drei Alternativen standen sich in ihrer Schrecklichkeit nichts nach.

Ryan beendete das Schweigen.

»Aber wer ist Kaplans geheimnisvolle Frau?«, fragte er. »Und in welcher Verbindung steht sie zu Ferris? Und in welcher Beziehung steht sie zu Max?«

»Ausgezeichnete Fragen, Detective.«

»Ich erwarte heute Nachmittag Telefondaten.«

Ryan zog mich an sich.

»Friedman will Kaplan noch einen Tag schmoren lassen.«

»Schmoren kann sehr produktiv sein«, sagte ich.

Ryan küsste mich auf die Wange.

»Ich glaube, wir sind auf der richtigen Spur, Ryan.«

»Auch wenn du auf der richtigen Spur bist, wirst du überfahren, wenn du nur dastehst.«

»Will Rogers.« Ich erkannte das Zitat. Noch eins unserer Spiele.

Ryans Hand wanderte zu meinem Nacken.

»Am *shabbat* können wir nicht viel tun.«

Ryans Lippen strichen sanft über mein Ohr.

»Ein Ruhetag«, bestätigte ich.

»Im Augenblick können wir nicht viel ermitteln.«

»Mhm«, machte ich. Glaube ich.

»Aber ich habe noch eine ausgezeichnete Frage«, flüsterte Ryan.

Ich hatte eine ausgezeichnete Antwort.

Ja!

Auf dem Flughafen von Toronto war mir ein Buch über das Tao von Sex, Gesundheit und Langlebigkeit aufgefallen. Ich hatte es mir zwar nicht gekauft, vermutete aber, dass ich bei der gegenwärtigen Frequenz ungefähr 180 werden würde. Allein das tiefe Atmen muss mir mindestens eineinhalb Jahrzehnte gebracht haben.

Nach dem Frühstück und einer kurzen Diskussion darüber, ob ich alleine nach Beit Hanina fahren sollte, machte Ryan sich auf den Weg in die Polizeizentrale, und ich fuhr allein nach Beit Hanina.

Jake war in einer besseren Verfassung als am Tag zuvor.

»Hab was, das dir gefallen wird«, sagte er und wedelte mit einem Papier über dem Kopf.

»Jamie Olivers Rezept für Moorhuhnpastete?«

Jake ließ die Hand sinken. »Deine Abschürfungen sehen schon viel besser aus.«

»Danke.«

»Hast du eine Gesichtsbehandlung oder sonst was machen lassen?«

»Nur Feuchtigkeitscreme.« Ich deutete mit dem Kinn auf das Papier. »Was hast du da?«

»Ein Memo von Haas an Yadin mit Notizen über die Knochen

aus Höhle 2001.« Jake beugte sich zu mir und kniff die Augen zusammen. »Nur Feuchtigkeitscreme?«

Ich kniff als Antwort ebenfalls die Augen zusammen.

»›Positively Radiant‹ von Aveeno.«

»Keine kosmetische Behandlung?«

Ich hatte nicht vor, weiter auf diese Frage einzugehen.

»Lass mich das Memo sehen.« Ich streckte die Hand aus.

Jake gab mir das Papier. Es waren handschriftliche Notizen auf Hebräisch.

»Wie lange hast du das schon?«

»Ein paar Jahre.«

Ich warf Jake einen vernichtenden Blick zu.

»Das kam versehentlich mit Material, das ich über diese Synagoge aus dem ersten Jahrhundert, die ich gerade ausgrabe, angefordert habe. Wahrscheinlich weil es auch in Masada eine Synagogenstätte aus dem ersten Jahrhundert gibt. Das Ding kam mir wieder in den Sinn, als ich gerade beim Frühstück saß. Ich erinnerte mich noch vage daran, damals ein Memo von Haas überflogen zu haben. Es hatte nichts zu tun mit der Stätte in Talpiot, also legte ich es beiseite. Ich habe ein bisschen in meinen Unterlagen gewühlt, und da war es. Erst heute Morgen habe ich es richtig gelesen.«

»Erwähnt Haas ein isoliertes, anatomisch korrekt angeordnetes Skelett?«

»Nein. Aus diesem Memo geht ganz deutlich hervor, dass er dieses Skelett nie gesehen hat.« Ein breites Grinsen. »Aber er erwähnt Schweineknochen.«

»Schweineknochen?«

Ein Nicken.

»Was sagt er?«

Jake übersetzte vom Blatt: »›Das hat nichts zu tun mit dem Rätsel des Schweine-*tallith*.‹«

»Was soll das heißen?«

»Keine Ahnung, aber ein Schweine-*tallith*-Rätsel oder -Problem erwähnt er zwei Mal.«

»Was haben Schweineknochen in Masada zu suchen? Und was hat das mit Höhle 2001 zu tun?«

Jake ignorierte meine Fragen. »Noch was anderes. Yadin schätzte, dass es mehr als zwanzig Höhlenskelette waren, aber Haas katalogisierte nur zweihundertzwanzig einzelne Knochen. Er unterteilt sie in zwei Kategorien: solche, deren Alter klar ist, und solche, die nicht so leicht einzuordnen sind.«

Wieder übersetzte er vom Blatt: »In der klaren Kategorie listet er einhundertvier alte, dreiunddreißig erwachsene, vierundzwanzig jugendliche und sieben kindliche Knochen auf.« Jake hob den Kopf. »Außerdem sagt er, dass sechs Knochen Damen gehörten.«

Ein erwachsenes, menschliches Skelett besteht aus 206 Knochen. Ich stellte ein paar schnelle Berechnungen an.

»Haas hat zweihundertzwanzig Knochen katalogisiert. Das würde bedeuten, dass ungefähr sechsundneunzig Prozent der Skelette fehlten.«

Ich sah, wie Jake an der Hornhaut auf seinem Handballen knabberte.

»Hast du eine Kopie des Fotos in Yadins Buch?«

Jake ging zu seinen Unterlagen und kehrte mit einer Schwarz-Weiß-Aufnahme zurück.

»Fünf Schädel«, sagte ich.

»Da ist noch eine Unstimmigkeit. Tsafrir schrieb in seinem Ausgrabungstagebuch, dass in der Höhle zehn bis fünfzehn Skelette gewesen wären, nicht über zwanzig und auch nicht fünf.«

Ich hörte nicht mehr richtig zu. Etwas an diesem Foto hatte meine Aufmerksamkeit geweckt.

Etwas Bekanntes.

Etwas, was nicht stimmte.

»Kann ich mir das mal genauer anschauen?«

Jake führte mich ins hintere Zimmer. Ich setzte mich vors Mikroskop, schaltete das Licht an und richtete die Linse auf den mittleren Schädel.

»Das gibt's doch nicht.«

»Was?«

Ich stellte die Vergrößerung höher, fing in der oberen linken Ecke des Fotos an und bewegte mich quer über den Abzug.

Irgendwann sagte Jake etwas. Ich stimmte ihm zu.

Irgendwann später bemerkte ich, dass Jake gar nicht mehr bei mir war.

Mit jedem körnigen Detail wurde meine Befürchtung stärker. Dieselbe Befürchtung, die ich gespürt hatte, als ich Max' schlecht sitzenden Zahn entdeckte.

War das denn niemandem aufgefallen? Hatten alle Experten sich getäuscht?

Täuschte ich mich?

Wieder fing ich in der oberen linken Ecke an.

Zwanzig Minuten später richtete ich mich auf.

Ich hatte mich nicht getäuscht.

32

Jake war in der Küche und schluckte eben ein Aspirin.

»Diese Leichen wurden nicht einfach nur in die Höhle geschmissen.« Ich wedelte mit Yadins Foto. »Die wurden dort richtig bestattet. In Gräbern angeordnet.«

»Unmöglich!«

Ich legte das Foto auf die Anrichte. »Schau dir Hände und Füße an.«

»Die sehen nicht sehr hingeschmissen aus«, gab Jake zu. »Sie liegen in der anatomisch korrekten Anordnung.«

»Was darauf hindeutet, dass es sich zumindest bei einigen um Primärbestattungen handelt.«

»Auf diese Art hat das noch niemand interpretiert. Aber warum ist alles andere so durcheinander?«

»Jetzt schau dir die langen Knochen an. Da.« Mit einem Kuli deutete ich auf ein kleines Loch. »Und da.« Ich deutete auf ein zweites.

»Zahnspuren?«

»Da kannst du Gift drauf nehmen.« Ich tippte auf mehrere Knochen und einige lange, zersplitterte Fragmente. »Die wurden aufgebrochen, um das Mark herauszusaugen. Und sieh dir das an.« Ich bewegte meinen Kuli zu einem Loch in einer Schädelbasis. »Irgendein Tier hat versucht, dieses Hirn zu fressen.«

»Was willst du damit sagen?«

»Das war nicht nur eine Leichenhalde. Das war ein kleiner Friedhof, über den sich Tiere hergemacht haben. Es war nicht so, dass die römischen Soldaten nach der Belagerung einfach die Leichen in die Höhle geworfen haben. Menschen haben sich die Zeit genommen, Gräber auszuheben und diese Leichen hineinzulegen. Tiere haben sie später wieder ausgebuddelt.«

»Wenn die Höhle als Friedhof genutzt wurde, warum dann die Kochtöpfe und die Lampen und der Küchenabfall?«

»Vielleicht war die Höhle zu einer früheren Zeit bewohnt und wurde erst später zur Begräbnisstätte. Oder vielleicht war eine angrenzende Höhle bewohnt, und 2001 wurde als Begräbnisstätte und zur Abfallentsorgung genutzt. Mein Gott, ich weiß es nicht. Du bist der Archäologe. Aber das Vorhandensein eines Friedhofs hieße, dass die Theorie, römische Soldaten hätte die Leichen da hineingeworfen, falsch ist.«

Jake klang noch immer skeptisch. »Verwüstungen durch Hyänen und Schakale sind hier seit Jahrhunderten ein Problem. Im Altertum wurden sowohl christliche wie jüdische Gräber in der nördlichen Negev mit Steinplatten bedeckt, damit Raubtiere die Leichen nicht ausbuddeln konnten. Moderne Beduinen verwenden noch immer Steine.«

»Wenn ich mir dieses Foto anschaue, denke ich, dass es zwei oder drei Einzelbestattungen gab und vielleicht ein Gemeinschaftsgrab für fünf oder sechs Individuen«, sagte ich. »Die Höhle wurde vermutlich bereits kurz nach den Bestattungen verwüstet. Deshalb sieht alles so chaotisch aus.«

»Von Hyänen weiß man, dass sie Überreste in ihren Bau zerren.« Jetzt schon weniger skeptisch. »Das würde die große Zahl fehlender Knochen erklären.«

»Genau.«

»Okay. Die Höhle enthielt Gräber. Und? Wir wissen noch immer nicht, wessen.«

»Nein«, gab ich zu. »In Haas' Memo werden Schweineknochen erwähnt. Würden die denn nicht darauf schließen lassen, dass die Gräber keine jüdischen waren?«

Jake zuckte mit einer knochigen Schulter. »Haas spricht vom Rätsel des Schweine-*talliths*, was immer das heißen mag, aber es ist nicht klar, ob dieses Schwein und sein Gebetsschal je gefunden wurden. Schweineknochen in der Höhle könnten darauf hindeuten, dass die Leichen die von römischen Soldaten waren. Diese Interpretation hat ihre Befürworter. Sie könnten aber auch darauf hindeuten, dass die Knochen von byzantinischen Mönchen stammten. Im fünften und sechsten Jahrhundert hatten die Mönche in Masada eine kleine Kolonie.«

»Laut Haas gehörten zu den Überresten in der Höhle die von sechs Frauen und einem sechs Monate alten Fötus. Das klingt für mich nicht nach römischen Soldaten«, sagte ich. »Oder nach Mönchen.«

»Und vergiss nicht, die Stoffreste, die zwischen den Knochen gefunden wurden, ergaben eine Datierung auf die Zeit zwischen vierzig und hundertfünfzehn unserer Zeitrechnung. Das ist viel zu früh für Mönche.«

Jake konzentrierte sich wieder auf das Foto.

»Deine Interpretation dieser Anordnung als verwüsteter Friedhof klingt ziemlich einleuchtend, Tempe. Erinnerst du dich noch an die Palast-Skelette?«

Ich tat es.

»Yadins Buch vermittelt den Eindruck, er hätte drei voneinander getrennte Individuen, einen jungen Mann, eine Frau und einen kleinen Jungen gefunden. Er schloss daraus – und zwar in ziemlich dramatischen Worten, könnte ich hinzufügen –, dass es sich bei den Palast-Skeletten um die letzten Verteidiger von Masada handelte.«

»Und das stimmt nicht so recht?«

»Es ist ziemlich weit hergeholt. Vor nicht allzu langer Zeit erhielt ich Zugang zu Archivmaterial über die Loci im nördlichen Palast, darunter auch alle Tagebücher und Fotos. Ich hatte erwartet, drei voneinander getrennte Skelette zu sehen. Aber dem war nicht so. Die Knochen waren durcheinander geworfen und sehr fragmentarisch. Moment mal.«

Jake legte das Foto weg und nahm das Haas-Memo zur Hand.

»Hab ich's mir doch gedacht. Haas spricht ebenfalls von den Palast-Skeletten. Er beschreibt beide männlichen als Erwachsene, der eine etwa zweiundzwanzig, der andere etwa vierzig Jahre alt.«

»Also kein Junge, wie Yadin ihn beschrieb.«

»Nein. Und soweit ich mich erinnere, waren von einem männlichen Skelett nur Beine und Füße vorhanden.«

Ich wollte etwas sagen. Jake unterbrach mich.

»Und noch was. In seinem Ausgrabungstagebuch erwähnt Yadin Tierkot in dem Palastlocus.«

»Es könnte also sein, dass Hyänen oder Schakale drei Teilkörper von woanders dorthin geschleift haben.«

»Das ergibt ein deutlich anderes Bild als das der tapferen, kleinen Familie bei ihrem letzten Gefecht.«

Plötzlich wurde mir klar, was mich schon die ganze Zeit an den Palast-Skeletten gestört hatte.

»Überleg dir mal Folgendes, Jake. Nach der Einnahme Masadas bewohnten die Römer es achtunddreißig Jahre lang. Hätten die in einem von Herodes' Luxuspalästen Leichen herumliegen lassen?«

»Es kann natürlich sein, dass die Paläste während der Zelotenbesetzung verfielen. Aber du hast Recht. Das hätten sie auf keinen Fall getan.«

»Yadin wollte unbedingt, dass die Palast-Skelette einer jüdischen Rebellenfamilie gehörten. Er gestattete sich gewisse Freiheiten bei der Interpretation dieser Knochen und ging dann mit der Entdeckung an die Presse. Aber warum verschwieg er die Höhlen-Skelette?«

»Vielleicht wusste Yadin von Anfang an über die Schweineknochen Bescheid«, sagte Jake. »Vielleicht hatte er wegen der Schweineknochen Zweifel an der Identität der Individuen aus der Höhle. Vielleicht befürchtete er, dass sie gar keine Juden waren. Vielleicht hielt er sie für römische Soldaten. Oder für irgendeine Außenseitergruppe, die während der Besetzung in Masada lebte, aber mit den Zeloten nichts zu tun hatte.«

»Vielleicht wusste Yadin noch viel mehr«, sagte ich und dachte an Max. »Vielleicht war es genau andersherum. Vielleicht kam Yadin oder einer aus seinem Team darauf, wer tatsächlich in dieser Höhle begraben sein könnte.«

Jake erriet meine Gedanken. »Das einzelne, anatomisch korrekte Skelett.«

»Haas erhielt alle anderen Knochen, aber offensichtlich nie dieses eine Skelett.«

»Es wurde aus Israel hinausgeschmuggelt und nach Paris geschickt.«

»Wo es im Archiv des Musée de l'Homme verschwand und zehn Jahre später von Yossi Lerner wieder entdeckt wurde.«

»Nachdem Lerner zufällig auf das Skelett stieß, fiel ihm Donovan Joyces Buch in die Hände, und er war so überzeugt vom explosiven Potenzial des Skeletts, dass er es klaute.«

»Und jetzt wurde das Skelett schon wieder geklaut. Erwähnt Haas *irgendwo* in seinem Memo ein komplettes Skelett?«

Jake schüttelte den Kopf.

»Glaubst du, dass seine Erwähnung der Schweineknochen relevant ist?«

»Ich weiß es nicht.«

»Was meinte Haas mit dem ›Rätsel des Schweine-*talliths*‹?«

»Ich weiß es nicht.«

Noch mehr Fragen ohne Antworten.

Und noch immer die große Frage.

Wer zum Teufel war Max?

Ryan holte mich um elf in Friedmans Tempo ab. Nachdem Jake sich noch einmal für die Rückgabe seines Mietwagens bedankt hatte, schleppte er sich ins Bett.

Ryan und ich fuhren zum American Colony zurück.

»Sein Zustand hat sich schon um einiges gebessert«, sagte Ryan. »Aber ein bisschen trottelig wirkt er immer noch.«

»Es ist ja noch nicht einmal achtundvierzig Stunden her. Lass ihm noch ein wenig Zeit.«

»Na ja, eigentlich wirkte er schon ein bisschen trottelig, bevor...«

»Zur Kenntnis genommen.«

Ich erzählte Ryan von Haas' Memo und von dem Rätsel des Schweine-*talliths*, das er erwähnte. Außerdem sagte ich ihm, aus Haas' Skelettinventar gehe deutlich hervor, dass er Max nie gesehen hatte.

Außerdem teilte ich ihm meine jüngsten Schlussfolgerungen mit, dass die Leichen nicht nur in die Höhle geworfen, sondern dort bestattet worden seien, und dass die Gräber dann später von Tieren verwüstet worden seien.

Er fragte, was das alles zu bedeuten habe. Abgesehen davon, dass meine Schlussfolgerungen die traditionelle Interpretation von Masada in Zweifel zogen, hatte ich darauf keine Antwort.

»Hast du deine Telefondaten bekommen?«

»Ja, Ma'am.« Ryan klopfte sich auf die Brusttasche.

»Warum dauert es eigentlich so lange, bis man Auskunft über Telefondaten erhält?«

»Man braucht zuerst einen Gerichtsbeschluss. Ist der dann endlich ausgestellt, arbeitet Bell Canada im Schneckentempo. Ich hatte nach ankommenden und abgehenden Anrufen bis zurück zum November gefragt und sie gebeten, die Listen zurückzuhalten, bis sie jeden Anruf identifiziert hätten.«

»Und das heißt?«

»Ferris' privater und der Büroanschluss. Kaplans Laden und die Wohnung.«

»Was ist mit Handys?«

»Gott sei Dank haben wir es nicht mit der Handy-Szene zu tun.«

»Das vereinfacht einiges.«

»Beträchtlich.«

»Und?«

»Ich habe bis jetzt nur einen flüchtigen Blick auf das Fax geworfen. Da hier am *shabbat* ja sonst so gut wie nichts geht, habe ich mir gedacht, wir könnten es heute Nachmittag mit der Liste mal so machen wie die alten Römer.«

»Soll heißen?«

»*Divide et impera.* In dem Fall übersetzt als ›Teilen und Kleinkriegen‹.«

»Du willst, dass wir sie gemeinsam durchgehen?«

»Was hältst du davon?«

Wie schlimm konnte es werden?

Neunzig Minuten später wusste ich es.

In einem Monat erhält und tätigt eine Person im Durchschnitt genug Anrufe, um zwei bis vier A-4-Seiten zu füllen. Mit sehr kleiner Schrift. Wir hatten es mit zwei Geschäfts- und zwei Privatanschlüssen zu tun, über einen Zeitraum von viereinhalb Monaten. Den Gesamtumfang können Sie sich selber ausrechnen.

Wie sollten wir vorgehen? Nach einigem Hin und Her lösten wir das Problem wissenschaftlich. Kopf: chronologisch. Zahl: kundenbezogen.

Die Münze entschied sich für die Chronologie.

Wir fingen mit November an. Ich übernahm Ferris' Privatanschluss und *Les Imports Ashkenazim,* Ryan Kaplans Wohnung und *le centre d'animaux*. In der ersten Stunde erfuhren wir Folgendes:

Hersh Kaplan war nicht gerade der beliebteste Kerl in der Stadt. Die einzige Person, die ihn im November in seiner Wohnung anrief, war Mike Hinson, sein Bewährungshelfer. Für abgehende Anrufe galt dasselbe.

Im *centre d'animaux* waren die Anrufer Lieferanten von Haustieren, Tiernahrung oder Tierhaltungszubehör oder Leute aus der Nachbarschaft, wahrscheinlich Kunden.

Bei Ferris zu Hause gingen die Anrufe zwischen Dora, den Brüdern, einem Fleischer, einem koscheren Lebensmittelladen und einem Tempel hin und her. Keine Überraschungen.

Draußen in Mirabel gingen Anrufe an Lieferanten, Läden und Tempel in ganz Kanada und wurden von dort auch erwidert. Einige Anrufe gingen nach Israel. Courtney Purviance rief im Büro an oder wurde zu Hause angerufen. Hin und wieder meldete sich auch Miriam, aber nicht so häufig. Avram rief nur selten in seiner Eigentumswohnung in Côte-des-Neiges an.

Die dritte Stunde erbrachte, dass sich der Dezember ein wenig vom November unterschied. Ende des Monats gingen von Ferris' Zuhause einige Anrufe an ein Reisebüro am Ort. Auch wurde das Renaissance Boca Raton Hotel kontaktiert. Im Renaissance wurde außerdem zweimal vom Büro aus angerufen.

Um drei richtete ich mich auf, weil ich spürte, dass sich Kopfschmerzen ankündigten.

Ryan neben mir legte seinen Marker weg und rieb sich die Augen.

»Mittagspause?«

Ich nickte.

Wir gingen nach unten ins Restaurant. Eine Stunde später waren wir wieder in meinem Zimmer. Wieder nahm ich mir Ferris' Daten vor, und Ryan griff sich Kaplans.

Eine halbe Stunde später entdeckte ich etwas.

»Das ist komisch.«

Ryan hob den Kopf.

»Am vierten Januar rief Ferris in l'Abbaye Sainte-Marie-des-Neiges an.«

»Im Kloster?«

Ich schob Ryan das Blatt zu. Er warf einen Blick darauf.

»Sie haben vierzehn Minuten lang geredet.« Er wandte sich mir zu. »Hat Morissonneau einen Anruf von Ferris erwähnt?«

Ich schüttelte den Kopf. »Mit keinem Wort.«

»Gutes Auge, Soldat.« Ryan unterlegte die Zeile mit gelbem Marker.

Zehn Minuten. Fünfzehn Minuten. Eine halbe Stunde.

»Bingo.« Ich deutete auf einen Anruf. »Am siebten Januar rief Ferris Kaplan an.«

Ryan schaute von den Daten über Kaplans Tierhandlung zu denen über Ferris' Privatanschluss.

»Zweiundzwanzig Minuten. Fragte Ferris da Kaplan, ob er Max auf dem Schwarzmarkt verkaufen könne? Der Anruf wurde drei Tage, nachdem Ferris mit Morissonneau gesprochen hatte, getätigt.«

»Drei Tage, nachdem Ferris mit jemandem im Kloster gesprochen hatte.«

»Stimmt.« Daran hatte ich gar nicht gedacht. »Aber der Anruf am vierten Januar dauerte fast eine Viertelstunde. Ferris musste mit Morissonneau gesprochen haben.«

Ryan hob die Finger zu angedeuteten Anführungszeichen. »›Mutmaßung ist die Mutter alle Böcke.‹«

»Das hast du dir gerade ausgedacht«, sagte ich.

»Angelo Donghia.«

»Und wer ist …?«

»Steht im Internet. Schau bei Google nach.«

Ich nahm mir vor, genau das zu tun.

»Die Ferris-Autopsie war am sechzehnten Februar«, sagte Ryan. »Als Kaplan dir das Foto gab, hat er da gesagt, wie lange er es schon hatte?«

»Nein.«

Zurück zu den Datenblättern. Einige Zeilen weiter unten entdeckte ich eine Nummer mit israelischer Vorwahl, die mir irgendwoher bekannt vorkam. Ich stand auf und sah in meinem Notizbuch nach.

»Am achten Februar rief Ferris die IAA an.«

»Wen?«

»Das weiß ich nicht. Es ist die Nummer der Zentrale.«

Ryan richtete sich auf. »Kannst du dir vorstellen, warum er das getan hat?«

»Vielleicht machte er ihnen das Angebot, das Masada-Skelett zurückzugeben.«

»Oder es ihnen zu verkaufen.«

»Vielleicht war er auf der Suche nach amtlichen Belegen.«

»Warum sollte er das tun?«

»Um sich der Authentizität des Skeletts zu versichern.«

»Oder seinen Wert in die Höhe zu treiben.«

»Eine Authentifizierung würde genau das erreichen.«

»Als du Blotnik zum ersten Mal anriefst, hattest du da den Eindruck, dass er schon über die Knochen Bescheid wusste?«

Ich schüttelte den Kopf.

Ryan machte sich eine Notiz.

Wieder verging eine halbe Stunde.

Das Fax war etwas verschwommen, die Ziffern und Buchstaben nur schwer leserlich. Mein Nacken schmerzte. Meine Augen brannten. Weil ich angespannt war, stand ich auf und ging im Zimmer auf und ab. Zeit zum Aufhören, sagte ich mir. Aber ich folge nur selten meinen eigenen Ratschlägen. Also setzte ich mich wieder, machte weiter und hörte dabei jeden Atemzug im Takt mit meinem Herzschlag.

Ich sah es als Erste.

»Ferris hat Kaplan noch einmal am Zehnten angerufen.«

»Jemand in Ferris' Büro hat Kaplan noch einmal am Zehnten angerufen.«

Vielleicht waren es die Kopfschmerzen. Vielleicht war es die ermüdende Arbeit. Plötzlich amüsierte mich Ryans Haarspalterei nicht mehr.

»Bin ich hier vielleicht nur ein Klotz am Bein?« Es kam schärfer heraus, als ich beabsichtigt hatte.

Ryan hob den Kopf, und seine blauen Augen blitzten überrascht. Einen Moment lang schauten sie direkt in meine.

»Tut mir Leid. Kann ich dir irgendwas bringen?«

Ryan schüttelte den Kopf.

Ich ging zur Minibar und riss mir eine Diet Coke auf.

»Am Neunzehnten erhielt Kaplan noch einmal einen Anruf von Ferris«, sagte Ryan zu meinem Rücken.

Als ich wieder auf meinem Stuhl saß, fand ich den Anruf auch in Ferris' Daten.

»Vierundzwanzig Minuten. Ich vermute, man hat den großen Coup geplant.«

Die Gefäße in meinem Kopf pulsierten nun mit heftigen, hämmernden Stößen. Ryan sah, dass ich mir die Finger an die Schläfen drückte. Er legte mir die Hand auf die Schulter.

»Lass es sein, wenn du genug hast.«

»Ich bin okay.«

Ryans Blick wanderte über mein Gesicht. Er strich mir Haarsträhnen aus der Stirn.

»Nicht so pulsbeschleunigend wie eine Beschattung?«

»Nicht so pulsbeschleunigend wie Zellteilung.«

»Aber wichtige Detektivarbeit.«

»Wirklich?« Ich war jetzt ernstlich gereizt. »Was haben wir in fünf Stunden herausgefunden? Kaplan hat Ferris angerufen. Ferris hat Kaplan angerufen. Große Sache. Das haben wir doch schon gewusst. Kaplan hat es uns gesagt.«

»Wir haben nicht gewusst, dass Kaplan Morissonneau anrief.«

Ich lächelte. »Wir haben nicht gewusst, dass Ferris im *Kloster* anrief.«

Ryan hob die Hand. »Wir sind ein gutes Team.«

Ich klatschte ohne große Begeisterung ab.

Und stieß meine Cola mit dem Ellbogen um. Die braune Plörre ergoss sich über den Tisch, die Dose rollte dann fröhlich über den Boden.

Wir sprangen beide auf. Während ich Handtücher holte, hob Ryan die Datenblätter hoch und schüttelte sie aus. Ich wischte, er tupfte, und dann legten wir die Blätter im Bad zum Trocknen aus.

»Tut mir Leid«, sagte ich lahm.

»Trockenzeit«, sagte Ryan. »Lass uns was essen.«

»Ich habe keinen Hunger.«

»Du musst aber was essen.«

»Nein, muss ich nicht.«

»Doch, musst du schon.«

»Du klingst wie meine Mutter.«

»Ernährung ist der Schlüssel zur Gesundheit.«

»Gesundheit ist nichts anderes als das Hinauszögern des Todes.«

»Das hast du gestohlen.«

Wahrscheinlich. George Carlin?

»Du musst was essen.«

Ich gab den Widerstand auf.

Wir aßen im Hotelrestaurant zu Abend, und die Stimmung in unserer kleinen Nische war steif und unnatürlich. Meine Schuld. Ich war nervös und angespannt.

Wir redeten etwas verkrampft über seine Tochter, meine Tochter. Keine Morde. Keine Skelette. Obwohl Ryan sich wirklich Mühe gab, entstanden am Tisch lange Pausen.

Oben küsste Ryan mich vor meiner Tür. Ich bat ihn nicht mehr herein. Er versuchte erst gar nicht, mich zu verführen.

An diesem Abend dauerte es lange, bis ich einschlief. Es waren nicht die Kopfschmerzen. Oder der Muezzin. Oder die Katzen, die unten auf der Straße lärmten.

Ich bin kein sehr geselliger Mensch. Ich bin weder in einem Sportclub noch im Gartenverein noch bei den Sweet Potato Queens. Ich bin trockene Alkoholikerin, die nie bei den AA war. Nichts gegen Allianzen. Aber ich bin einfach ein Mädchen, das sich selber hilft.

Ich lese. Ich nehme auf. Stück für Stück versuche ich, das Rätsel, das ich mir bin, zu entschlüsseln.

Zum Beispiel, warum ich mich jetzt im Augenblick nach einem Bauch voller Merlot sehnte.

Die AA drückt einem einen Stempel auf: Einmal Alkoholiker, immer Alkoholiker. Andere nennen uns, naiverweise, genesen. Letztere irren sich. Den Korken in die Flasche zu stecken, heißt nicht, den alkoholischen Tanz zu beenden. Dagegen ist kein Kraut gewachsen. Es ist in der Doppelhelix angelegt.

An einem Tag fühlt man sich wie eine Königin. Am nächsten hat man keinen Grund mehr aufzustehen. In einer Nacht schläft man wie ein Neugeborenes. In der nächsten liegt man wach und wirft sich ängstlich und besorgt herum und weiß gar nicht so recht, weshalb.

Diese Nacht war so eine. Stunde um Stunde lag ich da, starrte durch mein dunkles Fenster das Minarett an und fragte mich, nach wem dieser Turm sich wohl ausstreckte. Nach dem Gott des Korans? Der Bibel? Der Tora? Der Flasche?

Warum war ich Ryan gegenüber so barsch gewesen? Sicher, wir hatten Stunden investiert und so gut wie nichts erfahren. Sicher, ich hätte lieber das Geheimnis um Max gelüftet. Aber warum hatte ich meinen Frust an Ryan ausgelassen?

Warum sehnte ich mich so sehr nach Alkohol?

Und warum war ich nur so ein Tollpatsch mit dieser Coke gewesen? Ryan würde mich deswegen noch lange aufziehen.

Nach Mitternacht döste ich ein und träumte wirres Zeug. Telefone. Kalender. Körperlose Nummern, Namen und Datumsangaben. Ryan auf einer Harley. Jake, der Schakale aus einer Höhle verscheuchte.

Um zwei stand ich auf, um mir ein Glas Wasser zu holen, und saß dann müde auf der Bettkante. Was hatten die Träume zu bedeuten? Waren sie einfach nur eine Wiederholung, ausgelöst von den Kopfschmerzen und der ermüdenden Arbeit des Nachmittags? Versuchte mein Unterbewusstsein, mir eine Botschaft zu schicken?

Schließlich schlief ich ein.

Doch noch mehr als einmal wachte ich auf und hatte die Fäuste in die Bettdecke gekrallt.

33

Ich kann nicht behaupten, ich wäre mit dem Muezzin aufgestanden. Aber sehr viel später war es nicht.

Die Sonne ging eben auf. Die Vögel sangen. Die Kopfschmerzen waren verschwunden.

Die Dämonen waren verschwunden.

Nachdem ich die Papiere vom Badezimmerboden geklaubt hatte, duschte ich und gab mir besonders viel Mühe mit Rouge und Maskara. Um sieben rief ich Ryan an.

»Tut mir Leid wegen gestern.«

»Vielleicht bringen wir dich ja in einer Ballettschule unter.«

»Ich meine nicht die Coke. Ich meine mich.«

»Du bist eine sanfte Blüte, eine fröhliche Elfe, ein Wesen voller Liebreiz und…«

»Wie hältst du es nur mit mir aus?«

»Bin ich nicht das Galanteste und Wunderbarste in deiner Welt?«

»Ja ja.«

»Und sexy.«

»Ich kann eine ziemliche Nervensäge sein.«

»Ja. Aber du bist *meine* Nervensäge.«

»Ich mache es wieder gut.«

»Tap Pants?«

Man muss den Kerl bewundern. Er gibt nie auf.

Beim Frühstück rief Friedman an. Kaplan wollte über Ferris reden. Friedman bot an, Ryan abzuholen und mir den Tempo zu überlassen. Ich nahm das Angebot an.

Als ich wieder in meinem Zimmer war, rief ich Jake an, erhielt aber keine Antwort. Ich vermutete, dass er noch schlief.

Warten? Nein. Ich wartete bereits zwei Tage.

Die *Jerusalem Post* hat ihr Hauptgebäude an der Yirmeyahu Street, eine Hauptdurchgangsstraße, die an der Autobahn nach Tel Aviv beginnt, in einem Bogen zu den religiösen Vierteln im Norden Jerusalems führt und dann in die Rabbi Meir Bar Ilan Street übergeht, die berüchtigt ist für ihre Hardcore-Steinewerfer am *shabbat*. Ob man nun jüdischer Autofahrer ist oder nicht, diese Jungs wollen einfach nicht, dass man an ihrem heiligen Tag fährt. Ironischerweise war ich bei meiner Irrfahrt am Freitag in nur einem Block Abstand an der *Jerusalem Post* vorbeigekommen.

Ich stellte mein Auto ab und ging zu dem Gebäude, immer auf der Hut vor Militanten jeglicher Couleur. Dank Friedmans Kartenskizze wusste ich, dass ich mich in Romena befand, einem Viertel am äußersten westlichen Rand von West-Jerusalem. Das *quartier* war eindeutig kein Touristenmagnet. Und das ist sogar noch eine wohlwollende Beschreibung. Das *quartier* war hässlich wie die

Hölle, nur Werkstätten und eingezäunte Grundstücke voller Reifenstapel und rostender Autoteile.

Ich betrat ein langes, niederes Rechteck, an dessen Seitenwand der Schriftzug JERUSALEM POST eingemeißelt war. Architektonisch hatte der Bau den Charme eines Flugzeughangars.

Nach vielen Sicherheitskontrollen und noch mehr *Shaloms* wurde ich in den Keller geschickt. Die Hüterin des Archivs war eine etwa vierzigjährige Frau mit einem hellen Schnurrbart und eingetrocknetem Make-up an den Mundwinkeln. Die Haare waren blond gefärbt bis auf zwei dunkle Zentimeter dicht an der Kopfhaut.

»*Shalom.*«

»*Shalom.*«

»Ich habe gehört, Sie bewahren alte Artikel nach Themen geordnet auf.«

»Ja.«

»Gibt es ein Masada-Dossier?«

»Ja.«

»Ich würde es gern sehen.«

»Heute?« Ihr Ton ließ darauf schließen, dass sie lieber Akten an Vierjährige mit Fingerfarben ausgegeben hätte.

»Ja, bitte.«

»Mein Personal ist vorwiegend damit beschäftigt, die Archive online zu bringen.«

»Das ist ein gigantischer Aufwand.« Ich ließ vor Mitgefühl die Schultern hängen. »Aber so wertvoll.«

»Wir haben Material bis aus der Zeit, als die Zeitung noch *Palestinian Post* hieß.«

»Verstehe.« Ich lächelte herzlicher als der Grüß-August am Wal-Mart. »Und ich habe es nicht sehr eilig.«

»Sie können es aber nicht ausleihen.«

»Natürlich nicht.« Ich schaute angemessen entsetzt drein.

»Haben Sie zwei Dokumente, mit denen Sie sich ausweisen können?«

Ich zeigte ihr meinen Pass und die Fakultätskarte der UNCC. Sie schaute beide Ausweise an.

»Recherchieren Sie für ein Buch?«

»Mhm.«

Sie deutete auf einen von mehreren langen Holztischen. »Warten Sie dort.«

Madam Archivarin kam hinter ihrer Theke hervor und ging zu einer Reihe grauer, metallener Karteikästen, zog eine Schublade heraus und holte einen dicken Ordner hervor. Als sie das Ding auf meinen Tisch legte, lächelte sie beinahe.

»Lassen Sie sich nur Zeit, meine Liebe.«

Die Ausschnitte waren auf leere Blätter geklebt. Unmengen davon. Rechts von den Artikeln stand ein Datum, und bei vielen war der Name »Masada« in der Überschrift oder im Text eingekringelt.

Bis Mittag hatte ich drei wichtige Dinge erfahren.

Erstens: Jake hatte nicht übertrieben. Bis auf die kurze Erwähnung einer Pressekonferenz nach der zweiten Grabungssaison wurde in der Presse nie über die Höhlenfunde berichtet. Im November 64 brachte die *Jerusalem Post* sogar eine »Masada«-Sonderbeilage. Darin beschrieb Yadin all die sensationellen Funde der ersten Saison, die Mosaiken, Schriftrollen, die Synagoge, die *mikvehs,* die Palast-Skelette. Kein Wort über die Knochen aus der Höhle.

Zweitens: Yadin wusste über die Schweineknochen Bescheid. In einem Artikel vom März 69 wurde er dahingehend zitiert, dass zwischen den verschiedenen menschlichen Überresten in Masada auch Tierknochen, darunter auch solche von Schweinen, gefunden worden seien.

Woanders gab Yadin an, Beamte des Ministeriums für Religiöse Angelegenheiten verträten die Ansicht, die Schweine seien nach Masada gebracht worden, um bei der Abfallentsorgung zu helfen. Anscheinend war das auch im Warschauer Ghetto in den Vierzigern gemacht worden.

Ich fand das nicht sehr einleuchtend. Wenn die Zeloten ein Abfallproblem gehabt hätten, hätten sie ihren Müll wohl einfach über die Mauer geworfen, damit die Römer sich damit herumschlagen mussten.

Und Yadin distanzierte sich auch nicht von der Aussage, die er 69 gemacht hatte. In einem Interview von 81 sagte er einem Reporter der *Post*, er habe den Oberrabbi Yehuda Unterman davon in Kenntnis gesetzt, dass er sich nicht dafür verbürgen könne, dass die Überreste in Höhle 2001 tatsächlich jüdisch seien, da sie mit Schweineknochen vermischt gewesen waren.

Drittens: Yadin behauptete, dass an den Überresten aus der Höhle nie C-14-Datierungen vorgenommen worden seien. In dem 81er Interview, in dem er auch über die Schweineknochen sprach, gab er an, eine C-14-Datierung sei nie beantragt worden, und es sei nicht seine Aufgabe, dies zu tun. Ein Anthropologe nannte die hohen Kosten als Grund. Das war das Interview, an das Jake sich erinnerte.

Ich lehnte mich zurück und überlegte.

Offensichtlich hatte Yadin bezweifelt, dass die Leute in der Höhle tatsächlich jüdische Zeloten waren. Und doch schickte er nie Proben für eine C-14-Datierung ein.

Warum nicht? So teuer waren diese Tests auch wieder nicht. Was vermutete Yadin? Oder was wusste er? Hatte Yadin oder einer aus seinem Team herausgefunden, um wen es sich bei den in der Höhle Bestatteten tatsächlich handeln könnte. Bei Max?

Ich steckte die Seiten in den Ordner zurück.

Oder hatte Yadin oder einer aus seinem Team *doch* Proben für einen C-14-Test eingeschickt? Konnte es sein, dass jemand eine Versendung von Material für einen C-14-Test oder andere Untersuchungen als Deckmantel benutzt hatte, um lästige Beweise außer Landes zu schaffen?

Lästige Beweise wie Max?

Konnte es sein, dass jemand Max nach Paris geschickt hatte, um ihn zu verstecken? Um ihn verschwinden zu lassen?

Ich wusste, wohin ich als Nächstes musste.

Wie schon bei meinem ersten Besuch fiel mir auch jetzt wieder die Ähnlichkeit des Scopus Bergs mit anderen Universitäten auf. Am Sonntagnachmittag war der Campus verlassen wie ein Friedhof.

Aber ein legaler Parkplatz war noch immer so wahrscheinlich wie eine Audienz beim Papst.

Nachdem ich den Tempo in derselben Lücke abgestellt hatte, in die Jake auch den Honda gezwängt hatte, ging ich direkt zur Bibliothek. Nachdem ich die Sicherheitskontrollen passiert hatte, fragte ich nach der Periodika-Abteilung, suchte die Zeitschrift *Radiocarbon* und zog jeden Band heraus, der in den frühen Sechzigern veröffentlich worden war.

Ich trug die Bände zu einer kleinen Lesenische und ging einen nach dem anderen durch.

Ich brauchte weniger als eine Stunde.

Ich richtete mich auf und starrte meine Notizen an wie eine Musterschülerin, die eben etwas Wesentliches herausgefunden hat, allerdings ohne so recht zu wissen, was es eigentlich bedeuten soll.

Ich stellte die Zeitschriften ins Regal zurück und eilte davon.

Es dauerte eine Ewigkeit, bis Jake sein Tor öffnete. Seine Augen waren auf Halbmast, und Falten zeichneten auf seiner linken Wange eine Straßenkarte.

Als ich Jake in seine Wohnung folgte, platzte ich fast vor Aufregung über meine Entdeckung. Er ging direkt in die Küche. Als er Wasser in den Kessel laufen ließ und ihn auf den Herd stellte, hielt ich es nicht mehr aus.

»Tee?«

»Ja, ja. Kennst du die Zeitschrift *Radiocarbon?*«

Jake nickte.

»Ich habe eben in der Universitätsbibliothek nachgesehen. Zwischen einundsechzig und dreiundsechzig schickte Yadin Material von der Ausgrabungsstätte Bar Kochba hier in Israel an das Institut in Cambridge.«

»Was für eine Stätte?«

»Die Höhlen von Bar Kochba am Toten Meer? Fehlgeschlagene jüdische Rebellion gegen die Römer? Zweites Jahrhundert unserer Zeitrechung? Aber die Stätte selbst ist nicht so wichtig.«

»Aha.« Jake hängte Teebeutel in Becher.

»Mir ist wichtig, dass Yadin Material von seiner Ausgrabung in Bar Kochba für eine Radiokarbon-Datierung eingeschickt hat.«

»Aha.«

»Hörst du mir überhaupt zu?«

»Ich bin fasziniert.«

»Ich habe außerdem das Masada-Dossier der *Jerusalem Post* durchgesehen.«

»Fleißig, fleißig.«

»In einem Interview von einundachtzig sagte Yadin einem *Post*-Reporter, es sei nicht seine Aufgabe, eine Radiokarbon-Datierung anzufordern.«

»Und?«

»Yadin widerspricht sich selbst.«

Jake hob die Hand vor den Mund, weil er husten musste.

»Yadin beharrte doch immer darauf, dass kein Material aus Masada für eine Radiokarbon-Datierung eingeschickt wurde, oder?«

»Soweit ich weiß.«

»Aber Yadin *hat* Material von anderen Ausgrabungen eingeschickt. Und nicht nur Yadin in Bar Kochba. In derselben Zeit benutzten andere Archäologen in Israel andere Institute. Das US Geological Survey Laboratory in Washington, D.C., zum Beispiel.«

»Milch und Zucker?«

»Milch.« Ich musste mich sehr zurückhalten, um Jake nicht zu schütteln, bis er aufwachte.

»Du hast doch gesagt, dass in den Sechzigern ein Mitglied der Knesset behauptet hatte, Skelette aus Masada seien ins Ausland geschickt worden.«

»Shlomo Lorinez.«

»Verstehst du denn nicht? Es könnte sein, dass Lorinez Recht hatte. Ein paar der Knochen aus Höhle 2001 könnten sehr wohl aus Israel herausgeschafft worden sein.«

Jake goss beide Tassen voll und gab mir eine.

»Das anatomisch korrekt angeordnete Skelett?«

»Genau.«

»Aber das ist doch nur Spekulation.«

»In seinem Memo nannte Haas doch eine Gesamtmenge von zweihundertundzwanzig Knochen, nicht?«

Jake nickte.

»Das Skelett eines normalen Erwachsenen enthält zweihundertundsechs Knochen. In Haas' Zählung konnte Max also nicht eingeschlossen sein.«

»Wer ist Max?«

»Masada Max. Das anatomisch korrekt angeordnete Skelett.«

»Warum Max?«

»Ryan mag Alliterationen.«

Jake hob eine buschige Augenbraue, sagte aber nichts.

»Offensichtlich hat Haas dieses Skelett nie gesehen«, sagte ich. »Warum nicht?«

Jake hörte auf, seinen Teebeutel in den Becher zu tauchen. »Weil es ins Musée de l'Homme in Paris geschickt worden war?«

»Willkommen im Land der Lebenden, Jake.«

»Nette Alliteration.«

»Aber warum das geheim halten?«, fragte ich.

Ich wartete die Antwort nicht ab.

»Und warum ins Musée de l'Homme? Die machen keine C-14-Tests. Und warum ein komplettes Skelett? Man braucht doch nur eine kleine Knochenprobe. Und warum gerade dieses eine Skelett? Yadin hat nie darüber gesprochen. Haas hat es nie gesehen.«

»Ich habe doch schon von Anfang an gesagt, hinter diesem Skelett steckt mehr, als alle zugeben wollen.«

»Du hast mir gesagt, du willst die Hevrat Kadisha direkt fragen, ob sie Max gestohlen haben. Hast du sie angerufen?«

»Zweimal.«

»Und?«

»Ich warte auf einen Rückruf.« Sarkastisch.

Ich wickelte den Faden meines Teebeutels um den Löffel und drückte den Beutel aus.

»Das macht deinen Tee bitter«, sagte Jake.

»Ich mag ihn stark.«

»So kriegst du ihn bitter.« Jake war jetzt hellwach und streitlustig wie eh und je.

»Ich glaube, schlaftrunken bist du mir lieber.«

»Was ist eigentlich mit der DNS?«, fragte Jake.

»Ich habe meine E-Mails seit Tagen nicht abgerufen. In dem Hotel online zu gehen, ist ein Albtraum.« Das stimmte zwar, ich erwartete allerdings auch so schnell keine Ergebnisse. Und ehrlich gesagt, ging ich davon aus, dass die DNS-Daten von Max und seinem fremden Zahn ohne Vergleichsmaterial nur von beschränktem Nutzen sein würden.

»Als ich, nachdem ich dich in Montreal angerufen hatte, meine Proben aus dem Kidron-Grab einschickte, bat ich beide Institute, *dir* die Ergebnisse per E-Mail zu schicken. Ich dachte mir, dass ich vielleicht jemand brauche, der sie mir erklärt.«

Wieder Jakes Paranoia? Ich sagte nichts.

»Warum probierst du es nicht jetzt? Nimm meinen Computer.« Jake deutet mit dem Kinn in sein Archivzimmer. »Ich springe mal schnell unter die Dusche.«

Warum nicht? Ich setzte mich mit meinem Tee an seinen Laptop und loggte mich ein.

Von beiden DNS-Instituten waren E-Mails eingetroffen.

Ich öffnete zuerst die Berichte über Jakes Kidron-Knochen. Es gab einige Informationen, die mir aber wenig sagten. Ich nahm an, dass jede Probennummer einem Ossuar oder einem Knochenhaufen auf dem Boden entsprach.

Als Nächstes öffnete ich die aDNS- und mtDNS-Berichte über Max und seinen Zahn.

Zuerst war ich überrascht. Und dann verwirrt.

Ich las den Schlussabsatz immer und immer wieder. Ich konnte mir nicht vorstellen, was das zu bedeuten hatte.

Ich hatte Recht gehabt in Bezug auf Max.

Aber ich hatte völlig daneben gelegen, was die Bedeutung der DNS anging.

34

Offensichtlich schaute ich drein wie ein Reh im Scheinwerferlicht.

»Was starrst du denn da an?«

Die Falten waren verschwunden, und Jakes Gesicht war feucht. Statt Trainingsanzug trug er jetzt Jeans und ein rotes Hawaii-Hemd.

»DNS-Ergebnisse.«

»Tatsächlich?«

Jake schaltete den Drucker an und druckte die Daten aus.

Dann überflog er mit unbewegter Miene die Seiten. »Sehr hübsch«, sagte er, zog einen Stuhl neben meinen und setzte sich. »Okay. Was hat das zu bedeuten?«

»Die mitochondriale DNS…«

»Langsam.«

Ich atmete tief durch.

»Und ganz von vorne.«

»Ganz vorne?« Auf eine Biologiestunde hatte ich eigentlich keine Lust.

»Vom Urknall.«

Tief durchatmen. Ruhig. Und los.

»Du weißt, was Kern-DNS ist?«

»Das ist die Doppelhelix, die sich im Kern einer Zelle findet.«

»Ja. Forscher arbeiten seit Jahren daran, das DNS-Molekül quasi zu kartografieren. Man nennt das Mapping. Ein Großteil dieses Mappings konzentriert sich auf den Bereich, der die Proteine kodiert, die wir als Spezies gemeinsam haben.«

»Klingt wie Atkins. Keine Kohlehydrate, keine Fette.«

»Willst du das hören?«

Jake hob beide Hände.

Ich überlegte mir, wie ich es noch einfacher formulieren konnte.

»Einige Forscher arbeiten am Mapping des DNS-Bereichs, der uns alle ähnlich macht, die Gene, die uns zwei Ohren geben, eine geringe Körperbehaarung, ein Becken, das den aufrechten Gang ermöglicht. Medizinische Wissenschaftler arbeiten an der Identifizierung von Genen, die Mutationen und Krankheiten hervorrufen können wie etwa zystische Fibrose oder Chorea Huntington.«

»Die Mapper schauen sich also die Gene an, die uns alle gleich machen. Und die Mediziner schauen sich die Gene an, die dafür sorgen, dass etwas schief läuft.«

»Das ist gar nicht so dumm formuliert. Forensische Wissenschaftler dagegen betrachten die Teile des DNS-Moleküls, die die Leute genetisch verschieden machen. Die Schrott- oder Füll-DNS, die sie untersuchen, enthält Polymorphismen, Variationen also, die eine Person von einer anderen unterscheiden. Aber diese Unterschiede müssen nicht körperlich sichtbar sein.

Inzwischen gibt es aber forensische Wissenschaftler, die von der Füll-DNS und ihren Variationen zu den Genen übergewechselt haben, die körperliche Merkmale bestimmen, die Unterschiede also, die wir feststellen, wenn wir jemanden anschauen. Diese Forscher untersuchen, was aus den Genen gelesen werden könnte, um Aussagen über individuelle Merkmale wie Haar- oder Augenfarbe zu treffen.«

Jake schaute mich verwirrt an. Und zwar zu Recht. Ich war so aufgeregt, dass ich die Erklärung verpfuschte.

»Sagen wir mal, die Polizei stellt eine Probe sicher, die von einem unbekannten Täter hinterlassen wurde. Blut oder Sperma an einem Tatort vielleicht. Ohne einen konkreten Verdächtigen hat man nun niemanden, mit dem man diese Probe vergleichen könnte. Sie existiert quasi in einem Vakuum. Aber wenn die Probe dazu benutzt werden kann, die Zahl der potenziellen Verdächtigen einzugrenzen, dann ist sie ein sehr nützliches investigatives Werkzeug.«

Jake merkte, worauf ich hinaus wollte. »Triff eine Aussage über das Geschlecht, und du reduzierst die Zahl der Verdächtigen um die Hälfte.«

»Genau. Es gibt bereits Programme, die Aussagen über die biogeografische Herkunft treffen können. Als du mich in Montreal angerufen hast, haben wir einen Fall diskutiert, in dem genau das gemacht wurde.«

»Der Vorteil ist also, dass man nicht auf den Vergleich einer unbekannten Probe mit einer bekannten beschränkt ist, sondern tatsächlich Aussagen darüber treffen kann, wie der Junge aussehen könnte.«

»Oder das Mädchen.«

»Jawoll. Ein Junge wie Max oder die Leute in meinem Grab.«

»Genau. Bis jetzt haben wir von Kern-DNS gesprochen. Weißt du, was mitochondriale DNS ist?«

»Hilf mir auf die Sprünge.«

»Mitochondriale DNS befindet sich nicht im Kern, sondern im äußeren Teil der Zelle.«

»Und was macht sie?«

»Betrachte sie als Energiequelle.«

»Ich bin da nicht ganz auf dem Laufenden. Was für eine Rolle spielt sie im forensischen Kontext?«

»Der Kodierungsbereich mitochondrialer DNS ist klein, vielleicht nur elftausend Basenpaare, und zeigt nur wenige Variationen. Aber wie bei der Kern-DNS gibt es auch hier einen Teil des Genoms, der nicht viel zu bewirken scheint, aber viele Polymorphismus-Genorte hat.«

»Was ist der Vorteil gegenüber der Kern-DNS?«

»Es gibt nur zwei Kopien der Kern-DNS, aber hunderte bis tausende von Kopien der mitochondrialen DNS in jeder unserer Zellen. Die Wahrscheinlichkeit, mitochondriale DNS aus kleinen oder degenerierten Proben zu erhalten, ist deshalb sehr viel größer.«

»Klein und degeneriert wie meine Kidron-Knochen. Oder der zweitausend Jahre alte Max.«

»Ja. Je älter der Knochen, desto geringer die Wahrscheinlichkeit, eine untersuchbare Probe von Kern-DNS zu extrahieren. Ein anderer Vorteil der mitochondrialen DNS ist der, dass sie nur in der weiblichen Linie weitervererbt wird. Die Gene werden also nicht bei jeder Befruchtung durcheinander geworfen und neu kombiniert. Das bedeutet, wenn ein Individuum für einen direkten Vergleich nicht zur Verfügung steht, kann jedes mütterlicherseits verwandte Familienmitglied eine Vergleichsprobe liefern. Deine mitochondriale DNS ist identisch mit der deiner Mutter, deiner Schwester, deiner Großmutter.«

»Aber meine Töchter hätten dann die mitochondriale DNS ihrer Mutter, nicht die meine.«

»Genau.«

»Lass mich das jetzt mal mit unserem Grab in Verbindung bringen, denn das ist es ja, was mich interessiert. Bei alten und degenerierten Knochen erhält man eher mitochondriale als Kern-DNS.«

»Ja.«

»Sowohl die mitochondriale wie die Kern-DNS kann dazu benutzt werden, Unbekanntes mit Bekanntem zu vergleichen. Wie zum Beispiel, einen Verdächtigen mit einem Tatort in Verbindung zu bringen oder Daddy bei einem Vaterschaftsprozess festzunageln. Beide können benutzt werden, um Familienbeziehungen aufzuzeigen, wenn auch auf verschiedene Art. Aber die Kern-DNS kann jetzt auch benutzt werden, um individuelle Merkmale aufzuzeigen.«

»In sehr beschränktem Ausmaß«, sagte ich. »Geschlecht, und einige Rasse-Indikatoren.«

»Okay. Zum Grab.«

Ich nahm den Institutsbericht zur Hand. »Nicht alle deine Proben haben Ergebnisse geliefert. Aber die Kern-DNS sagt uns, dass du vier Frauen und drei Männer hast. Denk allerdings daran, das ist nicht in Stein gemeißelt.«

»Schlechtes Wortspiel. Erkläre.«

»Der Standard-CODIS-Satz enthält Amelogenin-Marker für X

und Y. Grob vereinfacht gesagt, wenn du in einer Probe beide Marker siehst, ist es ein Junge. Kein Y-Marker, dann ist es ein Mädchen.

Allerdings ist das Ganze bei alten Knochen immer sehr viel komplizierter. Bei degenerierten Proben kann es passieren, dass Allele, oder Gene, die tatsächlich vorhanden sind, keine Signatur mehr aufweisen. Aber wenn man den Test mehrmals wiederholt und immer wieder nur X bekommt, dann kann man einigermaßen sicher davon ausgehen, dass die Probe von einer Frau stammt.«

»Was sonst noch?« Jake schaute über die Schulter zur Tür. Mein Blick folgte, wie von seiner Bewegung gesteuert.

»Mindestens sechs der Individuen aus dem Grab sind miteinander verwandt«, sagte ich.

»Tatsächlich?« Jake rückte näher heran und warf einen Schatten auf den Ausdruck.

»Aber genau das würde man in einem Familiengrab ja erwarten. Das Überraschende ist, da ...«

»Welche sechs?« Jakes Leichtfertigkeit war verschwunden.

»Das weiß ich nicht. Deine Individuen sind in diesem Bericht nur mit Probennummern gekennzeichnet.«

Eine Sekunde oder zwei hielt Jake sich die Hand vor den Mund. Dann schnappte er sich die Ausdrucke, sprang auf und eilte mit drei langen Schritten durchs Zimmer.

»Jake. Das ist noch nicht das Wichtigste.«

Aber ich hatte keinen Ansprechpartner mehr.

Vergiss die Knochen aus dem Grab. Ich wollte über *Max* reden. Das war wirklich wichtig. Dann fiel mir der Bericht über den Zahn wieder ein.

Nein, sagte ich mir. Jetzt ist alles wichtig.

Ich fand Jake im hinteren Schlafzimmer, wo er Fotos auf einem Arbeitstisch ausbreitete. Als ich mich neben ihn stellte, sah ich, dass es die Ossuar-Fotos waren, die Ryan und ich uns angeschaut hatten.

Ich sah zu, wie Jake Namen an den unteren Rand jedes Fotos

schrieb. Daneben schrieb er die Referenznummer des DNS-Instituts.

Dann gab er mir die Ausdrucke und sagte die erste Referenznummer. Ich schaute in dem Kern-DNS-Bericht nach.

»Weiblich«, las ich ab.

»Marya«, sagte er. Maria.

Jake zeichnete das Weiblich-Symbol auf das Foto des Marya-Ossuars und blätterte dann in einem zusammengehefteten Bericht.

»Der biologische Anthropologe meinte, dieses Mädchen war alt, fünfundsechzig oder darüber.« Er schrieb die Zahl auf das Foto und las dann die nächste Probennummer ab.

»Weiblich«, sagte ich.

»Mariameme. Die Maria genannt wurde.«

Wieder schaute Jake in den Anthropologiebericht. »Älterer Erwachsener.« Er beschriftete das Foto und las dann die nächste Nummer.

»Männlich«, sagte ich.

»Yehuda, Sohn des Jeshua.«

Judas, Sohn des Jesus, übersetzte ich im Geiste.

»Fünfundzwanzig bis vierzig Jahre alt.« Jake las die nächste Nummer.

»Weiblich«, sagte ich.

»Salome. Ältere Erwachsene.«

So gingen wir, Knochengruppe um Knochengruppe, die Überreste durch, die zu den beschrifteten Ossuaren gehörten. Maria. Maria. Joseph. Matthäus. Judas. Salome. Jesus. In jedem Fall entsprach die Inschrift dem von der Kern-DNS vorausgesagten Geschlecht. Oder andersherum.

Zwei Knochengruppen vom Höhlenboden hatten die Klassifizierung männlich und weiblich erhalten.

Eine Vermehrung durch Kopieren von Kern-DNS schlug bei Matthäus und Jesus und auch bei den anderen Proben vom Höhlenboden fehl. Keine Ergebnisse. Keine Informationen über diese Individuen.

Wir schauten einander schweigend an, wie in Erwartung des spielentscheidenden Freiwurfs. Keiner von uns wollte es verschreien. Trotz der Lücken passte alles zusammen. Die Jesus-Familie.

»Und wer ist jetzt mit wen verwandt?«, fragte Jake.

»Wem.« Reiner Reflex. Ich wechselte vom Bericht über die Kern-DNS zu dem über die mitochondriale.

»Denk daran, diese Ergebnisse zeigen Beziehungen, oder das Fehlen von Beziehungen, innerhalb der weiblichen Linie. Mutter-Tochter, Mutter-Sohn, Geschwister mit derselben Mutter, Cousins, deren Mütter dieselbe Mutter hatten, und so weiter. Okay. Hier kommt's. Mariameme und Salome sind verwandt.« Ich sprach laut, während ich die Probennummern mit Namen verband. »Und Marya, die ältere Maria, ebenfalls.«

Jake notierte sich das auf den drei Fotos.

»Yose gehört in diese Abstammungslinie. Und auch Judas.«

Jake schrieb.

»Das männliche Individuum auf dem Boden ist verwandt.«

»Das heißt, er weist dieselbe Sequenz der mitochondrialen DNS auf wie Mariameme, Salome, Marya, Yose und Judas.«

»Ja«, sagte ich. »Die Frau vom Höhlenboden ist nicht verwandt. Aber das muss nichts heißen. Sie könnte ja in die Familie eingeheiratet haben. Und als Verwandte nur durch Heirat, nicht über das Blut, hätten sie und ihre Kinder, falls sie welche hatte, die mitochondriale DNS ihrer Mutterlinie.«

»Nichts von Daddy.«

»Mitochondriale DNS vermischt sich nicht. Die ganze Chose kommt von Mom.«

Ich machte mit dem Ausdruck weiter.

»Matthäus ist ebenfalls unverwandt. Aber auch hier gilt, falls seine Mutter aus einer anderen Familie stammte, hätte er *ihre* mitochondriale DNS, nicht die ihres Gatten.«

»Er könnte ein Cousin sein.«

»Ja. Das Kind eines Bruders und seiner Frau.«

Ich hob den Kopf.

»Das Jesus-Material war zu degeneriert fürs Kopieren. Eine Sequenzierung war nicht möglich.«

Jake fing an, einen Stammbaum zu zeichnen, und seine Hand huschte dabei übers Papier wie ein Kolibri.

»Alles passt zusammen. Die ältere Maria ist die Mutter.« Jake zeichnete einen Kreis, beschriftete ihn mit Maria, und zog dann Linien, die von dem Kreis nach unten gingen. »Salome. Maria. Joseph. Jesus. Nach der Bibel sind das vier von Marias sieben Kindern.«

Die Inschrift. *Yehuda, Sohn des Yeshua.* Judas, Sohn des Jesus.

Donovan Joyces verrückte Theorie. Jesus überlebte die Kreuzigung, heiratete, zeugte ein Kind. Waren wir zu diesem Punkt zurückgekehrt?

Mein Verstand wollte das nicht akzeptieren.

Zum Teufel mit dem Freiwurf. Dann würde ich's eben verschreien.

»Wie passt Judas ins Bild?«, fragte ich

Jake hob beide Brauen und senkte das Kinn. *Muss ich dir das wirklich sagen?*

»Jesus mit Geschwistern, der weiterlebt und Vater wird? Das berührt die drei fundamentalen Lehrsätze der katholischen Kirche – jungfräuliche Geburt, Wiederauferstehung, Keuschheit.«

Jake hob beide Schultern. Er war so aufgeregt, dass es mehr ein krampfartiges Zucken als ein Heben war.

»Nein, Jake. Was du hier ableitest, kann nicht sein. Dieser Judas hat DNS, die ihn mit den anderen Frauen in deinem Grab verbindet, mit der älteren Maria, Salome und Mariameme. Wenn Jesus einen Sohn gezeugt hätte, dann hätte dieses Kind die mitochondriale DNS der Familie seiner Mutter, nicht die der Familie seines Vaters.«

»Gut. Judas könnte ein Neffe von Jesus sein. Ein Enkel Marias.« Jake malte einen Kreis ans Ende einer Linie und zog eine weitere Linie vom Kreis nach unten. »Eine der Schwestern könnte einen anderen Mann mit dem Namen Jesus geheiratet und einen Sohn namens Judas geboren haben.«

»Donovan Joyce behauptete, er habe eine Schriftrolle gesehen, die von jemandem mit dem Namen Jesus, Sohn des Jakobus, verfasst war«, warf ich, fast widerstrebend, ein.

»Das kann nicht der Jakobus aus dem Ossuar gewesen sein, Jesu Bruder. Die Frau des Jakobus wäre dann nicht verwandt gewesen, und sein Sohn hätte die mitochondriale DNS seiner Mutter, nicht die seiner Großmutter, oder?«

»Ja.«

In meinem Kopf schnellten die Gedanken hin und her. »Jake, da ist noch …«

Wieder schnitt er mir das Wort ab.

»Die Frau vom Grabboden ist unverwandt. Sie könnte …« Jake hielt inne, als ihm die Tragweite seines Gedankens bewusst wurde. »Verdammt, Tempe. Donovan Joyce glaubte, Jesus hätte Maria Magdalena geheiratet. Andere haben dieselbe Hypothese aufgestellt. Die Frau könnte Maria Magdalena sein.«

Jake nahm sich kaum Zeit zum Atmen.

»Aber es ist eigentlich gar nicht wichtig, wer sie ist. Und Matthäus ist nicht verwandt, richtig? Er könnte einer der Jünger sein, der, aus welchem Grund auch immer, in diesem Grab bestattet wurde. Oder ein Sohn von einem der Brüder, ein weiterer Neffe.«

»Könnte, könnte. Vielleicht, vielleicht.« Ich widersetzte mich dem Sog von Jakes Enthusiasmus.

Jake ignorierte es.

»Jakobus fehlt, weil sein Ossuar gestohlen wurde. Und Simon starb Jahrzehnte später. Verdammt, Tempe, es ist praktisch die ganze Familie.«

Uns beiden kam gleichzeitig derselbe Gedanke. Jake sprach ihn aus.

»Wer ist der Gekreuzigte in dem Leichentuch?«

»*Vielleicht* gekreuzigt«, schränkte ich ein.

»Okay. Der Jesus aus dem Ossuar könnte ein weiterer Neffe sein. Verflucht! Warum konnte das Institut *ihn* nicht sequenzieren?«

Jake stand abrupt auf und ging zum Ossuar-Schrank. Er öffnete das Vorhängeschloss, zog es ab und schaute in den Schrank. Als er gesehen hatte, was er sehen wollte, drückte er die Tür wieder zu und hängte das Schloss davor.

Jesus überlebte und zeugte Kinder? Jesus starb, blieb aber, in ein Leichentuch gewickelt, im Grab liegen? Ein Szenario war schlimmer als das andere.

»Das ist alles Spekulation«, sagte ich.

Als Jake sich umdrehte, bohrten sich seine Augen in meine. »Nicht, wenn ich beweisen kann, dass das Jakobus-Ossuar aus diesem Grab stammte.«

Ich nahm den Bericht über die mitochondriale DNS zur Hand. Marya, Mariameme, Salome, Yose, Yehuda und der unbekannte Mann gehörten alle zu einer Mutterlinie. Matthäus stammte aus einer anderen Linie, und die unbekannte Frau vom Grabboden wieder aus einer anderen. Die Knochen aus dem Ossuar mit der Inschrift *Yeshua, Sohn des Yehosef* waren zu degeneriert, um noch DNS zu liefern.

Jesus, Sohn des Joseph. Aber welcher Jesus? Welcher Joseph?

Hatte Jake wirklich das Grab der Heiligen Familie gefunden? Falls das stimmte, wer war der Mann in dem Leichentuch, den ich in dem versteckten Loculus gefunden hatte?

»Da ist noch etwas, Jake.«

»Was?«

Ich öffnete eben den Mund, als Jakes Telefon klingelte.

»Wunder über Wunder. Könnten das die Hevrat Kadisha sein, die mich tatsächlich wegen Max zurückrufen?«, fragte er und lief in sein Büro.

In Jakes Abwesenheit las ich die Berichte über Max und seinen Zahn.

Die Kern-DNS sagte mir, dass Max männlich war. Nichts Neues. Das wusste ich schon von den Knochen. Dasselbe galt für den fremden Backenzahn in Max' Kiefer. Männlich.

Die mitochondriale DNS sagte mir, dass Max kein Mitglied der Mutterlinie des Kidron-Grabes war. Seine Sequenzierung war völlig verschieden. Wenn es sich wirklich um die Jesus-Familie handelte, dann war Max ein Außenstehender. Oder zumindest kein Abkömmling der Frauen dieser Familie.

Die mitochondriale DNS sagte mir außerdem, dass der Backenzahn in Max' Kiefer von jemand anderem stammte. Okay. Das wusste ich schon von Bergeron. Er war sicher, dass er von einem jüngeren Individuum stammte.

Die nächste Aussage war es, die keinen Sinn ergab. Ich las sie eben zum dritten Mal, als Jake zurückkehrte.

»Arschl…«

»Hevrat Kadisha?«

Knappes Nicken.

»Was haben sie gesagt?«

»*Baruch Dayan ha-emet.*«

Ich forderte ihn mit den Händen zum Übersetzen auf.

»Gesegnet ist der eine wahre Richter.«

»Und sonst?«

»Wir sind die Brut des Teufels. Sie folgen der größten *mitzvah*. Jetzt wollen diese selbstgerechten Wichser mir auch noch in Talpiot die Daumenschrauben anlegen.«

»Du hast bei einer Synagoge aus dem ersten Jahrhundert Skelettreste ausgegraben?«

»Natürlich nicht. Ich hab das dem Kerl auch gesagt, aber er hat mir nicht geglaubt. Er meinte nur, er und seine Sturmtruppe würden heute in voller Stärke dort einfallen.«

»Hast du gefragt, ob sie Max gestohlen haben?«

»Darüber wollte der gute Rabbi nicht sprechen.«

Jake zögerte kurz. »Aber er hat auch was Komisches gesagt.«

Ich wartete.

»Er wollte, dass diese telefonischen Belästigungen endlich aufhören.«

»Und?«

»Ich habe nur zweimal dort angerufen.«

»Wer telefoniert dann so eifrig?«

»Anscheinend weiß der Rabbi das nicht.«

Ein merkwürdiges Schweigen folgte. Ich beendete es.

»Du hattest Recht, Jake.« Ich hielt die mtDNS-Berichte über Max und den Zahn in die Höhe. »Diese ganze Sache könnte größer sein, als wir beide es uns vorgestellt haben.«

»Erzähl.«

Jetzt war es Jake, der aussah wie ein Reh im Scheinwerferlicht.

35

Ich wiederholte es zweimal. Jake verstand es noch immer nicht.

»Das Skelett und der Zahn zeigen unterschiedliche mtDNS-Sequenzierungen. Das heißt, der Zahn stammt von einer anderen Person als das Skelett. Aber das wussten wir bereits. Der Zahnarzt, der für mein Montrealer Institut arbeitet, hat uns das schon gesagt. Der Zahn kam von jemandem, der jünger war als Max.

Und Max' mitochondriale DNS ist einzigartig, sie unterscheidet sich sowohl von der des Zahnbesitzers wie von den Mitgliedern der Familie im Grab. Wenn Max ein Mitglied der Familie war, war seine Mutter eine Außenstehende.«

»Eine Frau, die eingeheiratet hat.«

»Möglicherweise. Aber der eigentliche Knaller ist der, dass die mitochondriale DNS im Backenzahn identisch ist mit der mitochondrialen DNS der Familie des Kidron-Grabs.«

»Die DNS verbindet den Zahn, aber nicht Max mit der Maria-Linie?«

»Die Sequenzierung verbindet Max' fremden Zahn mit den matrilinear verwandten Individuen in deinem Grab.«

»Der Zahn, der nachträglich in Max' Kiefer eingesetzt wurde?«

»Ja, Jake. Das bedeutet, dass der Besitzer des Zahns mit den Leuten in deinem Grab verwandt war. Er war Familienmitglied, ein Verwandter mütterlicherseits.«

»Aber der Zahn gehörte nicht in diesen Kiefer. Wie kam er da hin?«

»Meine Vermutung ist, dass es ein schlichtes Versehen war. Wahrscheinlich ist der Zahn aus dem Kiefer eines Schädels in den vermischten Überresten gefallen und wurde dann irrtümlich in den Schädel des anatomisch korrekt angeordneten Skeletts eingesetzt. Vielleicht bei der Bergung. Vielleicht beim Transport. In Haas' Institut konnte es nicht passiert sein. Wir wissen, dass Haas Max nie gesehen hat.«

»Also war mindestens eine Person in Höhle 2001 unbestreitbar verwandt mit den Leuten im Kidron-Grab. Was zum Teufel hatte ein Mitglied dieser Familie oben in Masada zu schaffen?«

Jake ging zum Fenster, steckte die Hände in die Taschen und schaute nach unten. Ich wartete, während er eigenen Gedanken nachhing.

»Yadin wollte nicht über die Höhlenbestattungen reden. Haas hatte keinen Bericht darüber.« Jake sprach mit gedämpfter Stimme. »Natürlich. Das waren keine Zeloten. Da oben in der Höhle lebte eine Gruppe Nazarener.«

Eigentlich sprach Jake gar nicht mit mir, doch er hatte meine volle Aufmerksamkeit.

»Worüber sind wir da nur gestolpert? Wer war dieser Max? Warum wurde dieses eine Skelett nicht an Haas übergeben? Wer war in dem Loculus im Kidron-Grab versteckt? Warum wurden die Knochen nie wieder eingesammelt und in ein Ossuar gelegt?«

Es klang, als würde er einfach nur laut denken.

»Jesus-Anhänger in Masada, einer davon mit genetischen Verbindungen zu dem Grab im Kidron. Einer davon ein Mitglied der Heiligen Familie. Und um das zu beweisen, muss ich beweisen, dass das Jakobus-Ossuar aus diesem Grab stammte.«

Jake drehte sich um, und in seinen Augen loderte etwas, bei dem es mir die Sprache verschlug.

»Ich dachte, wir hätten zwei voneinander unabhängige Funde, die beide für sich genommen schon sensationell sind. Aber das stimmt nicht. Das hängt alles zusammen. Das verschwundene Masada-Skelett und das Kidron-Grab sind beides Teile derselben Geschichte. Und das ist ein Riesending, vielleicht die größte Entdeckung des Jahrhunderts. Mann, des Jahrtausends.«

Jake ging zum Tisch zurück, nahm den Anthropologiebericht zur Hand, legte ihn wieder weg, berührte ein Ossuar-Foto, dann ein zweites, stapelte die Fotos aufeinander, legte den Bericht oben drauf, fuhr mit dem Finger um die Kante.

»Das ist größer, als sogar *ich* es mir vorgestellt habe, Tempe. Und gefährlicher.«

»Gefährlich? Wir haben Max doch gar nicht mehr. Und kein Mensch weiß etwas von den Knochen im Leichentuch.«

»Noch nicht.«

»Es wird Zeit, dass wir Blotnik benachrichtigen.«

Jake wirbelte zu mir herum. »Nein!«

Ich zuckte zusammen, als hätte mich ein Stromschlag getroffen.

Jake hob entschuldigend die Hand.

»Tut mir Leid. Mein Kopf macht mir wieder Schwierigkeiten. Es ist nur … ich … Nicht Blotnik.«

»Jake, lässt du dir von deinen Gefühlen dein Urteilsvermögen trüben?«

»Blotnik war vielleicht früher mal wer«, schnaubte Jake. »Und das ist noch freundlich gesagt. Er war noch nie so richtig wer. Und er ist ein richtiges Arschloch.«

»Blotnik könnte Caligula sein, aber er ist der Leiter der IAA. Der Mann muss doch etwas getan haben, um sich diesen Posten zu verdienen.«

»Er hat in den Sechzigern mal ein paar brillante Artikel geschrieben, die akademische Welt lag ihm zu Füßen, und er erhielt eine Menge lukrativer Angebote. Dann lehnte er sich zurück und schrieb nie mehr irgendwas von Bedeutung. Jetzt reitet er auf dem Rücken anderer.«

»Trotz deiner Meinung über Blotnik hat die IAA das Sagen, was die Altertümer in diesem Land angeht.«

Draußen wurde eine Autotür zugeschlagen. Jakes Blick schnellte zum Fenster, zu dem verschlossenen Schrank, dann wieder zu mir. Mit einem Seufzer nahm er einen Kugelschreiber zur Hand und klickte die Miene raus und rein.

»Ich besuche noch heute Nachmittag Ruth Anne Bloom.«

»Bloom ist die biologische Anthropologin, die für die IAA arbeitet?«

Jake nickte.

»Erzählst du ihr von den Knochen im Leichentuch?«

»Ja.« Mit seiner freien Hand kniff Jake sich den Nasenrücken.

»Das sagst du jetzt nicht nur so?«

»Das sage ich nicht nur so.« Jake warf den Kuli auf den Tisch. »Du hast Recht. Es ist zu riskant, die Knochen hier zu behalten.«

Riskant für wen, fragte ich mich und sah zu, wie Jake wieder zum Fenster ging. Für die Knochen? Für Jake? Für Jakes Karriere? Ich kannte meinen Freund. Auch er hatte akademischen Ehrgeiz.

»Soll ich dich ins Rockefeller begleiten?«

Jake schüttelte den Kopf. »Ich will erst bei meiner Ausgrabung vorbeischauen und meine Leute wegen der Hevrat Kadisha warnen. Die wissen zwar, wie so was abläuft, aber ich will nicht, dass die verdammte Knochenpolizei sie auf dem falschen Fuß erwischt.«

Ich schaute auf meine Uhr.

»Ich soll mich um vier mit Ryan im Hotel treffen. Aber ich könnte das verschieben.«

»Unnötig. Ich ruf dich in ein paar Stunden an.«

»Hast du Lust, mit uns zum Abendessen zu gehen?«

Jake nickte abwesend, er war in Gedanken versunken und hörte nicht mehr zu.

Ryan kam kurz nach mir in mein Zimmer. Anscheinend machte ich einen unglücklichen Eindruck.

»Alles in Ordnung?«

Ich nickte, denn ich hatte keine Lust, über die Kabbelei mit Jake zu reden.

»Wie geht's deinem Kumpel?«

»Er hat Kopfweh, aber ansonsten ist er okay.« Ich knallte die Tür der Minibar zu. «Aufbrausend, aber okay.«

Ryan beließ es dabei.

»Hast du in der *Post* irgendwas Nützliches erfahren?«

Ich riss mir eine Diet Coke auf und erzählte Ryan von den Artikeln, in denen Yadin sich selbst widersprach, was die Anwendung der Radiokarbon-Datierung anging.

»Der alte Knabe hat also doch Material außer Landes geschickt. Warum hat er das mit den Masada-Skeletten nicht gemacht?«

»Warum nicht, fürwahr.«

»Aber hör dir das an. Ich habe die DNS-Ergebnisse. Eine Reihe von Individuen im Kidron-Grab hat identische Sequenzierungen.«

»Und das bedeutet, dass sie verwandt sind.«

»Ja. Aber das ist keine große Sache. Es ist ein Familiengrab. Man würde erwarten, dass die Leute, die dort begraben liegen, miteinander verwandt sind. Die große Sache ist die, dass die mitochondriale DNS Max' fremden Zahn mit dieser Familie in Verbindung bringt.«

»Und das bedeutet, dass jemand, der in Höhle 2001 begraben war, ein Mitglied der Familie war, die im Kidron-Grab begraben war.«

Ich liebte Ryans Auffassungsgabe.

»Genau. Und da Jake überzeugt ist, dass das Kidron-Grab die Mitglieder der Heiligen Familie enthielt, würde das bedeuten, dass es in Masada zur Zeit der Belagerung frühe Christen gab.«

»O Mann.«

»Ja. Den Israelis dürfte eine solche Hypothese ganz und gar nicht gefallen.«

»Jesus-Anhänger in Masada, vielleicht sogar ein Mitglied der Heiligen Familie.«

»Genau. Aber ich habe noch immer keine Ahnung, wer Max ist.« Ich trank einen Schluck. »Seine DNS-Sequenzierung war einzigartig. Wenn er mit denen im Kidron-Grab verwandt war, dann auf jeden Fall nicht über eine der Damen, die Jake geborgen hat.«

»Kaplan hat heute Morgen dieses Thema ebenfalls angeschnitten.«

Ich war sofort ganz Ohr.

»Er behauptete, Ferris sei mit Max quasi per Du gewesen.«

»Er hatte Beweise für seine Identität?«

»Sagt zumindest Kaplan.«

Ein Kribbeln lief mir das Rückgrat hoch. Seit einem Monat versuchte ich jetzt schon, dem Masada-Skelett ein Etikett anzuheften. Es war, als würde ich in einem pechschwarzen Tunnel Rauch nachjagen. Um ehrlich zu sein: Inzwischen war ich so weit, dass ich befürchtete, alle Hoffnungen auf eine Identifikation hätten sich in Luft aufgelöst.

»Um Gottes willen, Ryan. Sag mir, was Kaplan gesagt hat.«

»Kaplan behauptet, er hätte es nie herausgefunden. Aber auf der Straße ging das Gerücht, die Knochen seien eine große Sache.«

»Auf der Straße der illegalen Antiquitäten?«

Ryan nickte. »Und jetzt kommt die schlechte Nachricht. Friedman musste Kaplan laufen lassen.«

»Du machst Witze.«

»Kaplan hat sich einen Anwalt besorgt. Und dieser Rechtsbeistand meinte, natürlich in höflichsten Worten, die Rechte seines Klienten seien insofern verletzt, als er weit über die rechtlich zugelassene Zeit festgehalten worden sei. Ich glaube, der Begriff ›in seinen Grundrechten verletzt‹ wurde direkt an Friedman gerichtet.«

»Was ist mit dem Ladendiebstahl?«

»Litvak hat seine Anzeige zurückgezogen. Und ich habe rein gar nichts, um Kaplan mit dem Ferris-Mord in Verbindung zu bringen.«

»Kaplan hat doch zugegeben, er sei angeheuert worden, um den Kerl zu töten.«

»Aber er sagt, er hätte es nicht getan.«

»Er hatte vor, das Skelett zu verkaufen.« In dem stillen Zimmer klang meine Stimme schrill.

»Die Absicht ist noch kein Verbrechen. Außerdem behauptet er jetzt, er hätte nie wirklich vorgehabt, das Ding zu verhökern. Hätte nur aus Neugier ein paar Anrufe getätigt.«

»Verdammte Scheiße.«

»Hier ist noch eine interessante Neuigkeit. Courtney Purviance ist unauffindbar.«

»Ferris' Sekretärin ist verschwunden?«

»Als Kaplan uns zum ersten Mal von dem Masada-Skelett erzählte, fragten wir ihn, warum Ferris beschlossen hatte, das Ding jetzt zu verkaufen, nachdem er es mehr als dreißig Jahre lang versteckt hatte.«

Das hatte ich mich selbst auch schon gefragt.

»Kaplan behauptete, Ferris' Geschäfte wären in letzter Zeit nicht mehr so gut gelaufen.«

»Das ist aber nicht das, was Purviance dir gesagt hat.«

»Ganz und gar nicht. Irgendjemand lügt also. Deshalb wollten wir Purviance ja noch ein paar Fragen stellen. Ich habe eine Anfrage nach Kanada geschickt. Ein Typ namens Birch bearbeitet die Sache mit mir.«

»Der blonde Detective, den ich bei der Ferris-Autopsie gesehen habe?«

Ryan nickte. »Birch versucht seit einigen Tagen, mit Purviance in Kontakt zu treten. Sie ist nicht in Ferris' Lagerhaus. Sie ist nicht zu Hause. Die Dame scheint verschwunden zu sein.«

»Hat ihr irgendjemand gesagt, dass sie die Stadt nicht verlassen darf?«

»Sie ist keine Verdächtige. Ich konnte ihr nicht befehlen, auf ihrem Hintern sitzen zu bleiben. Ich habe zwar angedeutet, es könnte hilfreich sein, wenn sie jederzeit zu erreichen wäre, aber ich vermute, Purviance hält sich an keine Regeln außer an die eigenen.«

»Irgendein Hinweis auf eine geplante Reise?«

Ryan schüttelte den Kopf.

»Das ist nicht gut«, sagte ich.

»Nein. Ist es nicht. Aber Birch ist dran.«

Ryan kam zu mir und legte mir die Hände auf die Schultern.

»Friedman und ich hängen uns an Kaplan dran wie die Kletten. Wir werden genau wissen, was dieser Penner macht, wohin er geht, wen er trifft.«

»Friedmans lange Leine.«

»Wir wetten, dass Kaplan sich eine Schlinge daraus knüpft.«

Ryan zog mich an sich.

»Du wirst eine Weile auf dich selbst gestellt sein.«

»Ich komm schon zurecht.«

»Du hast ja meine Handy-Nummer.«

Ich löste mich und strahlte Ryan mit gespielt fröhlichem Lächeln an. »Lass dich nicht aufhalten, mein Hübscher. Ich gehe heute Abend mit einem großen, charmanten Mann zum Essen.«

»Ein bisschen kahl.«

»Kahl ist das neue Schönheitsideal.«

Ryan lächelte. »Ich hasse es, wenn du mir immer so nachtrauerst.«

»Verschwinde.« Ich drehte Ryan zur Tür. »Eine pulsbeschleunigende Überwachung erwartet dich.«

Als Ryan gegangen war, rief ich Jake an, um ein Restaurant auszumachen. Keine Antwort.

Meine Uhr zeigte fünf. Ich war seit Sonnenaufgang wach, und allmählich wurde ich etwas müde.

Ein schnelles Nickerchen? Warum nicht. Jake würde in der nächsten Stunde anrufen.

Sekunden später weckte mich ein Geräusch an der Tür.

Ein Schlüssel? Ein Rütteln an der Klinke?

Desorientiert schaute ich auf die Uhr. 19:32.

Ich stürzte durchs Zimmer.

»Jake?«

Keine Antwort.

»Ryan?«

Etwas knisterte auf den Fliesen vor meinen Füßen. Als ich den Kopf senkte, sah ich, dass ein zusammengefaltetes Blatt Papier durch den Schlitz geschoben wurde.

Ich öffnete die Tür.

Eine junge Frau lief den Korridor hinunter. Sie trug *hijab,* ein dunkles Kleid und Halbschuhe.

»Miss?«

Ohne sich umzudrehen, rief die Frau über die Schulter: »Dieser Mann hat Ihr Zimmer verwüstet.«

Damit verschwand die Frau um eine Ecke, und ihre Schritte verklangen auf der Steintreppe.

Ich schloss die Tür und verriegelte sie. Draußen brummte der Verkehr. Im Zimmer kreischte die Stille.

Ich bückte mich, hob das Blatt auf und faltete es auf. Darauf stand noch einmal der Satz, den die Frau mir zugerufen hatte. Und ein Name. Hossam al-Ahmed.

War die Frau ein Zimmermädchen? Hatte sie den Einbruch in mein Zimmer mitbekommen? Warum meldete sie sich gerade jetzt? Warum auf diese Art?

Ich griff zum Telefon und fragte nach Mrs. Hanani. Man sagte mir, die Geschäftsführerin habe bereits Feierabend gemacht. Ich hinterließ die Nachricht, dass sie mich zurückrufen solle.

Ich steckte den Zettel in meine Handtasche und wählte Jakes Nummer. Noch immer keine Antwort. War er noch immer unterwegs? Hatte er versucht, mich zu erreichen? Hatte ich seinen Anruf verschlafen?

Um Viertel vor acht versuchte ich es noch einmal, dann um acht und um Viertel nach. Um halb neun gab ich es auf und ging in die Kellerbar.

Das Essen war gut, aber ich war zu aufgeregt, um die Bemühungen des Kochs würdigen zu können. Mich ließ die Frage nicht mehr los, warum Jake meine Anrufe nicht erwidert hatte.

Konnte es sein, dass er noch immer im Rockefeller war?

Aber hatte Jake nicht vorgehabt, zuerst bei seiner Ausgrabungsstätte vorbeizufahren und erst dann Bloom im Rockefeller zu besuchen? Hatte er es sich, was Bloom anging, anders überlegt? Hatte er vielleicht beschlossen, nicht alleine mit den Knochen aus dem Leichentuch durch die Gegend zu fahren?

Aber an der Ausgrabungsstätte konnte er nicht mehr sein. Es war bereits dunkel.

Vielleicht hatte er mein Zimmer angerufen, keine Antwort erhalten und deshalb beschlossen, mit seinen Leuten zu essen.

War ich so müde gewesen, dass ich das Klingeln verschlafen hatte? Ich bezweifelte es.

Je mehr ich nachdachte, umso besorgter wurde ich.

Auf der anderen Seite der Bar sah ich zwei dunkelhäutige Männer in einer Nische sitzen. Der eine war kurz und drahtig, mit Bürstenhaarschnitt und einer Lücke zwischen den Schneidezähnen. Der andere war ein Beluga, mit langen, dünnen, zu einem Pferdeschwanz zusammengefassten Haaren.

Ich dachte an Hossam al-Ahmed. Wer war der Mann? Hatte er wirklich mein Zimmer verwüstet? Warum?

Die Männer in der Nische tranken Saft und redeten nicht miteinander. Eine gelbe Kerze erhellte ihren Tisch. Schatten flackerten nach oben und machten aus ihren Gesichtern Halloween-Masken.

Beobachteten mich die Männer? Oder ging meine Einbildung mit mir durch?

Ich riskierte einen Blick.

Der Beluga zog eine Sonnenbrille aus der Tasche, setzte sie auf und warf mir ein öliges Lächeln zu.

Schnell schaute ich wieder auf meinen Teller.

Nachdem ich die Rechnung abgezeichnet hatte, lief ich sofort in mein Zimmer und rief noch einmal Jakes Nummer an.

Keine Antwort.

Vielleicht waren seine Kopfschmerzen schlimmer geworden, und er hatte deshalb den Stecker aus der Wand gezogen und sich ins Bett gelegt.

Weil mir nicht Besseres einfiel, legte ich mich in die Badewanne. Mein bewährtes Mittel gegen Aufregung. Aber es half nicht.

Wer waren die Kerle in der Bar?

Wer war Hossam al-Ahmed?

Was war mit Courtney Purviance passiert?

Wo war Jake?

Wie ging es Jake? Hatte er einen Rückfall erlitten? Eine Embolie? Ein subdurales Hämatom?

Heilige Mutter Gottes! Jetzt drehte ich völlig durch.

Während ich mich abtrocknete, fiel mein Blick auf Ryans Telefondaten, die inzwischen trocken waren, nach der Begegnung mit der Coke jetzt allerdings braun und wellig.

Warum nicht? Das würde mich wenigstens davon ablenken, mir Sorgen um Jake zu machen.

Ich setzte mich aufs Bett, schaltete die Leselampe ein und starrte zum Fenster hinaus. Dünne Nebelschwaden waberten um die Spitze des Minaretts.

Mein Fenster bot mir zwar nicht den kompletten, majestätischen Blick über Jerusalem, aber schon der Ausschnitt, den ich sah, war beruhigend. Nachthimmel. Jede Menge davon. Derselbe Himmel, der seit Urzeiten über diesem Ort hing.

Ich richtete den Blick ins Zimmer.

Lichtpfeile huschten über die dunkle Decke. Die Hitze des Tages hatte nachgelassen, es war angenehm kühl hier drinnen. Eine parfümierte Feuchtigkeit sättigte die Luft.

Ich schloss die Augen und lauschte, die Ausdrucke auf den angezogenen Knien.

Verkehr. Das Bimmeln einer Ladenglocke. Katzen beim Rendezvous im Hof.

Eine Auto-Alarmanlage durchschnitt die Nacht mit Stakkato-Hupen.

Ich öffnete die Augen und nahm Ryans Ausdrucke zur Hand.

Ich kam schneller voran als beim ersten Mal. Jetzt fielen mir Muster auf, und ich erkannte mehr Nummern wieder.

Aber das Bad war beruhigender gewesen, als ich gedacht hatte. Die Lider wurden mir schwer. Mehr als einmal entglitten mir die Zeilen.

Ich wollte eben das Licht ausschalten, als mir eine Nummer ins Auge stach. War es nur meine Schläfrigkeit, oder stimmte hier etwas nicht?

Immer und immer wieder ging ich die Chronologie der Anrufe durch.

Ich spürte, wie mir das Blut ins Hirn rauschte.

Ich griff zum Telefon und wählte Ryans Nummer.

36

»Hier Ryan.«

»Tempe.«

»Wie war das Abendessen?« Gedämpft.

»Jake ist nicht aufgetaucht.«

Kurzes Zögern. Überraschung.

»Ich lasse den Kadetten züchtigen.«

»War vielleicht besser so. Ich habe in den Telefondaten etwas gefunden.«

»Ich höre.«

»Wann ist Ferris mit Miriam nach Boca Raton gefahren?«, fragte ich.

»Mitte Januar.« Ryan hielt seine Antworten kurz. Ich stellte mir vor, dass er und Friedman zusammengesunken in einem dunklen Auto saßen.

»Okay. Hier ist die Chronologie, soweit ich sie zusammensetzen konnte. Am achtundzwanzigsten und am neunundzwanzigsten September gingen zwei Anrufe vom Lagerhaus in Mirabel an das Renaissance Boca Raton Hotel. Das waren Ferris' Buchungsarrangements.«

»Okay.«

»Am vierten Januar ging ein Anruf an l'Abbaye Sainte-Marie-des-Neiges. Das war Ferris, der Morissonneau davon in Kenntnis setzte, dass er Max abholen wollte.«

»Mach weiter.«

»Am siebten Januar wurde bei Kaplan zu Hause angerufen. Das war Ferris, der Kontakt mit seinem Mittelsmann aufnahm. Am Zehnten wurde Kaplan noch einmal angerufen. Dann gibt es vom Sechzehnten bis zum Dreiundzwanzigsten eine deutliche Flaute in den Anrufen, die von Mirabel abgingen.«

»Ferris war mit Miriam unten im Süden.«

»Richtig. Zwei Anrufe gingen an das Hotel in Boca. Wahrscheinlich Purviance mit irgendwelchen Fragen an den Chef.

Aber jetzt pass auf. Am neunzehnten Januar wurde Kaplans Privatnummer noch einmal vom Lagerhaus aus angewählt.«

Ryan begriff sofort. »Ferris war in Florida. Er konnte es also nicht gewesen sein. Wer hat dann Kaplan angerufen?«

»Purviance?«, schlug ich vor.

»Sie führte die Geschäfte, wenn Ferris nicht da war. Aber warum sollte Purviance Kaplan anrufen? Er ist weder Kunde noch Lieferant. Und Ferris' Geschäfte mit Kaplan waren ja nicht gerade koscher. Er hätte Purviance in diese Transaktionen doch nie eingeweiht.« Pause. »Kann es sein, dass Purviance auf eine Nachricht reagiert hat?«

»Daran hab ich auch schon gedacht. Die Daten des Lagerhauses zeigen keine Anrufe von Kaplans Privat- oder Geschäftsanschluss.«

»Also hat jemand von Ferris' Büro aus bei Kaplan zu Hause angerufen, während Ferris in Florida war. Aber Kaplan hatte nicht im Lagerhaus angerufen, weder von zu Hause noch aus seinem Laden, was es unwahrscheinlich macht, dass Purviance Kaplan anrief als Reaktion auf eine Nachricht, die er für Ferris hinterlassen hatte. Wer zum Teufel war dann der Anrufer? Und warum hat er angerufen?«

»Ein anderer mit Zugang. Ein Familienmitglied?«

»Noch einmal, warum?«

»Scharfsinnige Fragen, Detective.«

»Kniffliges Problem.«

»Kniffliges Problem. Was Neues von Birch?«

Ich hörte Rascheln und stellte mir vor, dass Ryan sich eine bequemere Position suchte.

»Purviance ist noch immer nicht auffindbar.«

»Das ist schlecht, oder?«

»Wenn die Dame was mitgehört oder was gesehen hat, hat der Täter sie vielleicht umgebracht, damit sie nicht redet.«

»O Gott.«

»Aber die Ballistiker haben neue Erkenntnisse über die Jericho neun Millimeter, mit der Ferris umgebracht wurde. Die Knarre wurde von einem vierundsiebzigjährigen Klempner namens Ozols als vermisst gemeldet. Autoaufbruch in Saint-Léonard.«

»Wann?«

»Am zweiundzwanzigsten Januar, weniger als drei Wochen vor Ferris' Ermordung. Birch vermutet Straßengangster. Eine Waffe beschaffen, ein Lagerhaus überfallen, dann geht was schief, und Ferris wird abgeknallt.«

Irgendwas rührte sich in meinem Unterbewusstsein.

»Laut Purviance wurde nichts Wertvolles gestohlen«, sagte ich, abgelenkt von der Meldung aus meinem Hinterkopf.

»Vielleicht sind die Gauner in Panik geraten und haben sich aus dem Staub gemacht.«

»Der Waffendiebstahl könnte auch auf sorgfältige Vorbereitung hindeuten. Jemand plante den Mord und brauchte eine Waffe. Außerdem hat Ferris zwei Kugeln in den Hinterkopf abgekommen. Das deutet eher auf einen Profi hin, nicht auf eine Schießerei in Panik.«

»Miriam war in Florida.«

»Ja«, entgegnete ich. »Das war sie.«

Im Hintergrund hörte ich eine Stimme.

»Kaplan macht sich auf die Socken«, sagte Ryan und schaltete ab.

Da ich jetzt absolut nicht mehr müde war, kehrte ich zu den Telefondaten zurück. Diesmal fing ich mit Kaplans Privatanschluss an. Die Listen vom Januar und vom Februar waren kurz.

Doch sofort erlebte ich meine nächste Überraschung.

Erster Februar. Neun-zweiundsiebzig. Die internationale Vorwahl für Israel. Null-zwei. Die Vorwahl für Jerusalem und Hebron. Die Anschlussnummer kannte ich.

Das Rockefeller. Und diesmal nicht die Zentrale.

Kaplan hatte das Büro von Tovya Blotnik angerufen. Der Anruf hatte dreiundzwanzig Minuten gedauert.

Als Ferris starb, war Blotnik also schon mindestens zehn Tage im Bilde.

Hatte ich Blotniks Nummer sonst irgendwo gesehen? War es das, was mein Unterbewusstsein mir sagen wollte?

Ich schaute noch einmal in den Daten über Ferris' Lagerhaus für den Februar nach.

Bingo. Am achten Januar hatte Ferris die Zentrale des Rockefeller angerufen. Einen Monat später hatte er direkt Blotniks Anschluss angerufen.

War das das Signal, das mein Hinterkopf mir geschickt hatte? Irgendwie war ich nicht überzeugt.

Was war es dann?

Denk nach.

Es war wie eine Fata Morgana. Je mehr ich mich konzentrierte, umso undeutlicher wurde die Ahnung.

Zum Teufel damit.

Ich wählte Ryans Nummer, brach dann ab. Er und Friedman hatten vollauf damit zu tun, Kaplan zu verfolgen. Ein klingelndes Handy könnte sie auffliegen lassen. Oder der Apparat war ausgeschaltet.

Ich versuchte es bei Jake.

Noch immer keine Antwort.

Frustriert knallte ich den Hörer auf die Gabel.

Zehn nach elf. Wo zum Teufel war er nur?

Ich versuchte, mich wieder auf die Telefondaten zu konzentrieren. Aber mein Hirn spielte nicht mehr mit.

Ich stand auf und ging im Zimmer auf und ab. Mein Blick wanderte zum Schreibtisch, zum Fenster, zu den Abbildungen auf dem Teppich. Was für eine Geschichte erzählten sie?

Was für eine Geschichte würde Max erzählen, wenn er sprechen könnte?

Blotnik und Kaplan redeten miteinander. Warum? Hatte Kaplan die IAA angerufen, um ihnen Informationen über das Skelett zu entlocken? Nein, das hätte höchstens Ferris getan. Kaplan war nur der Mittelsmann. War Blotnik ein potenzieller Kunde?

Ging es Jake nicht gut? Konnte es sein, dass er bewusstlos auf dem Schlafzimmerboden lag?

War er wütend? Hatte er sich über meine Bemerkungen zu Blotnik mehr geärgert, als er es gezeigt hatte?

Hatte Jake Recht mit seinem Urteil über Blotnik?

Ein furchtbarer Gedanke.

War Blotnik mehr als nur ehrgeizig? War er gefährlich?

Ich versuchte es noch einmal bei Jake. Wieder sprang der Anrufbeantworter an.

»Verdammt noch mal!«

Ich zog mir Jeans und eine Windjacke über, schnappte mir Friedmans Schlüssel und rannte die Treppe hinunter.

In Jakes Wohnung war kein einziges Fenster erhellt. Der Nebel war dichter geworden, die Häuser in der Nachbarschaft waren kaum mehr zu sehen.

Klasse.

Ich stieg aus, eilte über die Straße und fragte mich, wie ich wohl auf das Grundstück kommen würde. Über der Mauer erkannte ich Baumspitzen, die Äste schoben sich wie verschwommene Klauen in den nächtlichen Himmel.

Ich hätte mir keine Gedanken zu machen brauchen. Das Tor war unversperrt und stand einen Spalt offen.

Glücklicher Zufall? Schlechtes Zeichen?

Ich trat hindurch.

Im Hof warf eine einzelne Birne einen kränklich gelben Lichtkegel auf das Ziegengehege. Als ich daran vorbeiging, hörte ich Bewegungen. Ich schaute kurz zur Seite und erkannte dunkle, gehörnte Umrisse.

»Bäää«, flüsterte ich.

Keine Antwort.

Tiergerüche mischten sich mit den feuchten Aromen der Stadt. Kot. Schweiß. Verfaulender Salat und alte Apfelbutzen.

Jakes Treppe war ein schmaler, schwarzer Tunnel. Schatten stießen an Schatten und bildeten einen Rosenkranz aus Umrissen. Der Aufstieg dauerte ewig. Immer wieder schaute ich hinter mich.

An der Tür klopfte ich leise.

»Jake?«

Warum flüsterte ich?

»Jake!«, rief ich laut und hämmerte mit dem Handballen.

Drei Versuche, keine Antwort.

Ich drehte den Knauf. Die Tür schwang nach innen.

Angst kitzelte meine Magengrube.

Zuerst das Tor, jetzt die Tür. Hätte Jake wirklich beides unversperrt gelassen?

Auf keinen Fall, wenn er ausgegangen wäre. Aber schloss er auch ab, wenn er zu Hause war? Ich konnte mich nicht erinnern.

Ich zögerte.

Wenn Jake zu Hause war, warum antwortete er dann nicht? Warum hatte er mich nicht angerufen?

Bilder stürzten auf mich ein. Jake, der auf dem Boden lag. Jake bewusstlos im Bett.

Etwas berührte mein Bein.

Ich machte einen Satz und riss die Hand zum Mund. Mit pochendem Herzen schaute ich nach unten.

Einer der Kater starrte mich mit in der Dunkelheit glänzenden runden Augen an.

Bevor ich reagieren konnte, schwang die Tür weiter auf. Angeln quietschten leise, und der Kater war verschwunden.

Ich spähte durch den Spalt. Am anderen Ende des Zimmers sah ich neben dem Computer einige achtlos hingeworfene Gegenstände liegen. Trotz der Dunkelheit wusste ich, was es war. Jakes Sonnenbrille, Jakes Brieftasche. Jakes Pass.

Und ich wusste, was das hieß.

Ich schob mich durch die Tür. »Jake?«

Ich tastete nach einem Lichtschalter, fand keinen.

»Jake, bist du da?«

Mich durch die Dunkelheit vorwärts tastend, schlich ich um die Ecke herum in das vordere Zimmer. Ich suchte eben die Wand ab, als links von mir etwas krachte.

Während mir das Adrenalin in die Adern schoss, fand ich den Lichtschalter. Mit zitternden Fingern legte ich ihn um, und das Zimmer wurde hell.

Der Kater stand auf der Küchenanrichte, alle Muskeln fluchtbereit angespannt. Eine Vase lag zerbrochen auf dem Fliesenboden, rostiges Wasser quoll heraus wie Blut aus einer Leiche.

Die Katze sprang auf den Boden und schnupperte an der Pfütze.

»Jake!«

Der Kater riss den Kopf hoch und erstarrte dann, eine Pfote erhoben und abgewinkelt. Er beäugte mich und ließ ein zögerndes *mrrrp* hören.

»Wo zum Teufel ist Jake?«, fragte ich.

Die Katze verweigerte sich wie ein Betrüger bei der Steuerprüfung.

»Jake!«

Erschrocken rannte die Katze an mir vorbei und auf demselben Weg wieder hinaus, den sie gekommen war.

Jake war nicht in seinem Schlafzimmer. Auch in seinem Arbeitszimmer war er nicht.

Mein Hirn registrierte die Details, während ich durch die Wohnung sauste.

Becher im Spülbecken. Aspirin auf der Anrichte. Fotos und Berichte nicht mehr auf dem Tisch. Ansonsten sah die Wohnung genauso aus, wie ich sie verlassen hatte.

Hatte Jake die Knochen zu Ruth Anne Bloom gebracht?

Ich lief in den Wintergarten und tastete nach einem Lichtschalter. Als ich ihn fand und umlegte, passierte nichts.

Frustriert kehrte ich in die Küche zurück und wühlte in den Schubladen, bis ich eine Taschenlampe entdeckte. Ich schaltete sie ein und kehrte in den Wintergarten zurück.

Der Schrank stand am hinteren Ende. Wo die Türen aneinander stoßen sollten, klaffte eine pechschwarze Lücke. Mein Herz verkrampfte sich.

Mit der Taschenlampe auf Schulterhöhe, ging ich langsam darauf zu. Ich roch Klebstoff und Staub und den Schlamm von Jahrtausenden. Jenseits meines Lichtscheins verschmolzen die Schatten und bildeten merkwürdige Umrisse.

Knappe zwei Meter vor dem Schrank erstarrte ich.

Das Vorhängeschloss war verschwunden, und ein Türflügel hing schief in den Angeln. Ob er die Knochen darin aufbewahrte oder nicht, Jake hätte das Schloss auf jeden Fall vorgehängt.

Und das Gartentor ebenfalls zugesperrt.

Ich drehte mich um.

Schwärze.

Ich hörte das Auf und Ab meines Atems im Mund.

Mit zwei Schritten war ich bei dem Schrank und leuchtete hinein. Fach um Fach suchte ich ab, und im harten, weißen Kegel meiner Lampe wirbelte und waberte Staub.

Die rekonstruierten Ossuare waren noch da.

Die Fragmente waren noch da.

Die Knochen aus dem Leichentuch waren verschwunden.

37

Hatte Jake die Knochen zu Bloom mitgenommen?

Auf gar keinen Fall. Er hätte nie den Schrank offen gelassen, er wäre nie ohne Pass und Brieftasche ausgegangen, und er hätte die Tür abgeschlossen.

Waren die Knochen gestohlen worden?

Nur über Jakes Leiche.

O Gott. War Jake entführt worden? Oder was noch Schlimmeres?

Angst verursacht einen mächtigen Ansturm von Gefühlen. Eine Flut von Namen rauschte mir durchs Hirn. Die Hevrat Kadisha. Hershel Kaplan. Hossam al-Ahmed.

Tovya Blotnik.

Ein leises Knirschen drang durch meine Angst.

Schritte auf Kies?

Ich schaltete das Licht aus und lauschte mit angehaltenem Atem.

Ein Ärmel, der am Jackenstoff streifte. Ein Ast, der über Putz scharrte. Ziegenblöken, das aus dem Hof hochwehte.

Nur harmlose Geräusche, nichts Feindseliges.

Ich ging auf die Knie und tastete nach dem Vorhängeschloss. Es war nirgendwo zu finden.

Ich ging in die Küche zurück und legte die Taschenlampe wieder in die Schublade. Als ich sie zudrückte, bemerkte ich Jakes Anrufbeantworter auf der Arbeitsfläche. Das Signallämpchen blinkte in Zehnergruppen.

Ich zählte meine eigenen Anrufe bei ihm nach. Acht, der erste gegen fünf, der letzte kurz vor Verlassen des Hotels.

Die anderen Anrufe könnten vielleicht Aufschluss über seinen Aufenthaltsort geben.

In Jakes Privatsphäre eindringen?

Auf jeden Fall. Das roch nach einer ziemlich üblen Situation.

Ich drückte auf ABSPIELEN.

Der erste Anruf kam tatsächlich von mir.

Die zweite Nachricht war von einem Mann, der Hebräisch sprach. Ich verstand die Worte »Hevrat Kadisha« und »*isha*«, Frau. Sonst nichts. Zum Glück fasste der Kerl sich kurz. Ich spielte die Nachricht immer wieder ab, bis ich die Nachricht phonetisch transkribiert hatte.

Die nächste Anruferin war Ruth Anne Bloom. Sie hinterließ nur ihren Namen und den Hinweis, dass sie länger arbeite.

Die letzten sieben Nachrichten waren wieder von mir.

Die Maschine schaltete sich ab.

Was hatte ich erfahren? Nichts.

War Jake bereits weg gewesen, als ich das erste Mal anrief? Hatte er meine Nachricht ignoriert oder nicht gehört? Hörte er die Nachrichten mit, bevor er sich meldete? War er weggefahren, nachdem er den männlichen Anrufer gehört hatte? Zu Ruth Anne Bloom? Hatte er aus freien Stücken das Haus verlassen?

Ich schaute mir die Kritzeleien in meiner Hand an.

Ich schaute auf die Uhr. Es war jetzt nach Mitternacht. Wen sollte ich anrufen?

Ryan antwortete nach dem ersten Klingeln.

Ich sagte ihm, wo ich war und was ich erfahren hatte.

Ryans Atmen verriet mir, dass er nicht gerade erfreut war über meinen Alleingang. Ich wusste, was jetzt kam, hatte aber keine Lust auf das Frage- und Antwortspiel.

»Jake könnte in Schwierigkeiten sein«, sagte ich.

»Moment mal.«

Die nächste Stimme war Friedmans.

Ich erklärte ihm, was ich wollte, und eins nach dem anderen sprach ich die Phoneme aus, die ich mir notiert hatte. Wir brauchten mehrere Durchgänge, aber schließlich klang Friedmans Hebräisch so wie die Nachricht auf dem Band.

Der Anrufer war ein Mitglied der Hevrat Kadisha gewesen, der auf Jakes Anfrage hin zurückrief.

Okay. Das hatte ich schon vermutet. Der nächste Teil von Friedmans Übersetzung überraschte mich.

Eine ganze Reihe der »belästigenden« Anrufe waren von einer Frau getätigt worden.

»Das ist alles?«

»Der Anrufer wünscht Ihrem Freund noch, seine Hand möge ihm vertrocknen und abfallen, sollte er je wieder ein Grab entweihen.«

Eine Frau hatte die Hevrat Kadisha angerufen?

Ich hörte Rascheln, als Friedman das Telefon an Ryan zurückgab.

»Du weißt, was ich jetzt von dir will.« Barsch.

»Ja«, sagte ich.

»Du fährst ins American Colony zurück?«

»Ja.« Irgendwann.

Ryan kaufte es mir nicht ab.

»Aber zuerst?«

»Stöbere ich hier noch ein bisschen herum, um herauszufinden, wie ich sein Ausgrabungsteam erreichen kann. Vielleicht finde ich ja eine Liste der Leute, die an dieser Stätte in Talpiot arbeiten.«

»Und dann?«

»Rufe ich sie an.«

»Und dann?«

Das Adrenalin ließ mein Hirn auf Hochtouren arbeiten. Ryans Bevormundung konnte daran nichts ändern.

»Fahre ich direkt raus zu Arafats altem Quartier, zeige ein bisschen Bein und verschaffe mir vielleicht ein Date für den Samstagabend.«

Ryan ging nicht darauf ein.

»Wenn du irgendwo anders hinfährst außer ins Hotel, sag mir Bescheid.«

»Mach ich.«

»Ich meine es ernst.«

»Ich ruf dich an.«

Schweigen. Ich beendete es.

»Was treibt Kaplan?«

»Übt für den frühen Vogel.«

»Soll heißen?«

»Ist zu Bett gegangen.«

»Ihr bleibt ihm im Nacken?«

»Ja. Hör zu, Tempe. Kann sein, dass Kaplan nicht unser Schütze ist. Wenn das so ist, dann ist es jemand anders.«

»Okay. Ich fahre nicht nach Ramallah.«

Ryan antwortete mit seiner Standardfloskel.

»Du kannst eine echte Nervensäge sein, Brennan.«

Ich hielt mit meiner dagegen.

»Ich arbeite daran.«

Nachdem ich abgeschaltet hatte, eilte ich in Jakes Büro. Mein Blick wanderte sofort zu den Gegenständen neben dem Computer. Meine Befürchtungen schossen in neue Höhen.

Jakes Ausgrabungsstätte lag in der Wüste. Er würde nie ohne Sonnenbrille dorthin fahren. Und ohne Ausweis würde er nirgendwohin gehen.

Autoschlüssel?

Ich schaute unter Papieren nach, stöberte in Ablagen, öffnete und schloss Schubladen.

Keine Schlüssel.

Ich schaute im Schlafzimmer nach, in der Küche, im Arbeitszimmer.

Keine Schlüssel.

Und keine Informationen über das Team. Keine Namensliste. Keine Dienstpläne. Keine Anwesenheitslisten. Gar nichts.

Als ich zum Computer zurückkehrte, entdeckte ich ein gelbes Post-it, das unter der Tastatur hervorlugte. Ich nahm den Zettel zur Hand.

Jakes Handschrift. Der Name Esther Getz und eine Telefonnummer, die sich nur in der letzten Ziffer von Blotniks im Rockefeller unterschied.

Plötzlicher Gedanke. Könnte Getzi die Frau sein, die bei den Hevrat Kadisha anrief?

Ich hatte nicht das geringste Indiz, das darauf hindeutete. Außer man ließ das Geschlecht gelten. Und hatten die Anrufe bei den Hevrat Kadisha überhaupt mit unserer Sache zu tun?

Okay. Jake hatte vorgehabt, Getz oder Bloom oder beide zu besuchen. Hatte er es getan?

Ich starrte die Nummer an. Um diese Uhrzeit anzurufen, wäre sinnlos. Unverschämt.

»Vergiss unverschämt.« Ich wollte Bloom wissen lassen, dass ich nach Jake suchte.

Es klingelte viermal. Anrufbeantworter. Nachricht.

Einen Augenblick stand ich nur da, den Hörer in der Hand.

Getz?

Warum nicht.

Anrufbeantworter. Nachricht.

Und jetzt? Wen sollte ich sonst noch rausklingeln?

Ich wusste, dass Anrufe sinnlos waren, aber ich war frustriert, und mir fiel nichts Besseres ein.

Wieder dieses Signal aus meinem Unterbewusstsein. Da. Verschwunden. Da. Verschwunden.

Was wollte es mir sagen? Wenn nichts einen Sinn ergibt, wiederhole ich für mich selbst die bekannten Fakten immer und immer wieder, in der Hoffnung, dass irgendein Muster zutage tritt.

Denk nach.

Masada-Skelett. Gestohlen.

Knochen aus dem Leichentuch. Verschwunden.

Jake. Verschwunden.

Courtney Purviance. Verschwunden.

Avram Ferris. Tot.

Sylvain Morissonneau. Tot.

Hershel Kaplan. Für einen Mord angeheuert. Von einer Frau. Vielleicht. Jetzt in Israel. Versuchte er, Knochen zu verkaufen?

Mein Hotelzimmer verwüstet.

Mein Auto verfolgt.

Anrufe zwischen Ferris, Kaplan, Blotnik.

Ruth Anne Bloom. Ich traue ihr nicht. Warum? Jakes frühzeitige Warnung, keinen Kontakt zur IAA aufzunehmen?

Tovya Blotnik? Jake traut ihm nicht.

Knochen aus Höhle 2001, verbunden mit Knochen aus dem Kidron-Grab.

Gab es ein Muster?

Ja. Alles führte zu Max zurück.

Warum dieses quengelige Unterbewusstsein? Gab es da irgendetwas, das nicht hineinpasste?

Falls ja, sah ich es nicht.

Mein Blick wanderte zu einem Schnappschuss über dem Monitor. Ein lächelnder Jake mit einem Steingefäß in der Hand.

Ein Punkt aus meiner Faktenliste sprang mir wieder in den Sinn.

Jake. Verschwunden.

Ich wählte eine weitere Nummer und war überrascht, als eine Stimme sich meldete.

»Bin da.« Gedämpft, wie mit der Hand an der Sprechmuschel.

Ich nannte meinen Namen.

»Die Amerikanerin?« Überrascht.

»Sie müssen entschuldigen, dass ich Sie so spät noch anrufe, Dr. Blotnik.«

»Ich – ich arbeite oft bis spät in die Nacht.« Verunsichert. Offensichtlich war meine Stimme nicht diejenige, die Blotnik erwartet hatte. »Ist so eine Angewohnheit von mir.«

Ich dachte an meinen ersten Anruf bei der IAA. An diesem Abend hatte Blotnik jedenfalls nicht länger gearbeitet.

Ich hielt mich nicht lange mit Einleitungen auf.

»Haben Sie Jake Drum heute gesehen?«

»Nein.«

»Ruth Anne Bloom?«

»Ruth Anne?«

»Ja.«

»Ruth Anne ist oben in Galiläa.«

Bloom hatte Jake die Nachricht hinterlassen, dass sie länger arbeite. Aber wo? Zu Hause? Im Rockefeller? In irgendeinem anderen Institut? Hatte sie ihre Pläne geändert? Log sie? Log Blotnik? Hatte Blotnik nur etwas missverstanden?

Ich traf eine schnelle Entscheidung.

»Ich muss mit Ihnen sprechen.«

»Heute Nacht?«

»Sofort.«

»Das ist unmöglich. Ich bin …« Blotnik war offensichtlich aus der Fassung gebracht.

»Ich bin in dreißig Minuten bei Ihnen. Warten Sie auf mich.«

Ich wartete Blotniks Antwort nicht ab.

Im Auto dachte ich an Ryan. Ich hätte ihn anrufen und ihm sagen sollen, wohin ich wollte, aber in der Wohnung hatte ich nicht daran gedacht, und ich hatte kein Handy. Vielleicht konnte ich ihn ja von Blotniks Büro aus anrufen.

Es war eine Nacht der offenen Tore.

Ich hätte es als Omen sehen sollen. Stattdessen nahm ich an, dass Blotnik mich erwartete.

Ich fuhr auf das Gelände, stellte mein Auto auf dem Vorhof ab und ging zu Fuß die Auffahrt hoch. Aus dem Nebel wurde allmählich ein feiner Dunst. Die Luft roch nach umgegrabener Erde und Blumen und totem Laub.

Das Rockefeller ragte wie eine riesige schwarze Festung vor mir auf, seine Ränder verschmolzen mit der samtigen Nacht. Als ich um eine Ecke ging, schaute ich noch einmal durch das Tor, durch das ich eben hereingefahren war.

Auf der anderen Straßenseite lag die schlummernde Altstadt, ein Ort der Dunkelheit und der stillen Steine. Verschwunden waren die Laufburschen und die Hausfrauen und die Schulmädchen und die Flaneure, die sich tagsüber auf den schmalen Straßen drängten. In diesem Augenblick bog ein Auto von der Sultan Suleiman auf die Derech Jericho ein, und die weißen Lichtkegel seiner Scheinwerfer wanderten durch den Dunst.

Ich ging zur Seitentür, ein Eingang, der nur vom Museumspersonal benutzt wurde. Sie war unverschlossen, wie das Tor. Ich drückte sie mit der Schulter auf und trat ein.

Eine uralte Deckenlampe tauchte die kleine Vorhalle in Ocker. Ein kurzer Gang vor mir endete an der Doppeltür, die in die Ausstellungsräume führte. Rechts wand sich eine eiserne Wendeltreppe nach oben, offensichtlich ein Hintereingang zu der Büroflucht, die Jake und ich vom Inneren des Museums her betreten hatten.

Auf einer hölzernen Ablage neben der Doppeltür, die in den Ausstellungsbereich führte, entdeckte ich ein Telefon.

Ich ging zu dem Apparat und nahm den Hörer ab. Das Freizeichen klang in dem nächtlich leeren Gebäude wie ein Waldhorn.

Ich wählte Ryans Nummer. Keine Antwort. War Kaplan wieder unterwegs? Ich hinterließ eine Nachricht.

Ich atmete einmal tief durch und stieg dann, die Hand am Geländer, das Gewicht auf den Fußballen, die Wendeltreppe hoch. Oben drehte ich mich um und ging den langen Korridor entlang. Meine Schritte hallten von Wänden und Boden wider.

Eine einzelne Wandlampe bewahrte den Korridor vor völliger Dunkelheit. Rechts von mir Balkonbrüstungen, die die Säle im Erdgeschoss überblickten. Links überwölbte Nischen, alle bis auf eine tintig schwarz. Vor mir der Zugang, den Jake und ich bei unserem Besuch bei Getz benutzt hatten.

Die vierte Nische wirkte leicht heller als die anderen. Als ich sie betrat, sah ich, warum. Blassgelbes Licht sickerte aus den Ritzen um Blotniks Tür.

Und auch Stimmen. Sehr leise, aber irgendwie gelassen.

Es war ein Uhr nachts. Wer in Gottes Namen konnte jetzt noch bei Blotnik sein? Jake? Bloom? Getz?

Ich ging zur Tür und klopfte leise.

Die Stimmen verstummten nicht.

Ich klopfte fester.

Nicht die winzigste Unterbrechung im Gespräch.

»Dr. Blotnik?«

Die Männer redeten weiter. Waren es überhaupt Männer?

Ich beugte mich vor und drückte ein Ohr an die Tür.

»Dr. Blotnik?« Lauter. »Sind Sie da?«

Komisch, wie das Bewusstsein Schnappschüsse macht. Ich kann noch immer den Knauf sehen, alt und grün patiniert. Ich spüre noch immer die Kühle des Messings auf meiner Haut.

Das Unterbewusstsein ist blitzschnell, es zaubert bereits Karten, während die Sinne sich noch orientieren.

Die Angeln quietschten, als die Tür aufschwang.

Die Stimmen. Der Geruch.

Ein Teil meines Hirns registrierte und interpretierte.

Bevor mein Bewusstsein reagierte, wusste ich Bescheid.

38

Szenenbild. Datenbytes, die Ohren, Nase, Augen bestürmen.

Gemessene Unterhaltung. BBC-Stimmen. Radio auf einem Bücherschrank neben Blotniks Schreibtisch.

Ein leichter Korditgeruch in der Luft. Und noch etwas anderes. Kupfer. Salz.

Die Härchen in meinem Nacken und auf den Unterarmen stellten sich auf. Mein Blick sprang zum Schreibtisch.

Eine Bankiers-Lampe verströmte einen unheimlichen, grünlichen Schein. Aufgestapelte Papiere waren auf die Schreibunterlage gerutscht. Bücher und Stifte lagen verstreut. Ein umgekippter Blumentopf lag in zwei Hälften zerbrochen auf der Tischplatte, in einem Häufchen Erde steckten noch die Wurzeln eines kleinen Kaktusses.

Blotniks Drehsessel stand im schiefen Winkel zum Schreibtisch. Obwohl die Deckenbeleuchtung ausgeschaltet war, konnte ich dahinter und darüber Bluttröpfchen sehen, als wäre die Wand tödlich verletzt worden.

Hochgeschwindigkeits-Blutspritzer!

O Gott. Wer war da erschossen worden? Jake? Blotnik?

Ich wollte es gar nicht sehen.

Ich musste es sehen.

Ich ging mit leisen Schritten zum Schreibtisch und spähte dahinter.

Keine Leiche.

Erleichterung? Verwirrung?

Rechts hinten entdeckte ich die Tür eines Wandschranks. Ein schwacher Schein drang zwischen Tür und Stock hervor.

Ich ging am Tisch vorbei in die Ecke und zog die Tür mit den Fingerspitzen auf.

Wieder stürzten Bilder auf mich ein. Dunkles Holz, glatt von Generationen zu dick aufgetragener Politur.

Metallregale mit Büromaterial, Kartons und beschriftete Behälter. Schwaches Licht kam aus einer Nische links vor mir.

Eine Hand auf dem Rand eines Regalfachs, schob ich mich langsam vorwärts.

Nach fünf Schritten rutschte mein Fuß auf etwas Feucht-Klebrigem aus.

Ich schaute nach unten.

Ein dunkles Rinnsal quoll an der Regalkante aus der Nische hervor.

Wie das Kreischen vor dem Aufprall. Wie der Schatten, bevor der Falke zustößt. Die mentale Alarmglocke schrillte. Es war zu spät.

Zu spät für wen?

Ich zwang meine Beine, um die Ecke zu gehen.

Blotnik lag auf dem Bauch, die blutgetränkte *yarmulke* steckte in einem Loch in seinem Schädel. In seinem Rücken entdeckte ich eine zweite Wunde, eine dritte in der Schulter. Blut gerann in der Pfütze, die seinen Körper umgab, und in den schmalen Bächen, die davon abgingen.

Ich riss die Hand vor den Mund. Mir wurde schwindelig, beinahe übel.

Ich lehnte mich an die Wand, und ein einziger Gedanke ging mir durch den Kopf.

Nicht Jake. Nicht Jake. Sag mir, dass du es nicht getan hast, Jake.

Wer dann? Ultra-orthodoxe Radikale? Christliche Fanatiker? Islamische Fundamentalisten?

Eine Sekunde. Fünf. Zehn.

Dann wurde mein Verstand wieder klar.

Ich ging um die Pfütze herum, kauerte mich hin und drückte die Finger an Blotniks Hals. Kein Puls. Die Haut fühlte sich kühl an, aber nicht kalt.

Blotnik war noch nicht lange tot. Natürlich nicht. Das wusste ich. Ich hatte vor weniger als einer Stunde mit ihm gesprochen.

War der Mörder noch hier?

Ich taumelte ins Büro zurück und griff nach dem Telefon.

Kein Freizeichen.

Mein Blick wanderte an der Schnur entlang. Sie endete knapp zehn Zentimeter unter dem Hörer in einer glatten Schnittkante.

Angst durchzuckte mich wie ein Stromschlag.

Mein Blick huschte über die Tischplatte, blieb an einem Blatt hängen.

Warum an diesem einen?

Es lag genau in der Mitte der Schreibunterlage, präzise ausgerichtet. Trotz des Chaos. Unter dem Chaos.

Vor dem Chaos?

Hatte Blotnik es gelesen? Könnte es mich zu Jake führen?

Tatort! Nichts berühren!, schrie meine linke Hirnhälfte.

Finde Jake!, entgegnete die rechte.

Behutsam zupfte ich das Blatt frei. Es war Getz' Bericht über das Leichentuch. Adressiert an Jake.

Sollte Blotnik diesen Bericht bekommen? Hatte er ihn aus Getz' Büro geklaut? Oder wurden solche Berichte routinemäßig an ihn weitergeleitet? Getz arbeitete für das Rockefeller Museum, nicht für die IAA. War das denn nicht der Grund gewesen, warum Jake zu ihr gegangen war, obwohl er sich weigerte, mit Blotnik zu reden?

Aber arbeitete Getz tatsächlich nur für das Museum? Sie hatte angeboten, das Leichentuch für die IAA in Verwahrung zu nehmen. Arbeitete sie für das Rockefeller und die IAA? So genau hatte ich Jake nie danach gefragt.

Steckte Getz irgendwie mit Blotnik unter einer Decke? Hatte es mit den Knochen aus dem Leichentuch zu tun? Aber Jake hatte Getz von den Knochen gar nichts erzählt. Oder doch? Getz' Name und Nummer standen auf dem Post-it in Jakes Büro. Hatten sie miteinander gesprochen, seit wir das Leichentuch bei ihr gelassen hatten?

Jake hasste Blotnik. Er hätte ihm den Bericht nie gegeben.

Ein schrecklicher Gedanke.

Irgendjemand hatte die Knochen aus dem Leichentuch gestohlen. Da Jake Blotnik verdächtigte, war er in dessen Büro gestürmt, um ihre Herausgabe zu verlangen. Waren die Dinge dann aus dem Ruder gelaufen? Hatte er Blotnik in einem Wutanfall getötet?

Ich überflog den Bericht. Zwei Wörter sprangen mir sofort ins Auge. »Skelettale Überreste.«

Ich las den Absatz. Getz hatte in dem Gewebe mikroskopische Knochenspuren gefunden. Ihr Bericht legte nahe, dass noch größere Überreste existieren könnten.

Blotnik wusste Bescheid!

Ich schaute mich schnell im Büro um. Die Knochen waren nirgends zu sehen. Ich durchsuchte eben den Wandschrank, als ich ein leises Quietschen hörte.

Mir stockte der Atem.

Die Türangel.

Jemand war in Blotniks Büro.

Schritte überquerten den Büroboden. Papier raschelte. Wieder Schritte. Zum Bücherschrank?

Ohne nachzudenken, hastete ich rückwärts wieder auf die Nische zu.

Ein Schuh trat in die Blutpfütze und rutschte seitlich weg. Ich kippte nach vorne.

Der Instinkt übernahm die Kontrolle. Ich ließ die Hände vorschnellen, grapschte nach einem Halt. Meine Finger schlossen sich um eine metallene Längsstrebe.

Das Regal wackelte.

Die Zeit zersplitterte.

Ein Stapel Papierhandtücher schwankte und fiel dann zu Boden.

Rrrmp.

Plötzliche Stille im Büro.

Totale Stille im Wandschrank.

Jäger und Beute nahmen die Witterung auf.

Dann eilige Schritte.

Aus dem Büro hinaus?

Erleichterung.

Dann Angst, wie eine Faust, die meine Brust umklammerte.

Die Schritte bewegten sich in meine Richtung.

Wie gelähmt kauerte ich da und horchte angestrengt.

Dann spuckte mein Hirn eine vergessene Maxime aus.

Überlasse dem Gegner nie das Licht.

Blotniks Besucher konnte mich besser sehen als ich ihn.

Ich packte ein Buch, drehte mich um und zielte auf die Deckenlampe hinter mir. Die Birne zerbrach, Scherben regneten auf Blotniks Leiche herab.

Eine Silhouette füllte den Türrahmen aus, eine prall gefüllte Tasche hing von der linken Schulter, der rechte Arm war angewinkelt, die Hand hielt auf Brusthöhe einen dunklen Gegenstand. Eine Schirmkappe verdunkelte das Gesicht.

Räuspern, dann: »*Mi sham?*« Wer da?

Es war eine Frauenstimme.

Ich rührte mich nicht.

Die Frau räusperte sich noch einmal und versuchte es dann auf Arabisch.

Im Büro kündigte eine blecherne Stimme die BBC-Nachrichten an.

Die Frau trat einen Schritt zurück. Im grünen Schein der Lampe hinter ihr sah ich, dass sie Stiefel, Jeans und ein Khaki-Hemd trug. Unter den Achseln hatte sie Flecken. Seitlich aus der Kappe lugte eine blonde Strähne hervor.

Die Frau war kräftig und viel zu klein für Getz. Und blond.

Ruth Anne Bloom?

Ich spürte Schweiß auf meinem Gesicht. Kalte Hitze in der Brust. Hatte diese Frau Blotnik umgebracht? Würde sie auch mich umbringen?

Ein Gedanke schoss mir ins Hirn.

Zeit schinden!

»Wer sind Sie?«

»Ich stelle die Fragen.« Die Frau antwortete englisch auf mein Englisch.

Es war nicht Ruth Anne Bloom. Blooms Englisch hatte einen starken Akzent.

Ich schwieg.

»Antworten Sie. Sonst machen Sie 'nen Ausflug ins Land der Schmerzen.« Hart. Aber erregt. Unsicher.

»Wer ich bin, ist unwichtig.«

»Ich entscheide, was wichtig ist.« Lauter. Mit drohendem Unterton.

»Dr. Blotnik ist tot.«

»Und Sie fangen sich genauso schnell 'ne Kugel ein.«

Bullenslang? Gehörte die Frau zur Truppe? Oder war sie nur eine der Millionen, die zu viel fernsahen?

Bevor ich etwas sagen konnte, sprach sie wieder.

»Moment mal. Ich kenne diesen Akzent. Ich kenne Sie.«

Und auch ich hatte *ihre* Stimme schon gehört. Aber wann? Wo?

Waren wir uns hier über den Weg gelaufen? Im Hotel? Im Museum? In der Polizeizentrale? Ich hatte in Israel nicht viele Frauen kennen gelernt.

Plötzlicher Gedanke. Der Anrufer bei Jake hatte von einer Frau gesprochen, die die Hevrat Kadisha belästigte.

Eine ganze Reihe der »belästigenden« Anrufe waren von einer Frau getätigt worden.

Konnte das diese Frau sein? Hatte sie ihre eigenen Pläne mit Max? Hatte sie die Knochen aus dem Leichentuch gestohlen?

Ich hatte keine Ahnung von ihren Motiven. Sie sprach Englisch, Hebräisch und Arabisch. War sie Christin? Jüdin? Muslimin?

»Konfiszieren Sie Knochen im Namen des Herrn?«, fragte ich aufs Geratewohl.

Keine Antwort.

»Die Frage ist nur, was für einer ist das?«

»Ach, bitte.«

Feuchtes Schniefen. Die Frau fuhr sich mit der freien Hand ans Gesicht.

Ich wusste nicht so recht, wie ich weitermachen sollte.

»Ich weiß über die Masada-Knochen Bescheid.«

»Sie wissen einen Dreck.« Schniefen. »Stehen Sie auf.«

Ich gehorchte.

»Hände auf den Kopf.«

Ich hob die Hände und verschränkte die Finger auf dem Schädeldach. Alle meine Sinne waren aufs Äußerste gespannt. Ich probierte eine neue Fragerichtung.

»Warum haben Sie Blotnik getötet?«

»Kollateralschaden.«

Ferris? Warum nicht?

»Warum haben Sie Ferris erschossen?«

Die Frau erstarrte. »Ich habe keine Zeit für so was.«

Ich merkte, dass ich einen Nerv getroffen hatte, und bohrte weiter.

»Zwei Kugeln in den Schädel. Ziemlich kaltblütig.«

»Halten Sie den Mund!« Die Frau schniefte wieder und räusperte sich.

»Sie hätten sehen sollen, was die Katzen mit ihm angestellt haben.«

»Stinkende, kleine Mistdinger.«

Wenn sich der Nebel lichtet, passiert das oft sehr schnell.

Ich kann nicht sagen, was meine Sinne alles registrierten. Ihre Sprechweise. Die triefende Nase. Die blonden Haare. Die Dreisprachigkeit. Die Tatsache, dass diese Frau mich kannte. Die Katzen kannte.

Plötzlich fügten sich scheinbar unzusammenhängende Details zu einem Bild.

Der schlechte Polizeislang.

Eine Wiederholung von Law & Order. *Briscoe sagte eben einem Verdächtigen, er wisse einen Dreck.*

Eine Frau hatte Hersh Kaplan angeheuert, um Avram Ferris zu töten.

Kaplan meinte, sie klang, als würde sie koksen.

Das Schniefen und Räuspern.

»Ich habe Probleme mit den Nebenhöhlen.«

Kaplan wurde aus dem Lagerhaus in Mirabel in der Woche angerufen, als der Chef mit Miriam Urlaub machte.

»Also hat jemand von Ferris' Büro aus bei Kaplan zu Hause angerufen, während Ferris in Florida war. Aber Kaplan hatte nicht im Lagerhaus angerufen, weder von zu Hause noch aus seinem Laden, was es unwahrscheinlich macht, dass Purviance Kaplan anrief als Reaktion auf eine Nachricht, die er für Ferris hinterlassen hatte. Wer zum Teufel war dann der Anrufer? Und warum hat er angerufen?«

Ferris wurde mit einer Jericho neun Millimeter Halbautomatik erschossen. Diese Waffe wurde als gestohlen gemeldet von einem Mann namens Ozols. In Saint-Léonard.

»Das heißt ›Eiche‹ auf Lettisch. Eine internationale Baumkundlerversammlung, hier in Saint-Léonard.«

Ozols. Eiche. Der lettische Name, den ich auf einem Klingelschild in Saint-Léonard gesehen hatte.

Auf dem Klingelschild von Courtney Purviances Gebäude.

»Hier ist noch eine interessante Neuigkeit. Courtney Purviance ist unauffindbar.«

Aus meinem Unterbewusstsein erblühte eine gestochen scharfe Farbaufnahme.

Courtney Purviance hatte Avram Ferris ermordet. Sie war nicht entführt worden. Sie stand in der Tür und zielte mit einer Waffe auf mich.

Natürlich. Purviance kannte das Lagerhaus und seinen Inhalt. Wusste wahrscheinlich auch über Max Bescheid. Regelmäßige Reisen nach Israel gehörten zu ihrem Job. Hierher zu fliegen, war Routine für sie.

Aber warum Ferris umbringen? Blotnik?

Religiöse Überzeugungen? Gier? Irgendeine verquere persönliche Rache?

Würde sie mich mit derselben Kaltblütigkeit umbringen?

Zuerst spürte ich Angst, dann Wut, dann eine fast tranceartige Ruhe. Ich musste versuchen, mich mit Reden aus dieser Lage zu befreien. An der Waffe kam ich nicht vorbei.

»Was ist passiert, Courtney? Wollte Ferris Ihnen nicht genug vom Kuchen abgeben?«

Die Waffe kippte kurz nach unten, dann zielte die Mündung wieder auf mich.

»Oder wollten Sie einfach noch mehr?«

»Schnauze!«

»Mussten Sie hier noch eine Waffe stehlen?«

Wieder zuckte Courtney leicht.

»Oder ist es in Israel einfacher, so ein Ding zu kaufen?«

»Ich warne Sie.«

»Der arme alte Mr. Ozols. So was tut man doch einem Nachbarn nicht an.«

»Warum sind Sie hier? Warum mussten Sie sich in diese Geschichte einmischen?«

Ich sah, dass Purviances Finger über den Abzug strich. Sie war nervös. Ich versuchte es mit einem Bluff.

»Ich gehöre zur SQ.«

»Kommen Sie.« Sie winkte mich mit der Waffe zu sich. »Aber langsam.«

Ich machte zwei Schritte nach vorne. Purviance wich zurück, um den Abstand beizubehalten.

Im trüben grünen Schein musterten wir uns gegenseitig.

»Ja. Sie waren doch mit diesem Schnüffler bei mir.«

»Die Bullen haben Sie wegen dem Ferris-Mord auf dem Kieker.« Ich stieg auf Purviances Hollywood-Polizistenslang um.

»Und Sie gehören zu denen.« Sarkastisch.

»Ich kann die Handschellen schon klicken hören.«

»Wirklich?« Ein Schniefen. »Weil draußen ein ganzes SEK wartet, und wenn Sie nicht bald anrufen, wird das Museum gestürmt?«

Sie hatte meinen Bluff durchschaut. Okay. Ich blieb auf der Slang-Schiene, probierte aber eine neue Richtung.

»Wissense was? Eigentlich sind Sie doch die Angeschissene. Ferris hat Ware verhökert, die er nicht hätte verhökern dürfen. Scheiß auf Gott. Scheiß auf die Geschichte. Wichtig ist nur die Kohle.«

Purviance leckte sich die Lippen, sagte aber nichts.

»Sie haben's geschnallt, nicht? Haben ihm gesagt, er soll die Knochen nicht verschleudern. Wenigstens nicht, ohne Ihnen was abzugeben. Er hat Sie abblitzen lassen.«

Auf Purviances Gesicht zeigte sich ihr innerer Konflikt. Sie war verletzt und wütend. Und verdammt nervös. Eine gefährliche Kombination.

»Wer sind wir denn, dass wir beim Chef 'ne Lippe riskieren dürften. Wir sind doch nur die Sekretärin. Das Dienstmädchen. Die Tussi, die seine Hemden bügelt. Der Wichser hat sie wahrscheinlich behandelt wie 'ne Putzfrau.«

»So war es nicht.«

Ich machte unbeirrt weiter.

»Dieser Ferris war ein eiskalter Scheißkerl.«

»Avram war ein guter Mensch.«

»Ja ja. Und Hitler war ein Hundefreund.«

»Avram hat mich geliebt.« Es platzte einfach aus ihr heraus.

Plötzlich wurde mir noch etwas klar.

Purviance lebte allein. All diese Anrufe aus dem Lagerhaus in Mirabel bei ihr zu Hause. Ferris und Purviance waren nicht nur Arbeitskollegen. Sie waren ein Liebespaar.

»Er hat's doch drauf angelegt. Der Mistkerl hat ein Spielchen mit Ihnen gespielt. Hat Ihnen wahrscheinlich das alte Märchen aufgetischt, dass er seine Alte verlassen will.«

»Avram hat mich geliebt.« Sie wiederholte es wörtlich. »Er wusste, dass ich zehnmal so intelligent bin wie diese Kuh von einer Ehefrau.«

»Hat er sich deshalb mit der alten Miriam in den Süden verdrückt? Sie sind doch nicht blöd. Sie hatten doch längst geschnallt, dass er sie nie verlassen wird.«

»Sie hat ihn nicht geliebt.« Verbittert. »Er war nur zu schwach, um reinen Tisch zu machen.«

»Niete Nummer eins. Miriam liegt faul in der Sonne, während Sie in Ihrer Jungfernbude festhängen. Er vögelt zwar gern mit Ihnen, aber wer muss dableiben und aufs Telefon aufpassen? Und dann nimmt dieser billige Hurensohn Sie nicht mal bei dem Skelett mit ins Boot.«

Purviance wischte sich mit dem Rücken ihrer Waffenhand die Nase.

»Dann, Niete Nummer zwei. Kaplan verarscht Sie. Zuerst der Geliebte, dann der Killer. Sie hatten 'ne echte Pechsträhne.«

Purviance riss die Waffe hoch, so dass die Mündung jetzt direkt auf mein Gesicht zielte. Langsam. Nicht zu sehr provozieren.

»Ferris war Ihnen was schuldig. Kaplan war Ihnen was schuldig. Sie wussten, dass das Skelett Ihnen 'ne Stange Geld einbringen würde. Warum es also nicht einfach nehmen?«

»Warum nicht.« Verächtlich.

»Dann waren die Knochen plötzlich verschwunden. Niete Nummer drei. Schon wieder verarscht.«

»Schnauze.«

»Sie fliegen extra nach Israel, um sie zurückzuholen. Sind aber nirgends zu finden. Niete Nummer vier. Wieder verarscht.«

»Verarscht? Ich glaube, das hier reicht auch.«

Purviance klopfte auf ihre Tasche. Ich hörte das hohle Klacken eines Plastikbehälters.

»Ganz schön mutig. Den Chef hatten Sie ja schon abgeknallt. Warum also nicht auch Blotnik?«

»Blotnik war ein Dieb.«

»Sparte die Scherereien eines Einbruchs.«

Ein Lächeln kroch über Purviances Gesicht. »Ich hatte keine Ahnung von diesen Knochen, bis Blotnik plapperte. Der alte Trottel hatte sie nicht mal zwei Stunden.«

»Wie hat er überhaupt von ihnen erfahren?«

»Irgendso 'ne alte Schachtel hat Knochenfragmente gefunden, als sie das Leichentuch untersuchte, in dem sie waren. Was soll's?« Purviance klopfte noch einmal auf die Tasche. »Vielleicht ist das nur Müll. Könnte aber auch der Heilige Gral sein. Diesmal gehe ich kein Risiko ein.«

»Was haben Sie Blotnik angeboten? Glaubte er, Sie haben das Masada-Skelett?«

Wieder das kalte Lächeln. »Das war nur Betrug am Betrüger.«

Sie hatte Blotnik getötet, die Knochen aus dem Leichentuch an sich genommen und sich aus dem Staub gemacht. Was wollte sie nun wieder hier?

»Sie sind damit durchgekommen. Warum sind Sie zurückgekehrt?«

»Wir wissen doch beide, dass eine Reliquie ohne Papiere einen Dreck wert ist.«

Wir hörten es beide im selben Augenblick. Das leise Quietschen einer Gummisohle.

Purviances Abzugsfinger zuckte. Sie zögerte, wusste nicht recht, was sie tun sollte.

»Rein da!«, zischte sie.

Ich wich in den Wandschrank zurück, ohne den Blick von ihrer Waffe zu nehmen.

Die Tür wurde zugeworfen. Ein Riegel klickte.

Hastige Schritte, dann Stille.

Ich drückte mein Ohr an das Holz.

Ein Geräusch wie Brandung, übertönt vom Leiern eines Radiokommentators.

Still bleiben? Aufmerksamkeit erregen?

Was soll's?

Ich hämmerte.

Ich schrie.

Sekunden später knallte die Bürotür gegen die Innenwand.

Mit rasendem Herzen wich ich in die Nische zurück.

Ein Lichtstreifen unter der Schranktür.

Gummisohlen.

Der Riegel wurde geöffnet.

Die Tür ging auf.

39

Noch nie in meinem Leben war ich so froh gewesen, jemanden zu sehen.

»Was tust du denn hier?« Jake klang mehr als schockiert.

»Hast du sie gesehen?«

»Wen?«

»Purviance.«

»Wer ist Purviance?«

»Egal.« Ich schob mich an ihm vorbei und packte ihn am Arm. »Wir müssen sie aufhalten.«

Ich zerrte. Wir rannten beide los.

»Sie hat nicht mehr als drei Minuten Vorsprung.«

Aus dem Büro hinaus. Den Gang entlang.

»Wer ist Purviance?«

»Die Dame mit deinen Knochen aus dem Leichentuch.«

Ich hielt mich am Geländer fest und nahm immer drei Stufen auf einmal. Jake blieb dicht hinter mir.

»Bist du mit dem Auto da?«, rief ich über die Schulter.

»Ich habe den Transporter des Ausgrabungsteams. Tempe …«

»Wo?« Ich atmete schwer.

»In der Auffahrt.«

Als wir zur Tür hinausstürzten, raste ein Auto an uns vorbei. Der Kopf der Fahrerin ragte kaum über das Lenkrad hinaus.

»Das ist sie«, keuchte ich.

Das Auto schoss zum Tor hinaus.

»Schnell!«

Wir rissen die Türen auf und sprangen hinein.

Jake drehte den Schlüssel und stieg aufs Gas. Der Motor jaulte im Leerlauf. Jake legte den ersten Gang ein und bugsierte den Transporter in einer Dreipunktkehre in Richtung Ausfahrt.

Als wir so weit waren, bog Purviance eben auf die Straße ein.

»Sie ist nach links auf die Sultan Suleiman gefahren.«

Jake trat das Pedal durch. Kies spritzte auf, und wir schossen aufs Tor zu.

»Was fährt sie?«

»Einen Citroën CV-3, glaube ich. Ich habe das Auto nur ganz kurz gesehen.«

Wir rasten hügelabwärts. Die Altstadt auf der anderen Seite versank im Dunst.

Jake trat nur kurz auf die Bremse und riss das Lenkrad nach links. Ich kippte nach rechts und knallte mit der Schulter gegen das Fenster.

Die Hecklichter des Citroën vor uns schwenkten wieder nach rechts.

Jake beschleunigte.

Ich griff hinter mich, zog den Sicherheitsgurt vor und schnallte mich an.

Jake bog auf die Derech Jericho ein.

Der Citroën vergrößerte den Vorsprung. Die Hecklichter waren jetzt nur noch verwaschene rote Flecken.

»Wohin fährt sie?«

»Im Augenblick sind wir auf der HaEgoz, aber hinter uns heißt sie Jericho Road. Sie könnte nach Jericho wollen. Scheiße, sie könnte nach Jordanien wollen.«

Nur wenige Autos waren unterwegs. Dunst waberte um die Straßenlampen.

Purviance raste mit über fünfzig Stundenmeilen dahin.

Jake hielt mit.

Purviance überschritt die Sechzig.

»Bleib dran.«

Ich stemmte beide Hände gegen das Armaturenbrett.

Jake drückte das Gaspedal ganz durch.

Die Luft im Transporter war feucht und stickig. Dunst legte sich auf die Windschutzscheibe.

Jake schaltete die Wischer ein. Ich kurbelte das Fenster herunter.

Zu beiden Seiten der Straße huschten Lichter vorbei. Wohnblöcke? Werkstätten? Nachtclubs? Synagogen? Die Gebäude waren schwarze LEGO-Steine. Ich wusste nicht, wo wir waren.

Rechts von mir nahm ein Turm Gestalt an, Neonschilder schimmerten im Nebel. Das Hyatt. Wir waren kurz vor der Kreuzung mit der Nablus Road.

Purviance bog ab.

»Sie fährt nach Norden«, sagte ich. Nur angespanntes Geplapper. Jake wusste das.

Die Ampel sprang auf Rot. Jake ignorierte sie und riss das Lenkrad herum. Das Heck brach aus. Jake lenkte gegen und richtete den Transporter wieder aus.

Die Heckleuchten des Citroëns waren nur noch Punkte. Purviance hatte jetzt eine Viertelmeile Vorsprung.

Mein Herz raste. Die Handflächen auf dem Armaturenbrett waren feucht.

Hin und wieder kam eine Reklametafel in Sicht und verschwand wieder. Wir rasten weiter.

Plötzlich stachen Schilder aus dem Dunst. MA'ALEH ADUMIN. JERICHO. TOTES MEER.

»Sie will zum Highway One.« Jakes Stimme war aufs Äußerste gespannt.

Plötzlich schien vorne etwas zu passieren. Die Hecklichter des Citroëns wuchsen wieder.

»Sie wird langsamer«, sagte ich.

»Checkpoint.«

»Werden sie sie anhalten?«

»Hier wird normalerweise nur durchgewinkt.«

Jake hatte Recht. Nach einer kurzen Pause fuhr der Citroën an dem Wachhäuschen vorbei.

»Sollen wir Ihnen sagen, dass sie sie stoppen sollen?«

»Keine Chance.«

»Sie könnten sie rauswinken.«

»Diese Jungs sind Grenzer, keine Polizisten.«

Jake bremste. Der Transporter wurde langsamer.

»Fragen wir sie doch …«

»Nein.«

»Das ist ein Fehler.«

»Sag kein Wort.«

Wir blieben stehen. Der Kontrolleur schaute uns gelangweilt an und winkte uns dann durch. Bevor ich etwas sagen konnte, gab Jake schon wieder Gas.

Ein plötzlicher Gedanke.

Im Museum hatte Jake überhaupt nicht nach Blotnik gefragt.

Hatte ich ihm keine Zeit dazu gegeben?

Wusste er bereits, dass Blotnik tot war?

Ich warf ihm einen Seitenblick zu. Jake war eine dunkle Silhouette, der lange Hals akzentuiert von der knochigen Röhre seines Kehlkopfs.

O Gott. Verfolgte Jake ganz eigene Pläne?

Jake beschleunigte stark. Der Transporter machte einen Satz nach vorne.

Ich stützte mich wieder am Armaturenbrett ab.

Die Gegend wurde einsam. Meine Welt verengte sich auf die beiden roten Flecken am Heck des Citroëns.

Wir fuhren durch eine Wüste, die älter war als die Zeit. Ich wusste, was beiderseits der Straße lag. Terrakottafarbene Hügel, glühend heiße Täler, Beduinenlager mit ihren Zelten und dösenden Herden. Die judäische Wildnis. Eine Mondlandschaft aus bleichenden Knochen und rieselndem Sand, jetzt allerdings im Nebel versunken.

Meile um Meile nur Stille. Leere. Hin und wieder tauchte eine der seltenen Straßenlampen den Citroën in ein künstliches Licht. Sekunden später rasten wir unter der Laterne hindurch. Ich sah meine Hände in surrealem Lachsrosa auf dem Armaturenbrett.

Purviance raste auf die Neunzig zu. Jake blieb dran.

Der Citroën umrundete Kurve um Kurve, die Hecklichter zuckten. Unser Transporter erreichte sein Limit. Wir fielen zurück.

Die Anspannung im Auto war beinahe greifbar. Keiner von uns sagte etwas, wir konzentrierten uns nur auf die pulsierenden, roten Augen.

Wir kamen zu einer Welle in der Straße. Jake schaltete herunter. Die Vorderräder schnellten in die Luft, dann die Hinterräder. Mein Kopf wurde vor und zurück geworfen, als der Transporter wieder auf die Straße knallte.

Als ich wieder hochschaute, verschwanden die Hecklichter des Citroëns im Dunst.

Jake schaltete in den vierten und gab Gas. Die Lichter wurden wieder größer. Ich schaute schnell in den Außenspiegel. Niemand hinter uns.

In meiner Erinnerung passiert das, was nun kam, in Zeitlupe, wie eine sofortige Wiederholung. Tatsächlich hatte der gesamte Ablauf wohl eineinhalb Minuten gedauert.

Der Citroën fuhr in eine Kurve. Wir folgten. Ich erinnere mich an glänzenden Asphalt. Die Tachonadel näherte sich Neunzig. Jake hielt das Lenkrad fest umklammert.

Auf der Gegenfahrbahn tauchte plötzlich ein Auto auf, die Scheinwerfer verschwommene Bänder, die den Dunst durchschnitten. Die Bänder schwankten und wanderten dann auf den Citroën zu.

Purviance riss das Steuer herum. Ihr Wagen brach nach rechts aus, kam mit zwei Reifen aufs Bankett. Purviance lenkte gegen. Der Citroën sprang wieder auf die Straße.

Das entgegenkommende Auto überquerte die Mittellinie und strahlte den Citroën voll an. Ich sah Purviances Kopf hin und her wackeln, während sie mit dem Lenkrad kämpfte. Stetiges, kräftiges Rot sagte mir, dass sie auf der Bremse stand.

Das entgegenkommende Auto scherte nach rechts aus, weg vom Citroën. Aktion und Reaktion. Auch der CV-3 scherte zur Gegenseite aus, kam wieder aufs Bankett.

Purviance riss das Steuer nach links und brachte den Citroën auf die Fahrbahn zurück. Aus unerklärlichen Gründen zuckte das Auto aber dann wieder nach rechts. Es sprang von der Fahrbahn und streifte an der Leitplanke entlang. Funken flogen.

In Panik versuchte Purviance, das Auto wieder nach links zu bringen. Der Citroën geriet auf eine nasse Stelle, verlor die Bodenhaftung und schleuderte.

Das entgegenkommende Auto raste jetzt auf uns zu, die Reifen zu beiden Seiten des Mittelstreifens. Ich sah den Kopf des Fahrers, und ich sah einen Beifahrer.

Ich stemmte mich gegen den Aufprall ab.

Jake riss am Lenkrad. Wir schossen nach rechts, der Vorderreifen sackte weg.

Das Auto sauste an uns vorbei.

Der Hinterreifen sackte weg.

Wir holperten und hüpften über Kies, Steinchen spritzten an die Leitplanke.

Ich stemmte beide Hände fest gegen das Armaturenbrett, drückte die Ellbogen durch und legte das Kinn auf die Brust.

Ich hörte Metall gegen Metall krachen.

Als ich den Kopf hob, sah ich die Scheinwerfer des Citroëns zur Seite und nach oben schnellen. Einen Augenblick hingen sie in der Luft, dann tauchten sie in die Dunkelheit.

Ich hörte eine Eruption von Metall, Sand und Kies. Dann noch eine. Das Jaulen einer Hupe. Stetig. Schrecklich.

Jake bremste. Die Pfosten der Leitplanke flogen langsamer vorbei.

Der Transporter stand kaum, als Jake schon sein Handy aufklappte.

»Scheiße.«

»Kein Netz?«

»Scheißding.« Jake warf das Handy aufs Armaturenbrett und deutete zum Handschuhfach. »Taschenlampen.«

Während ich die Mag-Lites herauskramte, holte Jake von hinten Signalraketen. Gemeinsam liefen wir dann auf dem Asphalt zurück.

Die Leitplanke klaffte, die Bruchenden waren gezackt und nach innen gebogen. Wir schauten darüber hinweg den Abhang hinunter. Der Nebel war ein dichtes Meer, das unsere Lichtkegel schluckte.

Während Jake Signalraketen abschoss, trat ich durch die Lücke und kletterte den Abhang hinunter.

In der Senke erfasste mein Strahl eine Spur von Umrissen. Eine Radkappe. Einen Kotflügel. Einen Außenspiegel.

Der Citroën war ein pechschwarzer Klumpen in der Dunkelheit. Ich leuchtete ihn mit dem Mag-Lite ab.

Der Wagen war offensichtlich nach dem Aufprall wieder in die Höhe geschnellt, hatte sich gedreht und war auf dem Dach gelandet. Alle Fenster waren zerbrochen. Dampf oder Rauch zischte aus der eingedrückten Motorhaube.

Purviance lag halb auf dem Fahrersitz, halb auf der Erde, verdreht wie eine achtlos weggeworfene Stoffpuppe. Ihr Gesicht war so blutverschmiert, dass ich keine Haut mehr sah. Ihre Jacke war durchtränkt.

Ich hörte Knirschen, dann stand Jake neben mir.

»O Gott!«

»Wir müssen sie rausziehen.«

Gemeinsam versuchten Jake und ich, Purviance aus dem Wrack zu befreien. Ihr Körper war glitschig feucht von Dunst und Blut. Immer wieder rutschten wir ab.

Über uns hielt ein Transporter. Zwei Männer stiegen aus und riefen Fragen zu uns herunter. Wir ignorierten sie und konzentrierten uns ganz auf Purviance.

Jake und ich wechselten die Seiten. Nichts funktionierte. Wir kamen einfach nicht richtig an sie ran.

Purviance stöhnte leise. Ich griff zu meiner Taschenlampe und leuchte an ihrem Körper entlang. Glassplitter glitzerten auf ihrer Kleidung und in ihren blutdurchtränkten Haaren.

»Ein Fuß hängt zwischen den Pedalen fest«, sagte ich. »Ich gehe von der anderen Seite rein.«

»Schaffst du nie.«

Ich wollte nicht lange diskutieren. Ich ging um den Citroën herum und schaute mir an, was vom Beifahrerfenster übrig geblieben war. Die Öffnung war groß genug.

Ich legte die Lampe auf die Erde, bückte mich und zwängte mich mit dem Kopf voran durch die Öffnung. Mich mit den Ellbogen vorwärts ziehend, robbte ich zur Fahrerseite.

Blind tastend stellte ich fest, dass ich Recht gehabt hatte. Purviances rechter Fuß war gebrochen und klemmte unter der Bremse.

Mit ausgestreckten Armen versuchte ich, ihn sanft zu drehen. Der Fuß blieb eingeklemmt. Ich probierte es kräftiger. Es half nichts.

Ein beißender Geruch stieg mir in die Nase. Meine Augen tränten.

Brennender Gummi!

Mein Herz hämmerte gegen den Brustkorb.

Ich schob mich noch ein Stückchen weiter hinein, legte den Oberkörper auf den Sitz, zog den Reißverschluss von Purviances Stiefel auf, packte die Ferse und zog.

Ich spürte eine Bewegung.

Noch ein fester Zug, und Puriviances Ferse war frei. Die Finger wie einen Schuhlöffel benutzend, schälte ich ihren Fuß aus dem Stiefel.

»Jetzt!«, schrie ich, als die Zehen herausglitten.

Während Jake zog, manövrierte ich den Fuß behutsam zwischen den Pedalen hindurch. Dann schob ich mich mit dem Hintern voran aus dem Wrack heraus.

Rauch quoll aus dem Motor.

Von der Straße her waren Schreie zu hören. Ich brauchte keinen Dolmetscher.

»Zurück!«

»Er explodiert gleich!«

Ich lief um den Citroën herum und packte Purviance unter einem Arm. Jake hatte den anderen. Gemeinsam zogen wir sie heraus und legten sie auf den Boden.

Jake stürzte wieder auf das Wrack zu.

»Wir müssen hier weg!«, rief ich.

Jake war von Rauch eingehüllt. Ich sah seine schlaksige Gestalt hin und her rennen.

»Jake!«

Wie ein Verrückter lief Jake von einem Fenster zum anderen.

»Ich schaff das nicht alleine!«

Jake kam zu mir und half mir, Purviance weitere fünf Meter von dem Wrack wegzuziehen. Dann rannte er zurück und trat heftig gegen den Kofferraum.

»Er fliegt gleich in die Luft!« Inzwischen kreischte ich.

Immer und immer wieder knallte Jakes Fuß gegen das Blech.

Etwas platzte. Das Zischen wurde lauter, der Rauch dicker.

Waren wir noch im Gefahrenbereich? Eine kräftige Explosion würde aus Autoteilen tödliche Geschosse machen.

Ich packte Purviance an den Unterarmen und bewegte mich langsam rückwärts. Ihr Körper war totes Gewicht. War es bereits zu spät? Schadete ich ihr mehr als ich ihr half?

Stück um Stück zerrte ich sie weg.

Drei Meter.

Meine Hände waren glitschig vom Blut. Finger und Handflächen waren von unzähligen Glassplittern zerschnitten.

Fünf Meter.

In der Ferne heulten Sirenen.

Meine Finger kribbelten. Meine Beine wurden taub.

Aber das Adrenalin trieb mich an.

Schließlich meinte ich, weit genug entfernt zu sein. Ich ließ Purviance sanft zu Boden gleiten. Dann kniete ich mich hin und tastete ihre Kehle ab.

Ein schwacher Puls? Ich war mir nicht ganz sicher.

Ich riss Purviances Jacke auf und suchte nach der Wunde, die für den starken Blutverlust verantwortlich war. Auf ihrem Bauch klaffte eine schwarze Sichel. Ich drückte die Hand darauf.

In diesem Augenblick zerriss ein lauter Knall die Nacht. Ich hörte das grässliche Geräusch von Metall, das Metall durchstößt.

Als ich den Kopf hochriss, explodierte der Citroën in einem Ball aus Licht. Feuer spritzte aus dem Motor, weiße Geysire schossen in den blau-schwarzen Nebel.

O Gott! Wo war Jake?

Ich lief auf den Citroën zu.

Nach wenigen Metern stoppte mich eine Wand aus Hitze. Ich riss den Arm vors Gesicht.

»Jake!«

Das Auto war ein Inferno. Flammen leckten am Unterboden und loderten aus den Fenstern. Keine Spur von Jake.

»Jake!«

Ich spürte Asche und Schweiß auf dem Gesicht. Dunst. Tränen, die mir die Wangen hinunter liefen.

»Jake!«

Eine zweite Explosion jagte Metall und Flammen in den Himmel.

Ein Schluchzen stieg in meiner Kehle auf.

Kräftige Hände packten meine Schultern.

Ich wurde grob nach hinten gerissen.

40

Um es vorneweg zu sagen: Alle überlebten.

Stimmt nicht ganz. Alle überlebten bis auf den Kerl aus dem Leichentuch. War er zuerst nur Knochen, wurde er in dem Feuer zu Asche.

Jake verbrannte sich die Hände und versengte sich die Augenbrauen. Nichts Schlimmes.

Purviance hatte viel Blut verloren, einige gebrochene Rippen und einen gebrochenen Fuß. Die Milz musste entfernt, der Knöchel verschraubt werden. Aber sie würde wieder ganz gesund werden. Und ins Gefängnis wandern.

Bei dem Citroën allerdings war nichts mehr zu machen. Seine Überreste hatten kaum noch Schrottwert.

Einen Tag lang war Purviance bewusstlos, dann tröpfelte die Geschichte heraus.

Langsam. Ryan half immer wieder mit Informationen nach, die er von Kaplan und Birch hatte.

Mein mentales Polaroid war ziemlich zutreffend gewesen. Ferris und Purviance hatten eine Affäre gehabt. Birch hatte in ihrer Wohnung in Saint-Léonard die üblichen Accessoires gefunden. Einen Männerbademantel im Schrank. Rasierer und Zahnbürste im Spiegelschrank.

Die Affäre hatte angefangen, kurz nachdem Purviance bei *Les Imports Ashkenazim* die Arbeit aufgenommen hatte. Im Lauf der Jahre verstärkte sie den Druck auf Ferris, sich endlich von Miriam scheiden zu lassen. Er vertröstete sie immer wieder. Außerdem verstärkte sie ihren Einfluss auf das Geschäft.

Purviance war vertraut mit allen Transaktionen in dem Lagerhaus. Soll heißen: Sie wusste über alles Bescheid und war an allem beteiligt. So hörte sie zum Beispiel Ferris' Anruf bei Kaplan mit, als der ihn bat, den Markt für das Masada-Skelett zu sondieren. Sie hörte auch seine Gespräche mit Vater Morissonneau und Tovya Blotnik mit und erfuhr so von der Geschichte des Skeletts. Es ärgerte sie, dass Ferris dieses Geschäft allein machte und sie ausschloss.

Kurz zuvor hatte sie auch Ferris' Anruf im Reisebüro mitbekommen. Ferris plante einen Urlaub mit seiner Frau im sonnigen Florida. Das war der letzte Tropfen. Ferris wollte ohne sie das große Geschäft machen und versuchte, seine Ehe zu kitten. Purviance stellte ihren Geliebten zur Rede und wollte von ihm wissen, wie er seine Prioritäten setze.

Da Ferris das ständige schlechte Gewissen und der Stress dieses Balanceaktes zwischen zwei Frauen allmählich zu viel wurde, beschloss er, Purviance den Laufpass zu geben. *Les Import Ashkenazim* machte gerade eine etwas schwierige Zeit durch, aber alles in allem lief das Geschäft nicht schlecht. Sein Verhältnis zu Miriam wurde wieder besser. Er brauchte Purviance nicht. Zugegeben, er befand sich wirtschaftlich in einer Talsohle, aber der Verkauf des Skeletts würde das ändern. Es wäre besser, wenn er Purviance feuerte. Ferris versprach ihr sechs Monate Gehaltsfortzahlung und forderte sie auf zu verschwinden.

Der erste Anruf in Boca während dieser Urlaubswoche war von Purviance gekommen, die ihn bat, sich alles noch einmal zu überlegen. Ferris fertigte sie knapp ab. Er hatte sie wirklich und wahrhaftig in die Wüste geschickt. Jetzt war sie ohne Liebhaber und ohne Arbeit.

Der zweite Anruf in Boca kam ebenfalls von Purviance, und nun drohte sie ihm. Sie wisse über das Skelett und seinen Wert Bescheid. Sie wolle ein Stück vom Kuchen, sonst informiere sie Miriam über ihre Affäre und die Behörden über das Skelett. Ferris lachte sie nur aus.

Je mehr Purviance darüber nachdachte, desto wütender wurde sie. Sie hatte Ferris' Geschäft mit aufgebaut. Sie hatte ihn in ihr Bett gelassen. Und jetzt wurde sie weggeworfen wie der Müll der letzten Woche. Ihn an seine Frau und die Polizei zu verpfeifen, würde ihm zwar wehtun, ihr aber nichts einbringen. Und es würde ihm nicht genug wehtun. Ferris sollte einen viel größeren Preis bezahlen. Angeregt von *CSI, Law & Order* und *NYPD Blue*, beschloss

Purviance, einen Killer anzuheuern. Sie wollte Ferris loswerden und das Geschäft übernehmen.

Doch sie war nur ein braves jüdisches Mädchen ohne die entsprechenden Beziehungen. Sie kannte keine Killer. Wen sollte sie anrufen? Kaplan war ein Ex-Sträfling, der illegale Aufträge übernahm. Purviance hatte seine Nummer von der Anruferkennung im Lagerhaus.

Kaplan war zwar ein Gauner, aber kein Killer. Er merkte, dass er ein naives Mädchen vor sich hatte und eine Chance auf einfachen Profit winkte. Er nahm Purviances Geld, brachte aber keine Gegenleistung.

Verschmähte Geliebte. Fallen gelassene Geschäftspartnerin. Und übers Ohr gehauene Kundin. Purviance kochte innerlich. Getrieben von einer fast obsessiven Wut, beschloss sie, selbst zu handeln. Sie wusste, dass ihr Nachbar eine Waffe in seinem Auto hatte, stahl sie und brachte Ferris eigenhändig um.

Doch ihre Wut hatte ihre Fähigkeit zum strategischen Denken getrübt. Nachdem sie zwei Kugeln in Ferris' Körper gejagt hatte, drückte sie der Leiche die Waffe in die Hand, krümmte die Finger darum und schoss in die Luft. Auch diesen Trick kannte sie aus den Krimiserien. Bei einer selbst beigebrachten Schusswunde muss der Leichenbeschauer Schmauchspuren an der Hand finden. Nun jedoch machte Purviance einen großen Schnitzer. Sie ließ zwar die Waffe zurück, sammelte jedoch die Patronenhülsen ein, wodurch die Polizei einen Selbstmord sehr schnell ausschließen konnte.

Letztendlich fand die Spurensicherung in der Kammer ein Kugelfragment, das von dem zweiten Geschoss in Ferris' Schädel abgesplittert war. Eine zweite Kugel wurde aus einer Wand im Gang vor dem Büro gepult. Mit der Kugel, die in der Decke der Kammer sichergestellt wurde, und den Fragmenten in Ferris' Schädel ergaben sich also insgesamt drei abgegebene Schüsse. Eine ballistische Rekonstruktion ergab, dass Ferris wahrscheinlich mit dem Gesicht zur Tür stand, als er getroffen wurde. Vermutlich merkte er gar nichts von Purviances mörderischen Absichten, als sie die Kammer betrat und sich hinter ihn stellte.

Wie sollte Courtney nun weitermachen? Die Kaltblütigkeit, mit der sie Ferris umgebracht hatte, hatte sie selbst überrascht. Jetzt wollte sie zwei Fliegen mit einer Klappe schlagen. Aus der Stadt verschwinden und wirtschaftliche Verluste wieder gutmachen. Sie buchte einen Flug nach Israel, wobei sie den Namen Channah Purviance benutzte, die prä-kanadische Namensversion in ihrem tunesischen Pass. Dank dieser Diskrepanz konnte sie durch alle Kontrollen schlüpfen.

Da sie wusste, dass Ferris Blotnik angerufen hatte, ging sie zur IAA und behauptete dort, eine Bevollmächtigte ihres Chefs zu sein und die Zahlungsmodalitäten bekräftigen zu wollen. Dort erwartete sie die nächste Ungerechtigkeit. Blotnik hatte das Masada-Skelett nicht erhalten. Purviance bluffte und behauptete, sie wisse, wer es gestohlen habe. Sie könne es ihm liefern, wenn Blotnik Geld oder etwas ähnlich Wertvolles als Gegenleistung anzubieten habe. Blotnik zeigte ihr die Knochen aus dem Leichentuch. Sie erkannte sofort, dass auch die ein beträchtliches Profitpotenzial hatten, schlug ein zweites Mal zu und steckte die Knochen ein.

Kaplans Geschichte war ziemlich schlicht. Miriam Ferris war immer nett zu ihm gewesen, eine gute Freundin, auch in der Zeit, als er im Gefängnis saß. Miriam schickte ihm Pralinen. Schrieb Briefe. Den Zettel, den wir in Kaplans Wohnung gefunden hatten, war nur einer von vielen, mit denen sie ihn ermutigte, den Glauben nicht zu verlieren.

Kaplan wusste von Purviance von ihrer Affäre mit Ferris. Es war seine erste Frage gewesen, als sie ihn anheuerte, ihren Chef zu ermorden. In ihren Verhandlungen kam Kaplan zu der Überzeugung, dass sie heimtückisch und ohne Gewissen sei. Er dachte sich, dass sie, falls sie in der Klemme steckte, ein Ablenkungsmanöver starten würde, um sich selbst zu schützen. Und wer war da gefährdeter als die betrogene Ehefrau? Da er Angst hatte, Purviance könnte Miriam ins Visier nehmen, steckte er mir das Foto zu, um die Ermittlungen in eine andere Richtung zu lenken.

Kaplan befürchtete außerdem, dass Purviance ihn kompromittieren könnte. Oder noch Schlimmeres. Sie hatte vorgehabt, ihren Liebhaber umbringen zu lassen. Falls sie nun selbst in Aktion trat, konnte sie genauso gut den Mistkerl beseitigen, der sie um drei Riesen betrogen hatte. Und Kaplans Kumpel Litvak war sauer, weil Kaplan ihm das Masada-Skelett versprochen, dann aber nicht geliefert hatte. Wie Purviance sah auch Kaplan seine Chance für einen Doppelschlag. Mach dich zu Hause rar und wetze in Israel ein paar Scharten aus. Also buchte auch er einen Flug.

Warum hatte Blotnik die Knochen aus dem Leichentuch gestohlen? In der Hinsicht hatte Jake wahrscheinlich Recht.

Als junger Doktorand in New York war Blotnik ein Überflieger gewesen. Artikel in prestigeträchtigen Journalen noch vor Ende der Promotion. Dann sein großer Wurf, dreihundert Seiten über *Ecclesiastes Rabbah,* einen rabbinischen Kommentar aus der Talmud-Ära. Jobangebote flossen wie der Wein in Kanaan. Blotnik zog nach Israel, heiratete und erhielt Genehmigung um Genehmigung für Ausgrabungen an den begehrtesten Stätten. Die Welt war die Seine.

Eine jüngere Kollegin beschloss ebenfalls, die Seine zu sein. So beschwingt diese Affäre anfangs war, so schlimm endete sie. Seine Frau verließ ihn. Seine Geliebte verließ ihn.

Vielleicht war es die Peinlichkeit. Vielleicht Einsamkeit. Vielleicht Depressionen. Nach der Scheidung zog sich Blotnik immer mehr zurück. Er organisierte ein paar Ausgrabungen, schrieb ein paar Artikel. Eine dünne Broschüre über die antiken Bäder von Hammat-Gader. Dann zwei Jahrzehnte lang nichts mehr.

Ferris' Anruf musste Blotnik vorgekommen sein wie Manna, das vom Himmel regnet. Knochen aus Masada, die seit mehr als vier Jahrzehnten verschwunden waren. Während seiner vielen Jahre in der israelischen Archäologie hatte Blotnik natürlich Gerüchte über ein solches Skelett gehört. Man kann nur vermuten, was Kaplan oder Ferris ihm sonst noch erzählt hatten oder was im Kreis seiner Kollegen getuschelt wurde. Dass es die Knochen einer bedeutenden Gestalt aus dem römischen Palästina des ersten Jahrhunderts waren? Eines biblischen VIP? Ganz offensichtlich hatte Blotnik bereits seinen Stern in neuem Glanz erstrahlen sehen.

Doch mit Ferris' Tod versiegte das Manna plötzlich. Licht aus. Kurz darauf rief ich an. Ich hatte das Masada-Skelett. Ein neuer Morgen! Wartet mit dem Abspann.

Da er eine Chance sah, seine dümpelnde Karriere, oder, wie Ryan meinte, sein Konto auf Vordermann zu bringen, hatte Blotnik sich eingehend über das Masada-Skelett und Höhle 2001 informiert. Dann wurde Max ihm schon wieder vor der Nase weggeschnappt. Jake und ich kamen mit der Nachricht zu ihm, dass Max gestohlen worden sei. Blotnik war am Boden zerstört. Sein mögliches Comeback ging vor seinen Augen in Rauch auf. Wie Purviance, konnte auch der einstige Wunderknabe mit Enttäuschungen nur schlecht umgehen und war deshalb in schwärzester Stimmung.

Dann frisches Manna. Ein Dokument, das jemand leichtsinnig in einem Kopierer vergessen hatte.

Blotnik las Getz' Bericht und machte sich eine Kopie. Leichentuch aus dem ersten Jahrhundert? Mit Hinweisen auf menschliche Überreste? Entdeckt von Jake Drum? Propagierte dieser Drum nicht eine Theorie über ein Familiengrab Jesu?

Die explosiven Implikationen von Jakes Theorie und meinem Fund waren Blotnik natürlich nicht entgangen. Wenn er das Masada-Skelett schon nicht in die Finger bekam, würde ihm das hier weiterhelfen. Er bewaffnete sich mit einem Bolzenschneider, fuhr nach Beit Hanina und wartete, bis Jake das Haus verlassen hatte. Der Rest war einfach.

Und was war mit Jake?

Keine krummen Touren. Er war zu seiner Ausgrabungsstätte gefahren und musste dort miterleben, wie die Hevrat Kadisha die Arbeiten massiv störten. Schließlich musste die Polizei gerufen werden. Als er endlich wieder fahren konnte, war es zu spät für einen Besuch bei Getz oder Bloom. Außerdem hatte die Polizei vor Ort ihn aufgefordert, die schriftlichen Genehmigungen für die Ausgrabung vorzulegen.

Als er in die Wohnung zurückkam, legte er den Inhalt seiner Taschen an den gewohnten Platz und suchte die Dokumente für die Ausgrabungsstätte in Talpiot heraus. Dabei entdeckte er, dass der Schrank aufgebrochen war und die Knochen verschwunden waren. Wütend war er wieder hinausgestürmt, ohne abzuschließen. Da er nun zwei Dinge mehr oder weniger gleichzeitig zu erledigen hatte, fuhr er erst zur Bezirksinspektion der Polizei, um seine Dokumente vorzulegen, und dann direkt zu Blotnik.

Ich war vor ihm im Rockefeller eingetroffen, und er hatte mich im Wandschrank gefunden.

So weit, so gut.

Die Knochen aus dem Leichentuch waren nur noch Asche.

Blotnik war tot.

Kaplan war frei.

Purviance würde in Israel wegen des Mordes an Blotnik vor Gericht gestellt werden. Eine spätere Auslieferung? Vielleicht.

Und Max?

Vertreter der Hevrat Kadisha gaben unter Druck von Friedman zu, dass sie das Masada-Skelett befreit und wiederbestattet hatten. Doch weder Daumenschrauben noch Würgeeisen noch die Androhung einer Strafverfolgung konnten sie dazu bringen, den Ort preiszugeben. Sie kannten das alles bereits. Für sie ging es ausschließlich um das geheiligte jüdische Gesetz. *Halakba.* Sogar die flehentliche Bitte um einen zeitlich begrenzten Zugang unter ihrer Beobachtung wurde stur abgelehnt.

Was bleibt? Nur drei Dinge. Das Foto, das ich von Kaplan erhalten hatte. Die Knochenproben, die ich für die DNS-Untersuchung entnommen hatte. Die Fotos, die ich in meinem Labor in Montreal geschossen hatte.

Ansonsten war Max verschwunden.

Inzwischen war Donnerstag, vier Tage nach dem Unfall. Ryan und ich würden mit der Mitternachtsmaschine nach Montreal zurückfliegen. Doch bevor wir Israel verließen, wollten wir noch einen letzten Ausflug machen.

So war ich noch einmal auf der Straße nach Jericho unterwegs. Ryan und ich waren bereits an Qumran vorbei, berühmt wegen seiner Essener und Höhlen und Schriftrollen, und an Ein Gedi, berühmt für seine Strände und Hotels. Links von uns erstreckte sich das Tote Meer kobaltgrün bis nach Jordanien. Rechts eine gemarterte Landschaft aus Felsspitzen und Tafelbergen.

Schließlich sah ich es, gleißend rot vor einem perfekten blauen Himmel. Die Zitadelle des Herodes am Rande der judäischen Wüste.

Ryan bog ab. Zwei Kilometer weiter fuhren wir auf einen Parkplatz und stiegen aus. Ein Schilderwald half den Touristen bei der Orientierung. Restaurants, Läden, Toiletten diese Richtung.

»Seilbahn oder Schlangenpfad?«, fragte ich.

»Wie schwierig ist der Aufstieg?

»Kinderspiel.«

»Warum dann der Name?«

»Der Weg ist ein bisschen kurvig.« Man hatte mich gewarnt, dass der Pfad tückisch und staubig war und die Wanderung über eine Stunde dauerte. Und ich war fix und fertig.

»Wie wär's, wenn wir hochfahren und dann die Lage peilen?«

»Schwächling.« Ich grinste.

»Die Römer haben sieben Monate gebraucht, bis sie oben waren.«

»Sie kämpften gegen eine Armee von Zeloten.«

»Immer diese Nebensächlichkeiten.«

Masada ist der am häufigsten besuchte Ort Israels, aber nicht an diesem Tag.

Ryan kaufte Tickets, und wir betraten eine leere Seilbahnkabine. Oben auf dem Gipfel stiegen wir eine gewundene Treppe hoch, und dann lag die uralte Stätte vor uns.

Ich war beeindruckt. Römer. Zeloten. Byzantiner. Nazarener? Ich stand auf eben dieser Erde. Erde, die betreten worden war, lange bevor die Europäer die Neue Welt erblickten.

Ich betrachtete die Überreste der Kasemattenmauer, jetzt nur schulterhoch, die alten Steine verwittert und ausgebleicht. Mein Blick wanderte über die Senke innerhalb der Mauer. Trocken wie die Mojave, hier und dort eine kümmerliche Ranke, die dem Sand ein mageres Leben abtrotzte. Purpurfarbene Blüten. Erstaunlich. Schönheit inmitten brutalster Ödnis.

Ich dachte an Soldaten, Mönche und ganze Familien. Hingabe und Opfer. Und ich fragte mich: Wie? Warum?

Ryan neben mir schaute sich den Lageplan an. Über mir flatterte eine israelische Flagge im Wind.

»Der Rundgang fängt da drüben an.« Ryan nahm mich bei der Hand und führte mich nach Norden.

Wir besuchten die Lagerhäuser, die Offiziersquartiere, den nördlichen Palast, in dem Yadin seine »Familie« gefunden hatte. Die byzantinische Kirche, die *mikweh,* die Synagoge.

Wir begegneten nur wenigen Menschen. Ein deutsches Paar. Eine Schulklasse, beschützt von bewaffneten Betreuern. Teenager in Armeekluft und mit Uzis auf dem Rücken.

Nachdem wir die Standardrunde beendet hatten, kehrten wir zu unserem Ausgangspunkt zurück und gingen zum südlichen Rand des Gipfels. Hierher verirrte sich kein anderer Tourist.

Ich schaute auf die Skizze in meiner Broschüre. Die südliche Zitadelle war eingezeichnet. Eine Zisterne. Das große Wasserbecken. Kein Wort über die Höhlen.

An der Kasemattenmauer blieb ich stehen und staunte aufs Neue über diese Ebene aus Sand und Steinen, die am Horizont in flirrender Hitze verschwand. Über die riesigen, stummen Formationen, die Äonen scheuernden Windes hatten entstehen lassen.

Ich deutete auf ein Rechteck, das in der Mondlandschaft unter uns kaum zu erkennen war.

»Siehst du diesen Umriss?«

Ryan, der mit den Ellbogen auf dem Geländer neben mir stand, nickte.

»Das war eins der römischen Heerlager.«

Ich beugte mich vor und drehte den Kopf nach links. Da war sie. Eine dunkle Wunde im Fleisch des Abhangs.

»Da ist die Höhle.« Meine Stimme klang brüchig.

Wie verzaubert starrte ich hinunter. Ryan wusste, was ich jetzt empfand. Er zog mich sanft zurück und legte mir die Arme um die Schultern.

»Irgendwelche Theorien, wer er gewesen sein könnte?«

Ich hob die Hände. Wer weiß?

»Vermutungen?«

»Max war ein Mann, der vor etwa zweitausend Jahren im Alter zwischen vierzig und sechzig starb. Er wurde zusammen mit mehr als zwanzig anderen dort unten in dieser Höhle begraben.« Ich deutete hinüber zur Kasemattenmauer. »Der Zahn einer jüngeren Person landete in seinem Kiefer. Wahrscheinlich ein Versehen. Ein glückliches Versehen. Ansonsten hätten wir von der Verbindung zwischen den Leuten aus dieser Höhle und der Familie in Jakes Leichentuch-Grab vielleicht nie erfahren.«

»Das Grab, von dem Jake glaubt, dass es sich um die Familienkrypta Jesu handelt.«

»Ja. Max könnte deshalb durchaus ein Nazarener, kein Zelot gewesen sein.«

»Jake ist sich verdammt sicher, dass das Grab der Heiligen Familie gehörte.«

»Die Namen passen. Der Dekorationsstil der Ossuare. Das Alter des Leichentuchs.« Ich trat nach einem Stein. »Jake ist überzeugt, dass das Jakobus-Ossuar aus diesem Grab stammt.«

»Und du?«

»Ich bin fasziniert.«

»Soll heißen?«

Ich überlegte. Was meinte ich wirklich?

»Er könnte Recht haben. Aber die Vorstellung ist so überwältigend, dass sie nicht so leicht zu verdauen ist. Die drei großen Religionen, die alle so dicht mit der Geschichte Palästinas verwoben sind, fußen mehr auf göttlichem Geheimnis und spirituellem Glauben als auf Wissenschaft und Vernunft zur Begründung ihrer Rechtmäßigkeit. Historische Tatsachen werden so interpretiert, dass sie zur jeweils herrschenden Lehrmeinung passen. Widersprechende Tatsachen werden geleugnet.

Die Tatsachen, die Jake in Bezug auf das Kidron-Grab postuliert, könnten wesentliche Elemente des christlichen Glaubens unterminieren. Vielleicht blieb Maria gar keine Jungfrau. Vielleicht hatte Jesus Geschwister, vielleicht sogar Nachkommen. Vielleicht blieb Jesus nach der Kreuzigung tot und in sein Leichentuch eingehüllt.«

Ich deutete mit dem Kopf zur Höhle unter uns.

»Dasselbe gilt für Höhle 2001 und gewisse Teile der heiligen jüdischen Geschichte. Vielleicht war Masada während der Revolte im ersten Jahrhundert nicht nur von jüdischen Zeloten besetzt. Vielleicht waren hier oben auch frühe Christen. Wer weiß? Sicher weiß ich nur eins: Es ist tragisch, dass wir aus den Knochen aus dem Leichentuch keine DNS extrahieren konnten. Vor allem weil klar ist, dass zumindest einer der Menschen in der Höhle hier oben verwandt war mit den Leuten in Jakes Grab dort unten.«

Ryan dachte darüber nach. Dann: »Das heißt also, obwohl die DNS einen Zahn aus Masada mit dem Kidron-Grab in Verbindung bringt, bist du immer noch der Ansicht, dass das Wiederauftauchen von Max und die Entdeckung der Knochen im Leichentuch innerhalb weniger Wochen ein reiner Zufall waren?«

»Ja. Der Zahn stammte zweifellos von jemandem in Höhle 2001 und wurde fälschlicherweise Max eingesetzt. Aber es könnte sein, dass Max in dieser ganzen Geschichte nur der Bote und nicht die Botschaft ist. Komisch. Eigentlich interessiert mich viel mehr, wem dieser Zahn gehörte, als wer Max war.«

»Ich kann dir nicht folgen.«

»Das fing zwar alles mit Max an, aber es kann sein, dass Max nur durch einen glücklichen Zufall in diese wichtige Begräbnisstätte kam.«

»Ich komme noch immer nicht mit.«

»Da Max' Grab sich weit hinten in der Höhle befand, wurde seine Leiche von Tieren verschont. Möglich, dass sie deshalb vollständig blieb. Nicht weil er auf andere Art als die anderen begraben worden war oder weil er einen höheren sozialen Rang als die anderen hatte, sondern ganz einfach deshalb, weil er in größerer Entfernung zum Höhleneingang in die Erde gelegt worden war. Aber da seine Überreste das einzige komplette und anatomisch korrekt angeordnete Skelett darstellten, betrachtete man Max automatisch als etwas Besonderes. Irgendjemand schaffte ihn aus Israel heraus. Lerner stahl ihn. Ferris und Morissonneau versteckten ihn. Aber letztendlich könnte Max' wichtigster Beitrag lediglich der sein, dass er vollständig erhalten blieb und uns zu dem fremden Backenzahn führte.«

»Dass er also das Kidron-Grab mit Masada in Verbindung brachte. Hat Jake irgendwelche Theorien, wessen Zahn das sein könnte?«

»Da kommen viele Leichen in der Höhle infrage. Jake vermutet einen Neffen Jesu, vielleicht ein Kind von einer der Schwestern. Die mitochondriale DNS zeigte eine Verbindung mütterlicherseits.«

»Kein Geschwister?«

»Unwahrscheinlich. Die Inschriften nennen Judas, Josephus, Jakobus, falls dieses Ossuar wirklich echt ist, die beiden Marias und Salome. Simon starb erst Jahre später.«

Wieder verstummten wir beide. Ich brach das Schweigen.

»Ist schon komisch. Mit Max fing alles an. Lerner stahl ihn aus dem Musée de l'Homme, weil er an Joyces Geschichte über die Schriftrolle und seine Theorie, dass Jesus in Masada weiterlebte, glaubte. Dann zeigt sich, dass Joyces Theorie zutreffen könnte in Bezug auf Jesus, *irgendeinen* Jesus, aber nicht auf Max. Max kann nicht der Jesus von Nazareth sein, der nach der Heiligen Schrift mit Anfang dreißig starb. Sein Alter passt nicht, und seine mitochondriale DNS schließt ihn aus der Mutterlinie in dem Kidron-Grab aus. Aber Max könnte ein Neffe Jesu sein.«

»Grossets Schriftrolle wurde angeblich von jemandem namens Jesus, Sohn des Jakobus, geschrieben.«

»Genau. Aber der Zahn könnte ebenfalls von einem Neffen Jesu stammen. Nach Bergerons Schätzung starb der Zahnträger im Alter zwischen fünfunddreißig und vierzig. Wenn eine von Jesu Schwestern einen Mann namens Jakobus geheiratet und mit ihm einen Sohn gehabt hätte, dann hätte dieses Kind ihre mitochondriale DNS geerbt. Wenn diese Ereignisse in der Zeit um die Kreuzigung herum stattfanden, dann würde das Alter passen. Der Zahn hätte zu Jesus, Sohn des Jacobus, gehören können. O Mann, Ryan. Jeder x-beliebige Mann in diesem Haufen hätte diesen Namen tragen können. Wir werden es nie erfahren.«

»Wer war der Siebzigjährige aus Höhle 2001 in Yadins Bericht und seinem Buch?«

»Dieselbe Antwort. Es war nicht Max, es war nicht der Zahnträger, aber es hätte jeder Mann aus diesem Haufen sein können.«

Ryans nächste Bemerkung traf genau den Punkt.

»Der Hammer ist doch der: Egal, wem der Zahn gehörte, wenn Jake Recht hat in Bezug auf das Jakobus-Ossuar und daraus folgend in Bezug auf das Kidron-Grab und die Heilige Familie, dann bedeutet das Vorhandensein dieses Zahns in der Höhle, dass sich in Masada zur Zeit der Belagerung Nazarener befunden hatten. Und das ist eine Tatsache, die der israelischen Geschichtsschreibung über Masada widerspricht.«

»Genau. Vor allem israelische Theologen würden Nazarener in Masada als Sakrileg betrachten. Denk nur an ihre Abneigung, über die Höhlen-Skelette zu reden oder weitere Untersuchungen anzustellen.«

Ich drehte mich um und deutete zum nördlichen Rand des Plateaus.

»Dort an der Westseite gibt es ein kleines Denkmal, an der Spitze des römischen Lagers, wo neunundsechzig alle Überreste aus Masada wiederbestattet wurden. Man könnte die Knochen aus Höhle 2001 exhumieren, aber die Israelis weigern sich, das zu tun.«

»Und die Knochen aus dem Leichentuch?«

»Wir werden es nie erfahren. Wenn Jake es geschafft hätte, DNS zu erhalten oder andere Untersuchungen durchführen zu lassen, vielleicht eine Begutachtung des Lochs im Fersenbein unter dem Elektronenmikroskop, dann hätten wir eventuell mehr herausgefunden. Aber so, wie es ist, haben wir nichts anderes als die paar lausigen Schnappschüsse, die ich im Loculus gemacht habe.«

»Was ist mit den Haar- und Knochenproben, die Getz geborgen hat?«

»Die Haare könnten irgendwann irgendwas ergeben. Die Knochenpartikel sind kaum mehr als Staub. Es wundert mich, dass Getz sie überhaupt entdeckt hat.«

»Jake konnte rein gar nichts von den Knochen beiseite schaffen?«

»Hatte nie 'ne Chance dazu.«

»Hat er vor, an den Knochen aus dem Jakobus-Ossuar eine DNS-Untersuchung anstellen zu lassen?«

»Er hat einen entsprechenden Antrag gestellt. Die Israelis haben ihn abblitzen lassen, und sie haben die Knochen. Aber so wie ich Jake kenne, wird er dranbleiben.«

»Das Jakobus-Ossuar könnte eine Fälschung sein.«

»Könnte«, stimmte ich ihm zu.

»Jakes Theorie könnte falsch sein.«

»Könnte.«

Ryan zog mich an sich. Er wusste, dass ich Schuldgefühle und Enttäuschung verbarg. Max war verschwunden, lag nun für alle Zeit in einem anonymen Grab. Die Knochen aus Höhle 2001 waren verschwunden, begraben unter einem von Israels heiligsten Monumenten. Die Knochen aus dem Leichentuch waren verschwunden, verbrannt in einem Inferno aus Feuer und Benzin.

Einen Augenblick standen wir nur da und schauten hinaus zu dem melancholischen Rand des Universums. Leer. Tot.

Seit Jahren las und hörte ich von diesem so heftig umstrittenen Teil unseres Planeten. Diesen Nachrichten kann sich niemand entziehen.

Die Psalmen nennen Jerusalem die Stadt Gottes. Zacharias nennt sie die Stadt der Wahrheit. Wessen Gott? Wessen Wahrheit?

»LaManche hat heute angerufen.« Ich trat wieder in eine Welt, in der mir eine gewisse Kontrolle über mein Leben zumindest möglich erschien.

»Wie geht's dem alten Knaben?«

»Er ist froh, dass ich Montag wieder zurück bin.«

»Du warst doch nur eineinhalb Wochen weg.«

»Er hatte Neuigkeiten. Eine Exhumierung. Sylvain Morissonneau litt an einer kongestiven Herzstörung.«

»Der Priester in der Abtei?«

Ich nickte. »Er starb an einem massiven Koronarinfarkt.«

»Keine wildäugigen Jihadisten?«

»Nur ein schwacher Herzmuskel, wahrscheinlich in Verbindung mit dem erhöhten Stress infolge dieser Skelettgeschichte .«

»Weil wir gerade dabei sind: Auch Friedman hatte was Neues zu berichten. Er hat den Zettel des Zimmermädchens Mrs. Hanani vorgelegt und so erfahren, was wirklich hinter dem Einbruch in dein Zimmer und der Verwüstung steckte. Es gab überhaupt keinen Einbruch. Hossam al-Ahmed ist ein Hotelkoch, der schon eine ganze Weile um dieses Mädchen herumschleicht. Die belästigte Dame beschloss, dem Kerl einen Denkzettel zu verpassen. Ein Zimmer verwüsten, den Verdacht auf ihn lenken. Deine Tür war unverschlossen.

Welche Ironie. All unsere Megatheorien über den Mord an Ferris und den Diebstahl von Max. Ultra-orthodoxe Juden haben es getan. Christliche Zeloten haben es getan. Fundamentalistische Moslems haben es getan.«

»Letztendlich ging es nur um Gier und Rache. Zwei klassische Motive. Keine Staatsgeheimnisse. Kein Heiliger Krieg. Keine allumfassende Frage von Lehre und Glaube. Wir haben die Methodologie eines Mordes enthüllt, und wir haben einen Mörder identifiziert. Eigentlich sollte ich mich freuen, aber im Kontext der letzten beiden Wochen erscheint dieser Mord banal, fast so wie Charles Bellemares Unfall.«

»Der zugedröhnte Cowboy, der im Kamin stecken blieb?«

»Ja. Indem wir unsere Kleindarsteller über die große Bühne jagten, habe ich mich von dem größeren Kontext überwältigen lassen. Der Mord wirkt da fast schon unbedeutend.«

»Wir haben uns beide verrannt.«

»Ich habe eine Studie gelesen, die sich Gallup International Millenium Survey nennt. Die Forscher haben Meinungsumfragen in sechzig Ländern angestellt, das entspricht einem Weltbevölkerungsanteil von eins Komma zwei Milliarden. Sie wollten herausfinden, was die Leute über Gott denken. Siebenundachtzig Prozent der Befragten betrachten sich als einer Religion zugehörig. Einunddreißig Prozent betrachten ihre Religion als die einzig wahre.«

Ryan wollte etwas sagen. Ich war noch nicht fertig.

»Aber sie haben nicht Recht, Ryan. Trotz der Rituale und der Rhetorik, ja sogar trotz der Bomben, sagen alle Religionen mehr oder weniger dasselbe. Buddhismus. Taoismus. Zoroastrianismus. Sikhismus. Schamanismus. Es ist völlig egal. Such dir irgendeine aus.«

»Nicht so schnell, mein Engel.«

»Die Tora, die Bibel, der Koran. Jedes Buch liefert ein Rezept für spirituelle Zufriedenheit, für Hoffnung, für Liebe und für die Beherrschung der grundlegenden menschlichen Leidenschaften, und jedes behauptet, dieses Rezept direkt von Gott zu haben, nur jeweils über einen anderen Boten. Alle diese Religionen versuchen nichts anderes, als eine Formel für ein ordentliches, spirituelles Leben zu präsentieren, aber irgendwie wird diese Botschaft entstellt und verdreht wie Zellen in einem Körper, die plötzlich bösartig zu wuchern anfangen. Selbst ernannte Wortführer definieren die Grenzen des korrekten Glaubens, erklären Außenstehende zu Häretikern und fordern die Rechtgläubigen auf, sie zu bekämpfen. Ich glaube nicht, dass das ursprünglich so gemeint war.«

»Ich weiß, dass du Recht hast, Liebling, aber ich als altgedienter Polizist habe schon längst die Hoffung aufgegeben, *la belle province* je vom Verbrechen zu befreien. Ich glaube nicht, dass ich in der Lage wäre, die Religionen dieser Welt miteinander zu versöhnen. Daheim warten neue Leichen auf uns, um die wir uns kümmern müssen. Wir tun, was wir können. Und weißt du was? Ich glaube, wir machen das ziemlich gut.«

Ein letzter Blick über die Ebene. So atemberaubend schön, so heftig umkämpft. Dann ließ ich es widerwillig zu, dass Ryan mich von der Mauer wegführte.

Adieu, Israel. Ich wünsche dir Frieden.

Aus den forensischen Akten von Dr. Kathy Reichs

Die meisten Romane mit meiner Heldin Temperance nehmen ihren Ursprung in einer Vermischung meiner realen forensischen Fälle.

Ich fange an mit dem Skelett eines Kindes, das auf einem Acker gefunden wurde, gebe ein Körperteil hinzu, das im Keller eines Hochhauses gefunden wurde, und vermenge dann alles. Die vorliegende Geschichte begann mit Ausrissen aus der Boulevardpresse, einem Schwarz-Weiß-Foto, einem ganzen Stapel schlechter Fotokopien und einer sehr merkwürdigen Geschichte.

Dr. James Tabor, ein Kollege an der University of North Carolina in Charlotte, trägt zwei Hüte. Er ist sowohl biblischer Archäologe und Gelehrter wie auch Experte für moderne apokalyptische Bewegungen. Unter letzterer Kopfbedeckung beriet er das FBI bei dem Konflikt mit der Davidianer-Sekte in Waco und half mit beim Schreiben von *Knochenarbeit*. Als biblischer Gelehrter hat er über die Schriftrollen vom Toten Meer gearbeitet und in Qumran gegraben, wo sie gefunden wurden, wie auch in der »Johannes der Täufer«-Höhle westlich von Jerusalem, und er hat ausführlich über Masada recherchiert, Israels berühmteste archäologische Stätte.

Im Herbst hatte ich *Totenmontag* eben abgeschlossen und begann mit der Sondierung und Stoffsammlung, die letztendlich zu meinem achten Roman führen sollten. Eines Morgens rief Tabor mich an und erzählte von geplünderten Gräbern und gestohlenen Skeletten. Er arbeitete gerade an einem Sachbuch, *The Jesus Dynasty,* in dem er historische Fakten über die Jesus-Familie präsentieren wollte, so weit sie nach neuesten historischen Forschungen und Endeckungen bekannt waren. Ob ich Lust auf eine Geschichte hätte, die mir vielleicht als Vorlage für ein neues Temperance-Brennan-Abenteuer dienen könnte?

Und ob ich Lust hatte. Immerhin hatte ich meine Karriere als Archäologin begonnen. Warum das alte Mädchen nicht an einer archäologischen Intrige teilhaben lassen? Wir verabredeten uns, und beim Mittagessen zeigte Tabor mir Fotos und Zeitungsausrisse und erzählte mir das Folgende:

Von 1963 bis 1965 gräbt der israelische Archäologe Yigael Yadin mit einem internationalen Team aus Freiwilligen die israelische Stätte Masada aus. Fünfundzwanzig Skelette und ein Fötus werden in einer Höhle unter der Kasemattenmauer an der Südflanke des Gipfels gefunden. Yadin spricht über diese Knochen nicht mit der Presse, obwohl er ausführlich auf drei Skelette eingeht, die in dem Ruinenkomplex am nördlichen Ende des Gipfels gefunden werden. Und auch vom biologischen Anthropologen des Projekts, Nicu Haas, werden die Knochen aus der Höhle nirgendwo dokumentiert. Bis auf eine Erwähnung in einem Anhang, werden die Knochen oder der Inhalt der Höhle in den sechs Bänden der letztgültigen Ausgrabungspublikation über Masada kein einziges Mal erwähnt.

Dreißig Jahre vergehen. Plötzlich taucht ein Foto von einem einzelnen, vollständigen Skelett auf, das in derselben Höhle liegt, in der Yadins Team die fünfundzwanzig durcheinander geworfenen Individuen fand. In veröffentlichten Berichten oder Interviews erwähnt Yadin dieses Skelett nie.

Neugierig geworden, spürt Tabor Mitschriften der Teambesprechungen auf, die anstelle von Ausgrabungstagebüchern verfasst wurden. Die Seiten aus den Tagen der Entdeckung und Bergung des Skeletts fehlen.

Tabor entdeckt auch Nicu Haas' originale handschriftliche Notizen. Aus seinem Knocheninventar wird klar, dass er das komplette, anatomisch korrekt angeordnete Skelett nie gesehen hat.

Tabor recherchiert nun Zeitungsartikel aus der Zeit der Masada-Ausgrabung. Er findet eine Aussage Yadins gegenüber einem

Journalisten in den späten Sechzigern, in der er angibt, es sei nicht seine Aufgabe, eine Radiokarbon-Untersuchung in Auftrag zu geben. Tabor schaut in der Zeitschrift *Radiocarbon* nach und entdeckt dort, dass Yadin in den Sechzigern durchaus Proben von anderen Ausgrabungsstätten für eine Radiokarbon-Untersuchung eingeschickt hat.

Ich sah mir das kleine Schwarz-Weiß-Foto dieses einzelnen Skeletts an. Ich sah mir Fotokopien von Haas' Notizen und den Mitschriften der Teambesprechungen an. Ich hatte Blut geleckt. Aber Tabor war noch nicht fertig.

Ein Zeitsprung in den Sommer 2000. Bei einer Exkursion mit Studenten im Hinnom-Tal stolpern Tabor und der israelische Archäologe Shimon Gibson über ein frisch geplündertes Grab. Sie starten eine Ausgrabung und entdecken dabei zertrümmerte Ossuare und in ein Leichentuch gewickelte skelettale Überreste. Eine C-14-Datierung ergibt, dass das Leichentuch aus dem ersten Jahrhundert stammt. Eine DNS-Sequenzierung ergibt Verwandtschaftsbeziehungen zwischen Individuen in diesem Grab. Ossuar-Fragmente tragen die Namen Maria und Salome.

Noch ein Zeitsprung. Oktober 2002. Ein Antiquitätensammler gibt die Existenz eines Ossuars aus dem ersten Jahrhundert mit der Inschrift »Jakobus, Sohn des Joseph, Bruder des Jesus« bekannt. Der Sammler behauptet, der Kasten sei 1978 erworben worden, aber Tabor hat Indizien dafür gefunden, dass das Ossuar bei der Plünderung seines Grabs mit dem Leichentuch zwei Jahre zuvor gestohlen worden war. Die Bauweise entspricht den gefundenen Fragmenten. Die Verzierung ebenfalls. Und in Jerusalem sind Gerüchte aufgetaucht.

Tabor zieht nun ernsthaft die Möglichkeit in Betracht, dass er über das Familiengrab Jesu gestolpert sein könnte. 2003 bittet er um Knochenproben aus dem »Jakobus-Ossuar« für eine mitochondriale DNS-Untersuchung. Er will die Sequenzierung dieser Knochen mit den Sequenzierungen der Proben aus dem »Leichentuch«-Grab vergleichen. Der Direktor der Israelischen Archäologiebehörde lehnt diese Bitte mit der Begründung ab, der Fall liege in den Händen der Polizei, die eben eingehende Ermittlungen anstelle.

Mysteriöse Skelette. Verschwundene Seiten. Geplünderte Gräber. Das Familiengrab Jesu? Heiliger Bimbam! Ich würde zu meinen archäologischen Wurzeln zurückkehren und Tempe ins Heilige Land schicken. Während ich noch Tabors Fotos und Karten studierte, entstand in meinem Kopf bereits eine Geschichte. Aber wie sollte ich Ryan und die anderen da mit hineinbringen?

Manchmal müssen Coroner und Leichenbeschauer trotz der Proteste von Familienangehörigen Autopsien anordnen. Gelegentlich haben solche Proteste ihren Ursprung in religiösen Überzeugungen.

Seit ich für das Laboratoire de Sciences Judiciaires et de Médecine Légale arbeite, wurden eine Reihe von Autopsien an ultra-orthodoxen Juden durchgeführt, die Opfer von Gewalttaten geworden waren. In diesen Fällen wurden, so weit möglich, die eigentlich vorgeschriebenen Vorgehensweisen und Arbeitsmethoden so verändert, dass den religiösen Belangen Rechnung getragen werden konnte.

Das war's! Ich würde mit einem Mord in Montreal anfangen und dann Tempe nach Jerusalem und ins Westjordanland schicken.

Ein Jahr lang brütete ich über Mitschriften, Katalogen und Zeitungsartikeln. Ich studierte Fotos von Ossuaren und der Masada-Ausgrabung. Ich las Bücher über das römische Palästina und den historischen Jesus. Mit Tabor flog ich nach Israel und besuchte Museen, Ausgrabungsstätten, Gräber und historische Orte. Ich sprach mit Antiquitätenhändlern, Archäologen, Wissenschaftlern und Beamten der israelischen Polizei.

Und wie's so schön heißt, der Rest ist Geschichte.

Für eine ausführliche Diskussion der Fakten hinter *Totgeglaubte leben länger,* warten Sie bitte auf James Tabors in Kürze erscheinendes Buch *The Jesus Dynasty* (www.jesusdynasty.com).

Die Tatsachen

> Von 1963 bis 1965 wurde Masada, der Schauplatz einer jüdischen Revolte gegen die Römer im ersten Jahrhundert, von dem israelischen Archäologen Yigael Yadin und einem Team aus internationalen Freiwilligen ausgegraben. Yadins Mitarbeiter bargen die fragmentarischen und vermischten Überreste von ungefähr fünfundzwanzig Skeletten aus einem Höhlenkomplex mit der Bezeichnung Loci 2001/2002, der sich unter der Kasemattenwand an der südlichen Flanke des Gipfels befand. Im Gegensatz zu anderen menschlichen Überresten, die man innerhalb des Hauptruinenkomplexes am Nordrand von Masada fand, wurden diese Knochen nicht sofort der Presse gemeldet.

In den 1990ern tauchte ein Foto eines einzelnen intakten Skeletts auf, das bei der Ausgrabung von 1963 bis 1965 ebenfalls in Loci 2001/2002 entdeckt wurde. Dieses Skelett wurde vom biologischen Anthropologen des Projekts, Nicu Haas, weder erwähnt noch beschrieben. Es wurde auch von Yadin in seinen veröffentlichten Berichten und Interviews nie diskutiert.

– Formelle Feldnotizen wurden während der Masada-Ausgrabungen nicht geführt, es gab jedoch regelmäßige mündliche Lagebesprechungen zwischen Yadin und seinem Team. Schriftliche Protokolle dieser Sitzungen sind auf dem Campus der Hebräischen Universität auf dem Berg Scopus archiviert. Einige Seiten über die Entdeckung und Bearbeitung der Loci 2001/2002 fehlen.

– Weder die Knochen der fünfundzwanzig vermischten Individuen noch das korrekt angeordnete Skelett, noch der Inhalt der Loci 2001/2002 sind in den sechs Bänden der letztgültigen Publikation über die Masada-Ausgrabung beschrieben.

– Obwohl Nicu Haas die Knochen mehr als fünf Jahre lang in seinem Besitz hatte, veröffentlichte er nichts über die vermischten Individuen oder über das bei Loci 2001/2002 gefundene, komplette Skelett. Haas' handschriftliche Notizen, darunter auch ein komplettes Knocheninventar, deuten darauf hin, dass er das komplette Skelett nie erhalten hatte.

– Ende der 1960er behauptete Yigael Yadin in einem Presseinterview, dass eine Radiokarbon-Untersuchung selten vorgenommen werde und dass es nicht seine Aufgabe sei, derartige Tests in Auftrag zu geben. Die Zeitschrift *Radiocarbon* legt jedoch den Schluss nahe, dass Yadin in dieser Zeit durchaus Proben, die von anderen israelischen Ausgrabungen stammten, für Radiokarbon-Untersuchungen eingeschickt hatte. Trotz der Unsicherheit bezüglich des Alters der Loci 2001/2002-Überreste schickte Yadin nie Proben von dort für eine Radiokarbon-Untersuchung ein.

> 1968 wurden die Überreste eines »gekreuzigten Mannes« bei Straßenarbeiten nördlich der Jerusalemer Altstadt gefunden. Der Verstorbene, Yehochanan, starb im ersten Jahrhundert mit circa fünfundzwanzig Jahren. Ein Nagel und Holzfragmente waren in einem Fersenbein Yehochanans eingebettet.

> 1973 veröffentlichte der australische Journalist Donovan Joyce *The Jesus Scroll.* Joyce behauptete, er wäre in Israel gewesen, hätte dort einen Freiwilligen aus Yadins Team kennen gelernt und eine aus Masada gestohlene Schriftrolle aus dem ersten Jahrhundert gesehen, die angeblich den letzten Willen und das Testament von »Jesus, Sohn des Jakobus« enthalte. Laut Joyce wurde die Schriftrolle aus Israel herausgeschmuggelt, vermutlich in die UDSSR.

> 1980 entdeckten Straßenarbeiter in Talpiot, direkt südlich der Jerusalemer Altstadt, ein Grab. Das Grab enthielt Gebeinkästen, so genannte Ossuare, die beschriftet waren mit den Namen Mara (Maria), Yehuda, Sohn des Yeshua (Judas, Sohn von Jesus), Matya

(Matthäus), Yeshua, Sohn des Yehosef (Jesus, Sohn des Joseph), Yose (Joseph) und Marya (Maria). Das Zusammentreffen dieser Namen in einem Grab ist sehr selten. Skelettproben wurden für eine DNS-Untersuchung eingeschickt.

> 2000 entdeckten der amerikanische Archäologe James Tabor und sein Team im Hinnom-Tal außerhalb Jerusalems ein frisch ausgeraubtes Grab. Das Grab enthielt zwanzig Ossuare, alle bis auf einen zertrümmert. In der unteren Kammer fand sich ein Leichentuch, das ein fragmentarisches menschliches Skelett und Haare enthielt. Eine Radiokarbon-Untersuchung ergab, dass das Leichentuch aus dem ersten Jahrhundert stammte. Eine mikroskopische Untersuchung zeigte, dass die Haare sauber und frei von Ungeziefer waren, was darauf hindeutete, dass der Verstorbene von hohem Rang war. Eine anthropologische Untersuchung bestätigte, dass es sich um die Überreste eines erwachsenen Mannes handelte. Eine DNS-Sequenzierung wies Verwandschaftsbeziehungen zwischen den meisten Individuen in diesem Grab nach.

> 2002 gab der israelische Antiquitätensammler Oded Golan die Existenz eines Ossuars aus dem ersten Jahrhundert mit der Inschrift »Jakobus, Sohn des Joseph, Bruder des Jesus« bekannt. In diesem Herbst wurde der Gebeinkasten der Öffentlichkeit zugänglich gemacht. Die Experten stimmen zwar darin überein, dass der Gebeinkasten aus dem ersten Jahrhundert stammt, Kontroversen gibt es jedoch über die Authentizität der Inschrift. Indizien legen den Schluss nahe, dass der Gebeinkasten aus der Gegend des Hinnom-Tals stammt, möglicherweise aus Tabors »Leichentuch«-Grab.

> Bei der Israel Antiquities Authority, der israelischen Altertümer- und Archäologie-Behörde, wurde ein formeller Antrag auf eine DNS-Untersuchung des im Jakobus-Ossuar gefundenen Knochenmaterials gestellt. Eine DNS-Sequenzierung würde einen Vergleich der Überreste aus dem Jakobus-Ossuar mit denen aus Tabors »Leichentuch«-Grab im Hinnom ermöglichen. Dieser Antrag wurde abgelehnt.

> Im Januar 2005 wurde gegen Oded Golan und einige andere Anklage wegen der Fälschung von Antiquitäten erhoben. Mr. Golan beteuert weiter seine Unschuld und besteht darauf, dass das Jakobus-Ossuar authentisch ist. Die Experten sind sich weiterhin uneins.

Danksagungen

Wie immer stehe ich bei vielen Kollegen, Familienangehörigen und Freunden tief in der Schuld für ihre Zeit, ihr Fachwissen und ihren Rat.

Dr. James Tabor, der Vorsitzende der Abteilung für Religiöse Studien der University of North Carolina in Charlotte, entzündete bei mir den Funken für *Totgeglaubte leben länger,* gab mir Einblick in seine persönlichen Notizen und Forschungsergebnisse, überprüfte tausende von Details und war mir in Israel ein charmanter Führer.

Dr. Charles Greenblatt und Kim Vernon von der Hebräischen Universität in Jerusalem und Dr. Carney Matheson vom Paläo-DNS-Labor der Lakehead University berieten mich in Bezug auf historische DNS. Dr. Mark Leney, DNS-Koordinator des U. S. Army Central Identification Laboratory, und Dr. David Sweet, Direktor des Instituts für forensische Zahnmedizin der University of Columbia, beantworteten mein Fragen über moderne DNS.

Azriel Gorsky, der emeritierte Leiter des Labors für Fasern und Polymere der Abteilung für Identifikation und Forensik der israelischen Polizei, beriet mich in Bezug auf die Haar- und Faseranalyse und die Arbeitsweisen der israelischen Ermittlungsbehörden.

Brigadier-General Dr. Elazor Zadok, Direktorin der Abteilung für Identifikation und Forensik der israelischen Polizei, ermöglichte mir eine Besichtigung ihres forensischen Instituts. Chief Inspector Dr. Tzipi Kahana, forensischer Anthropologe in der Abteilung für Identifikation und Forensik der israelischen Polizei, machte mich mit dem israelischen gerichtsmedizinischen System vertraut.

Dr. Shimon Gibson von der Jerusalem Archaeological Field

Unit führte mich zu Grabungsstätten in ganz Israel und beantwortete meine vielen Fragen über sein Heimatland.

Debbie Sklar von der Israel Antiquities Authority ermöglichte mir eine private Besichtigung des Rockefeller Museum.

Officer Christopher Dozier vom Charlotte-Mecklenburg Police Department und Sergent-détective Stephen Rudman, Superviseur (i.R.) der Abteilung Analyse et Liaison der Police de la Communauté Urbain de Montréal lieferten mir Informationen über die Beschaffung von Telefondaten.

Roz Lippel half mir, das Hebräische korrekt zu halten, Marie-Eve Provost tat dasselbe beim Französischen.

Ein besonderer Dank geht an Paul Reichs für seine hilfreichen Kommentare zum Manuskript.

Hervorheben muss ich noch zwei Bücher, die im Text Erwähnung finden: *Masada. Der letzte Kampf um die Festung des Herodes,* von Yigael Yadin (Hoffmann und Campe, Hamburg 1972/4. Auflage) und *The Jesus Scroll* von Donovan Joyce, Dial Press 1973.

Zu guter Letzt geht mein von Herzen kommender Dank an meine Lektorin Nan Graham. Ihre Ratschläge haben *Totgeglaubte leben länger* zu einem viel besseren Buch gemacht. Dank auch an meine Lektorin auf der anderen Seite des großen Teichs, Susan Sandon.

Und natürlich an Jennifer Rudolph Walsh, Co-Head des Worldwide Literary Department, Executive Vice President und eine der ersten beiden Frauen, die es in den Board of Directors der William Morris Agency geschafft haben. Du hast es wirklich drauf, Mädchen. Danke, dass du meine Agentin geblieben bist.

Werkverzeichnis der von Kathy Reichs erschienenen Titel

> Bonusmaterial

HEYNE <

1 Über die Autorin

Himmel oder Hölle? Wiedergeburt oder ein großes Nichts? Wie das Leben nach dem Tod aussieht, darüber kursieren viele Gerüchte. Kathy Reichs kann uns zumindest den Anfang ein wenig detaillierter beschreiben – er sieht in etwa so aus: CCCC-2006020277. Jegliche Art von sterblichen Überresten, die in ihrem Labor landen, bekommt zuallererst eine solche Fallnummer. Kathy Reichs ist als forensische Anthropologin für rechtsmedizinische Institute tätig – das eine in Montreal, Kanada, das andere in Charlotte, North Carolina. Was heißt das? »Pathologen sind Spezialisten, die weiches Gewebe – Fleisch, Muskeln, Organe – bearbeiten«, erklärt Reichs. Quincy also, und Boerne. »Anthropologen sind auf die Knochen spezialisiert. Gerade Verstorbene oder relativ intakte Leichen kommen zum Pathologen – ein Skelett in einem flachen Grab, ein verkohlter Körper in einem Fass, Knochenfragmente in einer Häckselmaschine, ein mumifiziertes Baby in einem Koffer auf dem Dachboden zum Anthropologen.«

Mit vielen Fragen, die danach beantwortet werden müssen, hat sich Reichs schon während des Archäologiestudiums beschäftigt. Wer ist gestorben, wie und wann? Ein unauslöschliches Erlebnis machte aus der Feldforscherin eine Kriminaltechnikerin. »Zur forensischen Anthropologie kam ich, weil mich Ermittler, die einen Kindsmord untersuchten, um Mithilfe baten. Ein fünfjähriges Mädchen, das man entführt, ermordet und in einem Wald in der Nähe von Charlotte verscharrt hatte.

Der Mörder wurde nie gefunden. Die Ungerechtigkeit und die Brutalität dieses Falles veränderten mein Leben. Das Leben eines kleinen Mädchens war mit heimtückischer Gleichgültigkeit beendet worden. Ich verabschiedete mich von den uralten Knochen, wechselte zur Forensik und habe das nie bereut.« Und wann immer sie Zeit hatte, schrieb sie. Ihre Romanreihe um die forensische Anthropologin Tempe Brennan – der erste erhielt 1997 den Arthur Ellis Award for Best First Novel – erscheint heute in über 30 Ländern, Gesamtauflage 120 Millionen. In der Fernsehserie BONES – Die Knochenjägerin, von Reichs kreiert und mitproduziert, geht Tempe Brennan ebenfalls auf Verbrecherjagd. Zusammen mit Patricia Cornwell hat Reichs die forensische Anthropologie von einer Nischendisziplin zu einem weltweiten Phänomen geschrieben. Ein Brennan-Roman im Jahr, seit Kurzem auch einer für die Jugendbuchreihe VIRALS, Lesereisen, Drehbücher studieren – die Fiktion hat sich für Reichs zur Vollzeitbeschäftigung ausgewachsen. Trotzdem unterrichtet sie weiterhin Studenten an der University of North Carolina, sie berät das FBI in Sachen Spurenerkennung und -sammlung sowie die Royal Canadian Mounted Police in Kanada. Als Reichs ihren neuen Beruf antrat, waren nicht mehr als fünfzig zertifizierte forensische Anthropologen in Kanada und den USA tätig. Inzwischen zählen die Kollegen immerhin knapp an die achtzig. Kathy Reichs legt großen Wert darauf, dass ihr Ziel – den Toten Gerechtigkeit widerfahren zu lassen – auch in ihren Werken nicht zur pathetischen Selbstbeweihräucherung oder zum actionüberfrachteten Hokuspokus verkommt. »Ich wollte keine Superheldin zeigen«, so Reichs über ihr Alter Ego Tempe Brennan. »Ich wollte eine Figur schaffen, die Schwächen und Fehler hat und die sich im Alltag mit Neonlicht, Formularen und Überstunden herumschlägt.«

2 Die Tempe-Brennan-Reihe

Tote lügen nicht

Tempe Brennan ist forensische Anthropologin in Montreal. Skelette und verweste Körperteile gehören zu ihrem Alltag. Als die 23-jährige Isabelle missbraucht, erdrosselt und zerstückelt in Müllsäcken aufgefunden wird, erinnert sich Tempe an einen Fall ein Jahr zuvor. Sie versucht, die beiden Verbrechen mit drei weiteren Leichen in Verbindung zu bringen.

Knochenarbeit

Grauenvolles erwartet Tempe Brennan, als sie in den kleinen Ort St. Jovice gerufen wird: ein niedergebranntes Haus mit sieben Leichen, zwei davon Babys, denen das Herz fehlt. Nur zu gern widmet sie sich deshalb ihrem anderen Auftrag - der Exhumierung der Ordensschwester Elisabeth Nicolet zwecks postumer Heiligsprechung. Doch erst liegt die Nonne in einem falschen Grab, und dann entdeckt Tempe gemeinsam mit Detective Ryan eine entsetzliche Parallele zu dem Fall von St. Jovice.

Lasst Knochen sprechen

Ein ermordetes Mädchen, die Überreste zweier Motorradfahrer nach einem Bombenanschlag und der ausgegrabene Schädel einer jungen Frau - damit hat Tempe Brennan im wahrsten Sinne des Wortes alle Hände voll zu tun. Doch als sie einen brisanten Zusammenhang zwischen den Toten und zwei verfeindeten Motorrad-Banden erahnt, gerät nicht nur Tempe in Lebensgefahr. Leider entwickelt auch ihr Neffe Kit ein verhängnisvolles Faible Motorräder...

Durch Mark und Bein

Flug 228 der TransSouth Air ist über Swain County, North Carolina, abgestürzt. Man betraut Tempe Brennan mit der Identifikation der Opfer, die zum Großteil sehr jung waren: Mitglieder und Fans eines College-Fußballteams. Bei Nachforschungen zu einem zusätzlichen grausigen Fund in der Nähe des Unglücksortes, einem einzelnen Fuß, der auf Grund seiner Verwesung und seines Alters nicht von einem der Passagiere stammen kann, wird Tempe von höchster Stelle behindert.

Knochenlese

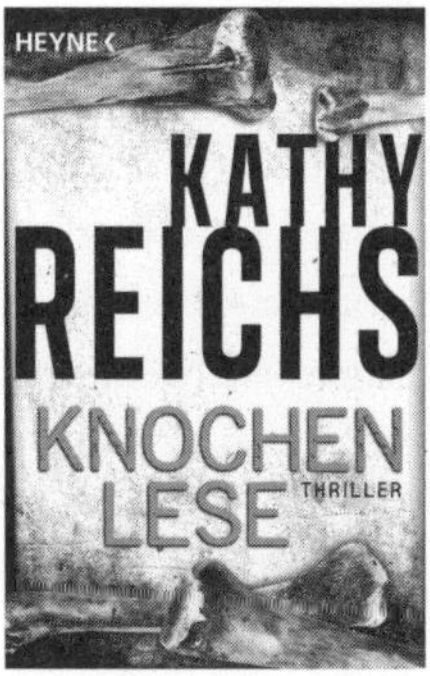

Ein kleines Dorf in Guatemala: Als Tempe Brennan in den Brunnenschacht hinabsteigt, ahnt sie, dass sie am Grund ein grausiger Fund erwartet. Hier wurden vor Jahrzehnten die Leichen von über zwanzig Bewohnern eines kleinen Dorfes verscharrt, Frauen und Kinder, die ein Militärkommando kaltblütig hingerichtet hatte. Noch während die Opfer des Massakers geborgen werden, bekommt Brennan zu spüren, dass die Machthaber in Guatemala, damals wie heute, ein schreckliches Geheimnis hüten.

Mit Haut und Haar

Der Sommer ist brütend heiß in Charlotte, North Carolina. Gerade will Tempe Brennan vor der Hitze in den wohlverdienten Urlaub fliehen, als auf einer verlassenen Farm Überreste von brutal abgeschlachteten Schwarzbären gefunden werden. Doch das ist noch nicht alles. Zwischen den skelettierten Pranken stößt Tempe auf menschliche Knochen und damit auf die Spur von Schmugglern, die mit dem Töten von Wildtieren blutiges Geld verdienen. Wer ihnen zu nahe kommt, muss um sein Leben fürchten. Tempe ermittelt.

Totenmontag

Was könnte frostiger sein als ein kanadischer Dezembersturm? Tempe Brennan wird an einem tristen Montagmorgen zu einem Fundort in Montreal gerufen, der ihr das Blut in den Adern gefrieren lässt. Verscharrt in einem Kellergewölbe liegen die Leichen dreier junger Frauen. Nicht eine Gewebefaser, kein Fetzen Kleidung geben Aufschluss darüber, wann und warum diese Mädchen sterben mussten. Dank akribischer Ermittlungen und weiblicher Intuition kommt Tempe einem Verdächtigen auf die Spur. Doch sie muss auf alles gefasst sein, denn ihr Gegner ist an Kaltblütigkeit nicht zu übertreffen.

Totgeglaubte leben länger

Die Leiche eines zwielichtigen Importeurs beschert Tempe Brennan Überstunden im Labor. Die Schusswunde am Kopf deutet auf Selbstmord hin, doch die Gerichtsmedizinerin kann ein Gewaltverbrechen nicht ausschließen. Ihre Untersuchungen nehmen eine unerwartete Wendung, als ein Fremder ihr das Foto eines uralten Skeletts aus Israel zusteckt und beteuert, es sei der Schlüssel zum Tod des streng religiösen Mannes. So stößt Tempe auf ein Geheimnis, das älter ist als die Bibel …

Hals über Kopf

Was wie ein harmloser Exkurs auf eine idyllische Ferieninsel beginnt, endet für Tempe Brennan in einem Albtraum. Archäologische Grabungen im Sand von Dewees Island, South Carolina, fördern nicht nur bestattete Ureinwohner zutage, sondern auch eine Leiche, die erst vor wenigen Jahren am Strand verscharrt worden sein kann. Damit nicht genug: In einem Sumpfgebiet auf dem Festland werden kurz darauf die Überreste eines vermeintlichen Selbstmörders entdeckt. Eigenartige Einkerbungen an den Halswirbeln der Toten sagen Tempe, dass eine makabre Verbindung zwischen den beiden Fällen bestehen muss.

Knochen zu Asche

Eines Tages war sie verschwunden – ohne ein Wort des Abschieds. Als junges Mädchen musste Tempe Brennan erleben, wie ihre beste Freundin Evangeline unter mysteriösen Umständen zum Vermisstenfall wurde. Dreißig Jahre später reißt ein Skelettfund im kanadischen Neuschottland alte Wunden auf. Hängen diese Knochen mit Evangelines Verschwinden zusammen? Ein kleines vergilbtes Versbuch, das Tempe entdeckt, könnte die Antwort verraten.

Der Tod kommt wie gerufen

Ein verlassenes Haus in Charlotte, North Carolina, ein neuer Einsatz für Tempe Brennan: Neben Kupferkesseln, einem toten Huhn und seltsamen Artefakten liegt der abgetrennte Kopf eines Mädchens. Blitzartig geht ein Gerücht um: Ritualmord! Ein bibelfester Politiker auf Stimmenfang verdächtigt okkulte Kreise und ruft nach Vergeltung. Noch während Tempe den Tatort untersucht, bahnt sich in Charlotte eine gnadenlose Hexenjagd an.

Das Grab ist erst der Anfang

Tempe Brennan ermittelt bei einer Reihe seltsamer Todesfälle: Drei Frauen wurden ermordet, alle auf grausame, aber verschiedene Weise. Doch Tempe kann schließlich die Handschrift eines Serienkillers erkennen. Umso schockierter ist sie, als man ihr vorwirft, sie habe eine Autopsie manipuliert und ein Verbrechen vertuscht. Was Tempe nicht weiß: Ihre Arbeit wird sabotiert. Von jemandem, der sie um jeden Preis scheitern sehen will ...

Blut vergisst nicht

Ein Mann, der nicht ein-, sondern gleich zweimal den Tod gefunden zu haben scheint, gibt Tempe Brennan Rätsel auf. Seine Spur führt nach Hawaii. Hier wird Tempe prompt mit den von Haien verunstalteten, seltsam tätowierten Überresten eines Kleindealers konfrontiert. Das Inselparadies wird für Tempe schnell zum heißen Pflaster. Denn die örtlichen Drogenhändler reagieren auf neugierige Ermittlerinnen so instinktiv wie Haie auf einen blutigen Köder.

Fahr zur Hölle

In Charlotte, Tempe Brennans Heimatstadt, ist die Hölle los. 200.000 NASCAR-Fans sind auf dem Weg zum Charlotte Motor Speedway und dem großen Rennwochenende. Auf einer Müllhalde nahe der Anlage wird in einem Teerfass eine Leiche gefunden. Ist es die lange vermisste Cindi? Ihre Ermittlungen führen Tempe ins Fadenkreuz einer Verschwörung. Sie arbeitet fieberhaft daran, den Fall schnell aufzuklären. Doch sie weiß: Das Böse holt dich immer ein.

Knochenjagd

Tempes neuester Fall beginnt wie ein Albtraum: In einer verlassenen Wohnung liegt, eingewickelt in ein Handtuch, die Leiche eines Neugeborenen. Und bald tauchen noch zwei weitere tote Babys auf. Die fieberhafte Jagd nach der Mutter beginnt. Ist sie überhaupt die Mörderin? Ihre Spur führt Brennan und ihren Kollegen Ryan tief in die kanadische Einöde – und in das Revier eines eiskalten Killers ...

Totengeld

Der Tod einer jungen Frau, deren Leiche achtlos am Straßenrand deponiert wurde, bereitet Tempe Brennan schlaflose Nächte. Der Teenager könnte ohne Papiere ins Land gereist sein, eine Spur, die Tempe zu dem Geschäftsmann John-Henry Story führt. Doch der starb Monate zuvor bei einem mysteriösen Brand. Und dann ist da noch der Fall eines Schmugglers, der kuriose mumifizierte Artefakte in die USA schleust. Besteht eine Verbindung zwischen dem toten Mädchen und dem lukrativen illegalen Handel? An Tempes neustem Fall ist nichts so, wie es zunächst scheint. Nur auf eines kann die Todesermittlerin sich verlassen: Die Knochen kennen die Wahrheit.

Knochen lügen nie

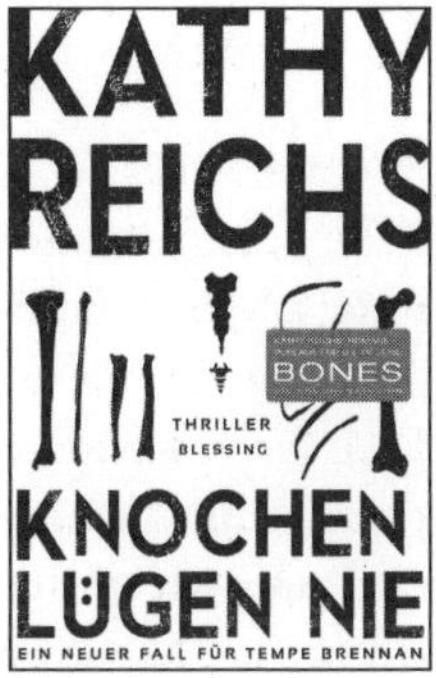

Tempe Brennan kann mit ihrer Arbeit für die Gerichtsmedizin Tote nicht wieder lebendig machen, doch zumindest kann sie den Mordopfern Gerechtigkeit widerfahren lassen. Nur in einem einzigen Fall entkam ihr ein Killer: Anique Pomerleau, eine junge Frau, die selbst traumatische Misshandlungen hatte durchleben müssen. Und die sich an der Welt rächte, indem sie Mädchen entführte, quälte, tötete. Jetzt, zehn Jahre später, tauchen in Montreal die Leichen mehrerer vermisster Teenager auf. Tempe erkennt das Mordmuster, die Grauen erregende Handschrift: Anique ist zurück. Sie will ein letztes Mal Rache nehmen. Und sie kommt Tempe immer näher ...

3 Die VIRALS-Reihe

Tote können nicht mehr reden

Die vierzehnjährige Tory Brennan ist die Nichte der berühmten forensischen Anthropologin Tempe Brennan. Mit ihr teilt sie zwei Dinge: den Instinkt für Verbrechen – und den unbedingten Willen, diese aufzuklären ...
Auf einer einsamen Insel findet Tory die vergrabenen Knochen eines vor etwa 30 Jahren verstorbenen jungen Mädchens. Torys Versuch, gemeinsam mit ihren Freunden die Identität des Mädchens zu lüften, erweist sich als gefährlicher als erwartet.

Nur die Tote kennt die Wahrheit

Das Forschungslabor, in dem Tory Brennans Vater arbeitet, soll geschlossen werden. Tory weiß: Will sie nicht umziehen und von ihren Freunden getrennt werden, muss sie Geld beschaffen – und zwar eine beträchtliche Summe, um das Labor vor dem Aus zu retten. Wie der Zufall es will, stößt Tory in dieser Situation auf geheime Dokumente, die auf den legendären Piratenschatz der Anne Bonny hinweisen. Tory beschließt, das Unmögliche zu versuchen, und den jahrhundertealten Spuren zu folgen.

Jeder Tote hütet ein Geheimnis

Tory und ihre Freunde Shelton, Ben und Hi entdecken einen Geocache, in dem eine wunderschön verzierte Schatulle steckt. In ihr befindet sich ein geheimer Code, den Shelton mithilfe seiner Superkräfte knackt. Es ist ein Hinweis von dem mysteriösen Spielleiter, der die Virals herausfordert, die Suche fortzusetzen und einen noch wertvolleren Schatz zu finden. Die Freunde stellen sich der Herausforderung – und finden eine täuschend echte Bombenattrappe und eine mehr als düstere Nachricht des Spielleiters.